当时明月照松冈
三十八载当归乡

王增骅

 著

九州出版社 | 全国百佳图书出版单位
JIUZHOUPRESS

图书在版编目（CIP）数据

当归 / 王增骅著. -- 北京：九州出版社，2018.10
ISBN 978-7-5108-7532-8

Ⅰ．①当… Ⅱ．①王… Ⅲ．①长篇小说－中国－当代
Ⅳ．①I247.5

中国版本图书馆CIP数据核字（2018）第238549号

当归

作　　者	王增骅　著	
出版发行	九州出版社	
地　　址	北京市西城区阜外大街甲35号（100037）	
发行电话	(010)68992190/3/5/6	
网　　址	www.jiuzhoupress.com	
电子信箱	jiuzhou@jiuzhoupress.com	
印　　刷	三河市九洲财鑫印刷有限公司	
开　　本	720毫米×1020毫米　16开	
印　　张	31.25	
字　　数	510千字	
版　　次	2018年12月第1版	
印　　次	2018年12月第1次印刷	
书　　号	ISBN 978-7-5108-7532-8	
定　　价	58.00元	

引　言

　　战争，一直伴随着人类历史进程，与人们的生存密切相关。战争，创造了文明，也毁灭了文化。

　　关于战争的定义，各国的表述不尽相同。德国人的名言是："战争无非是政治通过另一种手段的继续。""战争是迫使敌人服从我们意志的一种暴力行为。"苏联军事家格鲁季宁说："战争是一定阶级和国家的政治通过暴力手段的继续，首先表现在各种作战方法和式样上以及经济、外交和思想斗争的形式上。"英国学者认为："战争是政策的手段和政治的工具，遵循克劳塞维茨关于战争的经典定义，但毁灭性战争例如核战争另外，因为，战争的本源是人与人而不是人与物的冲突，毁灭性的战争是一场没有战斗或无抵抗的绝对战争，没法实现其政治目的。"

　　以上这些有代表性的对战争的定义表述，只是从某些方面去认识战争，并不能概括战争的全貌。而下面的观点更是错误，甚至是反动。天命论认为："战争是上帝对恶人惩戒的工具，是神的意志。"种族主义战争论认为："战争是'优等'人种与'劣等'人种之间矛盾不可调和的产物，是'优等'人种淘汰'劣等'人种的行为。"这种理论居然把生物间的弱肉强食规律，用到人类的生存和发展上来。人口战争论认为："人口的增长速度远远快于食物增长速度，只有通过战争、疾病、饥荒等毁灭人口的办法，实现人口和生活资料的再平衡。"法西斯独裁希特勒正是把这种理论作为侵略、扩张的思想武器，作为发动侵略战争和推行强权政治的一种借口。

　　战争，是一个既古老又常新的话题，也是一个相当深奥的哲学问题，历来有以下两种截然不同的看法：

　　多数人反对战争，他们认为战争让人泯灭良知，失去人性，战争带给人们太多的伤痛，无数人失去宝贵生命，千万个家庭痛失至爱，无数儿童成了孤儿，很多女人惨遭蹂躏。在人类有文字记载的五千多年时间里，世界上共发生过上万次大小不同的战争，仅从两次世界大战看：第一次世界大战有三十多个国家和地区、十五亿人口卷入战乱，伤亡人数达三千多万，经济损失三千四百多亿美元；第二次世界大战有六十一个国家和地区、二十多亿人口卷入其中，参战兵力超过一亿，伤亡九千余万士兵和平民，损失四万多亿美元。残酷的战争是无情的，可恶的战争是无耻的，战争令人憎恨，战争中没有全胜不失的一方，对于哪一方都是灾难。

少数人称赞战争，他们说："战争是万物之父，它使一些人成为神，成为人，成为鬼。"战争在客观上控制了人口规模，推动科技进步，催生新的发现、发明和创造，让人类在持续不断的斗争中，日益壮大。战争作为一种极端的竞争手段，为人类的发展和民族独立起到了不可磨灭的作用。

然而，人类的历史证明了一个铁的事实：常常是少数人决定多数人的命运。战争，这个由少数人发动的多数人深受苦难的怪物，自古以来便与人类结下了不解之缘，并伴随人类的繁衍和发展一直走到今天。因此，我们在叹息战争残酷和战乱动荡给人民带来巨大灾难之余，应当正确认识战争，客观承认战争是因国家、阶级、民族等矛盾而引发的一种社会现象。

本书要讲述的故事，是二十世纪四十年代末五十年代初，以王宁为代表的一群被抓、被骗、被政治裹挟的国民党军学生兵和他们的爱人、亲友，从大陆到台湾的坎坷经历。他们当中有的刚毅勇敢，有的怯懦软弱；有的沉稳自信，有的六神无主；有的潇洒风流，有的丑态百出；有的善良仁慈，有的冷酷无情……他们的经历中交织着血性暴力、儿女私情，他们的身上体现着英雄情结、民族气节。

这是一部"战争与爱情"的苦情剧，揭示了极端环境中的人性复苏和战争对人的影响，让读者在紧张与欢乐、压抑与舒放中回味历史，感悟人性，联想生活。尽管战争和战乱给人们的肉体、情感和心灵造成巨大的伤害，使人们的命运、前途和人生发生了重大的变化，但是人性中的真、善、美，并没有因此而湮灭，它同时提醒我们：人类的进程有过太多的爱，也有过太多的恨，当我们今天享受安定和幸福时，请别忘记：战争与和平，是伴随人类社会发展的一对孪生姐妹；和平，并非理所应当，战争，从未走远！

目　录

序　幕

　　一九八七年十二月初，台北中正国际机场，这个距离台北市四十千米，位于桃园县大园乡的台湾最大的航空港，像往常一样繁忙。飞机起降的呼啸声每几分钟就要轰鸣一次，每天上百个架次的起落、上万名旅客从这里飞向各地。这天上午十一时十分，有一架飞往香港的波音 707 客机进入起飞跑道，空管一声令下，飞机在跑道上加速滑行一段距离后腾空而起，仅用了数十秒钟时间就爬升到一千米的高度。白云从机身擦过，喧闹的世界被抛到后面，飞机拐了一个弯向西南方向飞去。

　　波音 707 飞机爬升到一万米的高度，进入平稳飞行后，空乘小姐们推着滑轮小车，彬彬有礼地向每一位乘客发放香甜可口的果汁和可口可乐饮料及台湾的特产高山绿茶。让空姐们感到不解的是平常班机的客员率顶多六成，本次航班二百一十九个客座，居然一个不空全部满员，且旅客全是上了年纪的老人，他们当中年长的有八十多岁，最年轻的也已经有五十好几了。一问方知乘客们是首批赴大陆探亲的台湾民众，这是自一九八七年十月十四日，台湾当局宣布"基于传统伦理及人道立场的考虑，允许民众赴大陆探亲；除现役军人及公职人员外，凡在大陆有血亲、姻亲、三等亲以内之亲属者，均可申请到大陆……"探亲政策落实后，时隔三十八年，第一批赴大陆探亲的台湾民众。至于台湾当局为什么骤然宣布允许赴大陆探亲，空姐们也不得而知。眼前，这些探亲的人几乎是清一色的早年赴台的大陆人。其中，有一位年约六旬的老人，他两鬓花白，一双闪耀着智慧光辉而又敏锐的眼睛，此刻却呆滞地望着窗外，似乎想将那踏碎的时间，再拼接起来。他体形略显偏瘦，但腰不驼，背不弯，一看坐姿就知道是个受过严格训练的人，他头发梳理得很整齐，黑发里含杂着丝丝银发，饱经风霜的脸上道道皱纹，在悄悄地诉说着岁月的沧桑和一波

1

三折的过去，往事撕扯着他的心扉，回忆惦念着他的旧人，流年似水，一去不再回头，浮华如梦，亦如流水轻舟，一曲离殇，诉不尽无限怅惘，泪痕红浥鲛绡透，翩飞，渐近……

老人经香港启德机场转机，又经过近三个小时的航程，终于抵达他的目的地——南京。

近乡情更怯，不敢问来人。走下舷梯，踏上这片既熟悉又陌生的土地，老人要去的第一个地方不是宾馆酒楼，不是风景名胜地，也不是亲朋好友的家，而是他的出生地，位于东南郊的东山。这里埋葬着他朝思暮想的在三十九年前见过最后一面的母亲，他要给她老人家敬一炷香，磕一回头，烧一叠纸钱，实现他数十年来未了却的心愿。公墓离机场不太远，乘计程车半个多小时即到。老人买了一些祭奠用物品，来到母亲的墓前。扫墓，献花，敬贡祭品，上烛，敬香，磕头行大礼，烧纸钱，等等，都一一按照他事先设计好的程序，有条不紊按部就班。最后，老人又在母亲的墓碑两侧的土里，各种了一粒"当归"籽。

"当归"又称干归、马尾归、秦归、云归、西当归等，是多年生草本植物，科属分类为伞形科，在中国各地均可栽培，根可入药，是最常用的中药材之一，具有补血活血、调经止痛、润燥滑肠之功效。中国古代文人雅士，历来有以物名代言的喜好，即有话不直接说，而借用一些物名来表示自己的心愿。譬如有名的中药对联："胡王使者光知母，红面将军可爱花。"其中，胡王使者、光知母、红面将军、可爱花全是中药名，这副对联巧妙地用中药名排成，既符合平仄格律，又富有诗意。再如，著名的南宋词人、军事家、政治家辛弃疾，写给妻子的《满庭芳·静夜思》："云母屏开，珍珠帘闭，防风吹散沉香。离情抑郁，金缕织硫黄。柏影桂枝交映，从容起，弄水银堂。连翘首惊过半夏，凉透薄荷裳。一钩藤上月，寻常山夜，梦宿沙场。早已轻粉黛，独活空房。欲续断弦未得，乌头白，最苦参商。当归也！茱萸熟，地老菊花黄。"词中用了二十多个中药名来表达自己的思念，信中最后就引用了当归。很多文人常借用"当归"这个药名，以寄托和思念远方的亲人当早日归家！

为什么要种两粒"当归"籽？老人的意思很直白，一粒代表他自己，另一粒代表他的夫人。他这两粒"当归"籽，是三十八年前被送上淮海战役的战场时，母亲刻意让人捎给他的一封无字信里唯一借物代言的东西，后在台湾一代一代的生长、开花、结籽，老人以"当归"时时提醒自己应当回家。

一阵凉风从身边掠过，吹起老人花白的鬓发，勾起他无限的思绪和长长的回忆。老人站在母亲的墓碑前，满含泪水，百感交集，轻轻地吟诵起唐代杜牧的《归家》："稚子牵衣问，归来何太迟？共谁争岁月，赢得鬓边丝？"泪水就像断了线的珠子直往下落。他用手帕擦了一下眼睛，望着远方，思绪万千："三十八年了，三十八年前那场不堪回首的战争和在那战乱年代下刻骨铭心的爱，始终无法忘却。如果说在这个世上，没有什么能像战争那样深深触及人的心灵，没有什么能像爱情那样浓浓留在人的心间，那么，战乱中最纯洁、最崇高、最值得人们去颂扬的爱情，既深深触及人的心灵，又浓浓留在人的心间。"

远处，传来一个女童的歌声：

归家，归家，铭记要归家，终究要归家。

世上有根线，一根绵延不断的线。一端握在父母手里边，一端系在儿女们心尖。这根无形的线，它就叫牵线，上有妈妈的叮咛，下有儿子的挂念。牵线啊，牵线，父母亲在把路引。

世上有种爱，一种崇高无私的爱。一边奉献崇高的爱戴，一边厉行孝道和关怀。这种常见的爱，它就叫牵挂，内有爸爸的期待，外有女儿的依赖。牵挂啊，牵挂，剪不断来理还乱。

牵线上系缚着牵挂，牵挂里演绎着归家，无论我们走多远，无论我们飞多高，归家，归家，终究要归家。

这首名为《归家》的歌，字字句句犹如万箭攒心，直入心灵最痛处。在这个世界上，恐怕最痛苦的莫过于与亲人、爱人的生离死别，莫过于别人造成的心灵创伤还得自己去抚平。此时此刻，压抑在心头多年的悲愤，如同开了闸的洪流在一瞬间倾泻而出，老人再也控制不住自己的情绪，顾不得斯文和体面，下跪到母亲碑前，抱住墓碑放声恸哭："母亲，儿终于回来了，儿未能给您老人家送终，儿不孝啊……"

这位号啕大哭的老人，正是来自台湾的老兵——王宁。

第一章　阴差阳错

母子情深

王宁的老家在苏北里下河地区。那里是有名的鱼米之乡，河道纵横交错，湖荡星罗棋布，流水盈盈，波光粼粼。水面上的菱角、莲子、水葱、荇菜，水里的银鱼、黑鱼、鲫鱼、青虾、鳝鱼、泥鳅、甲鱼、螃蟹，水底的河蚌、蚬子，水下泥中的白藕、荸荠、茨菰，等等，是探手可拾，撒网可得。两千多年的文化底蕴，孕育出水乡一批又一批的文人墨客，从范仲淹的书院博学弟子，到中国历史上为数不多的状元宰相；从明代的文学巨匠，到清代画派的代表人物；从国学大师，到江淮名医。历代人才辈出，仅南宋咸淳至清末光绪年间，县里就中了二百六十多个举人和近百个进士，这在全国也不多见。王宁的父亲叫王农宾，是个半工半农、心灵手巧的木匠。他身体结实，为人和善，平时话不多，农忙时去县城东五里地外的农田忙庄稼活。他种的田不是一般的水田、旱田，更不是梯田，而是一种罕见的垛田。

什么是垛田？在当地流传这样一句话：水乡怕涝不怕旱，旱年照样大丰收。说明当地的地势非常低，每年梅雨季节发水起，大片的低洼地就泡在水里，过了雨季水退下去，这些低洼地才能露出水面，而庄稼生长最快时节就在发水的前后。为解决庄稼不受水淹，聪明的当地人将河底的泥土，堆积成顶部平整的垛状高田，或者将一大块低洼平地分割成若干块小地，再将小地块周围的土，堆积成垛状高田。这样的垛田形同小岛，有大有小，有方有圆，有高有低，形态各异，面积不等，大的两三亩，小的还不到一分地。由于垛田四面环水，透气好，光照足，便于排灌，从河底取来的淤泥肥沃、松软、易耕作，非常适合农植物生长，尤其是瓜菜类。垛田独特的地貌可谓天下奇观，在华夏大地乃至世界版图上也绝无仅有，这是人们利用和改造自然的产物，也是劳动人民智慧与汗水的结晶。

农闲时王农宾就在县城里干木匠活，他是十里八乡最好的小木匠。说他小，并不是个头小，相反一米八的身高在当地是个大个子，小是指他年龄不大就有一手绝伦的木工手艺：板材拼接严丝合缝，连麦芒也插不进；框架榫卯结构复杂多样，其接头纵使断裂也不会脱落；木雕美轮美奂，山水、花鸟、罗汉等，雕刻生动活泼，栩栩如生。一九二五年的年底，当地的宝塔大修，塔里五块大型木浮雕，全出于他的巧手。他制作的细网屏风，能做到孔不漏水、洞能透风，外看不到内，内则能看到外。他做的家具独具一格，别有风味。他的仿古益智木玩具七巧板、华容道、鲁班锁和各种模型，深受儿童的喜爱。王农宾的三叔在江宁县做生意，淡季准备添置些新家具，于是请侄儿前去帮忙。干完三叔的活，三叔的老友华先生又请王农宾做家具。华先生祖籍安徽盱眙（一九五五年，盱眙县由安徽省划回江苏省），在江宁生活多年，他家有四朵金花（女儿）一朵银花（太太），最小的女儿华净文由于在金陵女大文理学院读书，一直没有许配给人家，加上她体弱单薄，老两口一心要找个体格健壮能够照顾四姑娘的女婿。王农宾当时已经二十出头，还没有娶亲，在给华先生做木工活时被华太太看中，成了子不改姓的上门女婿，这样，王农宾落脚在东山。

东山位于南京的东南郊，是秦淮河东边的一座低丘土山，因东晋宰相谢安在这里指挥淝水之战的胜利而盛名四方，典故"东山再起"就发源于此。自那之后，古往今来的名人、诗家、游客，歌咏东山的诗文名篇和传奇故事、书画作品等数不胜数。唐代李白、白居易，南唐朱存，北宋王安石、苏轼，南宋辛弃疾、周密、程垓、张炎，明代易震吉、佘翔，清代陈廷敬、刘廷玑、袁枚以及乾隆等人，都曾写下了歌咏南京东山的诗篇。

落脚东山的第二年，王农宾和华净文有了一个女儿，后来又有了一个儿子，因南京的简称是"宁"，儿子取单名为"宁"，大名叫王宁。外公非常喜爱这个最小又最大的孙辈，作为外孙他的排行和年龄都是最小，作为孙子他又最大，因为他是王家的长孙。小王宁的启蒙老师自然是出口成章、才学出众的外公，加上师范毕业的母亲知人善教、循序渐进，王宁从小聪明伶俐，兴趣十分广泛，两岁半会背《百家姓》《三字经》《千字文》《弟子规》，三岁能背诵一百多首唐诗宋词，父亲为他制作的"华容道""鲁班锁"智力玩具，他很快就学会解法，家里的洋玩具拆了装，装了拆，都得心应手。有一回，小王宁看书有一词不理解，跑去问外公："外公，'个个木支'什么意思？"平常什么也难不倒的外公，这回居然被问住。还是母亲细心，告诉王宁书上不是"个个木支"，而是"竹枝"，由于手写体字的间距不规范，使人产生了四个字的错觉。这事直到外公去世，王宁也没有忘记。

王宁在东山长到四岁时，父亲回老家继承祖业，于是带着一家人返回苏北，也躲过了后来的日寇大屠杀。王宁先被安排到当地一家私塾读书，后就读于公办小学，直至读完高小。父亲继续做他半工半农的活，母亲则经营豆腐坊，一家四口，其乐融融，令人羡慕。就这样王宁在老家度过了美好的童年和少年期。小学毕业那年，当地发生一件大事：六月下旬突发大水，里下河地区一片汪洋，"洪水浩劫，人民生机几绝，无粟可食，乃剥取树皮，磨成粗粉，掺以水藻、草根、树叶等物，蒸而食之……"之后，又发生一次较大的涝灾，虽然受灾面积和持续时间不及上一次大洪涝，但由于上游堤坝晚间溃口，造成下游发水急，人们来不及躲避，还是淹死不少人。王宁的父亲因参加捞尸队，不幸染急病去世。

失去主心骨的家庭，从此一蹶不振。母亲坚持了半年仍不见好转，只能将田地、房屋和豆腐坊全都卖掉，带着儿子女儿返回娘家——南京东山镇。王宁的外公是见过世面的人，他认为孩子们应该继续读书，将来还要上大学，于是拿出部分积蓄在南京的城南买了一套带小院子的老式民居。

尽管只有三间正房一间厨房，但三人居住绰绰有余。房子虽旧不破，古色古香，恢宏，宽敞，明亮，雕梁画栋，文化氛围非常浓厚。堂屋坐北朝南，西屋是长辈厢房，东屋是孩子厢房，南边的大门设在中轴线上，院子里还有一间小厨房和一口水井，井旁的荷花缸里，生长着江南人喜爱的粉色风荷。外公找人将房内粉刷一新，又更换了木窗、木门，将地面的小青砖全部换成细磨过的大方砖。这样，王宁与姐姐跟着母亲搬进了南京城里，华老先生夫妇来回城、郊，在城里又多了个落脚地。很快，华净文找到一份城南中学教师的工作，王宁的姐姐就在母亲教书的中学继续上学，而王宁只能插班于附近的小学六年级，这样他又读了一学期六年级的课，各门成绩自然在班里最好，加上他个子又高，因此被老师任命为班长，这个"官"一当就没有下来，直至高中毕业。王宁最大的爱好是读书，求知若渴手不释卷，课上课下、走路、休息甚至吃饭都捧着书，古人云："书为师，多拜多得识！"他从书里得到不少知识、快乐和收获，与书结下不解之缘。他广博群览，小说、传记、历史、自然、地理、军事、美学，等等，甚至于医学、童话，乃至佛经、妇女杂志，无一不是他博览的范畴。除了读书，他还喜欢拉小提琴，跟着邻居美术专科学校老师学习，经过几年勤学苦练，能拉一手好琴。

返回南京一晃六年时间，姐姐已经出嫁，王宁也由一个毛头小子成长为品学兼优、乐于助人的好学生，一个正义凛然、刚直不阿的好青年。

一九四八年夏末秋初，是中国内战关键的时期，国民政府由于战时赤字和美援贷款得不到落实，通货膨胀日益加剧，刚刚企稳的物价又急速上涨，使得民众对政府残存的最后一点信心丧失殆尽。当时流传这样的歌谣："八年重担压弯背，'胜利'之后新捐税，矮的（指日本鬼子）去了长的（指美国兵）来，百姓还是活得累。"加上战场局势每况愈下，国民政府已处于风雨飘摇之中。首都南京失去往日的繁华，民生凋敝，百业凋零。只有那些既有北方的端庄浑厚，又有南方的灵巧细腻，可谓既参酌古今，又兼容中外，还融会南北，堪称特定时期艺术缩影的民国建筑，依然是那样冠冕堂皇。还在高大建筑上的青天白日旗，仍旧随风晃荡，只是旗帜上面的"白日"与天空中的红日形成鲜明的对比，是那样的暗淡无光。

一天，王宁的母亲华净文正在小院里精心做她的千层底圆口布鞋。身穿学生服，头戴学生帽的王宁背着书包从门外进来。

"母亲，我回来啦，看！高中毕业证书。"王宁将手里卷着的高中毕业证书展开给母亲看了一下，问："给谁做的新鞋？"

"还有谁？"坐在小圆凳上的母亲抬起头，微笑说道，"明知故问！脱下一只鞋来。"

"哎！"王宁弯腰捡起自己的一只旧鞋递给母亲。

母亲将还未完工的新布鞋与儿子的旧鞋比较大小后，将旧鞋子放到地上，说："快穿上，寒从脚下起，别着凉！新鞋明天你就能穿啦。"

王宁一边穿着鞋，一边背诵着唐代孟郊的《游子吟》："慈母手中线，游子身上衣。临行密密缝，意恐迟迟归。谁言寸草心，报得三春晖。"弯腰在母亲的耳旁轻轻地亲了一下，"谢谢！这个世界上母亲最伟大！"

母亲用手掌擦去面庞上的口水："调皮，别没大没小的！"拿起身边针线扁里的竹尺，又量了一量鞋底的长宽，看着已经长大成人的儿子。

"呵呵，都说女儿是母亲的贴身'小棉袄'，那儿子呢？"

"儿子是母亲的希望，是母亲心中的'小太阳'啊！"

"真的？"

"不是吗？宁儿，你就要上大学了，要努力奋发啊！读完大学对你一生均有益处，这也是你外公的凤愿。古人言'万般皆下品，唯有读书高！考取功名就有前景光明的未来！'对此，我不敢苟同，但多读些书我是赞成的，书读得多，知识就多，将来走向社会基础就好，就像盖楼房一样，基础好就稳，就不怕风雨。"

"嗯，我会努力的。"

"男儿要有志气，大明兵部尚书王阳明曾说：'志不立，如无舵之舟，无衔之马，漂荡奔逸，终亦何所底乎。'一个国家要有朝气，一个民族要有骨气，一支军队要有士气，一个好男儿要有志气。'志'是志向，也就是理想或奋斗目标，'气'是骨气，也就是自强不息的精神，男儿若没有志向和骨气，将一事无成。"

"母亲我懂！我的志向是'将来做一个对国家有贡献的人，为中华复兴尽一份力！'五百年前，大明朝是多么强盛，疆域比汉唐还要大，经济世界第一，军队威震四方，科技在很多方面领先于西方，令外国人望尘莫及。"

"那都是过去的事啦，好啦，我不反对你的志向，但要切实，要踏踏实实地行路。"

"行路？"

"我说的是行人生之路，人生就如同行路，一路上要多做好事善事。母亲不愿成为你人生道路上的羁绊，而愿意你走出我的视线。在这儿你看到的只是一个家，出了这儿你看到的是一个世界。你穿着母亲做的鞋，心坎里就拴上一根线，一根无形的、长长的线，母亲在这边，你在那边，扯不开，拉不断，无论你走多远，走多久，母亲都会在这边等着你！"

"儿也会在那边惦记着家，惦记着生我养我的母亲！"

"以后啊你还要娶媳妇，你和你的媳妇好比一双行路的鞋，少了一只不行，一大一小不行，颜色、式样不配也不行，一只鞋迈出去，另一只鞋就要赶紧跟上，你们一同磨合，一同经历风雨，一同分享快乐。"

　　知识女性与家庭主妇在孩子成长与教育问题上，其方法有天壤之别，前者不但会养，而且会育，尤其是教育界的知识女性更是如此。身为教师的华净文一番话让儿子深受启发，感慨良多，对他的道德观、价值观、人生观的引导和建立无疑是影响巨大的，甚至可以说这一番谈话影响了儿子一生的轨迹。

　　天空响起了嗡嗡的声音，并且越来越大，由远及近。不一会儿，数十架从大校场机场起飞的美制柯蒂斯 C-46 飞机，轰鸣着从城南的低空掠过。C-46 这种由商用客机改装而成、被外国人称为"飞行棺材"的运输机，在"二战"时期被美国陆军航空队、美国海军陆战队用于军事运输，是当时最大、最重的双引擎飞机。"二战"结束后，美军将这批飞机中的一小部分转给中国，为国民党军队继续服务。

　　城南教堂大门前，修女们见到这种样子可怕的飞机，纷纷用手指在自己的胸前画"十"字，匆匆忙忙跑开了。一群和平鸽闻声惊起，鸣着鸽哨消失在教堂的楼后。王宁和母亲也都抬起头，看着天空黑压压的飞机，沿着城南绕了半个圈向北飞去。

　　"宁儿，这都是些什么飞机？这么大，这么多啊？"

　　"这些是美国援助国民政府的大型运输机，它可以运货、运人、运枪炮、运炸弹。"

　　"运枪炮、运炸弹？他们这要去哪儿啊？"

　　"还能去哪儿，肯定是向北去打内战呗！"

　　"打内战？国民党发起内战，死伤无数，民不聊生，哀鸿遍野，加上水灾、粮荒、病疫，灾祸不断，人民卖儿卖女，生活苦难不堪。战争对谁都没有好处，国共是公说公有理，婆说婆有理。"

　　"这两大集团的政治理念迥然不同，因为他们的主流分别来自不同的阶层，代表着不同的利益，难以糅合，所以用和平方式解决分歧是不可能的。"

　　"那就得打？本是同根生，相煎何太急。都是中国人，有什么不能商量解决？"

　　"嗳，这……你就不懂了吧，不是商量不商量的问题，而是三民主义和共产主义能不能相容的问题！"

　　"我不管他什么主义，也不管他相容不相容，我只管你！不许参与政治！"

　　"母亲，你就放心吧，我既不参加'反饥饿、反内战、反迫害'的学生示威，也不跟着那些效忠政府的人走，我对政治不感兴趣。"

"这就对啦，集中精力学习，远离政治纷争，远离炮火硝烟的战场。"

"是！战场上那是胜者为王败者寇，因此，我才不去当兵卖命呢。"

"当兵？"

"我们班同学有去的。"

"那是被骗去的，你可不许当兵！我们家就你这么一个男儿，你要是去当兵……啊！"

母亲在与儿子的交谈中，仍然做着布鞋活，一不小心，被鞋锥子扎破手指，鲜血直流，由于用力过猛，伤口比较深。王宁赶紧用干毛巾压住母亲手指的伤口。过了片刻血是止住了，但手指又肿又痛，娘儿俩只好去医院处理。其实，伤得并不重，但是医生为防止破伤风，还是打了一针破抗，又对伤口做了消炎处理。

回家经过一家熟食店，母亲买了半只盐水鸭犒劳儿子。街边乱哄哄的，不时有一些车辆疾驶而过，维持秩序的交通警察在街上巡逻。突然，道路中央的一辆敞篷小汽车上，跌落下一个约三岁的小男孩，孩子身后又有一辆马车紧接着冲过来。眼看小男孩就要被马车碾压，王宁眼疾手快，一个箭步冲上去，横抱起小男孩往路边跑去，躲过了马车，但马车上的大树段尾端还是刮蹭到王宁肋骨。王宁一个跟跄差一点摔倒，但他坚持跑到路边放下小男孩。

"怎么搞的？不好好看护着孩子，我在老远就注意到你们了，你在车上东张西望，根本不注意这车水马龙的路面和你的宝贝孩子，你这个当妈的怎么当的？"警察狠狠地教训起从敞篷小汽车上下来的女人。

"对不起，没想到会发生这样的事。"女人立即赔不是。

"没想到？哎，这是人命关天的大事！"警察并不想放过这个名叫章静莲的女人。

"很抱歉！都是我们不对，以后一定看护好孩子。"从车上跳下来的海军少校奔过来，彬彬有礼地道歉。

"嗯，这还像句懂道理的话，多悬啊！"警察见年轻的海军军官尊重自己，语气缓和下来，"要不是旁边那位小伙子跑过来相救，这就'和尚去云游——出事（寺）了'！"

"是，是。"海军少校连连点头。

"好了，以后注意啊！"油头滑脑的警察，拍拍屁股走了。

孩子的母亲章静莲见这个的警察离开后，立刻过去向王宁鞠躬致谢，并从衣兜里掏出一叠纸币往王宁手上塞。王宁哪肯要她的钱，又将钱还给她。

海军少校见王宁不肯收钱，问道："兄弟，你叫什么名字？"

看了看这个个子不高，比自己大几岁，很有礼貌的海军少校，王宁并没有回答他。

海军少校又说："中国有句老话'点滴之恩，当涌泉相报'，何况你救了孩子的命，我想让孩子记住救命恩人的名字！"

王宁得知海军军官要教育孩子，淡淡一笑，说："谈不上救命恩人，我只是做了件应该做的事，我叫王宁。"

海军少校拉下右手的白手套，与王宁握了一下手，说："救人一命胜造七级浮屠，我叫李元智，我相信咱们还会再见面！"说完与孩子及夫人一同向敞篷小汽车走去。

王宁看着他们离去，转问母亲："'救人一命胜造七级浮屠'这句话我在书中看过，但始终不知道'浮屠'是什么？"

母亲笑着说："'浮屠'是梵语的'佛塔'，'救人一命胜造七级浮屠'这是《大藏经》里的话。儿啊，今天你做了一件大好事，大善大爱的人一定会有好报的！走吧。"

回到家里，王宁感到右肋疼痛，不碰还好，一碰剧痛。母亲掀起儿子的上衣，见右肋并没有外伤，也没有瘀血的地方，但用手轻轻地触摸，儿子立即大叫起来。华净文预感儿子体内一定有内伤，如果伤及内脏那就要出大事，她不管儿子愿意不愿意，硬是连推带拉将儿子送到女婿工作的条件较好的广慈医院去检查。

广慈医院原是日军占领南京后的陆军师团医院，一九四五年日军投降后，该院被国民政府接管，国共内战时又被国防部部分征用，说是军民两用医院，实际上是平民百姓患者少，国军伤病员多。医院内人满为患拥挤不堪，老百姓赶大集般往里挤，军人抢占阵地般往前冲。外科更是席不暇暖，医务人员忙得不可开交，有个焦头烂额的男医生刚给一位烂脚的病人清疮换药包扎完毕，没等喘口气又闯进来一男一女，男人手指头断了，流了不少血。医生问是怎么断的，还没等男人回答，女人抢先开口："是他自己弄的，他一个卖肉的，手里切着猪肉，眼睛却盯着一个年轻姑娘的屁股，结果用自己的刀把自己的指头切掉，活该！"男人急了："都是你们这些臭女人！"医生倒也风趣，笑着说："看年轻姑娘的屁股不要钱，可到我们医院来是要花钱的，呵呵……"结果病人手还没有处理，男女却打成一团。

人若损失一些东西，势必又会得到另一些东西，正所谓"有所失，必有所得"，这似乎成了放之四海而皆准的普遍规律。王宁救人不幸受伤来到医院，遇上一个从此再也没有忘记的人！在去外科的过道里，他遇见三个谈笑风生的年轻女子，她们都是外科病房的女护士。右侧的护士叫张秋露，小姐妹们很少叫她的全名，都直呼她秋露。秋露美丽大方，性情温和，芳年十八。中间的护士叫杨梦玥，东北长春人，她比秋露大三岁，性格稳重，身材极好，挺胸，翘臀，小蛮腰，长腿，非常性感，是个十足冷面丽人。左侧的护士叫余梅，比秋露小一岁，护士帽下露着烫着短短的时髦俏皮鬈发，她气质高傲，性格泼辣，是个刀子嘴豆腐心，一看就是个有钱人家的女儿。三人嘻嘻哈哈从这里经过，见到迎面而来的王宁心里都咯噔一下，不约而同放缓脚步，目不转睛地瞅着这个身体颀长、白白净净、斯斯文文、讨人喜爱的小伙子。他学生帽下有着乌黑茂密的头发，前额天庭饱满，眉宇间透着英气，浓眉下有一双机灵、亲善的眼睛，眼眸带着炯灼的光，高挺的鼻梁下面是一个总是带着微笑的小嘴，宽厚有力的肩膀，横阔结实的胸脯，健康完美的身材，修长敦实的双腿，英俊帅气中又带着一抹温柔，不管是长相还是神情，第一眼就让人看了不愿意离开，尤其是这些未婚的女孩子们，虽已擦身而过，却依然在一眼回眸间又深陷其中。

王宁并没有注意到她们在看自己，在与左边护士擦身而过的一瞬间，见到一本书掉到脚下，捡起来一看是张爱玲的《倾城之恋》，立即叫住她们："护士小姐，请等一下，这本书是你们的吧？"

三个护士不约而同地转过身，其中那个叫秋露的护士走到王宁面前，很有礼貌地一鞠躬，嫣然一笑，露出一口洁白整齐的牙齿："对不起，是我的书。"

王宁点头还礼，将书递给秋露，并打量着眼前这个笑容可掬，年龄比自己略小一点的白衣天使，她清丽脱俗，体态轻盈，秀美的脸上焕发着青春的光彩，像鲜花一样生机勃勃，白色的护士帽下露出乌黑的鬈角，鸭蛋脸型上的肌肤白里透红，一双水盈盈顾盼生辉的眼睛忽闪忽闪，小小的鼻子，小小的嘴，都显得非常可爱，在素净淡雅的白大褂里，随着她的呼吸，坚挺的胸脯有节奏地起伏着。看着这个羞答答地露出笑脸的女孩子，王宁如同贾宝玉遇见初进荣国府"两弯似蹙非蹙胃烟眉，一双似喜非喜含情目"的林黛玉一样，一股从未有过的热流悠然而起。难道说这就是……记得母亲曾经说过"长大了，上苍会派一个天使来的"。她就是母亲说的天使？从她那笑靥如花的脸上，王宁感觉到自己也照亮了对方的心灵。

秋露接过书微笑说了一声谢谢，目光与王宁对视的一刹那，身体也像是被电击了一下似的，这是一种难以形容的感觉，内心一下荡起波澜，像温水突然间沸腾，心怦怦直跳，脸庞也泛起云霞。怎么啦？我怎么会这样敏感？她非常困惑地问自己，也就一两秒钟的对视，竟然如此兴奋异常，这是怎么回事？暗暗叮咛自己不要去胡思乱想，却又禁不住抬起头来，去看看这个渐渐远去的可爱的小伙子。难道说这种生理反应就是医学上所说的大脑皮层与神经系统受到刺激，对异性的反馈效果，即青春期的"触电效应"吗？还是丘比特的金箭真的射来了？理智告诉她要克制冲动，坦然对待，顺其自然。

"啧，啧，秋露！捡一本书你就动心啦？"就在秋露回味、咀嚼那令人难忘的一瞬间，护士余梅忍不住："你看你，两个眼睛都直了！死盯住人家眨也不眨一下。是的，那位的确很帅，你有心，可人家无意，他走了，走得没有一丝的犹豫！"

"小梅，你瞎说什么呀！"秋露瞪了余梅一眼。

"秋露，她是个刀子嘴，你别介意。"杨梦玥以为秋露生气立即来解围。

"这个人……似乎在哪里见过。"秋露没有理睬她俩，仍在想着刚才那个还给她书的小伙子。

"见过？"杨梦玥瞪大眼睛也感到意外。

"很面熟，可一下又想不起来。"秋露无奈说道。

"走吧！别'老孔雀开新屏——自作多情'啦！"心直口快的余梅故意逗着秋露。

"你这个死丫头！"秋露急了，举起书就要打余梅。

"咯咯……"余梅做了一个鬼脸，迅速躲到杨梦玥身后，"来呀，来追我！"

"你这个疯丫头，将来准嫁不出去。"秋露追余梅而去。

"嫁不出去才好呢，就当老丫头！哈哈，哈哈……"余梅两个眼睛笑成了一条缝，围着杨梦玥跑了两圈。

"好啦好啦，你俩别闹了！一个疯丫头！一个倔小姐！"好静的杨梦玥说道。

"再加一个傻大姐……哈哈，哈哈……"秋露和余梅一齐笑着说着，与杨梦玥一起走向外科病房。

春，是万物更新朝气蓬勃的代名词。"思春"，是每一个情窦初开的女孩子，都要经历的青春萌动和对爱情美好期待的必然过程。然而，怀春少女内心喜悦的炽热中，又满含着羞涩与矜持，不敢轻易地向意中人表白情愫，更不愿意主动去捅破爱的那层窗户纸，而是独自吟味着甜里的苦，苦里的甜。浑身洋溢着春气息的江南姑娘秋露，心中第一次闯入一个毛头小子，自从与王宁在过道对视之后，心情和举动都发生较大的变化，有时候静坐在椅子上托着腮，呆呆地若有所思；有时候干着活，眼睛却神不守舍地东张西望；有时候丢三落四，要带的是包，手拿的却是书。害羞、敏感、悸动、浮想联翩、脸红心跳……一系列在钟情的年龄应有的激动和澎湃，她都有所表现，就像上紧的琴弦，一拨弄就发出柔美的乐曲。

爱的升华

经医生检查和 X 光片确认，王宁右肋一根肋骨骨折，还好，撞击并没有伤及内脏，这是不幸中之大幸。医生建议住院治疗，因为这根斜断的肋骨像匕首靠近肝部。王宁以为要开刀做手术，吓出一身冷汗，说什么也不肯住院。姐夫也是医生，耐心向他解释："人的肋骨有十二对，左右对称，诚然这次撞击没有伤及内脏，但骨折处呈斜切尖刀状，对肝脏是个威胁，必须赶紧治疗，一般肋骨骨折病人都不需手术，用胸带固定后，避免剧烈运动，一周就能自动愈合。"了解到这些医学知识，王宁终于硬着头皮住进外科病房。照看他的护士不是别人，正是刚才在过道里遇见的那位丢书的护士——张秋露。她十四岁随父母从苏州来到南京，中学毕业后转读高级护校，毕业后就分配在这个医院里。

同病房还有两个病友，一个是五十多岁的政府公务员，另一个是军人。军人与王宁年龄相仿，他左小臂上绑着一个长长的石膏筒，筒底下有一块木托板，一根白绷带从木托板底下兜起挂到脖子上。王宁刚躺下，护士张秋露便端着一个装满大小药瓶和各种药袋的长方形托盘进来，她用含蓄的微笑来表露对王宁的好感，嘴角始终保持着月牙般的弧度，或许这就是天使的微笑。看着秋露清澈的眼神洋溢着淡淡的温馨，身体被撞的阴霾一扫而空，王宁也开心地笑了。"既来之则安之，如果无法选择伤病的话，那么可以选择面对伤病的态度，坚强、乐观、积极配合医生，是最好治疗，我相信你很快就能康复！"秋露短短两句话打消了王宁的顾虑，她将两片小药片放到王宁的手上，见王宁服下去，才转向旁边的军人和公务员，同样等他们服下药才离开病房。

　　离王宁病房不远的顶头，是两间高级病房，其中一间住着一位年约六旬的老人，他姓李，是中国有名的糖王，在上海、广州、台北、高雄各有一个大型糖厂。他从上海来宁看望小儿子，去中山陵游玩时不慎扭断肌腱住进这里，经数周治疗已经痊愈正准备出院。来接老人的小儿子正是王宁在马路上舍命相救的小男孩的父亲李元智。李元智感谢护士们的精心护理，让他父亲好得比预料的快，临走时他给清点病房用品的秋露送上一大串香蕉。南京不产香蕉，从千里之外的华南运抵南京并不容易，在当时香蕉还是南京的高档水果，一般人是吃不起的。可医院有严格规定，不允许接受病人礼物。是要香蕉，还是要"饭碗"？秋露当然是毫不犹豫选择后者，她有礼貌地谢绝李元智的好意，将香蕉还给了他。

　　人有时候就是那么怪：得到的不想要，得不到的想方设法地要！其实，李元智送香蕉只是个借口，是想增加秋露的好感。二十五岁的他，少校军衔，早年毕业于英国达特茅斯皇家海军学院，现服役于国民党海军"永辉号"运兵船（美制大型武装运输船，平时运货，战时运兵）。熟悉海军制服标志的人，一见到他双肩佩戴着四道杠的肩章，就知道他是船长级别。他常来医院看望父亲，也就认识了秋露，离开前他问秋露想不想跟他们船去上海玩玩，不要路费还管吃管住。秋露有点动心，当然不愿意放弃这样的机会，但医院工作忙，时间也不允许，只好作罢。

　　茫茫人海，男女从相遇、相识，到喜欢、相爱，有的时候用不着多长时间，因为喜欢一个人不需要多少理由，爱也可以在几秒钟内产生。不过，喜欢并不一定能转变成爱，而爱一定是建立在喜欢的基础之上的。怎么来断定究竟是"喜欢"，还是"爱"呢？判断的尺度除有层次之分，那就是心灵上的感受了：在夜深人静的时候，你对于惦记和牵挂的人，如果只是一种无言的思念和淡淡的温馨，这只是喜欢；如果思念和温馨中还有种说不出的隐痛，那便是爱了。生活中常见的例子：一个人的头上有一根小草，如果爱他（她），不经意间就会给他（她）拿下小草，并且顺便理一下他（她）的头发；如果只是喜欢，则轻轻地告诉他（她）："哎，你头上有一根小草哦！"这恐怕便是"爱"与"喜欢"的区别。李元智和王宁都喜欢秋露，秋露也喜欢他们，可是秋露对李元智只是大哥哥般的喜欢，而对于王宁则不仅仅是喜欢，一个眼神，一句话语，一个动作，一点一滴都掩不住她浓浓的爱意。如同民国四大才女之一吕碧城所说"不遇天人不目成"，或许这就是所谓的缘与分。什么是缘？什么是分？缘是机会，分是在一起；缘在于天意，分在于人为。秋露与李元智有缘无分，尽管李元智全力去追那个分。秋露与王宁有缘有分，尽管是一刹那产生，却要用一生去呵护。

王宁的肋骨愈合很快，这要归功于母亲两天一只鸡，三天一只鸭，排骨汤天天送，加上他年轻力壮以及秋露的精心照顾，伤势很快治愈。在出院的前一天，王宁再也躺不住，拿起他喜爱的小提琴，背起书包，一个人跑到医院的后花园练琴去了。

顶头的另一间高级病房，住着一位身穿笔挺将官军服的蒋军师长，名叫成斌，他三十六岁，容光焕发，中等身高，偏胖，身板像标尺一样笔直，步履稳健有力，一看就是个经过多年军旅生涯磨炼过来的正牌职业军人。成斌是江苏盐城人，可他的长相却有点像广东人，颧骨较高，眼窝凹陷，皮肤黑里透红。他出生在农家，黄埔军校第八期步兵科毕业后加入湘军，先后在湖南、江西、贵州与红军作战。抗日战争爆发后，他率全营随部队赶赴上海与日寇作战，后退守杭州，不久又调往武汉、江西、湖南继续抗击日军。一九四五年三月，全军换装美械，四月他参加湘西会战，在雪峰山以东地区指挥全团战斗，重创日军。日本宣布无条件投降后，他随部队驻防南京，后调往苏北与新四军作战，升为少将旅长。一九四七年一月开赴山东与华东野战军作战。五月，去解救友军张灵甫的整编第七十四师，在孟良崮附近遭重创。部队补充后驻防临沂，不久又遭到华野部队的进攻，全师再次遭到重创。成斌受伤带着突围出来的一个团返回江南，在江苏镇江地区重新招兵买马又建起一支三个团的队伍。国防部答应提供所有军需和武器，但部队番号需等调整后再给（当时蒋军师一级番号较乱，有的师已经是第五次重建），只能暂用"独立师"这个大一些的军级都可以下设的番号。成斌等人马、武器、设备到位后，立刻跑到南京养伤，在广慈医院经两个多月的治疗，伤愈正准备出院。此刻，成师长嘴上叼着烟斗，等了一会儿不见护士来，于是走向值班室。

值班室里秋露正在配药，杨梦玥站在过道里，双臂伏在值班室的台子上写着什么，又大又圆的屁股撅得老高。成师长看着气质华贵高雅、举手投足间都有说不尽的万种风情的杨梦玥，见她性感的屁股触手可及，毫不犹豫上去用手拍了一下，让她来高级病房。杨梦玥被吃了"豆腐"，回头见是成师长，刚要发怒的气又泄了下去，答应他马上就到。她草草填好值班日记，拿着出院登记表来到高级病房，让成师长签字后，就清点病房物品，整理凌乱的被褥。

"哇！瑞士欧米茄！成师长，您的手表丢在这儿了！"杨梦玥在枕头边发现一块小巧玲珑闪闪发亮的女表。

"没有忘，那是送给你的，二十五钻全自动。"成师长说完随手将门关上。

"送给我的？这么名贵的礼物，我怎么能要……"杨梦玥微微一笑，全神贯注看着金表。

"戴上试试！"成师长说着一只手搂着杨梦玥的腰肢。

开始杨梦玥并没在意，她将他的手轻轻地拿开，继续欣赏刚戴在手腕上的名表。不料成斌又将手放到她的腰间，更糟糕的是他另一只手向她胸部摸去，而且得寸进尺，四处游荡，胸部、腹部、大腿……越来越肆无忌惮，越来越为所欲为。他不顾杨梦玥的反对，将她紧紧地揽到怀里，就像盼望了千年的山神终于抱到了仙女，双眼发着兴奋的光芒，用强有力的胳膊束缚着她，让她无法逃脱。

"放开我，放开我……"杨梦玥又急又羞，低声地恳求着，脸一下涨红到耳后根，仿佛被涂抹上辣椒水，火辣火辣的。

"这不是我的错，是你太漂亮了！"成斌笑着，紧紧拥抱着杨梦玥，让他那火热的躯体贴得更近，"你要知道，我一来到这里便爱上你，你让我朝思暮想，你让我坐立不安，你让我心猿意马，我就要回部队了，我要你，要你！"

成斌坚定的语气，强有力的拥抱，让杨梦玥简直要窒息。无助的她不管怎么挣扎，怎么哀求都无济于事，羞辱和痛苦的泪水夺眶而下。她恨自己太软弱，太温柔，太大意，结果落到这个地步，盼望成斌能心慈手软放她走。然而，她绝望了，也不知是站不稳，还是地面不平，两条腿有点发飘。

哀求不行，杨梦玥改换口气说："我还是个姑娘，你不能这样欺负我。"

成斌听到这话，立即松了松手，但没有完全放开她，说："我哪里欺负你？

我爱还爱不够呢？小杨，嫁给我吧？嫁给我你会有享不尽的荣华富贵，你家的债务由我来还，你的双亲就是我的父母，我一定善待他们。"

杨梦玥听了他这些话，心头一颤，慢慢地说道："我想想，这事还得问问父母亲。"

成斌立即说："那当然！代我向令堂问好。"又将杨梦玥的娇躯紧紧地搂住。

对于大多数中国女性来说，在以男性为中心、女子依附男子而生存的社会里，婚姻是关系到一生命运的大事。杨梦玥就像一叶小舟，行驶在风急浪高的江海里，她需要一个停泊的港湾，能让疲惫的旅程停下来，她累了，不想再漂泊，不想再流浪！她静静地倚在成斌怀里，倾听着他强有力的心跳，思前想后，慢慢地抬起雪藕般的双臂，环抱住成斌的脖子，放弃了无谓的挣扎，咬了咬牙，痛苦地闭上了眼睛，任由泪水夺眶而出。

成斌眼睛像两团火，早已红了。他紧紧地搂着她，亲吻她的嘴唇，采撷着她甘露般的香唾，挑逗着她的情欲，让她春心荡漾。他用撩情的大手解开她的上衣，由于过于激动，手腕发颤，粗大的指头却解不开她衣服上的小扣子，于是急吼吼地将她的衣服扒开，像剥洋葱似的将柔软无力的杨梦玥脱得一丝不挂，让一个完美的酮体展现在他的面前：雪白细腻的肌肤闪烁着青春的光晕，柔美梦幻般的"S"形身材释放出无限的魅力，高耸娇挺的双乳令他浮想联翩，纤纤的腰肢扭得风情万种，浑圆微微上翘的臀部丰满健美，修长的双腿亭亭玉立，还有那如同黑色瀑布悬垂于半空的披肩长发、又黑又长的睫毛下一双丹凤眼、平滑小腹下含羞初绽的"蓓蕾"，都让成斌瞠目结舌，欲火焚身。此时，他就像一颗拉响了引信的炸弹无法抑制，抱起宛如一朵出水芙蓉、一束凝脂雪莲的杨梦玥，把她平放到床上，然后俯身压了下去……

爱和爱情完全是两码事，爱是单向的、单纯的，爱情是双向的、复杂的。成斌与杨梦玥只能说有爱，或者说各有需求。他们能将爱升华到爱情的高度吗？这要看他们双方今后的努力程度。而王宁与秋露，就是在过道间偶然相遇那一瞬间的对视，彼此就将对方永远地印在脑海里，铭刻在心头上。那是一种多么微妙的感觉，至此开始，他们都认定对方最美、最亲、最可爱、最值得尊重和信赖，不由自主地想着对方，只要一会儿见不到，就会难受，就要去找，因为他们都想紧紧地抓住这突然降临的爱情，不想错过！或许，这就是人们说的一见钟情。爱情的大门一旦打开，挡也挡不住！秋露分发完药，仍不见王宁回病房，所有的病人都按时服药，唯独他不知跑到哪里去了，难道已经出院了？不会！他的东西还在病房里呢。跑回家了？也不大像，他不是一个不打招呼就走的人，应该在附近，可能会病友去了……正想着，杨梦玥回到值班室来，秋露立即把情况告诉了最要好的杨大姐。杨梦玥理了理有些凌乱的头发，说半个小时前见王宁一个人离开病房，让秋露去后花园找找。秋露见杨梦玥的表情有点儿不对劲，眼神里似乎藏着忧伤，就问她怎么了。"没什么，有点不舒服，一会儿就好，你忙你的去吧。"杨梦玥一句话搪塞过去，秋露也没有多想，皱着眉头向后院走去。

　　秋天的天是最美的，蔚蓝色的天空一尘不染，丝云缱绻流连，洁白无瑕，宛如条条白纱，分外绚丽。秋天的天空阔广而纯净，令人轻松，心旷神怡。而后花园里，却是另外一种景象：秋花已经凋零，只有秋菊、四季海棠花还坚强地开着，周围树叶失去绿色光彩，葡萄架上的藤叶开始发黄脱落。有人说秋天是诗意的季节，但也是游子想家的盛期；还有人说秋天是喜悦、收获的季节，可也是片片萎谢、凋零、凄凉。一群大雁变换着队形从头顶飞过，秋露不禁想起三国曹丕的《燕歌行》："秋风萧瑟天气凉，草木摇落露为霜。群燕辞归雁南翔，念君客游思断肠。"此情此景倒与《燕歌行》描绘的景象十分贴切，她想着这些诗情画意，向前走着。忽然，一阵琴声冷不丁地袭来，那美妙的天籁之音，划破长空，若即若离，似乎很远，遥不可追，又似乎很近，萦绕耳际。琴声悠扬，悦耳，时而像婉转流畅的鸟鸣，时而又像山泉入溪的潺潺，时而催人奋进，时而荡气回肠，每一个音符都饱含深情。这浓浓秋色的医院后花园位于偏僻的郊区，怎会琴声飞扬？侧耳倾听，小时候学过琵琶琴的秋露，才知道是西洋乐器小提琴的声音，琴声的优雅使她感受到愉悦，她静静地听着，听着，思绪也渐渐地与优美的琴声融为一体……

　　音乐是一种通用的语言，它比语言更有表现力和穿透力，诱人去聆听，让人无法回避，沉醉其中。忽然，美妙琴声戛然而止，秋露的心不由咯噔一下，她想弄清楚这琴声究竟来自何方，伸长脖子转头张望，并没有发现拉琴的人，但她断定音乐来源不会太远，立即加快脚步来到葡萄架下。她见长廊顶头的王宁正坐在石凳上写着什么，很快他又合上笔记本，拿起搁在笔记本旁边的小提琴，站起身侧过头，把琴的肩托放在左肩和锁骨上，用下颌腮夹住继续拉琴。秋露没想到他还会拉小提琴，而且拉得如此之好，令她钦佩不已。这次他换了一个曲调，一下变成了深沉、悲凉。琴声悠悠，仿佛是一个背井离乡的游子正在轻轻地哭泣，在迷茫中，或怨世态炎凉，或叹命运坎坷，或述情深意切，或诉相思之苦……不过，那旋律凄苦而不绝望，忧愤中诠释着坚忍的意志，那些交织着优雅、神秘、缥缈、摄魂夺魄的音符，都来自心灵的深处。看着弓子在四根琴弦上跳动，秋露似乎读懂了琴声，一丝莫名的感动也在心底缓缓流淌。

这曲拉完之后，王宁将琴放入盒里，拿起书包和琴盒就走，他并没有发现聆听者就在附近。

爱唱歌会弹琵琶的秋露是意犹未尽，很想听他再拉一曲，那感觉就像一盘美餐刚吃一半，被人端走一样，立即追上去：“哎，十六床，十六床！”

王宁转身见是秋露，问：“是叫我吗？”

秋露一本正经地说：“不叫你叫谁呀？这里就你一个人！”

王宁笑嘻嘻地与她开起玩笑：“嗳……怎么就我一个人呢？你不是人吗？大白天，这么漂亮的姑娘不会是鬼吧？”

这话重了点，也过头了。刚才还笑眯眯的秋露，听了这话感到很失落，本来是好心叫他回去吃药，没想到被他说成了鬼，委屈的泪水潸然而下，想着想着竟然哭了：“你……你骂我是鬼，你……呜……呜……你欺负人，欺负……人……”

王宁见秋露真的哭了，并且还很伤心，知道自己惹事了，立即放下书包和琴盒哄她：“哟！真的哭了，小妹妹，我哪敢欺负人？即使是敢，也不能欺负呀！”

秋露哭着说道：“你明明在欺负我，还说不敢欺负。”

王宁解释道：“你是医务人员，我是病人，你在为我服务，我怎么能欺负你呢？不能！”

秋露停止了哭，看看王宁，说：“是吗？病人欺负医务人员，岂不是以怨报德。”

王宁赔着笑脸：“是，况且像你这样一位国色天香、貌若天仙的窈窕淑女，亭亭玉立、艳若桃李、温柔可人，我怎么能欺负？不能！”

一连串的好话，让秋露的脸上露出了笑容，虽然眼泪还没有干，但少女的天真灿烂，更让王宁心动。

王宁立即说道：“张护士，你长得真好看，像一朵含苞待放的花儿，很美……"

秋露立即打断他，也学着王宁的口气："怎么能欺负呢？不能！"瞥了王宁一眼，又严肃起来，"你少贫嘴！"

王宁仍然笑着说道："呵呵，张小姐，你确实像一朵花，我看还看不够呢！"

前一句是"张护士"，这一句是"张小姐"，近了一步，秋露半嗔半喜，问："真的？这是你心里的话？"

王宁点点头，认认真真说："是，可以对天发誓！"

秋露"扑哧"一声，破涕为笑，转悲为喜："那么……你说我像什么花？兰花？"

王宁摇摇头。

秋露又问："玫瑰？红玫瑰？"

王宁又摇摇头说："No，No……"

秋露继续问："那就是蜡梅了？"

王宁还是摇摇头，又开起了玩笑："不……对！你呀，呵呵……"故意停下要说的话。

秋露有点好奇，也有些着急："你说啊！你说我像什么花？"

王宁呵呵笑了一下，说："你呀，像一朵'狗尾巴花'！"

秋露没有想到他来了这样一句话："你！你！"这回她不哭了，而是上前揪住王宁的一只耳朵摁到一张石凳上，"你说我是狗尾巴花，好！狗尾巴花今天是豁出去了！"

王宁耳朵被揪住："哎哟！哎哟！"痛得直叫："耳朵，我的耳朵……"

秋露开怀笑了，但她并没有就此放手，说："耳朵？口条也不行！"

王宁一愣，说："口条？哎哟喂，你拉我脑袋当猪头肉啊？快松手！小妹妹……小姐……大姐……大妈、大婶……奶奶！我的姑奶奶！"

秋露放声大笑："呵呵……哈哈哈！你还说我是狗尾巴花不？说不说啦？"

王宁举手投降，答道："不说啦，不敢再说啦！"

秋露仍然没有放手："你还叫我姑奶奶是吧，好，姑奶奶不是好欺负的！今天非好好治治你不可！"

王宁这样讨好仍不见她松手，于是高声吼起来："张小露！松手！"

秋露被他吼叫吓了一跳，立即放开揪他耳朵的手，战战兢兢后退几步，说：

"我……我……我不叫张小露，我叫张秋露。"

王宁继续吼道："我知道！你不就是个乳臭未干的黄毛丫头吗？叫你'小露'不行吗？还'秋露'呢？你是'寒露'！把我的耳朵差一点给撕下来！'寒露'！"然后不停地揉着火辣辣的耳朵。

秋露看他揉耳朵的样子可爱极了，忍不住用手捂住嘴要笑。

王宁也觉得这几句有点过头，话语立刻缓和下来："你这个丫头真厉害，跟你开句玩笑话就当真。"见她不吭声，招招手，"来！来！"

秋露撅着小嘴仍然站立在原地不动。

王宁又大声地说："来呀！看看我的耳朵有没有出血？"

秋露听到"出血"两个字慌了，连忙上前仔细查看王宁的耳朵，见没有出血，又掏出白手绢在耳边印了印，白手绢上还是没有血迹，说："没出血，就是耳朵红红的。"

王宁放心地说："我说火辣辣的！没有撕破就好。"

秋露感到自己也有些过头，就说："对不起噢！我给你揉揉。"用小手轻轻地揉着王宁的耳朵，"王大哥，你怎么知道我的名字？"

王宁就是想与她近一些，现在目的达到了："先把'大'字去掉，叫王哥，我比你仅大一岁，还大哥呢？！"

秋露很意外，说："比我大一岁？你连我的年龄也知道？"

王宁吃吃地傻笑着："呵呵，我在你们值班室的卡片上看到的，姓名，张秋露；性别，女；年龄，十八岁；婚姻状况，未婚……"

秋露害羞了："啊？我们值班室的卡片上，哪有'婚姻状况未婚'这一栏？你胡说！"

王宁哄着她说："好，我胡说，婚姻状况不是'未婚'，是'已婚'。"

秋露伸出小拳头要锤他："更不对！更不对！"

调皮的王宁继续逗她："到底是已婚，还是未婚啊？"

秋露用手捂住脸笑着："你坏死了。"

王宁看着羞答答的秋露，两腮红红的，觉得玩笑到此应该停住，就说："行了，刚才逗你玩的。我知道你叫'秋露'，'白露暧秋色，月明清漏中。痕沾珠箔重，点落玉盘空。竹动时惊鸟，莎寒暗滴虫。满园生永夜，渐欲与霜同。'是不是你父亲喜欢唐代雍陶的《秋露》，给你起的这个名字啊？"

秋露回答："也许吧。"

王宁又说："露，莹莹的，像你纯真的眼睛一样，我喜欢露，喜欢秋天的露。"

秋露知道王宁一语双关，问："你早注意我啦？"

王宁憨笑着点了点头："第一眼见到你，就喜欢上了。"从书包里拿出一个正方形的彩色扁盒子递给秋露，又说："今天是七夕节，也是你的生日，本准备下班送给你，既然在这里相遇，就请你收下我的一点心意，祝你生日快乐！"

秋露没想到王宁连自己的生日也记在心里，一股暖流骤然而起，她缓缓地接过小彩盒，解开彩带，打开盒盖，见里面叠放着一条彩锦："啊！南京云锦，真好！"

秋露立即将云锦方巾展开，折叠成围巾戴到脖子上问道："好看吗？"

王宁笑着说："美！很美！"

秋露突然想起什么："问你个事，刚才你拉的那首曲子叫什么？同样很美，魂牵梦萦。"

王宁答道："叫《归家》，我自己作的曲，你要喜欢以后我再拉给你听。"

秋露高兴地点点头说："嗯。"

就这样，两个一见钟情的年轻人，在一场有趣的"游戏"后渐渐靠近。他们仔细观看对方面容，眼对眼，鼻子对鼻子，嘴对嘴，越来越近……就在要碰到前的那一刻，王宁停住进程，拉起秋露纤纤玉手说："做我的女朋友吧？不准嫁给别人，我先'预订的'哟！我承认，鄙人不算完美，但很真诚。"

秋露看了王宁一眼，轻轻地说了一个字："嗯。"声音小得只有她自己能听见，随后低下了头，脸庞露出美丽的红润。

王宁说："不许反悔哟？我不能向你承诺会永远对你好，因为我们总有别离的时候，可我想告诉你，只要我与你在一起一天，我就会好好待你二十四小时，把我能给的，最好的，都给你。"

秋露抬起头，说："再好的东西，也有消失的时候；再美的故事，也有结束的段落；再爱的人，也有先走的一天。与你相处，我绝不反悔！拉钩？"

王宁伸出手说："拉钩！"

他们各自用右手小指钩住对方小指，然后用大拇指彼此亲贴在一起。王宁轻轻地在秋露的额头上献上一个热吻，秋露也慢慢地抬起双手放在王宁的肩上，闭上眼睛。两个初入爱河的年轻人，终于热烈地亲吻在一起……

王宁搂着秋露，说："都说女人如花，兰花芬芳优雅，玫瑰花火红热情，蜡梅花傲雪凌霜，百合花高贵完美，丁香花忠贞不渝。凡是花非香即艳，看过了百花再看看这个世界，没有哪一种花比女人的笑脸更美丽动人！'云想衣裳花想容，春风拂槛露华浓。若非群玉山头见，会向瑶台月下逢。一枝红艳露凝香，云雨巫山枉断肠。借问汉宫谁得似？可怜飞燕倚新妆。'"

秋露知道他在赞美自己，说："我可不是李白《清平调》所描述的杨玉环，我是的的确确的'贫女'。"

王宁又说："自从在医院过道第一次见到你起，'爱'的种子就在我心里萌发。"

秋露也说："我也是，难道这是上苍的安排？"

王宁接着说："让我们一起来浇灌、呵护，让这粒'爱'的种子生根、开花、结果。"

秋露幸福地点点头说："嗯。"

媚眼含羞合，丹唇逐笑开。看着秋露桃花红的脸庞，温柔可爱的表情，才貌双全的气质，王宁慢慢放开秋露，从书包里拿出一台135莱卡相机，想给她拍张照片。秋露欣然接受，她喜欢照相。王宁让她站着，看着远方，双手握住她那条大辫子放到胸前，然后对好光圈、速度、焦距，"咔嚓"一声按下快门，一张美人照定格在瞬间。这张照片王宁一直保存到风烛残年，破旧、褪色、折痕，却一点也改变不了她的美丽，它成了他的第二生命。

秋露很想学照相，王宁就手把手地教她拍照，并告诉她调焦方法和一些基本的拍摄技巧。最后，王宁将这台德国产135莱卡相机送给了秋露。

两人回到病房时已经过了下班的时间，秋露立即整理一下匆匆回家。路上经过一家照相馆，她随即将胶圈冲洗出来，又加急印了几张相片。在等待时，橱窗里的一张新娘婚纱照引起她的注意，美丽的新娘身披婚纱含情脉脉，她那修长的身材在婚纱裙的映托下，格外美丽。秋露心想，我若能穿上婚纱，也拍一张这样的婚纱照该多好啊，不仅能留住美丽、幸福，而且能证明我选对了身旁值得信任和依靠的人。

回到家里，秋露见母亲和小她三岁的妹妹春蕾正在吃饭，随手将女包放在台子上，脱去风衣挂到衣柱架上，漫不经心地来到饭桌坐下。

"等你半天还没回来，我们就先吃了，累了吧秋露？吃完早点儿休息。"母亲递给大女儿一碗面条，心疼地说道。

"姐，给。"妹妹给姐姐递上一双筷子。

秋露接过筷子，发现面条下有两个鸡蛋，随手给妹妹夹了一个。

"这是妈妈特意给你的，今天是你的生日！"妹妹夹着鸡蛋要还给姐姐。

"哦，对，今天是我的生日。"秋露为之愕然，用手挡住妹妹夹的鸡蛋，"我一个鸡蛋就够了！"刚张开口要吃，又慢慢放下筷子。

"怎么了孩子？"母亲看出大女儿有心事，问道。

"没什么，妈。"秋露淡淡一笑说道。

"秋露，你一定有事，跟妈说说吧？"母亲瞅着女儿的脸说道。

"有个……大我一岁的男孩……"秋露干脆放下碗筷，"他叫王宁……人很好！"

"你喜欢他？"母亲问，"他也喜欢你？呵呵，那不是很好吗？人非草木，哪个少男不钟情，哪个少女不怀春，按理说这是早了点，你参加工作时间不长，应该先攒点钱，但姻缘既然来了，干吗要让它跑掉？缘分是一生生一回，一失失一生啊！"母亲高兴地说道。

"缘分是一生生一回，一失失一生？"秋露重复着母亲的话，心想不是每个姑娘在蓦然回首时，都可以看得到灯火阑珊处的那个人，的确应该珍惜难得的机缘，立即站起来去旁边包里拿出两张刚放大的照片递给母亲，"您看，这就是他，还有我。"

"真好！很般配！"母亲将两张照片放在一排比较。

"我看看！"妹妹站起来一把抢过照片，"啊，男的像贾宝玉，女的像林黛玉。"

"别胡说，贾宝玉与林黛玉那是一场悲剧，我们可不会！"秋露认真对妹妹说道。

"好，不是贾宝玉与林黛玉，不是许仙与白娘子，也不是梁山伯与祝英台，更不是罗密欧与朱丽叶，不过，这两张照片我还是更喜欢姐姐，柳叶眉、大眼睛、樱桃小口一点点，楚楚动人，呼之欲出，简直就是当代西施的化身。"妹妹改口又赞叹道。

"秋露，就看你有没有这个姻缘了。先接触接触也不是坏事，况且我们一家三口全是女人，家里也缺个男子汉。我像你这么大的时候，都已经有你哥哥了。"母亲是高兴得合不拢嘴，"说说他的情况吧。"

"上中学时，我们同在一个学校，他比我高两届，是学生会副主席，他英俊，聪明，幽默，人相当好。他是舍己救人被马车撞断一根肋骨住进我们医院的，相处一段时间我们就……就……"秋露坐下来慢慢地说道。

"嗯，看来是个好孩子，他家里情况你了解吗？"母亲点点头说道。

"知道一些，他母亲是个教师，有一个姐姐已经出嫁，他的父亲早已经不在。"秋露回答道。

"唉……"母亲叹息一声，又说，"当年，你的父亲应老乡之邀请，来南京担任中学教导主任，只可惜他英年早逝。这个王宁的家庭情况与咱家倒是很相似，同病相怜啊！吃饭，先吃饭，今天是你的生日，又有这样的好消息，可喜可贺。"

强行绑架

一九四八年是一个动荡不安的年份，前方形势越来越紧张，国共双方都加紧准备一场大决战。人民解放军经过十四年抗战的锤炼和解放战争前两年的作战，不但在质量上迅速提高，在数量上也大幅度上升，解放军的总兵力已由一九四六年的一百二十万，上升到二百八十多万，这对国民党是个极大的威胁。为了铲除心腹之患，蒋介石决定集中一切可集中的力量与解放军决战，成立所谓的"徐州剿总指挥部"，指挥各机动兵团向徐州集结，企图乘解放军中野、华野东西分离之际，先"歼灭"位于山东的华野部队，以振奋全军士气。其方针是：以华中的蒋军主力在豫西牵制解放军中野，阻止其东进，然后将中野包围于徐州以西地区消灭；以徐州蒋军主力向华野发动攻击，重点是沿徐蚌铁路线两侧进行"扫荡"，确保津浦路的安全，寻找机会主动攻击，最终完成"戡乱建国"的目的。

位于南京东郊汤山镇东侧的国军某独立师师长成斌已经返回部队，因有可能去前方作战，成斌命令全师抓紧训练，以应付战场需要。特务连是师直属部队，其任务除保卫师部和师指挥所的安全，还担负搜索、警戒、掩护、战况评估等任务。特务连对官兵的素质要求要高于一般的步兵连，全连百分之七十的人文化程度都达到初中以上，其中还有两位大学生。全连有三个排，一般情况是三个排轮流执行任务。秋训以来，一排因多次随师长视察，东跑西颠，士兵有些疲惫，以致最近有些松松垮垮。这天，又轮到一排执行任务，排长沈定仁中尉下令各班紧急集结，士兵们有的提着裤子，有的单肩挎着背包，有的手持步枪嘴里还吃着东西，七零八落去集合。沈定仁站在广场上清点人数时发现少了一个，二班班长上士周有贵报告说汪陵在医院还没有回来。沈定仁知道汪陵在广慈医院里养伤，已经过了两个多月，应该伤愈归队了，可他还赖在医院不愿意回来，全排就数他文化高，会测量，会计算，会写战况评估报告，谁也比不上他。必须把他叫回来。但广慈医院离连部有二十多里地，于是沈定仁打电话请督战队长帮忙，把他"带回来"。

督战队是军队里监督士兵的组织，主要维护军队内部的秩序，防止逃逸、叛乱和威胁公共安全等现象发生。抗日战争时期的中国正规军里都有督战队。内战伊始，国民党军保留了督战队这一不固定的组织，在没有作战任务时，它可以不存在，一旦需要就从各个连队抽调一些官兵组建临时性督战队。由于最近逃逸现象增多，督战队正要去医院检查，因此把汪陵作为重要"嫌犯"，派了一辆专车去"接"他。这一去没有"接"到"嫌犯"，却让另一个人的命运发生了大转折。

敞篷吉普车到达医院后，两个身高马大穿着高帮皮鞋戴着"督战"袖章的士兵和一个手拿短枪的小头头从车上跳下，急匆匆地跑到沈定仁所说的病房。没有找到汪陵。小头头不知道汪陵去了哪里，他用手枪将大檐帽顶了顶，着急地张望四周，竟然没有一个人，又伸左手摸摸被窝，发现还是热的，命令部下赶紧追。他们奔到药房门口，不知道往哪里走，往哪里去找。这时推着四轮小车的秋露领完药正从药房里出来，三个凶神恶煞中的小头头便问秋露，知不知道"汪陵"，秋露以为是问"王宁"，随口告诉他们在外科病房十六床。看着这些匆匆远去军人的身影，秋露突然有一种不祥的感觉，她不知道这些人要干什么，立即加快步伐向病房走去。

天有不测风云，人有旦夕祸福。王宁的肋骨伤已经痊愈，确定明天就出院。他换上母亲为他做的新鞋和一套干净的学生服，正准备向姐夫告别，这时几个督战队员冲进病房，小头头走到王宁面前。

"你叫什么名字？"督战队小头头打量着王宁问道。

"你们是什么人？你们这是……"王宁见他们不怀好意，反问他们。

"他妈的，老子可没有工夫与你磨牙！快说你叫什么？"小头头不耐烦地说着，掏出枪对着王宁的胸膛。

"我……我叫王宁。"王宁立即回答道。

"哦，'汪陵'就是你！还换上学生服，便于逃跑对吧？"小头头命令部下："带走！"

"逃跑？我不明白你在说什么？喂！这要把我带到哪里去？我不走，我母亲马上就要来接我回家，回家……"王宁边挣扎边大叫着。

督战队两个彪形大汉一拥而上将王宁架起来，小头头愤怒地对着王宁的脸上就是狠狠两拳，又用枪对着王宁脑袋咬牙切齿地说："你咋呼啥？临阵脱逃的逃兵是要被杀头的！再叫唤老子就先崩了你！"

王宁知道他是吓唬，继续说道："我不是逃兵，我是老百姓，我不跟你们走……"

生逢乱世，真是不幸。督战队两个士兵根本不理睬王宁的叫喊，推着他离开了病房。这突如其来的行动，让在一旁工作的杨梦玥护士吓得直哆嗦，等秋露赶来问她时才镇静下来。杨梦玥告诉秋露，王宁刚被一帮军人抓走。一听这话秋露知道就是在药房门口问路的那帮军人，她扔下手上的药品，不顾一切地跑出了病房。

天空下起蒙蒙细雨，淅淅沥沥，如泣如诉。全身布满了水珠的小草，无精打采地垂下头，似乎也在叹息不幸的命运。王宁挣扎着被推上汽车，小车风驰电掣离开广慈医院，差一点撞倒送鸡汤的华净文。等秋露跑到院子里，一切都晚了，她含着眼泪将事情的经过告诉王宁的母亲。

细雨中，华净文手里捧着鸡汤罐，两行泪水不停地往下落，她尽力控制住自己，嘴唇翕动着却哭不出声来，双手和身子在不停地哆嗦。在经过一阵痛苦的煎熬后，终究"咣当"一声，鸡汤罐子掉到地上，鸡汤四溅。克制许久的情绪犹如决堤的洪水，奔腾咆哮而出："呜哇……"撕心裂肺的号哭像霹雳划破长空，"老天爷啊！老天爷……你为什么要将灾难降临到我们无辜平民百姓的头上？我就这一根独苗苗，你行行好……行行好啊，让我儿他……回……来……"

两眼泪汪汪的护士秋露搀扶着王宁的母亲华净文，圆圆的泪珠也顺着她的脸颊滚落下："王宁哥哥，你快点儿回来吧……"

　　一对一见开心、再见倾心、回见痴心的年轻男女，就这样分开了。那么，王宁究竟被带到了哪儿？将会有什么样的命运在等着他？他能不能逢凶化吉化险为夷呢？

第二章 魔鬼训练

缺一补一

命运难以捉摸，它可以在一瞬间将一个人捧上九霄云外，也可以在一瞬间把一个人打入十八层地狱。

王宁因救人而受连累，在医院莫名其妙被绑架的当初，亦曾感到天旋地转，似乎天要塌下来，地要合上去一样，心悸、呼吸急促、出汗相继而来，他喊叫，发怒，暴跳如雷，觉得自己在坠入深渊……

"懦夫！你一没有犯法，二没有做任何对不起人的事，何须害怕？"心急如焚的王宁，似乎觉得母亲在骂自己，他坐到车上渐渐地平静下来，仔细想想：是啊，扪心自问我无愧于人，在学校我是好学生、好班长，在家我是好儿子、好弟弟，在社会上我尊重师长、扶老携幼，我没有任何理由惊慌失措，更不应该心惊胆战；这帮当兵的人一定是弄错了，一定！不就是去军队说明一下情况吗？有什么了不得的，我一个堂堂的七尺铁血男儿，竟然为这件事吓出一身冷汗，怎么这么没有出息！车到山前必有路，船到桥头自然直，大活人岂能被尿憋死？倘若我王宁不去说明情况，反倒会被别人怀疑有鬼，对！应该去澄清我是个学生，而不是他们所说的逃兵！于是乎，困惑、迷茫的心态，化为不安、胆怯，又转变成镇定自若、处之泰然。

单纯、天真的王宁哪里懂得，"战争来临时，真理是第一个牺牲品"，法律、秩序、道德等等，统统都得靠边站。人权丧失，野蛮横行，法规蒙羞，真理被扼杀，这是司空见惯、屡见不鲜的常事，一切都是强权者说了算，书生用讲道理的方式去解决问题，实在是太幼稚了。还好，王宁尽管天真，但没有被吓倒，如果在强权与羞辱面前他选择了后者，那么羞辱过后还得面对强权，倒不如直接面对现实。

到了特务连，三个督战队官兵从车上跳下将王宁拽下车。他们经过辎重补给站、枪械维修点，向特务连一排营房走去，正好一排二班的班长周有贵上士从营房里出来与他们相遇。督战队头头与周有贵交谈了几句就要将王宁交给他，周有贵哪敢擅自做主，他让督战队官兵们稍等片刻，自己跑去禀报沈排长。

一排长沈定仁，吉林四平上各村人。"九一八"事变时他才六岁。家乡被日本人占领后，他随父母亲逃难到了长春，后又辗转到沈阳、济南、合肥，最后在湖北汉口的江边定居下来。一九四三年，他当装卸工的父亲在码头搬运日本清酒桶时，不幸跌倒，将酒泼洒了小半桶，竟被两个日本鬼子用刺刀活活刺死。沈定仁一怒之下跑到离汉口不远的湖南当了国民革命军战士。在常德会战与日军的战斗中，他非常勇敢，曾两次荣立战功，负伤还炸毁一辆日寇铁甲车，获得忠勇勋章一枚，他也由士兵荣升到班长、排长。日本鬼子投降后国民政府还都南京，他随部队驻扎在南京汤山镇东侧，又升为连长。他最大的恶习是好色，认为性比生命还重要。没有多少文化的沈定仁，一直控制不住自己，只要有机会就去逛窑子、进妓院。有一回他随部队去不远的镇江执行任务，嫖妓没有钱给，被人家告到部队里，勋章被收回，官衔也从上尉连长降回到了中尉排长。

此刻，沈定仁正在房间里抽烟。他听见周有贵站在门口喊"报告"，转过身看着这个黑皮、秃瓢、老鼠眼、八字眉、招风耳、尖嘴猴腮的小个子部下，用他那带有东北腔调的土话问道："咋的？"

"报告排长，督战队将'汪陵'移交给我们，他就在外面，可这个'汪陵'不是我们排的汪陵，他是个学生！"

"咱们的汪陵呢？"

"卑职不知，可能是跑了。"

"跑了！咋整的？大战临头他却当了逃兵，贪生怕死的家伙，老子要是抓到他非枪毙不可！那么，这个学生又为何要冒充我们的汪陵呢？"

"我也不清楚，你问问他好了。"

"带进来！"

"是！"

周有贵双脚一并，"啪"的一声，直挺挺地立正过后，屁颠屁颠地跑出去将王宁拽进屋里。从未进过军营的王宁，并不了解眼前的这个汉子是什么官，也不知道他究竟要干什么，看了一下这个比自己略矮一点的军官，王宁脸上显现出满不在乎的样子，反倒让沈定仁有点儿不自在。

沈定仁从头到脚把王宁打量一番，说："嚯！还真是个学生，你叫什么？"

王宁并没有直接回答他的问题，而是抬起被捆着的手腕说："先将我的手解开！"

沈定仁与周有贵对视了一眼，头一歪。反应迅速的周有贵理会沈排长的意思，立即跑过来就将王宁手上的绳子解开。沈定仁看着王宁在不停地搓揉被绳子勒红的手腕，突然上去一把揪住他的胸口衣服，大声喝道："你说，为什么要冒充我们的汪陵？串通好的吧，掩护他逃跑是不是？"

王宁一惊，很快又平静下来，说："串通！我和谁串通？我和王宁串通吗？自己与自己串通岂不成了笑话！"

周有贵看不下去了，气呼呼地上前一步，站在王宁的侧面，说："你他娘的怎么和长官说话，活得不耐烦了是不是？活得不耐烦了是不是？"举起手就要打。

沈定仁向周有贵瞪圆眼睛说："你，一边凉快去！"

被训斥的周有贵只好放下拳头，后退几步，俯首听命，知趣地站到一边不说话了。

沈定仁放开王宁，又问："你咋到这儿来的？"

王宁急了："被你们抓来的！是你们那群戴袖章的军人把我抓到这里的！"

周有贵管不住自己的嘴，在一旁又插话了："排长，他指的是我们督战队。"

王宁继续吼道："这帮戴袖章的军人是良莠不辨，黑白不明，军民不分，他们不问青红皂白将我强弄到这儿，这世上是非曲直在哪里？还有没有公理？纪律这样涣散的队伍怎能爱民、助民？我王宁方方正正做人，明明白白做事，光明磊落，一身正气……"

沈定仁立即打断王宁的话："等等……你等等！"问道，"你究竟是姓'汪'？还是姓'王'？"

王宁缓口气说："我姓王，'王者'的'王'，'宁静'的'宁'！"

沈定仁连连用右手背，拍打着左手掌心，走到周有贵身边，说："错了，错了！'汪陵'与'王宁'是两个人，音近字不同，督战队这帮临时拼凑起来的酒囊饭袋，给弄错了！人家是个学生。"

周有贵把排长拉到一边，轻轻耳语："排长，这小子出口成章，脱口成文，定是个人才！不如把他留下。"

沈定仁微微一愣："留下？"欲言又止，良久又忍不住问，"这行吗？"

周有贵不知廉耻地说："有何不行？我们的汪陵跑了，让他来顶替，现在特务连的战场评估任务全落在咱们一排，眼下我们排又没有懂测量、会评估的人，这小子不但有文化，而且很机灵，让他学保准行！"

沈定仁是茅塞顿开，他把军帽拿下当作扇子摇晃了几下，低声地说："嗯，送到教导大队训练一下，兴许能行。"

周有贵重足而立，侧目而视一眼附近不远处的王宁，又说："不是'兴许能行'，是一定能行！留下吧？"

沈定仁还是有点犹豫："军饷不成问题，就怕人家不愿意！"

周有贵贼眉鼠眼地说："别犹豫了，管他愿意不愿意！排长，机不可失，时不再来，他可是老天爷赐给你的，上级如果真发现咱们排汪陵当了逃兵，还不找你算账？"

沈定仁没有吭声，斜视了一眼台子上的座钟，觉得周有贵的话也有道理。

周有贵继续说道："排长，咱们不久就要去徐蚌参战，一排编制又严重不足，说是一个'排'，实际只有两个班，战场评估任务又是打先锋的差事，我们这些人文化低，测距、测高、评估等等都不行！就连你也不准……"

没错，师直属特务连新组建还不到百天，不仅连一级的编制不足，排这一级的编制也不足。按照编制规定，特务连各排应该配有中尉排长一人、少尉副排长一人、一等兵传令兵两人、上士班长三人、中士副班长三人、上等兵十五人、一等兵十八人、二等兵二十四人，全排应该是七十人左右。而他们排只有两个班，加起来才三十余人，只是编制的一半，虽然上级答应增加人手，但迟迟得不到落实……想到这里，沈定仁咬咬牙说："老大懒惰，老二勤——一不做，二不休！"然后又向周有贵耳语一番。

周有贵像一个正在啄树洞找虫子的啄木鸟，频频点头："行……行……行，知道了！"随后走到王宁的面前，在王宁肩上拍了拍，"我说……读书人，请跟我走！"

王宁浑然不知他们的阴谋，问："去哪儿？"

周有贵嬉皮笑脸说："到了你就知道了，请！"将王宁拉走了。

杀鸡儆猴

教导大队也称为教导总队、教导队，是国军师一级培训指挥人员和军事骨干的机构。通常，军一级的培训机构称为"教导团"，而团一级则称为"轮训队"。培训内容一般根据部队作战需求和部队建设需要有所侧重，有时候以培训高级军官为主，有时候以培训中下级军官为主，有时候还担任特种兵和新兵的集训。训练的内容主要是战术、技术、特工等急需和实用的科目，周期一般比较短，长则三五个月，短则几天。教导大队平时以训练为主，战时多担任协助、机动、预备、警备等任务。独立师教导大队是营级单位，教官、管理人员、服务人员加起来也就数十人，还没有一个步兵连的人数多。

王宁原以为去办一个手续就会放了他，心存侥幸，没有多想，便跟着周有贵来到熊山。进了教导大队发现不对头，等他反应过来想逃跑则为时已晚。看门的卫士怎么会让他走呢，没说几句话，两个人就推推搡搡动起手来。与王宁一起被送到教导大队的还有四个学生，这四个学生可不是被绑架来的，而是糊里糊涂被骗进来的。皮肤黝黑的高个是个直肠子，他叫鲁志清，年龄大王宁两岁，山东蒙阴人，魁梧高大，留着个小平头；身体较胖的小伙子，名叫程启升，他与王宁同年，好静、懒散，四川泸州人；小个子一脸稚气，是老好人，叫李铁锁，河南南阳李庄人，他比王宁小一岁；还有一个眉清目秀的学生，理了个阿飞香蕉发型，他叫赵二宝，浙东人，与李铁锁同年。附近还有不少先前来的学生和一些年轻的士兵，他们也都挤过来看热闹。

大门卫兵把长枪往旁边一放，撸起袖子，握拳上提到胯部，拳心向上，两腿叉开，身子下蹲，摆出一种马步架势。王宁小时候打过架，会些摔跤的技法，侧身锁抱、背摔、脚绊、抱腿、先拉后松等孩子打架的技法得心应手，但他没有学过武术，不知道眼前这个卫兵要搞什么名堂，也学着他的样子左腿弓，右腿绷，也摆出马步架势。卫兵首先起身出击，对着王宁就是狠狠一拳。王宁一个闪身躲过一击。卫兵又与王宁转圈寻找战机，遽然使了一个扫堂腿。王宁眼疾腿快，一跃而起又躲了过去。

看热闹的人们开始起哄："打！打！打！""打呀！不要怕！""出拳！""继续！""妈的，快动手！"喊声、骂声、牢骚声，一浪高过一浪，这帮看热闹的人，比打的人还要着急。

卫兵两次落空有点急了，他将头上的帽子拿下，一咬牙，低着头像个被激怒的公牛，猛地用钢头冲撞过来。王宁有所提防，巧妙躲让过他的头撞，顺势将其一拉，并用脚一绊。卫兵当即一个狗吃屎，脸磕到沙子坑里，半天爬不起来。看热闹的人"唔……"的一声，叹息这个蠢东西，有人欢笑，有人觉得不过瘾，鼓励卫兵爬起来再打。

一个上身穿着白衬衫、下身穿着军裤、长着一脸大胡子的人来到王宁面前，操着很重的山东口音说："嚯，引手（武术用语，试探）、过门（武术用语，躲闪），不错，新来的吧？"

王宁转身打量着这个大约三十多岁、身材魁梧、满口酒气的人。他长个国字脸，右眼下方有一道子弹擦过的伤疤，大泡眼的眼圈发红，眸子发灰，眼睛里闪烁着凶光，脑门上有几道皱褶，简直像个铁青脸的凶神恶煞混世魔王。他嘴里还有两颗金牙，方下巴上留着浓密络腮胡，可头顶上的毛发却不多，倒不是秃头，可能是小时候得过瘌痢头，留下的几个大圆疤，如同金钱豹身上的花斑。他的脸上浮现出狞笑，嘴里喷着粗话、脏话。

"什么'引手''过门'？我不懂。"王宁对这个大胡子说道。

"跟俺过两招怎么样？来，小子！"大胡子行了个抱拳礼，还没等王宁反应过来，对着王宁的右胸就是一拳。

一个趔趄还没站稳，王宁嘴角又被大胡子击了第二拳，鲜血立刻从牙缝里流了出来。这两拳把王宁打"醒"了，在学校里老师教育"国民革命军官兵是弟兄，是朋友，是工农子弟"的话，与亲眼看到的、亲身体会到的差距是如此之大。这两拳也把王宁打"火"了，骨子里的热血直往外涌，两眼喷射着愤怒的火光："我一没惹你，二没骂你，三没打你，你大胡子凭什么打我？"王宁正愤怒着，又见大胡子举起一只手臂劈了下来。再不能被动挨打，王宁迎上前去用双手一下接住大胡子的手臂，使出吃奶力气用力扳拧。大胡子手臂被慢慢地拧过去，发出"嘎嘎"的骨节响声，又被他用力慢慢将手臂反转回来，最后大胡子一发巧力，猛地一推将王宁推倒在地。

小个子李铁锁见大胡子太凶狠，立即上前求情。黑大个鲁志清和香蕉头赵二宝在一旁倒有些愤愤不平，倘若大胡子再动手，他们俩定会挺身而出帮助王宁。小胖程启升见形势有所缓和，马上将王宁拉起来，掸去他身上的沙土。而王宁更像一头被激怒的斗牛，两个眼睛红红的，他狠狠地盯着眼前这个大胡子。

大胡子揉揉自己的手腕，眼睛像是要吃人，说："好小子，手劲还真不小！不过你还差得远呢！前腿弓，后退绷，看！应该这样……"立即做了个标准的马步示范动作，"而你是'蹲'不像弓，'伸'不能绷，右腿蹲不下，左腿伸不直。你蹲的哪是马步？那是驴步、骡子步！练武不练功，到老一场空！攻防技击、动静疾徐、刚柔虚实，你会吗？"

王宁看着这个像土匪、像山大王一样的家伙，知道自己碰到了武功强人。旁边看热闹的人，也都看傻了眼。

大胡子继续说："中华武术博大精深，套路很多，拳法各异，技术、技巧以及心理素质等基础全是训练出来的，你们青年人学点武术不仅能强身健体，而且也能防身自卫，在这儿学，我们军事化管理，发服装、被褥、用具，管食宿，全都免费，你们还能拿到津贴费，何乐而不为呢？"

听了这一番话，小个子李铁锁认为大胡子有两下子，首先举手说："要真发服装和津贴费，俺愿意学！"

大胡子说："这就好，你们刚到这里，先去里面吃饭，吃完饭理发、洗澡、休息，明天换装集训！如果谁想逃，就问问它答应不答应！"说着拍拍旁边执勤官的长枪。

看着大胡子拂袖而去，小个子李铁锁拉着王宁与鲁志清、赵二宝、程启升一起，走向了军人大食堂。好汉不吃眼前亏，先吃饱肚子再说。王宁这时才体会到，军人与黎民百姓的差别很大，军队就是强权社会，军队里的人有高低之分，谁不服就要挨打，挨整。

走进食堂，已有很多人在那里等候。里间，火头军们正汗流浃背地忙碌着，他们有的忙炒菜，有的在切菜，还有几个人用大铁铲往箩筐、木桶里装饭。乘着开饭前的空隙，坐在长饭桌顶头的李铁锁，给围坐在旁边的王宁他们变起了魔术。他在左掌心里先偷偷藏了一枚硬币，随后，左掌弯曲向下。因用中指根与大拇指下方的肌肉挟住这枚硬币的边缘，所以手掌尽管悬空向下，但硬币掉不下来，大家也看不见这枚藏在掌心里的硬币。他又用这只手的五个指尖，夹起一个透明的玻璃口杯，悬在离桌面一尺高的空中，让大家看看杯子里什么也没有，而后用右手从衣兜拿出一枚与左掌偷藏的一模一样的硬币，在大家眼前展示了一下，放在离胸前二十厘米远的桌面上，指着桌子上的硬币说："这是一枚硬币，我能将这枚硬币穿过玻璃杯的底部，进入玻璃杯里，信不信？"大家当然不信。李铁锁故弄玄虚，又说："都不信！好，睁大你们的眼睛看……"他伸出右掌，掌心向下覆盖住桌子上的硬币，快速将硬币捋到胸前桌子的边缘，让硬币掉到夹紧的大腿上，这样硬币下落不会发出响声，也不容易被大家发现，然后握紧拳头假装硬币已经在手心里，再将右拳翻转向上送到玻璃杯的下方，说："注意看……进！"猝然张开拳头，掌心向上顶住玻璃杯的底部，托住玻璃杯，与此同时迅速将左掌心里挟住的隐藏硬币，放进到玻璃杯里。大家听见"叮铃"一声，都以为硬币从杯底"穿入"杯里。实际上这是事先藏在左掌心里的硬币掉下落到杯子里。大家左看看右瞧瞧，是百思不得其解。

魔术之所以吸引人，在于奇，令人不可思议的同时又让人心甘情愿地"受骗上当"。李铁锁的魔术欺骗了大家的目光，他立即将腿上的硬币偷偷地藏好，站起来自我介绍一番。

接着，黑大个鲁志清、香蕉头赵二宝、小胖程启升和王宁也都一一做了自我介绍。很快，炊事员送来一桶大米饭、一脸盆油炸豆腐果烧肉、一脸盆千张炒青菜。饥肠辘辘，大家狼吞虎咽，唯独王宁一粒一粒米饭往嘴里挑，他还想着那个打他的大胡子。

次日上午，二十个清一色的光头，在大队办公室门前排成一长队，分别领取军服和军需用品。办公室里，背包、军服、水壶等分了二十份，整整齐齐地摆放在地板上。门口这群十七至二十岁的男学生中也包括王宁，他们依次签字有条不紊领取。发放物品的联勤官是个高度近视眼，镜片上一圈一圈的就像打靶用的标靶，别人根本看不清他的眼珠子，只能根据他眼镜对着的方向，判断他是在看人还是在看簿子。他手里拿着一杆狼毫毛笔，喊完一个人的名字，就在簿子上的人名下方用笔打一个钩，发放一套军服和一份军需用品。当发到王宁时，这个近视眼把"王宁"看成了"工宇"，叫了好几遍没有人答应，还是王宁提示他是不是看错了，结果他果真把"王"字看少一横，念成了"工"；把"宁"字看多一横，念成了"宇"，闹了个笑话。联勤官倒也坦率，说："去年有个人叫'佘根'，我也是看错了，结果把他叫成了'余粮'，呵呵……"王宁笑着说："这还好啊，你要是把'于斧'读成'干爹'那就问题大了！"搞得哄堂大笑。

等大家抱着刚领到的军服和军需用品来到广场列队排成两行，嘻嘻哈哈将身上所有便服脱下来放到自己的身后，一个个一丝不挂光着身子站在广场上等待换新装的命令。大胡子身穿少校军服，佩戴着短枪，来到同学们的面前，他拿起一件三角裤发话道："大家听好了，这是最新产品，别的部队发的内裤是粗布短平裤头，我们给大家发的三角裤是美国货！这个式样有些人可能没见过，其实，在我国古代早已经有了，在西汉叫'犊鼻裤'，后来练武的人把他改成'丁字裤'作护裆用。我手上这种内裤是针织品，不仅穿着舒服，能够吸汗，还有两大好处：第一，在你们练功时，它能够防止小肠气掉下来；第二，在奔跑时，它能包住你们的蛋蛋，防止蛋蛋在裤裆里来回晃荡！"

大伙儿哈哈大笑起来，其中有个人说："这下蛋蛋老实了……"话音一落，大家又笑成一片。

大胡子继续说："现在开始穿三角裤，大家听好了，有字的一面在前，别穿反……对……对……"——巡视来到鲁志清面前，"你，穿反了！"

鲁志清马上将三角裤脱下来，里外翻了过来。王宁立即纠正他，让他逆时针旋转。鲁志清终于明白不是内外反，而是前后反，随即将三角裤翻回来，水平旋转一百八十度穿上。

大胡子军官见大家都穿好三角裤，又说："好！不错！接下来是穿衬衫，而后是裤子、上衣，最后戴军帽和武装带……"

大家依次穿好内衣和没有肩章、领章，有帽徽的军服后，开始学打绑腿。李铁锁好开心，里外、上下全是新的，这对他来说是大姑娘上轿——头一回！小胖子程启升穿好衣服在准备打绑腿下蹲时，"吱……"的一声，胖屁股把裤子后面的线缝给撑开一掌长，露出里面的土黄色三角裤头。机会来了，调皮的赵二宝用一个指头从线缝口伸了进去……不曾料到"咕！"的一个闷屁打在手指上，赵二宝立即感到指头热乎乎的，缩回手放到鼻子底下闻闻，那个臭气直冲脑门子，恶心死了，直悔不当初。程启升也感到肛门处痒痒的，回头见是赵二宝在作弄他，追着赵二宝要打，刚走两步又停下，又用一只手掌捂住裤子屁股缝，不好意思回到原地继续打他的绑腿。一阵哨子声后，大家集合站成两排接受训话。

大胡子又叉开双腿，反剪双手，站在队列前面，又发话了："大家听好了，俺姓孙，赵钱孙李的孙，俺叫孙剑长，宝剑的剑，长短的长，是教导大队的队长，从现在起，你们之间就是同学、战友、生死弟兄！俺，就是你们的训练总指挥！欢迎来到训练营，你们以后要叫俺长官。现在，先将你们的旧衣服统统抱到俺旁边来，别他娘的婆婆妈妈！"

大家服从命令，陆陆续续将自己的旧衣服抱来，堆放在孙剑长的身旁，回到原来的位置。王宁不知道大胡子要干什么，他多了个心眼，在放旧衣服前，偷偷拿出秋露给他的相片装到新上衣的口袋里。这时孙剑长又训话说"在这儿不允许有私人物品"，他从地上捡起一件旧衣服用打火机点燃，然后扔到衣服堆里，很快一大堆旧衣服燃烧为灰烬。程启升很是痛心，因为衣服里还有一些钱。调皮的赵二宝站在程启升的后面，上一次捉弄他没成，这一次他吸取教训，不用指头抠，而是从地上拔起一根长草，对着程启升裤子屁股炸开的缝隙，慢慢地向里捅，旁边的李铁锁忍不住捂住嘴咯咯笑不停。程启升感觉屁股被人拨弄，回头见赵二宝又在恶作剧，举起拳头就要打他，一阵小乱被大胡子发现了。

"干啥？说你呢！"大胡子指着小胖问道。

"我的裤子太瘦，撑破了，他们老是开我的玩笑。"程启升回答道。

"以后说话要先举手，说'报告'知道吗？"大胡子严肃地说道，"裤子嫌小可以去办公室换，下午去吧。"

"是，长官。"程启升立即说道。

"你们在这儿一定要好好地学，武术这是基础，由俺来教，接下去你们还要学习目测和评估……"大胡子继续训话。

鲁志清悄悄地问旁边的王宁，为什么要学目测和评估？王宁想了想摇摇头表示不知道，于是鲁志清举起一只手喊："报告！"孙剑长没等他说下去，立即表扬鲁志清说话前先举手喊报告，并问鲁志清有什么事。鲁志清一着急说错了话，本想说"报告孙长官……练武术为什么还要学习目测和评估？"结果把"报告孙长官"说成了"报告孙子长官"，引得众人窃窃私语，要笑又不敢大声地笑。

"你叫俺啥？"孙剑长是正月十五放起火———冒几丈高，他翘起胡子，直眉瞪眼问着鲁志清。

"长官，他称您是会使用'孙子兵法'的长官。"王宁知道鲁志清惹祸了，立即上前解释："孙子是战国时期武圣人，您就是当今的武圣人！"

"是，长官，您是武圣人！"鲁志清赔着笑脸对孙剑长说道。

　　"奶奶个熊！俺这是看在老乡份上原谅你一次，以后再胡言乱语，俺就打得你满地找牙。"怒目而视的孙剑长，这才饶恕鲁志清，回到队伍中央，面向大家继续说："大家听好了，为什么还要学习目测和评估呢？因为你们是未来的骨干，是俺们军中栋梁之材，不仅要学目测和评估，以后你们还要学习驾驶、无线电台等二十多种军用设备、三十多种武器的使用方法以及搏击、爆破、排雷、侦测等技术。现在是国难当头的非常时刻，徐蚌会战序幕已经拉开，百万人即将在前方厮杀，共军是步步逼近，我军由攻转守。他奶奶的，空军飞机侦察老是不准，前方急需战情评估人才。国家兴亡，匹夫有责，啊？爱国不分先后，啊？三民主义、黄埔精神，啊？……"一口气哇啦哇啦，驴唇不对马嘴说了一大堆。

　　"啊呸！这厮究竟要说什么？颠三倒四、乱七八糟的。"赵二宝也悄悄地问着王宁。

　　"语无伦次，前言不搭后语，他只是个武夫。"王宁轻轻地说道。

　　"大家听好了，你们不是大字不识的农民，不是游手好闲的无业游民，也不是没有文化的杂工，你们全是有知识、有觉悟的爱国学生，是国家的未来和希望，不过，俺把丑话说在前头，谁他娘的要逃跑、开小差、不服从管理，就要受到军法处置。到那时，谁也救不了你们，你们自己掂量着办！"孙剑长继续高叫着。

　　"大家听好了"成了他的口头禅，就在他训话时，一个上士执勤官跑来报告，说抓到一个逃跑的学生。孙剑长让他们带过来，随即两个下士押着一个逃跑的学生来到广场，士兵们将这个学生扒去上衣，绑在一个柱子上。孙剑长接过上士的鞭子，不分青红皂白就是十多鞭，一边打一边说："你逃，我看你还逃不逃？"被打的学生顿时皮开肉绽、哭天喊地。孙剑长并没有就此停下，将鲜血淋漓的学生打晕过去才罢休。上士端来一脸盆凉水对着学生脑袋浇过去，学生被凉水一击慢慢地抬起头，血与水混在一起变成淡红色，遍及全身上下。孙剑长又问逃跑的学生，以后还逃跑不逃跑？学生没有回答，他又拿起鞭子一阵抽打，在他看来，学生兵与以往的工农子弟就是不一样，对付这帮调皮捣蛋不知天高地厚的学生，就一个字——"严"！

　　看着听着绑在柱子上的学生痛苦挣扎和一声声哭喊，在场的程启升、李铁锁等都吓得半死，一个个目瞪口呆、不知所措。

孙剑长走到大家面前，用鞭子指着柱子上的学生说："你们谁要是逃跑，这就是下场！大家听好了，这还是轻的，什么是重的？重的就是枪毙！"说着拍拍自己的短枪。

广场上，所有学生无论是抓来的，骗来的，还是自愿来的，在教导大队的第一堂课，竟然是看孙剑长鞭打逃跑的学生，虽然大家还不知道这是孙剑长事先安排好的，但这一幕对新来的学生来说，确实很震撼。自此以后，很多人不敢与孙剑长当面硬顶，但王宁例外，他不怕孙剑长，倒不是初生牛犊不怕虎，开始他只是恨。

孙剑长发现王宁衣服口袋有一张白色的东西一端露在外面，他来到王宁面前将王宁衣兜里的照片拿出来："这是什么？俺早说过在这里不允许有私人物品！"立即将照片装到自己的裤兜里。

王宁立即怒了："你……你为什么要扣下我的照片？"

孙剑长见王宁不服气，二话没说上来就给王宁狠狠一记耳光。王宁并没有因此而屈服，他摸了一下火辣辣的面部，顿时咬牙切齿、怒火万丈，这已经是第二次被这个土匪一样的教头打了，今天不是鱼死就是网破，血气方刚的王宁眼睛里闪着无法遏制的愤怒，鼻子里喘着粗气，把拳头握得"嘎嘎"响，恨不得把牙齿咬碎，男儿的血性一下全迸发出来，好似一头决斗的雄狮。看到怒不可遏的王宁要与孙剑长拼命，鲁志清和赵二宝怕王宁吃亏，立即上去不顾一切死死地抱住王宁，将他拉回到队里。

"好汉不吃眼前亏！你干吗以卵击石？"鲁志清边拉着王宁，边轻轻地耳语。

"就是！君子报仇十年不晚，咱们有机会收拾他！"赵二宝也压低声附和道。

"好了，今天就到这里，明天起正式训练，解散！"孙剑长见王宁被拉回到队伍里，高叫一声后，与上士班长一起离开了。

两个下士士兵随即将逃跑的学生从柱子上解开，架着他离开广场。王宁他们也散开，回营房去了。

魔鬼训练

来到教导队的第三天，真正残酷的训练开始了。由于这批学生兵在学校里都学过列队行走，向左转、向右转、向后转、稍息、立正、向右看齐等等都会，因此这些无须训练，一开始便转入体能训练。上午，第一个科目是短距离越障碍，在一百米的土路上，分别设置了土堆、挡板、火圈、高台平衡木、水坑、铁丝网六个障碍，必须在规定时间内一次性快速通过，只要达不到要求，惩罚一个接一个降落学生们头上，皮鞭抽，棒子打，拳头揍，脚踢，踩踏，辱骂，狼狗咬，甚至关禁闭，不给饭吃，等等。"跑！跑……快！快……你这头懒猪……你这个蠢货……他妈的，赶快爬起来给我上……"教官们会不停地大叫，催促着学生们前进。

第一个障碍所有学生都顺利过了关，一米高的小土墩，大家一跃而过，不费吹灰之力。第二个障碍是翻越二点五米高的挡板，大部分人也能一次通过，少部分人要冲击几次，助跑一段距离，抓住挡板的顶部方能翻过去。挡板下面放置一层厚沙子，这样从两米多高处跳下来不会受伤。第三个障碍是穿越火圈，这有一点难度，倒不是大家穿不过去，而是第一次过这玩意儿心里没底，自然会有顾虑，生怕被火烧着身子。其实不高的大火圈，穿越并不难，有几个胆小的人退回来，被教官棍棒一揍，"呼啦"一声就过去了。第四个障碍是过平衡木，看上去不难，二十厘米宽、四米长的木方，要是放在平地上，谁都能轻松通过，但搁置在五米高的木架子上，让人直打怵。有人爬上架子还没过，腿就软了，尽管下面有厚厚的棉垫子，可摔下来姿态不好，仍有骨折的可能。只有三分之一的人快速通过，三分之一的人晃晃悠悠也在规定时间走了过去，另外三分之一的人，不是走一段掉下来，就是走几步又回头，要不就不敢上，上去也不敢过。最后还是教官的打骂起了作用，除两个摔伤，其他人反复几次都过了关。接下来的第五个障碍是过水坑，这比较容易，一米深的泥水塘无非是衣服弄湿弄脏。而第六个障碍俯卧爬过铁丝网，这对于大个子或较胖的人确实有难度，不是衣服被钩住，就是屁股被划伤。整整一个上午摸爬滚打，大家都变成了泥猴，一身刚发的新衣服没有一处是干净的。

当然，并不是每一个人都老老实实地通过这六关。有些人会耍滑头，例如，小个子翻越二点五米高的挡板很困难，在教官跑到挡板另一侧看不见时，两个高个子就会弯下腰呈九十度前低后高，让小个子踏着两个人的背越上挡板；再如，过高台平衡木和铁丝网，也有人乘教官不注意，迅速从平衡木底下或铁丝网旁边穿过、绕过。

下午第二个科目更难，单双杠、爬杆等全是力气活，没有练习过这些项目的人，很难都达标，就连教头孙剑长也为他们捏把汗，可孙剑长万万没想到，这些青年学生都很熟练，除单项练习在数目上有所差别，整体都能达到要求，一问方知道学生们在学校早玩过这些项目，孙剑长后来称"那些学生是，羊屎弹不搓——个个圆"。

一天下来，一个个累得腰酸背痛，洗完澡吃完晚饭躺下就睡着了。第二天又是爬竹竿、单索攀高、过绳网、高台下跳。再下去是蛙跳、短跑、负重长跑等。第一周全是提高体质和心理素质的项目，仅此七天，大家的体重就减去三四千克，小胖程启升更是少了八千克，让他感到明显的轻松。

第二周是军体拳、武术基础和搏击格斗。就这样经过两周的高强度训练，这些学生个个体无完肤，手茧、血泡、磕伤、瘀青等每个人都有。

在为期半个月体质训练的最后一天，最后一个项目是夜间拉练，早有耳闻但不知道何时来到的王宁他们，谁也没有料到在第十五天夜里，拉练悄悄地来了。晚上休息，大家都睡不着，平常上床躺下就呼呼大睡的他们，今晚如同吃了兴奋剂似的仍在谈话。鲁志清问王宁晚上的伙食不但有大肉，饭量也不限制，这是为什么？

不等王宁回答，程启升抢着用带四川方言的普通话答道："犒劳老子们嘛！训练强度那么勒大，加点营养，要得！不限饭量，要得！"

赵二宝在上铺抠着脚丫子，用带浙东方言的普通话也说："是，饭是狗（够）吃了。"

鲁志清一听立马急了："什么！饭是狗吃了？"

赵二宝立即解释："不是汪汪叫的狗！是那个狗（够）。"

鲁志清仍然不解："这不还是'狗'吗？"

赵二宝也急了："嗨！和你说不清。"用手比画着，"左边一个句号的'句'字，右边一个多少的'多'字。"

鲁志清才明白了："噢，是够了的'够'，不是狗！这南方人吐词不清，真误事。"学着赵二宝的浙江腔调说，"奖个狗屎给你们舔舔，他娘的！'讲个故事给你们听听'说不清楚，奖个狗屎给你们舔舔……狗屎你为啥不舔啊？"

"你好？你不也有山东腔吗？"赵二宝并不服气，狠狠地瞪了他一眼，也学着他的山东话，"跟嫩（你）穴（说），嫩（你）豆四（就是）不听！"

鲁志清没想到赵二宝竟然记住了自己的山东话，没等他回话，赵二宝又说：

"五十步笑百步，你躺下挺尸吧！"

王宁见他们互不相让立即说："你俩一个针尖，一个麦芒！别争了，早点睡吧，孙教头嚷了好几回说要进行夜间拉练，没准就在这两天。"

李铁锁似信非信，问："不会就在今夜？"

王宁也不敢确定，答："不知道啊，有准备比没准备好。"说着躺下了。

赵二宝不以为然地说："不会！夜间有紧急集合，他们还不告诉阿拉？"

李铁锁听见他话里带着"阿拉"，说："赵二宝，你讲话带方言，俺要用方言说，能笑破你们肚皮，信不信？"

赵二宝说："笑破肚皮？别吹了，说来听听！"

李铁锁干脆坐起来，绘声绘色地说："俺们河南人的'水饺'与'睡觉'发音相近，有的地方'馒头'不叫'馒头'，叫'馍馍'。有这样一个故事：有一个河南老头想吃饭，走进一家饺面馆，问女老板……"改用河南方言说道，"大姐，睡觉（水饺）多少钱一晚（碗）？"

大家一下来了精神，都坐起来听李铁锁讲故事。

李铁锁继续眉飞色舞说道："老头说的是'水饺多少钱一碗'但他的河南话令人浮想联翩，女老板也用河南话回答他：水饺没，有馍馍，一个铜板两馍。老头说：'行！馍馍就馍馍吧。'旁边一个南方商人听岔了，立即给女老板一个铜板，上去就摸女老板的大奶子，结果挨了一个大嘴巴，这个南方商人还是不解，他说：'你能给他馍馍，为什么不能给我摸摸？'……"

"哈哈哈，哈哈……"大家笑瘫在床上。

一个笑话让一屋子人炸开了锅，乐翻了天，笑开了花。有人前仰后合，呼不给吸，有人笑得直不起腰来，有人笑断了内裤带，他们捂着笑痛的肚子，托着笑疼的腮帮子，仍然你一言我一语地讲笑话，其中有些人还来点"荤"段子，一直到他们真的累了，再也讲不动了，这才气绝似的坠入昏睡的深渊，酣睡如泥，越睡越沉。

在暗暗的灯光下，他们的睡姿是千奇百态，有仰、有侧、有趴、有蜷，有蹬被子的，有像老鼠一样磨牙的，有像牛羊一样反刍的，有说梦话的，有打呼噜的，有放屁的，有尿床的，什么样的人都有。

突然，门外响起了急促的吹哨声。大胡子孙剑长拿着手电筒，吹着哨子进来高叫紧急集合！不准开灯，不准喧哗，限定五分钟整理好内务到操场集合。

大家手忙脚乱起床穿衣服，打背包，集合，去报到。王宁最快穿好衣服，见小胖子程启升还在呼呼大睡，赶紧叫醒他。程启升一惊，一骨碌坐起东找西拿，张皇失措……

由于晚上有所准备，王宁忙而不乱，以最快的速度第一个打好背包到广场报到。其他人就惨了，李铁锁上衣扣子错位，一边高一边低，背起背包跑出了去；程启升将裤子打到背包里还在找裤子；赵二宝找不到军帽光着脑袋去集合；鲁志清看上去没有问题，实际他的背包打得也不合格；别的人或多或少都有点毛病。一个个丢三落四，匆匆跑到广场列队站成两排。孙剑长很不满意这样的集合，他走到一个似睡非睡打瞌睡的学生面前，举起他的皮鞭就是一鞭，让那个学生规规矩矩立正。

"你看你那个熊样，你裤子呢？"孙剑长见程启升穿着三角裤站在眼前骂道。

"报告长官，我到处找就是找不到！"程启升着急地说道。

"到一边儿去，把你的背包解开找！"孙剑长告诉他。

程启升敬了一个军礼，灰溜溜背着背包跑到一侧解背包找裤子去了。

"把你的扣子重新扣好！"孙剑长走到李铁锁面前命令道。

李铁锁才发现自己的上衣且高且低，扣子全都错了位，说："是！长官！"

鲁志清似乎也没有完全睡醒，眼睛似睁非睁，似睡非睡。孙剑长对着鲁志清嘴巴轻轻拍了两下："嗨！嗨！你看你，像个梦游者，这是集合，不是听说书！"

鲁志清一怔，左右摇晃了两下头彻底醒了，两个眼睛瞪得滚圆。

孙剑长一一检查后跑到队伍前，第一句话又是他的口头禅："大家听好了，第一次夜间紧急集合，没有事先通知大家，为的是检查训练成绩，你们的体能锻炼总体效果不错，但是……"用皮鞭使劲向空中甩了一响，"你们夜间紧急集合不合格，一个个的熊样让俺丢脸，你们看看，啊？那是出尽了洋相：没穿裤子的，裤子前后穿反了的，光着膀子的，没戴军帽的，鞋子穿了一只就来集合的，没带军用水壶的，等等，尤其是打背包，基本上都不符合规定，夜间看不清也不能乱来嘛。看看你们打的背包，有的一横两竖，有的两横一竖，有的一横一竖打个十字就完事了，还有一个人来不及打背包，干脆将所有东西往麻袋里一塞就来集合了，俺不知道他的麻袋是从哪来的，到这里来拾荒啊？"

大家憋住，想笑又不敢笑。

孙剑长继续说："有一个人最好，他着装整齐，军容整肃，王宁！"

王宁立正说："在！"

孙剑长命令道："出列！"

王宁向前三步走后，立正。

孙剑长走到王宁的身边，指着王宁的服装和背包说："你们看他的戎装整整齐齐，他打的背包有棱有角，横是横，竖是竖，你们当中就他最好，根据上级命令，现在俺宣布：任命王宁为上士班长！"

鲁志清带头拍手，紧接着大家也跟着一起鼓掌庆贺。而王宁则站在那儿没有任何表情，他不明白孙剑长为什么要提拔他，而且连升了好几级，一下跳过下士、中士，升到上士，这究竟是为什么？再说，自己根本就不想当班长，不想干军人这个职业。正琢磨着，孙剑长从衣兜里掏出上士领章给王宁戴上，让王宁成为第一个拿到徽章的人。

孙剑长提拔王宁难道真的是由于今晚的表现？当然不是！小心眼的孙剑长最恨的是部下对他不尊敬，谁要是得罪了他，他会毫不客气整你，处罚你，反之，你要是恭恭敬敬，处处请示报告，给他戴高帽子，他也会适当关照你。而王宁一直是他的眼中钉，不仅没压，反而第一个提拔，这是为什么？孙剑长面向大家继续说道："不仅仅是提拔王宁，集训一结束，你们大家也要跳升到中士，津贴费翻一番！"

大家又是一阵掌声。

孙剑长摆手让大家停止鼓掌说："好了！不过，今天的夜间急行军训练还是要进行的，现在听俺的命令，是凡军容不整的、背包不规范的重新整理，二十分钟后从这里出发，解散！"

大家纷纷重新整理军容、背包去了，只剩下王宁和孙剑长。

"请问，为什么要提拔我？"

"怎么？提拔你不对吗？俺有句话要告诉你：心慈不带兵，军队是嗅着血吃饭的地方，军人头上都顶着'死亡'二字，兵是打骂出来的，你对他们要狠，否则就领导不了他们！"

"我不想当领导。"

"你会习惯的。"

"我不想去习惯。"

"俺不管你是想，还是不想，你在训练大队的表现足以说明你有这个本事，而你们班里其他人则没有，听好了……这是对你的信任，懂吗！"

"可是……"

"什么'可是'，没有'可是'！"

"我确实不适合干这个。"

"你有权利这么想，但俺不这么认为，现在解散！"

"长官……"

"上士，我再说一遍，解散！"

"我不想当领导，若弄砸了，这……这是谁的错？"

王宁还没有说完，孙剑长便离开了。此时的王宁，并不知道提拔他的真正原因，更不知道军中有一个大人物在关照他。正在他犹豫时，孙剑长又返回来，从口袋掏出一张白纸片放到王宁手上，然后头也不回走开了。王宁不知是什么，将白纸片翻过来一看，原来秋露的照片，谢天谢地！他还以为孙剑长将照片收去毁掉了，还好，仍然在，王宁并没有因此而感谢孙剑长，"小不忍则乱大谋"，王宁暗暗地盘算着自己的计划。

逃跑受挫

空中的乌云渐渐散去，害羞的月姑娘从云后探出笑脸，清冽的月光一下子铺满了整个大地，让幽暗的世界有了一些生机，沉睡的植物在月光照耀下变成了灰白色，房屋也宛若镀了一层银，犹如李白诗句里"疑是地上霜"一般。夜已深，马已疲，人已倦。悄吟的秋风送来丝丝清凉，也送来桂花的芬芳，在这个季节里一树繁花已隐没，唯有山里的桂花树独树一格，花香四溢十里外，远远望去，"揉破黄金万点轻，剪成碧玉叶层层"。金光闪闪好像灵动的星星。夜与睡梦笼罩着四周，万籁俱寂，原本喧闹的军营变得非常的宁静，除去偶然传来几声猫头鹰的啼叫外，是一片安详、寂静。然而，有一些人不能入眠，他们是夜间拉练的队伍——王宁他们，在孙剑长的指挥和带领下，整装出发了。

他们聆听着清风灵悦的轻歌，身披皎洁的月色，急行在静谧的乡间小道上。那些藏匿在绿草间盈盈闪动的露珠，在月光映射下显得晶莹剔透，亦如夜空璀璨的繁星。王宁他们只能借助于月光摸索前进，鞋子和裤腿湿了，衬衫后背和腋下湿了，帽檐一周湿了，大家全然不顾继续跑步向前。同学们来自全国各地，经过半个月的磨合和交流，已经相互熟悉，"少挨骂、少挨打，尽快结束这魔鬼般生活"这个共同的想法让他们紧密地团结在一起，彼此照顾，相互关心。

长长的队伍，行走在崎岖不平的山路上、沉睡大地的田埂上、紧密带刺的灌木林里……不时有人滑倒摔跤，或者被荆棘划伤，队伍里人与人之间的距离也越拉越大。出发前的双排队伍，由于道路狭窄成了单排，紧密变成了疏散，又变成了稀稀落落。当队伍接近竹林时，精神高度紧张的大伙儿已经是上气不接下气。忽然，从队伍最前面传来口令。

孙剑长发出命令："向后传，到竹林向东，跟着！"王宁立即将口命传给了身后的李铁锁，李铁锁又传给后面的赵二宝……就这样边走边向后传，传了六七个人没出闪失，再向后传到队伍的中段口令变了。当口令传到鲁志清时，因鞋带松蹲下来系鞋带，而这时后面的小胖子程启升离他有一段距离，跑到这里又没听清，看见鲁志清蹲在竹林前，以为传过来的是"向后传，到竹林放松，蹲着！"的口令，于是连忙也蹲下来等，"向东""跟着"被他传为"放松""蹲着"，错误口令就这样一个个地传了下去。结果队伍中段鲁志清以后的人全蹲在竹林前不动了，有的干脆坐下来休息，他们都老老实实地待在那里不敢乱动。而队伍最后几个人，听到的则是"向后传，到竹林放松，趴着"，就全趴在地上，"蹲着"又成了"趴着"。

班长王宁发现队伍断成了两节，前一部分人在继续跑，后一部分人则蹲在竹林前，命令前段队伍"停止前进！"他立刻向后跑去，见程启升蹲在地上，问为什么停止前进？程启升回答是执行命令"到竹林放松，蹲着"，后面的人也说口令让"蹲着"，王宁继续走到队伍尾部，问为什么趴着，他们说听到的口令是"趴着"。简直乱套了。王宁并没有按照孙剑长的教导"兵是打骂出来的，你对他们要狠，否则那就领导不了他们！"而是用"将心比心，吃苦在先"的行动，去感化部下，对于部下的缺点、错误，王宁尽可能地采用鼓励或刺激的办法去解决问题。例如，宿舍旁边的厕所小便池附近总是有尿，有人在小便池的上方贴上一纸条："讲文明，小便入池"。结果无济于事。有人将纸条该为："再不对准撒到池外者罚款二元"，只是稍好一点，但便池附近仍然有不少尿渍。王宁将纸条上的字再次更改以后，便池附近从此不再有尿渍，他的纸条是这样写的："对不准，说明你不强！尿到外，说明你不长！"看了这个纸条谁都害怕，再不敢胡乱撒尿。尽管这是个笑话，但从这件小事可以看出王宁的管理能力，扬长不如避短，切中要害与敏感的地方就能解决问题。

孙剑长坐在一个大石头上掏出一包香烟，取出一支刚点上火，见王宁跑来，问怎么回事？王宁回答因为间距大，口令传到中段走了样，传到最后更走样。就像是耳语传话游戏，第一个人说"五棵松"，第二个人传"五刻钟"，到第三个人传"勿过冬"，让人哭笑不得。

"哈哈……哈哈……俺的娘哎！他们把'向东'听成'放松'，把'跟着'听成'蹲着'，真他娘的耳朵出了毛病。这是训练唉，倘若打仗岂不误了大事？"孙剑长笑着说，"好了，这次俺不怪大家，现在让他们都到竹林里休息会儿，这儿风确实不小。"

"是！"王宁立即向大家传达到竹林里休息的命令。

就像"瞌睡"遇到了"枕头"，大家是求之不得，纷纷去竹林背风斜坡上休息。

因传话走样的事例，国外也有：一九一〇年，美军一个团在传递命令过程中就闹出了大笑话。团长对营长说："明天晚上八点钟，这里可能看到哈雷彗星，这种彗星每七十六年才出现一次，命令所有士兵穿好野战服，在操场上集合，我将向大家解释这一罕见的现象，如果天下雨，就改在礼堂集合。"随后，营长对连长说："团长命令，明晚八点哈雷彗星将在操场上空出现，下雨就让穿上野战服前往礼堂，这个罕见现象将在那里出现。"接着，连长对排长说："营长命令，明晚八点，哈雷彗星将身穿野战服在礼堂中出现，如果操场上下雨，营长将下达另一道命令，这命令每隔七十六年才会出现一次。"再接着，排长又对班长说："明晚八点，营长将带着哈雷彗星在礼堂中出现，这种情况每隔七十六年才会出现一次，如果下雨，营长将命令彗星穿上野战服到操场上集合。"最后，班长对士兵说："在明晚八点下雨的时候，七十六岁的哈雷将军将在营长的陪同下，身穿野战服，开着他那辆'彗星'牌汽车，经过操场前往礼堂。"

头一次夜间拉练，大家累得够呛，有的人躺在竹叶上，有的人背靠背互相靠着。王宁给大家讲述完这个他在书中看到的美军故事后，也跑到一边休息去了。

孙剑长在最高处抽着烟，似乎精神不错。

王宁在最低处仰天想着秋露：一场偶然邂逅，从此柔情缱绻，就是那一次，也许要搭上这一世……正当王宁回忆与秋露甜甜蜜蜜的时刻，李铁锁走了过来。

"班长！你累了？"

"还好。"

"你还记得你说过的话吗？"

"我说什么了？"

"逃跑啊！你不是说有机会就逃出这个鬼地方……"

"嘘……你小声点！"王宁一骨碌坐起来，用一个指头竖在嘴前，低声说，"孙猴子在上面呢！"

"孙猴子他在高处听不到，风声大，其他人也听不清。"

"这是什么地方？"

"熊山啊，山前、山后各有一条山道……"

"不对！不是两条山道，是三条！"

"三条？王哥，你早勘察好了？"

"从这儿向下五十米处，另有一条向东的小路，很少有人走，但能够下山，直通山下的东村。"

"你咋知道的？"

"还记得上一回演练吗？"

"当然记得！"

"那天，我遇到一个上山采药的老人，老人知道这是军事禁区，很害怕，如实告诉我上山的小道，我放了他，并记住他说的下山路线。看，前方约百步有个横向小山沟，从那儿向左走半里地有一个岔路口，一条通向山上，一条通向山下：如果沿着下山的路走，就走到南山隘口，一定会活捉；如果从那个岔路口往山上走五十米，又会出现一个岔路口，向右拐的路就能直通山下的东村！现在跟我走，回家！"

李铁锁高兴极了，背起背包跟王宁悄悄地离开了队伍……

坡上，孙剑长背靠在一棵大毛竹，还在哼着京剧《打渔杀家》："昨夜晚吃酒醉和衣而卧，稼场鸡鸣惊醒了梦里南柯。二贤弟在河下相劝于我，他叫我把打鱼的事一旦丢却。我本当不打鱼关门闲坐，怎奈我家贫穷无计奈何……"

在离孙剑长不远处，赵二宝躺在坡上感觉有个毛茸茸的东西在舔自己的手，一睁眼看见一个黑乎乎的动物，两只闪着蓝光的眼睛正看着自己，"哇！狼！"赵二宝大叫一声一跃而起，把动物吓跑了，也把旁边的程启升惊坐起来。他们仔细观察，不远处共有八只闪着蓝光的小眼睛。没过两分钟，群狼再次逼近，三十米，二十米，十米……当群狼走到离赵二宝他们只有八九米时，四只狼围成半圆形停下龇着牙，咧着嘴，吐着猩红的舌头，似乎在狂笑，因为它们已经闻到了血腥味。群狼令人恐怖，就在群狼要扑上来的关键一刻，孙剑长拔出腰里的手枪……

　　此时，王宁和李铁锁还在山里拼命地奔跑，他们按照采药老人所说的路线，下坡上坡再下坡。李铁锁摔跤了，王宁将他拉起来，李铁锁的背包掉了，王宁帮他捡起来，李铁锁走错路，王宁又将他拽回来，两人费了很大的力气，终于来到第二个岔路口。这时，远处传来"啪，啪……啪……啪……"四声枪声。见鬼！怎么会有枪声？李铁锁停住脚步惊呆了，他想这下完蛋了，孙猴子一定发现他们逃跑，让孙猴子抓到会被枪毙，与其被他枪毙还不如跳崖自杀，但自己还年轻，还有六旬爹娘，还想娶妻生子，还没有见过女人的身子，就这么快死了又不甘心，想着想着轻轻地哭了起来。王宁也感到事态的严峻：怎么这么快就发现我们的行动呢？这枪声是鸣枪警告？为什么是四声枪响？如果说是鸣枪警告，顶多三枪，为什么要打四枪？难道说他们还没有发现我们？再一想，又觉得是凶多吉少，因为枪一响准有事，部队集合报数就会少两人，就会发现我和李铁锁不见了。怎么办？不能再跑，抓到一定会被枪毙，现在回去撒谎或许还能骗过孙猴子。唉，有了！他用脚一钩将李铁锁撂倒，用地上湿泥土往他和自己的身上四处涂抹，脸上、帽子上、关节处、腿上都涂上泥巴，他要将李铁锁扮演成掉下山洞自己去救他的样子，他能骗过教头孙剑长吗？

第三章　思想急变

求佛保佑

中秋节就要到了，会战的日子也越来越近，南京夫子庙地区的人们，对于这场决定中国命运的大决战却麻木不仁，一到晚上，茶舫轻舟依然，桨声灯影照旧，街市上更是熙来攘往、热闹非凡。错落有致的一栋栋富丽堂皇的中式饭店、酒楼，一座座古色古香的茶馆、小吃店，门庭若市、烈火烹油。游客、食客、嫖客们如潮似涌，一波接着一波。整个街区都沉浸在霓虹烂漫、繁弦急管之中。位于高大建筑后的"四喜堂"的妓女们和巷子里的青楼女郎们，大白天轻纱薄衣，头上簪着茉莉花，手拿白色手绢，脸上挂着迷人的微笑，全身洋溢着勾人的热情，不停地在召唤着四方嫖客，无论是酒气熏天的醉汉、挥金如土的富商，还是稚气未脱的阔少、上瘾的光棍汉，只要你给够了钱，就不再分高低贵贱，都一视同仁，平等相待，得到有礼有貌的服务。这比起其他一些见富就俯，见穷就仰的商行要进步得多。她们在吆喝、呻吟中体验着金钱的味道，她们兢兢业业日日夜夜奋战的精神，令嫖客们也肃然起敬。妓女，作为女性中一个特殊阶层，从其产生就病态地滋生蔓延着，以另一种生存方式依附于男子，自觉或不自觉地以失去人格尊严为代价，而沉湎于蒙昧、苦难之中，艰辛地演绎着女性史的另一页。

佳节的前一天，杨梦玥身着时髦，手提着一个蛇皮女包，头戴一顶红色绒帽，身穿着一件刚从法国进口的双排扣米色风衣，两条肉色长丝袜下是一双黑色高跟鞋，整个人显得既妖媚又高雅。她匆匆从医院里面跑出来拦住一辆出租车，立即钻了进去，小车转眼就淹没在车流之中。从广慈医院到夫子庙需要十多分钟车程，成斌在贵宾楼已经急不可耐，他就像是在战场上等待援兵一样，火急火燎地在屋子里不停地来回走着，时不时撸起袖子看手表，盯着那一格一格移动的秒针，似乎时间也在跟他作对，故意走得那样慢。突然，过道里响起小跑的高跟鞋声，成斌知道杨梦玥来了，便迫不及待迎上前去。

"怎么才来啊？"

"对不起，对不起！我的小姐妹哭哭啼啼，我安慰她几句迟到一会儿，非常抱歉！"

"在你心中我成斌还不如你的小姐妹？"

"不是的，成师长……"

"你看看，我为你准备了一桌好菜，正宗的淮扬佳肴，全是你喜爱吃的菜……"

"我的工作还是她介绍的，平常对我也有不少帮助，小姐妹她现在遇到不幸，我就安慰她片刻，没想到给耽误了一点时间……"

"你哪个小姐妹啊？哦……是那个小张护士吧，有啥不幸的？"

"她男朋友被抓，眼睛都哭肿了！"

"男朋友被抓？犯法了吧？"

"没有！有一个逃兵和她男朋友的名字相近，几个军人就把她男朋友给抓走，我亲眼所见！这些军人也真是的。"

"一帮饭桶，狗熊！那些军人是哪个部队的？"

"我正想请你给查查呢？"

"若是我们师的人好办，就怕不是我们的人。"

杨梦玥将成斌按在椅子上，走到他的背后，用拇指和食指轻轻地捏着成斌肩上肌肉，摇着他的双肩，嗲声嗲气地说："您帮帮忙吧……"

成师长被摇得脑袋直晃荡，连忙说："行！我查查，但查到查不到，这不好说啊！"转身站起来，在杨梦玥脸庞亲了一口，"来，我还有好东西呢！"

杨梦玥看着成斌，露出不解的眼神，问："什么？"

成师长不露声色地说："把你的左手伸出来，闭上眼睛。"从衣架的军服兜里掏出一个小方盒子放到她手上，"好啦，睁开眼睛，打开看看！"

杨梦玥睁开眼睛，慢慢地打开盒盖，兴奋地叫了起来："哇！宝石戒指，这么大的红宝石，太漂亮了！"将其戴在指头上。

成师长笑眯眯地说："都说热情似火的红宝石是爱情之石，象征美好与永恒！

不……"见她将戒指戴在中指上,指着她的无名指说:"应该戴在这个指头上。"

杨梦玥有些惊讶:"人家还没有结婚呢,怎么能戴在无名指上?"

成师长毅然决然地说:"很快就结婚。"

杨梦玥心中咯噔一下,半信半疑:"很快?"

中国有句经典的谚语"女怕上错花轿嫁错郎",作为一个踏进婚龄的女人,出嫁,对于杨梦玥不仅仅是嫁给一个男人,更是嫁给一个生活环境,而她能够把握的机会并不多,战乱的生活又是那样艰难和不稳定,双亲病入膏肓还欠了一屁股的债,对她来说,一生最最重要的事情,莫过于嫁一个有经济实力的、能作依靠的好郎君。成斌虽年长她十多岁,但作为国军少将师长,他的薪水高,外财不少,而且对她也不差,他既不是玩世不恭的浪荡公子,也不是只会自己享受的纨绔子弟,嫁给他今后的生活倒是不成问题。

而出身农家的成斌在上黄埔军校前,曾经有过一次短暂的婚姻,那是娃娃亲,十六岁结婚,两年后女方得急病一命呜呼,成斌便入了黄埔军校。

黄埔军校是孙中山于二十世纪初创办的一所新型陆军军官学校,与苏联伏龙芝军事学院、美国西点军校、英国桑赫斯特皇家军事学院同享盛名,在当时被列为世界四大军事名校之一,后来一大批叱咤风云、战功显赫、威名大震的国、共将帅之才就出于此,校址原在广州黄埔岛,军校因地而得名。从第六期起,陆陆续续迁往南京的小营。

一九三○年,十八岁的成斌考入黄埔军校第八期,决心成为一名职业军人,三年毕业后随军队东征西讨,一直没有遇到他想要的女人。在广慈医院一下就看中杨梦玥,软磨硬泡把杨梦玥弄到手,他兑现承诺,立即在中山北路的首都饭店摆了十桌酒席,梅开二度明媒正娶把杨梦玥接回了家。新婚不久,成斌还真查到王宁的下落,随即给部下孙剑长去个电话让他给予关照,而孙剑长以为王宁是成斌师长的亲属,因此,才有了前面的提拔,这事王宁当然不知道。

在王宁的家里,母亲华净文自从儿子被绑架那天起,一下子苍老了许多,整整五天就像过了五年,天天以泪洗面,她不吃不喝两度休克吓坏了女儿,没有办法女儿只好每天给她注射葡萄糖液。"儿呀,你现在哪儿呀?母亲想你,从你嗷嗷待哺到蹒跚学步,从你第一次拿起笔纸到迈进学堂,你每一个微笑,每一次摔跤,每一面喜报,都牵着我的心!儿呀,夜里我睡不着,没有法子只好坐起来看星星。好不容易能睡一会儿,又做起了梦,我梦见灰蒙蒙的天,看不清四周，你在前面跑，我在后面追，宁儿，你等等母亲！我叫你，你却不回答。我又梦到你寄来家书，可是拆开却是白纸一张。每每想起这些梦，我就怕，我就痛，就有无穷无尽的担忧。儿呀，你要多保重！人生漫漫，很艰难啊……"华净文看着与儿子小时候一起照的相片哭着，自言自语说着。

"咚！咚！咚！"门外响起敲门声，华净文一怔立即放下相框，又掏出手绢擦去眼泪，晃晃悠悠去开门，她以为女儿回来了，开门见到的是一位姑娘——广慈医院的小张护士。

秋露满面春风气喘吁吁，手里拎着一个冒着热气的大荷叶包，先是给老人行了个鞠躬礼，而后进来说有好消息。华净文迫不及待地问是不是儿子的消息，秋露点点头说已经打听到王宁哥哥的消息了。当老人问起儿子在哪里时，聪明的秋露则卖起关子，说吃了这荷叶包里的东西才会讲。华净文高兴儿子终于有下落了，但不知道他在何处，为了弄清儿子情况，只好同意吃东西。当秋露解开荷叶包的线绳，展现出五个热腾腾的大包子，一股浓郁的鲜香气立刻扑面而来，老人这才感到腹空、饥饿，伸手抓起一个大包子就咬。啊！味道美极了！不光是饿的原因，这有名的蟹黄包还是小时候吃过，时隔二十年再次品尝这样的美味，更觉蟹黄包别有一番味道。

有人说蟹黄包起源于扬州，在三国时期已经出现，其制作工艺发展到清代多达二三十道，熟悉的行家一看包子褶，便知道其制作工序和水平，因为在行业内有个不成文的规定，包子褶的数目与包子制作工序数是相等的，褶越多工艺越高。据说高档包子要达到三十二个褶，此外原料、作料、制作、火候也非常有讲究。扬州地处大运河与长江交汇处，扬州以东、以北地区是大片的水网地，淡水产品相当丰富，秋后正是公蟹肥美、母蟹满黄，一年中螃蟹最好吃的时节。高档的蟹黄包是用四两重的公蟹肉、母蟹黄，伴着乳猪嫩肉泥和含有各种作料的肉皮膏汤冻做馅的包子，蒸前包子不会溶化，熟了膏汤溶解与蟹肉、蟹黄、嫩猪肉、香油、料酒等混合在一起，其味别提有多美了。蟹黄包被老百姓称为"早点之王"。乾隆皇帝下江南时，品尝蟹黄包子后称"天下第一点心"。据说蒋介石的夫人宋美龄最喜欢的中餐点心中，蟹黄包是她的最爱，一些在宁的外国人和他们的夫人们也都喜爱蟹黄包。二十世纪六七十年代，西哈努克国王访问南京，品尝蟹黄包子后，回到北京还指名要这种包子，后来只好派专人坐飞机送去，包子坐飞机成了一则美谈。

华净文咬着包子，鲜汤和油水顺子嘴角往下滴。看得秋露笑声不止，她立刻递上自己的手帕，也拿起一个包子陪老人一起吃着，边吃边说道："有个当兵的叫'汪陵'，读音与'王宁'很接近，不仔细听还真分辨不出。"

华净文点点头，吃完一个包子又拿起一个，看来她是真的饿了。

"那个当兵的汪陵负伤后住在我们医院，伤愈应该回归他的部队，而他却偷偷地逃跑了！"秋露继续说道。

"他当了逃兵，这时正好我儿王宁也在你们医院里？"华净文边吃边接着秋露的话说道。

"对！结果军队来抓，没有抓到逃兵汪陵，却把王宁哥哥抓走了。"秋露答道。

"看似阴差阳错，实际是黑白颠倒。国民政府《兵役法》明确规定：独子不服兵役，他们为何要抓我儿当兵？这国家的法律岂不成了一纸空文？失民心者失天下，这个政府迟早要垮掉……"华净文说着心情又低落下来。

"阿姨，王宁哥哥不会有事的！"秋露立即安慰老人，她嘴上这样说，心里并没有底。

"那我儿现在哪儿？"华净文问道。

"最新的消息是被送到独立师教导大队，但教导大队在什么地方还不清楚，只知道是在一个山里，具体位置正在打听。这个消息是我们护士班杨梦玥大姐告诉我的。"秋露吃完一个包子，用手帕擦擦手。

"杨梦玥？哦，我想起来了，是你们科的杨护士？"华净文又咬了一口包子。

"是的，她刚嫁给一个叫成斌的国军师长，我就托杨大姐打听王宁哥哥，结果还真打听到了，王宁哥哥就在成师长的部队里，杨大姐要我们放心，她一定尽全力帮忙。"秋露尽力解释道。

"终于有了下落，张姑娘，我该怎么谢你？"华净文舒口气。

"别客气阿姨，下一步是要弄清楚王宁哥哥在那里干什么？什么时候能够回来？阿……嚏！"秋露猝然打了一个喷嚏。

"姑娘，你等等……"华净文用毛巾擦去手上的油，去衣橱里挑选出一件外套给秋露披上，"天气凉了，别感冒！这是我年轻时穿的外套，没穿过几回，送给你，别嫌弃！"

"真好看，也合身。"秋露看着这件依然时髦的衣服说道。

"姑娘，天色不早就别走了，今晚和我做个伴好吗？"华净文仔细端详着秋露，一股爱意油然而生。

"嗯……"秋露想了想，点头应道。

"这空空荡荡的房子就我一个人，有你陪伴真让人高兴！"华净文眉开眼笑，将椅子背上缠绕的毛线取下递给秋露。

"这世界上有了爱，生命就不再孤单！"秋露伸出双手将毛线绷紧成一个长方形框，抬起头慢慢地说道。

"说得好，长得也好。"华净文从毛线里理出线头，开始绕线球。

"嗯？"秋露应了一声，露出迷惑的眼神，她不明白华净文的意思。

"我是说你刚才的话说得好，你人长得也好，这皮肤，这身材……人又善良、温柔，难怪宁儿喜欢你，不知你是怎样看待他？"华净文试探性地问道。

"王宁哥哥人非常好，有才华，有志气，我……我也很喜欢他。"秋露有些害羞。

"是吗，那太好了！对于男女之间的爱，我是这样理解的：爱，是尘世间最美丽的花，人生中写不完的诗，生命里唱不尽的歌；爱，留一个憧憬给自己，让爱的人不再孤独，留一丝惆怅给自己，让爱的人不再叹息；爱，需要用心经营，需要理解和守候。不知道你同意不同意我的看法？"华净文继续绕着毛线球。

"你的理解比我深刻得多！我只是刚有体会，就为他牵肠挂肚，就为他喜怒哀乐。爱，有着奇妙的魔力，让我为他倾倒，也许这就是生活。"秋露微笑说道。

"宁儿的父亲去世早，我含辛茹苦把他养大不容易，他要是能娶你做媳妇，我最大的心愿就算了却，呵呵。"华净文放下毛线球，笑嘻嘻地说道。

"还不知老天爷能否开恩。"秋露也放下手上的毛线，望着未来的婆婆。

"啊，说道老天爷，你倒是提醒了我，明天我要去栖霞寺烧炷香，求佛保佑我儿。"华净文连忙说道。

"我也去，行吗？"秋露问道。

"行啊！"华净文非常高兴。

翌日，正逢秋露休息。她们起了个大早，天还没有亮便带上敬香用品上路，先乘短途火车到尧化门，然后跟便车来到栖霞山。

栖霞山，位于南京城东郊，濒临长江，因山里盛产中药，能滋养摄生，亦称为"摄山"。在地质学上，栖霞山属于茅山楔入南京地区的北支，全山峰峦叠嶂，巉石耸立，沟壑交错，幽谷深邃，山上山下古生物化石颇多，又被称为天然地质博物馆。自南朝起，栖霞山就是佛教圣地。千百年来，从这里匆匆而过的客人中不仅有帝王将相、文坛泰斗、名士高僧，还有英雄豪杰和革命领袖，数不尽的风流人物，在这里留下了一个个传奇的故事和一曲曲动人的乐章，难怪有人形象地概括：一座栖霞山，半部金陵史。栖霞寺坐落在栖霞山中峰西麓，为南朝古刹，也是中国四大名刹之一，江南佛教"三论宗"就发源于此。古刹于清咸丰年间毁于火灾，光绪三十四年（一九〇八年）又重建，主要建筑有山门、大雄宝殿、毗卢殿、摄翠楼、藏经楼等，为南京地区最大的寺庙。

　　大战在即，上山烧香拜佛的人大不如往常，香客寥寥无几，王宁的母亲华净文在秋露的陪同下，向古寺一步一个台阶，吃力地缓缓而上。秋色渐浓寒将至，山间坡地的枫林里，株株枫树紧紧相依，片片红叶似少女红装。她俩站在山腰间极目远眺，层林尽染，漫山遍野的葱茏中，点缀着一团团、一簇簇的火色，红得那样热烈，那样辉煌与灿烂，顿时增添了一份轻松、愉悦！林中落叶遍地似铺了一层天然红地毯，走在上面松松的，软软的。秋露从路边捡起一片像是被朝霞染红的枫叶留作书签，这让她又想起小时候在苏州随母亲去西郊灵岩山敬香时的场景，也是秋季，也有漫山遍野的红叶和蔚为壮观的红枫，那时候只是跟随，还不懂得上山的意义。而今，她长大了，恋爱了，她携着敬香用品的布包，挽着未来婆婆的胳膊，一路向上，踩着厚实石阶，踏着稳健的步伐，带着虔诚之心，至诚之意，精诚之志，风尘仆仆一路向前。

　　路过明镜湖时，几个小贩一拥而上围过来兜售敬香用品，几个农妇也凑过来卖山泉水。华净文买了一桶泉水，她们要洗去脸上、手上的尘土，干干净净去见菩萨。继续前行，终到栖霞古寺。广场上香烟缭绕，几个香客正在烧香拜佛，华净文和秋露也将事先准备好的捆香点燃，虔诚地将燃香插入香炉。

　　进了山门，不远处传来"咚……咚……"的撞钟声，继续前行首先见到的是袒胸露腹、面带笑容的弥勒佛。他在笑什么？秋露暗暗地问自己，难道像两边对联所说的"大肚能容，容天下难容之事；开口便笑，笑世上可笑之人"吗？那么什么是"难容之事"？我是不是"可笑之人"？拾级而上，便是寺内的主要殿堂大雄宝殿。殿宇威严壮丽金碧辉煌，似乎可以容纳尘世间万物之福、众生之苦。三层楼高的释迦牟尼佛高高在上，甚是庄严肃穆。华净文、秋露缓步步入大殿，敬过功德（向钱箱捐款）在沙弥（刚出家的年轻和尚）的指点下，跪地行叩拜礼。

跪在大佛面前，秋露虔诚地望着大佛，双手合十默默祷告："佛祖，您的慈悲无边无际，请告诉我，爱为什么来得如此突然，令人措手不及？爱为什么消失得如此迅速，令人万分留念？我爱的人一夜间不知了去向，让我在红尘里痛苦不堪。就像一根刺，横在我的心窝里，一碰就痛。我不想拥有广厦万千，一间能防风雨严寒的小屋子即可；我不想获得金山银山，一日三餐粗茶淡饭即可；我不想成为百花园的主人，一支红玫瑰花即可。我最想要的是我的王宁哥哥，为了他，我可以放弃一切，为了他，我可以走遍天涯海角！佛祖，我还会能见到他吗？"

恍惚中，她隐隐约约听到佛祖的回答："孩子，万发缘生，皆系缘分，偶然相遇，蓦然回首，注定了彼此人生。爱来了就不会走，爱是永恒不灭的。你是个明白人，越是明白的人，越是容易痛苦，你本可抽丝剥茧了解里面的玄机，只是你过于着急，才难辨其缘故。大千世界芸芸众生，最简单的事情其实最复杂，最复杂的事情其实也最简单。孩子，生命何其短暂，切勿因为生活的困惑和困难而停滞不前，更不要去自寻烦恼，要像你在前面看到的弥勒佛那样豁达，向着你的人生目标，义无反顾地向前！只要你不放弃追求，你就一定能够见到你想要见的人。"

华净文也在礼佛膜拜，她要祈求菩萨保佑她的儿子逢凶化吉，渡过劫难，早日回到她的身边……

教官洗脑

首次在夜间拉练逃跑的王宁和李铁锁，听到四声枪声后不敢再逃只能返回。当时他们并不知道那四声枪声是孙剑长击毙四条野狼，并不是针对他们逃跑。回到军营后王宁撒了一个谎，说李铁锁掉到山洞里去了，自己去救他，耽误集合归队的时间，竟然蒙混过去，就连孙剑长也没有怀疑和多想。

接下去的训练是理论学习和技术实践，主要是常用武器和设备的原理、结构、使用方法和保养常识。教官在课堂上介绍完以后，会让学员动手实践。例如：讲完卡宾枪、勃朗宁机枪的构造后，会让他们自由拆卸得七零八落，而后再按照枪械的结构安装好。王宁他们所学的美械武器很多，除了枪械还有火焰喷射器、手持掷弹筒、火箭筒、肩扛式无后坐力火炮等单兵武器。此外，还有排雷、爆破、测量、汽车驾驶、无线电对讲机的使用。教官讲得很多，讲得很快，实践过程中稍一疏忽就会出大事，故大家都认真地学，快速地记，谁也不敢怠慢，不敢马虎。

为期三个月的学习训练，由于前方形势趋紧，压缩到两个半月，后又压缩到两个月，这对于从未接触过军械设备和没有军事知识的学生来说非常紧张，每天学习和训练时间由原来的八小时，增加到十二小时，甚至十四个小时。当然，伙食也很不错，小荤菜天天有，大荤三六九，开始饭还受限制，后来由于训练强度加大和同学们的抗议，大米饭敞开供应，对农村来的人或者家庭贫寒的学生，就像是天天过节。

一晃，紧张集训接近尾声。有一天发津贴费，大家在饭堂门前领完津贴费又去领香烟。每人两包，一包"大前门"、一包白壳无牌内供烟。不知道是那个近视眼联勤官无意还是有意，多给了班长王宁一包"大前门"，不会抽烟的人无所谓，但会抽烟的鲁志清和赵二宝见了有不同意见。鲁志清说他当班长应该多得，赵二宝要王宁把那包香烟拿出来请客，两人没说几句，竟然推推搡搡就动起手来。赵二宝虽然没有鲁志清的个儿高，但他年轻力壮并不好对付，鲁志清给他几拳，他就还给鲁志清几拳，鲁志清将他打倒在地刚骑到他身上，他一挺腹部又将鲁志清挺倒，两个人爬起来继续拳脚相对，以硬制硬，就像是发情的"公牛"为争夺"配偶"互不相让。大伙儿先以为两人闹着玩，发现他们出手的力度很大才知道是真打，立即上去拉架。见班长王宁上去，李铁锁、程启升等一齐上才将鲁志清与赵二宝分开。相处两个月大家平安无事，怎么能在最后的时刻因一包香烟大打出手？王宁婉转地批评他们俩，希望他们成为兄弟。喜欢直来直去的鲁志清说与赵二宝做兄弟做不到，王宁说先别那么武断，暂且不谈兄弟，扶困救危总能做到吧？晓之以理，动之以情地对在场的人说："这个世界上能为你舍生取义、与你推心置腹的朋友有几多？人生难得一知己，千古知音最难觅。我们即将奔赴前线，是生是死两茫茫，倘若我们之间做到'扶困救危'也不枉人生一世。"鲁志清表示能做到扶困救危，纵是看不顺眼也要共事。王宁提议大家做个约定：不管谁先战死在疆场，活着的人哪怕就剩下最后一个，也要将死去人的骨灰或尸骨送回原籍安葬。结果得到鲁志清、赵二宝、程启升、李铁锁一致拥护。没有海誓山盟，没有歃血发誓，他们决心用行动实现诺言：坦诚相待，扶困救危，互助友爱，同生死，共患难！

在国民党的军队里，同样很注意官兵的政治教育，无论是新兵、老兵，一刻也没有放松过。军中教育强调"治军以治心为本"，突出"效忠""信仰""宗旨""气节"，主要内容有"三民主义""四维"（礼义廉耻）"八德"（忠孝仁爱信义和平）、爱国精神、责任、使命，等等。王宁他们在教导大队的最后一堂课是政治课，这天同学们早早来到课堂，等老教官进来王宁高喊一声"同学们起立！敬礼！"，全班同学立即起立向教官敬礼。政治教官是一个五十来岁的小老头，别看他个子不高，干瘦干瘦的，可他腰不弯，背不驼，精神矍铄，精气神十足，走起路来像一阵风似的，当他来到讲台前向大家还了一个军礼，招招手让大家坐下后，王宁立即喊了一声"坐下！"，大家呼啦一声，才回到座位上。

老教官开始讲课，他的声音洪亮有力："各位同学，这堂课后我们就不再是教与学的关系了，而是并肩战斗的同志关系。从今往后，你们就是国军的一名革命战士，一名合格的兵！一提到兵，人们总联想到了兵痞、流氓、粗俗、说脏话、没文化、无教养、名声不好，是一群不遵守习俗的人，但我从你们身上看到了改变人们观念的希望。按照国民政府之规定，你们只要服役期满两年，倘若选择继续读书，国家可以保送你们进中央大学、上海复旦大学、国立武汉大学、黄埔军校等高等学府继续学习深造，学费一律由政府承担。"

教官说得并没错，国民政府确实有过这样的规定，一年前国力、财力尚可，大学发展速度前所未有，全国已有四百多所高校，大学招生制度各地则有所差别。抗战之前，高校招生都是各校自主考试，但会受到教育部的管理，考试的科目不像以后的数、理、化、外语、语文等全都要考。在二十世纪二十年代，中国大部分的高校包括北京大学，入学考试仅考一门国文，过关了就能录取，后来中国许多著名的科学家、政治家、外交家、军事家、文学家等，都是在那个时代凭"一张纸"考进大学的。诚然，那么简单的考试能选拔出优秀人才吗？答案是肯定的！尽管是"一张纸"，但这张纸有高低之分，有的学校还有目测关、筛选关，宽松进校若不认真学习，要拿到毕业证书可不是一件容易的事。抗战以后，全国的高校分为国统区和汪伪区两片。在国统区，全国统考的地方仅有重庆、成都、昆明、长沙、武昌、广州、桂林等十二个招生区，按计划招生，实行统一高考，考试分文、理科，统考的科目到一九四〇年已经增加到八门，国文（有白话文和文言文之分）、党义（国民党的党章和三民主义）、英文、生物这四门是必考的，其他四门由文、理科学校在数学、物理、化学、地理、中外历史等科目中选择。一九四一年，中国的抗战进入相持阶段，全国统考由于无法组织而取消，又改为各校自主招考。在汪伪区的南京、上海、北京、沈阳、长春等地，高考由日伪政府组织监管，各校自行决定招生。一九四五年抗战胜利后，全国统考尚未恢复，仍然是教育部指导下的自主招生，但这个时期的保送生比例有显著的增加，很多大学还设有先修班，先修班毕业的学生，上大学的比例相当的高。

政治教官接着又说："倘若你们选择工作，可由政府安排合适的工作岗位。"

从来没听说过这样的好事，大家一阵惊喜便交头接耳议论开来。这个说想找个好工作，那个说想入中央大学、金陵大学读书，还有的说想去陆军大学深造，你一言我一语，随即讲开了。

王宁也对鲁志清说："这下可好，我们终于能上大学了，而且是免费，能减轻家里不少负担，不过要满两年兵役方可，我们无论如何要坚持干两年。"

鲁志清摇摇头说："你行，俺不行。"

王宁问："你为什么不行？"

鲁志清有些泄气地说："俺高中都没读完，怎么能读大学呢？"

王宁宽慰他说："高中没有毕业上大学的人有的是，要努力争取，实在不行那就先找个好工作，你没有听教官讲吗，由政府安排合适的工作岗位。"

李铁锁高兴过后，从桌子抽屉里取出一个不干不湿的柔软泥巴团，揪出一小块放在旁边，将大块泥巴用手搓成圆圆长长的，直径四厘米，长十八厘米的圆柱体。他且搓且乐，又将揪下来的泥巴做成两个椭圆泥球球，安装在圆柱体一端，然后用铅笔的笔杆将圆柱体的另一端刮成半球形，又在这个半球形的下面挖了一个冠状沟，这样一个用泥巴做的男性生殖器完成了。附近的程启升看着李铁锁做那玩意儿，乐得全身肥膘不停地抖动。在李铁锁的另一边是端木昭阳，他捂着嘴更是笑得脸红脖子粗。

政治教官等大家议论了一会儿，继续讲课："大家安静，请安静！今天我要讲的题目是'军人的使命'。"随即在黑板上用粉笔写了"军人使命"四个字，然后继续说道："民国三十五年，抗战硝烟刚刚散去，国家本亟须全力医治战争创伤和重新建设，我们的民众本应过上幸福安定的日子，然而仅仅才十个月，内战烽火又起，人民的生活又一次遭受痛苦，国家不能够统一，社会不能够安定，经济不能够发展，这些都是共产党闹分裂造成的，不得已，国府被迫戡乱……"

"妈呀，他这是背书呢，还是说政治语录啊？头都大了，喋喋不休真啰唆，跟和尚念经似的。"李铁锁咕叨一句，他不想听政治教官的长篇大论，继续玩手里的泥巴"生殖器"，引得更多的同学偷偷地乐。

程启升一把抢过泥巴"生殖器"，用铅笔尖在"龟头"顶部偏下的地方戳一个小洞形成尿道口，让鲁志清实在憋不住轻轻地笑出声。

政治教官有点生气了，这帮学生上课嘻嘻哈哈，别的班都老老实实，他们这倒好，不给他们点颜色瞧瞧那还不闹翻了天！于是脸一沉，说："不要笑，这是一个严肃的问题！有什么可笑的？"忽然发现泥巴生殖器，才知道同学们是为这事在笑，于是乎来了个顺水推舟，一把从程启升手里抢过来，问："这是什么？手枪？"

程启升一阵紧张，支支吾吾答不上来："嗯？嗯……"

政治教官知道这是男性生殖器，将其举起来说："你们看还有枪眼呢！我看像左轮，这枪管下还有两颗'子弹'，啪！"模拟左轮枪开了一枪。

"哈哈哈……"大家听着政治教官用嘴发出的枪响，再也憋不住，干脆放声大笑。

政治教官又问程启升："这是你的？"

程启升立即摇头，说："不！不！不是我的，是他的！"用手指着李铁锁。

政治教官又问："那你的呢？"

大家"哈哈……"笑得声音更大。

政治教官走到李铁锁身边："鄙人长这么大，是第一回在课堂上见学生做这东西，你可真行，让我也让大家开了眼界，以后不允许这样，知道吧？否则……"将两个泥巴小球球揪下来，"我就这样将你阉割掉，让你成为二太监。"

李铁锁频频点头，又不停地摇头，点头是以后不做这玩意了，摇头是不能当二太监，他捂着嘴咯咯地笑着，见政治教官将残缺的"生殖器"捏成一团扔出窗外才安心。正巧，泥巴扔到从这里路过的孙剑长身上。孙剑长四处看看，附近并没有人，他怎么也想不到，这泥巴是从教室里扔出的，骂了一声"他奶奶的！”走开了。

政治教官继续讲课：“刚才那位学员在用泥巴做男人的那玩意，让我想起一个词——男人，什么是男人？不一定有'把子'就是男人！如果做事还不如女人，心胸狭隘，没有理想，碌碌无为，这样的人不能称为男人。真正的男人是顶天立地的，是要顶大梁、成大器的；真正的男人有自尊、骨气、意志、豪情和荣誉；真正的男人重情重义，宽容大度，自强不息。天生男儿多磨炼，是男人就要活得像个爷们！像条汉子！做到问心无愧！我希望在座的全是好男儿！好了，言归正传，刚才我们讲到：不得已，国府被迫戡乱，你们说我们是不是该把牺牲数百万人才换得的来之不易的抗战胜利成果，捧手让给共产党？”走到程启升的面前，“你说。”

程启升立即回答：“当然不！”

政治教官斩钉截铁说：“对！当然不！我们国军自北伐打倒军阀，到赶走日本鬼子，立下了汗马功劳，现在国家再次面临分裂，我们绝不能无动于衷，'革命尚未成功，同志还需努力'！故我们这一代青年还需努力奋斗……”

王宁、鲁志清等目不转睛地盯着政治教官，认真听他的讲演。

政治教官一下激动起来，扯着嗓子喊道：“一个国家不奋斗，就不能立足于世界；一个民族不奋斗，就不能昌盛富强；一个年轻人不奋斗，就会被时代所抛弃。你们是一群热血青年，并非普通老百姓！你们是民族的希望，是国家的未来！你们的肩上担负着报效党国的光荣使命和救国救民的重任！作为时代的弄潮儿，你们要去挽救国家和民族的危亡！你们将成为雄狮，一头雄狮率领一群绵羊，会战胜一只绵羊率领的一群狮子。扬起你们奋斗的风帆，吹响你们战斗的号角，奏响你们前进的乐章，向前！去改写你们的命运，去改写国家的历史！成功属于你们！”

仅仅几句话就将年轻人的积极情绪激发起，将同学们胸中潜在的激情之火点燃，让在场的同学们都热血沸腾，摩拳擦掌，让这些年轻人苍白而平淡的生命，一下变得欣欣向荣和生机勃勃，在激情燃烧的岁月里使他们勇往直前。

在同学们的一片热烈鼓掌声中，政治教官继续慷慨激昂地鼓动着：“在座的各位个个是爱国青年，在学校人人受过主义熏陶，你们的共同目标是保卫国家建设国家。但是，共产党仍然在不停地捣乱破坏。为此，你们必须抵抗暴力，维护正义，为民主自由而奋斗。如何才能达到我们的目的呢？唯一的方法就是消灭共产党。如果我们大家都坚定共信，互勉互励，精诚团结，各人善尽其责任与义务，不辜负全国水深火热亟待拯救的同胞之竭诚期待和殷切渴望，那么，消灭'共匪'，解除国家之危难就指日可待！我们就能完成我们军人的光荣使命！我确信三民主义靡坚不摧，一定可以获得最后的胜利，信念无敌！'寸寸河山寸寸金，侉离分裂力谁任？杜鹃再拜忧天泪，精卫无穷填海心。'同学们，让我们携起手来，共同努力，去开创璀璨辉煌的明天！"

政治教官煽动性的讲演，深深地打动了同学们的心灵，赢得长久的掌声。同学们如同小说《西线无战事》里描写的保罗·博伊默尔和米勒、克罗普、勒尔等，一批刚满十八岁的易受诱惑的天真烂漫的同学们，在有沙文主义思想老师坎托列克的煽动下，参加德军走向战场一样，奔赴淮海战场。

王宁在后来的日记里也写道：

政治教官慷慨激昂的讲演，赢得一阵阵掌声，也让我们这些学生兵的思想有了较大的转变，由原来的不愿意，想逃跑，转变为一定要在军队里干满两年。其原因有二：一是为免费上大学，或者找个好工作；二是教官不停地洗脑，激发起我们年轻人"拯救民族和国家"的责任感。

这群学生兵哪里知道，战争，是有权势的老头子忽悠不懂生命可贵的年轻人去送死的政治游戏！一旦进入角色，豪气冲天，生死就置之度外。在这些阅历不深的学生们看来，当兵是为国家的安定和为民众的福祉，是响应国家的召唤，是光荣的，高尚的！

相逢难会

在离开教导大队的最后一天，王宁他们班所有人都戴上了领章和帽徽，成为真正意义上的军人。从此，学生时代结束了，戎马生涯开始了。这次集训无论是基础训练、体质训练，还是军事技能训练、恶劣环境心理训练，都让他们学到很多有用的知识和有益的方法，消除了原先的一些疑惑、恐惧，军事素质和技能跨越了一大步，在不久的实战中为快速适应战场打下坚实的基础，有些人还用这次所学的方法救了自己和别人的性命。尽管他们每个人的心里都有一个自己的"红楼梦"，或为了上大学，或为了找个好工作，加上政治教官不停地洗脑，让这些学生兵的思想有了翻天覆地的变化，由原来的不愿意转变为一定要在军队里干两年，有的人甚至喜欢上军人这一称谓。

一九四八年十月下旬，在教导大队集训的这批学生兵，结束了全部的训练，分配到独立师各基层单位，准备参加即将到来的大会战。王宁、鲁志清、程启升、赵二宝、李铁锁、端木昭阳、魏家垫、刘松林八人被分到师直属特务连一排。这时，离国共在徐淮地区的大决战还不到二十天，独立师主力三个团已全都进驻徐州地区，师部、教导队、特务连等直属机关，正由南京向徐州转移。

王宁他们从熊山出发时，获悉师部的特务连正在南京下关待命，故护送王宁他们的大胡子孙剑长决定直接去下关车站，他乘坐一辆福特小轿车，王宁他们则乘坐一辆美式道奇 WC–63 卡车，向火车站出发。路上大家的心情很复杂，兴奋、担忧、期盼、沮丧、听天由命……什么样的想法都有，但并未出现恐惧，因为这些平均年龄还不到二十岁的刚从训练营出来的学生兵，并不知道什么是真正的战争，还未体会到战争的残酷，在个别人心里战争是一场"游戏"而已，可去享受少儿时的"枪战"刺激。路上，刘松林轻轻地唱起由舒展作词、李中和作曲的《陆军健儿》歌，唱着唱着，大家也都跟着唱了起来：

体魄雄壮，气概威武；举止严肃，阵容堂堂，雄赳赳，气昂昂，声势壮，战力强；排山倒海谁敢当，排山倒海谁敢当。性格刚直，心情安静，不屈不挠，意志坚强。走远路，挑重担，做硬汉，打胜仗；洪炉锻就百炼钢，洪炉锻就百炼钢。姿态，体力，精神，像铁打金刚。完成准备走向战场，陆军健儿意气飞扬！飞扬飞扬飞扬飞扬，飞扬飞扬飞扬飞扬，唱出胜利的乐章！

南京下关火车站的候车室里、站台上、道路边，已经挤满了调往前线战场的军人，铁道上停靠着两列军车，正准备上汽渡（一种能将火车一次运过长江的大轮船）过江，有一些军人坐在站台上休息。王宁他们跳下卡车卸下背包、枪支和随身军用品，在孙剑长的带领下向正准备登车的特务连走去。他们穿过人群，左转右拐找到特务连一排的车厢，孙剑长将王宁等八人交给一排长沈定仁，又递上一份花名册和移交文件，等沈定仁在移交文件上签完字，他们相互敬了一个军礼，孙剑长才彻底完成他的使命。临走前，孙剑长真诚向王宁道歉，王宁见这个军衔比自己高很多，年龄比自己大不少的人如此姿态也就原谅了他。

沈定仁非常高兴，他与新来的学生兵一一握手，并对大家说："欢迎啊，你们来得正是时候，我们排就缺你们这些有文化、有技能的学生兵！这下可好了，我们排是人强马壮，等到了徐州我再给你们接风洗尘。"话音刚落，"轰！"的一声巨响，远处传来猛烈的爆炸声，吓得大家一阵紧张。沈定仁让周有贵去看看是怎么回事，然后继续对王宁他们说："不要害怕，不会有大问题，这里是大后方。"他捧起花名册看了一下，又说："我来认识一下诸位，王宁我熟，其他人我先点个名：李铁锁……赵二宝……鲁志清……程启升……端木昭阳……魏家堃……刘松林。"

被他点到名的人，随即立正一一答"到！"沈定仁点过名又对王宁说："你是上士，理当是三班班长，请不要推脱，人手不够以后我再给你补。"他转向鲁志清他们说道："你们七人分配到新成立的三班，是王班长的部下。现在独立师主力已经进驻徐州东郊，即将参加会战，特务连一排的首要任务是勘察徐州东侧吴集镇附近的地形，大家都把背包放下吧，先歇会儿。"

大伙儿刚把背包、武器放到地上坐下休息，周有贵匆匆跑回来向沈排长报告，说前面的铁道交叉口被共产党地下分子炸开一个大口子，抢修需要一天时间。又传达连长命令：一排在原地休息。

"沈排长，这里离我家不远，我想请个假，回去看看母亲。"王宁站起来，走到沈定仁身边轻轻地说道。

"回家看看？你刚返回部队就要回家，这不行！"沈定仁为难说道。

"沈排长，行个方便吧。"王宁缠着他，掏出一包大前门香烟放到沈定仁手上。

"哟！大前门，好烟！"沈定仁笑了，将烟往衣兜里一塞，"我还是不能答应你。"

"我又不是不回来！"王宁继续纠缠着他。

"王宁，你别为难我，我真的做不了这个主。"沈定仁严肃地说道。

师长成斌穿着红镶边将军大衣，足踏高筒皮靴走了过来，一听到王宁的名字立即问道："什么事啊？"

"报告长官，"沈定仁见是成师长，立即立正敬礼说，"王宁他……刚从教导大队来就要求回去看看。"

"长官，我家离这不远，我看一眼就回来。"王宁第一次见到这个大官，也立正敬礼说道。

"王宁，你别……"沈定仁话还没有说完，却被师长打断了。

"让他回去看一下吧，快去快回，你和他一起去！找师联勤部的王部长要一辆车，就说我同意的！"成师长对沈定仁命令道。

"是！"沈定仁直挺挺地站在那里说道。

"谢长官恩准！"王宁并不知道这个批准他回家看看的长官就是成斌师长，看着他走远，才慢慢放下敬礼的手。

"二班长，你也跟我们去。"沈定仁大叫一声。

"是！排长。"周有贵立即回答道。

沈定仁果然从师联勤部要来一辆敞篷吉普车，随后三人乘车驶向城南。

"我说王宁，师座是你什么人？"沈定仁坐在车上问道。

"哪个师座？"王宁不明白沈定仁指谁。

"刚才批准你回去的长官啊……"沈定仁似乎不解。

"噢，你是说那个穿军大衣的长官啊……不认得！"王宁一本正经地说道。

"得了，别逗了，你不认识师座？骗谁呀，还给你要了这辆车。王宁，以后在师座面前给兄弟我美言几句吧。"周有贵也说道。

"真的不认识！说了你们也不相信，我不说了。"王宁不想再费口舌。

"好，好，人家不好说就别为难他，王宁，咱们话先说在前，回去只能看一眼！你答应的，大丈夫一言既出驷马难追！"沈定仁半信半疑地说道。

"说话当然算数。"王宁回道。

吉普车由中山北路经鼓楼上中山路，到新街口向东经中山东路到大行宫，然后向南直奔城南。王宁的家位于一条小巷子中段，车进不去只能停靠在巷子口的街道边，王宁下车后便与沈定仁、周有贵步行走到自己的家门口。

在瑟瑟的秋风中，王宁透过没有关严的大门缝隙，望着那温馨而又温暖的家，一个他成长的摇篮，一个充满爱的港湾，一个生活了多年的安乐窝。突然，母亲羸弱的身影出现在堂屋里，暗淡的光线下，那微微佝偻的脊背，那疲惫的神色，那悄悄爬上额头的白发，这些都是为我累弯的，操劳的，愁白的啊！"物是人非事事休，欲语泪先流。"王宁的心情难以言表，母亲近在咫尺，却又不能相拥，明明想喊，却又不能发出声音，相见不能见的痛如刀绞锥刺。泪水肆无忌惮旁若无人在顷刻间模糊了他的双眼，他尽力地克制、压抑和隐藏着对母亲的情感，想哭不敢哭，只能任其泪珠悄无声息地滑落。都说"想念"是忧伤中的凄美、甜美中的惆怅，是道不明、说不清的期待和喜悦，我怎么就没感觉到"想念"的甜和美呢？反倒是在痛苦中不停地挣扎。现在，到了家却又不能进去，见了面却不能表白。母亲，您苍老许多，儿深感心痛和内疚。

沈定仁见王宁哭着看着，看着哭着，也深表同情，当年他路过武汉在家门口也是如此，因为自己受伤不敢让母亲知道，也是在家门口偷偷地看了一眼母亲就回到了部队，他拍拍王宁的肩膀劝王宁不要难过。王宁擦了一把眼泪，再也克制不住轻轻地哭出声来。周有贵怕哭声让老人听见，轻轻拽了一下王宁的衣服。王宁知道不该久留，于是跪下向里磕了三个响头，轻轻地说道："母亲，儿先走了，等完成任务再回来看您！"他放下一封书信，带上大门与沈定仁、周有贵回到车上。

屋里，王宁的母亲华净文正在指导秋露绣花，听到大门"吱啊"一声问是谁？敏捷的秋露立即放下手上的绣匾来到门口，没看见人却发现地上有一个信封，捡起来回到堂屋，华净文便让她打开念信。

"母亲大人膝下：启信谨祝安康，不孝儿自入部队，无时不在想念母亲，期盼早日回到尊前，可天不从吾愿，每天等来的皆是失望。吾在部队还好，一去即被提拔为上士班长，那么多人为何单单提吾？据悉是师长说了一句话，吾即当上了芝麻官。吾等现已结束集训，被分到独立师直属特务连一排三班，全班都是学生兵，大家情同手足彼此关照，望母亲大人放心。因局势变化，吾等暂且调往徐州，待任务完成即回来拜见。母亲，烦劳您办件事，还记得广慈医院张秋露护士吗？秋露妹妹……"念到这里，秋露有点不好意思，低下了头。华净文见她不读，接过信继续读道："秋露妹妹人很好，吾很喜欢她，望抽空去看看。"看了一眼害羞的秋露，自言自语说道，"知道，我也很喜欢她，就像喜欢你一样！"秋露被她这一说，脸全红了。华净文看着秋露羞涩的表情笑了笑，继续念着儿子一半文言文一半白话文的信："……草率书此，祈恕不恭，时间关系，书不尽意，余容后叙。母亲大人多多保重！顺叩金安，宁儿叩禀，民国三十七年十月二十五日。"

当华净文读完儿子的书信，王宁已经踏上前途难卜的道路。那是一条什么样的路？有多远，有多长？刚踏上社会阅历不深的王宁，并不知道梦有多长路有多长，前面的路上有多少道难关在等待着他，他所选择的这条路是通向幸福还是走向苦难？只觉得必须向前，无论是铺满鲜花的幽径，还是荆棘丛生的险谷，都必须勇往直前。政治教官"平平淡淡地度过一世，什么也没有留下，甚至连个有价值的脚印都没有，这样的人生有何意义？"的洗脑话，对他的影响实在是太大，"路漫漫其修远兮，吾将上下而求索。"前人既能如此，我王宁为何不去挑战人生和开拓新的道路呢？他决心孤注一掷，迈向他认为的五彩路，用锐意进取去博他的大学梦，去寻找他心目中的香格里拉。

第四章　淮海战役

北上徐州

　　在中国的战争史上，赤壁之战、淝水之战、淮海战役，被称为最伟大的三大战役。赤壁战后曹军北退，形成三国鼎立之势；淝水战后东晋大胜十倍于己的前秦军，结果东晋王朝的统治得到了稳定，把边界线推进到了黄河；淮海战役后国民党军退守台湾，形成两岸对峙局面。历史何其相似，这三大战役，皆是以少胜多、以弱胜强的战例，而淮海战役的影响更为深远。

　　一九四八年下半年，中国形势愈发对国民党不利，国统区政治经济危机加剧。八月七日，国民党召开军事会议，提出了所谓的"集中兵力"于黄河、长江之间地区，黄河以北为"守势"，黄河以南为"攻势"的战略。九月二十四日，中共的华野攻克济南，当日，粟裕发电报给中共中央军委建议进行淮海战役，第二天即得到批准。与此同时，国民党军也决定集中强大兵力与解放军决战，即"徐蚌会战计划"开始实施。双方的兵力情况是：解放军方面华野所属十六个纵队，中野所属七个纵队，加上华东、中原军区及冀鲁豫军区的地方武装，共六十余万人；国民党军方面在徐蚌一带有三个绥靖区的五个军，另有牵制中野的第十二兵团四个军可用，加上直属部队第七十二军、第一〇七军、第一一五军、交警总队，共计二十六个军七十余万人。关于这次会战国共参战兵力说法不一，台湾的资料是：华野有十六个纵队四十万人，中野有八个纵队参战二十万人，共计六十万正规军部队，两百万民夫队伍。其民工统计人数严重失误，实际上参加淮海战役支援解放军的民工，达到五百四十三万人之多，其中常备民工二十二万人，二线转运民工一百三十万人，后方随时可调用的民工三百九十万人，这些民工不仅仅是运输队的主力，还担任医护队、担架队、民兵预备役部队等工作，民工们有句响亮的口号"解放军打到哪里，我们就跟到哪里！"国民党在第一阶段，共投入五个兵团、三个绥靖区，共计二十九个军、七十个师、一个骑兵旅、一个战车团、两个交警总队；第二阶段增加至七个兵团、两个绥靖区，计三十四个军、八十二个师、一个骑兵旅，一个装甲战车团，加上空军共计八十万兵力。

空中，国民党军则彻底掌握了制空权，驻留在徐州的飞机有：空军第一大队第一中队和第四中队的 FB–26 型战斗轰炸机十架；第九中队 B–25 型轰炸机五架；第三大队 P–51 型战斗机四十一架。此外，在南京的战斗机、轰炸机一百二十六架、运输机三十二架，上海、汉口的飞机，都可以随时投入战场作战。

在装备、武器方面，国民党军也明显强于解放军，但他们的后勤保障主要在数百千米以外的江南。国民党军的作战方针，是集中优势兵力击破解放军的攻势于徐州附近。

徐州，一个有五千多年文明史的城市，古代称为彭城，历史上曾为宋国国都，西楚首都，是汉高祖刘邦、南唐烈祖李昇、南朝宋武帝刘裕、后梁太祖朱温的故乡。它东襟淮海，西接中原，南屏江淮，北扼齐鲁，是重要的水陆交通枢纽和东西南北经济联系重要"十字路口"，素有"五省通衢"之称。数千年的风风雨雨，从公元前二十一世纪起的彭伯寿征西河，到如今国共的大会战，这里平均每十年左右就有一仗，有记载的战争有数百次之多。因而，称徐州为中国兵家必争战略要地一点儿也不为过。这里，物产丰富，人口众多，征兵、征粮容易；这里，有深厚的文化基础，人强马壮，不畏强权敢于斗争；这里，有山、有水、有大片开阔地，能守能攻，各种武器能施展得开；这里，交通便利，运兵快捷神速，从附近而过的汴水、泗水、黄河、大运河，在这交汇的津浦铁路、陇海铁路，还有四通八达的公路网，均为补给和撤离提供了便捷的条件，让这里成为战术攻守要地。

一九四八年十一月一日晚，一辆由南京出发的蒸汽列车，在津浦线上急速地向北行驶，火车头喘着粗气吼叫着，拖着沉重的武器和运送官兵的铁皮车厢，在铁轨上摇摇晃晃。这列军车就像一个个串联在一起的棺材队，在坚定地奔赴坟地。车下的钢轮与铁轨的接缝不停地撞击着，发出"咯咚，咯咚……"有节奏的响声。那些铁皮车厢原是运输骡马牛羊的封闭车厢，即人们俗称的闷罐车，没有凳子，没有椅子，什么设备也没有，就连起码的电灯也没有，只是在车厢地板上铺盖了一层稻草，另在一个角落搁置一个大尿桶。士兵们谁也不愿意坐在尿桶附近，因为那儿的气味实在是太臊，太呛人，后来大家受不了干脆把尿桶抛掉，车里气味才好些。车厢的中部有一扇推拉式大铁门，平常开车后铁门是关上的，由于没法小便只好将铁门半开半关，用一根铁链子拴在门与门框之间，以防止人滑掉下车去。晚上十一时，在最后一节车厢里，已经换上冬装军服的特务连一排士兵，都已经东倒西歪一个挨着一个地休息了……

王宁坐在靠门口的地板上，望着车外满天繁星，听着单调的隆隆声，迷迷糊糊似睡非睡，他在回忆这次回家探望，想进而不能入家门的场景，尤其是秋露与母亲在一起融洽相处亲密无间的场面令他难忘。咳！我要是进去看一下她们该多好啊，哪怕就一会儿，然而不能，时间就那么一点，我还有重任在肩，也许这就是命，就是人生。人生是什么？人生就像是一次没有返程票的旅行，生命的列车一旦开启就风雨无阻，一天一个新起点，一月一个新驿站，一年一段新历程，周而复始一路向前。王宁乘上北上的列车去参加即将到来的会战，是凶是吉他无法知晓。与他同行的人很多，都是"百年修得同船渡"的同学，都是风华正茂的知识青年，都是为了那个大学梦、工作梦，走向战场的学生兵，大家怀着美好的憧憬，幸福的期待，去迎接挑战、希望、离别，甚至是痛苦和死亡。他们并不知道，自己即将成为得不到广大人民群众拥护的暴政体制下的牺牲品。

当王宁慢慢进入梦乡时，在广慈医院病区上夜班的秋露依然在忙碌着，直到为最后一个病人取下打点滴的空药瓶，换上新的吊瓶，给他们盖好滑落的被单，回到值班室将夜班要发的药和要用的器具准备好，将用过的针头、注射管、镊子等清洗、消毒、处理，忙碌完毕，已经是子夜。

轻风，拽着丝云袅袅地游去，给晚秋的星空增添了几分烦恼。夜，静悄悄的，除了偶尔从病房里传出一两声病人的咳嗽声和后花园里断断续续的夜鸟啼鸣，四周安静极了。此刻，万籁俱寂，似乎时间停滞了一般。月光透过窗户倾泻在洁白的墙面上，从后花园飘来淡淡的幽香，如梦如幻弥漫在宁静的房间里，深秋孤灯之下，瑟瑟的叹息，潺潺的相思，随风难断。秋露一个人倚在窗前仰望天空，温情脉脉，柔情似水，一双美丽的大眼睛饱含深情，思念着心上人。明月高悬，夜已阑珊，一本书中"红尘恋，千年缘，梦里相思泪两行；欲相守，难相望，我居窗前愁断肠"的话语，让她又想起远方的王宁。此时，爱虽无言，情虽无声，泪却流满心间，她痴心未改，日思喜鹊临枝，夜盼爱侣相依，走不出仍是那花间蜜甜，今生今世，来生来世，都会一直挂在心上。"你走了，留下一粒爱的种子，在我心里发芽，开花，结果，就连果核上也刻着你的名字。感谢缘分，感谢你，赐给我一份绵绵的情意……"想着想着，凄楚的清泪顺着她的眼角流落下来。

"秋露，喂，怎么了？"护士余梅查完病房回到值班室，见秋露的眼神忧郁而深邃，一手托着腮，呆呆地望着窗外在独自流泪。

"哦，是你！"秋露一惊，立刻用手擦去泪水。

"一个人在想什么呢？又在想那个书呆子？"余梅好奇地问道。

"不许说人家是书呆子！"秋露一本正经地说道。

"哟，生气了，他呆吗？他神气得很呢！你我两个人加起来也抵不上他一半聪明！"余梅放下查房用的手电筒和登记簿，"好啦，称王哥行了吧？"

"这还差不多。"秋露开心地笑了。

"看到你流泪，让我想起一句话：'最在乎的那个人，是最容易让人流泪的。'告诉我，你在想什么呢？一个人情不自禁。"余梅又说道。

"听说他们部队去了徐州，天冷了，请杨大姐带给他的毛线衣也不知道他能不能收到，那边要打仗，真让我担心。"秋露望着窗外担忧地说道。

"报纸上说国军进展顺利，已经取得重大胜利，秋露，你甭担心。"余梅坐到秋露身边说道。

"佛说：'牵手是缘，回眸是缘，爱也是缘。'缘浅情深，一失就会失一生！我真想去看看他，只可惜火车时通时不通，即便能到徐州，又如何找到他呢？"秋露叹息道。

"找他不难，梦玥姐在那儿，你去找到她还愁找不到王宁？"余梅说道。

"也是，可怎么去呢？"秋露依然心事重重。

"真想去？"余梅问道。

"嗯。"秋露抬起头不明白余梅的意思。

"真想去找我啊，本小姐有办法实现你的意愿，我父亲的大华宁药业公司有一批药品要空运徐州前线，这是国军急需的物资，明天上午的飞机，你跟我父亲去不就行了？你又是医务人员，以护送药品的名义。"余梅自信地说道。

"这行吗？"秋露还是半信半疑。

"怎么不行？"余梅反问一句，"这事我来安排，天快要亮了，你赶紧睡一会儿，这儿我盯着，去吧，去！"

余梅习惯性地用右手指打了一个响指，将秋露推进休息室，并随手带上房门。之所以这么有把握让秋露坐飞机去徐州，余梅是有底气的。她的父亲是大华宁药业公司的董事长，公司下设一个西药厂、一个中药厂和一个药品营销公司，西药厂规模不大，只能生产和加工一些技术要求不太高的药品，诸如生理盐水、葡萄糖注射液、口服土霉素片、胃痛片等。然而，中药厂年产值要十倍于西药厂，有些中药像止血、清火、消炎、补气之类的产品，一出厂就被军方买去。药品营销公司在美国、英国、法国都设有采购点，每年从国外进口的药品几乎全能销售出去，其中有些国内紧俏的药，诸如盘尼西林、链霉素等，就连一些民国政要，有时候也有求于余老板。广慈医院则巧妙地通过余梅解决一些急需的药品，余梅让秋露去徐州，院长他能不批准吗？况且，自国民政府从重庆返回南京以来，大华宁药业公司每年都向政府捐赠慰问药品，每年都向灾区捐款捐物，最近，大华宁公司又组织了一批药品，余董事长将乘坐空军运输机亲自到徐州分发，故秋露以护送药品名义搭乘飞机当然不成问题。

几个小时后，天已经大亮。一阵电话铃响提醒了余梅，接完电话余梅一看手表，立即敲响休息室的门。

"咚！咚！咚！秋露，张秋露……"余梅用小拳头敲着休息室房门叫道。

"谁啊？让不让人睡觉了？大清早的，谁呀？"秋露在里面说道。

"我，余梅，你闺蜜。都几点了？忘了你要做什么？赶紧给我起床去机场！"刀子嘴余梅在休息室门口嚷道。

"啊！"秋露一骨碌从床上爬起来，立即打开门，"不好，我睡过头了吧？"

"没有，来得及！"余梅说，"我父亲来电话，说他在大校场机场等我们呢，行啦，洗把脸就走，到那儿吃早饭，快点！"

"哎，哎，这就好。"秋露整理一下发型，用湿毛巾擦了一把脸，简单整理一下床单和被子，将值班日记交给接班的护士，跟着余梅一同赶往机场。

与此同时，北上徐州的军列经过一夜行驶已经接近徐州。在车厢内，李铁锁被尿憋醒起来解手，当他来到车厢门口解开裤子刚撒尿，便发现稻草里一条蛇吐着信子就在脚边。"蛇！红红的蛇！"李铁锁尿还没有排完撒腿就跑，一惊吓把急尿给缩了回去。那涨痛的膀胱铆足劲用力收缩排尿，一惊一乍猝然停止，而尿道与膀胱交界处的"括约肌"又剧烈收缩阻止排尿，造成下身很不舒服。他也顾不上那"宝贝"还没有放入裤子里，连蹦带跳向后退去，不幸被侧躺的赵二宝绊倒，重重地摔倒在小胖程启升身上。这一摔不要紧，小胖厚厚的脂肪像海绵伤不着他，却把程启升"娶媳妇，上花轿"的美梦给打断，程启升坐起来刚想发火，一听说有蛇也慌里慌张站起来。这个叫，那个喊，整个车厢的人就像发现炸弹一样炸开了锅，都躲到一侧不敢再睡。车厢里沈定仁的军职最高，这个出生于东北的汉子也恶心蛇，他竟然被这小小的长虫难住，不敢去抓。可王宁不怕蛇，他少年时代曾在水乡生活过几年，那里水蛇、青蛇、火赤链很多，夏季集市上常有人活剥蛇卖，王宁还吃过蛇肉。他用长枪拨开稻草，果真看见一条足有一米五长的大火赤链蛇盘着身子不停地吐着信子。

火赤链的学名叫赤链蛇，从头至尾有一节节红黑相间的环状花纹，因此也称红斑蛇。它无毒，但性凶猛，常栖于田野、村庄、河边、丘陵及近水一带，以蛙、蜥蜴、老鼠、小蛇、鸟、鱼等为食，多在傍晚或晚上活动，属于夜行性蛇类，白天躲藏在树丛里、砖石下、洞穴中，有咬人不放的习性。

蛇是冷血动物，在这个季节活力大大地减弱，已开始找洞准备过冬，这条火赤链或许是钻入稻草里被带到了军列上，在人的体温下又恢复了活力。鲁志清也不怕蛇，小时候去孟良崮亲戚家就捉过这种蛇，他抢先一步不费吹灰之力就抓住蛇的七寸，将其扔出车厢外面。听鲁志清说到孟良崮时，沈定仁立即问他："知道不知道整编第七十四师的事？"鲁志清当然知道，他家离孟良崮二十多里地，不过那时候他还在上学，只是听说第七十四师全军覆没，至于第七十四师是一支什么样的部队，他就不清楚了。可沈定仁知道整编第七十四师是一支美械国军主力部队，其人数、武器、装备比独立师都要强三倍，他嘴上要大家不要怕，独立师火力猛，解放军不会轻易靠近，四周还有友军协同，蒋军的总兵力大大地超过解放军，大家尽管放心，等等，但他心里还是毛毛的。对于沈定仁的话，王宁并没有往心里去，受国民政府教育和宣传影响的他，没有见过真正的战争场面，没有亲身经历过战斗情景，根本体会不到战争的残酷，他认为国军一定能赢，可解放军什么时候会输他却没法预料。这时，火车鸣了两声汽笛后速度迅速减慢，几次有节奏的刹车后，列车终于停了下来。

这是个小火车站，站台牌子上写着三个字——高家营，从这附近的建筑看，显然离徐州城已经很近了。沈定仁立即跳下车去，不一会儿他又返回来，让大家全都下车，准备去徐州东郊的营地。坐了十多个小时的慢车，大家的腿脚都麻了，正要活动活动，懒洋洋地拿起枪和背包等随行的东西，下了这再也不想乘坐的闷罐车。拉屎，撒尿，洗脸，喝水，吃早饭，一一完事之后，王宁他们才乱乱糟糟地向站台外面的广场走去。

车站广场上南来北往的人很多，摩肩接踵，人声鼎沸，做生意的、探亲访友的、逃难的、读书的、过路的，男女老少什么样的人都有，其中还有不少扛枪的士兵，他们并不是车站的巡逻队，也不是维持秩序的值勤军人，而是从徐州东部换防撤下来的零散部队，正在广场上等候南下的列车。李铁锁经过这里时，恰巧被一个等车的中士一口痰吐到腿上，说了声"别随地大小便！"中士不知道是在谴责他，哼了一声，等李铁锁走开时他才反应过来是骂他，"噌"地一下站起来，揪住李铁锁就将其撂倒。

李铁锁从地上爬起来，见他是个大个子并没有还手，倒是旁边的程启升看不下去，纵身一跳，从后面用胳膊肘锁住中士的喉咙。力大的中士左甩右甩仅用两个来回，就将程启升甩出老远。在后面的鲁志清见弟兄们被揍，本身就有点武术基础的他在训练营又经过强化训练，早就手痒痒的，现在终于有了最合适试试手脚的对象，上去左右开弓就是两个勾拳，接着又是一脚。中士感到来人凶悍，自己不是对手，立即做了个认输手势，拿着自己的枪和背包灰溜溜地跑走了。这段小插曲是这批学生兵，自结束训练后第一次打架，接下去这样的事是家常便饭，就看他们碰到谁了，吃亏的总是那些胆小的人，软的怕硬的，硬的怕横的，横的怕不要命的。

高家营站位于徐州的南郊，从这里去东郊军营有十多公里路程，王宁他们步行需要四个小时，集合完毕部队他们便浩浩荡荡地出发。独立师虽有不少新兵，但装备精良，军饷丰厚，辎重宽裕，而且军纪也是十分严明。大路上尘土飞扬，步兵运输车、联勤补给车、野战医院的卡车、炮兵的拉跑车，等等，一辆接着一辆，望不到头，看不见尾，附近的田地里，坦克、装甲车等重型战车呼啸向前，大地也为之震颤。王宁他们这些步兵只能走小路和便道，一路上，他们那种耀武扬威、顾盼自雄的自豪感和神气劲，让沿途百姓惶恐不安，"老翁依墙走，老妇门后看，孩童躲进衣橱里。"难怪老百姓背后讽刺他们："美国枪，美国炮，美国飞机美国造；绿军装，大檐帽，还有脸皮不害臊！"

表面上看，独立师是八面威风、威仪非凡，但来到这陌生的地方，他们也十分谨慎。中午，特务连随师直属机关部队到达指定地点安营扎寨，警备部队随即在外围构筑防御阵地，工兵拉铁丝网，埋设防御地雷。营区附近是大片开阔地，没有山冈、河流作屏障，而防御阵地不是挖几个坑和几条战壕那么简单，其设置是有讲究的：首先必须确定防御的性质、对象、规模、持续时间，其次是要利用地形、地貌、气候、障碍物，阵形上可以是点式、线式（纵深）、面式（梯次）体系，也可以是这三者结合的体系，阵地必须有坚固的抗击正面袭击能力，有防侧翼攻击功能，以及防炮击、防夜袭功能和便于机动、给养、救护、相互支持，等等。对于师一级的防御阵地，通常由警戒阵地、第一阵地、第二阵地、医疗和后勤保障阵地、指挥部等组成。

师长成斌对这次来苏北作战是有顾虑的，说实话他并不想来苏北。第一，部队三分之二刚招募的新兵强化训练都不过三个月，除少数人送教导大队进行专业化训练外，其他新兵都是在基层由老兵带领操练和演练，有些武器和设备新兵们还不熟悉；第二，上面拨给的重武器只有大炮全部到位，坦克还缺一半，重机枪也没有配齐，一万多人的队伍各种枪支加起来还不到七千支；第三是新婚不到一周，他怎能抛下爱妻一个人独自来到徐州，再说杨梦玥也不愿意与他分开。但上面的命令又不敢不执行，只好硬着头皮上战场。之所以敢于带着新娘去作战，是他相信这一次蒋军主力兵力空前，南京铲除苏鲁隐患的决心很大，且他们的部队又多分布在徐州到蚌埠铁路沿线两侧，夫人安全回撤有保障，一旦形势不利，夫人乘火车或乘飞机很快就能脱离战区回到大后方。他的师指挥部设在一个大地主的家里，当王宁他们踏上徐州大地时，成斌和杨梦玥还没有起床，依然陶醉在宴尔新婚卿卿我我的甜蜜气氛里，遗憾的是成斌有严重的前列腺炎，总是雷声大雨声小，往往力不从心，费了很大工夫，房间里才传出男人的喘息声和女人的呻吟声。平静后的成斌如同从"战场"上刚下来一样，垂头丧气没精打采，他一看手表已经快七点钟，立即起床更衣。

杨梦玥见丈夫起床也跟着起来，她边穿衣服边发牢骚："这里全是面食，一日三餐，早上是面条，中午是馒头，晚上是面疙瘩，你就不能弄点儿大米来？"她并不知这里处于苏鲁豫皖交汇地区，主食以杂粮和面为主，三餐都能吃上白面算很不错了，穷苦百姓的主食是杂粮。虽然出生在东北，但在江南生活多年，顿顿面食她也受不了。结婚一周，成斌就上了战场，就想把她扔下。"有你这样的丈夫吗？你就不能请个假，或者装个病什么的，别人度蜜月至少一个月，你倒好……"杨梦玥一想起这事就不高兴。她不知成斌亦有难处，他又何尝不想多陪陪爱妻，但现在是战争时期，别说是一个独立师的师长，就连统帅数十万大军的副总司令杜聿明也得亲临战场指挥。成斌只好劝杨梦玥先去徐州的军人招待所，那里的条件比较好，万一局势不利拍拍屁股走人，打仗带家属真不方便，上面命令独立师去碾庄圩支援友军，再过两天就要出发，那儿更危险！成斌耐心向夫人解释着。杨梦玥是个通情达理的人，她同意去徐州军人招待所，但不要刘副官送，她要王宁送她。

与其他部队一样，独立师也是走一路，写一路，宣传一路。王宁一来到新营区就接到排长沈定仁给他的第一个任务——写宣传标语。他找来一个扫帚头当笔，用白石灰水当墨，在一幢民房的土墙上，刚写完"为匪不悟，自寻死路！"的第一条标语，身后来了一辆小汽车。从车上下来一个俏丽的女人叫他，王宁感到纳闷，这是谁呀？很面熟，似乎在哪儿见过，她明眸皓齿，留着四十年代潮流的发型，飘洒的披肩发有一些弯曲的花波，走起路来花波一上一下翩翩起舞，一件细腰、宽底很贴身的鲜红色呢子大衣，几乎覆盖了她大部分身体，将她修长的身材突显出来，大衣的两个袖子口和领子上全覆盖着染成红色的长绒裘皮，她的腿脚上是一双长筒咖啡色女靴，手里还提着一个深色女包。她美得让人有点不敢接近，美得又让人目不转睛。王宁万万也想不到在这陌生的穷乡僻壤，会有这样一位高雅、温和、举止大方，像新娘子的女人叫他，居然还叫出他的名字。

女人用指头将遮住脸上的一些飘发理到耳边，王宁这才看清她的真容，他恍然大悟，这位美丽的女士不是秋露的阿姐吗？不是两个月前曾经给我发过药、量过体温的广慈医院女护士杨梦玥吗？刘副官似乎看出了王宁的疑问，立即从车上下来，简单解释后，王宁才知道杨梦玥刚嫁给成斌师长，表示接受命令护送夫人去徐州总部的军人招待所，他犹豫的是标语还没有写完，怕沈排长知道不好交代。"区区小事，何足挂齿，这里有我呢，赶紧上路，车已备好了，沿途注意警戒！"刘副官说着将他们送上了车。

大战前夕

国共大战前夕，徐州郊外所有向东的大小道路、岔路口全都是重兵把守，沙袋弧墙、坚固碉堡、障碍栏杆、铁丝网等，每隔一段距离就有一个堡垒。公路上，各种国民党军的车辆与行军的队伍、执勤巡逻的队伍、躲避战火逃难的黎民百姓队伍掺杂在一起，使得路面拥挤不堪，本来二十分钟的路程，小车司机用了一小时才将师长夫人杨梦玥送达徐州军人招待所。这里有一间成斌预定的客房，杨梦玥和成斌来徐州都下榻在这里。

"给！秋露连夜给你赶织的毛线衣，试试看合不合身？"杨梦玥从客房的衣橱里拿出一件毛线衣，递给护送她来徐州的王宁。

王宁未想到秋露为自己织了一件很厚实的米色毛线衣，他很感动，久久地看着衣服，随后轻轻地吻了一下。

"快试试啊！"杨梦玥看着王宁的举动心里酸溜溜的，我们家老成怎不会这样动情？她心里暗暗地说："他只有欲，不会情。"

"哦，"王宁抬起头说，"你……转过身去。"

"嗨，大小伙子还害啥臊啊，我又没有要你脱光，快，把棉衣脱了。"杨梦玥说着上去就要给王宁脱军服。

"还是我自己来。"王宁有点不自在，脱去外衣试穿毛线衣。

"真是一表人才，难怪让秋露一见钟情。"杨梦玥凝睇着这个朝气蓬勃的小伙子，露出羡慕的眼神。

"还行吗？成夫人。"王宁轻轻拍拍毛线衣说道。

"还是叫我杨梦玥吧，我比你也大不了多少。"杨梦玥还不习惯"成夫人"这个称呼。

"哪能直呼其名，叫你杨大姐行吗？"王宁问道。

"怎么不行？"杨梦玥反问一句，"秋露叫我大姐，你当然可以叫我大姐！嗯，毛线衣很合身，颜色、式样均好。王宁，有女人的爱慕是不是很甜，很幸福？"

王宁憨笑点着头。

"还是年龄相近的人在一起好啊……"杨梦玥说着，情绪急转直下。

"杨大姐，您……"王宁不解，又不好问下去。

"咳，不说这些了。"杨梦玥叹了一口气，尽力克制着自己低落的情绪，"王宁，你知道是谁提拔你的？"

"听说……是师座，但不敢去问。"王宁吞吞吐吐地答道。

"是的！是秋露托我关照你，我就在成斌枕边吹了点风，他还真当回事，一个电话就提拔了你。好好表现，以后你还有能当排长、连长、营长！"杨梦玥鼓励道。

"哎！那我先走了。"王宁说道。

"再坐会儿吧，"杨梦玥一把拽住王宁说，"陪我吃完午饭再走不迟。"

王宁看着杨梦玥期盼的眼神不好拒绝，只好答应吃过午饭再走。

在南京，秋露在余梅的陪同下，早早赶到大校场机场，由于有雾，能见度低，运输机无法起飞。耽搁一个小时，直到日出后大雾渐渐散去飞机才升空。这是一架小型运输机，驾驶舱后面有一个小客舱，能容纳六个人，每一个座位上都有两根帆布带，即拴人的安全带，小客舱的后面是大货舱，大箱、小箱堆满了各种药品。

第一次坐飞机，秋露非常兴奋，看着飞机沿着主跑道腾空而起，不一会儿就穿过云层上升到三千多米的高度，天空一下晴朗，太阳从机窗斜射进来，头顶是大片的蓝天，脚下是白云朵朵，这些都让秋露感到非常新鲜。但没过多久她就恶心、头痛，为何恶心、头痛？这是因为高空有湍流，飞机颠簸厉害。突然，一个下沉气流袭来，飞机下掉了十多米，转眼又一个上升气流袭来，飞机又抬高了二十来米，急下急上，没有经过专门训练的人肯定不适应。为减轻颠簸，飞机爬升到四千米高度，这时的舱外气压只相当于地面的六成，由于运输机密封条老化，舱内的气压比舱外也高不了多少，缺氧和颠簸导致体重只有四十多千克的秋露严重不适，还好她没有呕吐，学医的她提前服了两片晕车药止住呕吐，不然身边的余董事长就要"遭殃"了。首次坐飞机的感觉真是糟糕透了，然而为了心中那份浓浓的爱，那份无言的牵挂，那份那深深的眷恋，秋露认为吃再多的苦，受再多的累也值得。现实也让她体会到：爱一个人真的很好，尤其是用心去爱的时候，会感觉到爱是那么的甘醇香甜和无比的幸福。有了爱，心里就有寄托、依恋，即便是无奈的分离，也还会有缱绻如画的梦影；即便一时不能相见，也还拥有令人回味的记忆；即便注定无法相守，也还愿意成为永生的知己。原来，爱的距离不在于天南海北的相隔，而在于心灵天涯的咫尺，因为时空隔阻不了两颗相爱的心。正如人们所说，爱是一杯喝不够的酒，一道解不开的谜，一个永恒的话题。

在余董事长的关照下，秋露经历一个小时的航程终于顺利抵达徐州，便立即去军人招待所找杨梦玥。军人招待所位于云龙湖畔，秋露很快便找到军人招待所。服务台告诉她成斌和杨梦玥的房间在二楼，可上去发现客房并没有人，秋露等了片刻依然不见杨梦玥回来，只好下楼看看。附近有一辆小汽车，车上坐着一个军人正在看报，秋露走近他很有礼貌地问他认不认识独立师成斌师长的夫人，这个军人当然认识，他是上午送杨梦玥、王宁来招待所的司机。司机并不傻，不会轻易说出杨梦玥在哪里，反问秋露是什么人，秋露只好说自己是杨梦玥的妹妹，司机以为是师长的小姨子来找姐姐，不敢怠慢立即告知夫人在西餐厅用餐。

这个时候的徐州城区常驻市民只有十六万，城里没有一家正规西餐厅，军人招待所的西餐厅主要是为美军顾问和飞行员而设的，餐厅不大，在中餐厅里隔了一块地方简单装修而成。王宁吃过两次西餐，基本礼节和规矩还懂得，用餐坐姿、身体与餐桌的距离、使用刀叉、咀嚼姿态等都很得体，但在喝葡萄酒时出了错，他端起酒杯一饮而尽。正确的做法是用大拇指与中指、食指握住杯脚慢慢地品酒，而不是像中国人的豪饮。杨梦玥看着王宁忍不住笑了，指出他的不对之处，打量着阳光乐观的王宁，又想起丈夫成斌：他就知道打仗，就知道服从上面的命令，一点都不浪漫，一点儿都不会生活……年龄差距带来的观念、习惯、思想的差距难以融合，想着想着情绪又低落下来，可她又不得不尽力去维护这个婚姻，因为在生活上，她的所有开销都来自成斌，况且成斌很多家务事都由她来做主安排，在封建的男权社会里，像成斌这样顾家听老婆的男人并不多，再说年龄差距大也不一定是坏事，他像父亲一样让着她，疼着她。当今，男大女十多岁的家庭多的是。杨梦玥想到这里又觉得应该知足，很多人还不如自己呢。千百年来，很多人都把"知足常乐"作为美谈，安于现状，也就没有更高的要求。就在这时，岂料得秋露来到西餐厅。

"大姐！"秋露兴高采烈进来，很快情绪又来了个一百八十度大转弯，"怎么啦？大姐！"

"啊，秋露来了，你怎么来到这儿？"杨梦玥的悲痛戛然而止，立即用手揉了一下眼睛，努力克制着自己的情绪，"快坐下！"

王宁也感到很奇怪，他有些激动，但又不好莽撞打断她们的对话。

"我跟余梅父亲送药到徐州，顺便来看看你们。"秋露在杨梦玥身边坐下说道。

"不是看我吧？是看王宁！"杨梦玥淡淡一笑说，"王宁，给秋露来套餐具！你俩谈，我还有点事，我先走了，账单已经结过。"拿起包匆匆回客房去了。

"杨大姐她……"秋露不知道发生了什么，欲言又止。

"我也不清楚，上午成师长让我送她来这里时还挺好的，吃饭刚开始情绪也不错，不知怎么搞的，吃着吃着她就眼睛红了，从她吞吞吐吐的话语里，我感觉到她对婚姻不太满意。"王宁说道。

"是吗？这可不好办……"秋露说着从包里拿出一盒礼物和一封信，"你母亲给你的礼物——雪片糕，还有信！我上飞机前，你姐姐送给我的。"

王宁将雪片糕放到桌子上，迫不及待打开信，从信封里倒入手掌一个小纸包，展开纸包里面是一粒小种子，说："没有信，只有这粒种子，知道是什么意思吗？这种子叫'当归子'。"

"'当归籽'？你母亲真聪敏，她是要你'早日归家！'无需文字提醒，这倒很有创意。"秋露感叹道。

"是的！母亲是金陵女大文理学院的高才生。小时候，母亲常和我讲她们的校训只有两个字：厚生！意思是，人生不光是为了自己活着，还要用智慧和能力帮助别人，造福于社会，使自己的生命更加丰满多彩！这也一直影响着我的人生轨迹。"将信封和当归子递给秋露，"送你，放心吧，我一定会回去的！"王宁说道。

"嗯。"秋露将"当归籽"倒入信封，折好放到包里，她决定好好保管这粒当归子。

匆匆午餐后，他们来到风景如画的云龙湖畔，心情豁然开朗。湖清水净，湖平如镜，映出了蓝蓝的天空，白白的云朵。远处，重重叠叠的云龙山、韩山、泉山倒映在水面上，像沉浸在清澈的湖水里。湖上几艘小船，像镶嵌在蓝宝石上的点缀。近处，绕堤湖柳下，几只秋鸭在湖边尽情地嬉戏。美丽的云龙湖，宛如一幅经过艺术加工后的剪贴画，美极了！一阵微风而过，吹来淡淡的甜，浅浅的香，令人心旷神怡精神振奋，湖面也立刻激起层层涟漪。在湖边的堤石上，秋露和王宁依柳而坐，他们下垂的双脚离水面也就一尺高，水波在秋风中轻轻地拍打着他们脚下的堤石。

"来这儿还好吗？"秋露心切地问道。

"还好，原本我是不愿意当兵的，在训练营也偷偷逃跑过一次，但没有成功。后来获悉只要两年兵役期满就可以保送进名牌大学读书，而且费用由国家承担，为了那个大学梦，为了减轻母亲的压力，我决定咬咬牙坚持两年，安身不如先安心。"王宁说道。

"我也很想上大学，与我父亲一样也读中文系，只是家庭条件不允许。"秋露说，"咱们走走好吗？"

"好吧！"王宁站起来，伸手又将秋露拉起来。

"毛线衣收到啦？"秋露挽着王宁的胳膊沿着湖畔慢走。

"看，已经穿上了，温暖牌的！"王宁说着解开棉衣的纽扣。

"温暖牌？呵呵……"秋露听到王宁没有赞扬的赞扬，也感到很温暖。

"杨大姐说颜色、式样都很好。"王宁笑道。

"快系上扣子，别受凉感冒！"秋露给王宁系衣扣，"别说大姐怎么说，说你喜欢吗？"

"当然！这是雪中送炭，温暖我心。"王宁憨笑道。

秋露满含深情目视远方，像是在喃喃自语，感人至深、动人心魄、深情厚谊里字字句句透露出浓浓爱意，她声音甜甜的，含糖量起码有三个"+"，语速很慢地说道："你在医院被抓去那一天，我难过极了！之后，每天都会魂牵梦萦在心头，我知道是我的一句口误，才使你人生发生重大转折，是祸起，还是新生活的开始？我不知道，也不敢往坏处去想。为此，我和你母亲去栖霞寺烧香，祈求老天保佑你，因为我怕再也见不到你，暗暗发誓不管将来怎样，我要把你永远藏在心底。"

"真是个傻丫头。"王宁动容地说道。

"我知道我傻，为了心上人，把自己弄得颠三倒四、心神不定，放弃了所有的追求，像小鸟一样，急急忙忙飞来见你……"秋露声情并茂地说着，凝视着心上人。

王宁感激万分，他再也控制不住，一把将热泪盈眶的秋露紧紧地拥到怀里，此刻，言语已经多余，一个甜甜的如花笑靥足以让王宁感到她的真情，在大战前夕的战场上，在秋寒阵阵北风里，一对恋人陶醉在热恋相拥之中……

"还记得三年前的中学生活吗？"秋露挣脱王宁的怀抱，轻言细语道。

"历历在目，就像是昨天，那时我上高一，身体还很单薄。"王宁应道。

"有一次防空演习，你从四楼奔下来，在二楼遇到一个比你低两届的小女生，小女生紧张地在原地哭着，你毫不犹豫背起她就跑，没走几步摔倒，你撞晕了过去，头上流了好多好多的血……怎么了？你为什么用这样的眼光看着我？"秋露先是轻语，然后不解问道。

"那个小女生就是你？"王宁用双手抓握住秋露的肩膀，"天哪，我们中学的校花？女大十八变，简直认不出来了。"

"当时，你把我可吓坏了，在医院一个女子毫不犹豫地伸出胳膊给你献血，恰好她的血型你能用。"秋露喃喃道。

"我身体内流有那个好心人的血，我一直在找她，只知道是个年轻的女子，你知道她吗？"王宁关切地问道。

秋露想告诉他，但觉得还没到时候，于是摇摇头。

"谢谢你送我去医院，从此我就喜欢上了你，在学校我常偷偷地注视着你，目送着你。人最浪漫的是相遇，最愉悦的是相知，最幸福的是相爱。"王宁再次把秋露拥到怀里，也是一往情深。

"最浪漫的是相遇，最愉悦的是相知，最幸福的是相爱。"秋露重复着王宁的话，"说得真好！"

"第一次与女孩子那么近，心里特别甜美，永远也不会忘记！可是……可是后来你却不见了，你去哪儿啦？"王宁问道。

"家父病故，家里经济出现困难，为了早一点挣钱，我改读护校。"秋露答道。

"金陵高级护士学校？"王宁又问道。

"是。"秋露答道。

"难怪以后我就再也没有见过你。"王宁感叹道。

"情意绵绵，跨越时间的流逝，穿越空间的束缚，一直到如今。回味过去总有说不尽的甜美，当年的两个不成熟的年轻人再次相逢，这难道是上苍的安排？其实，我的理想是读文科学校，将来当一个像张爱玲、苏青一样的女作家，或者做国文老师，不曾料到读了医科护校。也挺好，这么快又遇到了你。"秋露轻松地说道。

"将来有机会你仍可从事你喜爱的文字工作！"王宁安慰着她。

"嗯，我现在边工作，边读大学中文系的函授课。"秋露从王宁的怀里抬起头看着王宁，发现他脖子上有一个黑痣，"你脖子后也有个表皮痣，我母亲说我哥也有！"

"你有哥哥？"王宁问道。

"是！可我从未见过他，母亲刚生下他就送人了，我真想有个哥哥在身边。"秋露笑道。

"那我就是你身边的哥哥！"王宁故意逗她。

"可我哥哥脖子上是两个痣，你只有一个。"秋露认真地说道，"你这颗痣叫'苦情痣'！"

"'苦情痣'？是好，还是不好？"王宁不知道有什么说法。

"医学上没有好坏之分，但民间认为'苦情痣'属于吉祥预兆，虽然会遇到干扰，甚至有波折，爱恋比较辛苦和艰难，最终能收获爱情。"秋露解释道。

"是吗？我不怕辛苦，只要能收获爱情就行！"王宁在秋露的小鼻子上刮了一下。

"眼下这场战争，这场由国府发动的大内战，要打多大，打多长，现在均不得而知。"秋露叹道。

"这话怎么像共产党宣传的话？你不会是共产党员吧？"王宁还在逗她。

"反对战争的人就是共产党员？那全国包括你的母亲在内，会有多少人是共产党员？无情的战争让百姓妻离子散、家破人亡，多少鲜活的生命因此而失去，多少无辜的妇女、老人和儿童因此而备受苦难，这实在是有史以来最大的一出悲剧！王宁哥哥，我不想失去你，我要你保证，必须平平安安地回到南京。"秋露望着他说。

"我保证！"王宁毫不犹豫举起右手。

"时间不早，我要去医院，余梅的父亲还等我呢，我们晚上跟飞机回南京，你也该归队了。"秋露微笑说道。

秋露与王宁边说边往回走，经过一群卖小商品的摊位，其中有一个给人磅体重的老人，秋露问王宁有多重，王宁没有回答她的问题，而是给老人一张纸币后，然后将秋露横抱起站到磅秤上磅得他俩的体重，说："我会记住：我们两个人的体重是一百零五千克！"

尽管没有回答他个人的体重，但他用两个人加在一起的重量这一创意的答复让秋露动容，她恋恋不舍地告别王宁，回到军人医院却被院长挽留下来，因为有些新药注射前要做过敏试验，而医院的小护士们没有这方面的经验，院长恳求秋露带一带小护士，推迟几天返宁。责任、盛情、善心、余梅父亲的动员叠加在一起，秋露没有理由拒绝。

化装侦察

李铁锁又在班里变魔术骗大家，他手里拿着一根筷子，用两个小茶缸倒扣在地上，茶缸前放着三个小红纸球，手舞足蹈将一个纸球放在一个茶缸里，又将一个纸球放在另一个茶缸里，还有一个纸球拿在手里，随后就用小茶缸翻来覆去转动着，在众目睽睽下，将小纸球从一个茶缸变到另一个茶缸，一个变两个，两个变三个，弄得大家眼花缭乱十分好奇。最后他让大家猜哪一个茶缸里有小纸球？有几个纸球？有人就往自己认为的茶缸前扔钱，最终没有一个人能赢，他赢得大家不少钱。不服气的人说他骗人，跟他要自己的钱，服气的自认活该，既然赌就要守信用，还有的人缠着李铁锁非要他教这个魔术。

等王宁回到班里，大家都规规矩矩不再闹了。王宁随即向大家传达特务连一排三班的任务：第一，测量徐河庙庄渡口的河宽，这是独立师向东进攻的隐蔽通道，只要在徐河上搭起一座临时性浮桥，隐蔽通道即可开通；第二，在吴集镇以北、以西、以南的半径在六至十千米的扇形区域内，为最终确定炮阵地提供依据。第一个任务测量河流的宽度，他们在熊山学过，只要一个测角器，一卷皮尺，用等腰直角三角形的方法，不用过河就能测得河的宽度，其做法是：选好河对岸一个目标位，当延伸线的端点与目标位为45°角时，延伸线的长度就是河流的宽度。第二个任务本属于炮兵，是师参谋长对炮兵的选址不满意，临时加给特务连头上的任务，又落实到王宁他们班。这不是个好差事，因为吴集镇附近有解放军和民兵，去那里有危险，但上面的命令必须执行。王宁让鲁志清带领端木昭阳、魏家堃、刘松林担任警戒，其他人协助赵二宝、李铁锁测量。

任务布置后全班八人都化装成百姓，在班长王宁的带领下乘坐一辆马车向徐河庙庄渡口进发。王宁化装成"小商人"，鲁志清化装成"车夫"，程启升化装成"新媳妇"，赵二宝、李铁锁、端木昭阳、魏家堃、刘松林化装成搭车的"伙计"。一路顺利，当他们接近渡口时已是黄昏，过河的人一下多了起来，为了不暴露意图，王宁决定，车上只留"车夫"鲁志清和"新媳妇"程启升，其他人一律下车走田间小路绕道到渡口。

夕阳西下，晚霞映红半个天空，行走在落日的余晖下，步行还不到一千米，王宁透过收获后的玉米秆缝隙，发现大路上鲁志清、程启升的马车被两个人拦住去路，不知发生了什么事，王宁立即掏出枪以防不测，其他人也从箩筐里、卷席里拿出武器，趴在玉米秸秆地里静观事态发展。原来那两个人是卖红薯的农民，老头想借个火点烟抽，他儿子则对坐在车上的"胖女人"程启升很感兴趣，刚要搭讪就被鲁志清阻止住，谎说"胖女人"是自己的哑巴媳妇，"她"胆小怕事，才将两个热情好客的农民打发走。

天黑后，渡口再无一人。王宁他们从田野里快步走到码头与鲁志清、程启升汇合。测量的测量，拉皮尺的拉皮尺，警戒的警戒，大家分工各履其责，有条不紊地进行。王宁站在李铁锁的旁边用手电筒给李铁锁照明，并用手掌和身体挡住手电筒散射发向对岸的光。鲁志清则在一端架起轻机枪，端木昭阳、魏家堃、刘松林在另一端架起汤姆森冲锋枪。很快测量结束，大家在王宁的指挥下迅速跑到马车上连夜赶往吴集，他们要在天明前先找一个安全的地方歇脚，然后再对吴集镇外围进行炮兵阵地勘察。

师参谋长对于炮兵阵地设在吴集镇正西的担忧是有理由的，因为全师就这一个炮营，十二门 M-101 榴弹炮是独立师最强的火力。这种火炮原是美军师一级装备，因其价格相对较低、机构简便、火力强等特性，获得一线部队的好评。M-101 榴弹炮重量为 2.3 吨，全长 5.9 米，高 1.7 米，口径 105 毫米，最大射击仰角 66° 至 -5°，最大回旋角度 46°，初速度每秒钟 472 米，最大射程 11 千米，最大射速每分钟 4 发炮弹，弹重 15 千克。为了保证炮阵地的安全，师参谋长命令直属特务连派一个班去吴集实地考察，为的是确保炮阵地的安全。任务下达到一排，沈排长又将任务交给三班。在大家通力合作下，王宁他们又用了一个白天，在吴集镇南、西、北三面进行详细考察，终于将大致情况绘到图上。

就在准备打道回府时，天色突变，狂风骤起，乌云滚滚夹杂着电闪浩浩荡荡地杀过来，眼看一场雷阵雨即将来临，为避免浇个落汤鸡，大家只好躲到附近一个破庙里。鲁志清解开马身上拉车的皮带，刚把大马牵到破庙的院子，大雨就稀里哗啦下来，雨中还夹杂着蚕豆大的冰雹，砸得马"咴……咴……"不停地叫唤。雨越来越猛，越下越大，一道道闪电划破长空，一声声炸雷震得破庙房檐上的鸟儿四处乱飞，天上就像两军开战，战鼓隆隆，刀光剑影，地上像铺了一层玻璃球，白茫茫的一片。

这场深秋少见的雷阵雨来得快去得也快，很快就风静雨停。当鲁志清将马车皮带再次系到马身上，破庙后方"啪，啪"传来两声枪响。大家一下紧张起来，李铁锁、赵二宝立即蹲下，鲁志清和端木昭阳、魏家堃、刘松林端起枪对着庙后打枪的方向。接着好几分钟没有动静，正在大家纳闷时，又响起枪声。王宁通过墙窟窿眼看见有四五个端着长枪的民兵向破庙走过来。鲁志清问，打不打？王宁想了一下，决定不与他们纠缠，迅速返回基地。

两个任务完成得干脆利落，让沈定仁看到王宁的能力，敬佩之中又有点嫉妒，"我怎么就不懂测量呢？我怎么就不能像他那样受到部下的尊敬呢？"沈定仁却不知人与人的差距表面上是能力和人脉的差距，实际上是涵养和人品的差距。他心里酸酸的，不是一点儿酸，而是酸到眉尖上，酸到血液里，酸到骨髓中，酸得他全身软软的。嫉妒对有气质、不服输的人，能化为竞争的动力和奋发的决心，而对于心胸狭隘的小人，却往往成为压制别人造成悲哀的引信。

次日上午，师部举行军事会议，在会议室里长官们围坐在一张大长方形桌子周围，顶头坐着师长、师参谋长，另一头坐着副师长，两侧第一排分别是各团的团长、营长和炮兵营营长、联勤部长，他们每个人前面都摆放着一个泡好茶的茶杯，第二排是各营作战参谋及医疗大队、政工等部门的负责人。王宁作为特邀代表破例出席，他是会议室里唯一一位到吴集镇外围的人，也是唯一一位在会上发言的下级军官。当他来到会议室时，已经坐满了人，便在后排一个空位坐在角落里。

"都到齐了吧……好，现在开会！"师参谋长首先讲话，"各位，自十一月六日徐蚌会战打响以来，华东共军于十一日将我友军黄百韬兵团，团团包围在徐州以东的碾庄圩地区，造成第七兵团进不能进，退不能退，处于进退两难的状况已经好几天，再这样下去，黄百韬兵团的八个师十多万人，不战死也会被困死。根据徐州杜副总司令的命令，独立师将参加徐东进攻战，我师主攻目标是吴集镇，发起时间是后天下午三时整，给大家两天准备时间，现在对表……时间是九时十分。"

会场上有手表、怀表和小闹钟的人，纷纷拿出各自的钟表，将时间拨到九时十分。

"下面宣布师座的作战部署：张团长，你团由西向东担任正面进攻。"师参谋长说道。

"是！由正面发起进攻！"张团长立即站起来接受任务。

"朱团长，你团沿我们的右翼从南面发起进攻。"师参谋长又说道。

"是！沿右翼向北进攻！"朱团长也站起来接受任务。

"祁团长，你团沿我们的左翼从北面发起进攻。"师参谋长继续宣布命令。

"是！沿左翼进攻！"祁团长同样立即站起来接受任务。

"都坐下吧，"师长成斌招招手让团长们坐下，他将嘴上的紫檀烟斗拿下来，说，"这次行动是平原作战，我们的大炮、坦克等重武器可以充分发挥作用，空中还有飞机支援，各团要猛打猛攻，不惜一切代价，用最快的速度夺取吴集镇，并扫清其外围的残匪，以保证我后续部队顺利攻打孙庄、邓家楼。这是个硬任务，不管死多少人都要把吴集拿下来，连长死光了营长上，营长死光了团长上，团长死光了我亲自上！我们谁也不许后退一步！"

前排的长官们听着师作战部署，连气都不敢喘一声，后排的参谋们立即用钢笔将成师长的作战部署飞快地记录下来。

"一旦攻下吴集镇，各部队要立即在周围建筑防御工事，架设铁丝网，搁置障碍物，以防共军反扑回来。"成师长继续说道。

"师座，这次行动是徐蚌会战以来我们与共军的第一仗，一定是场硬仗，要么不打，要打就要打出我们独立师的威风来，希望在我们步兵冲锋之前，炮兵给予最强的火力支持。"张团长请求道。

"张团长，我们准备了一千发炮弹，第一波次就准备全部送给共军，可以削平他吴集外围一米深土地。"炮兵营赵营长迫不及待的回答引起哗然。

"你这是猪八戒的钉耙挠痒痒——太厉害了！"张团长竖起大拇指。

"哈哈哈……"大家一阵哄笑。

成师长摆摆手示意大家安静："下面……谁有疑问都可以提，畅所欲言，各抒己见。"

这一说大家反倒安静了，谁也不吭声，会场陷入一片沉默。

"师直属特务连王宁，说说你们去吴集前线看到的最新情况。"师参谋长打破僵局点名了。

"是！"王宁立即站起来，打开笔记本字正腔圆地说，"各位长官，奉参谋长之令，前天晚上我们班测得庙庄渡口数据后，连夜赶赴吴集，我们在吴集镇的北、西、南三面，离吴集五到十千米范围内进行勘察，发现共军正在加固工事，他们没有铁丝网，而是用树杈、木桩、土墙、石头等障碍物固定在外围，还有三米深的反坦克壕沟。当我们摸索到离吴集只有三千米的地方，发现他们西线火力点最密集，我还看见一些老百姓扛着长方形的木箱子，根据木箱的长宽和他们的负重程度，我判断木箱内是比较大的炮弹，很显然正西方向是他们设防的重点，不然，反坦克壕沟没有必要呈南北向。而我们的炮兵阵地就设在吴集的正西，我们的大炮能打到他们，他们的大炮同样也能打到我们炮兵阵地上。"王宁将预先准备好的图展开："大家请看图，吴集镇以西十千米的地方是我们炮兵预设阵地，从徐州将大炮通过铁路运到这儿所需的时间最短，撤离也最为迅捷，可是我们到实地发现那是一片农田，没有石子路，虽然离陇海线很近，晴天大炮尚可机动，而雨天或雨后农田泥泞不堪，大炮动弹不得。我计算了一下，十二门榴弹炮排成一排的阵地长度是一百二十米，再加上我们的山炮和野炮，那么，炮兵阵地总长度不应该低于二百五十米，一个人从这头走到那头需要六分钟，所有大炮机动到五百米外的铁路线上要用数小时，如果在此期间遭到炮击，后果不堪设想。"

"你们的意见呢？"师参谋长直截了当地问王宁。

"我们的看法是炮兵阵地不能设在农田了，倘若设在吴集的南面或者北面的公路两侧，机动问题解决了，但距离共军只有两三千米，安全又是问题。"王宁说道。

"西面不行，南面不行，北面还是不行，炮阵地设在哪儿？"炮兵营赵营长冷冷地说，"参谋长，我堂堂的炮兵营怎么能听一个毛孩子指手画脚。"

"赵营长你急什么？听小王把话说完。"师参谋长说，"王宁，继续。"

"是！在吴集镇的西南方向六千米处有一个小湖，就是这儿……"王宁眼睛里闪耀着光辉，指着一张放大的图说，"湖岸长着两三米高的芦苇，湖的西侧有一条石子路直通公路，若将炮阵地设在这里机动肯定没有问题，遮挡的芦苇不影响大炮发射，还能作隐蔽。"

"好，好，"成师长说，"特务连王宁作业做得好，做得细，有理论，有数据，摆事实，讲道理，后生可畏啊！秤砣虽小压千斤，如果大家都像他这样认认真真一丝不苟，我独立师何愁不立于军中之前列！"

"大家还有什么问题？有吗？没有就散会。"师参谋长等大家起身走后，一把叫住炮兵营营长："赵营长，不要生气，去吴集考察炮兵阵地是我的意见，不要怪特务连，慎重起见，你现在就去小王说的那个小湖边看看。"

"那好吧。"赵营长与参谋长一同走出了会议室。

首次参战

徐东进攻战是淮海战役初期，国民党为援救被围困的黄百韬兵团十二万人马，而发动的在淮海战役中有重大影响的一场大战。这次战役北起大黄山，南至邓楼村，全长十多千米，横跨徐州云龙、庙山、贾汪、汴塘、大吴、紫庄、铜山大许、房村等十多个镇区，上百个村庄，国民党集中第二兵团、第十三兵团、徐州的空军、徐州"剿总"直属部队等，五个军十二个师，共计二十万大军，配置一百多辆坦克和一百多门重炮，组成所谓的"东进兵团"，在飞机、坦克的配合下而展开的一场影响深远的进攻战。这场大战也被一些研究战争史的人士称为"徐东阻击战"，与另外两场国共内战期间的著名阻击战——塔山阻击战和黑山阻击战相比较，徐东阻击战的作战规模、参战兵力、激烈程度、持续时间都位居第一。尽管王宁他们这批学生兵还未真正认识到这一仗的性质，但"家国"这个概念，却始终占据心中最高地位，也许这就是他们的信仰。五千多年的农耕文明造就了炎黄子孙的家族观念和家国情怀！没有国就没有家，家国一体，国破家亡，始终牢牢扎根于中国人的传统文化里，从战国时期抱石沉江的大政治家、诗人屈原，到"苟利国家生死以，岂因祸福避趋之"的清末两广总督林则徐；从上至国家的高层，到下至王宁他们每一个参战的士兵，一个完整的"家国"的情怀，都是他们生命里的一部分。

时势造英雄，各路豪杰，揭竿而起，刀光剑影，人喊马嘶，气壮山河，每一个人都在用血谱写人生。但时势也造狗熊，有些还熊一窝。

十一月十二日，攻打吴集镇的日子到了，独立师三个团和师直属部队都已经进入阵地。首次作战，对每一个新兵来说，都是一场严峻的考验，包括王宁他们这些经过专门训练的学生兵在内，面对生与死，一个个是忐忑不安恐惧极了。战前阵地上异常寂静，李铁锁趴在散兵坑里一动也不敢动，一个三十来岁的战地救护兵爬过来问有没有香烟，李铁锁见他亲善干练马上掏出香烟给他。老兵一看李铁锁的样子就知道是个新兵蛋子，边抽烟边教李铁锁如何防炮弹、子弹，告诉他："炮弹飞行有一个过程，当听到炮弹飞行声音越是尖啸，那就离你越近。让他记住：一个弹坑被两次击中的概率很小；如果共军在你的射程之内，那么你也一样；冲锋时弯腰低一头，可以躲过二成子弹；跟在别人后面，可以躲过三成子弹；利用大树、石头、土堆、墙壁等做掩护，又能躲过二成子弹。"老兵这些经验是他在多年战斗中摸索出来的，让李铁锁在这次战斗乃至以后历次战斗中受益匪浅。

突然，"嘘嘘……吁吁……"各种炮弹在空中发出刺耳的尖啸声，紧接着"轰隆隆……"震耳欲聋的爆炸声从吴集外围传来，榴弹炮、山炮、野炮的炮弹像下雹子似的不停地往下落，惊天动地、火光冲天。吴集的土围在气浪中倒塌，寨门飞上了天，大树被炸断，房屋燃起熊熊大火，山墙一排一排倒塌，掩体被炸塌，骡马被炸得惊跳乱窜。到处是尘土飞扬、浓烟滚滚，田野里全是圆圆的弹坑，堤埂上的大小树木，变成了参差不齐光秃秃的树干。

接着，重机枪"突突突突……"轻机枪"哒哒哒，哒哒哒……"冲锋枪"格格，格格……"远距离步枪"咝，咝……"手枪"乒！乒！"的声音以及"噼啪！噼啪！"子弹打在瓦片、闷罐等处的爆裂的声音，"噗！噗！"子弹打在土里的发闷的声音，"咝咝……唰唰……"不同种类、不同距离的子弹从头顶上飞过的声音，加上震耳欲聋"扑通、扑通"手榴弹的爆炸声音，一起响了起来……

第一梯队的"国军"步兵们凭借着轻重机枪、汤姆森冲锋枪、火箭筒、火焰喷射器，在坦克、装甲车的掩护下对吴集发起猛攻。

首次参战的王宁、李铁锁、赵二宝、鲁志清、程启升、端木昭阳、魏家堃、刘松林等三班士兵，对枪声、炮声、爆炸声并不陌生，可从来没遇见过这么强烈的爆炸，这么密集的子弹、流弹、跳弹、穿射弹，都吓傻趴在地上不敢动弹。此刻，不是享受刺激，而是深受刺激。兴奋变成了恐惧，有的人恨不得找个地缝钻进去。发抖、畏缩、哭天喊地，新兵队里什么样的人都有。在训练营也有过实弹射击、爆破、排雷等演习，按照规定去做一般不会有生命危险，眼下可不一样，子弹嗖嗖地飞，炮弹哗哗地落，游乐场变成了屠宰场。第一次面临死亡的威胁，他们真不知道该怎么办，就感觉天空在摇晃，变暗，模糊，大地在颤抖，下沉，融解。眼前的情况，怎么与上面声称的"土包子共军"完全不一样？解放军也有先进的武器，榴弹炮、山炮、野炮、迫击炮、马克沁、捷克造、卡宾枪、榴弹发射器，一样不比我们少，王宁正想着又被巨大的轰鸣声打断，六架美制 B-24 轰炸机从头顶上越过。

B-24 轰炸机是美国研制的"二战"时期著名的远程重型轰炸机，是盟军在欧洲战场上轰炸德国法西斯的主力机型之一。一九四四年下半年，美国移交十架 B-24D 型机给国民党空军，由于空军不会使用又归还给美国，当派往美国 300 名空军学员培训完毕与 48 架 B-24M 来华时，抗战已经结束，这些飞机就留给了国民政府。

王宁看见 B-24 轰炸机接近吴集镇时舱门打开，飞机上的航弹像下饺子一样倾泻而下，"轰隆隆……"巨大的爆炸震耳欲聋。一枚手榴弹的杀伤半径 6～10 米，一发 100 千克重的中型杀伤性航空炸弹，弹坑半径 6—10 米，死区半径 30—40 米，杀伤半径 60—80 米，即杀伤面积约 3,800 平方米，也就是说一发 100 千克重的高爆航弹，爆炸能将半个足球场上站立的人一扫而光。

李铁锁爬到王宁身边，哭着说："太可怕了，我不想在这儿，班长，我要回！回家！"

王宁安慰他说："我也不想死这里，但现在怎么回得了家？要做的是别受伤，要活着！知道吗？"

又一发炸弹在附近爆炸，新兵们立即抱着脑袋再不敢抬头。

沈定仁赶鸭子上架似的高喊道："起来，起来！弟兄们，吃了人家的兵粮就得给人家卖命，都给我操起家伙准备战斗！一班、二班是老兵先给我冲！新兵三班跟在他们的后面！"

前进可能被炸得粉身碎骨，后退可能跌入"万丈深渊"，前面有吼叫的机枪，后面有黑洞洞的枪口，督战队那些家伙们打解放军没本事，但对付自己人毫不手软，他们的枪从不吃素。与其被督战队打死还不如向前。三班的新兵们只好爬起来，猫着腰慢慢前进，一见到前面有人倒下马上调头往回走，看到督战队的枪口又转过身前进，他们就像一群被吓傻了的羔羊，走也不是，不走依然不是。

排长沈定仁拿着手枪继续叫骂着，他见程启升吓得恍恍惚惚，两腿哆嗦想走就是动弹不得，上去就是一脚才将程启升踢"醒"。魏家塑同样是万分恐惧，出冷汗，焦虑，晕眩，显然是典型的战争恐惧症发作，他被沈定仁催促站起来发狂向前，边叫喊，边乱放枪，没走多远就吓昏过去。

沈定仁又给王宁一脚，骂道："他奶奶的，你也怕死，给我上！不上老子现在就可以毙了你。"

王宁不敢还手任其打骂，无奈的他只好带领全班向前，但他开枪只敢对天，不敢对人。

沈定仁在后面又叫起来："散开点！散开点……你们之间必须保持一定的距离……对！就这样前进！"

大家猫着腰，保持着间距，两眼瞪着前方小心翼翼地向东走去。前面是一片开阔地，已经被炮弹炸成了一片焦土，一股股浓烟、一撮撮火苗不停地从未燃烧完的木桩向上窜。

突然，沈定仁大喝一声："卧倒！"他自己早趴到了地上。

大家应声趴下不敢动弹，找不到掩体的新兵以为树枝树叶也能保护自己，立刻窜到灌木丛里。

"哒哒哒……"几乎就在沈定仁喊话的同时，一连串机枪子弹呼啸而来，有个反应迟缓的人，钢盔被打穿，身上布满了弹孔，一瞬间胸口成了渔网，倒下抽搐了几下不再动弹，而周有贵这些老兵们"哗"的一声全都扑倒在地，没有一个人中弹。三班因在第二排，有人挡着，全体平安无人伤亡。

沈定仁躲到一个土墙后面，扯着干哑的喉咙继续嚷道："开火，还击！你们是老虎，不是病猫！把共军的重机枪压下去！把这个'勾魂鬼'打掉！向后跑最愚蠢，死亡概率最大，因为机枪会追着你们屁眼打，你们是跑不过子弹的！"

新兵、老兵所有的武器立即向解放军回击，汤姆森冲锋枪近战火力很强，十几条火舌立即向着解放军的重机枪阵地"喷"去，一下子压制住了对方的火力，大家又立即爬了起来继续向前冲。

前面一个光头老兵大喊："冲啊，报效党国的时机到了，跟我来！"还没有冲出去五米远，又有人喊"手榴弹！"，几个咝咝冒着黑烟的东西投了过来。

王宁撕心裂肺大叫："三班卧倒！"立即缩起脖子，把全身压低，不敢再抬头。

紧接着，"轰，轰……"剧烈的爆炸声响起，手榴弹一个接一个的飞来，爆炸溅起的泥土把大家埋了薄薄的一层。王宁从泥土里钻了出来，见眼前一团烧焦的青草里，居然有一株完好无损，依然挺拔于烧焦的草丛中，这似乎让他看到生的期望。

排长沈定仁像个咆哮的公熊狂吼着，他骂尽了世上最恶毒的粗话："他娘的，都给俺抬起头，没死的射击，扔手榴弹！你们不打死他们，他们就会打死你们，简直是一群孬种，蠢蛋，混球……"

对面响起解放军嘹亮的冲锋号声、喊杀声。学生兵们有了明确的目标，大家立即向号声方向射击。解放军密密麻麻，呐喊着冲了过来，不打掉他们自己必死无疑，三班所有新兵这时已忘记害怕，都显露出年轻人的血性，他们拼命地阻击，掏出美国制造的 MK2 A1（俗称小甜瓜的手榴弹）扔出去，队伍中喊声、叫声、命令声、骂声、哭声，滔滔不绝："呸""操""该死""各人保持距离""爬起来跟我上""我中弹了，我肚子中弹了""快走""卫生兵，卫生兵""啊""狗娘养的你往哪儿打""打掉共军的火力点""妈呀，我的腿没有了""节省弹药""手榴弹来啦""前进"……

然而，解放军战士依然前仆后继地继续向前，像大海汹涌波涛连绵不绝，一浪下去另一浪又起，一步步地向他们逼近。看到这样惊人的场面，王宁他们都感到要被淹没、窒息一样。

沈定仁走近三班又喊："冲锋，冲锋！大家以最快的速度迎上去，不要顾及中弹的弟兄。要一鼓作气！再而衰！三而竭！"

鲁志清问沈定仁："中弹的弟兄怎能不管呢？"

沈定仁说："他娘的，后面的部队会管他们，你们抓紧时间给我冲，冲啊！冲啊！"他声动身不动，让全排战士向前冲。

这时，空中六架美制 B-24 轰炸机又飞来扔航弹，霎时间，战场如同一片火海……

前线督战的长官就是个疯子，沈定仁也是，学生兵们也快要疯了。打到此时，双方都吹响了冲锋号，几乎在眨眼的工夫，两股铁流就迎面冲撞交错在一起，激荡起一片耀眼的血光刀影，厮杀声、呼喊声将所有的枪炮声压了下去，血腥味将弥漫的弹药味、焦煳味全压了下去，刹那间，一个个鲜活的生命化为乌有，肢体模糊不清，躯干支离破碎，失控的杀戮让血红的拳头、锋利的牙齿全用上了，迫不及待地将一张张完好的脸孔撕碎。

王宁慢慢探出头向前看去，一片收割过的田地里到处都是横躺着的人，是解放军还是蒋军根本分不清，是死是伤也难以辨别，在田块的边缘有一些能动的人，像蠕虫慢慢地蠕动，一寸一寸地向前爬着。

沈定仁再一次发出冲锋的命令，大家借助于飞机的掩护蜂拥向前。不久，顽强抵抗的解放军终因火力不够渐渐后退，由战壕、掩体、寨墙撤到镇内。

吴集镇是个千年古镇，镇上大都为砖石结构的房屋。两军先是在镇子外的农田里交战，后来在镇村结合处巷战，使得镇子周边的一些房舍在交战中垮塌，断壁残垣旁的木梁、木柱子冒着烟火，一栋栋房屋变成了一堆堆瓦砾，夹杂着一具具尸体，活像一个个大坟场。三班士兵冲过一面土墙零星地点射，跳过矮墙一通狂扫之后，来到一栋房屋。附近一片狼藉，血淋淋的尸体、残破凌乱的物资和未使用的弹药箱、手榴弹箱均冒着烟，有几个受伤的解放军战士拼命地还击着，三班几颗手榴弹扔过去，里面的枪声再也不响了。王宁和李铁锁继续前进，忽然有几个解放军战士冲过来，王宁和李铁锁只好退到一间房子里。不知从哪里扔进来两颗手榴弹，一颗只有两米，另一颗有十多米。没有地方躲避，没法后退，只有一个半人高的窗户，若要翻过这个窗，时间已经不允许，就地趴下对于只有两米远的手榴弹也无济于事；如果往外冲，纵能越过两米的手榴弹，但十多米处的手榴弹爆炸仍然逃不过去。就在王宁和李铁锁不知如何是好都吓傻瘫倒在地上时，远处的手榴弹爆炸了。气浪和弹片从头顶上飞过，在安全死角的王宁和李铁锁安然无事。看着两米处的手榴弹"咝咝"地冒着黑烟，王宁和李铁锁只能等死，五秒钟，十秒钟，一分钟过去，这颗手榴弹却没有爆炸，王宁站起来捡起手榴弹扔了出去。那时解放军用土法制造手榴弹，平均每四颗中就有一颗哑火，"轰"！手榴弹爆炸了，但爆炸是那颗哑火的手榴弹引起的，还是其他手榴弹引起的，没人说得清楚。王宁他们继续向前，走了十多米又退了回来，紧接着对面打过来一排子弹，解放军又一批战士冲过来争夺阵地，他们动作娴熟，行动灵活，冲到一个土堆后奋起反击，利用土堆、残墙作掩护，将王宁他们又打回刚进镇子的地方。

李铁锁满脸黑灰，好像从煤炭堆里爬出来的一样，身上也被硝烟熏成黑色，只有眼白闪着刺人的白光。他且打且退到一个死角抠着扳机不放，枪颤动得很厉害，一会儿子弹就打光了，他将汤姆森冲锋枪扔到地上，又从一个死亡的同伴旁边捡起另一支枪继续射击。王宁的脸也像个黑人，他对旁边的李铁锁说："节约子弹，别老抠着扳机不放，要一阵一阵地打。"李铁锁就按照王宁所说的方法，一阵一阵地扣动扳机，果然枪的颤动好了许多。这时，又有一颗手榴弹在附近爆炸，李铁锁两个眼睛一黑什么也看不见，他大叫着："我的眼睛，我的眼睛看不见了！我成了废人。"拿出美制 MK2 A1 手榴弹准备自杀。

王宁发现李铁锁的手榴弹延时引擎翻板点火机构已经击发，千钧一发之际猛跑过去，飞起一脚将手榴弹踢了出去，并将其按倒在地。"轰隆！"一声，手榴弹在远处爆炸。王宁发火道："不许死！要活下去，活下去！懂吗？！"

一批"国军"增援部队上来，迫使解放军又慢慢后退，双方你进我退，你退我进，利用土堆、残墙、磨盘、碾子、牛栏、大树等拼死搏杀，有掩体的地方就有士兵在射击，密集子弹交叉有时都能撞碰到。仰天望去，木柄手榴弹刚飞向一边，小甜瓜手榴弹又飞向另一边，场面似篮球场投篮练习一般，爆炸场面像朱可夫所说"对于下级军官和士兵来说，是一部巨大的绞肉机！"双方的战士都杀红了眼，他们心里想的只有一件事：消灭对方！攻方要向镇内推进，守方坚决不让拼死抵抗，攻守双方在镇子周边犬牙相错，短兵相接，互有伤亡。三班继续向前，王宁发现一个解放军小战士背对着他，只要一扣扳机这个十五六岁的小战士就立即毙命，两次举起枪又都不忍心，还是让这个没有发现的解放军小战士撤走了。正在这时，一发炮弹呼啸而来，刘松林大叫一声："大家卧倒！"就被爆炸落下的泥土所覆盖……

解放军部队渐渐支持不住，上来的人越来越少，强攻也越来越弱，最后不得不结束战斗向镇子东侧的村子撤去。

黄昏时，全镇终于平静下来。三班活着的人从千疮百孔的掩蔽后面缓缓走出，一个个都表情木然，傻傻地看着四周。战后的战场上，满目疮痍，镇外围没有一间完整的房屋，没有一块平整的土地，炸坏的汽车车轮、房舍木料、家具、弹药箱、掩体木梁、柴草堆等仍然冒着火苗，黑烟随风四处飘散，空气中弥漫着呛人的火药味和令人作呕的血腥味、肉焦味，两军士兵的尸体横七竖八、面目狰狞，鲜血染红了大地，低洼地成了人肉的沼泽。

仗虽然打赢，王宁他们全然没有胜利后的兴奋，没有欢呼雀跃，也没有群情激扬，作为一群十七到二十岁的学生兵，看着身边那一具具国共官兵的尸体，伴随着凝重的气息，他们感到很累！想放下手中的枪歇一歇，可是不能，绝对不能！因为还没有接到撤离的命令。他们满脸黑灰，像一群刚从阎王殿里跑来的小鬼！王宁突然发现有一具尸体一半埋在土里，一半露在外面，从军服辨认，王宁有种预感这是个熟悉的人，随手抛开泥土和杂物不禁吓了一跳，竟然是刘松林，这是三班第一个被打死在战场上的学生兵，他用生命体验了战争年代生存法则——以死亡为解脱。王宁抱着刘松林的遗体痛哭道："这让我怎么向你父母交代？"

鲁志清找来铁锹与赵二宝等人给刘松林做了一个坟墓，按照惯例大家围着坟墓脱帽志哀，行军礼送别。

王宁感叹道："战争竟是如此的残酷，昨天的同窗、战友，今天却埋在这块冰冷的土里，一条鲜活的生命就这样快湮没消失。在战火硝烟中我们忘记了害怕，忘记了自我，由学生变成了魔鬼，沦为泯灭人性的杀人机器！"

鲁志清劝道："这不能怪我们，我们不杀他们，他们就会杀我们，不是我们要做魔鬼，是长官逼我们做魔鬼！刚才一个高大的解放军士兵像挑肉串似的连捅了我们三个弟兄，当他端着刺刀对我说：'狗日的！俺要杀了你这个蒋匪帮！'我听出他是我的同乡，在他刺向我的一瞬间，我的枪响了，子弹打穿他的胸膛，死后他还瞪着眼，张着嘴，像是在骂我。谁让我们在战场上相遇呢？要不是打仗，或许我们还能再见面，但现在我和他是阴阳两地，这怪谁呢？"

另一侧，卫生兵正在用手电筒给李铁锁检查眼睛，还好，李铁锁眼睛只是暂时性失明，与手榴弹爆炸无关，有可能是低血压或低血糖所致。

三班休息了一会儿开始清理战场。尸体很多，奇形怪状，年龄小的只有十二三岁，年纪大的有五十多岁，有的缺胳膊少腿，有的没有脑袋，有的血肉模糊、脑浆外流、鲜血淋漓，棉衣炸成了马甲，棉裤炸成了裤衩……一具具尸体令人触目惊心。王宁他们默默地将两军的尸体分别堆放在两处。

"哎哟"，一个躺在田里的解放军老兵"尸体"醒来，有气无力轻轻地叫了一声，他全身哆嗦着，连抬起头的力气都没有，小腹部炸开一个大洞，透过洞口可以看到炸烂的内脏，洞壁的肌肉还在痉挛，带动腹部薄薄的脂肪层微微颤抖着，鲜血印红了他的军服。王宁见他还活着，随即蹲下来掏出自己的水壶对着他的嘴灌了两口。解放军老兵痛苦叫道："痛……我痛……帮帮我吧。"这时，沈定仁走过来掏出手枪，不管三七二十一对着解放军老兵的脑袋"啪！"就是一枪，老兵立即不动了。

王宁猛地站起来，一把揪住沈定仁的衣领，两个眼睛喷着愤怒的火光，大吼道："你为什么开枪，他还没有死！不再威胁我们，你……你杀人不眨眼！"

沈定仁并没有生气，反而笑着说："你还年轻，听着，我这是最人道的处理方法，他还有救吗？"声音一下高昂起来，"与其这样的痛苦受罪，还不如早一点让他结束，我这是帮他！你懂吗？"

王宁愤怒说道："若是你的父亲或是你的叔伯，你也会这样吗？"

沈定仁也愤怒了："若是我的亲人，我不会这样，但我会让别人这样！"

王宁将排长一推，说："生命对你来讲像儿戏，不值一文。"

沈定仁瞪着两只凶光闪闪的狼眼，冷笑说："呵呵，不要一个月，再有两仗下来，我敢打赌，你就和我一样了！"

可怜的学生兵们并不知道，战争是不讲道理的，在战争中讲道理本身就是对道理的莫大讽刺。不出沈排长所料，这一场血战之后，王宁他们这批学生兵变了，真的变了！变得与以前大不一样，他们对人生、对社会、对事物发展的看法，都发生了重大的转变，脱胎换骨地转变！难怪有人说：战争改变历史，改变人生，也改变人性！

第五章　突如其来

紧急转移

人性，这个既浅近又深奥，既通俗又专业的话题，总是那样地吸引人，而成为小说、戏剧等文艺作品的主题之一。什么是人性？人性是指人所独有的本质属性，如能够使用言语、文字、动作等相互交流，能够独立思考、有所创造，能够认识和改造客观世界，等等，是其他动植物所不具备的属性，是人们衡量"是与非""美与丑""善与恶"的行为准则。其特征是相对平静和稳定的，但在特定时期也会出现扭曲和异化。譬如说在战争期间，屠杀、掠夺、强暴、凌辱、剥削、折磨等践踏人性，藐视生命和凶恶残暴的本性，肆无忌惮地释放，自我与非我的边界模糊了，他人他物的界定改变了，欲望膨胀的限度失控了，和平共处的环境不复存在，解决矛盾与冲突的方式唯有暴力。战争把人性和兽性一齐推向极致，战争把真理和谬论彻底颠覆，战争不仅改变了社会结构，也改变人的心理底线，让污瘴之中开出了罪之花、恶之果。人类为何要相互厮杀？世界上为什么有"敌"这个概念？答案或许是斗争本身就是人性的一个组成部分。当然，仁爱也是，爱情也是，当大炮轰鸣时，仁爱的力量从未停止过，在爱情面前，战争、苦难、不幸，都不值一提。

攻下了吴集镇，庆祝自然少不了，王宁他们得到的奖赏仅仅是一盒饼干，中午加餐，休整一天，这便是用性命换得的奖赏。国民党士兵的生命怎么就这么不值钱，有时候还不如当权者的一条狗，生命本该是一曲华丽的乐章，有人的生命却被无情地被剥夺了，王宁等这批学生兵还不懂得：当仇恨被点燃，当冲突被激起，当利益被掠夺，生命在战争面前没有价值，必然变得那么渺小和脆弱。

"行啦，有盒饼干就不错了，没有又怎么样？排长不是说过吗？吃了人家的兵粮就必须给人家卖命！"王宁对排队打饭发牢骚的鲁志清说着，发给他一盒饼干，又多加了一个牙膏状的东西。

"这什么？"鲁志清拿着这牙膏状的东西，问赵二宝。

"不要，给我？"赵二宝有点儿不服气地说道。

"给你就给你！"鲁志清说着将"牙膏"扔给他。

"哈哈。"赵二宝单手接住鲁志清认为的"牙膏"，拧开盖子就往嘴里挤。

"嗨……你疯了，怎么吃起'牙膏'来？"鲁志清惊讶地说道。

"土包子不是？这是美国佬吃的果酱！不是牙膏！"赵二宝边吃边讽刺他。

"你小子吃了我的东西，还说我土包子，过来！让我也尝尝，不要都吃完，嗨！小子！"鲁志清追着赵二宝，向打菜点跑去。

中午的伙食确实不错，加了好几个菜，有一大锅红烧肉，一盘白斩鸡和一脸盆豆腐烧白菜，还有徐州特产——凉拌蕨菜、烧山药，主食是大米饭、馒头、烙饼，还有一坛地瓜酒。大家排队打饭打菜，自由打酒，围坐在一起吃饭。

"听说你女朋友来了？"赵二宝边吃边问王宁。

王宁没有答复，笑了笑继续吃饭。

"来一口？"鲁志清端着大半茶缸地瓜酒走过来，"弟妹她长得不错吧？"

"好，为了弟兄们可以透露。"王宁摇头拒绝鲁志清的酒后说，"她像天边的彩云，很美。"

"哇！"大家都举起了茶缸和碗。

"说说嘛，让兄弟们也开心乐哈子。"程启升凑过来用四川方言说道。

"她是送药品来的。"王宁将上衣纽扣解开，"看，刚给我织的毛线衣。"

"哇……为漂亮嫂子干杯！干杯！"大家又叫起来，喝酒的人全举起茶缸，不喝酒的人也都举起饭碗，有人还用筷子敲打起脸盆。

"起立，全体起立！"就在大家嘻嘻哈哈，不知道是谁大声叫道，"师座慰劳大家了。"

一听说师长来到，大家立即放下饭碗、酒碗、茶缸，全都直挺挺地站立起来，一个个就像挂着的咸鱼干，一动不动直挺挺的。

"哈哈，大家都坐下继续用餐！"师长成斌带领政训、联勤人员走过来，微笑着挥挥手让大家都坐下，"怎么样？伙食还行吗？"

"报告师座，伙食很好，我们感谢长官慰勉！"刚坐下的王宁，立马又站起来说道。

"嗳……"成师长摆摆手让他坐下，看着这些年轻的学生兵，他是看在眼里乐在心中，继续说，"应该感谢你们！感谢你们舍生忘死奋勇战斗，按时间、按计划攻下吴集镇，这为全军东进，彻底消灭陈粟匪军开了一个好头！"

"都是师座对部下眷顾和厚爱的结果，我们一定奋发努力，精诚团结，纵是历尽千难万险、粉身碎骨也在所不惜！"王宁学着在军队里听到的官腔话说道。

"好！说得好！"成师长接着说，"这正是我们革命军人之本分，你们不愧为我独立师特务连里的优秀士兵！"

"徐蚌会战，旗开得胜，我们政训处根据师座指示，要给这次大捷的有功人员记功、嘉奖、晋级，希望大家再接再厉，争取更大胜利！我现在宣布：师直属特务连一排因攻克吴集立下了首功，王宁由上士荣升为少尉，三班其他弟兄的军衔均上升一级，并批准你们集体加入中国国民党，祝贺大家！"政训处一个瘦高个长官大声地说道。

大家笑呵呵立即鼓起掌来，鼓掌的缘由不是入党，他们当中包括王宁在内，根本就没有一个人申请入党，鼓掌是晋级加薪。

联勤部长迫不及待也说道："我们联勤部不来虚的来实的，上罐头！"

几个联勤士兵抬来两个箩筐，给三班每个人分发放一个肉罐头、一本徐州"剿总"印刷的"剿匪手册"。

"好了，大家继续用餐，我们还要去看望其他部队，再会，再会！"成师长用他那带有苏北方言的普通话，说着带领政训、联勤官兵走了，大家又继续用餐。

"叮咚，叮咚，叮叮咚！"成师长他们刚走，吴集镇镇长又带领一些地主、土豪劣绅等推着独轮车、担着担子，满载着猪肉、鸡鸭、面粉、山药等农副产品和烟酒、绣有"吴集救星"的锦旗，敲着锣，打着鼓，放着鞭炮，经过王宁他们身边去师部劳军慰问。一些如花似玉浓妆艳抹的女人，纷纷来到王宁等学生兵面前，依偎在前后左右要求合影留念……

祸兮，福所倚；福兮，祸所伏。国民党军队的庆贺或许早了点，他们并不知晓一场灭顶之灾正悄悄地向他们走来，解放军的中野在华野一部密切配合下，于十六日凌晨占领了安徽宿县，控制了徐州和蚌埠之间一百千米的铁路线，切断了津浦大动脉，已经完成了对杜聿明集团的战略包围！

新军营附近有个集市，由于攻打吴集的战斗，主要是在镇外围的田野里和镇与村结合处展开的，镇里损坏并不太严重，战后的吴集每月中旬的大集如期举行。只不过集市比起以往冷清不少，集市的贸易多以食物类为主，有白面、小米、玉米、高粱、薯片、大豆、蔬菜、家禽以及布匹、皮货、旧衣物等。鲁志清很想买一双旧布鞋，转了一圈没有合适的，正准备回去时，发现卖旧书的摊位上有不少旧书刊，小说、杂志、小人书、皇历、字典、专业书等五花八门。他当兵前喜欢看书，《国风》《夷坚志》《牡丹亭》《儒林外史》等这些名著早就想收藏，因条件所限失之交臂。书商见鲁志清看了老半天没买，从书摊的下面又拿出一本鲁迅的《呐喊》问要不要，鲁志清似乎很感兴趣，接过来翻看了几页又还给书商。这时，他发现在摊位角落有一本半新的《学生字典》，他早就想有一本字典，读书时总是跟人借，眼前这本正是自己想要的，鲁志清左翻翻右看看是爱不释手。聪明的老板看出他想要这本字典，于是把价格抬高到比新的还贵。鲁志清囊中羞涩根本买不起，叹了一口气恋恋不舍将字典放回原处。老板则说钱不够可以用东西来换，武器、衣服、粮食都行。鲁志清问，一袋面粉换这本字典行不行？老板当即同意，过去是一本字典比一袋面粉价格要高些，现在是战乱粮食价格猛涨，他当然愿意用字典换面粉。

鲁志清之所以想到面粉，是因为炊事房的面粉很多，弄一袋出来不易发觉，于是拉着李铁锁去偷面粉。他俩趁炊事班伙夫头洗涮完毕，脱下白护兜和蓝护袖离开伙食房后，让李铁锁从气窗爬了进去。

库房里有不少好吃的东西，熟猪头肉、熟猪油、红糖、花生米、红枣，等等，李铁锁一一品尝过后，又翻开一个箱子，见有不少洋河大曲酒，管他三七二十一，取出一瓶打开盖子"咚，咚，咚……"就是小半瓶下肚。在门口望风的鲁志清等了好一会儿不见动静，轻轻地问李铁锁在里边干什么呢？李铁锁还在吃猪头肉，刚才还叫肚子痛跑到茅房拉了一回，现在又吃大肥肉，嘴里"咕吱，咕吱，"连话也说不清楚，他被鲁志清催促着只好扛起一袋面粉来到窗户下。进来容易出去难，李铁锁个子矮够不着气窗，他找来一个凳子刚爬上去就踩翻，结果狠狠地摔了一跤。"谁让你贪酒的！"李铁锁给自己一记耳光，揉揉屁股爬起来，晕晕乎乎走到门口，两人里外合作将一扇大门挪开。当他们提着那袋面粉溜到营房大门口时，见有两个卫兵在大门口外侧看守着，没法出营区，鲁志清只好找来程启升、赵二宝，让他们在门口扮演"打架"吸引卫兵的注意力，这才将面粉偷出营区。

换回《学生字典》，鲁志清如获至宝，高兴极了，一边向大伙儿显示他的能耐，一边考问大家：是"刚愎自用"还是"刚复自用"？是"按捺不住"还是"按奈不住"？是"惬意"还是"侠意"？"耒"读"něi"还是读"lái"？"绌"读"chù"，不读"chuò"，也不读"zhuō"。上面一个"土"底下并排两个"土"是什么字？上面一个"刀"底下并排两个"刀"是什么字？……有的字确实把大家都考住了，正在大家热烈争论时，一排长沈定仁带着五个新兵来到宿舍。

"王宁，还记得吗？我在南京答应过给你补充兵力，说话算数，这五个新兵现在补充到你们班，跟你们一样他们也是学生，你们老带新。"沈定仁说完又转向新兵们，"还不向你们的王班长行礼？"

五个新兵立即向王宁行礼，有人顶头，有人弯腰，有人脱帽，没有一个会行标准军礼。

"欢迎，欢迎，大家放下背包先歇会儿。"王宁向他们回了一个军礼说道，不过他这个军礼不是中式，而是标准的美式军礼。

"那天……在酒馆，兄弟我喝多了，一时失控深感惭愧，还望你们不要张扬。"沈定仁接过王宁递上的香烟，从烟盒里抽取一支，点火抽烟猛吸一口说道。他所说的"一时失控"是指他喝多了，想侮辱妇女的事。

"怎么会呢？不会的排长！"王宁又说，"鲁志清、赵二宝、李铁锁，你们在酒馆看见了什么？"

"没有！我们什么也没有看见！"鲁志清、赵二宝、李铁锁赶紧回答。

"呵呵，这就好，这就好！哦，还有一件喜事……"沈定仁走到鲁志清面前，"上司已经同意王宁的提议，批准你为三班的班副，加薪一级。好，你们聊，我先走一步。"

沈定仁一走王宁立即安排五个新兵的床位，大家也帮他们铺床休息。

夜幕降临，灯火阑珊，天上又下起了小雨，营区失去白昼的喧哗，小雨霏霏，如白丝，如珠帘，落在房上、树上、地上发出滴滴答答的响声。三班睡在一间大房间里，十二个人分成两排，头对头并排躺在两侧靠墙的土炕上。土炕的床板边缝里、麦草里有不少臭虫，炕下的耗子洞里的耗子身上长满了跳蚤，天一黑它们就集体出动，向人的躯体发起进攻。起初大家怎么也睡不着，又抓又挠，一巴掌拍去总能拍死一两只臭虫，一挠就能挠到跳蚤，但累了、困了也就顾不得那些，随它去咬吧，不一会小屋便鼾声四起。

王宁做起噩梦，他梦见一颗子弹忽忽悠悠，旋转着，飘浮着，呼啸着，越来越近，越来越清晰，想逃离已经来不及，弹头正对着他的脑门子前进，眼看就要击穿他的头颅，战场上可怕的情景又出现在睡梦里……

"轰，轰，哒哒哒，啪！"忽然，营房外响起爆炸声，远处还有机枪声。王宁从梦中惊醒，一骨碌从床上爬起来，发觉不是做梦，大叫："大家赶紧起床！有情况，快！"

"嘘……轰隆！"又一发炮弹在房屋附近爆炸，大地传来浑厚的震动，房梁上的尘土像下雪一样，飞飞扬扬坠落下来。新兵们惊恐不已，衣服没穿就慌慌张张跟着老兵跑到室外，冷得他们直哆嗦，牙齿就像发动机的底盘在不停地抖动。见到这些刚当兵就参战新兵的惨相，王宁告诉他们不要害怕，命令他们赶紧穿好衣服，拿起武器去集合。

雨停了，但云并没有散去。远处爆炸后的闪光在云底反射下非常耀眼，大家不知道发生了什么事情，你望着我，我望着你，乱哄哄地议论着。原来是解放军华野一部在炮火和机枪的掩护下向吴集冲来。守卫的独立师一团在北侧，二团在南侧，三团在东侧，他们凭借优势地形和良好的装备，在无数发照明弹的照耀下，利用工事等解放军冲到射击距离后一齐开火。强大的火力在吴集周围组成一道密不通透的火墙，使得华野部队无法靠近，但解放军并没有因此而后退，因为近战让蒋军的大炮没法发挥威力，于是前赴后继不停地冲锋。

天亮以后，独立师三个团在飞机的支援下，在成师长的督导下，奋力驱赶围攻的解放军和民兵。决战一整天，来回拉锯形成胶着状态。这时，独立师接到徐州"剿总"的撤退命令，不得不放弃吴集镇向徐州转移。"为什么要撤退？东线二十万大军难道不如兵力比我们少、装备比我们差的共军吗？"王宁感到很困惑去问排长，排长问连长，连长问营长，没有一个人答得上来。后来才知道解放军华东野战军三个纵队已经攻下碾庄，黄百韬兵团危在旦夕，"东进兵团"坚守徐东地区第一没有意义，第二冒进有被再次分割歼灭的风险，于是徐州"剿总"命令"东进兵团"全部撤回徐州附近。这让巴不得早一点回徐州的独立师师长成斌高兴不已，他不想在徐东地区做无谓的牺牲，命令一团掩护，二团从左翼、三团从右翼全线撤退，命令直属特务连为师部探路。

特务连一排是开路先锋，接受任务后沈定仁带领全排抄近路摸索向前。当他们穿过一片凹地时，"轰！"一声巨响，最前面的一班有名士兵踩响了工兵埋设的防偷袭地雷，顿时一团红色的火球腾空而起。开始沈定仁还以为是对方的炮弹，接着二班又有人被炸，殃及三班一个新兵受伤。当二班那个被地雷爆炸所产生的气浪推到高空的士兵狠狠地摔到地上，沈定仁才断定是部下踩到了地雷。

三班不敢再在凹地里行走，绕行到一块坡地继续向前，可刚走不远，领头的王宁听到脚下"咔嚓"一声，立刻定住脚步。在教导大队接受过排雷训练的他知道自己也踩到了松发雷。

松发雷是美国人发明的，设计这种地雷最初的目的是杀伤跟在坦克后面的步兵，坦克履带一旦压到松发雷，它的触发机制立即激发，坦克一过，松发引信弹簧会推动击针发火产生引爆。"二战"中期，松发雷被广泛应用于防偷袭阵地，人若踩到这种松发雷，也就中"奖"了，如果附近还有连环雷，那就中了"大奖"，能不能被炸死就要看"人品"了。

王宁知道自己一抬脚即炸，不死也残，顿时鸡皮疙瘩刷遍全身，他不想就这样死去。人在生死攸关的时候肾上腺素会急增，心怦怦跳，口干，脸发白，手冰凉，腿发软，全都是应激反应。王宁一点也不敢动，命令大家立即闪开卧倒。他没有绝望，在想法摆脱困境，通常的做法有两种：一是要命不要腿，即找一个隐蔽物或沟壕，跳到隐蔽物后或沟壕里，在地雷爆炸的时候，大半个身子已经进入安全区，运气好的话，腿也进入安全区，但这样的个例极少，至少有一条腿或一只脚要飞上天；二是排雷，松发引信有上下保险栓孔，只要一个孔被栓子卡住，就能保证不炸。思前想后王宁决定采用第二种办法，他从腰间抽出军用匕首准备排雷。谈何容易，自己给自己排雷十有九败。看到班长的举动，副班长鲁志清从地上一跃而起，不顾一切冲到王宁身边帮助他排雷。

排雷是一件极其危险的事，就连工兵也不敢保证百分之百的成功，稍有一点疏忽都可能去见阎王。沈定仁立即叫来卫生兵守候在雷区外，他们没有医疗器具，只有止血带、纱布和消炎药，一旦谁炸断胳膊腿，就将残肢上部用止血带勒紧，以防大出血而送命，然后在伤口洒上消炎药，用纱布包扎好送到后方医院。鲁志清不惜用自己的生命去冒险，对他来说最大的威胁不是地雷，而是心情，是胆大心细的操作步骤。他接过王宁手上的匕首，俯身趴下，首先要做的是找到地雷的准确位置，他小心翼翼一点一点戳软土，探到地雷后慢慢地挖去其周边上层的土壤。时间一秒钟一秒钟的流逝，数分钟后，鲁志清和王宁都已大汗淋漓，也不知道是热，是紧张，还是害怕，三班其他人趴在地里同样很紧张，都揪着心为班长、副班长的安危捏着一把汗。鲁志清用衣袖擦去脸上、头上的汗珠，用布帽子在脸上扇了几下，镇静几秒钟后，又低下头用匕首一点一点拨开地雷附近的土壤，发现是双引信。这是一种新型的连环引信雷，是一种专门针对排雷工兵的地雷，第一个引信拆卸下，第二个引信还有可能触发引起爆炸。鲁志清如实将这一不幸的情况告诉王宁。排雷方法行不通，现在只能采取第一种方法即"要命不要腿"，但鲁志清要帮助王宁一起跳逃，他叫来赵二宝，在王宁身前面一大步距离的坡下方，累放起半米高、两米长、横卧在王宁面前的条状矮土墙，让王宁水平伸直双臂，全身呈"十"字状，随后喊"一、二、三！"与赵二宝从王宁身后的高坡上猛冲下来，一个在王宁的左侧，一个在王宁的右侧，利用冲撞的惯性动能和速度，勾拉住王宁左右手臂，三人同时跳跃到土墙掩体的后面，滚到坡下。结果这一招果然起效，地雷爆炸未伤及他们一根汗毛。王宁不仅保住了性命也保住了腿脚，感动得他一句话也说不出来。

"呼啦"一声，部下们一拥而上，将班长搀扶出雷区。为防止再有人踩雷，沈定仁命令将这一片区域用木牌标注上"雷区"，并用木桩、绳子将雷区围起来，终于让师部和直属机关安全通过。

独立师进攻徐东前是盛气凌人不可一世，回撤则是垂头丧气萎靡不振，国军官兵们一个个没精打采，没有一点班师凯旋的味道，倒是像霜后小葱——软不拉耷，由威风凛凛好斗的公鸡，变成了威风扫地的鸡毛掸子。

徐东进攻战从十一月十二日到二十四日，国民党"东进兵团"共死伤了一万多官兵，消耗了十多万发炮弹，被打坏三十多辆坦克，平均每天只前进约一千米，眼睁睁看着黄百韬兵团被全歼却救不了，被蒋介石斥责为"军人之奇耻大辱"。这一仗后军中高层开始不安，他们看到了人民解放军的力量，也看到了自己的不足，悲观失望的情绪如同瘟疫一样，很快就蔓延到军队里的各个角落。

部队回到徐州，王宁立即叫上鲁志清、端木昭阳，将殃及的受伤新兵送往野战医院。一路还算顺利，可医院拥挤不堪，这个时候的医院已经不能再称其为医院，室内外到处是徐东战场运来的伤兵，医院变成了伤兵营，走廊上、过道里、诊断室、厕所旁……全都挤满了各种各样的伤兵，鲜红的、紫黑的颜色染了一大片，凝重的血腥味散布在空气中，走进医院如同进入屠宰场。由于死亡急剧上升，太平间原本平放的尸体不得不改为堆放，远远望去就像一排排"冻硬的整条猪肉"，不时发出令人恶心的尸味，幸亏是在冬季，否则谁也不敢靠近。

"兄弟，去外科怎么走？"王宁走在医院的过道里，问前面一个背对着他的伤员。

伤员转过身看了一眼王宁，没有回答。

"哟！对不起。"王宁见伤员是个五十来岁的胡子拉碴的老头兵，开口道，"应该叫你大叔了。"

"一直走，前面即是。"老头兵说话了。

"好！"王宁点点头见老人还是个下士，不解道，"您这么大岁数，怎么还当兵？"

"呵呵……"鲁志清见老头兵一股寒酸样，笑了。

"当我告诉你们，我的四个儿子都死在战场上，现在轮到我上前线，恐怕你们就不会再笑了。"老头兵不满鲁志清讥笑。

这话一出，果然一片静寂，大家顿时都被老人的话镇住了。和平时期，黑发人送白发人；战争时期，白发人送黑发人。王宁不曾想到老人送走四个儿子，这么大年纪又被送到前线来，深感这个社会的可悲！在战争面前，平民百姓和下层士兵，只不过是一个等待的随时被碾压的肉体和靶子，生命的脆弱被战争展现得淋漓尽致。对于这个老头兵的悲惨命运，王宁无力改变，他所能做的是将班里受伤的新兵送到外科治疗。还好，新兵伤得并不重，一片蚕豆大弹片陷在肌肉里，一个小手术很快就取出了弹片。就在结束新兵医治准备返回军营时，王宁发现秋露还在医院里，她正在教小护士们做皮试，他让鲁志清、端木昭阳和伤兵先回去，随后去医院附近的商店买了件一条红色的围巾去看她。

"秋露！怎么还没走呢？"

"哦，院长挽留我一周，余董事长也劝说帮他们一下，我不好推脱。唉，你怎么来这儿，不是在吴集吗？"

"一个新兵被地雷炸伤，我送他来这里治疗，刚刚看见你，就……"

"就来找我，想我的吧？"

"是的！不过形势很不妙，我们昨天夜里从吴集紧急转移到徐州。"

"广播里还在吹：国军由徐东进，屡克战强，战功卓著，佳绩捷传。"

"那是政治宣传，依我看徐州也难保，只是时间问题。"

"有这么严重？"

"我们虽然有数十万大军，但明哲保身，各自为政。共军恰恰相反，他们集中兵力围点打援，用人海战术一口一口地蚕食，我们顾前难顾后，顾左难顾右，这样下去我看徐州也难保，因而你得赶快离开这里。"

"这是命令，还是恳求？"

"既不是命令，也不是恳求，是希望！"

"我不想走，我要和你在一起。"

"用兄弟们的话说，这里是肚皮上磨刀——危险！"

"我不怕，死我也愿意和你死在一起！"

"胡闹，这里在打仗！"

"胡闹？"要强的秋露生气了，这是自广慈医院后花园两人确定恋爱关系以来，她第一次发火，"这怎么是胡闹呢？从遇见你那天起，我就认定你是能守护我一生的那个人。当你离开南京后，我才知道我是多么想你。坐飞机晕机难受极了，迢迢数百里，冒着很大风险来到这里，不辞辛苦，不顾个人安慰，为的是能和你在一起，而你却说我胡闹，你傲慢、大男子主义！你……呜，呜……"

"对不起，"王宁也感到说错了话，"我用词不当，请原谅。"

"你伤我心了！"秋露哭着说道，"既然这样，我就没有必要再留在这里，你好自为之。"

"等一下！"王宁本是一番好意却不被理解，尽管也委屈，但不管怎么说他毕竟比她大，不应该计较，于是一把拉住秋露，说，"听我说完再走：你可能还不知道共军的火力有多凶猛，他们有多么勇敢，冲锋陷阵根本不顾个人安危，黑压压的一片，如暴风骤雨，像钢铁洪流。第一次亲身领教奋不顾身的共军，这与我以前听到的和想象的完全相反，当局的宣传、政治教官的鼓动，我不得不重新思考。秋露，我希望你离开这里，是因为战局急转直下，对我们越来越不利。现在不是风花雪月，也不是花前月下，这里在打仗！你在这里我就会惦记你，担忧你，知道吗？在战场上稍不留神，一颗子弹就会结束我的性命，昨晚我就踩到一颗地雷，幸亏我们班的两个弟兄帮助我，差一点你就见不到我！秋露，为了你我的未来，请听我一句话吧？”

"好吧，我接受！你让我走是为了我的安全，这我也知道，但你不应该伤我的心。"

"是，我道歉！"

秋露听从王宁的劝说，立即结束战地医院工作，准备乘坐运输公司的汽车先到蚌埠，而后再坐火车回南京，因为徐州到蚌埠的铁路已经中断。

人生聚散无常，总是充斥着各种无奈，而生活又让他们慢慢学会面对、承受和说服自己。离开徐州前，王宁亲去车站送秋露。"不得哭，潜别离。不得语，暗相思。"就像白居易与情人湘灵离别时痛不欲生一样，他默默地望着秋露，没有信誓旦旦，没有海誓山盟，太多爱的话尽含在口中，却始终没说出口，怕说出来让心灵最后决堤瞬间崩溃。他们用心交流，用眼神交谈，用彼此读得懂的微笑、凝视、感叹去理解对方。多情自古伤离别，更那堪冷落清秋节。离别，总是很伤感，总是那样难舍难分，离人心上秋，合成一个"愁"。然而，离别却又能让真挚的情感更加深厚，更加浓烈，正如风能吹灭油灯，也能把炉火扇得更旺。在即将分别时刻，秋露再也控制不住，泪水夺眶而出，滴落在地上，绽放出一朵朵透亮的水晶花。如果时间倒流，她愿意回到与王宁在医院过道里最初相识的那一幕，再次体会那心跳的时刻，重新认识他的容颜，回味他的话语。她不想离开，但她必须离开，因为，离开是为了更好的相聚。习习寒风吹拂着她的丝丝秀发，身旁的王宁也听得到她发自灵魂深处的战栗，擦干她的眼泪，将她紧紧地搂在怀里，用心暖着她的心。

天下没有不散的筵席，爱总是在最深时落下帷幕，曲终人走又如何？是结束，也是新的开始！是离别，也是再次相逢的前奏！无情的班车喇叭终于响了起来，催促着最后一批上车的客人。汽车发动机的引擎声轰隆隆地撕扯着两颗相爱的心，将相偎相依的王宁和秋露分开了。秋露似乎想起什么，她立即把自己金线项链取下来，戴到王宁的脖子上，献上一个深深的吻，依依不舍上了汽车。世上最真的莫过于由心底迸发来的那句话，世上最美的莫过于从热泪中洋溢出的那幅笑，世上最好的莫过于在爱海里所遇到的那个人。就在汽车启动的一瞬间，秋露探头窗外，颤动着嘴唇终于说了一句话："亲爱的，保重！一定要活着回来！"而后就大声地哭了起来，哭得好伤心好伤心……

虽然还近在咫尺，但已是远隔天涯。王宁跟着汽车不停地跑着，车加速他也加速，最终，他停下脚步，无奈地喊道："谢谢你来看我，谢谢你的宽容与谅解！"

车上的秋露，哗哗流着眼泪，嘴角却露出甜蜜的微笑，她依然在不停地挥舞着王宁之前送她的生日礼物——云锦方巾。车下的王宁，无比愧疚地目送着她，直到她离开他的视线还在挥手。一对恋侣就这样在战火纷飞的前线分开了。"丈夫非无泪，不洒离别间。杖剑对尊酒，耻为游子颜。蝮蛇一螫手，壮士即解腕。所志在功名，离别何足叹。"王宁只能踏上归途，为了他的梦，为了他理解的荣辱、责任和国家，他还需要含泪负重。

平常坐快车从徐州到浦口顶多六个多小时，秋露这次回到家乡用了十五个小时。一到南京，她没有直接回去，而是借了一辆自行车，走大街穿小巷先去了王宁的家，她要将王宁的最新情况告诉未来的婆婆。得知儿子一切均好，华净文悬着的心总算有了一丝宽慰，但一听说那边在打仗，她又不免担忧起来。世界上没有一个母亲希望儿子去送死，除非外族入侵将战火烧到家门口必须保家卫国。华净文从心底反对这场大内战，她不希望儿子出现在战场上，她不知道秋露没有将徐州严峻的形势告诉她，而是有选择性地说了一些概况。为了分散老人的担忧，秋露从包里取出一条羊毛针织围巾，告诉老人这是王宁买的。

"呀，深红色，艳了点。"华净文接过围巾是笑得合不拢嘴，一摸围巾手感很好，毛线丰满，有弹性，有光滑，华净文非常喜欢，将围巾戴到脖子上，又照照镜子。她知道这是儿子买给秋露的，是秋露又转送给自己。老人很感动，也送给未来儿媳妇一件同样是红色的礼物：一件还没有来得及缝上扣子的大红色旗袍。这是她亲手为秋露做的，还不知合不合身，当即让秋露试穿。与她想的一样，很美！很贴身！二十年前她也是这个年纪，在新文化运动影响下，当时国民政府公布的《民国服制条例》，女子礼服只有两种款式：一是蓝上衣和黑裙；另一就是长身旗袍。从此，旗袍正式成为国服，当年南京无论是女学生、大家闺秀，还是政要夫人，甚至连家庭妇女都把旗袍作为正装。可是一些老夫子怎么也看不惯，说高开衩旗袍连肌肤都看得分明，就像是没有穿裤子。

一番话说得秋露哈哈大笑，秋露回忆起读护校时，有一位同学，她父亲为了给女儿买一件旗袍，省去每天晚上一小酒，怕女儿难过他是照样喝，只是喝的不是白酒而是白开水，一位可敬的父亲最终用省下的钱给女儿买了一件旗袍。而我的父亲去世早，没能得到那份爱，今天王宁的母亲却给了我那份与同学父亲一样浓浓的爱，给了我信心，给了我勇气和力量……秋露想到这里情不自禁热泪盈眶，她终于明白爱的颜色：无论是父爱、母爱，还是博爱、情爱，爱皆是红色的！像血一样！

红色旗袍是那时最时髦的新娘装束，华净文希望这件红旗袍能成为秋露婚礼上的服装，希望秋露早一点穿上，并亲自去张家与亲家母商量小两口的婚事。姑娘总是要出嫁的，张母同意等王宁一回南京就将小两口的婚事办了，但她要给女儿选个吉日良辰。次日，张母去朝天宫找算命瞎子择个好日子。瞎子摇头晃脑地说："金木水火土五行，乃世界万物之基础，日月运行、四季更替，均有其规律可循，择日要看黄道，黄道是六神所在的日子，是万事皆宜的日子，结婚、嫁娶当然要选黄道吉日，可百事吉利，万事如意！你是希望几月份让女儿过门呢？"张母回答最好是正月。瞎子又说："正月好，宜天德、月德、天德合、月德合、天赦、天愿、三合、天喜、六合，这是结婚嫁娶最好的日子。正月结婚黄道吉日有：初九、十二、十三、十八、廿四、廿五、廿七、三十，这些全是好日子，其中以正月十八最好，宜嫁娶、纳彩、祈福、出行、开市、会亲友。正月十五是元宵节，圆过十五再圆十八，大吉！"于是，张母与华净文商量，把嫁女儿的日子定在春节后的正月十八。

大雪无情

就在秋露离开徐州的次日下午，徐蚌公路也中断了，躲避战火南下的主要道路都被切断，引起全城上下一片恐慌。人们犹如大灾临头，富商们用黄金买通空军，利用陈纳德的空运公司最先将眷属和贵重的东西带走。在军中，放弃徐州南撤的命令还没有下达，一些贪生怕死的军官就想方设法逃跑，随即蒋介石特派视察官员督查通报：将级官佐勾结陆军总医院王院长，谎称有病潜逃的有七人，校级官佐贿赂飞机驾驶员逃跑的有数十人，尉级官佐擅自化装民夫逃跑的人有一百多人。

十一月三十日，王宁他们也接到撤离徐州向永城地区转进的命令。"为什么要放弃徐州？三个兵团三十多万大军守卫徐州，其兵力是当年国军守卫南京城的三倍，无论武器、装备、物资都远胜当年，且有空中运输线，难道守不住一个小小的徐州？"王宁他们并不知道南京决定放弃徐州是不得已而为之，因为黄维的第十二兵团四个军十二万人马，又被中野和华野一部围困在浍河、沱河之间以双堆集为中心的纵横不到十千米的狭小地域内，又陷入了黄百韬兵团曾经历过的处境之中，放弃徐州向西南方向转移是国防部的命令，为的是解救黄维兵团。"兵马未动粮草先行"，"军无辎重则亡"，古人早有告诫，军事战争从古至今都非常重视后勤保障，谁辎重不足，谁就被动，甚至会带来灭顶之灾。

浩浩荡荡车队经过市区，王宁看到的景象并没有那么可怕，市区的火光和烟雾是徐州"剿总"、警备司令部、徐州地方政府机关等在撤离前，焚烧无法带走的文件和资料而引起的，众多单位一齐焚烧造成了徐州城烟火冲天表象。其实，徐州城里并没有建筑着火，燃烧文件是有控的，但是民众的秩序却是失控的，大街小巷到处都是背着包袱、挑着担子，扛着行李，提着箱子，抱着孩子的人流，他们叫着、喊着、哭着、骂着，一个个惊恐不已，不知道灾祸什么时候从什么方向降临到他们头上，凭着本能，有的走向汽车站，有的奔向飞机场，有的涌向火车站，更多的人则是跟着国民党部队向西走。

原本繁华街道两侧的店铺大多贴上封条，挂上了大铁锁紧闭着，偶尔一两个胆大的店铺还在营业，门口或窗户上都贴有"亏本甩货，付钱即兑"的字样。还有少数商店的大门关着，但窗户却是敞开着，里面不停地有东西往外出，显然这是趁火打劫，光天化日之下偷盗，因为治安警察早已经跑得无影无踪了。

王宁他们的车队在扛着东西的男人们、背着孩子的女人们、挎着包袱踉踉跄跄的老人们的人流里和骡马车、手推车、独轮车、自行车等各式各样的车流中艰难地前进着，速度慢得不如徒步。路旁有一些阻挡前进的小车、杂物，被士兵们强行推到一边才使得后面的汽车勉强通过。不时，有一些胆大的人爬上车去，又被连踹带打撵走。

"长官，让我上车吧，我给你金银珠宝！"一个狼狈不堪的商人嚷着。

"可怜可怜我这把老骨头吧！"一个表情绝望的老头，跪在汽车旁央求着。

"你们行行好，让我可怜的孩子上车好吗？"一个满脸污垢的女人哭喊着。

这些求救的人是白费口舌，他们根本上不了车，因为蜂拥而上的难民们一旦涌上车，就会把汽车轮胎压爆，车子更走不了。

车出南门，王宁他们一路向西南方向前进。刚离开市区五千米，徐州城里传来一声爆炸声，接着又是几声惊天动地巨响。车队附近逃难的人流立刻混乱四散，小孩捂住耳朵抱头鼠窜，大人惊恐地向爆炸的方向张望，人们纷纷寻找能够躲避的地方，路边草丛中、旱渠里、大树下、田野里全都是躲避的人，地上鞋子、袜子、踏破的罐子、慌乱中丢失的镜子、梳子、手绢、女人裸体画片等等不计其数，胆大的人则原地不动静观。原来，这是国民党的工兵开始炸桥梁、炸工厂，破坏要道和设施。因没有直接威胁，车流和人流又继续向西涌去。

过后，王宁在日记里是这样记录的：

民国三十七年十二月一日，徐州大撤退开始了，军队还算有序，但民众则是惊慌失措惶恐不安，就像羊群惊恐逃窜。目睹那些逃难民众的惨相，坐在车上，我是心潮起伏思绪万千。我由一个不关心政治，两耳不闻窗外事，一心只读圣贤书的学生，阴差阳错成了军人，原本对这支军队有信心，对国民政府包送上大学有期待的我，对前途越来越担忧：徐州百姓的今天，会不会是我们军队的明天？会不会是国民政府的后天？历史总是那样惊人的相似，就像赵翼诗里所咏的："江山代有才人出，各领风骚数百年。"三十年河东三十年河西的轮换，会不会再次重演？在一片悲歌声中，在凄惨无助的呼唤里，在浓烟滚滚的映衬下，随着汹涌洪流西行的鲁志清、赵二宝、程启升、李铁锁他们也都感到了悲伤和失望。

撤出徐州的部队以孙元良第十六兵团为一路向西先行，另一路是邱清泉第二兵团也向西转南，"剿总"及直辖部队紧跟着第二兵团，再后面则是李弥第十三兵团。成斌的独立师属于非正规序列的战临部队，则跟在大部队的最后。三十多万大军由"剿总"副总司令杜聿明亲率，在辎重无保证的情况下行动，命运显然是凶多吉少。

十二月四日，当这些部队到达永城东北青龙集、陈官庄一带时，被华野七个纵队三十万人围住。六日，孙元良兵团见势不对首先突围，但并不成功，除少数部队突围外，主力被华野歼灭。同日，中野和华野一部九个纵队对黄维十二兵团又发起总攻，经过激战将黄维兵团全歼。此后，解放军进行了为期二十天的休整，对杜聿明集团余下的二十多万大军、部分眷属、从徐州跟来的地方政府机关公务人员和商民、从连云港盲目来的学生等"难民队伍"，是围而不打，困而不攻。为防不测，杜聿明命令第十三兵团守备东、北两面，第二兵团守备西、南两面，形成直径约九千米的环形阵地，并让工兵在村北头赶建七百米的临时机场，以保证空中运输畅通。王宁他们与大部分被围的官兵一样，困在陈官庄附近动弹不得。随着弹药、食物等资源渐渐地耗尽和天气越来越寒冷，他们也越来越焦躁不安，但又没有办法脱身，只能躲在战壕里等待。为了避寒他们将附近几间坍塌民房的房梁、立柱、门板从瓦砾里挖出来，在战壕的基础上扩建成一个大地堡，两边门用草帘盖着，全班十二人都可以躲进地堡里避寒。很快，传令兵送来师部防御战斗原则："一、防御的目的是粉碎共军的攻击，为我方转入进攻创造条件；二、要求二十四小时不间断观察战场，及时了解战情，如有战事首先要保证自身安全；三、实施纵深防御，灵活利用地形、各种武器和设施，反击共军进攻；四、捕捉有利战机，以强大火力压制共军，组织反冲击，夺取战斗主动权。"王宁看了一下这所谓的防御战斗原则，感到十分好笑。

没有战况又不能离开阵地，大家无事可做，闲聊、摆龙门阵、打牌成了包围圈内官兵们打发时光的一项主要"工作"，从早打到晚，甚至打到夜里玩个天昏地暗。王宁他们三班只打纸牌，不玩麻将、牌九，也不赌钱，当然他们这时也没钱可赌，输者马上兑现——在脸上贴纸条，或者在脸上画圆圈。打牌靠的是运气，技巧只占三成，只要悟性不差，一般的人很快就能领略一些要领。小小一席牌，人相大舞台！打牌也像打仗，你出一张A，我出一张王，你压我，我炸你，互不服气。脾气差的人只想赢不想输，赢了喜形于色谈笑风生，输了就拍桌子，摔牌，骂人；脾气好的人动作舒缓深藏不露，赢了沉着冷静，输了也不会阴阳怪气说气话，发牢骚。消遣也好，娱乐也罢，放下牌才会悟出道理，消磨的是时间，结果并不重要，尽力了，就不会留下遗憾。

"班长，给我们说说嫂子呗？"赵二宝洗着纸牌说道。

"现在你还不能称她为嫂子，她只能算是我女朋友。"王宁戏谑道。

"这次见面有没有'那个'？呵呵，哎，你别误会，我说的'那个'不是'那个'，我是说有没有亲嘴？呵呵……"赵二宝嬉皮笑脸地问道。

"人家愿意我干吗那么傻，拉手、拥抱、接吻，仅此而已！爱情储蓄越多就会越甜，我没有你说的'那个'！"王宁也笑着调侃道。

"哎！班长，这一点你就不如我了，第一次去相亲，我就和我的那位，是

'王八看绿豆''尖屁股坐石臼'，对上眼了！第二次我就将她约到草垛里，又是亲，又是啃，又是摸；第三次呢，她就是洒家的人了！哈哈哈……"鲁志清说着露出放荡不羁的眼神，大笑起来。

"你这算什么本事，三回才将人家弄到手，我第一次约会就把她给睡了！"赵二宝不服气地说道，用鄙视的眼光看着鲁志清。

"你那是打的野鸡对吧？"程启升从地上捡起一个别人丢弃的烟屁股，抽了一口，讽刺赵二宝说道。

"别吹牛了，什么滋味，什么感受？说给洒家听听。"鲁志清也对赵二宝嚷道。

"啊哟！那个爽啊……啊？知道了吧？"赵二宝引得哄堂大笑。

"报告班长，有情况！"魏家堃跑进来报告，"刚刚听见前方的罐头盒响了两声。"

铁罐头盒是他们挂在阵地前沿的发音器，是防止解放军偷袭的报警装置，盒子用连线与树枝连接着，脚一绊线或者撞到罐头盒上，铁罐头盒里的石子就会发出响声。一听说罐头盒响了，大家都放下手上的纸牌紧张起来。鲁志清跑到机枪口端起轻机枪，打开保险看着外面，其他人在王宁的带领下，拿起枪跑出地堡。他们匍匐前进来到前沿，又听到树权上的罐头盒响了一下，附近并没有发现人，也没有猫狗动物。原来是风吹罐头盒晃荡发出的声音，一场虚惊！正在大家都站起来准备回去，一个新兵说起风了可能要变天，不是寒流就是雨雪，建议带些茅草回去。王宁觉得很有道理，采纳了新兵的建议，让大家收集茅草放到战壕的藏兵洞和地堡里。

夜里果真刮起偏北大风，气温骤降，很快下起了雪，先是星星点点、轻轻盈盈，随风飘落。接着是丝丝絮絮、纷纷扬扬，似舞如醉。再后来就是片片团团、晃晃悠悠，忽聚忽散。洁白的雪越下越密，越下越大，不一会便白茫茫一片，令人分辨不出何处是天，何处是地。古往今来，文人墨客常常以雪扬志，以雪抒怀，他们赞美雪，讴歌雪，吟咏雪，把雪的高洁、清丽、婀娜多姿以及雪后的景观，描绘得淋漓尽致、惟妙惟肖。此刻，阵地上没有人愿意看到雪，雪跟着风左躲右闪从碉堡的门帘缝隙、机枪眼口往里钻，冻得士兵们瑟瑟发抖，大伙儿立即用白天收集的茅草堵住缝隙，覆盖到地铺上挨过了一个寒夜。

第二天早晨，雪停了，大家从地堡里钻出来，见到阵地上是一片银装素裹、白雪皑皑，地上像是铺盖了一层松软的白色地毯。"忽如一夜春风来，千树万树梨花开"的感觉让他们兴奋不已，纯洁、美丽、无私的大雪，给大地带来欢乐，又让这群顽皮的学生兵忘记这里是阵地，是打仗的战场，一个个憨态可掬天真无邪的样子，又像是回到了学生时代。他们踏着白雪，笑呀、蹦呀、追呀、跑呀，打雪仗、堆雪人、拔河、滑雪、捉麻雀……儿时在雪地上玩的游戏，居然出现在战场的阵地上，真可谓古今奇观、军史罕见，幸亏解放军在休整顾不上他们，不然，早把这群嬉戏、欢闹的学生兵的屁股打烂了！

排长沈定仁传来炊事班没有燃料做早饭的消息，让大家捡柴火、割茅草。哪里还有柴火？早被拾光捡尽。程启升与几个新兵只好去坟地里挖棺材板，他们也顾不上"史上最无耻的人——盗墓贼"这个骂名，一连挖了人家几座坟墓，才解决早饭燃料问题。

进入冬季天黑得早，还没有开晚饭，天就全黑了。在被围困在陈官庄的第四天晚上，远处首次响起了枪声和爆炸声，几分钟后正前方的枪声渐渐小些，左前方又枪炮响起，接着右前方也跟着响起枪炮声。活见鬼！为什么只听见枪炮声不见人？为什么爆炸的闪光总是那么微弱和暗淡？为什么上面不要我们出击？躲在地堡里静观的赵二宝抛出这些问题，没人能答上来。"是啊，正面像是佯攻引诱我们进攻，左右两侧也有枪炮声，难道说共军三路一起进攻？"王宁觉得又像又不像。十分钟后枪炮声停了，过后又响起，几次下来总不见人来。心虚的程启升和两个新兵以为是闹鬼，因为他们白天挖坟地里棺材板，毁了人家祖坟怕遭报应。后来排长派兵侦测，才知道那是共产党民兵在铁皮桶里放爆竹，放"震天响"，吓唬和搅扰，是在使用精神战。

就像吃臭豆腐干，喝苦丁茶一样，越是臭，越是苦，越有人想尝一尝。越是怕鬼越是有人想听鬼故事。三班最会讲鬼故事的人非鲁志清莫属。小时候他的奶奶常给他讲鬼故事，他的鬼故事多得他自己都数不过来。为了不让想听的人失望，鲁志清搬出他家乡的一个故事：有个非常美丽的小媳妇，刚结婚她男人就被送上战场，没过几天就战死了。小媳妇变成了小寡妇。村里的恶霸早就想霸占她，有一天晚上北风呼啸，也像今晚这个样子，外面是伸手不见五指！那个恶霸破门而入要强奸小寡妇，小寡妇是宁死不从！恶霸一怒之下把小寡妇给掐死了。更不幸的是下葬的第二天，小寡妇的墓就被盗，盗墓贼把她尸体也毁了。小寡妇变成一个丑鬼，她恨透男人，到了夜里就一丝不挂，披头散发，眼睛里滴着血，满脸恐怖在黑夜里游荡，边走边说"谁坏了我的身子我就要他的身子……"她见了男人就用她那像钩子一样的指甲挖男人的心，咬男人的脖子。女鬼杀死了恶霸，吓死了盗墓贼，又追其他男人。这个女鬼有个特点：她咬人但不吸血；她直线蹦跳走，不会转身拐弯；她要抓住人，会用指甲掐，还会对着男人冷笑……你们听……我们这里也好像有女人哭嚎！听……

"妈呀，你可别吓唬我，我就弄几块棺材板，是为大伙儿烧早饭！鲁志清，你这家伙就是算卦先生的葫芦——一肚肚鬼。"程启升心有余悸地说道，他还惦记着棺材板的事。

"别讲话！外面真有动静！"鲁志清严肃说道。

大家聚精会神静听外面的声音，远方先是传来凄惨的、毛骨悚然的怪声、揪人心肺的尖叫声和刺激神经的撕裂声，接着又是女人不停地冤嚎，声音时大时小，时远时近。大家刚听了鲁志清的鬼故事，心里都发毛。突然，"嘭"的一声把大家吓了一大跳，大伙儿调头向响声方向看去，原来是木门被一阵强风刮撞到门框。一波未平一波又起，一只母猫"呜哇！"的怪叫，又让他们毛骨悚然，胆小的人由于心理紊乱失去平衡，心惊肉跳真的害怕起来。在一侧的魏家堃，战争恐惧症已转化为精神失常，他再也憋不住，歇斯底里大叫一声发疯似的跑了出去。王宁不明白魏家堃怎么了，最近像是鬼缠身疯疯癫癫，站起身刚要去追，就听见魏家堃在外面大叫："我没疯！我没疯！……"凄厉绝望的两声哭喊穿透宁静沉沉的夜空，在阵地上撕心裂肺地回荡，当魏家堃的声音渐渐远去，"嘎吱，嘎吱"踩雪声又越来越近。原来是炊事班伙夫挑着担子送饭到阵地上，晚饭一人一勺水稀饭，一个小馒头，这哪够吃，赵二宝在想再要一个馒头被拒绝后不停地发牢骚。伙夫告诉大家这是最后一餐，明天上面再不发粮食就将断炊。每个人都吃到一个小馒头，唯独魏家堃没有，他去哪儿了？王宁不放心，拉着鲁志清到地堡外去找，当他们来到一棵大槐树旁，见魏家堃已经直挺挺地悬挂在大树上自缢身亡。大家都很震惊，这是三班继刘松林死后，第二个死在阵地上的人。

攻心战法

心理战是通过宣传等方式，对敌人的情感、意志和认知施加影响，从精神上瓦解对方斗志，以达到"不战而屈"目的的一种战法。在中国战争史上，使

119

用心理战术的例子并不少见，从四千多年前黄帝与蚩尤进行的涿鹿大战，到孙子的"百战百胜，非善之善者也；不战而屈人之兵，善之善者也"、诸葛亮的"夫用兵之道，攻心为上，攻城为下"、项羽四面楚歌兵败垓下等，历史上运用心理战征服人心的战例比比皆是。然而，两军直接进行大规模的心理对抗却寥寥无几。一九四九年元旦刚过，在苏鲁豫皖交汇地区的淮海战场上，一场有计划、大规模的心理直接对抗战，在陈官庄外围发生了。

一月初，夜间的气温降到了零下十度，白雪皑皑，明月高照，寒光垂静夜，地堡里、战壕中、阵地上，所有端着枪的国民党军官兵都做好战斗准备，正目不转睛地看着前方，就在大家高度紧张静静等待射击的时刻，远处突然响起震耳欲聋的声音。

"咚咚咚！咚咚咚！咚咚喊咚咚！咚哇咚咚！咚哇咚咚！咚咚喊咚咚！……"鼓声穿云裂石响彻四方，如同古代步兵方阵迈着整齐的步伐慢慢逼近。别说是王宁他们这些刚参军不久的新兵，就连横刀立马的油子老兵也从未见过这种战法，正在大家疑惑不解，不知道怎么回事时，锣、钹、铃又响了起来，"哐哐！哐哐哐！哐哐！哐哐哐！……""噗噗！噗噗噗！噗噗！噗噗噗！……""叮叮！叮叮叮！叮叮！叮叮叮！……"的声音越来越紧，越来越大。脸上挂着微笑的官兵们起初还觉得挺有趣，挺好玩，没过多久一个个就心神恍惚焦虑不安，由迷茫、困惑迅速发展到恐慌、紧张，再下去就是头痛、恶心、乏力、身体不适等不良心理、生理反应一一出现。

锣鼓喧天、响声雷动戛然而止，大庙和尚用的木鱼声、送葬吹的唢呐调、低沉悲哀的二胡曲又响了起来，纵是刚才对鼓、锣、钹、铃不敏感的人，由于迷信，这时也慑魄惊魂害怕起来，尤其是那些挖棺材板破坏人家祖坟的人，更是吓得魂不附体，不停地磕头祷告。

"嗨！嚯！咻！嗨！……咻！嗨！嚯！嗨！……"远方又传来万人有节奏的喊声，那声音像大山，似海啸，一栋栋、一排排地压了过来。

二班长周有贵尽管是抗战老兵，但他也没有见过这种战法，即便是跟日本鬼子干仗也没有遇见过这样的场面，他受不了那怪声，用指头塞住耳朵，坐在地上骂道："操！这是什么战法，要打就堂堂正正地来嘛！"他班里一个士兵精神崩溃，号叫着跳出战壕，端起汤姆森冲锋枪对着前方乱扫、乱叫、乱跑、乱跳，没折腾一会儿被子弹射中倒下才安静。而后，阵地又一次陷入寂静，大家趴在战壕里谁也不敢说话。一班一个士兵脸贴着战壕壁竟然睡着了，他做起噩梦"啊，啊……"地大叫。身旁的士兵摇摇他的肩膀让他醒醒，然而那个叫喊士兵不但没有停止，反而越叫声音越大。一班长怕他乱喊引来炮弹，上去捂住他的嘴，士兵就像肥猪摁在屠宰场的案板上一样，依然在号叫着。连长急了，跑过来对着他就是一拳，将他打晕过去阵地才恢复寂静。

"呼，呼，哒哒哒……"解放军的步枪、机枪这回真的响了。见到解放军开火，听到解放军的号声，王宁他们所有的阵地上蒋军官兵，再也忍不住端起枪就打，打了好一会儿还是不见解放军冲上来，知道上当也跟着停下，但解放军再次开火，王宁他们只好再次还击。打打停停，停停打打，打和停的主动权彻底被解放军控制着，就这样闹了大半夜。筋疲力尽的王宁他们从迷迷糊糊中醒来时，天空已经露出了鱼肚白，大家发现阵地上竟然一个解放军也没有，倒是有许多传单。

"'送死，逃生，你选择吧！'，'赶快投降吧，你们的父母亲想念你们，要你们回家！'他妈的！"成师长读完传单骂了一句，将其撕得粉碎扔到地上。

"共军这是在打心理战？"参谋长问道。

"前天是干扰战，昨天夜里是攻心战，今天又来宣传战，没准明天、后天又是威慑恐吓战、感情拉拢战、食物诱惑战。那些由土八路和新四军发展起来的解放军，如今，比我们这些受过正规军事院校教育的人，都会运用现代战术。我倒不是抬举共军，他们从战争中学习战争，先进的战术比我们更快地用于实战，这两天他们一连串的行动，其目的就是要使我们心理产生错乱，以破坏我们的抵抗意志和士气，让我们的官兵丧失战斗力。"成师长感叹道。

"昨晚我们前沿士兵很紧张，后果是八公山上——草木皆兵。"参谋长说道。

"打仗打的是士气，拿破仑有句名言：'战时士气为战胜条件的四分之三。'我国古训也有'两军对垒，攻心为上'。《道德经》中说：'天下莫柔弱于水，而攻坚强者莫之能胜，以其无以易之也。'也就是说最柔弱的水，能攻克最坚硬的磐石。针对共军的心理战，我们必须以其人之道还治其人之身，来一个反心理战……"成斌正说着，一只乌鸦从头顶飞过。

一摊乌粪不偏不斜正好坠落到参谋长的鼻梁上，还是热乎乎的！参谋长抬起头看着乌鸦"哇！哇！"叫着飞走了，可那滩粪便还留在鼻子上，液体顺着鼻孔两侧往嘴里淌，那气味是又酸又臭，那口味是又苦又涩，简直恶心极了。

他立即掏出手帕将脸上的乌鸦粪擦去，气得将手帕也扔出老远。

低头思索的成斌，并没有注意到参谋长哭笑不得的举动，他在一旁想起武定四年（公元 546 年），北朝东魏高欢率领十余万军队进攻西魏，在玉壁（山西稷山西南）遇到西魏将领韦孝宽的顽强抵抗，双方势均力敌，艰苦鏖战数十日分不出胜负。高欢叹道："难道我大军，就这样土崩瓦解了吗？"后来，老将斛律金唱起了《敕勒歌》振军心："敕勒川，阴山下，天似穹庐，笼盖四野。天苍苍，野茫茫，风吹草低见牛羊。"这是一首高欢军人人会唱的民歌，歌声驱散了阴云，稳定了军心。士兵们唱着它坚定意志，终于回到了东魏。成斌决定学斛律金振奋军心，反击解放军的心理战。

首先，他让战时乐队在阵地上架起高音喇叭，演奏激励官兵斗志的《国旗歌》《陆军军歌》《中华民国颂》《中国一定强》等曲子；其次，他在军旗上题字"誓与阵地共存亡"，每天清晨在阵地上举行升旗仪式以鼓励士气；第三，他找来一口大棺材，在营级以上的军官面前表示誓死保卫阵地的决心；第四，给各连杰出官兵颁发勋章；第五，在阵地上宣写标语"养兵千日，用在一时！""守土有责，决不南渡，肝脑涂地，亦所不惜！"

成斌的这些反心理战措施并没有多大的效果，原因是解放军的心理战更胜一筹，他们也有大幅标语，而且比成斌的标语内容更诱人，更具有煽动性："国军弟兄们，我们是一家人！""革命不分先后，只要你们投诚，我们既往不咎！""我们已经准备好热包子，等待你们过来吃，保证来去自由！""黄百韬兵团、黄维兵团都被我们全部歼灭了，你们放下幻想赶快投降才有出路！"……除了醒目的标语，解放军阵地上还有日夜不停的土喇叭宣传，还有国民党士兵的父母姐妹妻儿的呼唤，还有诱人的食物香味，这些都比成斌的措施强而有力。

粮食危机

独立师指挥部设在一个大帆布帐篷里，周围的一些小帐篷是师部高级指挥官们的住处。其中最靠指挥部的一个帐篷里，没有逃出包围圈跟随丈夫的杨梦玥，患病躺在藤椅上。她身体僵直，两眼紧闭，面色除发烧引起的两颊各有一块银圆大的微红，脸上惨白惨白的，额头上搁着一块凉水湿毛巾，似乎病得不轻。成师长急得像热锅上的蚂蚁在帐篷里不停地走动。他疼爱新婚不久的妻子，平常总是让着她，从不与她吵架，急了顶多说一句"我是结婚，不是被收编，更不是被俘虏"而已。副官送来一个水果罐头，这是师部库存仅有的一个罐头，很快全师都要断粮！

"军无辎重则亡，无粮食则亡，无委积则亡！""金汤之固，非粟不守；韩白之勇，非粮不战！"成斌很清楚事态的严重程度。官渡之战，曹操亲自率军奇袭袁绍的粮食基地乌巢，引起袁军的军心动摇，趁机全线出击，终于取得统一北方的决定性胜利。粮食在军中是何等的重要！而今，大军被困，粮弹迟迟供应不上，这样下去不战死也会困死，饿死！而上面的答复是还要坚持两天。民无粮要反，兵无粮要散！为预防类似廖运周、黄子华那样的战场哗变，成斌决定解燃眉之急，杀战马先稳住高级军官。说实话，他的内心是一万个不情愿，因为他喜欢马，喜欢这六畜之首很有灵性的动物；喜欢这剽悍快捷却不虐小，威风凛凛却不欺弱的动物；喜欢这忠诚、踏实、服从主人的伙伴。"行天莫如龙，行地莫如马！"从湖南到苏南，从山东到苏北，这匹枣红马一直跟着他，在战场它是那样的勇敢，冲锋陷阵勇往直前，它是真正的勇士，真正的英雄！而今马老了，但从情感上说成斌宁愿埋了也不愿意吃它。可是，不杀它就会有人被饿死，就会有人造反。对不住了我的老伙伴，你的后代我一定善待。成斌将枣红马牵到广场系在柱子上，不忍心亲手杀这匹跟随自己风里来雨里去的战马，他轻轻抚摸着马的背脊，用手指梳理马的鬃毛，最后亲了一下马头强制自己离开了。

用马的人如此恋恋不舍，养马的人更是悲痛欲绝。马夫爱马胜过爱自己，十多年来与枣红马为伴，从不离其左右，白天为它清理、洗刷，夜里为它添料、加水，不论寒暑冬夏，都是精心伺候，还将它的几匹后代喂养长大。今天，老马要做最后的贡献，马夫躲在一侧痛哭流涕难以自控。枣红马似乎也感到末日来临，它眼泪汪汪，浑身不停地颤抖。随着"啪"的一声枪响马倒在地上，四个蹄子乱蹬了几下不动了，它的头下出现一摊鲜血，血染红了皮，染红了毛，染红了一块土地。马用尽最后一点力气挣扎着让头抬起来，对着马夫凝视了最后一眼，那双善良又无望的眼睛珠子就由黑变蓝，再变成灰色，两行泪水顺着长长的脸颊直往下淌，最后重重地把头摔在地上，四肢直挺挺地不再动了。

几个士兵一拥而上，将马拖到旁边的空地上屠宰。"我的马，你们不能宰杀它，它为党国立过战功，你们不能宰杀它！"养马人恸哭着，叫着，要阻止士兵开膛破肚，哭累的马夫哪还有力气反抗，被一个警卫拦住拉走了。血腥的屠夫们首先剥去马皮，切断四个马蹄，然后开膛破肚，将马的内脏取出来放到一个大澡桶里，又将马肉一刀一刀地割下来切成碎块。伙夫们随即将马肉、马骨头以及清洗好的内脏，统统放到锅里烹煮。

下午，成斌召集营长以上的军官来师部开会，名为开会，实际是让他们来喝马肉汤。会上成斌做简短讲话，主要内容是鼓舞士气，坚守待援，警告叛逃。接着就是分享马肉，军官们每人一小碗肉骨头汤，汤里有几块肠、心、肝、肺和一块拳头大的马肉。门口的卫兵们则是眼巴巴地嗅着肉香，看着军官们吃喝，只能舔舔干裂的嘴唇。

在直属特务连一排三班，端木昭阳由于摄入不足晕了过去，大家围在他身旁叫了半天才将他唤醒，端木昭阳以为自己不行了，要留遗言，鲁志清告诉他不会死，给他灌了半碗水，情况略有好转。李铁锁在一侧也叫苦不迭，他提起一侧裤腿，用指头在浮肿的腿肚子上一按，立即出现一个小窝，没有粮食靠糠胚、树皮、草根怎么会不浮肿，包括夜盲、腹胀等，在这里都还算是轻的病状。二十多万人的庞大队伍，每天都有不少人饿死、冻死，医疗所里的干尸一排一排地堆放着，就连野狼也不吃，当然也没有狼，有狼早就被大家打死吃掉了。据传，有一个士兵饿急了啃了一具尸体，三天后他也变成了尸体。就在大家你一言我一语的牢骚声中，天空突然响起空投飞机的声音，大家呼啦一声发疯似的一齐跑了出去。

空投场上，飞机盘旋着不停地向下抛投物资。在地面等待的国民党官兵们，一个个、一伙伙仰望着天空，眼看一些降落伞飘到解放军阵地上，谁也不敢过去抢。"嗨！狗娘养的空军瞎眼了，把粮食投给了共军，瞎子！废物！"周有贵大发雷霆大骂飞行员。一架飞机刚走，又一架飞机低空飞来空投，大家又一窝蜂地奔跑向这架飞机。有的物资不是很重，降落伞不一定开伞，在高空看上去像是树叶飘飘下坠，实际冲力很大，躲避不及就会被活活砸死，赵二宝旁边的一个军官就是被一个木箱子砸死的，他死后手里还握着一把袖珍小手枪，赵二宝毫不客气捡起袖珍枪将其放进了自己的兜里。

抢空投物资的场面混乱极了，值勤人员根本无法制止。空投场路口的木牌上贴有公告："一、划定的空投场界线内，非所属军师官兵不得擅自出入；二、凡投落在各军师所在地的粮食和物资一律归各防地军师收取，但弹药必需交总部统一调配，每箱弹药奖励给大米两斤；三、接受空投物品需有序进行，不得哄抢斗殴，违者严惩不贷。"公告归公告，进入空投场的官兵们早就将公告条文忘得一干二净，他们蜂拥跟着降落伞跑来跑去，抢着东西的人兴高采烈，抢不着东西的人急了就向人群开枪，几个刚抢到食物的人应声而倒，开枪的人赶忙去拾取，螳螂捕蝉黄雀在后，他身后又有人向他开枪，小小的空投场变成了自相残杀的战场。

周有贵抢到一个包裹，打开一看却是一堆宣传单，民以食为天，一朝无粮兵马散，大家要的是粮食、弹药和军援，开空头支票管什么用？这些传单就是黄泉路口的入场券！气得他将宣传单抛落一地。李铁锁也来抢粮食，不小心与周有贵撞了一下，被他骂得狗血喷头。李铁锁恨不得揍他一顿，算了，抢空投物资要紧，他使出全身力气终于抢到一小盒饼干，但后面的士兵拿着枪紧追不舍，最后只得将饼干一人一半。

附近池塘里落下一个伞包，塘边站着几个士兵，程启升不畏寒冷破冰入池捞起一包罐头，他不敢上岸怕被抢去，在池塘里解开袋子，用匕首撬开罐头就吃，塘边的士兵见他独吞发狠要开枪，程启升只好将其余的罐头扔向岸边士兵，才安全上岸。

鲁志清来晚了一步，捡到一些不值钱的小面额金圆券，只好去黑市换吃的。青龙集有一个军人地下黑市场，一个个地摊绵延百米，大一些的摊子上有用空投的降落伞做的顶棚，远远望去仿佛是一个大蘑菇。大家将各种用品和空投的食品摆在地摊上交易，大饼、馒头、炒米、饼干、金银器、美国香烟、旧衣服、旧鞋袜、旧手表、怀表、闹钟、打火机、钢笔、古玩首饰、日用品、小手枪等，都可以在这里交换，有不少人在这里为一点食物讨价还价。最不得人心的是那些逃难来的人卖孩子，在亲身的孩子身上插上一支芦秆折成"4"字形状的标志卖孩子换食物。香烟成了名贵品，在这里不是成包卖，而是成支卖，买不起一支烟的人就花钱吸几口。鲁志清将一大堆空投的金圆券放到一个军人摊主的摊位上，想换一个烧饼，结果摊主不肯，摊主只要金器，气得鲁志清把金圆券抛到空中散落一地，要在国统区金圆券或许还有点用处，落地的金圆券总会有人去捡去拾，但在这里再多的金圆券也无人问津。

赵二宝在地摊上看中一件羊毛裘皮背心，他的棉衣在战场上烧了一个大窟窿，天寒地冻，太需要这件旧的皮背心，就用那把袖珍手枪与摊主换得那件毛皮背心。他走后摊主才发现手枪是假的，是外国玩具枪，大叫上当，可为时已晚。不过，赵二宝也没有占到多少便宜，那件陈旧的裘皮背心也不知道是从哪里来的，已经放置了多少年，赵二宝走一路，皮背心上的羊毛就掉一路，等赵二宝回到地堡里，皮背心上的羊毛也几乎掉光，尽管如此，无毛的皮背心挡挡风还是可以的。

包围圈虽然被解放军围得水泄不通，但这里面依然有娱乐场所，一些刚刚在摊位上做完交易的军人，就拿着物品来这里寻欢作乐，有些军官家属也在这里打牌、打麻将。说书、唱戏的帐篷是用降落伞做的，有一个篷子里在唱京戏，台子下坐着一批大兵，这个说台上的娘们真漂亮，那个说抱一抱靓妞死了也心甘，还有的说慰劳竟是虚的，要来就来点儿真格的，看了台上的女人更上火，还不如去等空投。

在这次会战期间，国民党空军大规模的空投补给作业，可以说能与斯大林格勒战役后期德军的空投规模相提并论。国民党联勤总司令郭忏、交通部长俞大维、空军总部第三署署长徐焕升、联勤总部运输署署长赵桂森、运输署空运勤务司长胡甲里、南京空运勤务指挥官陈可等等，都亲自加入了空投行动，参加空投的国民党有关部门有空军运输机队、航空公司运输机队、中航运输机队、民航运输机队、兵站支部、空降兵队、汽车队、人力运输队、粮秣库、军械库、特种器材库等，非政府机构有陈纳德的民航队。从一九四八年十一月中旬起，至一九四九年元月中旬止，以南京大校场、明故宫机场为主要基地，以上海机场、蚌埠机场为辅助基地，先后出动空军运输机及民航飞机达二千七百五十二架次，空投主副食、弹药、卫生器材、通信器材、其他军品多达一万吨。其中，黄百韬兵团被围时，投到碾庄附近的军用品，为一百零五吨，连续实施五日，共飞行了三十一架次；黄维兵团被围时，投到双堆集附近的军用品，为一千四百八十多吨，连续实施十六日，共飞行了四百八十一架次；杜聿明集团被围时，投到青龙集、陈官庄附近的军用品，为六千一百九十多吨（食物主要是大饼和罐头，有四千七百八十吨，枪械弹药等军用品有一千四百零九吨），自十二月八日开始，至次年元月九日，共飞行了一千七百六十九架次（空军运输飞机、所有民航飞机全部出动，空投最多的一日，共飞行了一百二十四架次，空投四百五十多吨物资），这些补给平摊到二十多万人头上，每人约二十五千克，看上去还可以，但去掉包装、损坏、飘失和平摊到三十二天，那么，每人每天只能得到约三两食品、一两（五至七发）子弹，这当然是杯水车薪，远远不够的。

食物不够怎么办？李铁锁的主意是找小动物，田鼠、野兔、麻雀甚至猫和狗都是他的目标。这天，三班阵地跑来一条黑白花狗，大家一下来了精神，集体出动去捉花狗。花狗到处乱窜乱撞，赵二宝上去扑了个空，李铁锁又扑上去还是没有抓到，程启升用工兵锹拍打也没有拍到。狗越跑越远，当大家跟着它就要出阵地，王宁才感到不对头，狗在引他们向包围圈外侧跑去，而且狗全身上下没有一点泥土，显然不是流浪犬，附近一定有人，不是解放军就是民兵，忙命令大家停止追击。

"妈的，眼睁睁地看着一条肥狗跑掉，要逮到它咱们班就能好好地美餐一顿。"李铁锁叹息道，"副班长，你的理想是什么？"

"农村人的理想就是天天有肉吃，我家是全村最富裕的一户，也做不到天天有肉，通常是逢年过节或家里人过生日或来了客人才能吃到肉，十三四岁正是长身体的时候，那时候我特别想吃肉，有时候做梦都做到吃肉，夜里醒来还在回味肉的香味。夏天常到沟渠里逮些小鱼小虾，或者到山里捉些小动物解馋，冬天就到田埂边、玉米地里挖鼠洞逮田鼠，田鼠肉可是美味，有点像鸡肉，但比鸡肉香。"鲁志清说道。

"能捉到田鼠吗？"李铁锁又问道。

"有时候能，有时不能。我家有一条大黄狗，它跑得很快，只要田鼠从洞里出来，阿黄总能逮到。有一回我带着阿黄去村外捉田鼠，挖了好长时间，突然从鼠洞了窜出一条又大又肥的田鼠，由于阿黄距离远，等阿黄赶来田鼠已经窜到一片荒坟地里，数十个大大小小杂草丛生的坟墓，谁知道田鼠窜到哪里去了。阿黄不肯放弃，是一个坟墓接着一个坟墓地嗅，后在一棵松树旁草丛里的矮墓停下，又是汪汪叫，又是用爪子刨土。我知道田鼠在里边，但我又不好挖人家的祖坟，只好用一根棒子捅鼠洞，突然从坟墓里传出一声咳嗽，把我吓傻了，我扔掉棒子拔腿就跑，阿黄也跟着我一口气跑回了家。邻居大哥姓牛，外号叫牛大胆，牛大胆曾经跟人打赌在这片荒坟地里睡过一夜，赢得一袋粮食，他不怕那片坟地，也不信我的话，不撞南墙不回头，不见棺材不掉泪，非要我带他再去那个坟。哪知道他刚挖了几锹，就听见坟墓里再次有咳嗽声，这下他信了，也怕了，拿起铁锹就跑，后来他还买来高香到那个坟墓前烧拜。"鲁志清一口气讲完他小时候的故事。

"真的假的？杜撰的吧？"李铁锁还是半信半疑。

"信不信由你，反正这是我亲历的事。"鲁志清认真说道。

他们经过一块农田时，李铁锁在堤埂边发现有一个鸡蛋大小的洞口，问鲁志清是蛇洞还是老鼠洞？鲁志清肯定不是蛇洞，因为蛇早已经冬眠，而洞口的下方并没有雪，说明常有动物出入，这个动物很有可能是田鼠。既然是田鼠洞，那么洞里会不会有粮食？那也不一定，若这是个母耗子洞就没有粮食，公耗子洞里才有粮食。鲁志清将附近的雪扒开，拔出几根枯萎的秸秆一看，确认这里是黄豆田，估计鼠洞里会有黄豆，即使这个洞没有，其他的洞里也会有！大家一下兴奋起来，找来工兵锹和镐头、铲子以及运土的篮子，将他们发现的五个鼠洞两人一组，有挖的，有刨的，有运土的，干了半个钟头，一只田鼠也没有发现。狡兔三窟，猾鼠三洞，田鼠也会未雨绸缪。狡猾的田鼠将洞分岔，形成四通八达的通道，真真假假，虚虚实实，洞里有厕所，有卧室，就是没有"粮仓"。就在大家有些泄气时，王宁见到一个洞口窜出一条黑田鼠，赵二宝等几个人合作才将大田鼠打死。真大真肥，足有四五两重。程启升继续往深处挖，终于挖开一个大"粮仓"。"黄豆，黄澄澄的的黄豆！我的妈呀！"程启升说着抓起一把就要往嘴里放，被鲁志清喝令止住，田鼠运粮是将黄豆含在嘴里，回到洞内再吐出来，不淘洗沸煮怎么能吃？吓得程启升立马放下手里的黄豆。这个"仓库"共挖到七八斤黄豆，装满他们四个军帽，解决了他们班两天的口粮。

第一场雪曾给学生兵们带来了欢乐，接下去一连十天的大雪，却让他们吃尽了苦头，这时别说是笑，连哭都哭不出来了。战争就是这样的残酷，让活着的人去送死，让活下来的人在等死。然而，人的本能是不想死，即便是再深的痛，再多的伤，都会忍耐坚持，要不然怎么会有"苦尽甘来，物极必反"的说法？伤痛顶多留下个疤痕，却多了根成长的支柱，抬头望望远方，一条阳光灿烂的大道在等待你，这就是本能！恶劣的天气使空投受到限制，粮食、燃料、药品、弹药等急需物资全面告急。饿死、冻死、病死的士兵越来越多，向解放军投诚的士兵也越来越多，加上恐惧、悲伤、沮丧、失望、怀疑、不满等各种消极心理不断上升，对战争前途空前悲观绝望的官兵们，抱着枪坐在冰天雪地上厌战想家，听着解放军宣传干事的喊话以及唢呐、二胡、琵琶等演奏的《大出殡》《哭皇天》《苏武牧羊》《汉宫秋月》《广陵散》《孟姜女》等悲歌哀曲，国民党士兵是眼泪汪汪人心浮动。沈定仁也没有办法，他开玩笑说："实在不行你们就把我杀了吃好了。"

在阵地一角，饿得晕晕乎乎的端木昭阳，用手扒开积雪揪起一把草放到嘴里嚼，他边嚼边望着对面的阵地。阵阵肉香、饭香随风飘溢过来，他发现其他阵地上有士兵偷偷地向解放军投诚，也跟着向前爬去，当他爬到一半的地方见有个早已经冻死的国民党士兵，立即上去翻找死人的衣兜。死人面目狰狞，龇着牙，咧着嘴，眼睛还睁着，相貌十分可怕。端木昭阳顾不得那么多，把死人的上下身所有衣兜都找了个遍，也没有找到一点可吃的和值钱的东西，只发现一块白手绢。端木昭阳将白手绢装到自己的口袋里，脱下死人那双较好的棉鞋，换到自己脚上，边换边对尸体说道："兄弟，委屈你了，这棉鞋你留着也没有用，不如再做一回好事给我保保暖！哎，你别老看着我，死不瞑目对吧，好，我给你眼睛闭上，嗨，怎么闭不上？"端木昭阳只好将死人的帽檐拉下盖住他的脸，换上他的鞋子，又把他的围巾解下来戴到自己的脖子上，最后滑稽地抓住尸体冰冷的手，轻轻握了一下，然后拿出白手帕挥舞着，跑向解放军阵地。可他没有跑多远，后面响起了两声枪声……

第六章　生死难卜

火力侦测

在阵地上逃跑的端木昭阳，听到身后的枪声认为是鸣枪警告，他不想再回头，回去一定会受惩罚，逃兵被枪毙他见得不少，与其那样死还不如再作最后一搏，于是加快步伐，拼命向解放军的阵地冲过去。端木昭阳跑掉了，他跑向一个新世界，这世界究竟是个什么样？阵地上的人谁也不知，但他们知道端木昭阳至少不会再挨饿了！

当天夜里没下雪，东南风一吹，暖湿空气碰到寒冷的地表，在近地面气层形成一个薄薄的逆温层，阻挡住微小雾珠上升，雾只能水平地扩散。阵地上起初雾还不浓，宛如缥缈透明的一袭白纱，在轻悠悠地飘着，丝丝缕缕若隐若现。天亮后，雾渐渐地变厚变浓，黏湿冷酷的寒气随着微风阵阵袭来，笼罩住整个阵地，遮掩了天空，甚至连应急飞机场也都全遮盖住。直到半晌也没有一点消散的迹象，太阳从混沌的云鳞里刚刚露了一下脸又很快隐没了，阵地上又变得朦朦胧胧。沈排长手拿着一根粗树枝，像瞎子探路在战壕里走着，不停地敲打和敦促着每一个站岗的士兵："嗨，雾浓了要防止共军偷袭……当心脑袋，看着正前方……不要大声讲话！"不到百米的战壕，由于视线模糊他连撞了五个人，摔了两次跤才来到三班防地，向王宁传达连长的命令，乘大雾摸清正面解放军的火力点。沈定仁让三班派两个人去阵地前沿，在听到连续三声枪响后，侦测人员即可向前方的解放军开火和扔手榴弹进行火力试探，记录下解放军的火力分布后再返回。正好赵二宝在身边，王宁就决定与他一同去执行这个任务。他俩各拿一支枪冲锋枪和六个手榴弹，乘着浓雾向前沿摸去。一会儿猫腰前进，一会儿匍匐前进，当听到对面有人说话时，才止步躲藏到一个掩体后面等待沈定仁的信号。

"三子，把饺子端过来，撒点儿醋啊！""哎，队长，对面的国民党兵也有饺子吃吗？""他们吃个屁，被我们围困在这里连面粉都没有，哪来饺子？""哦。""哟！还是猪肉大葱馅，真香！"……对面传来两个民兵的对话。

饿得半死的赵二宝一听到饺子，哈喇子直流，"妈的，共军在吃饺子，还是猪肉大葱馅，给我也来一碗多好啊！他们叫头儿是'队长'，什么队？爆破队？卫生队？游击队？还是督战队？啊……我已经嗅到猪肉和大葱的味，一定是白面饺子。"赵二宝不停地嘀咕着，被王宁训了两句老实了。"是啊，我怎么这么没出息？太想吃饺子也不能这样丢人现眼"，想到这里赵二宝狠狠扇了自己一个响亮耳光。

"什么声音？""哪儿？""对面，像是有人拍巴掌发信号！""注意警戒！下雾也不能麻痹大意！""是，队长！"对面又传来民兵们的对话，这回是仨，其中还有一个女的。王宁和赵二宝都吓得缩回脑袋一动也不敢动。大雾由浓变淡，远处的民兵隐约可见，沈定仁却迟迟不发信号，再这样等下去，雾一散就会暴露，到那时就麻烦了，王宁正想着，后面响起"啪，啪，啪"三声枪声，这是沈定仁发出的开始火力侦测信号。王宁、赵二宝立即站起来对着前方就胡乱开枪，"弟兄们，冲啊，冲啊！""冲上去吃饺子，吃猪肉饺子！"两人对着前方、左、右不停地胡乱扫射，直到子弹所剩无几，手榴弹全扔光了，仍然不见对面有任何反应，刚才还听见他们谈话，现在怎么没有一点儿动静？王宁又等了片刻仍不见对方还击，只好端着枪与赵二宝往回走。走着走着发现身后有人了追来，慌不择路的王宁、赵二宝加快速度往回跑，可没跑多远赵二宝滑进一个两米多深的大坑里，由于坑边湿滑，赵二宝爬了好几次仍然没能爬上去。正当王宁蹲下要用枪托拉赵二宝一把时，却发现一个民兵向这里走来，他将伸出的枪又缩了回去。

"咳！怎么了？王哥……你怎么跑了……你这个兔崽子，把我一个人留在这里，你不得好死！我做野鬼也不会放过你！"赵二宝在坑里不停地叫骂着。

王宁却听而不闻，淡然置之，他见那个民兵走偏了，有意捡起一个石子投向对方，随后消失不见了。那个民兵发现有人扔石子，立即端着枪朝坑口这边走来。

赵二宝在坑口隐隐约约看着走偏的民兵，由于王宁扔出的石头又引了过来，气得他又骂道："王宁你这个兔崽子，你还把共军引到我这里？"骂完又拼命地往上爬。

"不许动！举起手来！"民兵走到坑口，用缴获的美制的 M1903 斯普林菲尔德步枪对着赵二宝喝道。

"别开枪！我……我交枪，"赵二宝看着黑洞洞枪口，打量着上面一个十七八岁的女民兵，只好乖乖举起打光子弹的冲锋枪。他感到很羞愧，枪林弹雨都撞过来，断粮断炊也坚持下来，没有料到最后居然被一个民兵逮住，而且还是个女的。

这时，王宁端着枪突然出现在女民兵面前，把她吓了一跳，他并没有伤害她，也没有向她开枪，而是让她慢慢地退去，因为他心里有条红线——绝不伤害女人，这是继在吴集攻坚战中放走一个解放军小战士之后，王宁又一次枪下留人。

回到三班的地堡里，王宁摘下帽子，拿下挂在绳子上的毛巾擦汗，赵二宝走了过来。

"谢谢，谢谢班长救我！"赵二宝低着头不好意思地说道。

"我是个兔崽子，我不得好死。"王宁重复着他在坑里的话。

赵二宝耸了耸肩，做了个鬼脸，又吐了一下舌头，双掌张开做了个无奈的动作。

"这次你骗过阎王爷，下一次就要小心了。"鲁志清走过来对赵二宝开玩笑说道。

"你，乌鸦嘴！"赵二宝回击他一句。

"对面共军人数、兵种不详，大雾根本看不见，只听见他们在说话，我们开火他们始终置之不理。"王宁对鲁志清等说，"你去报告沈排长，没法侦测对面的火力点。"

"是！"鲁志清准备去向沈定仁报告。

"他们在吃饺子！"赵二宝一把拉住鲁志清说道。

"行啦！在前沿你就不停地饺子、饺子，还猪肉大葱的。"很少发起脾气的王宁，生气剜了他一眼说道，"没有吃过饺子啊？还给自己一个嘴巴，结果被共军听见了！"

赵二宝噘着嘴不敢再说什么，蹲到一侧火堆旁。

"真的，老共在吃饺子？"程启升见王宁、鲁志清走开，问赵二宝道。

"老陈醋和肉馅味我都能嗅得到，馋得我口水直溜。"赵二宝发誓道。

"我要是你，就跑过去先吃饱再说，死也做个饱鬼。"李铁锁惋惜地说道。

旁边几个新兵也被赵二宝的话吊起胃口，其中一个下等兵呆呆地听着，垂涎滴落到低着头系鞋带的上等兵脖子里，上等兵用手一摸脖子滑溜溜的黏液，嗅了嗅，那臭气直冲大脑，站起来对着流口水的下等兵就是一个嘴巴，下等兵一惊才梦醒如初，立即擦去下滴的口水。

"告诉你们，共军阵地上还有女人，我听见她说话了，那女的顶多十八岁，就是用枪对着我的那个女民兵，'不许动！举起手来！'她讲话声……哎哟，那个好听，和我老家未过门的媳妇讲话一模一样。"赵二宝眉飞色舞继续说道。

"你有媳妇了？"上等兵问道。

"有！我媳妇可美呢……"赵二宝笑眯眯的，就像要晕过去一般。

"怎么个美？别打哈哈，快点说啊！"上等兵着急问道。

"你新兵蛋子猴急啥？"赵二宝继续吹嘘着，"我媳妇是十里八乡的大美人，虽比不上貂婵、西施，但比城里越剧班子台柱子的，那是绰绰有余。"

"女人魅于美，亦祸于美。古往今来，有多少英雄拜倒在她们的石榴裙之下，这对于不食人间烟火的我来说没有用，因为我不想娶媳妇，而对于七情六欲齐全的二宝来说，就要当心啦！"程启升插嘴道。

"去你的！"赵二宝说，"你别吃不到葡萄说葡萄酸。"

"别管他，接着说接着说。"下等兵也想听下去。

"我媳妇她胸脯那个挺呀，屁股那个肥呀，圆滚滚，肉乎乎！"赵二宝有声有色地说道。

"呵呵，你就知道圆滚滚，肉乎乎，你在这儿卖肉呢？"李铁锁也讽刺他说道。

"去去去，女人屁股大会生孩子，会干家务，懂吗？细腰、瘦胳膊、瘦腿管啥用？提一桶水都提不了。"赵二宝又回了李铁锁一句，对下等兵又说，"他傻小子不懂！咱们继续说，我媳妇她的嘴巴……那个大呀。"

"啊？嘴巴大还美啊？"上等兵着急地问道。

"噢，不对，嘴巴那个甜啊！用你们北方人的话，那是贼甜贼甜的，她说话说得你是身软骨酥，别看她挺傲慢，但她听我的话。"赵二宝继续吹着他的媳妇。

"你说说，怎么才能让女人听话？"上等兵问道。

"这就要看你有没有本事了，有本事你就能抱得美人归，没本事你就被一脚踹下床。"赵二宝说得口水四溅。

"啥本事啊？是种稻米的本事呢，还是种地瓜的本事啊？"上等兵继续问道。

"是你小弟弟的本事吧？"程启升又来逗赵二宝。

"哈哈哈……"大家一阵哄笑。

"去，忙你们的去，他有个屁媳妇！"李铁锁对上等兵和下等兵说道："他胡诌你俩也信啊？傻瓜！"

"色字头上一把刀，别老谈女人，上火！"王宁折断一根树枝来到火堆旁。

"呵呵，我穷开心，逗弟兄们玩呢。"赵二宝笑嘻嘻地说道。

就在赵二宝吹牛时，一个二十六七岁的文职军人身背折叠式照相机走进地堡。门口一本徐州"剿总"印刷的"剿匪手册"掉到地上，谁走这里都要踏上一脚。文职军人来到赵二宝面前自我介绍说："我叫罗忠，是师部宣传处的干事，看你们谈笑风生，一点也不像饥寒交迫的样子，请说说你们的秘诀好吗？"掏出笔记本和钢笔准备记录。

"这个……你问我们班长吧。"赵二宝将罗干事引向王宁。

"看你年纪不大，打仗你害怕不？"罗忠蹲到王宁旁边问道。

"怕，当然怕，谁愿意死啊？"王宁直截了当地回答道。

"你是采用什么方式带兵的？"罗忠又问道。

"带兵就像对待这个火堆……"王宁又折断一根树枝放到火堆上，指着火堆说，"你呵护它，一会儿它就呵护你了！"

"这个比喻倒挺形象，那么对于共军的喊话、劝降书、宣传弹、宣传牌、释放俘虏等瓦解我们的斗志，你们是怎样反击的？"罗忠继续问道。

"没有什么特别的方法，上面叫我们怎么做我们就怎么做。"王宁答道。

"想家吗？"罗忠又说。

"喂！还有什么问题你一齐说出来行不行？！"王宁怒目而视，站立起来。

"好，你们想不想家？怎么渡过难关？当前最大的问题是什么？"罗忠一下三个问题，也跟着站起来。

"我们当然想家！怎么渡过难关？一个字'熬'！当前最大的问题是粮食！

民以食为天，弟兄们缺粮无人过问，徐州撤退时限定每人只带七天干粮，现在已经被围困了将近一个月，军粮吃完了，农民的大麦、地瓜吃完了，老鼠洞里的黄豆吃完了，就连麦苗、毛草根、干芋叶、榆树皮也都吃完了，而飞机空投食品对于几十万大军，那是杯水车薪无济于事，上面分下来一点食物，又是层层地克扣，到了我们手中只有那么一丁点，一天就吃拳头大点儿食物，我们连屎都拉不出来，尿的颜色比红茶还要深。与之相反，有时候共军倒会送来饭菜，这在古今中外战争史上是不多见的。"王宁一口气说道。

"什么？你们竟然吃共军的饭？那是诱惑！那是瓦解！"罗忠吃惊地说道。

"你站着说话不腰疼，共军的饭就不能吃？你在师部有饭吃，我们则不然，现在就连老天也和我们作对，北风吹，大雪舞，无绝期，我们睡在冰冷的战壕……"王宁一把揪住罗忠的衣服，越说越激动，"一个月没有洗过脸，刷过牙，身上生满了虱子，一个个人不像人，鬼不像鬼，浮肿的人、饿死的人、投诚的人不计其数，这些难道你没有看见？嗯？！"

"你朝我发什么火，我是例行公事，好！采访到此结束！到此结束……"罗忠怕挨揍，后退几步就要溜。

"轰隆"一声，地堡外又响起隆隆的炮弹爆炸的声音，大家猝然慌张起来，一个执勤的新兵匆匆跑进地堡来报告，他刚进地堡就行了个"大礼"———一个狗吃屎爬到地上，抬起头说："报告，共军开火了！"

"慌什么！"王宁说完，随手拿起一支步枪扔给罗忠。

"我是非战斗人员。"罗忠接过枪却不想战斗。

"每一个人都必须战斗！"王宁毫不客气地说，"各就各位！"

节外生枝

风雨飘摇的六朝古都南京，因金圆券大幅度贬值又一次出现大动荡，物价疯涨，民怨鼎沸，社会秩序空前的混乱，加之一千多盗匪释放，让混乱不堪的南京城雪上加霜，到了晚上谁也不敢出门，早早就寝休息。回到南京不久的秋露，经常失眠。这天，她又是一夜没有实睡，不停地做梦，不是国民党败退，就是王宁受了重伤。凌晨，她再次被噩梦惊醒，发现自己的手压在胸口，她问母亲是不是不祥征兆？母亲告诉她梦幻有时候是反的，清晨做这样的梦不一定是坏的兆头。秋露心想：我是学医的，按理说不该刻意地相信梦境，因为人睡眠时大脑皮层总体停止活动，梦没有实质上的意义。但又不得不承认，人在梦中感到饥饿时会梦见吃的，感到口渴时会梦到水，憋尿时会梦到找厕所。也正所谓"日有所思夜有所梦"吧，或许这与我看到报纸上刊登"徐蚌会战，国军受挫！"的消息有关。不必担心，母亲说我的掌纹只有一条平稳的婚姻线，没有分叉，自始至终都很专一，预示我的婚姻稳定。母亲不封建，也不古板，她支持婚姻自主，希望我的婚姻美满、幸福，希望我早一点将婚事办了，至于结婚必备的婚房、婚礼、婚宴、请柬、喜糖等由王家定，咱们家要准备的只是嫁妆、饰品和回礼。母亲已经为我准备了两套四季服装、两床云锦被子和褥子，还有一顶花蚊帐、一对蚕沙枕头，用具有樟木箱、梳妆盒、木盆、提桶、木椅凳、铜火盆、茶具、餐具等。回礼是给未来婆婆送块上好衣料和一些滋补品，母亲要我和王宁拍个婚纱照，她自己盼了一辈子也没有戴上婚纱，因而要我结婚一定要戴上婚纱……秋露想到这里，觉得母亲很不容易，辛辛苦苦将两个女儿带大，操劳一辈子，日后要好好报答她。

晨钟的响声在空中回荡，久久不肯逝去。一抹淡淡的微曦从地平线升起，唤醒了沉睡的古城。晨雾慢慢地消散，裹在"柔纱"里的古城渐渐地显现出轮廓。古城总是给人一种凄凉萧瑟的美，一种如影随形的沧桑感。古色古香的茶楼，雅致古朴的茶馆，小巧玲珑的茶社，蓑顶竹寮的茶居，还是那么的热闹，每一个茶房里都悬挂着一盏有"茶"字的红灯笼，插着鲜花，烹着沉淀过的雨水，沏好的绿茶香飘四溢，就连室外的空气里都弥漫着茶的气味儿。江南人有"早上皮包水，晚上水包皮"的习惯，尤其是上了年纪的老人，清晨一两干丝、两个汤包、一壶好茶，这便是最好的早餐。尽管物价暴涨，各行各业都不大景气，可有钱人照样消费不误。与之形成鲜明对比的是那些可怜地乞丐们，光着脚颤颤巍巍站在冰冷的石头台阶上，拿着破碗低着头，眼神怯怯地等待赏赐一点零钱或吃剩下的点心、汤水。街道上，补锅镥碗箍缸的、磨刀磨剪子的、箍木桶的、阉匠揽活的、篾匠卖箩筐的、做杆秤的、做泥人的、做砖雕的、做毛笔的、做灯笼花圈的、打铁的、做金戒指的、剪纸画的、裁剪缝纫的、修补雨伞的、修皮鞋的、修自行车三轮车的、弹棉花的、开脸的、染布的、放西洋景的、卖雪花膏的、卖梨膏糖的、卖煤油的、卖手工艺品的、炸炒米的、瞎子打着小铜锣算命的、剃头掏耳朵的、旧物换米的、卖豆腐的、卖菜的、卖各种早点和小吃的，等等，挑着担子的人们开始沿街招揽生意和顾客，牵着骡马车摇着铜铃的工人喊叫着让大家倒垃圾，拉水车往城里来，运粪车往城外去，两车撞在一起互不相让……

习惯早起的秋露推开窗户，迎来江边吹来的新鲜空气，闻着传来的花香，舒展四肢，带着美好的理想和祝福，迎接新一天的到来。她要用动人的微笑去感染身边每一个人，用竭心尽力、细致入微的工作态度，去做每一件事，让圣洁的心灵更加璀璨。家里的挂钟已经是六时半，秋露做完早饭见妹妹还赖在床上。"春蕾，赶快起床！"秋露掀开妹妹的被子。"今天是周日，我不上学。"妹妹回了姐姐一句又将被子盖上，并且连头也蒙上。秋露见这个懒猫不肯起床，干脆将她的被子统统都掀开，拉起她的衣服轻轻地抽了她一下。"干吗呀！人家昨天晚上复习功课睡晚了，再睡会儿不行啊？""不是你让我叫你六点起床，你看看现在几点了？""这个二丫头给我起来，真是个懒王！"母亲见春蕾赖床发着牢骚。"哦，二丫头不好，大丫头好？等大丫头出嫁了我就不照顾你，看你怎么办。"春蕾咕哝了一句，起床复习功课。

圣诞节刚过，中央百货大楼等一些较大的商店里，挂满小铃铛、小五彩灯、小彩盒的圣诞树，仍然闪烁着五颜六色的光芒，虽然战争阴影笼罩，今年的圣诞节冷清了许多，可在西餐厅里，圣诞节的气氛依然热烈，门口头戴蓝帽子，身穿蓝马甲，手戴蓝手套，脚蹬蓝靴子的"雪娃娃"，还在不停地向每一个来客彬彬有礼地打招呼，大厅里的一幅美丽图画，圣诞老人带着驯鹿，驾着雪橇来为小朋友分发礼物的场景很醒目，还有"丁零零，丁零零……"那最熟悉的音乐，烘托着年底就要到来。西餐厅旁边是一家西式婚纱店，秋露上班路过这里，看到店里婚纱琳琅满目，纯白、粉红、象牙色、米黄、粉橙、粉蓝、粉紫、银灰，等等，品种齐全，花样繁多，顿时停住脚步。女人都爱婚纱，尤其是未婚女子看到漂亮的婚纱就会两眼放光。秋露对婚纱的情结，从小时候知道了白雪公主与王子终成眷属开始，那美丽的婚纱便在幼小的心灵里扎下了根，骑脚踏车路过婚纱店总要瞄上一眼，到了情窦初开的时候，更是爱上了婚纱。也许女人一生最重要的一件衣服，就是属于自己的婚纱裙，婚纱就是她们深藏于心中的一个最温暖、最柔情的梦，在她们心底里最深处静静地蛰伏着，多少年之后，当步履蹒跚来到箱底旁，用布满道道皱纹的老手，打开那个尘封已久的大纸盒，展开当年穿过的那件美丽婚纱时，昏花浑浊的双眼，深邃的目光里仍然会夹杂着温馨和暖流。婚纱是女人的情，婚纱是女人的爱，婚纱是女人的梦想和寄托。秋露心想：母亲和未来的婆婆将我和王宁的大喜日子确定在春节后的正月十八，距今不到百天，我结婚一定要穿上圣洁的婚纱，照一张婚纱照。于是向婚纱店订购了一款符合她身材的婚纱裙。

秋露上班后，母亲便打扫卫生，每天早上扫地和擦一遍家具成了她的习惯。当她用洁布擦完桌椅板凳，去擦五斗橱时，无意中发现女儿已将王宁的照片镶到相框里。看着那张潇洒英俊的笑脸，张母忽然有一种莫名其妙难以形容的感觉，她的心猝然一揪，呆若木鸡愣在那里，霎时面色变得如纸一样惨白，就像头顶炸了个响雷，眼冒金星，晕头转向，嗓子发干，仿佛失声，一句话也说不出来。她的心跳得厉害，嘴角微微颤抖，就连眉毛也在颤动，她将相框搂到怀里，自言自语："这王宁怎么那么像我的儿子？他不会就是我二十年前送人的儿子吧？……天哪！我到底做错什么了事？老天爷你要这样惩罚我？我只是一个普普通通的妇道人家，我一个人带着孩子们走到今天很不容易，生活中所有的心碎与我相伴，所有的快乐与我无关，我承受了那么多的苦，那么多的难，老天爷为什么这么不公平？这到底是为什么？我祖辈无一人杀人放火，也不曾做过伤天害理的事情，而老天为什么要这样惩罚我？即使我的前世作孽，也应当由我亲自来偿还，而不要惩罚我的孩子们，他们是无辜的！"她越想越怕，难过地闭上了眼睛。

晚上秋露回来，张母强忍住悲痛几次话到口边要说，却又都咽了回去，最后她只能婉转地要求秋露将婚事往后推一推。"婚姻大事并非儿戏，定好的日子怎么能说改就改呢？是您为我选定的日子，嫁妆、回礼全是您亲手准备的，婚纱也定做了，怎么能变卦呢？之前您敦促我早一点完婚，现在又要我暂不要结婚，我不明白，母亲您究竟是为什么？是我做错了什么没有？"秋露不停地问着母亲。母亲却没法解释，她怎么好将这个天大的不幸亲口告诉女儿，吞吞吐吐几句还是没有讲出来。秋露断定不是好事，但母亲又闭口藏舌守口如瓶。思绪片刻，跑回房里抱住柱子痛哭。母亲也是泪流满面，内心更是痛苦不堪，她来到秋露的身边，只好将她怀疑王宁是她一生下来就送人的儿子这事全盘托出："二十年前，我也是你这个年纪，那时我在苏州城里读书，爱上一个从医科大学毕业的大学生，可是双方父母亲都不同意，后来我怀上了你哥哥，你哥哥生下来就被你外公送给南京他的一个朋友，我很想去看看你哥哥，可你外公、外婆死也不让我去。高中一毕业我被迫与你父亲匆匆结婚，后来有了你和你妹妹。你父亲是个老实本分的教师，我跟他来到南京后仍然想找我的儿子，你父亲也帮我找过，可惜没有找到，后来你父亲病故，我只能艰难地带着你们姐妹生活，也就放弃了寻找儿子的事。"说到这里她又拿出一张三个月大的小男孩照片，放到王宁的相框旁边，继续说："当妈的时时刻刻都在想着自己的骨肉，母子是息息相通心心相印的，秋露你看，这张照片上的孩子与你的王宁，都是双眼皮、高鼻梁、小嘴巴，是不是都像我？"

母亲的话让秋露大吃一惊，她简直不敢相信自己的耳朵，目瞪口呆张着嘴，半天说不出一句话，木头一般地站在那里不动，两眼直瞪瞪地看着母亲。"是啊，两张照片上的人确实很像，不过像并不代表是！"秋露仍不愿承认这摆在面前的实况，"这怎么可能？王宁的老家在苏北，我们的老家在苏州，相隔数百里，怎么会这么巧，他就是我外公送走的孩子？不过从我与他的心灵相通来看，似乎又不能彻底否认那极小概率的事。"秋露既相信母亲的话，又不愿意承认王宁是自己的亲哥哥，她深深陷入矛盾和痛苦纠结之中。

为了打消女儿的疑惑，张母让秋露亲自去一趟王宁的家，婉转地问问王宁的母亲华净文。这倒是一个能证明王宁身份的好主意，秋露也想从王宁母亲口中得到证实，王宁是不是华净文亲生的。于是，秋露以征求回礼为由来到王家，在经过一番品种、式样、颜色的商讨之后，秋露巧妙地把话切入正题。

"阿姨，王宁一生下来一定很可爱吧？"秋露试探问着华净文。

"当然，他从小见人就笑。"华净文笑嘻嘻地答道。

"他刚生下来是不是就有两颗牙？"秋露又问道。

"是啊！你怎么知道的？"华净文反问一句。

"我是听说的，"秋露一惊，缓了一下又问，"我还听说您家曾经领养过一个小男孩？"她不好直接问"王宁是不是领养的"。

"对呀！怎么了？"华净文不知道她问这些干什么。

"哦，没什么，好奇，就想知道王宁哥哥小时候的事。"秋露立即搪塞过去。

"你想知道宁儿小时候的事啊，那我可有的讲呢，不过今天不行，一会儿要出去，我女儿马上就要生了！呵呵……"华净文高兴地说道。

"那我先回去了，改日我再来。"秋露匆匆离开王家。

这次王家之行，秋露彻底相信了母亲的话，她就像身子突然掉进冰窖里，由热情似火瞬间变为心灰意冷。滚滚红尘中，当爱情变成亲情，爱人变成了亲人，是该祝福还是要哀怨？爱情和亲情是一对孪生姐妹，还是势不两立的仇人？曾经相爱得死去活来，曾经在别人眼里是一对幸福的恋人，曾经信誓旦旦地憧憬未来，现在这一切均变成了过去，措手不及的事变让秋露寝不安席，食不甘味，可在母亲面前她又要装着无所谓，心里的痛无处诉说，只好偷偷跑到江边大哭一场。

初恋是纯真的，美好的，甘甜的，绚丽多彩，永远会藏在人的心灵深处，甚至会伴随一生。难道说我的初恋就这样结束了？站在江边阵阵寒风下，秋露就像一个在夜幕里迷途的孩子，哭得那么茫然无助，哭得那么悲伤断肠，哭得把树上的花都坠落一地。一声声压抑地呜咽，一次次痛心地唏嘘，都仿佛是从她心底一点一滴地抽出来一样。

江水湍急，漩涡四伏，滚滚的长江犹如一条金鳞巨龙咆哮着，浩渺江水奔涌着留下一朵朵翻滚的浪花向东而去。惊涛拍岸，发出"啪，啪"有节拍的声音，溅起的水花不时地打在脸上、身上，秋露的倒影在水中时隐时现，她站在岸边的石阶上，望着冰冷的长江水……

发泄出所有的伤感和痛苦，擦干了眼泪，还要面对现实。在红尘里：友情，有吵有闹，甚至相互伤害；爱情，有热有冷，甚至分分离离；亲情，无论何时何地永远是最纯，是剪不断拉不开的。我失去了爱情，老天补偿给我亲情，这是不幸中之大幸，与爱情相比，亲情更可靠，更牢固，更让人有安全感，现在我又多了个亲哥哥，不是也挺好吗？秋露反问自己，看着汹涌的长江是茅塞顿开，终于找到摆脱痛苦的答案。对，要像东去的长江水，奋勇向前生命才有意义！

这时，从挹江门国民党海军总部接受任务后返回江边码头的李元智，刚跨上自己的运兵船，见不远江边有个少女心事重重，一个人站在江边的石台阶上发愣。李元智以为少女要寻短见，"不好，这个姑娘精神恍惚昏昏沉沉，孤身一人在此定是遇到不幸，太危险了！江边积雪未化，脚一滑便会跌入滚滚江流，不行，我得去救她！"李元智说着跳到码头上，一阵猛跑，就在少女晃动着身体要转身时，他从她的背后一把抱住。

"姑娘，你千万不要走绝路！你想过吗？你死后会去哪里？你对得起含辛茹苦生你养你的父母吗？你对得起一笔一画教育你读书认字的老师吗？你对得起所有帮助过你的人吗？你还没有报答他们，怎能一死了之呢？倘若狗咬了你一口，难道说你也要咬它一口吗？"李元智一口气一句接一句地说道。

"你胡说什么呀！谁要自杀啦？谁是狗啊？你放开我！"少女使劲儿掰开李元智抱住胸部压在乳房上的手，狠狠地咬了一口，然后转过身来。

"啊？……是你！"两个人同时说道。

"对不起，我不是想占你便宜，"李元智揉着被咬的手，连连后退，不好意思地问道，"你怎么会在这儿？"

"这话我正要问你！"秋露红着脸反问道。

"张小姐，我以为你……"李元智不知道该说什么好。

"以为我要自杀对吧？我家离这里不远，我就不能一个人到江边来？我就不能一个人在这里静一静？"秋露说，"不过，我还是要谢谢你，谢你去救一个不认识的人！倘若你要知道是我，或许就不会救了吧？"

"对！我要是知道是你，我是绝对不会救的！我……我会跟着你也跳下去！"李元智说到这里有点儿哽咽。

"你……"秋露看着李元智，"这话与你刚才勇敢救人的举动不相符哎。"

李元智难过地幽咽了一声，强忍痛苦说："张小姐，我爱你，自从广慈医院第一次见到你，我就喜欢上你，但我没有勇气说，也没有资格开这个口，你要是真的跳下长江，我会毫不犹豫地跟着你跳下去，在那里，我就有资格和你在一起了！"

"李少校，你别这样，你可是有家室的人。"秋露不好意思说道。

"是，正因为这样，我才不好向你求婚，不过，你要知道，我的婚姻完全是父亲一手包办的。章静莲她也是，我们都没有选择权，被撮合在一起，在我去英国留学前成了亲，我并不爱她！"李元智慢慢地说道。

"原来如此！在恋爱上我与你正相反，我自由！但是我爱他，却不能和他结婚，也很痛苦！"秋露似乎遇到同为婚恋不幸的人。

"因而，才跑到江边这无人的地方，痛哭一场？"李元智直截了当说道。

"谁说我哭了？"秋露不愿意承认自己刚哭过。

"你的泪迹还在，我不会冤枉人！"李元智认真地说道。

"是吗？"秋露立即用手擦去脸上的泪迹。

"走，到我船上坐一坐？就在那儿……"李元智指着江边的大船，"船上有上好的咖啡！"

看着江边一艘庞大的运兵舰船，秋露有些好奇，加上盛情难却，便随李元智来到船上。

这是一艘大型军用铁船，名为"永辉号"，原为美国海军大型客货两用船，主要用于输送海军陆战队员和运输作战物资。动力装置为双螺旋桨，双柴油机，该船设施齐全，有医疗室和伤病员床位、食堂、浴室、娱乐室、包间、物资舱，等等，船长96米，船宽23米，吃水5米，最高航速18节，配有两门舰对岸主炮和4门单管20毫米机关炮，短途一次能投送一千多名兵力，在太平洋海岛争夺战中为美军输送人员和武器，立过汗马功劳。该级别的运兵船共生产了二百多艘，"二战"结束后大部分都转送给盟国友军使用，其中有六艘在一九四五年八月转给中国海军，状况最好的一艘改名为"永辉号"，一九四六年七月返抵上海，八月抵南京下关，是国民党海军的主力运输船之一。

船长室是船员宿舍中最大、最豪华的一间，床、办公桌椅、饭桌、书橱、衣橱、储藏柜、沙发、保险柜等用具、电器、卧室用品应有尽有，墙壁上还挂着海军军旗和第二任海军司令桂永清的墨宝，橱窗里有一台六分仪。秋露对六分仪很感兴趣，问是干什么用的。李元智边沏咖啡边向她介绍六分仪：这是一种用来测量远距离目标夹角仪器，如根据太阳或星星与海平线的夹角，就可以得到海船所在位置的经纬度，由于仪器呈扇形，弧度是六十度，也就是圆周的六分之一，故称为六分仪，使用方法很简单。介绍完了仪器的概况，李元智又手把手教秋露如何使用六分仪，随后递上一杯香甜可口的咖啡。当秋露端起沏好的咖啡正准备品尝时，李元智让她别动，啊！太美了！李元智一时兴起，提出要为秋露画一幅端咖啡姿势的油画。秋露出乎意料，他竟有这个特长，再说从没有人给自己画过像，便答应了他的要求。李元智在英国达特茅斯皇家海军学院学习时，自学过西方油画。由于时间仓促，他只能先画一幅素描，而后再放大成油画。他拿起一根炭笔，流利地在一张白纸上画开了。

船上的时间是短暂的，有趣的，愉快的。临走前，李元智问秋露想不想去上海，他们的船两天后就将起航去上海。这个问题让秋露坚定了刚才在江边想辞职换一下环境的念头，对，就去十里洋场闯一闯，不过她不愿意跟他去，她要自己单独去。

回到家里秋露用扑克牌占卜给自己算了一卦，预测的结果是"有好事"。再算一遍，仍然是。秋露还是不相信，又去朝天宫，请算命先生给自己算一卦，结果是：命里缺"金"，应该去淘"金"。西方的预测和东方的算卦，结果都预示需要改变现状，相信占卜的秋露这下更坚定了去上海的决心。未来的路很远，也许崎岖坎坷，但不管怎样，都要收拾好行装，勇往直前！

爆竹一声除旧岁，桃符万户迎新春！年初的气温降到今年以来的最低点，多云的江南地区，冬日里的阳光总是显得黯然和悭吝。

晌午，久违的阳光，终于暖暖地洒在古都南京的大道上，将不厚的积雪融化开，使得原本洁白的路面变得潮湿和泥泞起来，行路的人不得不换上防潮防滑的鞋子，有钱人穿上橡胶底雨鞋或者高筒橡胶鞋，一般的老百姓则换上了钉鞋。这种鞋是旧时一种像高帮棉鞋一样的布鞋，鞋面沁刷上防潮的桐油，鞋底镶上防滑的大铆钉，尽管沉重，不能快步，但能防水防滑，在民国时期的江浙地区是常见的冬季雨鞋。道路两旁的一些商店里营业员吆喝着卖年货，不少店铺还燃起了鞭炮，宣告一九四九年的到来，可是爆竹声比起往常那脆响炸声，均是清一色的沉闷，似乎做鞭炮的工匠都商量好一样，将鞭炮做得不怎么响，使人记住这个特殊的年份。

由于战争的影响和经济很不景气，年货品种大不如往年，且贵得惊人。因为金圆券贬值速度已经不能按照早晚的市价，而是按钟点来计算了。然而，无忧无虑的孩子们依旧欢呼雀跃，他们盼望已久的日子终于到来，"噢，元旦到了！"无论是打弹子球、玩洋画、溜铁环的男孩子，还是跳皮筋、跳方格、踢毽子的女孩子；无论是搀一个、背一个的大孩子，还是穿着开裆裤、乳牙还没长全的小孩子，都不一而同地在欢声笑语中，蹦蹦跳跳迎接新年。此时，国共高层领导人也分别发表新年文告和献词。上午九时，南京"总统府"内，蒋介石身穿灰哔叽中式长袍表白《新年文告》，他承认"戡乱"不力，"自诚"领导无方，举措失当，有负国民付托之重，但他又推脱责任为己辩护，并表示能够确保"中华民国的国体"，最后他在文告中说："则个人的进退出处绝不萦怀，而一惟国民的公意是从"，暗示自己将下野。而延安的毛泽东，新年献词则带有浓烈的火药味，他说："中国人民将要在伟大的解放战争中获得最后胜利，这一点，现在甚至我们的敌人也不怀疑了。"号召全党、全军、全国人民，将革命进行到底。这时，离人民解放军占领南京仅有四个月。

天无绝人之路，总有起锚的船，总有收留的岸。秋露办理好所有的手续，包括辞职后的移交、半个月的工资、少量补贴费、医院出具的身体健康报告、优秀护士奖状，等等，备好必要的生活用品和盘缠，还有她心爱的标签上绣有"百年好合"字样还没有缝上去的浅粉色婚纱，预备启程去上海。临行前她相约余梅在梅花山见面，她要和小姐妹作一告别，把心中的秘密告诉闺密。

南京东郊的梅花山，已有一千五百多年历史，位于南京紫金山南麓，中山陵的西南，明孝陵的正南，被称为"天下第一梅山"。这里的梅花以品种奇特而著称，每到冬、春，山上成千上万棵梅树，层层叠叠，云蒸霞蔚，白梅、绿梅、红梅、宫粉、黄梅等漫山遍野，竞相开放，蔚为壮观。"落红满路无人惜，踏作花泥透脚香。"山上景色诱人，梅花盛开，繁花满园，摩肩接踵的游客们闻着花香，欣赏着清丽超然、清雅脱俗、清洁无瑕的梅花，领略着文人墨客所赞扬的顽强、勇敢、坚贞、不畏困难的精神。在国花四君子中，唯有梅花孤傲于凛冽刺骨的风雪中。它没有玉兰的娇柔，却与玉兰一样清香，它没有玫瑰的靓丽，却与玫瑰一样俊逸，它没有牡丹的妖娆，却与牡丹一样豪放。"梅花香自苦寒来"，虽遭风欺雪凌，在逆境中依然傲立于霜枝之上，即使在生命最后即将凋谢时，也能将那感人肺腑的迎春绝唱留送给爱它的人。

梅花不炫耀自己的气质，无意争春的豁达，使冬天增添了几分温馨，这与秋露的性格和为人倒十分相像。秋露与余梅行走在梅山小路上，她们边赞叹着梅花的美，边倾心交谈。

"秋露，我看得出，明明你内心很痛苦，却偏偏说自己挺幸福，明明你很想哭，却偏偏还在笑。别演戏了，说吧，为什么这样？现在没有外人，只有你和我。"耿直的余梅望着秋露说道。

秋露看了余梅一眼又低下头。

"拜托了，我的大小姐，有什么苦水全倒出来吧？弊在肚子里会弄坏身子的！"余梅拽住秋露说道。

"那好吧，"秋露迟滞一下慢慢地说道，"我曾告诫自己一辈子保守这个秘密，这欲罢不能的痛苦由我一个人来扛，可母亲还是要我将那无法挽回的事实告诉王宁。"

"告诉他什么呀？"余梅急切地问道。

"告诉他……"秋露想说又难于启齿。

"嗨，急死人啦！要告诉他什么？你倒是说呀！"余梅着急问道。

"他是我哥哥！"秋露低着头轻轻地说道。

"是啊，你不成天'王宁哥哥，王宁哥哥'这样叫吗？"余梅不解地问道。

"我是说……他是我的亲哥！是有血缘关系的哥哥。"秋露轻轻地说着。

"什么？"余梅一惊，用手摸摸秋露的额头，"不发烧啊！"

"小梅，我没有说胡话、昏话，也不是编造瞎话，王宁他是我同母异父的哥哥。"秋露抬起头。

"怎么可能？"余梅睁大眼睛望着秋露，简直不敢相信。

"是我母亲告诉我的，"秋露说，"二十年前，我母亲爱上一个医科大学毕业的医生，后来有了我哥哥，他就是王宁，可是双方的家长都不同意他们结婚，我哥哥生下后就送人了，由于我外公、外婆坚决不让我母亲去看望孩子，他们母子俩这么多年从未见过，这一直是母亲的一个心结。前些时候，母亲打扫卫生无意中发现王宁的照片，母亲一眼就认出了他，还拿出一张三个月大的小男孩照片对比，确实非常像王宁小时候的模样！难怪第一次在医院过道与他碰面，我就有一股很亲近的感觉，亲人之间是心有灵犀一点通。"

"天哪，有情人变成了亲兄妹，这也太残酷了！"余梅叹息道。

"母亲为给我准备那么多的嫁妆，她吃了不少的苦！我也为这份即将到来的幸福，徒然失去而感到万分的痛苦……"秋露说着眼里布满了忧伤，忍不住抽泣起来。

"秋露姐……"余梅递上手帕，"现实就是这么残忍，你要想通点儿。"

"我真的好爱他，沉陷其中，乐在其中，每次见面心里都有说不尽的甜蜜和喜悦，"秋露接过手帕擦去眼泪，"我曾认为我是世界上最幸福的人，多少次在梦中呼唤他的名字，多少次去寺庙求菩萨保佑我们，多少次担忧他我哭红了眼眶……不知有多少个多少次，那寄托着我的爱！"

"你是很爱他，他也很爱你。"余梅不知道该怎么安慰她。

"兄妹的事实让我完全没料到，这样的打击实在是太大，也太突然，起初不敢相信，也不愿相信，但当我去探问王宁的母亲，证实王宁生下来也有两颗牙齿，又想起王宁他脖子上的小黑痣，我整个人呆若木鸡，一下子僵住了。"秋露继续说道。

"落花虽有意，流水却无情！当初你就不该爱他，一次偶然相遇，一眼交集目光，只有一两秒钟时间，你便爱上了他，结果呢？"余梅有点抱怨起她。

"也许这就是命，命运注定的。现在即使再痛苦也要清醒了，因为我和他身上流着相通的血，我们是兄妹，我们是不可以在一起的！纵有千万个舍不得，也要咽下所有苦涩，果断结束这段恋情！"秋露坚决地说道。

"原来不是所有的爱情都有美好的结局，原来不是所有相爱的人都能生活在一起。"余梅听着不幸的故事，流着同情的眼泪，"你现在是想爱而不能爱，想恨而恨不起，想忘而忘不掉。那么，你们就做兄妹吧！"

"小时候倒是很希望有个哥哥，能在我需要的时候帮助我，能在我伤心的时候安慰我，能在我被欺负的时候保护我，能在我寂寞、孤独的时候陪伴我，能在我高兴的时候和我分享喜悦！随着时间的推移，渐渐地长大，那份盼望就更加期待。认识王宁后，似乎找到了小时候理想中的哥哥，没想到爱情真的变成了亲情，本应该倍加珍惜才对，但心里很痛，如刀绞箭穿，肝胆欲裂。"秋露难过极了。

"理解！那就做朋友！"余梅继续安慰道。

"这也不行啊！因为是哥哥，所以不能做朋友，因为曾经爱过，所以不能伤害他。"秋露说道。

"那怎么办？不做兄妹，不做朋友，你想怎样？"余梅不知该说什么。

"让那段跨越时间脚步和穿越空间距离的绵绵情意过去，让从小的期盼得以成真但又难以接受的现实画上句号，我想离开南京去上海开始新的生活，医院的工作我已经辞去，过两天就走，想请你件事……"秋露说着从包里拿出一封信，"春节快到了，王宁说节前回来，可我没有等到他任何消息……或许他遇到了难处，如果他来医院找我，请将这封信交给他。"

"没问题，我还以为什么了不起的事，不就一封信吗，一定转到。"余梅接过信看了一眼信封上的字，随后放到自己的包里，"他不去医院我也会想方设法送到他手里。"

"那就谢谢你了！"秋露说道。

"举手之劳，还用谢吗？咱姐妹俩谁跟谁呀！即使我不能亲手把信给他，我也会让人送到他的手中！"余梅见秋露异样看着自己，"别惊讶！别这样看着我，有疑问是吗？告诉你我也要走！顶多两个月，我就随父母亲去台湾。"

"去台湾？"秋露感到意外。

"对，蒋介石将国库资金和重要物资、设备，包括南京博物院的藏品都运往台湾，许多知名人士也已经动身南下前往台湾，家父怕共产党来了没收他的财产，已将总公司部分出售，部分迁往台湾。"余梅直爽说道。

"也就是说，他们都不看好李宗仁和他的幕僚，难怪最近国民党的党政机关纷纷南迁广州，难道国民政府真的要垮台？"秋露不理解地说道。

"不好说呀，只可惜垮台不垮台的决定权，已经不在南京这边了。"余梅答道，"家父说，现在长江以北半个中国，已成了共产党的天下，解放军打过长江是迟早的事，当局企图在用和平谈判来拖延时间，共产党他们并不傻！解放军主力就要南下。因而，家父说绝不做国府的殉葬品，第一步先去台湾，若台湾仍然不保，那就去美国。诶！你想不想去台湾？你要是去台湾，我一定提供方便！秋露姐，我真希望你去，你若到台湾我们又能常在一起！"

"再说吧，我还是先去上海。"秋露坚定地说道。

四个逃兵

年底，南京再次派出美制"达柯它"C–46、C–47运输机到陈官庄地区，实施大规模空投粮食、弹药和设备。有一次空投作业接近尾声时，因冷空气南下影响，风向由东南骤然转为西北，很多降落伞在空中转向朝东边的解放军控制地盘飘去，按以往王宁他们是仰天长叹，无可奈何随它去，可这一次上面下了死命令，一定要追回每个降落伞，一个也不能丢失，因为这些空投的物资里有非常重要的东西，是什么王宁他们并不清楚，只知道不惜任何代价去追降落伞。奇怪的是往常解放军早就来争夺降落伞了，可这一回他们并没有派人来追。王宁与李铁锁、赵二宝、程启升四个人一口气向东追了好几里地，基本上没有遇到解放军和民兵的反击，他们四人沿着一条岔路继续向前搜索，不知不觉与大部队渐渐地拉开了距离。

没有找到降落伞，王宁他们却发现一户农家。由于怕打仗，这家人已经跑掉，留下一个七十多岁的老太太看门。老太太见到王宁他们进来吓得直哆嗦，连连作揖哀求他们不要开枪。王宁说国民党军并非皆是杀人犯，也不是个个面目狰狞，滥杀无辜的国民党军只是少数，他们的目的是找吃的东西，翻箱倒柜也没有搜到一粒粮食，却找到一筐生姜。老太太说给他们熬锅姜汤喝，可以暖暖身子，虽没有红糖但有甘草。程启升一听到"草"头就大，他这几天吃了不少草，吃够了，大便都拉不出，他哪里知道甘草是一种药材，甘草的根茎不仅可以清热解毒，而且含有大量的甘草甜素，与生姜一起熬汤对他们有益无害。老太太将甘草的根茎用剪刀剪成片状，与生姜切片熬煮了一锅热气腾腾的姜汤，让王宁他们的身体一下暖和起来。老太太还告诉他们向东20里便是安徽的濉溪，那里有卖吃的店铺和餐馆。李铁锁听到"濉溪"立即想起他的大姨妈，他大姨妈嫁在濉溪，故李铁锁马上想到了逃跑，上一次他与王宁在熊山偷偷逃跑没有成功，这一次应是个绝佳机会，他说："被共军抓住就投降，抓不住就回老家，反正不想死在这里！"而程启升则担心，这样岂不成了逃兵？"管它逃兵不逃兵，能冲出去先吃顿饱饭要紧！"赵二宝也希望逃走，他并不畏惧军法军规，王宁见他们两个人坚定要走，一个人犹犹豫豫，决定先去濉溪再说。

说走就走，四个人战战兢兢摸索着往东南方向跑去，不时还回过头看看后面有没有人追来。一路上，他们忘记了饥饿，使出全身的力气，冒着严寒狂奔，摔个跟头连滚带爬站起来继续跑，那个惨相就像夹着尾巴逃跑的狼，像被人追打的丧家之犬。为什么解放军不来阻击？难道说是设口袋放我们进去来个一网打尽，还是他们欢迎我们投诚有意让出道来？王宁边跑边想，当他们跑得上气不接下气来到一大片树林前，王宁提出了这些问题，大伙儿都茫然没法确定。赵二宝说甭管是哪种结果，姑且在林中不会有危险，先躲进树林里歇会脚再说。也只能这样，大家实在是太累了，便走进了树林里。

林中荆棘密布，越向里走越深不见底，衣服被树枝刮破了，手被荆棘划出一道道血痕，他们全然不顾。林里十分安静，"簌簌"作响的风声也没有，王宁他们唯一能听见的是自己的脚步声和偶尔传来的鸟鸣。有鸟就有可能有野果子，赵二宝顺着鸟叫声走去，没有找到野果子却找到一个约四间房屋大小的水塘，便呼唤大家饮水。他们用枪托砸开薄冰捧水就喝，一个多月没有洗过脸，漱过口，这时也不顾水凉，是又洗脸又清牙，认认真真地清洗一番。塘边对面不远处传来一丝轻微的响声，像是某个动物的喘息声，那里的枯树叶还在晃动，赵二宝见是一只野兔，放下水壶端起枪踏着水塘边的石头一步一步轻跑过去，当他来到晃动的树下没有见到野兔，却见到有一个"人"躺在地上，这是一个无头的"人"。赵二宝又害怕又想探个究竟，靠近一看，原来是个穿着衣裤的守坟草人，草人倒下后头没了，一撮茅草从"他"的脖子露出来，一个破草帽挂在附近的树杈上。

"假人吧？"程启升从后面拍着赵二宝的肩膀。

"去，你就像个幽灵，来也不说一声，把老子吓一跳！"赵二宝生气地骂道。

"嘘……你看草人那边有个坟，坟旁边是什么？"程启升并没有生气。

"啊，野兔又出来了！"多久没有吃过一顿饱饭，更不要说是肉食了，赵二宝对准野兔就是一枪。

野兔没有打中，枪声却引来追兵，而程启升和赵二宝全然不知，还在相互埋怨。

"哎，你打共军倒是挺准，打野兔怎么不行？到嘴的肉跑了，你就不能瞄准再开枪？"程启升冲着赵二宝嚷道。

"妈的，这破枪没准心，怪我吗？"赵二宝争辩道。

"别赖枪不好，是你手臭！"程启升嚷嚷。

"说谁呢？再骂我就对你不客气！"赵二宝被他一激，火了，把步枪往地上一摔，怒气冲冲卷起袖子。

"就说你怎么样？我还怕你？格老子的！"程启升瞪着眼睛。

"行啦，你俩吵什么？"王宁过来冲着程启升和赵二宝嚷道。

"两个月没有吃过一点肉，眼看……"程启升语气缓和下来。

"大家不都一样吗？"王宁说道。

"啪！啪！"附近响起了枪响，一颗子弹从王宁耳边飞过，他打一个趔趄，隐约见后面有人向这里包抄过来。

"糟糕，有人来了，没准是追兵，快往里面去！"王宁命令道。

大家立即拿起水壶和枪逃命。枪声越来越近，王宁看清后面的人戴着袖章，知道又是督战队来抓逃兵。他恨督战队，恨不得将他们全干掉，但他们人数众多，于是命令赵二宝、程启升、李铁锁赶紧跑，自己留下来掩护，等他们三人跑得无影无踪，他也躲进一片茂密的林下。由于从他身边过去的督战队士兵太多，王宁不敢轻举妄动，也不敢再往濉溪方向跑，因为附近还有很多拿枪的民兵和值勤的解放军战士，王宁权衡左右，只得又悄悄跑回阵地，找了个理由应付过沈定仁，本以为平安无事了，不曾想到赵二宝还是被抓回来了。

督战队将赵二宝绑在附近一个柱子上，旁边两个先前抓到的逃兵，绑在左右两根柱子上，耷拉着脑袋已经晕死过去。赵二宝见这两个逃兵被打得皮开肉绽鲜血淋漓，十分恐惧。身旁还有一排接受教育的士兵，他们眼睁睁地看着左右两个绑在柱子上的弟兄被打晕过去而不能相救。很快，有两个督战队员抬来一个木杠，横放到赵二宝面前，赵二宝知道要上"压小腿肚子"的刑法，急得他不停地大叫大骂。声音惊动了附近的三班，鲁志清立即拉上王宁去看看。喊声确实是赵二宝，王宁相信赵二宝不会出卖自己，但酷刑一上就很难说了，怎么办？王宁急中生智跑上前去。

"怎么回事？"王宁来到赵二宝面前，装腔作势地问道。

"班长……"赵二宝眼泪汪汪，想说什么又咽了下去。

"哦，你是他的班长？"督战队值日官对着王宁说道。

"是，鄙人是他的班长。"王宁看了一眼这个原师直属勤务连的排长答道。

"哦……想起来了，师座给你戴过勋章，没料到光荣班里也有逃兵，请你不要为难我，我是在执行师部的命令！"值日官阳奉阴违地说道。

王宁不等值日官说完，上去对着赵二宝就是一个大嘴巴，说："我叫你去给师参谋长送情报，你送到哪里去了？"

赵二宝被一巴掌打懵住，一时不知说什么是好，他再一想：王宁从未这样粗暴过，这一定是在"演戏"！于是谎称："遇到共军，我就躲，我就跑，走着走着走迷了路，结果被他们督战队抓住，情报也被他们弄丢了！"

王宁转向值日官，严肃地说："情报是东侧共军重要设防位置，现在弄丢了，我只好如实去向师参谋长报告！"说着就要走。

值日官一下就被镇住，立即拉住王宁，说："抱歉，这不能怪我们，是这小子不配合！"

王宁转过身故意装得很轻视他的样子，问："怎么个配合？把那重要情报交给你，是吗？"

值日官头摇得像个拨浪鼓："不是，不是，这情报你给我，我也不要！呵呵，王老弟，那些共军设防都在你脑子里，再绘一份吧？啊？"

王宁说："那张图我当然可以再绘，但这种事希望以后不要再发生。"

值日官茅塞顿开，说："不会，不会，王老弟这次对我开恩，兄弟我心里有数！有数！"转向手下，"还不松绑？"

两个督战队员立刻上去给赵二宝松了绑。王宁真像演戏，用软硬兼施的办法解救下赵二宝，当然也救了他自己。可第二天，程启升、李铁锁又被抓了回来。这次，沈定仁要开杀戒，他要给全排一个震慑，对于战场上的逃兵，他有这个权力。

　　夕阳西落，天色渐暗。全排三十多人站成两排，很快督战队押着五花大绑的逃兵程启升和李铁锁来到一排。一见到他俩，王宁脑袋猝然嗡地一下像缺氧难忍，立即眼冒金星，定神细看确实是程启升和李铁锁，怎么搞的？赵二宝没能跑出去，他们俩怎么也没有跑出去呢？我冒死掩护你们都白费，王宁想到这里难受极了。

　　督战队值日官是个草包，这个临时召集去的家伙只会督战，只会打人，其他的他什么也不懂，王宁不需要什么伎俩就耍得他团团转。今天他来讨好王宁，来还昨日抓"错"赵二宝的情。因此，对程启升和李铁锁没有使用酷刑，而是象征性地将他们绑起来送到一排。沈定仁决定由王宁来处理，理由很简单：两名逃兵出自你的班里，他们犯了军纪，作为班长的你知道该怎么处理！

　　处理？你沈定仁不直接说枪毙，而要我王宁说这个字眼，你让我亲手枪毙自己的弟兄，这岂不等于在挖我的心，掏我的肺吗？这也太残忍了！王宁气愤地质问沈定仁，看着排长坚定不移的举动，王宁的心彻底凉了。忽然间他又闪出一个顺水推舟的念头，于是平静地说："我不可能亲手枪杀我的弟兄，只能让他们自己解决！"王宁狠狠地瞪了沈定仁一眼，伸手要他的手枪。沈定仁没料到王宁别出心裁如此正法逃兵，让逃兵互相残杀倒是更具震慑力，随即掏出自己的手枪递王宁。王宁又走到督战队值日官面前，同样又将他的手枪也要过来，查看了两把枪的子弹后，递给程启升、李铁锁各一碗水，难过地说："你俩犯了军规，军纪不能容留，阎王叫你三更死，谁也不敢留你到五更时！这里没有酒，以水代酒送你们上路。"

　　程启升、李铁锁接过颤抖的碗，先是慢慢地饮，后是大口地喝，最后一口喝完将瓷碗摔得粉碎，双双向王宁跪下表示死而无怨，只求日后请将自己的尸骨送回老家去。他们不再留念这个人不像人，鬼不像鬼的生活，在枪林弹雨里他们早就死好几回，以后再不用怕了！只是不能向父母告个别而遗憾。王宁、程启升、李铁锁这批为了上大学的学生兵聚到一起，现在又要天地一方，三人紧紧地拥抱在一起痛哭流涕，这让在场所有的人，包括排长沈定仁、督战队值日官心都软了。然而军令如山，有法必依。跪在地上的王宁狠狠地咬着牙，站起来扶起程启升、李铁锁，将两支手枪分别放到早已经捧着双手接枪的李铁锁和程启升手心上，等李铁锁、程启升各后退十米后，王宁命令让他们枪上火，对准对方胸膛。沈定仁提出将他俩的眼睛蒙上。程启升回答："不需要！我们活着像个苟且偷生的鬼，死要像个堂堂正正的人！"

"砰！砰！"两声枪响后，程启升、李铁锁相继倒下了，王宁再也控制不住冲上前去号啕大哭："启升、铁锁，我的好兄弟，你们……死在这个地方，连一个坟墓也没有，我有愧……你们放心走吧，日后我会将你们的尸骨送回你们老家的！"他从地上捡起手枪还给排长沈定仁和值日官后与大家一齐离去。

天色越来越黑，四周一片寂静。程启升躺在雪地上一动不动，李铁锁也紧闭着双眼，泪水却从他眼角处慢慢溢出，他慢慢地松开左手心，露出一张写着一个"别"字的小纸块，睁开眼睛见附近没有外人，爬到程启升身边，轻轻地说道："启升，我打中你没有，启升，你……你说话啊！"

装死的程启升随即小声说道："哭什么？"爬起来将手中也是一个"别"字的小纸块也递上，"王哥给我纸块，就是要我'别'打中你。"

原来王宁在与程启升、李铁锁"告别"时，让鲁志清偷偷地在两张小字块上都写了一个"别"字，放在枪的把手下面，程启升和李铁锁接过枪的同时也都看到了"别"字，才上演了上面一出真开枪，"别"打中的"戏"。李铁锁、程启升爬起来，见附近空无一人便迅速向东南方向跑去，这回他俩真跑掉了，可落在原地的那两张写有"别"字的纸块，第二天被收尸队发现了。

这事很快报告到主管直属机关的师参谋长那里，参谋长左右为难：按照军规，放走逃兵与逃兵一样论罪，应该枪毙。不行法就会有更多的人效仿，尤其是在大战期间。但像王宁这样的学生军官为数不多，他不是普通的班长，他是不久前刚得到勋章的人，是许多青年学习的榜样，如果将他杀了会引起下层士兵的愤怒，会造成榜样的颠覆。马上就要突围了，特务连又是师部的前导，在这个节骨眼上应该刀下留人。参谋长思前想后决定去征求师长成斌的意见，成斌说该怎么办就怎么办，言下之意还是要惩罚。

成斌的态度让里屋正在梳头的杨梦玥大吃一惊，吓得手上的梳子都掉到地上。杨梦玥不好插话，她等参谋长离开后悄悄地追上去问情况。参谋长见杨梦玥显得十分难过，说了声："夫人，您别急，我会处理！"随后亲自去特务连一排处理。

在一排，王宁双手被捆着吊在梁上，他已经被打晕过去。沈定仁用冷水一泼，王宁又缓缓地睁开布满血丝的眼睛。

"说，是不是你放走了小李子和小胖子？"沈定仁在拷打着王宁，"再不说老子就……"

"少废话，要杀要剐悉听尊便，我并不想当兵，是你这个狗东西强行让我顶替那个汪陵，害得我无法读书。是你毁了我的前程，让我的青春葬送在这硝烟战火之中。枪毙我吧，二十年后我王宁又是一条好汉，有种你就开枪，怎么啦？手发抖，你哪像个男人，只配蹲着撒尿！"王宁慷慨激昂地说道。

"他妈拉巴子，死到临头你还嘴硬，不是补偿那个歉意，我早就开枪了！"沈定仁恶狠狠地说道。

"师参谋长来了。"一士兵走到沈定仁面前轻声地说道。

参谋长板着脸走进屋子，看看双手被绑着吊着的王宁，又看看沈定仁。

"参谋长您来了。"沈定仁像个摇头摆尾的哈巴狗，"参谋长，王宁放走两个逃兵，犯了死罪。"

"是吗？有证据吗？"参谋长。

"有！"沈定仁从衣兜里掏出两张小纸块递给上，"参谋长您看，这是他给逃兵的字块！"

"别！"参谋长看看纸块上的字，问道，"什么意思？"

"惩处两个逃兵时，王宁让他们对射，并各给逃兵一张小纸条，上面写着'别'字，意思是别打中要害，结果两个逃兵胡乱开了一枪，装死夜里跑掉了。"沈定仁向参谋长解释道。

"纸块上的字是你写的？"参谋长拿着小纸块走到王宁面前问道，"'别'字什么意思？"

"两个弟兄都是我部下，他们在徐东吴集战斗中和徐西守卫战中，出生入死为党国立下战功，而排长却要我亲手枪毙他们，我居心不忍，因而只能让他们自己解决，纸块上的'别'字是我向他们表示：'别了''永别了'！"王宁也解释道。

"而你……却栽赃王宁说'别'是'别打中'！"参谋长走到沈定仁面前，狠狠地给他一记耳光，"你这头猪，还不松绑？！"

这一巴掌把沈定仁彻底打蒙，半天他才缓过神来，他摸摸火辣辣的嘴巴，从牙缝了挤出一个字："是！"亲手将王宁的绑绳解开，然后灰溜溜地躲到一边。从此以后，沈定仁对王宁是"敬而远之"，即便王宁是他的部下。

王宁得救了，只是受了皮肉之苦，然而他并不知道真正救他的人是谁。

冒险放毒

　　连日的大雪终于停下，天一放晴，天气更加的寒冷，太阳也好像穷匮得很，气温一下降到零下十多度，地面上的雪都冻成坚硬的冰，一踩一滑，坡地根本站不住，从战壕里爬上地面很费力，稍不小心又会滑回壕里。

　　站了一夜的岗，换岗时新兵小彭感觉手失去了知觉，连枪也拿不住。滴水成冰的天气，没有手套的手应该感觉很冷，而他的感觉既不冷也不痛，冻成了紫红色的手没有一点知觉。小彭叫彭立光，是三班补充的新兵中年龄最小的一个，刚满十五岁，徐州中学还没有毕业就被送到军队里。他怕手冻残废，哭着让鲁志清想办法。在老家解决冻伤是用雪搓揉（从医学上说这种方法不科学，严重冻伤组织用雪搓揉反而会加速溃烂），鲁志清看着冻肿的小手也不敢贸然处置。赵二宝则建议用温水泡。站着说话不腰疼，这个时候到哪里去弄温水？赵二宝被副班长训了一句并没有灰心，他说没有温水就用人尿浇，早上乘大家还未尿尿赶紧集合全班，把所有的人都动员来，对着小彭冻伤的手尿尿。结果这"人造防冻液"还真将小彭的双手浇恢复知觉，小彭又在尿桶里泡了一会，直至尿液变凉才伸出双手。为了让彭立光的手保温，王宁将自己脖子上当作围巾的已经变成灰黑色的白毛巾拿下，将小彭的手裹好塞进自己的棉衣里，让彭立光万分感激。幸运的是彭立光的手只生了两个大冻疮，并无大碍。倒是有人因受冻拉稀而送了命，还有人擦鼻涕也擦出一个令人哭笑不得的大笑话。二班阵地上，周有贵冻得鼻涕直流，他擤完鼻涕见地上有一张纸，捡起来就擦鼻子，擦完鼻子感觉不对劲，鼻子上多了点东西，一股臭烘烘的味道很刺鼻，再一看擦鼻涕的纸竟然是人家的大便纸，气得他跺脚又骂娘。

　　阵地上的情况已经非常严峻，师长成斌了如指掌：自上个月黄百韬第七兵团于碾庄被解放军吃掉，黄维第十二兵团在"淝水之战"的古战场上又重蹈第七兵团之覆辙，徐州"剿总"主动放弃徐州向永城方向转进，原想解黄维兵团之围，杜副总司令亲率第二、第十三、第十六兵团，决定采取"三面掩护、一面攻击"之战法向黄维兵团接近，却不知此乃纯属一厢情愿，不久自己也被围于永城北青龙集、陈官庄附近，不仅没有救出黄维兵团，数十万大军也被包围于这一狭小地区。现在，前有刘伯承八个纵队，后有陈毅十六个纵队，进不得进，退不得退，粮弹全靠有限的空投，全军战斗力日见削弱，而解放军由各省送来源源不断的补给，也愈战愈强。再耗下去即使解放军不发动攻击，我们亦会油尽灯熄，最后恐怕连冲出去的力气都没有。虽然前几天杜副总司令召集各兵团司令官研商作战方案，会上一致认为：长此这样僵持会造成兵员损耗、粮弹不继，终非善策，决定各兵团以军或师为单位，作辐射式突围，各自相机行动，但杜副总司令突围命令迟迟不下达。成斌想："我们独立师一团要突围，二团反对，三团是犹豫不决，他们都在看着我。自古英才多磨难，一九三七年，我在'八·一三'抗战中与日军第九师团血战，一九四二年，我参加远征军与日寇第五师团的苦战，两次均差一点就为党国尽忠，这次是第三次徘徊于死亡线上，就连我的夫人也跟着倒霉。参谋长建议作试探性突围，以反击的名义提前行动，打得出去就打出去，打不出去再回来，对外就说反击共军挑衅。"成斌想了很久，终于听从了参谋长的建议，决定在"剿总"突围令前一天先行突围。

命令下达后，独立师所有人都做好了冲出去的准备，成斌不忍心置难民于不顾，让所有的家属和从徐州跟随的商民都跟在队伍的后面。

就要突围了，有人兴奋有人忧，有人麻木有人愁，大家的心情各不相同。兴奋和激动的人，盼望早一点结束这难熬的日子，冲出去回家团聚，他们认为冒险比不冒险更安全；忐忑不安的人，认为突围时最危险，最容易送命；听天由命的人，认为是福是祸躲不过，只能任其自然。特务连是师部突围的先头部队，老兵们都将枪管放进怀里或者用布裹上，以防寒冷收缩的枪管在第一次射击时子弹被卡住。三班的老兵们同样是百感交集忧心忡忡，他们手心里都在出汗，新兵们更是七上八下忐忑不安。王宁的心里也像是压了一块大石头似的难受，但他还要装出不急不躁的样子，一一检查每一个战士的装备，并用拍肩、握手等肢体语言来安抚大家。

夜里一时整，三颗信号弹"唰唰唰"升空后，独立师冒险突围行动开始了。首先是炮兵将所有的炮弹全部倾泻而出，接着是坦克发起冲锋。只见坦克越过战壕，翻过土坡，压毁障碍，冲破土墙，碾碎阻挡它前进的一切呼啸向前。步兵紧跟其后不停地向两侧解放军阵地扫射。当坦克距离五十米时，解放军发起了反攻，机枪哒哒哒吼叫，子弹嗖嗖嗖横飞，让王宁他们趴下不敢再前进。坦克继续向前与跟在后面的士兵暂时脱节。趁此机会，三个解放军战士抱着炸药包借着月光冲过来，第一个解放军战士被坦克机枪打倒，第二个拿起炸药包继续前进，他被打倒后第三个又拿起炸药包冲向坦克，终于在坦克的盲区将坦克履带炸断，坦克变成了不能动弹的死乌龟。但第一辆坦克被毁丝毫不影响突围部队进度，所有独立师官兵均不顾一切继续向前冲，伤亡很大，但在求生的本能驱使下，他们仍然前赴后继地向前。

三班又跟随另一辆坦克前进，两侧的解放军越打越多，机枪火力让他们立不起腰。王宁看见在解放军阵地上，迫击炮排由于严寒，炮管收缩，炮弹放不进炮管内，一个解放军老兵就用手握住迫击炮弹的弹身，将其弹尾猛地砸向迫击炮最下面的防后坐力铁板，让其弹尾激发触火，然后迅速将炮弹扔出去。迫击炮弹在人群中爆炸，瞬间一大群国民党士兵便倒地身亡。那个解放军老兵不停地用这种方法杀伤对方，让三班不得不停止前进。王宁从来没有见过这种使用迫击炮的方法，就连一些从淞沪抗战过来的老兵，也没有见过这种疯狂的行动。面对解放军老兵迫击炮弹当手榴弹玩，王宁也有办法，他拿出撒手锏，命令鲁志清使用火焰喷射器。六百度的高温转瞬就将前沿阵地所有射击范围内的枪声、喊声变成了哑巴。可惜好景不长，很快火焰喷射器燃料用光，它也变成了哑巴。

新兵小彭冒进冲在队伍的前面，由于没有经验他被铁丝网缠住，进不能进，退不能退，急得他乱蹦乱跳依然没能挣脱铁丝网，手被刺破了，帽子跳掉到地上，他只好拼命地叫班长快来救他。全班数他最小，还是个没有发育的大男孩，王宁平时总是将他带在身边，没料到他被铁丝网缠住，刚准备去救他又停下。对面来了一个中年解放军军官，军官一摆手后面的人都停止了射击。王宁他们也都放下扣扳机的手指，除远方零星的枪声外，阵地上寂静了。看着解放军军官拿出一把匕首越来越近，小彭两腿直哆嗦，想喊就是喊不出声来。原来解放军军官并没有杀他，而是用匕首将这个可怜的大男孩被缠绕的铁丝割断让其解脱。小彭不知道说什么是好，他立正举起右手敬了一个标准的从王宁那里学会的美式军礼。解放军军官看着这个调皮的孩子，也向他还了一个中国式军礼。随后他们转身向各自的阵地慢慢走去，双方没有对话，没有言语交流，只有默契，这令人震惊而又滑稽的场面让大家惊呆了。当军官和小彭都跑回到各自的阵地之后，两军又继续开火对射，激烈的枪声又再度响起。

对打了一段时间，两军均未能冲破对方的阵地，双方又作间歇性休息。这时，三班阵地上来了四个国民党士兵，其中一个背着两套防护服，另外三人各扛着一个长方形的木箱，他们将三个木箱和两套防护服交给王宁，说连长命令试用毒气弹。一听说毒气弹大家心头一怔，又害怕又好奇。王宁见木箱上有一个骷髅头，骷髅头下有两根交叉呈"X"形的骨头标记，旁边还有一排英文。王宁有所惊惧，为什么不让化学兵来放毒？

国民党军特种化学兵，是一九四六年在原驻昆明的重迫击炮第十五团的化学炮兵的基础上，经南京联勤总司令部兵工署化学兵司，严格训练选拔而后成立的一支人数有限的新的兵种。这次会战的最后阶段，为了掩护突围，化学兵只担任空中放毒，而地面放毒则提前由步兵选择实施。可以使用的毒气弹有两种：一种是糜烂性毒气弹，另一种是催泪弹，也称毒瓦斯。为掩人耳目，糜烂性毒气弹被称为"甲种弹"，催泪弹称为"乙种弹"。《日内瓦议定书》明文规定，禁止在战争中使用化学和生物武器，糜烂性毒气弹，国际公法明确禁止使用，冒天下之大不韪的成斌只好使用非致命性武器的催泪弹。催泪弹的地面投放，用发射架可直接发射。早在会战第二阶段的黄维兵团突围前，空军就投放过催泪弹，当时只有兵团司令黄维、副司令胡琏、正副参谋长、第三处处长以及各军军长知道，结果造成解放军战斗减员，虽伤害有限，但造成解放军部分指挥人员恐慌。刘伯承当晚就给毛泽东发电报，要求把黄维列为战犯。杜聿明集团被包围后，在十二月下旬也曾经小范围地试用过催泪弹。这一次送给三班的这三箱催泪弹，每箱里面都有两枚弹、一副美制 A5 型发射架和一张中英文使用说明书。就在王宁小心翼翼从箱内取出说明书看着，好奇的赵二宝不等班长命令擅自打开一个木箱刚要拿毒弹，被鲁志清扇了一个耳光。他们在熊山学的军事知识不少，但没有学过毒气弹的使用。鲁志清是怕毒弹误发伤害大家，失手打人，赵二宝可不吃他那一套，站起来就要与鲁志清干架，被大家拦住后他气愤地拿起一根小树枝在雪地上写下："他打我一记耳光！"

说明书上大致的意思是，此种催泪弹的功能是使受害者出现流泪、眼痛、打喷嚏、咳嗽、恶心等症状，脱离毒源几分钟至几小时后症状才能消失，但吸入量过多也能造成死亡。毒气弹是以气体形式随风向下游方向扩散，上风地区是安全的。使用方法是将催泪弹放在发射架上，一拉火索即可发射出去，最大射程达三百米。为什么在这个时候试用毒瓦斯？难道说要有重大行动，还是重大行动前的预演？姑且不管是何种结果，将弹发出去再说。王宁执行命令让鲁志清与新兵刘大同穿好防护服到小高地去发射。小高地只比平地高出四五米，站在上面向前看去，解放军的先头部队一目了然。鲁志清、刘大同爬上小高地，支好发射架，一拉火索"吱……吱……"六枚催泪弹很快就全射了出去。顿时，解放军的阵地浓烟弥漫，呛得他们支持不住而全线撤退，毒弹显示出惊人的威力。

浓烟散去，阵地上响起了冲锋号。王宁他们用毛巾、方布捂住口鼻，不顾一切向解放军的阵地前进。然而没有走多远却遭到炮火阻击，鲁志清大叫一声卧倒，一下将赵二宝压到身下。炮弹爆炸过后，赵二宝平安无事，但鲁志清倒在赵二宝身上被炸昏过去。赵二宝知道鲁志清救自己而受伤，他十分感动，"谁说我们国军没有真情，鲁兄舍生忘死用生命捍卫了手足情义！志清，鲁兄……"赵二宝见鲁志清一动不动以为他死了，于是掏出匕首在旁边的石头上刻了一句话："他救我一条命！"之前，在雪地上曾写下的"他打我一记耳光！"风一吹早已经抹去，而刻在石头上的话将会长久保存下去。朋友有争吵，甚至动手，但在关键时候挺身而出，这样的朋友是真朋友。赵二宝想起小时候父亲讲过的故事：有一个朝廷通缉要犯向好友求救，好友说我救不了你，但能给你盘缠，你赶快逃命，我保证不告发。这个好友在关键时候不落井下石，但他明哲保身只能算半个朋友。要犯又向另一个好友求救，这个好友毫不犹豫换上囚服，让要犯远走高飞。这一个朋友舍生忘死算是一个真朋友！

鲁志清并没有死，他只是被气浪击晕过去。王宁赶来见他面色正常像睡着了一样，首先将他的帽子摘下来检查，见他头部没有伤，又看他的瞳孔也没有放大，接着检查胸部，发现他上衣左胸被打穿一个窟窿，为何没血呢？原来上衣口袋里的一枚银币挡住了弹片，救了鲁志清一命。很快鲁志清醒过来，王宁顾不得给他戴上军帽，轻轻地拍着他的脸说："嗨，嗨！背两句珠算口诀我听听。"鲁志清随口："一上一，二上二，三下五去二……"紧接着又响起枪炮声，王宁证实鲁志清神志没有问题，立即带领大家抬着他就跑。第一次试探性突围就这样以失败而结束，他们又退回原地。

第七章　雪地逃亡

再次突围

元旦过后，天气放晴。被华野围困的杜聿明集团已经陷入绝境，但他们仍然有二十二个步兵师和一个骑兵旅、一个装甲战车营约二十五万人，虽然还在做最后的顽抗，可士气低落，悲观失望，斗志不强。而在华北，傅作义集团五十万人也已陷入东北野战军和华北解放军的重重包围之中，战略势态对国民党当局非常不利。作为陈官庄地区蒋军最高长官，杜聿明对局势的走向十分清楚，他知道等待他的将会是什么样的命运。此时，华野各纵队经过二十天的休整和补充，士气大振，为最后的总攻做好了各种准备。华野司令陈毅、副司令粟裕，亲自给杜聿明发出最后的劝降信。举棋不定的杜聿明在接到劝降信之前，也曾经接到蒋介石给他的一封信，大意是："弟部被围后，我已想尽办法，华北、华中、华西北所有部队都被共军牵制，无法抽调。目前唯一的办法是在空军掩护下，集中力量，击破敌一方，实行突围。哪怕突破一半也好。这次突围，以空军全力掩护，并投射毒气弹。如何投放毒气，已交王叔铭派董明德前来与弟商量具体实施办法。"是突围，还是投降？杜聿明抱着幻想选择了前者，他命令各部队自找出路，乘夜间天黑钻空子冲出包围圈。

对于最后的通牒，杜聿明等置之不理。次日，华野总部即发出淮海战役最后一份重要命令——《华野战字第十六号命令》，也就是全歼杜聿明集团的总攻令。《命令》共六页，油印装订成册，封面上有"绝对秘密""发至纵队"等内容，命令规定的发起时间是一月六日十六时。

淮海战役以来的几次总攻时间很有趣：对黄百韬兵团的总攻，是十一月六日；对黄维兵团的总攻，是十二月六日；对杜聿明集团的总攻，是一月六日。

这三次决定淮海战役的大总攻，都恰巧在六日这天，又各相差一个月。前两次以黄百韬兵团、黄维兵团失败而结束，一月六日这一次，铆足劲的华野数十万大军，加之近百万武装民兵和大批支援的民工，决心要与杜聿明集团做最后的决战。

一月五日，南京最后一次大规模向陈官庄、青龙集地区实施空投。计划投足三日粮弹，让士兵吃饱后有力气跑路，有子弹突围。空投的第二天，即一月六日下午三时三十分，华野所有参战部队在猛烈炮火的掩护下，提前半个小时向杜聿明集团发起总攻，当晚即攻克十三个村落据点，歼灭国民党军一万余人。七日，又攻克青龙集二十多处据点，李弥兵团主力以及邱清泉兵团的第七十二军大部都被歼灭，迫使杜聿明收缩兵力重新调整部署。九日，杜聿明给蒋介石发去最后一封电报："各部队已混乱，无法维持到明天，只有当晚分头突围。"并通知部下让战车和直属部队集合，销毁重要文件和带不走的设备，向陈官庄以西方向突围。之前，对于何时突围，向哪一个方向突围，各部队曾有过严重的分歧。实施突围时，又各做各的。有的部队将突围时间确定在下午六时，理由是白日突围目标太大，夜间解放军警戒更严，而苏北在一月上旬日落的时间约为下午五时十五分，趁天黑解放军吃晚饭的时候突围最好，依据这样的理论应该向西突围才对，因为西侧是解放军防备相对较弱的一侧，但真正突围却向南跑，又与这种理论相背离。另外，由谁作前导？由谁任左、右翼？由谁殿后？由谁联络各部队？……有的部队有方案，有的部队就是随心所欲自由发挥。

独立师于六日下午三时许就开始突围，师长成斌接受上一次突围时难民队伍拖后腿，影响部队前进速度的教训，命令大部队出发一小时后难民才允许跟进。至于突围的路线，独立师与绝大多数突围部队路径迥然不同。成斌认为大部分部队遵守"选择性落体定律：一个物体将按照造成最大危害的方式落下"，而他一反常态，命令前进的路线不向西，不向南，也不向东南，而是向解放军的大后方——东北方向，以两辆坦克为开路先锋分三路一起突围，因为"最危险的地方也是最安全的地方"，东北方向有解放军防守的缝隙。

由于天寒地冻和提前行动，独立师起初未受干扰，顺利通过了解放军的第一道防线，不料中计入了"口袋阵"。其实，在杜聿明集团从徐州一出发就中了解放军的"口袋阵"。这个"大口袋"的口在徐州西，"大口袋"的底在蚌埠，

"大口袋"里又有若干个"小口袋"。独立师在通过解放军第二道防线时遭遇强烈阻击，看着"小口袋"在合拢，在一点点地收紧，是戳一个窟窿强行穿过去，还是等待后面的部队上来支援？成斌陡然出现少有的犹豫。就在他左右为难骑虎难下时，解放军又一支队伍包抄过来，独立师的生存受到极大威胁，虽有坦克助战也难挽颓势，成斌急得就像竹刺扎着猴屁股——坐立不安。他担心部队被包饺子吃掉，而且全是肉馅的！急中生智，他想到一个活命办法："投降"！

一听说"投降"，在场的参谋长和指挥所里的人都目瞪口呆吓傻了眼。"为什么要投降？我们还有数千名官兵，还有威力强大的武器装备，怎么能就这样拱手让给共军？师座他是'城隍庙里的娘娘有喜——不知怀的什么鬼胎？'"参谋长脸上的肌肉不停地抽搐着，他两眼发直，鼻子上也冒出了汗，完全惊呆住。看着师座满不在乎的样子，参谋长转眼一想：不对！成斌是不可能投降的，他天南海北打过无数大仗，从未倒戈卸甲，不到万不得已他是不会轻易低头的。老谋深算见多识广的参谋长，狭长的眼眸里闪过一丝青光，两片没有多少血色的嘴唇，又挂起一个淡淡的微笑，他是"枣核脑袋抹猪油——又尖又滑"，刚想说："师座，您定是假投降真拖延，等到夜里就溜之大吉吧？"

可不等参谋长讲出口，师长先发话了："我的经验：兔子用胡萝卜钓鱼，是永远也钓不到的，必须要用鱼爱吃的东西！"成斌令参谋长记录，随后双目微闭，一个字一个字说道："前方贵军最高长官：为避免国共手足相残和无谓牺牲，本师长决定放弃抵抗，率全体官兵向你们投降！"

成斌语气有些沉重，这与他阳刚坚毅的气质十分不符，停顿几秒钟又说："但我有两个条件：第一，必须保证我全体官兵的生命安全，不得虐待和打骂，对于我们的伤员无论其轻重，要一律给予医治；第二，我们缴械投降后，凡是不愿意在贵军继续干的人，不论是官是兵不能强留，要发放路费让他们回家。以上两个条件，倘若贵军认可，我们就投降。请你们于今夜十二点整，发三颗红色信号弹，我们将在原地集合待命，接受贵军安排。以上速请答复。独立师师长成斌。"说到这里，他睁开眼睛看一眼参谋长，深深吸了口气，脸上泛起一丝冷酷的笑容，问："这样说行吗？"

参谋长飞快记录完成斌的话，奉迎谄笑，他的脑袋就像啄米的老母鸡，点了又点："行，行！金蝉脱壳之计。"

成斌目露寒光，低声切齿道："军事欺骗，古往今来创造过无数令人为之瞠目、为之惊叹的杰作。我这是最后一招，也是一步险棋，不敢自诩，但一定能赢得一些时间，成败在此一举！"话音刚落，"啪"的一声，手中杯子已被他捏得粉碎，鲜血立即顺着手指缝，滴落到地上。

是的，这是一场赌博，需要胆识、智慧、敢于冒险的精神和大家精诚合作。成斌押上全师人的性命和希望，赌注实在是太大，一步走错，全盘皆输！但不赌即使不战死，也会被饿死、冻死、困死，与其那样，还不如再作最后一搏，因为他们独立师再也输不起了。

参谋长迅速将记录的这一页，从笔记本上撕下来，先折成一个长条，再九十度右折、右折、再右折，形成一个便于携带的两边出头的小纸块，让通信兵打着小白旗，去送给前方解放军的指挥官。

夜幕降临，大家早已做好各种出发准备。晚八点整，不等解放军回复，成斌一声令下，独立师全体官兵呈扇形展开，一起向东北方华野两支部队相接的空隙奔去。数千人的队伍如同溃了坝的洪水，汹涌澎湃，冲破田埂，溢过农田，漫过低洼，冲向远方，但随着流域的增加，洪水渐渐地变成了流水、溢水，最后变成了死水。解放军围追堵截一时跟不上，让独立师又前行十多千米，才将一个个缺口堵住。两军拼死鏖战，一方要跑，另一方坚决不让，越打解放军的人越多，越打独立师的人越少，到后来援救的部队反要部队去救助。

子夜时分，独立师连以上的建制组织已基本不复存在，全师溃不成军，四散而逃，彻底地乱了营。官找不到兵，兵找不到官，张三看不见李四，李四喊不到王五，一团团、一排排的官兵们像热锅上蚂蚁，自顾自争先恐后地奔逃。这时是八仙过海各显神通，有人走大路，有人抄小路，有人一会儿走大路一会儿抄小路，实在跑不动的人干脆将脑袋钻到草丛中，至于屁股还撅在外面也顾不上，那体态就像沙漠里的鸵鸟，脑袋钻到沙子里身子却露在外面一样。此刻，用丑态百出来形容他们的狼狈相，一点儿也不过分。

通往地狱的路，从哪个方向走都是畅通的。这帮乌合之众为了减轻重量，将武器弹药、背包行李、武装带、钢盔、皮包，等等，只要能扔的东西，统统扔掉。有人为了化装成老百姓，连军大衣、军服、军帽、军胶鞋也都扔掉，路上、路边、田地里、草丛中，各种各样的军用物资随手可拾。奔跑在昏暗而低沉的苍穹下，丢盔弃甲的残兵败将们，在没有希望的田野上，挣扎着拼命地逃窜着，与解放军指战员行军时不破坏农作物不同，所有逃跑的国民党官兵根本不顾田地里的庄稼，屁滚尿流连滚带爬，只恨爹娘少生了两条腿。求生的本能驱使混乱不堪的队伍不停地向前，支撑着他们的只有一个信念："只要能跑就不能停下来！"

跑得快的人，大步流星脚下生风，像被猎人追击的兔子，霎时消失在黑夜里，一溜烟没了身影，但他们不一定能跑得远，一些"无头苍蝇"撞到南墙上，又弹了回来；跑得慢的人，尽管腿脚不灵光，但他们看准方向，选定好捷径，向着确定的目标不停脚步；跑得不快不慢的人，心想我不用跑过"熊"，只要超过那些跑得慢的人就行了。可解放军的炮弹像长了眼睛似的，无论你是跑得快，还是跑得慢，毫不留情在他们的队伍里开花，轻而易举地将他们炸得粉身碎骨。

战斗打到这个份上已经不能再称其为战斗了，因为不再战，也不再斗了，已经演变成单方面赶"鸭子"的竞赛……

黎明初晓，柔光微露，天际的烟云消散而去，东方露出发白的天边，有几颗残星闪烁迷离仍不肯退去。晨曦却像一把利剑，劈开了寂静的夜幕，让死气沉沉、毫无生机的万物，渐渐地醒来。当第一缕晨光穿过云层射向大地时，赵二宝也随一群国民党官兵们奔到一条河边停了下来。挡住前进的是一条宽约三十米的河流，河上唯一的木桥已经被炸毁，只有一些断桥残桩露在河的中央。时值冬季枯水，河流最深处也不足一人深，而且流水缓慢，可气温低于零下五度，河水冰凉刺骨，靠岸的浅滩处还有薄冰和残雪。赵二宝等人顾不了这些，与一些不要命的士兵争先恐后地跳入河中蹚水过河。聪明的人脱光衣服和鞋袜，将其顶到头上，虽然很冷，但棉衣、帽子、鞋子没有沾到水，过河后穿上并无大碍。一些怕水、身体不好、受伤的人就惨了，一下水就因体力不支坚持不住，不是倒入河中，就是又跑回岸上。前有冰河阻挡，后有追兵捉拿，余下不敢过河的人宁愿当俘虏也不愿冒险，干脆放下武器等待投降。过了河的人如释重负，但看到相处多年的弟兄、战友倒在冰冷的河里随着河水慢慢地漂走，纵是那些身经百战铁铮铮的汉子，也禁不住痛哭流涕！

特务连一突围就散了架，一部分人被打死打伤，一部分人被俘虏，还有一部分人冲出了包围圈，这其中就有一排长沈定仁、二班长周有贵和三班赵二宝等，他们马不停蹄一直向东北方向跑。王宁最初爬上一辆大卡车，但卡车在小路上开了一段没了汽油，他只好跳下车跟着坦克跑，黎明时坦克也抛了锚。王宁看见从坦克上跳下一个坦克兵，接着是一个胖胖的化装成老百姓的中年男人，第三个下来的是个化装成平民的年轻女人。中年男人面色惊恐，疲惫不堪，眼泡浮肿，目光凝滞。年轻女人虽瘦弱仍然俏丽，但脸上的表情却是惊恐万分，原来他们是成斌和杨梦玥。王宁刚过去搀扶他们，就听见一发炮弹在不远处爆炸，接着又一发炮弹飞过来，王宁大吼一声："快卧倒！"一手摁下成师长，另一手护住杨梦玥，他自己也趴到地上。炮弹在他们身旁爆炸，一朵巨大的蘑菇云席卷着烟尘从他们附近升起，飞溅的泥土落到他们头上、背上、四肢上。好悬！除了趴下的王宁、成斌、杨梦玥三人，附近所有人全都倒在血泊中。好险！要不是王宁相救，成斌和杨梦玥都会被炮弹炸死。乘着排炮间歇，王宁站起来拉着成斌和杨梦玥继续向前奔去。走出炮击区，他们要做的是做一个深呼吸，喷出肺里残留的火药气息，吐出嘴里的泥沙，挖去耳朵里的灰土。

大路上，小道上，田埂上，所有的人都在逃命，这是一场你死我活的竞赛，谁落后谁就有可能死或者被捉拿。成斌体形较胖，跑得很慢，王宁干脆抓起他的手臂拖在肩上，没走几步就感觉师长像座小山，结果两人都走不快。杨梦玥是个城市长大的小家碧玉，不习惯在田地里奔跑，不是鞋子掉了，就是不慎摔跤。王宁又要照顾师长，又要关心师长夫人，累得他汗流浃背气喘吁吁，他干脆将冲锋枪和手榴弹全扔掉，挽着他俩的胳膊走。就这样，三人跑跑停停，停停跑跑，艰难地向前进。

太阳出来后，见解放军和民兵往这里赶来，为了不被抓住，狼狈不堪的王宁与成师长、杨梦玥混入落荒而逃的难民人流里。当他们路过一个小村庄时，又偷偷躲到一栋茅草屋旁的草垛里。饥饿难忍，王宁想去屋里找点吃的，这时一队民兵经过这里，把他又吓回到草垛里。听着民兵队长的话："大家记住，我们要抓的是国民党军官兵，对于他们的家属和一些随行的商人、市民等一律放行！"王宁与成斌、杨梦玥连气都不敢喘一下，直到民兵队伍走远，王宁才敢出去，从茅草屋向房主讨来三个煮熟的红薯。多少天没有吃过一顿好饭，杨梦玥接过红薯鼻子一酸眼泪就夺眶而出："王宁，谢谢你的关照，他手下那么多的官兵，在关键时刻自顾自全跑掉了，唯独你还在我们身边。患难考验人的道德，也检验人的真诚！尽管只是几个红薯，却让我们领略到了世上最美好的东西！"成斌也说："是啊！小王，尽管我是师长你是班长，我是少将你是少尉，但此刻我们完全平等，都成了落难的难民，感谢救命之恩，感谢一路上对我、对我夫人的照顾。路遥知马力，日久见人心。日后鄙人若能东山再起，一定不会忘记你王宁，仍然希望你到我身边来。"

感动是一种心态，一种含蓄的超越语言表达的心态；感动是一种色彩，一种沉重的蕴含着深刻哲理和负载着情感要素的色彩；感动是一种修养，一种细微的体现人性善与爱的修养；感动是一种力量，一种能传递的震撼人心灵的力量；感动是一种幸福，一种抒发情感的敞开心扉接近生命的幸福。一个人只要有感动，就不会轻易丧失良知，就会懂得感恩和报答，就能让别人享受人性的光辉和温暖。对王宁来说，他觉得只是做了应该做的事，放在任何一个下属身上都会这样，没有必要让师座和师座夫人铭感五内，再说，要不是杨大姐在参谋长面前的一番话，自己作为逃兵的同谋早已成了刀下鬼。

远处传来乱糟糟的嘈杂声，有女人说话，有小孩的哭闹，还有上了年纪的人的咳嗽，这是另一批随军家眷、随行难民和化装成平民百姓的逃兵队伍。王宁建议跟着他们走，而成斌则要反其道而行之，说："若跟着他们到蚌埠，步行要十天半月，恐怕难以做到，而在路上的时间越长，被抓的风险就越大，因此，要想法坐车走大路！"别人向东南去宿县、蚌埠，成斌决定向北，因为向南会遭到解放军严格筛查，像他这样的年龄、外貌、体态又是搜查的重点，他认为向南行是不明智的，而向北去解放军检查相对松一些，风险要小得多。在他看来，越接近解放军占领的徐州越安全，到了徐州就有机会可坐火车去郑州，然后再绕回到南京，或者从徐州去青岛，那里有美英驻军和国民党第十一绥靖区，就可以坐船从海上去上海回南京。

正在这时，又一群民兵端着长枪，拿着长矛、铁叉过来，将草垛团团围起，其中一个人大声喝道："什么人？出来！"

小村被俘

王宁、成师长、杨梦玥发现四周全是民兵无法逃脱，只能乖乖地举起双手，分别从草垛里走了出来。

"干什么的？"民兵队长问穿着商人冬服的成斌和杨梦玥。

"我们两口子是做买卖的，是逃难的徐州商民。"成斌回答完毕，立即从怀里掏出一盒香烟递上："抽烟，请抽烟……"

"你们做什么买卖？"民兵队长接过香烟从中取了一支，将烟盒又还给成师长。

"嗯，我们做布匹买卖，呵呵，"成师长皮笑肉不笑地说着，又将烟盒推给民兵队长："您留着抽吧，不值几个钱，留着吧！"

"听你口音不像是此地人，既然你是做布匹买卖的，那好，我问你，一匹布有多宽？有多长？"民兵队长并没有接他的烟盒。

"这个……这个我还真说不好。"成斌有点心慌。

"说不好？这起码的常识你都不懂，你卖什么布匹？"民兵队长嚷道。

"大兄弟，他是老板只管出钱和收钱，其他的事归我！"杨梦玥立即插话，"你问一匹布有多宽有多长啊？这可不统一，绸缎长，麻布短，棉布适中，通常一匹布是十丈，一百尺左右，幅宽通常一尺八到二尺二不等，匹长和幅宽，南北货品有差别，以前一匹布长三十五尺，最长四十尺，而今一匹布最少的也有五十尺，多的会有一百二十尺，南方有的绸缎一匹可达一百八十尺……"

"行啦！跟我玩算术呢？我可是个老大粗，你是他什么人？"民兵队长皱着眉头问道。

"她是我媳妇。"成师长立即答道。

"嗨！没问你，嘴怎么这么快！再乱插嘴我就用针将你的嘴缝上！"民兵队长发起火来，又对杨梦玥说，"你说。"

"我原来是他的伙计，现在是他的老婆，用北方话说是他媳妇。"杨梦玥笑嘻嘻地答道，"你看我们年龄悬殊是吧？不瞒你说我是他的填房，嫁给他才几个月，噢……"说着摸着肚子要吐。

"夫人！"成师长立即上前扶着杨梦玥，他一急将"媳妇"说成了"夫人"，被杨梦玥在下面狠狠地揪了一下。

"行了，你俩可以走了。"粗心的民兵队长并未留意成斌的称呼，又问穿着军装的王宁，"你是哪一部分的？"

"国军独立师直属特务连一排三班。"王宁立正回答道。

"学生兵吧？"民兵队长似乎对王宁很感兴趣。

"是！"王宁答道。

"那好，我们解放军部队缺少文书，你去当文书吧！"民兵队长笑嘻嘻地说道。

"不！不！"王宁慌了。

"不什么呀，当文书那是最好的差事，你别不识抬举。"民兵队长不高兴地说道。

"长官……"王宁急了。

"叫同志！"民兵队长打断王宁的话。

"筒子！"王宁改口说道。

"什么'筒子'，耳朵闭呀？"民兵队长严肃地说，"不是'筒子'！是'同志'！"

"哦，你是'同志'！对不起，我耳朵被炮弹震坏，当不了你们的文书。"王宁哀求道。

"那……先到前面打麦场去集合，当文书的事回头再说，去呀！"民兵队长发现成斌、杨梦玥还站在身边，"喂，你俩怎么还不走啊？"

"唉，这就走，这位小兄弟一路关照我们，说句话就走！"杨梦玥从布包裹里取出一个比巴掌还小些的布包放到王宁的手上，"人无法把钱带到坟墓里，钱却能把人带到坟墓里！不要吝啬，路上它或许能帮助你。"

"谢谢你小兄弟，我们走了，后会有期！"成斌也伸出手与王宁告别。

王宁接过杨梦玥的小布包，望着他俩缓缓离去，内心一股悲凉、孤单感油然而生。无奈，他只能跟着民兵走。

打麦场上已经聚集了数百名被俘的国民党官兵，他们当中有第五军、第七十军、第一百一十六军、第八军、第四十一军等各个部队的官兵，王宁想找个熟人打听情况，结果没有一个认识。他便来到打麦场边，坐到一个压麦子的石碾子上，慢慢地打开杨梦玥给他的小布包，见是一叠厚厚的金圆券，全都是百万元面额的大钞，便立即将布包捆扎好放入口袋里。这时，一个拿着步枪的解放军小战士在大卖场边高喊道："蒋军同志们请注意，现在大家跟我走，去纵队总部报到。"奇怪的是所有国民党官兵没有一个人答应，也没有一个人反对，默契配合跟着他走开了。

一个解放军小战士押送着数百名国军官兵，不！这时再用"押送"这个词已经不太合适，而用"带领"这个词可能更为妥当，因为这些俘虏并没有彻底解除武装，许多人身上仍藏有匕首、手枪、美制手榴弹，这个解放小战士是无论如何也打不过他们的。那场景就像是一个牧童轻松悠闲地赶着一群牛羊，向水草丰满地走去一样。小战士并没有将枪对着俘虏，而是背在肩膀上，若无其事地哼唱起《行军乐》："哨子一响起了床，打好背包扛起枪，伙房里吃饱饭，一！二！三！四！站队到了集合场。首长队前把话讲，出发前去打胜仗，大伙儿一听脚下快，赶了十里才天亮，问一声你老李累不累？班长这话哪里讲，别看我老李不中用，百儿八十不用慌，行军作战为人民，我还能落后跟不上，叫声老李真能行，行军英雄也光荣……"

与这个解放军小战士完全不同，没精打采的俘虏们，有的半睡半醒高一脚低一脚地走着，有的面无表情直挺挺的就像去赶尸。路上，不停地有俘虏加入，也不停地有俘虏偷偷地溜掉，但加入的要比溜掉的多得多，因而这支不长的队伍，一会儿人数就翻了一番。俘虏们默默地走在小石子路上，没有管制，无须反制，没有训话，无须讲话，除了脚步声，还是脚步声。王宁望着身旁这个与自己年龄相近的解放军小战士，又望望身边数百个年龄参差不齐的国民党官兵们，心想："一天前，我们这么多人一人一拳也能将这个小战士砸成肉泥。一天后，我们这么多人却像一群听话的跟着大人走的孩子。徐蚌会战打垮我们的勇气，瓦解了我们的士气，大伤了我们的元气，这是谁的错？我现在又要去哪里？去干什么？不行，我不能随大流，我要找机会逃，我要去南京，回家！"

队伍经过一个小镇子继续向前，陆续有人从队伍里走到路旁没人的地方去方便，王宁熬了好长时间实在憋不住，也跑到稍远的一棵大树下，解开裤子刚要小解，就听见有人嚷道："滚远点，这里有人没看见啊！"原来一个国民党军官蹲在大树后面大便。"嗨，你不能客气点？猫拉屎还刨个坑，你以为我愿意在这里啊，臭气熏天令人嗤之以鼻！"王宁说完躲得远远的去小解。哗啦啦一泡大尿竟然冲出一个金光闪闪的东西，低头一看是个金戒指，王宁随后捡起来放到口袋里，再看俘虏的队伍已经走远。机会来了！绝好的天赐脱逃良机，于是轻手轻脚跑回小镇子里，找到一户卖旧衣服的铺子，想用杨梦玥给的金圆券买一套旧衣服。却不知铺主不肯收金圆券，而要硬通货，王宁就用捡来的金戒指换得一套合适的生意人旧服饰，包括礼貌、棉鞋、手套、围巾，穿好又用镜子照了照，自认为成了个做小买卖的生意人。

一九四九年一月十日，也就是王宁与成斌、杨梦玥分手的第二天，举世瞩目的淮海战役，以国民党军惨败而结束。后来，国民党在反思这次会战失败的原因，研究战史时称国民党之所以失败（实际在战前败局已定），归根结底有两点是毋庸置疑的：一、抗战胜利后丧失革命精神，将帅贪图享乐，士兵缺乏牺牲精神，作战中不是锣响鼓不响，就是各保实力、隔岸观火，当然会被各个击破。二、军事思想陈旧：以争城夺地为作战目标，一旦将对方驱赶出去就满足；在作战方法上，要么沿用日军作战方法——沿交通线长驱直入，要么沿用五次围剿向前平推方法——"稳扎稳打，步步为营"，平均每天推进不超过十千米，结果不是打不到对方，就是越打对方越多，让陈（毅）、刘（伯承）两集团发展为十几个纵队，养肥养壮最终反超国民党军。美国军事家在分析这一经典战役时也指出，缺乏应有的后勤体系、指挥体系、情报体系，是国民党军走向失败的主要原因。淮海战役结束后，很快平津战役亦以国军惨败画上句号。倘若辽沈战役是不得已而为之，那么淮海战役、平津战役则是完全可以避免的。如果国民党放弃徐州、北平、西安等地，也还有百分之八十的陆军主力及完整的海空军体系，仍然占有长江及秦岭以南和陇西等大部分国土。遗憾的是自三大决战之后，国民党长江以北主力尽丧。

其实，国民党总结失败的原因和美国军事家的分析结论，有两个非常重要的原因都没有包括在内：一、国民党党内严重腐败；二、戡乱战争与民心向背。即便国民党放弃淮海战役、平津战役，国民党也最终逃脱不了在大陆灭亡的命运。

俘虏营里

先前逃走的李铁锁、程启升出了阵地不敢走大路，一路躲躲藏藏昼歇夜行，本来是想回老家，路上遇到一个从双堆集脱逃的十八军的连长，说淮河以南的大半个中国仍然由国民党军控制着，只要到达蚌埠就安全了，大学梦还没有醒的李铁锁、程启升于是跟着那个连长直奔蚌埠。经过数天步行抵达蚌埠北侧的曹老集，不料国民党第九十六军早已撤离，蚌埠驻防已被人民解放军所取代。李铁锁、程启升不敢进城，混在有孕妇、老人、商人、市民的难民队伍里，由于军服明显，一下子就被值勤的解放军战士揪出来送进俘虏集中营。这时，华野总攻杜聿明集团的战斗刚刚开始，最先一批国民党军俘虏通过铁路送到了蚌埠。

俘虏集中营设在蚌埠南郊一块空地上，四周没有围墙、铁丝网，而是用竹竿、木柱和绳子围着，每隔一段距离就有一个荷枪实弹的解放军战士站岗。营区原先收留的黄维兵团战俘已经送出，正在接收杜聿明集团的战俘。随着战局向纵深发展，战俘也越来越多，他们中有淮北、宿县、永城、蒙城、涡阳、固镇、睢宁、泗县等一带来的蒋军官兵，有孙元良的人，有邱清泉的人、冯治安的人、刘汝明的人、李弥的人、孙良诚的人，有交警总队、炮兵、工兵、通讯、辎重、战车等单位的官兵，天南地北都集到了一起，连长以上军官人数约占三分之一。高级军官们穿着马靴、马裤、上身系着腰带、头戴着大檐帽，你望望我，我看看你，在原地走来走去，显然他们都很焦躁忧虑。其中有些人非常紧张，他们不知道解放军如何处理俘虏，虽有侥幸心理，但更多的是疑虑和恐惧，且军衔越高惧怕心理就越严重，因为这些军官们长期受到的教育是一旦被解放军抓住就会被严惩。有的人还将自己与战犯挂钩，即使不被枪毙也要成为阶下囚，一生努力所积成的功名和财富从此就湮灭消失，将来如何做人做事？妻儿老小怎么办？财产怎么办？一连串的问题让他们坐立不安。士兵队与军官队相比外貌寒酸许多，大都打着绑腿，有的人还穿着露出脚趾头的草鞋、单布鞋，有的人在单军帽里垫上一条毛巾以挡风寒，有的人在肩上披了一条破军用毯子，有的人将两手操在衣袖里……一个个尽管窘迫倒也悠闲自在，各自在人群中东张西望寻找着熟悉的人。仔细分辨，混杂在队伍里还有一些身材矮小，前胸微微突起，臀部较宽大的长头发人，原来俘虏队伍里还有一些女性军人，虽长途跋涉让她们疲惫不堪，但个个身姿矫健、丰韵婷婷。伤兵们则狼狈不堪，瘸着、搀着、扶着、坐着，老的老，小的小，有一个戴着红十字袖箍的解放军男军医，在他们当中巡回检查。

共产党以前的俘虏政策是：凡是犯有血债，民愤极大的俘虏，如保安团、还乡团等国民党地方武装的头目和骨干，一律执行枪毙，对于一般的国军俘虏凡愿意回家乡的，发放路费允许回去。后来俘虏政策有所改变：除少数老弱病残遣送回家外，团级以下军人直接补充到人民解放军的队伍里。当然，在政策执行过程中，各个部队并不统一。

李铁锁和程启升到俘虏集中营的第三天，从扩音广播喇叭获悉："历时六十六天的淮海战役胜利结束了，人民解放军消灭国民党军徐州剿总前进指挥部及其所指挥的五个兵团部、二十二个军、五十六个师、一个绥靖区，正规军连同其他部队共五十五万人，其中俘虏三十二万人，毙伤十七万人，投诚三万人，起义改编三万人。被俘国民党少将以上高级将领一百二十四人。以上战果还不包括其溃散和逃亡人数。缴获的武器有：火炮四千门，轻重机枪一万五千挺，长短枪十五万支，飞机六架，坦克装甲车二百一十五辆，汽车一千八百辆，马车六千七百辆，炮弹十二万发，枪弹两千万发。至此，国民党统治中心南京已处于人民解放军的直接威胁之下。"他们看见几个解放军干部抬来一个简易办公桌和两个大箩筐，开始登记俘虏们的私人财物，解放军承诺除手枪、匕首、雷管、手榴弹、子弹等武器和反动宣传品没收外，其他私人物品在离开这里时如数归还。李铁锁和程启升等俘虏们无奈，只好掏出身上所有的私人物品，戒指、银圆、手表、日记本、钢笔、打火机等，很快就装了一箩筐。在最后几个登记的人中，有一个俘虏要求保管一个纸包，解放军干部打开一看是些裸体女人照片和春宫图就没收了。还有一个军官俘虏递上一堆东西，其中有一个精美的小盒，盒子上还有一排英文，干部打开盒子一看，是些薄的橡胶制品半透明小东西，问是什么？军官俘虏笑嘻嘻回答是小孩子玩的气球。干部刚在收条上写下"气球一打十二个"，这时，旁边一个俘虏兵骂那个军官不要脸。原来军官要保管的东西并不是什么气球，而是男人用的避孕套，他还狡辩，说那是回去做生意用的样品，被解放军干部骂了一句，灰溜溜地走开了。

　　登记完毕已到开饭时间，解放军炊事员在每一个小队的地上放上两个木桶、两个脸盆，一个木桶里装满热腾腾的大米和小米混合的黄米饭，另一个木桶放着碗筷，一个脸盆里是炒豆芽，另一个脸盆里是烧猪肉白菜。对大多数俘虏来说，这无疑是特殊优待，两个月来从未吃过一片肉，第一次看见白花花的大肉，一个个狼吞虎咽，饭菜一扫而光，没有留下一点汤水和饭粒。一顿饭吃去一天的供应粮，李铁锁、程启升似乎还没有饱，恨不得将碗、盆也吞下去，难怪俘虏营的炊事员摇头感叹说："国军官兵的肚子真大！"

　　吃完饭休息一个小时，一位四十多岁的女干部穿着军服，腰里佩戴着手枪来到广场的台子上，让俘虏们站好队。她说："各位，你们来到这里已经脱离了国民党军队，不久就要参加新中国的建设，为了让你们适应新的环境，大家要在这里参加一段时期的学习，我奉上级的命令担任你们学习的指导。首先有几件事要交代一下：第一，吃饭不要过量，我们这里有的是粮食，大家尽管放心；第二，若有病、有伤者不要硬撑着，可以到我们的医疗处去看病；第三，大家要注意防空，万一来了国民党军的飞机，请不要慌张，要有序地跟着我们的战士撤离；第四，一旦学习结束，凡愿意留下来与我们一起解放全中国的同志，我们举双手欢迎。你们走错了路，迷途知返不算晚，革命者不分先后，谁要是对国民党还抱有幻想，我们也可以放行，你们愿意去南京、上海、广州、台湾都行，你们前脚到，人民解放军后脚就会解放，等我们再见面就不好看了！当然，你们想回家，我们也不强留，我们会发放路费。好了，以上四点请大家务必记住！下面开始今天的学习，首先我教大家唱歌，今天我们要唱的歌名叫《解放区的天》，我唱一句大家跟唱一句，'解放区的天，是明朗的天'，唱！"结果俘虏们也跟着唱"解放区的天，是明朗的天，唱！"大家声音并不大，声音也参差不齐。女干部笑着说："我刚才唱'解放区的天，是明朗的天'，'唱'这个字是叫你们跟着我学，别把'唱'这个字说出来！懂吗？好，再来！'解放区的天，是明朗的天'，唱！"这回大家懂了，就跟着她唱着，少数人阳奉阴违张嘴就是不出声，还有的人用鼻音跟着唱。

一个带枪兵管理员问程启升："你为什么不跟着唱？"程启升回答："不想唱这个歌。"管理员又问："你已经解放了，为什么不想唱解放的歌？"程启升又回答："我想唱'风在吼，马在叫……'，我想唱'中国人不打中国人……'！"管理员又说："那都是抗战的歌，现在已经是解放战争，你到这里来受训就应当适应当前的形势！看来你是不服啊？你一个小人物倒挺傲，对国民党还有幻想吧？告诉你在这儿再硬的将军到最后都软着出去，你等着好了！"李铁锁立即上去向管理员解释，说程启升他这两天饿晕了，脑袋一时糊涂请不要计较。等管理员走后程启升想想也害怕起来，他怕接下去没有好果子吃，决定找机会逃。

李铁锁烟瘾上来，就走到附近一个值勤的解放军战士身边。那战士身材瘦长，嘴唇干裂，双手赤红还生着冻疮，身上穿着颜色单调的手工缝制的土布棉衣，腰间扎着宽大的布带，显然是为了御寒。李铁锁便与值勤的解放军战士攀谈起来。

"大哥，我还有几块大洋，能不能帮俺买两包香烟？我俩一人一包？在家靠父母，出外靠朋友，结交个朋友好不好？"

"回到你队伍里去！"

"呵呵，现在休息，大哥，你们站岗一般几个钟头？"

"没准，这要看我们人手，人多三四个小时一班，人少五六个小时也说不准。"

"真舒服，你们共军一班顶多也就六个钟头，我们国军站岗一站就是十来个钟头，有时候会站一天，不仅时间长，有时候还要被骂被打啊！"

"为什么打骂你们？"

"站岗时间长了，脚会麻，腿会酸，有时候脚腿会肿，你要是动一动走一走，排长就来打骂你啊！"

"法西斯！"

"兄弟，俺有病，医官说要抽烟才能这种治病。"

"什么病要抽烟治？"

"肺里有虫，要吸烟杀虫，长官，俺现在胸口痒痒的，帮帮忙，你设法给买两包烟吧？"

"那可不行！我要值勤！"

"你们纪律严明俺明白，不过，生病总得给点照顾吧？"

"我有旱烟，你装一窝过过瘾？"

"行行！你真好！你是老八呢？还是老四啊？"

"什么老八、老四的？"

"老八就是'八路军'，老四就是'新四军'，我们都这样称呼你们。"

"哈哈，照你这样说，我们就应该是你们所说的'老四'了！"

"那么说你们是陈毅的部队，你见过他吗？"

"陈毅我没有见过，但粟裕首长我见过，个儿不高，目光炯炯，对部下和蔼可亲。"

"哦……我先走了，谢谢你的烟！"李铁锁抽完一锅旱烟走了。

俘虏营后面是公立小学，晚上便成了李铁锁、程启升等俘虏们睡觉的地方。管理人员在教室的地上铺上一层厚厚的草便成了床，没有被子，二十多人挤在这张"大床"上，倒也不太冷，这比天寒地冻的室外战壕里好了不知道多少倍。睡到下半夜，李铁锁感到肚子一阵阵疼痛，可能是久不吃肉，猛然一餐大肥肉让他消化不良，过了好一会疼痛才有所减轻，可时间不长，又一轮疼痛袭来，翻江倒海仿佛五脏六腑绞在一起，整个身体不住地颤动。他捂着肚子缩成一个球，依然不见好转，原本脸色就不好，这下变得跟白纸一样，额头上的冷汗也下来了。李铁锁立即爬起来找茅房，因教室附近的简易厕所里有人，李铁锁只得跑到一处草丛中方便。

天空寥落，寒气袭人，附近模糊而又凄凉。看着月黑风高的四周，李铁锁解完手一种感悟突然降临，这不是一个绝佳的逃跑机会吗？何不乘着夜色悄悄地逃走？李铁锁幡然醒悟，本想回去叫上程启升一起走，可教室门口有解放军战士值班，进去就难再出来，于是一个人偷偷跑出俘虏营。

风雨兼程

离开了小村，成斌和杨梦玥脱离难民队伍转向徐州方向奔去。走在陌生的路上，伴随的是哀鸿遍野，尸骸满地，看着陌生的乡村，听着陌生的话语，成斌陡然觉得自己真成了难民，不光是身上这套寒酸的旧棉衣，内心深处羞容惭颜也让他无法面见江东父老，一万人的队伍来到徐州，六十多天全部拼光，尤其是最后的突围，真的如他所担忧的那样被"包饺子"吃掉。尽管独立师刚组建不到半年，可这里面有跟随他多年的各级骨干，有的人还是淞沪抗战的老部下，成斌一想到这里便万念俱灰、无地自容。回头望望，盘查的民兵已经远去，附近也没有解放军，绷紧的心弦稍稍松了一些，他又告诫自己：胜败乃兵家常事，命运并不同情弱者，挫折是暂时的，应该还有重建的机会，应该坚定信心向前，应该相信国民政府。虽有太多的悲伤，太多的无奈，太多的不如意，战局发展又快得要命，但大难不死，这已经是万幸了。叹惜过后，依旧要前行。成斌一路哀婉悲切，携手夫人不停地向前走。杨梦玥实在是走不动，成斌就边走边给她讲家乡的故事：

从前有一个木匠老师傅带着三个徒弟躲避战火，一路南下行走了数十天。他们四人来到南国，走入一片大森林时，都已经非常虚弱再也走不动了，没有干粮，没有水，只能靠树上的野果子充饥。病重的师傅临终前对三个徒弟说："你们一定要坚持走出去，带上我的木箱。走出森林才能打开木箱，箱子里面有比金子更贵重的东西。"说完老师傅就去世了。徒弟们埋好师傅，带着师傅留下的木箱子踉踉跄跄往前走，越走越觉得难走，越走越感到箱子沉重，但谁也不想扔掉这个木箱，因为箱子里有比金子更贵重的东西。他们在历尽千辛万苦终于走出了大森林后，立即打开师傅留下的木箱，大家一看都傻了眼，箱里面只有三把木工用的新斧头。大徒弟气得要死："哪有比金子贵重的东西，这不是骗我们吗？"二徒弟说："斧头不值钱，我们上当了！"三徒弟说："二位师兄，我们没有上当，师傅让我们拿着这个木箱过大森林，是振作我们精神，是激励我们走出去的信心和决心，不然我们也会病倒死在森林里，比金子贵重的东西是生命！师傅给我们一人一把斧子，是要我们勤劳致富，靠我们的木工手艺生活，这比给我们金子更好，不是吗？！"一番话说得大师兄、二师兄面红耳赤，从此他们三人都成了当地有名的好木匠。

故事讲完了，成斌和杨梦玥也摆脱危险，顺利到达徐州萧县（一九五六年改属蚌埠专区）后，又租了一辆马车来到徐州，终于混上火车抵达国民党控制的青岛。

青岛地处山东半岛东部，胶州湾的咽喉处，是著名的军事、商用良港，自古就是扼守京畿的第一道防线，从广东、福建、浙江、江苏去东北或者由东北向南，这里是海上必经之地，其战略地位十分重要。一九四九年初的青岛，物价飞涨冠于全国，公务人员一个月的工资还买不到三袋面粉，从一九四八到一九四九，一年内基本物价飞涨了数十倍，全市百姓要吃要喝、要穿要用，给当局造成不小的压力。时任国民党第十一绥靖区司令官兼行政长官的刘安祺如坐针毡，一方面是淮海战役失败，大部分地区已经被解放军控制，华野山东军区许世友的部队正准备进攻青岛；另一方面是美国海军表示不愿放弃青岛，要求国民党军坚守不撤，但美军又不愿意直接与中共发生军事冲突。形势严峻，刘安祺左右为难，国民党军大本营里也有分歧。鉴于此，刘安祺亲自乘小飞机到浙江宁波，去浙江溪口镇请示已经"下野"的蒋介石，确定保存实力，先将第三十二军、第五十军、山东保安第二和第四旅、青岛保安旅、海军第二军区第一舰队、第二巡防队、空军第五大队的第二十中队和第二十七中队等共八万余军人，乘船转移到海南岛（飞机先飞往上海），而后再将数万青岛市政府公职人员、招商局等机关员工和家眷、中小学学生、商民撤至上海、福州，转运至台湾，并准备将大量的粮食、中纺公司的棉纱和布匹、食盐、生活用品、青岛啤酒厂生产设备、齐鲁公司和中华彩色印刷厂及第二被服厂的大批机器和设备、中央银行青岛分行十多家储备的黄金和三千多万美金现钞等，约七十万吨货物用商船分批运送台湾。刘安祺从奉化回到青岛后，立即实施《青岛地区军眷物资疏运计划》，于四月底前全部撤离青岛。首批征集到的三十六艘招商局大船，全都是购买的国外旧船（从一九四六年元月十九日，国营招商局向美国购买的第一艘旧轮"海苏"轮驶抵上海起，至一九四八年六月，招商局共计向美国、加拿大购买的船舶达一百多艘，分别更名为：永洮号、永赣号、永滦号、永湟号、铁桥号、永潇号、海宇号、海厦号、台北号、成功号、海鄂号、海豫号、鸿章号、继光号、教仁号、廷枢号、宣怀号等等）。这些商船多为四五千吨，最大的三艘两万吨级停泊在青岛外海。淮海战役一结束，传出刘安祺要炸毁青岛的港口、发电厂、中纺公司等工厂的消息，解放区《胶东日报》也发表文章，声称"由上海运来炸药两万千克，装置于南海岸，准备撤退时做破坏之用"。《胶东日报》严重警告刘安祺，如果胆敢实施破坏，就以战争罪论罪。这一消息造成青岛市民一片恐慌，都怨国民党无能，奸商还操纵黄金买卖，乘机囤积，后来枪决了一个操纵黄金买卖的奸商，混乱局面才逐渐稳定下来了。不过，刘安祺拟定的撤退计划仍按部就班，直至撤离青岛也没有实施破坏。

在青岛住了一周，成斌没有料到，收容了孙剑长、沈定仁、周有贵、赵二宝等一大批老部下，共计八百多名从陈官庄冲出来的下属官兵，这还不包括向蚌埠、阜阳等地突围出去的人。他选择的突围路线，恰巧穿过两支解放军部队相接防守相对薄弱的区域，才让不少人得以突围，这在会战中绝无仅有。成斌通过在刘安祺司令部办公室负责的原黄埔军校九期校友骑兵学科王振华大校，调来"海江"号轮船，解决了回南京的交通问题。就在他们准备出发时，鲁志清也赶到青岛。鲁志清从陈官庄突围出包围圈后，一个老兵教他将帽徽、胸章全撕下，被误认为解放战士（在作战中被解放军俘虏的国民党士兵都被称为解放战士，他们被补充到解放军各部队时，还没有来得及换去国民党军服的官兵，但不再称之为"俘虏兵"，而改称为"解放战士"。这部分战士是解放军技术兵的重要来源，尤其是炮兵、通信兵、飞行员等兵种的骨干力量，大都来自解放战士和起义战士。解放战士加入解放军后，在经过政宣教育、思想的提高、感化后，去掉了在旧军队里的不良习气，在思想上、行动上与解放军完全一致。据统计，在国民党军队三次大倒戈中和三大战役结束后，总共有约两百万国民党起义、投诚的官兵和俘虏，加入解放军行列内）。蒙混过关跑回老家蒙阴县，鲁志清回到村里却发现自家的数十亩田地和六间大瓦房，已全被共产党分给了农民。尽管他承认地主制度不合理，但家产、田地被彻底剥夺，鲁志清一气之下跑到青岛，遇上在青岛收容的成斌师长，果断与赵二宝等人一起返回成斌的旗下。

"海江"号轮船是一艘中大型货运船，载货量可达六七千吨，船头、船尾各有一些客舱，船中间是一个长方形的大货舱，舱里装了不少棉纱、布匹，沈定仁、周有贵、鲁志清、赵二宝等人就坐在货物上。第一次乘坐海船，鲁志清等旱鸭子们高兴坏了，船载着他们驶向远方，将遥远的土地带到他们的身旁。刚离开青岛港他们就迫不及待地跑到两侧甲板上，看着一群海鸥飞翔着追逐船尾翻滚的浪花，一会儿俯冲到海面上叼起被惊吓浮上来的小鱼，一会儿围着船上的人们鸣叫着在讨要吃的东西。美丽的青岛渐渐地远去，密密麻麻的建筑越来越小，偌大的城市很快就变成一片漂浮在大海上的树叶，慢慢地向后漂去直到完全看不见，鲁志清他们仍然站在甲板上凝视着。前方只有无边无际的大海，蔚蓝色的海水，目标、方向、彼岸……什么都看不见，但他们没有一个人担心海船会迷途，一致相信"海江"号能将他们带到他们要去的地方，此刻，没有自信，只有"他信"，跟着走就有"前途"。

　　与之相反，成斌开始思考，会战失败的根源到底在哪里？未来的路又如何走？反思自省，回忆起自己走过的路，从军校毕业到"围剿"红军，从抗战到内战，打了十多年仗，屡屡经受生死考验，从来没有动摇过自己的信仰。这一次惨败让他深思一些高层次的问题，尽管在政治上他有所踌躇，可在这个战乱缤纷的年代里他又很无奈。蚍蜉撼树、螳臂当车是自不量力，有本事就去推翻这个社会，没本事只能适应这个社会，要想生存下去唯有忍耐和等待。他望着"海江"号以每小时二十多千米的速度在茫茫大海上劈波斩浪，想到人生岂不是亦如行船，带着美好的理想和期盼的憧憬，起航时一帆风顺，但随着行程的增加，风浪、激流、险滩相继而来，就不那么容易纠偏方向，福兮？祸兮？全靠"舵手"把控。处在波涛涌浪之中，不浮则沉，不进则退，摆不脱、离不开的险境无法回避，生与死成了一念之差，冲过去，前途一片光明，停下来，触礁、搁浅、翻船、被吞噬都有可能……

　　去上海的航程约四百海里，一路风平浪静，鲁志清他们没感觉到船的颠簸摇摆，可快到上海时，忽然刮起大风，随即浪起船晃。站在甲板上，滔滔白浪似乎要把人卷入大海，吓得所有的人都回到船舱里。侧风行驶的大船不停地晃荡，左右摇摆像喝醉酒似的，上下颠簸像荡秋千似的，仅此几个回合，就让旱鸭子们饱受晕船之苦，不一会儿便"撂"倒一片，先是吐食，后是吐水，再后吐黄疸。刚才还笑嘻嘻、乐呵呵的一群，不大工夫就变成了一堆东倒西歪的"瘟鸡"，耷拉个脑袋，没精打采，欲哭无泪，欲罢不能，在经历过数小时的惊恐、痛苦、难熬的折磨之后，才从晕船的窘境中解脱出来，表示以后再也不想坐这样的船。诚然，也有处乱不惊，任凭风浪起，稳坐钓鱼台的人。在海边长大的赵二宝便是其中少数不晕船之一，他让晕船的人平躺闭目，并用胡文虎万金油涂抹他们的太阳穴，分散他们的注意力，来缓解晕船症状。

船到上海沿着长江逆流而上，又用了十多个小时才抵达南京。杨梦玥和丈夫成斌终究回到了家。在徐州和陈官庄惊魂动魄两个月，在路上又颠沛流离半个多月，杨梦玥长这么大是头一回吃这样的苦，结婚还不到三个月，跟着丈夫北上差一点把性命断送在那里。困苦的生活她很不适应，恶劣的环境让她得了严重的妇科病，并发症又引起贫血。突围时，精神尚可，那时候还有一个信念——一定要活着回去，一路上顽强地挺着，可到达青岛安全了，她反倒一病不起。成斌请校友王振华大校找医生给夫人检查，医生建议她立即回首都住院治疗，成斌不敢怠慢，简单收拾一下将夫人送到了医院。

从青岛回到南京的官兵安全了，而王宁还在前途未卜的路上奋力奔波。自从小镇逃出后，他买通一个农夫乘骡子车前往宿县。快到宿县时发现解放军和民兵检查很严，心虚的他怕再次被抓，于是下车步行走田间小道，绕不过的村庄他就装着收高档皮货的生意人，就这样风餐露宿不停向南。累了，坐到田埂上歇一下脚；渴了，喝口小河里的凉水；饿了，啃一个冻得硬如石蛋的窝窝头；困了，找一个草垛睡一觉；痛了，到没人的地方哭一阵，而后继续上路。有一天遭遇寒流，刺骨的寒风叫着，吼着，咆哮着，卷起沙粒、尘土，扬起落叶、枯草、残雪，在广阔的空间横冲直撞，扑打在王宁的脸上、身上，让他透不过气，讲不出话来。强风诡异，一会儿向南吹，一会儿往东刮。风稍有减弱，雨雪又接着而来，冰冷的雨雪肆无忌惮地拍打着他，但浇不灭回去与母亲和心上人相会的决心，挡不住铿锵有力的步伐。爱总是在最深时落下帷幕，爱又会在最苦时开启帷幕。王宁带着一颗苦苦追寻爱的心，艰难地行走在风雨之中，快也一程，慢也一程，苦也一程，忧也一程，走着就有希望，既然选择了远方，就必须风雨兼程一路向前！

不过，路上也非全是痛苦和寂寞，也有欢乐、歌声和希望。农田里的冬景，苏皖北部乡间农舍，城里人看不到的小动物，还有放羊曲、农闲歌、农妇调等，这些王宁从未见过、听过，他边走边望也哼起了小调："小河水，向东流，千年万年不回头，心中梦，爱的歌，生生不息去追求……"

一天，他来到淮河北岸，听见不远处的村里传来一阵鞭炮声，王宁知道春节快到了。透过两三米高的芦苇缝隙，看到前方五里外有一座大桥。这是津浦铁路大桥，已于一月十八日被李延年部队南撤时炸毁。淮河边有几个渡口，每一个渡口都有一些荷枪实弹的解放军士兵和民兵把守着。一些逃难的老人、妇女由渡口过河并未受到阻止，而十六至五十岁的男人们从这里通过都要经过一番详细的盘问和搜查。那些有经验的解放军士兵不管你什么装束，一盘查便知你的大概职业和身份，发现你身上有大饼，不用说就知道你是国民党官兵，因为那种江南做的用飞机空投的大饼，与当地的大饼无论大小、厚薄和式样都有着明显的不同。没有大饼的人，金圆券过多十有八九也是国民党官兵。不过，也有一些人能够轻易通过渡口，因为他们有路条，即使是穿国民党制服的官兵，只要出示路条都能顺利通过检查哨。其实，路条不仅在这里管用，在其他很多关卡都管用。王宁正望着渡口犯难，突然，有一只手搭到他左肩膀上。

"喂，看什么呢？"一个身高马大，右耳贴着一块纱布，大约三十岁的国民党伤兵问道。

"嗨！你能不能咳嗽一声，或提前叫唤一下，你就像个幽灵，不声不响跑到我背后，我这是胆大，要胆小早吓尿裤子！"王宁气愤地说着，仔细打量着这个伤兵。

"哈哈，不至于吧，我看你不是个做买卖的人，别看你换了这身衣服，它不合体！"伤兵笑着说道。

"哦，是吗？我是干啥的？"王宁微微一怔问道。

"和我一样，扛枪当兵的！因为乡下做买卖的人也是风里来雨里去，哪有你这样的小白脸？学生兵吧？"伤兵仍然笑着说。

"嚯！还真有眼力，是又怎么样？我还怕你不成？"王宁并不把这个家伙放在眼里。

"哪里哪里，你多虑了，我在这里做好事已经好几天，我专门送弟兄们过河。要不要我带你过渡口？"伤兵问道。

"行啊，要多少钱？"王宁直截了当地问道，然后递上一支烟。

"呵呵，你看着给。"伤兵接过烟说道。

两人点火抽了一口烟，他们并没有注意，远处走来一队解放军巡逻人员，其中有个战士喊道："喂！前面两个人是干什么的？"

伤兵扔掉香烟撒腿就跑："不好，共军巡逻小队，快跑！"

　　王宁没有一点思想准备，调头见几个解放军端着枪从三十米之外奔来，才知道糟糕，立马跟着伤兵落荒而逃，却不知脚下有个小土墩，被绊重重地摔了一跤。他顾不得疼，站起来像受惊的羚羊一蹿跳出老远，依然听见身后的解放军士兵在喊"老乡，不要怕，不要跑！"王宁估计是因身上这套旧衣服被当成了"老乡"，潜意识告诉他不能被抓住，否则又有可能回到俘虏营。他不顾解放军战士的劝告，加速赶上伤兵。两个人一阵猛跑，躲进附近的草丛里，等了十分钟才平静下来，仍不见周围有动静，以为解放军巡逻小队已经走远，于是从草丛里探着脑袋张望。

　　"不许动！出来！再不出来我就开枪了！"一个蹲守的解放军小战士端着三八大盖喝道。

　　"别，别，我们出来！"伤兵说着与王宁一起举着手走出草丛。

　　王宁见是一个解放军小兵，周围并没有其他人。这个小兵的年龄顶多十五岁，他满脸稚气，又黑又瘦的小脸上，长着一个尖鼻子、一个小嘴巴、两个大耳朵，浓黑的眉毛下长着一对转来转去的机灵眼睛。小兵身体单薄，身高还不到一米六，比他的步枪高不了多少，一身灰色的军服显得又肥又大，袖口、裤脚由于太长都全卷着，上下衣服松松垮垮，一双与身高极不相称的小布鞋，被大脚丫撑破，两个光溜溜的大脚趾露在外面，一看就是个营养不良的少年。

　　"前面走！"小兵命令道。

　　王宁与伤兵无可奈何，只好举着双手走出草丛。在小路上走了十来丈，伤兵突然对小兵说："你们班长叫你呢，在你身后，看！"他趁小兵掉头看的一瞬间，冲上去挥起一拳猛击小兵头部，接着又是一脚，将小兵踹倒在地。王宁趁机捡起小兵的步枪，将枪口对着这个孩子。经验不足没有防备的小兵头上流出了血，他坐在地上喘着粗气，眼睛里放射着仇恨的火光，像随时要拼命一般。

　　"开枪，快开枪啊！别犹豫啦，你不杀他转过来他就会杀掉咱们！"伤兵对王宁嚷道。

　　王宁举起枪对着小兵的脑袋，看着这个可怜的孩子，迟迟不忍心扣动扳机，这是三个月内，他第三次面对一个弱势的人。

　　"算了算了，我知道你下不了这个手，你是个'秀才'！"伤兵又转向小兵，"看在你还是个孩子的份上饶了你这个愣头青，起来！"

　　"你们有种杀了我！开枪，打死我啊！你们这些蒋匪军，来呀，来杀我呀！

你们这些'蒋该死'的走狗！人民的敌人！"小兵依然坐在地上大声地骂着。

"嘿！嘴咋这么硬？这小兔崽子跟谁学的？"伤兵被他一骂，反而乐了。

"你，老兔崽子！"小兵反唇相讥，一句不让。

"你他娘的嘴上的毛还没有长出来，乳臭未干奶腥气还未退尽，小小年纪就参加共匪，竟敢来打仗？起来！"伤兵说着将小兵提起来。

不服气的小兵一把抓住伤兵的右手，像疯了似的狠狠地咬了下去。

"哎哟！"伤兵大叫一声，一甩手把小兵甩出老远，"操，你属狗啊？会咬人！"举起拳头又要打。

"哎！别跟孩子一般见识？"王宁用枪拦住伤兵。

"他妈的，你这小兔崽子像是吃了枪药似的，一点就着，他怎么这么恨老蒋呢？连我们也不放过。"伤兵揉揉手说道。

"这就是你的不对了！"王宁对小兵说，"你不能再称我们是蒋军，我们不是为了蒋介石，是为了国家，懂吗？况且老蒋已经下台，现在是李宗仁代总统当政。起来吧，小弟弟现在尝到苦头了吧？小小年纪你值不值？"

"谁是你小弟弟，别跟我套近乎。"小兵自己站起来，摘下又大又深的军帽掸了掸身上和屁股上的泥土，说，"我为了穷苦百姓翻身解放吃苦，值得！我们指导员说了，就是死了也死得比泰山还重，而你们呢？为地主、资本家、反动派卖命，你们坏透了！死了就像鸿毛一样轻！听着，这里全是我们解放军，你俩是跑不出去的，只有投降才有出路！把我的枪还给我，快点！"

被小兵这一说，王宁和伤兵心里都毛毛的，他俩互相望望：是的，小兵说的没错，这方圆百里全是解放军和民兵，倘若他们来了绝对不会放过咱们，怎么办？

"否则，等我们的人来了，我就让他们把你俩全毙了，一个也不留！"小兵接着又说道。

王宁和伤兵在淮河边逃跑时就发慌，听到"枪毙"两个字是更加紧张和害怕。

"如若枪还给你，你再向我们开枪，我们不是自己找死吗？"伤兵打破僵局说道。

"步枪可以还给你，我们将这把枪放在地上，你和我们都后退二十米，然后我们走，你来拿，行不行？"王宁暗中耍着诡计。

"行！"小兵不假思索同意了。

"一言为定，驷马难追！你先后退……好……我们也退……"王宁等小兵退了一段距离，偷偷把步枪的枪机卸下，将枪放到地上，即使小兵拿到枪也无法射击，然后拽着伤兵就跑。

又是一阵猛跑，王宁和伤兵使出所有的力气，彻底甩掉小兵。

"这下知道了吧，共军为什么打仗这么玩命，就连刚才那个小兵都那么不怕死，相比之下，我们就惭愧得很喽！"伤兵感叹道。

"共军巨大的优势在于他们单兵具有卓越的运动能力和大无畏的牺牲精神！"王宁说着将小兵的枪机扔到庄稼地里。

"共产党的教育真是做到了家，一个十来岁的孩子，不惜自己的性命在与我们战斗，两个堂堂七尺汉子，被个小屁孩子撵得团团转，真是丢人！"伤兵也感到羞愧。

"不是我们国军无能，而是共军太厉害了！"王宁自我安慰道。

两人说着走进一个村子里，看见村里有许多国民党兵在慢腾腾往一个方向走，也就加入其中。走着走着王宁发现不对劲，这些弟兄们全没有武器，前后还有解放军"护送"，仿佛是一支俘虏队伍。伤兵也后悔不请自来，又跑入俘虏队伍，真是昏了头，这是多了一根筋，还是少了一根筋？进来容易出去难，王宁想起一个老兵的话："你能跑十里，顺风跑就能跑十一里，逆风跑只能跑九里，要学会顺势而为，不做无谓的牺牲，活着最重要！"在国民党的队伍里，当俘虏虽不光彩，但也不是什么见不得人的事，在确实打不赢的情况，尊重生命举手投降往往被宽容，王宁当以保全生命为第一原则。他随队伍走出村子来到大堤，有人喊道："停止前进，原地休息！"大家于是就地坐下。很快，解放军的炊事员挑着担子过来，发给每一个俘虏两个热气腾腾的大馒头和一根大葱。

"既来之则安之，先混顿热饭吃了也好，然后再盘算下一步。一根筋，我问你，你是哪一个部队的？"王宁咬着馒头问道。

"五军第四十五师，王牌军！王牌师！"伤兵掰开馒头，将一根大葱塞到馒头中间，连馒头带大葱咬了一大口。

"得了吧你，有啥用，还不是被打垮了，打散了！王牌谁封的？跟共军一交手就不王牌了！这世道是胜者为王，败者寇，现在你我都是草寇！"王宁吃

182

着馒头说着。

"行啦行啦，我说不过你，老弟啊，你没伤没残怎么走了这么多天，才到达蚌埠？"伤兵好奇问道。

"说来话长，先是护送师座和他的夫人，后是迷路走错方向，再后来被俘接受教育，和你一样溜出俘虏队伍，没有人请又进来了，这回算是二进宫。"王宁才发现白面馒头松软可口很好吃，"哎，你说要送我过河，你怎么送我过去？"

"我有路条啊，这路条很管用，无论共军哪一个关卡，只要见了这个路条都一律放行。"伤兵拍着胸脯，从衣服里层口袋掏出一张路条，"上一次被俘，共军一个指导员让我看一本书，书的封底背面是空白页，下方有一个公章，我就撕下来请人写了这个路条，很管用！"

"真狡猾！"王宁接过路条读道："'沿路各个岗哨、关卡：凡持有此条者允许南下，请沿途军民予以放行。华东二纵第六师政治部。'好家伙！你胆子挺大，竟然冒充人家政治部，路条卖给我如何？"

"嘻嘻……"伤兵笑着说，"你出多少钱？少了我是不会卖的，我媳妇跟人家跑了，要用钱将她赎回来。"

王宁从内衣兜里掏出杨梦玥给的钱，从中取出一张放到伤兵的手上，伤兵瞄了一眼纹丝不动，王宁又加上一张票子，伤兵还是无动于衷。结果伤兵软磨硬泡骗去三百万金圆券终于同王宁成交。解放军军官又吹着哨子，让大家集合出发去渡口。过了淮河就是蚌埠，到达蚌埠俘房集中营后，少一根筋的伤兵竟然反悔，他贪得无厌还想要更多的钱。

成交的事又要赖，一点也不守信用。王宁让伤兵退还三百万他又不愿意，说着，吵着，闹着，骂着，两人就推推搡搡动起手来。伤兵虽然耳朵有伤，但其他部位并无大碍，他不把王宁放在眼里，从地上捡起一根大木棒对着王宁就要打。王宁在熊山学过近身搏击术，对付这个老大粗是胸有成竹，他也捡起一根木棒与伤兵对峙着。木棒对木棒，几个回合下来，王宁的木棒被打断处于不利境界，但他反应迅速将半截木棒狠狠地砸过去，歪打正着，不偏不斜正中伤兵裤裆重要部位，身高马大的伤兵不经打，"啊"一声痛得他捧着那要害，蹲到地上大喊大叫："我的命根子被你打坏了，小弟弟再也抬不起头来，那东西本来就不争气，鹿鞭、驴鞭、狗鞭我全吃过，宫廷秘方我也有，全他妈的不管用，我还没有生娃，媳妇跟人跑了这下更要不回来了，妈的，你把我的快乐带走了，你赔我'老二'，赔我'宝贝'，赔我'小弟弟'！"

一番话反把王宁和看热闹国民党军俘虏们，全逗得前仰后合捧腹大笑，其中有个"老油条"讽刺伤兵说："媳妇要回来干什么？你又不行，还不如叫我去帮帮忙呢！"话音一落，又是一阵大笑。

笑声引来一个人，他就是一周前进来的俘虏——小胖程启升。同是天涯沦落人，程启升见王宁还活着非常高兴，但看到王宁鸠形鹄面又很难受，茫茫人海，芸芸众生，两个同生死共患难的学生兵，在俘虏营相遇更是百感交集激动不已。程启升将老班长拉到一边，交谈中王宁得知程启升和李铁锁在七天前被俘送到这里，后来李铁锁在夜里偷偷跑掉，而程启升一直没有机会逃，按照人民解放军最新"即俘即补"的俘虏政策，所有无伤残的国民党俘虏兵，都将补充到解放军的队伍里去。

要补充到解放军的队伍里去？那我岂不是回不了家？这怎么办呢？我走了十来天的路就是为回家看看母亲，看看秋露。白天躲，夜里行，风餐露宿好不容易才走到这儿，眼看离家不远，又要让我参加他们的队伍，我怎么这么倒霉！李铁锁去向不明，鲁志清、赵二宝是死是活不知，你程启升又是这么一个状况，我们五个一起当兵的学生，兄弟一场到头来各奔东西……王宁想到这里眼泪在眼眶里直打转。程启升知道王宁一心想回家，看到老班长痛苦的样子，程启升很想帮他一把，只是心有余而力不足。正在这时，几个俘虏兵推拉着一辆运煤炭的板车从这里经过，程启升受此启发闪出一个念头：以去营外补给站拉粮食为借口，与王宁闯一闯关，或许就能逃离俘虏营。他找来一辆两轮板车，让王宁推车，他自己用绳子拉在车前。可能是营区每天拉煤、拉水、买菜、送粮的大车小车太多，门口执勤的解放军卫兵一句话也没有说，就放行让他俩通过岗哨。

出了俘虏营东行四五千米便是粮食补给站，这里原是驻防蚌埠国民党第三十九军的粮食储备仓库，第三十九军仓促撤离蚌埠后，留下的粮食被人民解放军接管，这里改为俘虏营补给站。程启升和王宁并没有进去，而是继续沿着津浦铁路线向东南方向走去。程启升一直将王宁送到临淮关，他告诉王宁，前面不远是明光，过了明光就是滁县，滁县以南地区全是国民党防区，并从身上取下一个不大的布袋放到王宁手上。布袋里是能直接食用的炒米炒面，这是程启升来到俘虏营后一点点省下来的干粮。他用力地握着王宁的手道珍重，祝兄一路顺利，请代向老人问好。

分别时刻，心绪难平。王宁依依惜别不舍离别，一股热流涌上心头，与程启升抱头痛哭，久久不愿分手，希望程启升与他一起去南京，到那里找工作、上大学。程启升有些迟疑，他在俘虏营一周，管理干部的感化教育和政治攻势对他有影响，思想有所触动，尤其是形势教育让他看到国民党军在节节败退，三大战役均以国民党惨败画上句号，前途令他担忧。但在"打仗为了谁"这个问题上他又有不同看法，管理干部说打仗是革命行动，是为了千千万万受苦穷人的翻身解放。而他父亲是四川泸州一个酒厂的老板，他家谈不上名门望族，但说显贵并不过分，用管理干部的话说他的父亲是剥削穷人的资本家。如果加入人民解放军的队伍，革命就要革到自家人的头上，程启升又不愿意。再说，出来前曾发誓"不干出一番事业就不回家"，现在灰溜溜地回去誓言就会落空，那多没有面子，家人和朋友会怎样看我？是留在解放军的队伍里还是回老家？他很矛盾。在王宁的一再邀请下，程启升左思右想，最后决定与王宁一起去南京。

他们俩沿着津浦铁路线一路南下，又行走了大半天，在天黑前爬上一辆去浦口的货车。接下来，迎接他们的会是什么？是热烈的掌声和美丽的鲜花，是实现上大学的梦想，还是更多更大的苦难？

第八章　路在何方

初到申城

　　就在王宁与程启升离开蚌埠前往南京的途中，张秋露也乘坐一辆普客列车离开南京已接近上海。站在摇摇晃晃的卧铺车厢过道窗前，心里酸酸的，凉凉的，复杂心情溢于言表，她咬着下嘴唇，一动不动呆呆望着窗外缠绵细雨。清凉的雨水滋润着万物，却滋润不了她干枯的心灵，那雨滴就像是上苍忧伤的眼泪，淅淅沥沥勾起她的思绪，领引着她的遐想，带她进入了那个本不应该幻灭的季节，让她陷入深深的思念之中，仿佛那个令她魂牵梦绕的人在雨中正匆匆追她而来……

　　经过雨水冲刷的上海，空气变得格外清爽，乌云散去，天空渐渐地打开，地面还是湿的，街上的人们又多了起来，开始忙这忙那。虽然也笼罩在战争的阴影之下，但上海市区并未出现混乱，南京路、林森中路（原名宝昌路、霞飞路，一九四五年更名为林森中路，后又改成淮海路）鳞次栉比的商厦繁华依旧，一些大号商行里人头攒动如火如荼，门口招揽顾客的小贩在扯着嗓子兜售着他们的商品。许多大饭店的门口，聘请的军人在引导小汽车有序停靠，繁华地段的茶楼、舞厅、客房，依然是宾客盈门座无虚席。大街上的行人形形色色，有钱人花钱如流水，趾高气扬出入豪华饭店、酒楼，没钱的人瞄一眼那眼花缭乱的商品匆匆而过，乞丐们沿街乞求一些残羹剩饭，喝别人喝丢下的荷兰水（汽水）。而在郊区，尤其是上海的西郊却是另一番景象。战争的气息在弥漫，国民党军雇用的一群群民工正在加紧构筑工事，修建坚固的钢筋混凝土碉堡。满载国民党军大兵的卡车、运送各种物资的军用车辆以及各种战车，一队接着一队肆无忌惮地横穿铁道，使正常行驶的列车也不得不停靠避让，迫使大部分来上海的乘客提前在真如站下车。

真如地处上海的西郊，真如火车站（后改为上海西站）建于一九〇五年，离上海站还有五千米。下车后的秋露一个人提着皮箱走不了很远，刚出车站一辆黄包车便来到她身旁。"小姐，要辆黄包车吧？"中年车夫向她招揽着生意，为了省一些车费，秋露想等一个乘客合乘这辆车，很快来了一个回沪的大妈，愿意出一半车费与秋露一起去市区，于是她俩坐上这辆脚踏三轮车驶向静安寺。

静安寺是江南著名古刹，始建于三国，唐代称为永泰禅院，北宋更名为静安寺。寺院位于上海市区中心地段，南邻南京西路，北依愚园路，西靠梵皇渡路（后更名为万航渡路），东近常德路，寺院附近历来为上海贵胄领地和中高端商业区。静安区亦由静安寺而得名，该区人口密集，比有的省会城市人口还要多。

秋露到达静安寺后首先要找一个旅馆住下来。她听人说不远处的华山医院周围客房比较便宜，于是提着行李往南而去。当她走到迪化北路（后改为乌鲁木齐北路）时，对面来了一高一矮两个十七八岁穿着奇装异服、行为轻薄、举止轻狂的阿飞，他们嬉皮笑脸、流里流气，用上海方言与秋露搭讪。秋露看他们的样子不像好人，转身就走，可这两个阿飞围堵住她，逼她交出皮箱，其中一个小阿飞还掏出一把寒光闪闪的短刀挥舞着。拦路抢劫发生在光天化日之下，竟然没有一个人伸手相救，一切来得如此突然，把毫无准备的秋露吓坏了。她十分恐惧，脸色发白手脚冰凉，每一根汗毛都直立起来，放下皮箱连连后退。另一个小阿飞趁机上来夺得皮箱就跑。皮箱内除去衣服、生活用品外，还有一些现金，丢失皮箱连住旅馆和吃饭的钱都没有，急得秋露边哭喊边呼救……

物是离乡贵，人是离乡贱！几乎就在秋露高声呼救的同时，冲上来一个个子不高，年约二十多岁的海军军官截住两个小阿飞的去路。军官大喊一声："放下皮箱，有种对我来！"拿皮箱的小阿飞一看跑不掉，从裤腰带上拔出一把锋利的斧子，气势汹汹地举起，用上海话说道："册那娘额（他妈的），侬脑子呃脱啦（你脑子坏掉了）？侬作牺啊（你找死啊）！"另一个拿刀子的小阿飞，也向军官举起了刀。

秋露见要出人命，立即向阿飞们哀求着："啊！不……不要……不要伤害那个好人，我的东西都给你们……我不要了，请你们别伤害那个好人！"两个阿飞并不理睬秋露的话，而是一步一步地向军官逼近。军官大喝一声："放下凶器，再说一遍，放下你们的刀和斧子！"他见阿飞们无动于衷，迅速拔出手枪，拉了一下手枪的套筒将子弹推上膛，一扣板就能射击。看着这把美制柯尔特M1911半自动手枪的枪口，拿斧头的阿飞慌了神，立即跪下求饶："哑缩（爷叔，伯伯、叔叔的意思），是哦拎伐清（是我分不清），一时糊涂，侬（你）放了阿拉（我们）吧？"拿刀的阿飞也跪下说："拧得侬算哦路道粗（认识你算我倒霉），后朝（以后）伐（不）敢了。"军官见这两个家伙跪地求饶，也用上海话大喝一声："滚！字豆塞（猪头三）！"两个阿飞爬起来望了一下军官，又相互对望了一下，确认是放行后扭头就跑，一眨眼便消失得无影无踪，比兔子逃命还快。秋露非常感动，上去给军官深深地一鞠躬，感谢军官出手相救，抬起头一看，没想到这个"舍生忘死"的军官不是别人，而是前不久刚请她喝咖啡的"永辉号"运兵船船长李元智。上一次在江边他是误救，这一次可是"真"救，要不是他恰巧在场，那就出大麻烦了，立即说："谢谢你出手相救！"

李元智似乎并不感到意外，说："这是应该的，你还不知道，此地发生过一件事：几年前，有个在洋行做事的老先生收账，在这里丢失一千多块大洋巨款，幸亏被一个年轻的打工人捡到，归还给匆匆赶来的老先生。老先生感激万分地说：'感谢你救我一命，不然我会上吊自尽。'二人互报姓名和地址后，老先生要用银圆作为酬谢，被年轻人谢绝了。第二天，年轻人到老先生的公司来，说：'多亏您昨天丢了钱，让我捡回了一条命！'原来，昨天他等老先生来领钱，耽误了回苏北的班船，结果那条轮船翻沉，船上的人全都淹死，年轻人也感谢老先生救命之恩。这一桩善举挽救了两条人命事，洋行老板知道后非要见见年轻人，后来年轻人成了老板的女婿，再后来年轻人有了自己的公司，并成为江南有名的富翁。这个故事告诉我，行善会有后报！"他说着又问秋露要去哪里。

秋露一时不知答何是好，双手捂着脸委屈地哭了，她确实不知道自己究竟要去哪里，来到上海只是想换一个环境，重新找份工作，然后再作下一步安排，可一到这里即遭遇抢劫，差一点就变成身无分文的流浪女，这陌生的地方太可怕。看着她恐惧的神态，瑟瑟发抖的样子，李元智暗暗自乐。为什么要乐？他不是一个很富有同情心的人吗？问题恐怕没有那么简单。其实，这是一场精心安排的英雄救美，戏的导演正是李元智。李元智父亲的别墅就位于迪化北路，他从南京运送一批军用物资到上海后，回父亲别墅偶然发现低头走路的秋露，他非常高兴，怎样才能得到她的芳心？他灵机一动花钱买通两个小青年，表演了刚才抢劫的一幕，为的是让秋露恐惧这新的环境和自己英雄救美"感人"举动。为了接近秋露，他劝她先去他父亲的别墅休息一会儿，而后再考虑要去的地方。秋露前不久还在长慈医院护理过他的父亲，去看看李老爷子也无妨，再说李元智一片热心也不好拒绝，盛情难却的她爽然接受了他的邀请。

李家别墅是一幢欧式风格的三层小洋楼，门口墙壁镶嵌的红黑色花岗岩石板上，刻着"怡园别墅"四个字，院子里一条用鹅卵石铺成的三十米长的小道直通迪化北路。别墅古雅、富丽，气派大门、挑高门厅、精美门廊、圆形拱窗、转角石砌、浅红屋瓦、白灰墙面、黑白相间大理石地面、彩色玻璃窗、精致壁挂、水晶垂钻吊灯、深色香木桌和靠椅、精雕细刻橱子、毛绒地毯，等等，尽显雍容华贵，既浪漫又庄严，既文雅又精巧。一楼是客厅、餐厅、娱乐室，二楼有三个独立卧室和一个共用洗漱间，三楼有两个大房间和一个套房，大房间基本不用，堆放了很多家具和杂物，套房是接待亲朋好友的临时客房，李元智请秋露暂到三楼套房休息。

南京到上海只有三百千米，时速四五十千米的普通客车在栖霞、龙潭、镇江、丹阳、常州、戚墅堰、无锡、苏州、昆山等车站依次停靠，在真如站避让军方队伍又耽搁一个多小时，等秋露到达怡园别墅已经接近傍晚，她简单收拾一下，和衣倒下就睡。一觉醒来发现一个三岁大的小男孩站在床前。他嫩嫩的皮肤，一头卷发，胖嘟嘟的小脸上饱满的小嘴、秀气的鼻子，显得十分可爱，细细的眉毛下两个水灵灵的眼睛正好奇地看着自己，乖巧的孩子童稚十足、天真烂漫，他名叫李乐，说自己有压岁钱，是爷爷给的，问秋露要不要，说着抽出其中一张纸币递上。秋露乐了，问他这是多少钱，小男孩刚学会数数，就掰着手指头数，两个手的指头都用上还是不够，怎么办呢？秋露告诉他你还有脚趾头啊，小男孩果真爬上床，坐到秋露的面前，掰着脚趾头继续数，乐得秋露咯咯直笑。

这时李元智敲门进来，送给秋露一个半米长的纸卷。秋露接过纸卷展开，一幅美丽的《咖啡姑娘》图，立刻出现在眼前，太美了！这是秋露上次去运兵船，李元智根据她的姿态画的素描稿改作的油画，是李元智利用业余时间精雕细琢的作品。画面为横版，长80.9厘米，宽50厘米，严格按照黄金分割比例裁制的。画的背景为深色树林，林中有一栋小木屋，一条小溪从小木屋门前经过，流向附近的大海，张秋露坐在海边小木屋前，端着冒着热气的咖啡杯正准备品尝。她姿态优雅，长发飘逸，含情脉脉看着远方，似乎在等待某一个人。一束强烈的阳光从上方斜射在她的脸上、身上、手上，明亮的主题人物与幽暗的背景环境，形成强烈的反差，更加突出主题思想，使人有一种梦幻般的感觉，跨越时空定格在一瞬而成为永恒。她宛如一朵花中仙子，在乌云缝隙中的一束阳光斜射下，美丽动人。整个画面刻画精细，形神毕肖，给人极大的视觉冲击力，让人融入其中，浮想联翩。

"这……"秋露惊呆了。

"好，还是不好？喜欢，还是不喜欢？"李元智有点忐忑。

"画得很美，背景像个神话世界，将我放在这样一个环境……妥当吗？我既不是艾斯特莱雅（古希腊神话里正义女神），你也不是波塞冬（海神）。"秋露勉为其难地说道。

"这幅画请你一定得收下，这可是我一天两夜的劳动成果。"李元智将油画卷起来放进圆柱形硬纸筒里。

"好吧，我收下，谢谢你。"秋露接过纸筒。

"张小姐，能和你商量件事吗？"李元智说，"你刚到上海，人地生疏，又不熟悉情况，现在治安很不好，流氓、土匪、瘪三、小偷遍地皆是，而你一时半会儿很难找到一份满意的工作，再说你连一个安身之地也没有，我们很不放心，不如暂且住在这里，我想聘请你当孩子的家庭教师，不知你愿意不愿意？薪水我们会按照高标准一月一付……"

"李少校，不是钱的事，我是想换一个工作环境才来到上海，我也不知道在上海能待多长时间，我怕误了你们的孩子。"秋露说道。

"刚才看到孩子与你如此亲近，让我动容，我没有别的意思，只是暂时请你给这孩子当一段时间老师。"李元智恳切地说道。

"阿姨，我不让你走，我不……"李乐拽住秋露的手说道。

"小乐，阿姨需要考虑一下。"秋露摸着孩子的头说。

"张小姐，我夫人因病不能照顾孩子，她与我岳父、岳母都由南京去了台北，上海这里是我父亲常驻的地方，最近我的舰船常来回于华东与台湾之间，我也就上海、台北两边居住，因而非常希望有一位愿意与我和孩子随行的家庭教师，我想聘请你教孩子国文和算术。"李元智简要介绍着家里的情况，说出了自己的想法。

"姑娘，我们大家都欢迎你！"年约七旬的丰昌公司董事长、孩子的爷爷也来到三楼。

"父亲，还记得你在南京广慈医院，有个护理你的小张护士，就是她！"李元智向父亲介绍秋露。

"认得，认得！"将头上的礼帽拿下，点头说，"张姑娘，承蒙你的精心护理，让我的脚康复得很快，现在已经全好了。你看，一点问题没有！姑娘，留下吧，我会把你当家人一样看待的。"李老爷子真诚地说道。

"阿姨，你留下吧！"小男孩又摇着秋露的手。

"谢谢你们的好意，谢谢你们的信任，那我就先试一试，但不能承诺长久留在你们这里。"秋露很感动，眼泪一下涌入眼帘。

"一旦你有更好的去处，你随时可以走！你是自由的。"李元智高兴地说道。

"好，吃晚饭去！"李老爷子让大家下楼。

一楼的餐厅宽敞明亮，典雅别致，华丽的水晶灯投下暖暖的灯光，使整个餐厅显得幽雅静谧，打蜡的地板亮而不滑，一个长长的西式餐桌，漆着中国南方老人喜欢的苦茶色，搁置在餐厅的中央，四周是精美的欧式椅子，餐桌的台布中央放满了各种冷菜盘，每一个座位前，都放着一套金边景瓷餐具、酒具和红木筷子，管家和保姆早已在此等候。

秋露随李元智他们一起来到餐厅入席，李老爷子让孙子坐在自己的左边，让秋露坐在自己的右边，他说："教师在中国古代有许多称呼：战国时称为'师长'，《韩非子·五蠹》中有'今有不才之子……师长教之弗为变'；汉朝时称为'西席'或'西宾'，因为汉明帝刘庄常请老师桓荣讲经让他坐在西席，从此，西席便成了对教师的尊称，也称西宾；五代时称教师为'山长'，是源于讲学隐士蒋维东尊称'山长'；近代又称教师为'先生'，而现在统称为'老师'。"

"民间还称为园丁、蜡烛、春蚕、人梯。"李元智也补充说道。

"老百姓用最质朴无华、最温馨动人、最纯挚崇高的专称称呼老师，我相信张老师一定不会空享这样的称呼。"李老爷子继续对秋露说，"言归正题，开饭！咱们边吃边说，倒酒！"

管家立即给每个酒杯斟满红酒，女佣端上一盘刚切好的无锡酱排骨。

"不瞒您，我小时候的理想就是当一名老师，初中毕业后家父病故，由于经济原因我改读护校。"秋露说着向给自己斟酒的管家点头表示谢意。

"我的老风湿病请过很多医生，去美国都没有治好，还是针灸能缓解病痛，你会针灸吗？"李老爷子问道。

"我们主课是西医，中医我自学过一点。"秋露答道。

"有基础就好！"李老爷子举起杯子站起来与秋露碰杯，"来，来，来，咱们干杯，为乐乐的老师，干杯！"

"为李爷爷的健康干杯！"秋露也端起杯子站起来。

大家碰杯饮了一小口都坐下，李老爷子则一饮而尽，管家又给他斟满一杯。

"你可不要叫我爷爷，我知道你是尊称，可我还不老，哈哈，我有四个儿子，"李老爷子对秋露说着，手指李元智，"他是老小，四川人称'老幺'，东北人称'老嘎'，南京人称'老巴子'，哈哈，我就缺个女儿，你要不嫌弃，给我当干女儿，如何？"

"太好啦！张老师，好多人要给他老人家推荐干女儿，都被他谢绝，今天老人家一下子就看中你，大喜，大喜啊！千万不能让老人失望哦！"管家也跟着李老爷子说道。

"这……我可没有一点思想准备，自从家父去世，我……我就失去父爱……"秋露眼睛一红，有点哽咽，"这么多年，我是多么渴望有一位慈祥的父亲，可是……"

"孩子，别难过，你失去父亲补不回来，但失去的父爱，我可以给你补上！"李老爷子接过李元智递上的一块丝巾递给她，急切地等待她的表态。

秋露擦了一下眼泪，望着老人喃喃叫了一声："干爹……"不好意思垂下目。

"哎……哈哈，老朽有女儿啦！老朽有女儿咯！"李老爷子抚摸着秋露的头发，像个孩子，"我要活到八十岁、九十岁、一百岁！我要尽享天伦之乐！"

管家带头鼓掌，大家也都跟着拍手叫好。

"真是喜事！张老师，以后要叫我哥哥！"李元智故意逗着秋露，"过几天哥带你去上海转转，让你领略申城名胜，参观上海滩美景，品尝不夜城美味，了解海派文化。"

"我也去，我也要去！"乐乐迫不及待说道。

"行！你也去，让张老师……哦，不！让你姑姑带你去！"李老爷子安慰孙子说道。

"姑姑，带我去吗？"乐乐天真地问道。

秋露并没有答应她，而是微笑着点点头。

李老爷子又发起干杯，大家又喝了一些红酒，随后吃饭。秋露边吃边回味着一天来的遭遇，初到上海碰到两个"歹徒"，惊魂未定遇到李元智搭救，现在又有了轻松的工作和有一个有文化、有涵养、有钱的干爹，未来的生活将会怎样？她想象中的美好生活在等待着她。接下来的确是一段轻松、愉快的生活，李元智带着她逛外滩、南京路、城隍庙……干爹先是送她一对高档翡翠耳坠，后又送她一枚戒指，还没有工作就预付给她一个月工资，她随他们进出高档场所，参与上流社交，享受富贵生活，这一切让秋露感到仿佛天上掉下一块"大馅饼"，把她砸得晕头转向。

春暖乍寒

淮海战役战败后，国民党内部高层的斗争也到了白热化的程度。蒋介石表面上声称"我会走开的，由你（李宗仁）顶起这个局面，和共产党讲和"私底下却在做退居台湾的准备，派他的大儿子蒋经国将上海中央银行的黄金、白银、美元和珍藏在南京故宫博物院的原北京故宫所藏精品及历代古玩字画、铜器、瓷器、玉器，等等，通过船和飞机秘密转运台湾，把国民党海、空军力量全都移到台湾，把大量的军火、重要的物资、愿赴台人才运送到台湾。蒋介石这一系列釜底抽薪的举动，实际已把李宗仁执政的经费攫取一空。

一九四九年一月十四日，毛泽东发表《关于目前时局的声明》宣言，宣布和谈的条件是：一、惩办战争罪犯；二、废除伪宪法；三、废除伪法统；四、依据民主原则改编反动军队；五、没收官僚资本；六、改革土地制度；七、废除一切卖国条约；八、召开没有反动分子参加的政治协商会议，成立民主联合政府，接管反动的南京政府和各级地方政府的一切权力。毛泽东强调，如果南京国民党反动政府中的人们，愿意实现真正的民主的和平，而不是虚伪的反动的和平，那么，他们就应当放弃其反动的条件，承认中国共产党提出的八个条件，以为双方从事和平谈判的基础。否则，就证明他们的所谓和平，不过是一个骗局。毛泽东的声明，一针见血把国民党的假和平真备战的阴谋，揭露得淋漓尽致。

一月二十一日，蒋介石宣布引退："如果从此以后共产党能认识到中国面临的严峻形势而下令停战，同意与国民政府进行和谈的话，那我的愿望也就实现了。这样，人民就会免受极大的痛苦，国家的物质和精神财富便能得以保护，国家领土完整和政治主权也能得以维护。并且，国家的历史、文化和社会秩序将会永远地继续下去，人民的生活和自由亦将得到保障。"事实上，蒋介石非常清楚，"宪法"并没有总统辞职的条文，他只不过是根据"宪法"第四十九条规定把权力移交给副总统而已，为了让公众知道他并没有完全退出政治舞台，他仍然保留了国民党总裁的职务。

听到蒋介石下野的文告后，白崇禧即从武汉打电话到南京，对李宗仁说："全文没有'引退'这个词，他不'引退'，你怎么上台？"李宗仁则说："没有什么值得担心的，蒋走得很干脆，不会拖泥带水。"李、白因观点不同不欢而散，感情也因此产生裂痕，最终分道扬镳。二十二日，李宗仁就任中华民国代总统，面对共产党的强大攻势，幻想通过"和谈"阻止人民解放军渡过长江，达到划江而治的目的。李宗仁出任代总统并没有从根本上解决国民党的困境，四天后也就是一月二十六日，行政院长孙科宣布行政院于二月五日迁穗办公，以三个月的薪金疏散大部分公务人员（三个月薪金只相当于一个家庭一个月的伙食费），使得南京政府成了没有行政机构，只有一个空架子和一个光杆代总统的政府，而广州只有行政机构，没有政府首脑。孙科之所以敢与代总统李宗仁对着干，一是因为有蒋介石的支持，二是在先前的副总统竞选失败，"桂系"黄绍竑用化名发表文章重提桃色事件——"鄙眷蓝妮"，让孙科狼狈不堪，一想起这件事他就难受。桃色事件的女主角蓝妮祖籍云南建水，苗族，出生于澳门没落贵族世家，她是民国名门四女（蓝妮、张爱玲、陈璧君、孔令俊）之一。一九三五年，二十三岁的蓝妮在同学的家宴上认识孙科，从此，便与孙科交往密切，名义上她是孙科的私人秘书，实际上她是孙科的情人，后来成了孙科的第二任夫人，并与孙科生了一个女儿。抗战胜利后，国民党没收汪伪政府官员财产，这其中也包括蓝妮一笔不小的财产，当时的立法院长孙科曾给上海官员写信，称蓝妮为"鄙眷"，信件泄露以后，"鄙眷蓝妮"成为轰动一时的笑谈，让孙科非常尴尬。借助于这次机会，孙科要给李宗仁一点颜色看看。

除了院府不和，立法院也出现分裂，七百五十九名立法委员各奔东西，一百二十人到达台湾，二百六十人正准备赶往台湾，六十二人到达广州，一百三十多人暂且在上海，留在南京的立法委员仅有十人。内外交困的南京李宗仁政府，简直是四分五裂、支离破碎，仅有一个空架子。

成斌重建军队的计划依靠新政府解决已经无望，可手下聚集的官兵和从青岛回来的部下有八百多，从蚌埠、淮南、蒙城、阜阳等地回来的部下有一千多，两千名官兵要吃要喝怎么解决？单靠军人收容所那一点点残羹剩饭，怎么能留得住人？

中国有一句老话"打虎还靠亲兄弟，上阵还需父子兵"，中国人历来讲究裙带关系，"亲情"一直贯穿于整个中国社会的方方面面。就在成斌一筹莫展犯难的时候，他得知在湖南的远房堂兄，第一〇二军军长成刚正需要人，尤其欢迎打过仗的老兵。第一〇二军隶属"国军"第一兵团，是长沙绥靖公署主任程潜为扩充军队，在湖南长沙编练新兵基础上于两个多月前刚刚组建的一支新军。成刚非常欢迎有实战经验的老兵加入，连续三份电报催促成斌带人到长沙。成斌思前想后也只有这条路可走，将两千名原独立师官兵以及其他部队愿意跟他去长沙的人，合计两千五百多人都转给了年长他四岁的成刚。就这样，孙剑长、沈定仁、周有贵等，在成斌的带领下于春节前去了位于长沙的第一〇二军。

赵二宝还想读大学，他在南京跑了好几个高校，都说春季班还没有招生，碰了一鼻子灰不得不暂且放弃他的大学梦。鲁志清得知南京政府的公务人员正在疏散，想找个好工作的念头也落空。无奈，他俩也只好去长沙的第一〇二军。不过，他们不想马上就走，准备在南京过完春节再去。

很快，一年一度的春节到了，南京政府能动用的储备物资已经全投放到淮海战役的战场上，再也拿不出什么东西来慰劳"首都卫戍部队"和从前线撤回来的官兵。然而，春节毕竟是中国人最盛大、最隆重的节日，新上任的南京市市长兼党部主任委员滕杰（江苏阜宁人，黄埔四期步兵科毕业后赴日本留学，归国后参加北伐，历任国民革命军总司令部政治部副主任、中央陆军军官学校政训处处长、湖南省政府参议兼军管区参谋长、第三战区长官部政治部主任、徐州绥靖公署政治部总务厅中将厅长兼第二厅厅长、南京市市长兼党部主任委员、台湾第九届至第十五届国民党中央评议委员等，二〇〇四年七月四日在台湾去世，享年九十九岁）怕从前线回来的军人闹事，以"劳军"的名义从郊县调来一批猪肉，悄悄发给收容所的官兵。鲁志清、赵二宝每人都得到一斤生猪肉，因加工点繁忙不愿意久等，只好送给王宁的母亲。老人问王宁为什么还不回来，鲁志清和赵二宝支支吾吾，他俩不知道王宁有没有突围出来，现在哪里，是伤是残，是死是活。全然不知，只好谎称很快就会回来，让王宁的母亲在期盼和等待中度过了她自王宁父亲去世后又一个不安的新年。

春节刚过，撤离南京的步伐加速进行，行政院各部、委、会、处的负责人，以及南京的富豪、有钱的商人，带着眷属纷纷撤离南京。位于下关火车站的站台上、客船码头上和长途汽车站里，人满为患拥挤不堪，陆陆续续从前线跑回来的仪容不整邋里邋遢的官兵们，又与那些逃跑的官僚、富商人流交织在一起，难解难分互不相让，那场景就像是一九三七年的大撤退一样，混乱极了。

农历一月初七是立春，鲁志清和赵二宝在南京住了半个月，玩遍南京的风景名胜，来到码头准备坐船去武汉，而后再乘火车去长沙。他俩在候船室等船时，被一个中年人盯上，中年人走近他们，自称在这儿观察他们半晌，想请他俩办件事，说着拿出两枚二两重的小金元宝，他说事成之后再给两枚。原来，中年人是南京行政院二处的文员，家里原有一个祖传汉代铜鼎，约五十厘米见方那样大，宝鼎是他祖爷爷留下的。他祖爷爷是明朝三品官员，常行走于宫中。宝鼎传到他手上，曾一度想献给国家，由于日寇侵略和形势不稳，只好埋藏于家中。去年，他的顶头上司二处处长，发现他家有这个宝贝，就找借口说他通共，要判他死刑。而他并没有通共，只因为保管的绝密文件丢失，处长硬是栽赃他，其目的就是要那个宝鼎。他夫人为了救他，只好将宝鼎挖出来送给处长，这才让他免于一死。现在南京行政院的员工正迁往广州，处长已将宝鼎带上去武汉的船上，预计到达武汉后再通过列车转运广州。中年人恳求鲁志清、赵二宝劫住他的宝鼎，然后送到长沙大江旅社。这事让鲁志清、赵二宝有些为难。诚然，鲁志清偷过炊事房的面粉，但他们从没有干过劫财的勾当，也不擅长干那样的事。可四枚金元宝的诱惑实在是太大，况且他们从来没有见过这么多的财富，鲁志清想了想，又征求赵二宝的意见，最终决定豁出去了。

在码头的另一侧，就在鲁志清、赵二宝与那个中年人交谈时，王宁和程启升也从江北浦口乘渡轮来到江南，随着下船的人流与鲁志清、赵二宝擦肩而过，彼此也就相距几十米。茫茫人海，冥冥之中，难免有擦肩而过的情况，但生死战友失之交臂不能不说是件憾事。也好，否则四个人定会抱头痛。错过这个村或许还会下一个店，错过这个码头或许仍有下个车站，只要有缘，终会再相见。

回到自家的门口，王宁见院子里的母亲正抱着一个襁褓中的婴儿，姐姐拿着一个装有半瓶水的奶瓶过来给孩子喂水。她们对着站在门口这个商人不像商人，乞丐不像乞丐，疲惫不堪的人瞥了一眼，继续忙着她们的事。这让王宁感到很可悲，难道母亲和姐姐连我都认不出？他慢慢拿下头上的礼帽，露出渴望接纳的眼神。母亲终于认出儿子，她吓了一大跳，看着儿子面黄肌瘦的脸上全是污垢，只有两个眼白是白色的，嘴唇干瘪卷翘着死皮，胡子拉碴有半寸长，至少一个月没有刮过，长而蓬乱的头发里尽是草木屑和泥灰，棉袄上的窟窿眼里白色的棉絮露了出来，衣口袋也撕破耷拉着，袖口乌黑发亮，裤子上满是泥土、黄斑和汗后的盐霜，鞋子一只是破棉鞋，另一只是单布鞋，浑身散发着难闻的气味，比叫花子还要脏，还要惨！母亲再也看不下去，上去与儿子紧紧地拥抱在一起，母亲、姐姐、王宁三人是悲喜交加，痛哭成一团。这场面令人心碎，让门口的程启升触景生情，也是忍泪含悲。

全家团圆让母亲的担忧得到一些慰藉，不管怎么说，儿子总算失而复得，又回到了身边，五个月的守候和期待终究得到回报。儿子瘦了，黑了，也更成熟了，小男生变成了男子汉，更帅气，更有自信，模样、神态、举止都与他的父亲何其相似，如出一辙。华净文克制着激动的情绪，仔细地端详着儿子。儿子替母亲擦去眼泪，他不知道用什么话来安抚老人，见母亲头上又多了不少白发，原本细嫩的脸上在眼角处又增添细细的皱纹。时光偷走了母亲的青春，忧愁带走了母亲貌美的容颜，王宁的内心也是无比痛楚。还是姐姐怀里婴儿啼哭，提醒他已经当了舅舅，刚想去抱抱孩子又因自己身上太脏而作罢。王宁忽然想起程启升还在门口，立即向母亲和姐姐介绍患难与共的兄弟，一起当兵，一起去徐州，又一起死里逃生出来的伙伴。老人让他们进屋坐，连忙去给他们做饭。

姐姐拿来毛巾、肥皂和牙刷牙膏，让他们好好洗一洗。冬季的井水温热还冒着热气，十五度的井水比零下两度的气温暖许多。王宁和程启升来到井边，洗脸，洗手，洗头，刮胡子，刷牙，清洗了三遍才满意。

洗漱完毕回到屋里，王宁见那把小提琴还在老地方，随手打开琴盒拿起琴，拉起贝多芬的《F大调第二小提琴浪漫曲》。这是贝多芬仅有的两首小提琴浪漫曲之一，作于一八〇二至一八〇三年间，这个时段正是贝多芬最难熬的时期，耳聋、失恋、贫困，使得他倍加痛苦，然而坚强不屈的他，以苦为乐挺过难关，创作了这首著名的作品。此曲优雅、华丽、动听，处处洋溢着绝伦的韵律。作品与王宁此时的心境十分相符，听得程启升暗暗赞叹王哥还有这一手。

很快元宵煮好了。两斤元宵对于饿急了的两个大男人哪里够吃，王宁和程启升坐到八仙桌边，一口一个狼吞虎咽，不一会儿就连汤带水全下了肚，母亲又给他们各下了一碗面条才让他们吃饱。收拾好碗筷，母亲给王宁递上一张纸条，说是他的同事在春节前来看她，还买了礼品。王宁接过纸条见是鲁志清、赵二宝在离开南京前的留言，留言说成斌师长带领原独立师突围出来的官兵，加入了长沙的第一〇二军，该军正招贤纳才重用有经验的老兵，因此鲁志清和赵二宝决定去那里。程启升不曾预料鲁志清、赵二宝还活着，他也想去湖南。而王宁想的是秋露，他要和她商量一下未来，然后才能做下一步的安排。他知道南京政府的前景很不乐观，解放军的先头部队已经由徐蚌南下，不管他们能不能拿下南京，这一仗是肯定无疑。那么多的高官和有钱人纷纷撤离南京足以说明问题，即便解放军越不过长江天堑，但他们只要在长江北岸架起大炮，整个南京城都在他们的火力覆盖范围内。因此，离开南京是明智的选择，但母亲能让自己走吗？秋露又会有什么想法呢？

次日，王宁送走了去长沙的程启升，便迫不及待地去找秋露。他理发洗澡将又脏又破的衣服全都换掉，面貌一新来到广慈医院。医院里有很多军人，其中还有不少女兵和相当多的女青年，在淮海战场上他见过女兵，那是在师部，这大后方的医院里为啥有这么多的女兵和数百名女青年呢？王宁感到奇怪，透过"征兵固防，戍边卫国""天下兴亡，匹夫有责""争当军中之花"等标语，王宁才明白是国防部总政治作战部招募三百名十五岁以上知识女青年，身体合格者可去台湾的"女青年工作大队"，加入蒋军唯一一支执行面对面教育的女兵部队。

一般人认为，战争应该男人流血，女人走开！因为女人在战争面前是很柔弱的，更愿意生活在一个安逸的环境中，所以女人拒绝战争。岂不知女人也是战争的一部分，当战争真正降临到头上时，女人的表现往往惊人，尤其是不幸失去亲人或者为生活所迫，她们会毫不犹豫走向战场，女大兵、女驾驶员、女护士、改变战争的女人……越来越多的妇女作为武装力量走向战场，直接参与角逐。蒋军女兵有多少，这始终是个谜。按照一般的说法，蒋军女兵所干的也就是秘书、医护、文工队之类的工作，其实不然，除上述这些岗位，还有收发报、译电、联络、话务、机要、监视、稽查、政训、广播、司药、保管、审计、财会、翻译、文化教员、高级服务员等非战斗岗位。至于女兵的人数，就连国民党军事委员会调查统计局也说不清楚。据南京档案馆资料，一九四五年南京市一年参军的十万学生中，有两万女学生成了女兵。有人按照一九四八年底蒋军总兵力的百分之五比例估算，国民党军中的女性军人大概有二十五万人之多。这些女兵多数来自长期受国民党教育的女学生、女三青团团员，其背景多为城市中产阶级、小资产阶级和农村地主、富农的家庭，当然也有一些由于生活所迫或受感染、被欺骗的穷苦女孩子。在国共内战的三大战役初期，这些人入伍前都经过筛选，人人达文识字，个个如花似玉的大小姐女兵们，是出尽了风头，但到了战役的后期，她们东躲西藏四处乱窜，随着溃逃的蒋军部队又吃尽了苦头。

　　王宁穿过这些体检的人群，在病区没有找到张秋露。他并不知道她早已去了上海，还以为她在忙女兵体检的事，于是去找秋露的闺蜜和同事余梅问问情况。

　　余梅正给一个伤兵换药，无意之中发现伤兵是个女性。受伤女兵是第二〇〇师政训处机要员，部队被打散后逃了出来，怕被男人伤害，不得已剃光头女扮男装。因为在国民党军中强暴女兵的事例屡见不鲜，而主管方往往是睁一只眼闭一只眼，有的主管军官本身就是色狼，因而一些未曾受到侵害的女兵平常十分谨慎。余梅给女伤兵换完药，见王宁站在门口。

　　"哟，是你！找秋露，还是找我？"余梅直截了当地问道。

　　"找你，想问问秋露她去哪儿了？"王宁说着走了进来。

　　"那还是找她，不知道！"余梅不高兴转身要走。

　　"哎，哎，余小姐，别走！"王宁拦住余梅，"我死里逃生，好不容易跑回来！"

　　"是吗？为了爱情？很抱歉，秋露她辞职走了。"余梅板着脸说道。

　　"余小姐，请别开玩笑，我有急事找她。"王宁认真地说道。

　　"谁和你开玩笑？她等你很久，你却没有回来，连一封信也没有，对吗？爱，不是信誓旦旦地誓言，而是平平淡淡地陪伴，即便不能陪伴也得有封信吧，你不但辜负了她的等待，而且刺痛了她的执着，可她并没有抱怨你，因为她相信你，面对落空的期待，她只能悄悄地流泪，倾注满腔的热情、寄予无限的希望都化为泡影，知道吗？"余梅噼里啪啦一口气说了一大堆。

"我是对她说过春节要回来，可那边在打仗，我身不由己啊！这次大会战我差一点就回不来，费了九牛二虎之力，吃尽千辛万苦，才赶来见她，可是……为什么她要辞职？又去了哪里？"王宁皱起眉头。

"秋露姐给你的信，"余梅从办公桌取出一封信递上，"为什么辞职？你看完信便知。"

"是她的亲笔信！"王宁接过信封，看到秋露非常漂亮的字迹，点点头说着就要拆信。

"哎……"余梅立刻阻止王宁拆信，"秋露姐说了，等你回家以后才可以看！"

"好，好，我回去看就是！余小姐，谢谢你，我先走了！"王宁满腔热忱像被当头泼了一盆冷水，心凉了半截。

匆匆忙忙回到自己的卧室里，王宁急不可待地打开信封，如饥似渴目不转睛盯着信上的每一个字。

亲爱的王宁哥哥：

当你接到这封信的时候，我已经离开了南京，请原谅我的不辞而别！也许，你要问因为什么要走，坦率地说是因为爱而又不能爱，所以选择了离开！说不难过是假的，回头望望这个充满博爱的六朝古都，我是多么的不舍，舍不得我难以割舍的亲情，舍不得我熟悉和洒满汗水的小路，舍不得我倾其全部心血去爱的人。想必，在你的心中也是同样的不舍吧！当我带着无限的留恋，拿着一张通往异地他乡的车票，在踏上即将启程的列车，刹那间，泪水滂沱而下。周围的人用异样的眼光看着我，我顾不得自尊，终于放声向你呼喊：亲爱的，再见！忘记我吧！

王宁哥，茫茫人海，似水流年，从你无意间闯入我心田的那一刻起，就注定了这是一个没有结局的故事。自那以后，我痴我狂，你我花前月下的依依细语，耳鬓厮磨的缠绵悱恻，那份最真诚的情感就温暖着我，伴随着我！虽然我离开了你，但在我的内心深处，却会为你永远保留那个位子，保留那些温存过往。

还记得云龙湖畔，你说你一直想找那个伸出胳膊给你献血的女孩，现在告诉你吧，那就是我……不过，比起你去救一个与你毫不相干的人而失足昏死过去，我又算得了什么呢？

　　说了这么多，还没有说到你最最想要的答案，为什么情到浓时却又要分手？是的，我和你一样是多么的希望永远牵着对方的手不再分开呀！因为在我的梦里，在我的身边，在我生活的世界里，处处都有你的气息！然而，我们又不得不分开。好，坦言直说吧：你我是不能相爱，是不能走到一起的！因为你我同母异父的哥哥，你是二十年前我外公送人收养的、我以前一直想见而没有见过的亲哥哥，我们流着一样的血！

　　获悉这一消息我也是五雷轰顶，像天一下子垮塌了下来……世上再坚强的人，也经受不住这样的打击。然而，现实就是这样残酷，有情人难成眷属！思索了好多天，不知如何对你叙说，也没有勇气对你讲，最后还是选用书信这种方式。

　　亲爱的哥哥，尽管情爱在最深时落下帷幕，但内心却在最痛时复苏。一个人的泪水，能够放肆地流；一颗破碎的心，可以借助于晚风来修复；一道人生的伤痕，会随着时间的推移和空间的变化而被磨平。时间是疗伤的良药，果断地放下或许是一种释怀，就让我一个人静静地离去吧。只有这样，才能让我的哥哥过上平静的生活。

　　从没有想过有无来世，也不奢望生命的轮回。此刻，我倒真的希望生命有重复，希望来世再做你的新娘！

秋露，民国三十八年元月

　　王宁看完这封信，已是泪流满面："不！不！怎么会这样……苍天啊，你说，这是为什么？为什么……"他心想：难道这是老天惩罚我吗？可我没有做过一件伤天害理的事，参军打仗是被逼无奈，我想逃离军队可跑不出去，我不想开枪就被别人开枪，我身不由己言不由衷受人所控，都是由于那个大学梦，以为上大学就是人生最好的出路，岂不知走进了一条死胡同，就像找错了医生，开错了处方，吃错了药。我们这批学生兵，从希望，到盼望，到失望，到绝望，一个接着一个。会战中的学友和弟兄们，死的死，伤的伤，散的散。战争，强势集团发动的，不管每一个公民赞同不赞同，不管平民百姓愿意不愿意参加，可恶的战争一律要强加到你的头上，推也推不开！现在我该怎么办？

　　秋露的书信完全出乎王宁的意料，这突如其来的打击，简直让他到了快崩溃的边缘，犹如得了"急性爱情焦虑症"。良久，他才强忍悲伤，拿起笔给她回信，至于寄到哪里，他并没有考虑。

当归

秋露：

看到你的信我心乱极了，大千世界芸芸众生，举手投足擦身而过，能有几人相知相识？茫茫人海，烟雨红尘，怎么会这么巧？怎么就将这极小概率事件降落到咱俩的头上？一场红尘恋，一份千年缘，怎么能说放弃就放弃呢？你让我忘记你，怎能做得到啊？因为爱过，所以割舍不下；因为留恋，所以珍惜倍加；因为失去，所以痛苦难忍。

蜜意浓情，卿卿我我，这是恋爱中每个女孩都在想，都在奢求，都在渴望的，其实恋爱中的男孩子又岂不是如此？只是不轻率言表罢了。与我一起的弟兄们，获悉你是我的女友，都羡慕不已，都为我俩祝福，可是，当我回到你的身边，你却悄悄地离开了。我原以为自己很坚强，在战场上我不怕流再多的血，受再多的苦，甚至我可以置生命于不顾，但现在我才发现自己的内心是那么的脆弱，尤其是面对这样残酷的现实……

王宁气得将信揉成一个大纸团扔到地上，声泪俱下失声痛哭，过了一会儿他又抑制自己的情绪，拿起笔继续写信，写了几个字又放下，仰卧在床上，双手放在脑后搁在被子上，两个眼睛盯住天花板，思绪几分钟，再次拿起钢笔。

秋露：

闭上眼睛我就会想起你，你娇美身姿，甜蜜细语，动人笑靥，直击着我的心房，睁开眼睛我又非常失落，用心浇灌的爱情一下星飞云散付之东流。为什么爱得越真，过程就越不一帆风顺？为什么爱得越深，结局就越是扑朔迷离？你的突然离开，带走了我所有的期盼，却带不走我无限的牵挂！我不知道你现在何方，请等着我，别让离别成永远。在找到你之前，你要学会坚强，我也是！无论发生什么，都要坚信这个世界上没有什么比爱更伟大！即使残酷战争给人们的肉体、情感和心灵造成巨大的伤害，使人们的命运、前途和人生发生重大的转折，爱，依然闪烁光芒！

秋露，与你相识这长时间，还欠你一句一直憋在心底的话，现在我要说出来：我爱你！永远地爱你！

一盆冷水对于一个满怀热情和强烈期盼的人，其打击可以想象，但对于一块烧红的铁，冷水淬火反而使铁变得更加坚硬！王宁并不相信秋露认为他们是所谓的"同母异父兄妹"，为了弄清秋露为什么这么说，他来到张家想问问秋露的母亲。

202

屋漏偏逢连阴雨，船破又遇打头风。张母自从秋露执意去上海那天起，心中的焦虑不安、悲痛和担忧的情绪不断积累，很快就病倒了。虽然也深知"女大不中留，留来留去留成仇"的道理，但她痛爱女儿的心情无可厚非，盼望女儿来一封信，却一直没有等到，不过她并没有责怪女儿，而是天天在自责叹息："都是我的错，是我前世作孽太多，今世要偿还！不怨天，不怨地，也不怨别人，只怨我的命太苦。"

秋露的妹妹春蕾并不认同天命论，她说："这不是您的错！追求婚姻自主，冲破世俗枷锁是妇女的权利，是外公拆散你们的婚姻，他是悲剧的直接责任人！"她端上刚煎好的中药汤汁递给母亲。

张母坚持起床吃药，边穿衣服边说："也不能全怪你外公，那个时代，那个社会，就是那个样，你不在那个环境是很难理解的。"

春蕾不服气说："您还为他说话，要不是外公，您早和那个医生结婚了。当然，要真是那样，也就没有姐姐和我了。"

张母问："你姐姐去上海超过十天了吧？"

春蕾说："是，姐姐刚去，人地生疏，等她安顿下来会来信的，母亲您就放心吧！"

正在这时，她们听见有人敲门，母亲让春蕾去开门，她也踉踉跄跄向门口走去。

王宁手拿着糕点、水果站在门口说："请问这是张秋露的家吗？"

春蕾打开房门见是个西装笔挺的男人，问道："你是……"

王宁微笑着说："你是秋露的妹妹春蕾吧？我是王宁！"

春蕾恍然大悟道："噢，应该称你'姐夫'了？"

张母一听到小女儿说"姐夫"两个字，顿时天旋地转，"啊……"的一声，手上的药碗掉到地上，身子重重地摔倒，一下晕了过去。

春蕾见母亲额头磕破，血流不止，已经不省人事，吓得她不知如何是好："妈！妈！您怎么了？您醒醒，快醒醒啊！"

王宁放下礼品，立即用手帕捂住老人的伤口，并让春蕾找来布条将老人额头缠住，对春蕾说："快！上医院！"背起老人就往外走。

他们拦住一辆骡马车，赶到广慈医院，急匆匆地来到急诊室。已近下班时间，偌大的急诊室没有一个医生，有几个病人在一侧等候。急诊，顾名思义是紧急诊治，这所谓的急诊室，如此荒唐令人愤懑，王宁只能将老人平躺到诊断床上，让春蕾看护着，自己跑出去找医生。他乱撞开几个房间也不见值班医生，只能跑到病区去找余梅。

获悉秋露的母亲休克，余梅立刻放下手上的活，随王宁来到急诊室，见老人呼吸急促，脸色雪白，额头上的伤口还在渗透着血，立即进行止血处理，然后去请院长帮忙。经初步检查，院长确定老人有高血压和贫血，决定给她先输血，让王宁去化验老人的血型，院长还决定让老人免费住院进一步诊治。

有惊无险

这次张家之行正遇秋露的母亲发病，王宁尽管没有达到他去张家的目的，但在医院得知张母的血型是"O"型，直观感觉与她们家根本不存在一点血缘关系。为此，他特意去中华医学会会长朱章赓教授那里请教血型知识，又去医院做了自己的血型鉴定，彻底排除与张家有亲缘关系。

回到家里，王宁又拿出秋露给他的信，反复琢磨着信中的一段话："你说你一直想找那个伸出胳膊给你献血的女孩，现在告诉你吧，就是我……"他想不通秋露怎能由于一次给自己输血，就认定是血肉相连的同胞兄妹呢？社会上能互相输血的情况很多，几乎都没有血缘关系，血型与血缘完全是两码事，这些，学医的秋露不应该不懂，难道说她不喜欢我了？或者另有所爱以此为托词，采取一种软性的绥靖策略让我疏远她？不会，绝不会！秋露是爱我的，她的信字里行间每一句话，都包含着对我的深情厚谊，况且她也不是朝三暮四，站在这山望那山的人，她是一个比较理性绝不会随意变心的人，我相信她的忠贞不渝，相信她那兰花般的高尚人格——典雅、圣洁、坚贞，她不是弄错了，就是另有难言之隐，或者是别人向她灌输了什么。

这时，母亲回来发现地上有个大纸团，捡起来展开一看，是儿子给秋露的半封信，再看看儿子，发现儿子脸色很不好，便问："怎么啦？"

王宁并没有回答，而是将秋露给他的信递上。

"呵呵，就为这事？值得一个大老爷们痛心疾首？"华净文匆匆地看完秋露给王宁的信，笑了起来，"呵呵，小事一桩。"

"这事还小？母亲，我问您件事，我……"王宁想问又不好问下去。

"说，什么事？吞吞吐吐干什么！"华净文说，"这可不是你的风格。"

"我……是不是您亲生的？"王宁鼓足勇气问道。

"怎么突然问这个问题？"华净文用异样的眼光看着儿子，边说边脱外套，"哦……难怪上个月秋露她也问我，你一生下来是不是就有两颗牙？我说是啊，她立即表情木然，我还纳闷，这下彻底清楚了，呵呵，你俩全弄错啦！"

"全弄错什么？"王宁一头雾水，习惯性用手挠挠头，"母亲你快说啊！"

"急了吧，着急我偏不说！我刚回来，你就不能给我倒杯水，接一下我的衣服。"华净文故意逗着儿子。

"好，倒茶，我去倒茶！"王宁接过母亲的外套，将其挂在衣架上，又拿来一张杌子让母亲坐下，给母亲倒上一杯热茶，随后给母亲捶背："这下，该说了吧？"

"你呀……以后别娶了媳妇忘了娘！"华净文接过茶杯，笑着说道。

"怎么会呢！我是那种人吗？您说，是什么弄错了！"王宁催促道。

"呵呵，好，听我慢慢跟你说：民国十四年，我嫁给你父亲，第二年生了你姐姐。因我身体不好，你姐姐被你爷爷、奶奶接去抚养，之后我就一直没有再怀孕，你的外公、外婆……"华净文喝了一口茶水，慢慢地讲着故事："以为我生育出了问题，我那时体质很差，又瘦又黄，他们让我吃了好长时间中药，见我仍没有再怀孕，就抱了一个男婴回来，名义上是让我抚养，实际是刺激我的母爱，其实那时候我已经怀上了你，没有告诉他们而已。"

"为什么不告诉他们？"王宁不解问道。

"怕那个男婴受到不公正待遇啊。"华净文答道。

"母亲，您真伟大！"王宁竖起大拇指。

"听我说，别打岔！"华净文挥了一下手，继续说，"后来，我怀孕的事还是被他们发现，你生下来与那个领养的男孩倒是很相像，也有两颗门牙，也是白白净净，一样讨人喜爱。"

"那个男孩呢？"王宁又问。

"他在我身边几个月后被你舅舅、舅母他们要去了。"华净文答道。

"美国的表舅？"王宁问道。

"是的，他们倒是真的不能生育，那个男孩后来在美国长大，听说去年结婚娶了一个华侨丝绸商的女儿。"华净文笑道。

"原来是这样啊！我还以为我不是您生的。"王宁如释重负也笑起来。

"傻孩子，这下放心了吧！"华净文问道。

"呵呵……"王宁高兴跳起来，欣喜若狂跑出了家门。他要去哪里？他要将这消息告诉秋露，但秋露在哪里？他不知道，想必余梅一定知道，因此他约余梅在一家茶馆见面。

南京的茶馆不少，民国时期的茶馆、茶楼、茶庄、茶社、茶厅、茶房、茶舫，乃至茶寮、茶棚、茶摊，星罗棋布于城市各个角落。这当中既有专营茶水的茶馆，亦有兼卖点心、酒菜的茶楼；既有听说唱的茶厅，亦有提供对弈的茶房；既有商人谈生意的茶庄，亦有文人雅士相聚的茶社；既有供游客休息的雅座和雅间，亦有让"苦力"们歇脚的长条板凳和遮阳大棚；既有小灶烧煮的天然雨水，亦有老虎灶烧煮的秦淮河水。南京的饮茶场地可谓五花八门、多种多样，适合各个阶层人士消费。不过，有名气的老字号茶馆，都集中于城南夫子庙一带。

王宁选了一家紧靠秦淮河的百年老店——望月茶社，这里离他家就几分钟步行路程，余梅开车十五分钟即到。望月茶社是一幢典型的明清砖木结构建筑，青砖黛瓦，琉璃彩边，古色古香，上下两层，楼上一半是包厢，另一半是一个望月台，平台在夏季是纳凉望月的好地方。楼下是一个能容纳百客的茶厅，大厅入口处旁有一个十六七岁的小姑娘弹着古筝，琵琶伴奏者是位老先生，琴位旁是一排长长的玻璃柜台，柜台里南方的酥油饼、千层饼、葱花饼、小笼包、豆沙包、灌汤包、菜包、锅贴、蒸饺、水饺、春卷、小馒头、花卷、烧卖、馄饨、汤面、龙须面、八宝粥、酒酿、滋粑、绿豆糕、云片糕、鸭血汤、干丝、卤干、豆腐涝、香肚、五香蛋、鸭四件、肴肉、糖藕段、糖芋艿、糖荸荠、糖佛手、藕粉糊、小元宵、各式糕团、瓜子、青豆、五香豆、花生米、芝麻片等百十种小吃、小点心和零食。走入茶厅，仿佛跨越了时空，置身于清代一般，一条条水磨青灰砖，一盏盏丝绸红灯笼，一排排文人墨客的字画，一张张漆成荸荠色的四仙桌、八仙桌、圆桌和太师椅、柳藤椅，一块块蓝印花的台布，一把把冒着热气的铜水壶，一个个红得发紫的紫砂老壶和各式各样瓷盘、瓷碗、茶匙、茶具、装茶叶用的大锡罐，还有四面雕花木窗、木门、木屏风，等等，设备之周全，布置之温馨，古朴中蕴涵着一份厚重，一份清雅，处身其中别有一番情趣。茶社不光是一个消费、休闲的地方，同时还是一个交流接洽的场所，一壶好茶不但能提神醒脑，释然放怀，有利于健康，以茶会友又能促进相互的交流，诚信相处彼此都有好处。琴声愔愔，茶醇清香，茶厅的客人们，或慢慢地品着茶，或细嚼慢咽吃着点心，或文雅下着围棋，或安静读着书报，或轻声唠着家常，整个大厅充满着优雅、安详的气息。

　　一位身着青蓝旗袍的茶楼服务小姐，彬彬有礼微笑着来到王宁的桌前，探问需要何种茶？不等服务小姐报完所有的好茶，余梅打断她，点名要一壶金陵绿茶。旁边一桌的老人一听说金陵茶，转过头来瞄了一眼这位年轻的姑娘。老人为什么吃惊？是金陵茶不好，还是老人从来没有听说过这种茶？都不是！金陵绿茶算是南京的特产之一，在陆羽《茶经》中，南京在唐代已有种植的记载，随后种茶范围由雨花台向四周不断扩大。就其茶树的品种、生长管理、制茶工艺和口感来说，档次都不低，但金陵绿茶始终难打开市场，民国的南京老人往往是敬而远之，说法有二：一是金陵绿茶多生长在雨花台地区，太平天国忠王李秀成与清军将领曾国藩的九弟曾国荃在这里血战，死伤无数，辛亥革命雨花台之役又死了很多人，一九二七年以后雨花台成刑场，屠杀的革命志士达数万人之多，南京大屠杀期间日本鬼子杀害的数十万人中，很多尸体又埋葬在这一带，因此，雨花台附近的坟地、坟坑特别的多；二是那附近还有火葬场，火化后的尸灰有时候会随着风向飘落到茶叶上。忌讳的人宁可没有茶，也不愿意喝这里的茶。其实，这是心理作用，同样在一起生长的玉米、瓜、果、蔬菜、稻米等能够吃，为什么偏偏茶不能饮？显然两种说法都不在理，余梅就是不信这个邪，她点名非金陵绿茶不可，或许学医的她常常接触死人，不在乎那些说法。她与王宁一边饮茶，一边聊天，话匣子一打开便滔滔不绝。

　　"找我什么事？"余梅问道。

　　"大事！第一，我是我母亲亲生的，她老人家可以作证，不是秋露所认为的我是她母亲生的。"王宁说着拿起桌子上的茶杯喝了一口。

　　"第二呢？"余梅似信非信。

　　"第二，化验的血型也证明我与秋露没有一点血缘关系！"王宁说着掏出一张纸放到桌子上，"这是《血型遗传规律表》，是中华医学会朱章赓会长给我的，你的专业是医学，应该了解血型遗传规律。"

　　"学过这方面的知识。"余梅并没有看桌子上的《血型遗传规律表》，随口答道。

"在医院给秋露母亲输血前，化验的血型她是 O 型。遗传规律告诉我们：男女之间只要有一方是 O 型血型，另一方不管是什么血型，其后代绝不可能是 AB 血型。"王宁用从朱教授那里学来的知识说道。

"我想想……女方是 O 型：如果男方是 A 型，子女应是 O 或 A；如果男方 B 型，子女则应是 O 或 B；如果男方 AB 型，子女则不是 A 就是 B；如果男方也是 O 型，那子女一定是 O 型。没错！秋露和他的兄弟姐妹都不可能是 AB 型血型！"余梅掰着指头说着。

"而我却是 AB 型血型！"王宁又拿出一张自己的血型检验报告，放到桌子上，"因而，我不可能是她母亲所生，我和她母亲没有血缘关系，对吗？"

"对！"余梅接过王宁的血型检验报告看了一眼答道。

"好，秋露也是 O 型血型，她是可以给我输血的，对吗？"王宁又问道。

"嗯……原则上是同血型的人才能相互输血，但在紧急情况下，你的 AB 型血可以接受 O 型血，不过，有量、有输血速度的限制！此外，还要做交叉配型实验，没有凝集反应才能安全输血。"余梅从医学上解释道。

"上中学时我和秋露同在一校，我比她高两届，那时她刚从苏州转到我们学校，有一次防空演习，她吓哭在楼梯旁，却没有一个人帮她，我背起她就走，不小心摔倒，我被撞晕过去，是她给我献的血，这可能是导致她后来误会的另一个原因，再加上我脖子上也有痣……"王宁心平气和地说道。

"误会？误会什么啊？"余梅立即打断王宁的话，又机关枪似的开火了，"噢，她能给你输血，就血型一致？就有亲缘关系？有痣就是哥哥？脖子上有痣的人多了去了！嗨，这丫头……这么大的事她怎么这么粗心，也不看看你们的血型，你是 AB 型，她和她母亲都是 O 型，是不可能有血缘关系的！她平时细心得很，可这次怎么搞的？！"

"能够理解，女孩子头一回碰到这样棘手的事，慌张、忙乱、不知所措在所难免。"王宁笑了起来。

"啧啧，你还帮她讲话？这事可把你也害得好苦哎！"余梅感叹道。

"虚惊一场，已经过去了！"王宁笑笑说道。

"你肚量真大，你就不生气？"余梅问道。

"不生气。"王宁坚定答道。

"得了吧，我要是你啊，我会把她骂得狗血喷头！"余梅也端起茶杯喝了一口。

"别呀，秋露可是你最好的姐妹。"王宁说道。

"正由于她是我最好的姐妹，我才骂她，别人我才不管呢！我真羡慕秋露姐，她的命真好！"余梅感慨道。

"你的命也不差啊，你有个好父亲，视你为掌上明珠，要什么给什么，你就是要天上的星星，他也会去给你去摘。"王宁笑道。

"那倒是。"余梅有点失落的心情得到一些补偿。

"好了，言归正传，小余，我想知道秋露现在的地址。"王宁说道。

"不给！呵呵……不请我吃饭就不给！你别想一杯茶就打发我，我要去金陵大饭店。"余梅调皮地说道。

"啊！金陵大饭店？嗯……呵呵……不好意思，囊中羞涩。"王宁有些尴尬，金陵大饭店一餐相当于他大半年的津贴费。

"你若有钱肯不肯请我去金陵大饭店？"余梅试探道。

"那当然！"王宁点了点头。

"哈哈，我是在试试你，行！还算看得起本小姐，有你这番表态就够了，不过你欠我一顿饭以后还是要补！"余梅说完从手提包里取出一张便笺和一支钢笔，拧开笔套飞快写了一行秋露在上海的地址。可她笔误错了一个关键的字，这个错字让王宁接下来吃了不少苦头，还被关进了拘留所。

在医院，秋露的母亲经内科主任详查后，确认病是长期血压高导致动脉硬化和管腔狭窄引起的局部脑缺血，由近期的烦扰而发作，幸亏治疗及时，不然很有可能会发展为缺血性脑卒中而造成肢体瘫痪或感觉障碍、失语等严重疾病。经药物治疗，她的病情很快稳定，大家悬着的心终可放下，忐忑不安的心情也渐渐地平静。住院一周，老人的身体和精神都明显好转。元宵节这天小女儿春蕾带来元宵，杨梦玥送来鲜花和苹果，余梅弄来一大堆降压药和补品。她们围坐在老人床前，陪她说话，聊天，端茶，削苹果，折千纸鹤，献上甜甜的笑脸，让老人非常开心。走了一个女儿，又多了两个"闺女"。不过，这两个"闺女"也要走，只是没有告诉老人而已。余梅很快就要随父母亲去台湾，她要先去上海办点事，随后直飞台北；杨梦玥要去湖南长沙与丈夫团聚。她俩都是因局势不稳，准备提前撤离南京。余梅还带来秋露的最新消息，她刚接到上海的电话：秋露在那里很好，已经找到了工作，当家庭教师，薪水比在医院翻了一番。得到女儿秋露的消息，老人的病一下子就好了一样，她执意下午就要出院，回家等女儿的信。鉴于她是慢性病，可以回家疗养，院长同意她的要求。心病终须心药治，解铃还须系铃人。老人回到家的第二天，即收到秋露的信，还有上海汇来的秋露的工资，解决了春蕾一学期学习、生活的费用，老人非常高兴，病好了很多。

人生路口

这个世上总有一些执迷不悟的人，为了一个梦、一个人、一个故事，不惜一切去追寻。在家经过半个月的休养，王宁的身体已经恢复。这时，南京政府各院、部、委、会等机关和团体全都撤离南京，各国驻华使馆也纷纷迁到了羊城。留下来的原政府机关公务人员全都失了业，其中一些人因生活困难，被迫加入不可遏制的社会骚乱之中。饥寒交迫的市民和失业后没有经济来源的铁路工人、香烛厂工人带头抢劫。接着，没有跟上南撤队伍的国民党士兵也加入其中，他们的目标主要针对国民党官员的住宅、政府仓库、没有人看守的机关办公楼，就连代总统李宗仁、行政院长何应钦等高官的私宅和一些外国原在南京的使馆也没能幸免。值钱的东西被盗，拿不走的被砸，无人居住无人看守的大宅、办公室被洗劫一空，甚至连门板、窗扇、木地板、铜铁管道等装置、设备也被卸走。南京市市长邓杰，在住宅被烧毁后，企图驾车带着市财政金库三亿金圆券逃跑，被他的司机和卫兵打断双腿。

此时，失控的骚动，战争的恐惧，逃难的气氛，充斥着整个城市。惊惶失色的不光是城里啼饥号寒的百姓，就连在南京坚守的军人以及从战场上下来的国民党败兵、伤员们，也同样在大逃亡混乱不堪的时局下，惶惶不可终日。每个成年人都感受到了政治形势的骤变，将要给自己的生活带来重大的改变。大家的念头只有一个，那就是求稳求生存。是留下，还是远走高飞？都不过是为了在这个乱世中求得一个安身之地。而动乱的社会里，最可怜的还是天下苍生！

在一九四九年那场席卷中华大地的大迁徙浪潮推动下，凡夫俗子怎可逆势改命，逆天而行，他们总是身不由己被推来推去，直到有一天，找到能够落脚的地方才会止步。生活再次面临抉择，数十万人被时代的洪流夹裹着奔赴台湾。他们有的拖家带口，有的独自单行，或为了寻找安稳之地，或被逼随着军队前行，去往那个无亲无故孤悬海外的海岛。那个年代，没有人知道自己归属在何方，只知道一步一个脚印向前走，有快有慢，没有终点，不知在何处才能画个句号。

王宁如坐针毡，心乱如麻，看着那把表面布满灰尘的钢琴早已经生锈、松弛的小提琴，一点也提不起兴趣。他想：留下来，这是最后的机会，无疑是新生活的开始。然而，像他这样一个曾经与解放军血拼过的蒋军士兵，对未来他不敢想象，"共产党绝不会放过他们"的舆论让他失魂落魄。走，又走到哪里去？心中的香格里拉究竟在何处？他站在人生的又一个关键路口彷徨和犹豫，深感迷茫和无助。拐弯，只需一步，或许那就是一辈子。南行，可能漫长而遥远。该如何抉择？是顺流而下，还是逆流而上？前者众，后者寡，前者随波逐流注定平庸，后者不畏艰险定会出彩，正如逆风而行不仅能培养人的无畏品格和坚强体魄，而且能树立人宽广情怀和远大志向。小时候养蚕，看到蚕宝宝由一粒米大的小毛毛虫，长到八九厘米长的白白嫩嫩蚕姑娘，"作茧自缚"把自己裹起来，最后又"突围"出来，终成为有翅膀的成蛾。其过程，人生又何尝不是如此，成长—挫折—束缚—磨难—成功，只要有不屈不挠的精神就能凤凰涅槃，从而完成生命的突围。路在何方？路在你的双足之下！王宁思前想后，决定不随大流去台湾，也不留在南京，他要去接秋露迈向一条新路，去寻找可以停泊的港湾，但母亲能让他走吗？

母亲华净文是个开明大度的人，在学校和左邻右舍，有着非常好的口碑，她尊重儿子的选择，从不强制儿子做不愿意做的事。她是个为人师表的老师，懂得因材施教循序渐进，从王宁小时起，就注意培养他的良好习惯。当王宁碰到困难时，她会在适当的时机，有针对性地用恰当的语言，去抚慰他，温暖他，激励他，让他去摸索，去磕碰，去失败和成功。在艰苦的岁月里，她含辛茹苦呕心沥血，倾其全部精力就是要把儿子打造成一个独立自主、有理想、爱国家、知恩图报的自食其力的劳动者。世态炎凉，兵荒马乱，她不担心自己和女儿，放心不下的还是儿子。作为母亲她不舍得儿子再次离家，一家人在一起其乐融融，纵然是粗茶淡饭亦香甜。看着儿子萎靡不振日渐消沉的样子，她不仅没有责备，反而尽力地开导："有志气者能屈能伸，成大事者善屈善伸！宁儿，你要振作精神，学习蜡烛不管倒向何方火苗始终向上。"最让她担忧的是解放军一旦跨过长江，会不会跟她儿子算总账？毕竟她的儿子是个在战场上与解放军拼杀过的人，尽管他并不想开枪杀人，但他不开枪就有可能被别人开枪所杀。眼看解放军打过长江的日子在一天天逼近，愚昧的人还顽固地相信"长江天堑不可逾越"，如果长江防线牢不可破，那么国民党的高官们为什么要走？如果长江天堑固若金汤，那么政府机关和储藏在南京的金银财宝又为什么要撤离？当官的不仅仅是心虚，他们看到了人民解放军势不可当，如果一意孤行让儿子留在身边，一旦他有个三长两短，怎么向死去的丈夫和曾寄予厚望的老父亲他们交代？即便解放军不计前嫌，可现在找一份工作亦是很困难的事，儿子拿什么来养活自己和他未来的媳妇？古罗马诗人贺拉斯说过："所有的母亲都憎恨战争。"王宁的母亲华净文也不例外，她恨这场让无数家庭痛失至爱的战争，但为了儿子的前途，她不得不忍痛割爱同意儿子离开南京，除了祝愿一路平安、一帆风顺，她别无办法。

儿行千里母担忧，浓浓爱意难以割舍。王宁不停地安慰着母亲，给母亲擦着眼泪。他懂得：一聚一离别，一喜一伤悲，人的一生总是不断地在相聚与离别中循环，母亲在用眼泪为我送行。她老人家劳苦了一辈子，尝遍了人世间的苦难，我血管里奔腾着她的血液，骨子里烙有她的印记，头脑里承载有她的期望，母亲为了我献出了全部的爱。如今俨然像日落前的残阳，在最后一刻还要用余下的光去照亮我前行的路。谁言寸草心，报得三春晖。母亲的恩德无与伦比，难以报答……看着母亲老泪纵横的容颜，王宁答应一定回来。说实话，他希望留在母亲身边，尽一个做儿子的责任。可京城混乱不堪，粮食短缺，市民骚动，偷窃，抢劫，欺诈，侵占，无恶不作使得南京城空了一半，在这里不仅帮不了什么忙，反会增加母亲和姐姐的负担。在政治裹挟的洪流里，必须走！

离情愁苦谁人知？离别是无言的痛，离别是人生的无奈，离别是眼睁睁地看着一个人远去却无法挽回。一九四九年二月最后一天的夜晚，天是格外的凉，春寒料峭，冷风袭人。王宁与母亲分别的时刻终于来到，为了安慰老人，王宁故意装得开心些，轻松些，以此来减轻彼此的悲伤。母亲也一改以往好像满不在乎的样子，可她的内心像刀绞似的难受，老人坚持要到火车站的月台再送儿子一程。

风中，他们相拥在阑珊灯影之下，远远望去，犹如一尊美丽的《母子情》城市雕塑。寒风吹拂着老人花白的头发，使其忽掀忽摆在风中飘荡。老人充满慈祥和爱意，轻轻地抚摸着半蹲半跪在面前的儿子，慢慢地弯下她那略显佝偻的腰，在儿子的额头献上最后一个吻。这个甜蜜的吻，让身穿长条深色西服的王宁，再次感受到儿时的幸福，这也是他一生中最后一次得到母亲的吻。王宁站起来给母亲深鞠一躬，然后拿起旅行包向车厢走去。军人轻生死，重离别，王宁快到列车车厢门口，蓦然回首向母亲望去，离别与难舍相互交织着，酸、甜、苦、辣、涩再次涌上心头，须臾间热泪盈眶，他怕控制不住自己的情绪，强制自己迅速跨进车厢。

"明月隐高树，长河没晓天。悠悠洛阳道，此会在何年？"去上海的列车拉响了撕心裂肺的汽笛，站台上的母亲不禁打了个寒战，发现偌大的站台行人道上，刚才还拥挤、喧嚣、充满欢声笑语、卿卿我我和悲悲切切，此刻，却静悄悄只剩下她一个人孤零零地站立着，就在火车开启的一瞬间，老人举起颤抖的胳膊向列车挥了挥手。坚强的母亲并没有流泪，而车厢里的儿子站在车窗边，情不自禁已是泪如泉涌。看到母亲挥手致意，王宁也举起手摇了摇，高声喊道："母亲，您多保重！"

车轮越转越快，火车渐行渐远，看着最疼爱的人渐渐远去，站台上的老人猛然想起什么，她立即从怀里掏出一大叠纸币捧在手中，这是她要给儿子的最后一点积蓄。一阵强风吹来，纸币四散飘零，飞落在站台上、铁轨上、木枕上。她望着渐渐消失的列车，终于失声痛哭："儿呀，你这一走还不知道何时才能回来？一定要回来啊！"

断肠的母子离别场面令人动容，王宁和母亲谁也没有料到，本应"离别有期，相逢有时"，却自这别后便是咫尺天涯再不相逢，这一别便成了他们的永别。

第九章　冬去春来

湘水春堂

　　去长沙的鲁志清和赵二宝，在离开南京前收了人家两枚金元宝，理当要做受托的事。他们到达武汉后，按照委托人所说的列车随之南下，晚上悄悄爬上车顶来到末尾的行李车厢。由于这节老式车厢顶上没有出气罩，绳索无法拴固，鲁志清只能让赵二宝死死地拉住麻绳一头，一手拽住绳索扶着车顶的檐口，缓缓从半开的窗户滑进行李车厢。可他进去还没站稳，就被车里押运员从背后用右手锁住喉部。喉咙是生命要害，一旦被卡扼很快会窒息而亡。在熊山训练营徒手格斗课学过锁喉解脱办法的鲁志清，立即用左肘猛击身后人的心脏部位，用拳猛击对方的裤裆要害，乘对方护裆之际，双手迅速抓住对方右手腕用力拧转，然后一个翻转摆脱了危机。押运员并非无能之辈，二话不说就大打出手。鲁志清拿出他半生不熟的看家本领，什么"七星落长空""泰山十八盘""石关回马"，等等，招式虽不怎么规范，但能凑合对付。押运员则用灵蛇掌、灵蛇拳抵挡，什么"灵蛇出洞""虎头蛇尾""白蛇吐信"，等等，两人七八个回合下来，依然不分胜负。

　　赵二宝在车顶上听到车厢里乒乒乓乓的声音，知道鲁志清遇到了对手，急得他团团乱转，到处找拴绳子的地方就是找不到，在车过一个拐弯处的强灯照耀下，终于发现车顶有一条长长的喇叭形裂缝，赵二宝立刻在绳子一端打了三个叠加的死结，随后将死结卡在喇叭缝隙里，顺着绳子也从窗户滑进车厢，与鲁志清同心协力对付押运员。押运员深感力不从心，再坚持下去吃亏的一定是他，于是乎，屁股一拍"呼啦"一声跳窗逃之夭夭。这边押运员刚刚跑掉，那边又有人撬行李车厢的门，听动静还不止一个人。真是出门踩着臭狗屎，放屁又砸脚后跟，祸不单行。什么叫做贼心虚？赵二宝尝到了滋味，就像做了八辈子坏事似的心慌得很。再一想，贼是偷窃将财物变为己有，我们可不是，我们是帮人，因而我们不是贼，有什么可怕的，大风大浪都闯过来，岂能在阴沟里翻船！听着撬门的声音越来越大，讲话的人越来越多，赵二宝说："来者不善，善者不来，先躲一躲看看情况再说。"便拉着鲁志清躲到了车厢最里边的杂物后。门被撬开后进来三个蒙面人，他们直奔车厢中部的大木箱，用铁钎撬开木箱顶板，正要取里面的东西时，又进来了一个人，真是螳螂捕蝉黄雀在后。来人不分青红皂白拔出手枪"啪！啪！啪！"三枪，将三个蒙面人击毙。不过，他没占到多大便宜，他的脖子上中了蒙面人一枚毒标，很快也倒地身亡。十几分钟时间死了四人，逃走一人，究竟怎么回事？鲁志清感到蹊跷，走近一看，开枪人正是给他们金元宝的那个中年委托人，即行政院二处的文员。鲁志清这才明白这个文员早知道宝鼎在途中会被人劫持，就用小金元宝"钓鱼"让鲁志清和赵二宝先去劫宝鼎，文员就潜伏在行李车厢附近，等押运员、鲁志清和赵二宝、蒙面人，三败俱伤后他再弄走宝鼎，不料他中了毒标一命呜呼。鲁志清、赵二宝使出很大力气才将装宝鼎木箱移动半米，因太重，他俩也只得放弃这个宝物。

到达长沙后，鲁志清和赵二宝直奔一〇二军。因有实战经验，他们被任命为孙剑长团长下属第三营第七连一排的正、副排长，随着部队迁往湖南的军事中心衡阳。紧接着，程启升也来到衡阳，被提升为三排的排长。

衡阳当时是仅次于长沙的湖南第二大城市，著名的鱼米之乡，有煤炭、有色金属等丰富的矿产资源，素有"小上海""小南京"之称，是各路商贾云集之地，历为湘南重镇。这里有重要的交通枢纽，水运和公路均比较发达，铁路地段是南下广州的咽喉之地，空中航线更是四通八达，自古为兵家所器重，成为必争之地，因为这里是中原两湖的前沿，岭南海疆的后方屏障，一旦衡阳失守，就意味着中国东南与西南的防线被截断。抗战时美国飞虎队进驻在这里，抗战史上最为惨烈的孤城保卫战——衡阳保卫战，发生在这里，刚刚成立的第五编练司令部也设在这里。第五编练司令部以湘鄂赣边区司令黄杰兼司令官，下辖第一〇〇军、第一〇二军两个军。第一〇〇军在淮海战役中被人民解放军歼灭于江苏邳县碾庄地区，此时刚刚重建，下辖第十九师、第一九七师、第三〇七师。第一〇二军也才组建三个月，下辖第六十二师、第二三二师、第三一四师。

天气渐渐地回暖，一〇二军军长成刚的扩军计划也提到了议事日程。成刚，一九〇四年二月生，湖南宁乡人，一九二五年黄埔军校二期特别班毕业。历任国民革命军第二师排长，第八十七师二三五旅营长，新编第五军荣誉二师团长、副旅长，远征军暂编第六十六军副军长兼参谋长，中央训练团办公厅主任，第一〇二军军长、十四军军长兼邵阳警备司令、第一兵团副司令官，一九四八年九月授陆军中将军衔。成刚准备将一〇二军由现在的三千多人扩充为一万人左右。他计划在三月份就地征兵，然后再通过三个月的集体训练，希望六月前新兵能够上战场，至于新兵的枪支、武器弹药已经委托成斌向国防部提出申请，而军服、后勤保障、辎重和军用开支，湖南省政府主席程潜已答应从地方税收中划拨一部分，作为一〇二军的扩军费用。

鲁志清和赵二宝的两枚小金元宝用去一枚，还有一枚放在身上痒痒的，于是兑换成现钞，原打算拉上程启升一起去酒馆好好吃一顿，可惜程启升闹肚子没有口福。鲁志清、赵二宝等了他两天，不见好转就不再等待。他与赵二宝乘休假从郊区来到衡阳正街的祥兴酒馆，什么玉麟香腰、银针鸡丝、糖醋脆鱼、喜雁四宝、九观鸭、肘子肉、烧鹅菌、烧魔芋、排楼汤，等等，还有红红的辣椒，绿绿的山菜，黄黄的嫩笋，花样繁多的特色湘菜上了满满一大桌。从来没有吃过这么丰盛的好菜，鲁志清抓起一块香味扑鼻的猪腿肉就往嘴里塞，一口下去，肉汁四溢，真是痛快至极，那感觉仿佛就要进天堂一样，此刻你就是扇他一记耳光，他也不肯放下那块肉，风卷残云几口就将一大块肉吞入肚里，吃得他是直打嗝。赵二宝则要文雅得多，他专挑精的、贵的、稀奇少有的吃，譬如美味的山珍，嚼起来咕吱咕吱地响，既脆嫩滑爽又不腻口。两人是甩开腮帮子纵情大吃，开怀畅饮。"人生如梦，一樽还酹江月。"既然今朝好酒，自当开怀尽兴，别给日后留悔，醉者，皇帝不嗔不斥！似乎身边当兵的都有这样的感慨。吃吧，喝吧，吃他个天转，地转，人转，整个世界都在转，不到此程度不算好汉。别看土酒度数不高，但后劲十足，烧得他们一个脸红脖子粗，像戏台上的关老爷，另一个冷汗直冒，像白脸曹丞相。酒过三巡，菜过五味，说说谈谈，他们一直吃到天黑才罢休。

还没有逛过这座南高北低，多坳、坪、湾、渡、町，城北多"街"，城南多"巷"的古老衡阳城。从酒馆出来，鲁志清和赵二宝沿着正街前行。路边一家店堂引起他们的主意：门楼气派，古色古香，飞檐斗拱，雕龙刻凤，依稀透出豪气。门口的对联是唐代杜秋娘的《金缕衣》句子，上联是"劝君莫惜金缕衣，劝君惜取少年时。"下联是"花开堪折直须折，莫待无花空折枝。"好奇的赵二宝对店堂招牌很感兴趣，"湘水春堂"？这是卖什么的，是卖花的，还是卖药的？鲁志清说都不对！这定是"洗澡堂"。他俩喝了一斤多土酒，大汗淋漓正想洗个澡，见几个男人进去也就跟着进了"湘水春堂"。

门厅不大，直通院子，院内十分整洁，有用孔石造的假山和流水，盛开的玉兰散发出阵阵花香。这"湘水春堂"既不是药堂，也不是澡堂，而是一家春楼。衡阳的妓女多为湘西穷苦乡村的女孩子，在家过着称薪而爨、数米而炊的生活。她们刚刚来到城市，还没有学会如何梳妆打扮，一个个烫着不伦不类的鸟巢发型，脸上的脂粉涂得惨白吓人，一笑厚厚的脂粉直往下掉，加上一张血红大口，要是站在阴暗的地方，简直就像吊死鬼！有的妓女上身穿着厚厚的冬春衣服，下身却穿着单薄的裙子，色彩、式样、风格一点儿也不搭配，要多难看有多难看。而这家"湘水春堂"与众不同，是湖南一流的有江浙风格的大户春楼，上档次的妓女都是从江浙一带高价招来的，皆是年轻貌美、肌肤玉雪、娇柔妩媚的江南女子。

走近院内的正堂房，见堂里有很多如花似玉的姑娘，鲁志清才知道走进了妓院。"女人上半身是花朵——诱人；下半身是陷阱——害人。赶紧走！"鲁志清说着要往回走，赵二宝一把拽住他，说："去天堂走一回开开眼又有何妨，当兵的人是有今天没明天，没准哪天小命就丢了，要是那样可白活在这个世界上，枉活一世空做人！"在淮海战役时，他俩一个说三次见面就把未婚妻弄到手，另一个说第一次约会就把女人给睡了，其实，这两个光棍汉根本就没有结婚对象。鲁志清在老家倒是有一个梦中情人，但人家看不中他，赵二宝在老家时间不长，因此也谈不上喜欢谁。女人到底"长"什么样，他俩是"只知二五，而不知十"。

男人爱拈花惹草，洁身自好不为情欲所动的人不多。在纯爷们的军人队伍里，"女人"总是男人们永恒的话题之一，谈女人已经成了一种习性，不谈女人谈什么？不能成天的枪啊，炮啊。聚在一起的"恳谈会"总会少不了一些荤段子，老兵爱说，新兵爱听，下至士兵，上至将军，总离不开"女人"二字。其实，休闲时活跃一下气氛，说出来乐一乐，一笑了之，只要不过分也没什么。男人从少儿起害怕自己那里大，到后来担心自己那里小，这一大一小的局部转变，都一直与女人有关。在低俗的凡人社会里，男人谈女人太平常不过。不谈女人的只有两种人：一是道貌岸然的伪君子；二是肾虚阳痿病患者。于是乎，会谈善谈女人的人成了很吃香的人，他们最受大伙儿欢迎。不过，这些备受青睐的人，有级别之分：粗鲁，直来直去，不拐弯抹角，说女人如何如何，也就"士官"级；说起女人身体敏感的部位，譬如胸脯、臀部等，留一点让你去猜去想，那就达到"尉官"水平；如果既吊足了你的胃口，但又留一手，譬如女性最隐秘的地方，那一定是"校官"级别的人物；温文尔雅不失"君子"风范，让你不光津津乐道，而又感到"高处"不胜寒，那肯定是情场高手"将官"级别，说不定还是"上将"级。你说这些有"军衔"的人低级下流也好，意淫无耻也罢，他们绝大多数人只是动口不动手，真正像沈定仁那样既动口又动手的人是少数。心理学家认为：男人先天就有强烈的接触异性的欲望，男人谈女人是典型的性心理反应，妙龄少女总是让男人想入非非，甚至发狂和冲动。

对于"湘水春堂"，鲁志清是又好奇想进去看看，但又怕上面知道了挨整，毕竟军规条例不许逛妓院。不过，这事当官的向来是睁一眼闭一眼，只要不引起民愤那就没事。再说，进去开开眼，看看这花花世界里究竟是个什么样子，有什么了不得？大名鼎鼎的苏东坡、秦少游、杜牧、白居易之辈都曾逛过妓院，他们有的还将妓女纳为小妾。历朝历代当官的人，侍妓饮歌，借酒作乐，无所顾忌。我们在秦淮河已经错过一次机会，这次无论如何要去"领教"一下。听说那些女人都有一技之长，或长于诗画，或长于歌舞，她们天资颖慧才艺双全。在赵二宝的一再撮合下，禁不住诱惑的鲁志清还是跨进后院的大堂。

一个四十来岁丰乳肥臀、油头粉面、两侧太阳穴各贴一块小膏药的女人，身穿青色绸缎衣裤，手上拿一条小花手帕，扭着大屁股，一颠一摆地迎过来，原来她是个小脚女人。中国男人的审美观，历来认为矮小、窄肩、丰乳、肥臀的女人最美，从唐代的以胖为荣，到南唐后主李煜倡导女人裹足，历经宋、元、明、清一千多年，把女人塑造成步履困难，成天坐着，屁股越来越大，身子越来越丰满。在漫长的封建社会里，以这样的女人外貌为标志，一直延续到民国仍有不少女人裹足。"湘水春堂"里这个远看像个冬瓜，近看像个葫芦的女人，就是个三寸金莲。别看她五短，可嘴很能说："啊！二位大长官……"

"小长官！"不等胖女人说完，赵二宝立即纠正她。

"你，什么怪味？"鲁志清问这个小脚女人。

"人家身上洒的是西洋香水，嘻嘻，欢迎光临，里面请！"小脚女人说着露出吃槟榔染成又黑又亮的牙齿，"小青、小梅，快来伺候客人。"

鸨婆一声令下，四个花枝招展的妓女一拥而上，又是拉，又是拽，又是挽，又是推，将赵二宝、鲁志清晃晃悠悠弄到椅子上。鲁志清注意到大堂很不一般，布置讲究，设有鱼缸、盆花、名人字画，古色古香的家具均是漆着一色的深紫红色，屏风、床榻、几案、方杌、条凳、高背座椅、龙凤衣架、百灵台、梳妆台、着衣镜、银烟枪、大挂钟、高脚盘、木便盆，等等，是一应俱全。丝帘纱幕旁墙壁上的含情脉脉仕女图，在红灯影下隐隐诱人，整个环境让他们有种醉生梦死，纸醉金迷的感觉。

"小桃，你先给二位献上一首！小梅，上茶！"胖鸨婆吩咐两个年轻的女人说道。

"哎……"小桃立即从几案上拿起她的古琵琶，轻轻地用苏州方言弹唱起来："小桃给二位献上一首苏州评弹《白蛇传》断桥：今朝重到白公堤，景物依然事全非，我想风雨同舟人不见，红楼哪里去觅娇妻……"

小梅用托盘端上两杯南岳云雾茶，阿香递上香烟，梅娘送上两碗莲子羹。赵二宝、鲁志清是毫不客气，接过烟、茶和莲子羹，就抽，就喝，就吃。本来就酒足饭饱，此刻又一人一杯茶，一碗莲子羹，肚子撑得有些难受。

"我说老板娘，先说说你们的价格？"赵二宝问道。

"嘻嘻，这要看你们怎么个消费法？这年头物价是粪船上扯布篷——升得快，民国二十六年，一百元法币还能买两头牛，一年后就买一头牛了，到民国三十年只能买一头猪，民国三十二年只能买一只鸡，民国三十五年只能买一个鸡蛋，民国三十六年连一盒火柴也买不到，随后被抛弃。金圆券呢？更不值钱，现在买东西半个时辰就要涨不少，因此我们这里以猪肉来计算：上两杯香茶，是一斤猪肉钱；弹唱一首琵琶曲，是两斤猪肉钱；与姑娘一起半个小时，是十斤猪肉钱；在这里过一夜，是三十斤猪肉钱；带走姑娘，交的押金是……"胖鸨婆还没有说完被打断了。

"别说啦！我们俩没有多少钱，你让她弹唱一首琵琶，就要我们两斤猪肉的钱，宰人啊？"鲁志清急了。

"呀！长官，这是哪里的话？我知道你们有钱，别舍不得，钱乃身外之物，生不带来，死不带去，不要吝啬！来到这人间仙境何不潇洒一回？你们过了这个村就没有这个店。去打听打听，全衡阳就数我们'湘水春堂'档次高，你看看这房，这摆设，还有我们的姑娘，个个鲜嫩，人人水灵，小桃、小梅都是江南才女，她们才十六岁，你们身边的姑娘哪一个不是正儿八经没破身的黄花闺女啊？"胖鸨婆是振振有词。

"她们年龄太小，"赵二宝悄悄拽了一下鲁志清的衣服，又使了个眼色，意思说让我来对付她。他笑嘻嘻对胖鸨婆说，"老板娘你可不知，我们俩都喜欢岁数再大一点的女人，有吗？没有我们就告辞啦！"

"别走！别走！"胖鸨婆见赵二宝和鲁志清拍拍屁股要走，上去一把拉住赵二宝说，"有有有，你们要年龄大一些的女人，早说啊！有个二十五岁的行吗？这个随你们便，只要十斤猪肉钱。"

"真别扭，像个买肉的。"鲁志清在一边嘲讽着。

"让我们看看再说。"赵二宝本想找个借口脱身，没料到这里还真有岁数大的妓女。

"好的，阿琴，阿琴……"胖鸨婆用手上的花手帕招呼阿琴来见客人。

"哎，来啦！"阿琴匆匆来到赵二宝和鲁志清面前，给他们各做了一个低身下蹲的清代宫廷礼节。

"啊，是她？二十五？四十五也不止呀！老板娘……"赵二宝上去一把揪住胖鸨婆的衣领，"你是要我们是不是？"

"大长官……"胖鸨婆依然笑嘻嘻的。

"小长官！"赵二宝再次纠正她。

"嘻嘻，大小反正都是长官，长官，我是本分人，怎么敢要你们呢？究竟要多大岁数的姑娘你直接说，我好给你们找啊。"胖鸨婆说道。

"不大不小，十八岁正好。"赵二宝说，"没有我们走了。"

"有！十八岁的女人成熟、丰润，最讨男人喜欢。我们这里原先的小红就是十八，可惜她攀上高枝被宏昌金店老板赎了身，买回去当了二房。还有个叫小婷的也是十八，这孩子命短，得了急病浑身抽搐，没过半个时辰就一命呜呼，唉，苦命的丫头就这么走了。"胖鸨婆说着还故意挤出几滴眼泪。

"你不送她去医院啊？舍不得花钱吧。"赵二宝问道。

"我想让她扛一扛，可她突然全身抽动，双眼上翻，口吐白沫，没过一会儿没了气。"胖鸨婆用手绢擦擦眼睛。

"不是你女儿，你不把人家当人待？"鲁志清插话说道。

"不是的，她得了急病，我有什么法子？不说她俩了，我们这里有个刚从北方来的十八岁的丫头叫海棠，只是她胆小脸皮薄，不敢来，我带你们上去看看她好不好？就在旁边的三楼，请跟我走，保证让她服服帖帖。"胖鸨婆说道。

不再有理由推脱，赵二宝和鲁志清只好跟着这个一摇一摆小脚女人，穿过大堂从侧门上了三楼。三楼有一排厢房，第一间房里有一个带着乡土气息梳着长辫子，穿着粗布衣服的姑娘，她低着头坐在床边，双手死死地抱在胸前，显得十分害怕。

"海棠姑娘，抬起头来让客人好好瞧瞧。"胖鸨婆喝道。

姑娘浑身颤抖，仍然低着头。

胖鸨婆走过去托起姑娘的下巴，刚把她的头抬了起来，手一松她又低下了头："这个死丫头！"胖鸨婆把脸一沉举起手就要打。

"别打，别打，乡下丫头没见过多少世面，她胆子小，我们来，你先走吧……"赵二宝立即上前拦住胖鸨婆。

"也好，对这号刚来的人，你们可不要客气，否则，以后就难调教她。"胖鸨婆说着伸出手要钱，"这丫头，是要脸盘有脸盘，要身段有身段，就是不会讲话。"

"啊？哑巴！你先走吧，我们看一看再结账，钱少不了你。"赵二宝等胖鸨婆出去后，立即关上门。

年轻的姑娘听到门被关上，"扑通"一声跪在赵二宝、鲁志清面前。

"嗳，别别别！起来，能听懂我们的话吗？"赵二宝连手势带比画问姑娘。

姑娘依然跪着，慢慢地抬起头露出一张泪痕满面绝望无助的脸，恐惧地点了点头。原有的雅兴荡然无存，看着可怜的姑娘，鲁志清和赵二宝是十分怜惜。

"能听懂我们的话就好，嗨，这么好的姑娘不会讲话真是可惜，起来吧！"鲁志清说着去扶她起来。

"不要碰俺！"姑娘推开鲁志清的手，突然讲话了。

"啊！不是哑巴？"赵二宝心中一震。

"要是你们动俺一下，俺就死！"姑娘将藏在怀里的剪刀一下亮出，用剪刀的刀尖对着自己的胸口。

"别……别做傻事！我们不是坏人，你不用害怕！"鲁志清说，"我们绝不会做你不愿意做的事！"

"真的？"姑娘大大的眼睛望望鲁志清，又望望赵二宝。

"把剪刀放下起来吧。听口音你像是胶东一带的人，俺也是山东人。"鲁志清改用山东方言说着将她的剪刀拿下，扶她起来。

"俺看你们也像好人，"姑娘站起来给赵二宝和鲁志清各鞠了一个躬，"老家那里打仗，俺是逃难，找弟弟流落这里，爹娘和两个妹妹全被炮弹炸死，房子也炸没，弟弟是死是活俺也知不道。"

"知不道"是北方方言中典型的话语表达方式，在陕中、冀中、冀东、鲁中、鲁东等地区以及河南、安徽、天津部分地方，口头语里常常使用"知不道"，其含义：有的地方表示确实"不知道""不明白""不清楚"；有的地方则表示"知道，但是不告诉你（交情不够）"；还有的地方表示"不胡说八道"。

姑娘继续说道："有人说俺弟弟跟你们国军到了湖南，俺到这里来是找弟弟，没想到刚到这就被绑架卖到这里……俺就装哑巴，也逃跑过几次，每一次都被他们抓回来打得皮开肉绽。"姑娘说着眼圈又红了，伤心地哭着卷起袖子，露出臂膀上的道道血痕。

"海棠姑娘，你放心，我们一定救你出去！"鲁志清很同情这位小老乡。

"谢谢二位大哥，俺给你们磕头。"姑娘犹豫的眼神露出惊喜，跪下磕了两个响头，"俺不叫海棠，'海棠'是他们给俺起的名字，俺的真名叫韩念珍。"

"起来，起来！以后可不许再下跪了，我们受不起如此大礼。"鲁志清再一次将她扶起，"二宝，赶紧把床单撕成长布条，从这个窗户可以滑下去，后院的围墙不高，她站在我肩膀上就能翻过去。"

赵二宝知道要赎韩念珍出去是行不通的，他和鲁志清都拿不出惊人的赎身费，只能带着她逃走。于是，与韩念珍一起撕床单，并将一根根布条拧成麻花状，做成长长的绳索。鲁志清则在门口偷偷注意门外的响声，听到外面有人走动，一摆手赵二宝和韩念珍就停止。很快，布条撕完了，但不够长，被面一撕就烂没法用，怎么办？赵二宝心急火燎，他推开房门探出脑袋看见门口的瘦猴看守在打盹，灵机一动，将瘦猴看守唤房内，将其打晕，然后扒下他的外衣、礼帽让韩念珍换上、戴上，并将她的大辫子放到礼帽里，拿上包裹悄悄走下楼。三人蹑手蹑脚离开厢房，刚下楼走到过道口，慌慌张张的韩念珍肩膀上布包裹，拐弯时把角落里的三脚花架上花盆撞倒，"扑通"一声花盆砸成两半，把大家吓了一大跳，幸好大堂嘈杂声很大，老板娘没有发现。赵二宝让鲁志清带着韩念珍乘人多时混出大堂，自己以结账转移老板娘的注意力。

　　大堂里，人头攒动，妓女热情迎接，嫖客们进进出出。胖鸨婆坐在太师椅上守候着未结账的嫖客，正与一个中年嫖客为带走叫玉翠的妓女讲着价钱。中年嫖客出的钱太少，在一点一点地加价。这时来了一个老头，老头也要那个玉翠，一下把价格提高了一倍，让中年嫖客瞠目结舌。老头还讽刺中年嫖客没钱别玩，中年嫖客则说"你七老八十了，还有这个力气吗？你竟敢与我争，你也不拿镜子照照自己。"两个嫖客没说几句就对骂起来。乘这个机会，赵二宝则上去结账堵住胖鸨婆的眼光，鲁志清、韩念珍便跟着一群人混出大堂。就在赵二宝准备付钱时，瘦猴大叫大喊指着赵二宝从楼上跑下来。赵二宝暴露了，门口三个打手冲过来抓他，赵二宝立即躲到一个台子后面，抱起一个盆景砸了过去，没有砸到打手却砸到笨拙胖鸨婆的身上，胖鸨婆"啊呀！"一声瘫坐在地上。一个喽啰跑过来，赵二宝三拳两脚就将他打倒，又一个喽啰过来还是被赵二宝打退到一边。第三个打手是个五大三粗的大个子，赵二宝与他交手几个回合感到力不胜任，于是就和他兜圈子，什么东西顺手就砸什么，茶杯、茶壶、酒杯、酒壶、工艺品、盆盆罐罐，只要能拿得住摔得了的东西，全成了赵二宝的武器，呼叮嘭咚砸碎一地，大堂的嫖客们、妓女们鬼哭狼嚎东躲西逃。打手头没法靠近赵二宝就掏出三支飞镖，赵二宝左躲右闪，躲过两标，但第三标还是被击中肩膀，痛得他咬着牙将飞镖拔出，射向房中央的汽油灯。飞镖不偏不斜正中汽油灯的玻璃罩，屋子最亮的光源一下灭掉，只有两侧墙壁上的小红灯笼还有些红亮。趁光线骤暗和混乱不堪，赵二宝身子一蹲躲到一个台子下面，等打手头追来，赵二宝已弯腰从另一头溜出大堂逃出了春楼。胖鸨婆哪肯罢休，她小脚跑不快，呼唤家丁操起家伙去追赶。

　　而鲁志清和韩念珍由于人地生疏，从"湘水春堂"逃出来就迷了路，晕头转向四处乱窜，穿商店，过街道，总觉得有人在追，韩念珍又跑不快，他们只好躲进一个小巷里。无意中鲁志清发现韩念珍一个大腿裤子上有血，问她是不是受伤了，把韩念珍问得面红耳赤。原来韩念珍的月事来了，她不好意思说，而鲁志清又不懂，非要背着她走，这下行动就更慢。还好，鲁志清与韩念珍拦住一辆拉煤的军用卡车，与司机说了几句好话就上了汽车，可没走多远被妓院的家丁们拦住，家丁们又扔斧子又扔飞刀。鲁志清见事态不好，立即拿起驾驶兵放在副驾驶座位上的枪，对着拦车的头目开了一枪，"啪！"头目没来得及叫一声就倒地身亡，其他家丁听到枪声，抱头鼠窜各奔东西。驾驶兵趁此机会加大油门，冲出人群向郊区驶去，鲁志清、韩念珍这才脱离险境。

回到军营，听说赵二宝受伤在医疗队处理伤口，鲁志清立即拉着韩念珍去看望。幸亏飞镖毒性不强，伤口也不深，赵二宝满不在乎，反而安慰韩念珍，让韩念珍感动不已。给赵二宝处理伤口的医官姓牛，四十开外，他见被救的韩念珍聪明伶俐，问她有没有读过书，愿意不愿意留下当医疗队的护士。韩念珍告诉牛医官，她上学读完初中，目前无处可去，愿意留下。就这样韩念珍阴差阳错当上牛医官的助手，参了军。

没过几天，一排排长鲁志清和排副赵二宝，被人举报"违反军纪逛窑子，还打死一个人"。他俩因这件事被关了起来。告发他们的是伙夫刘老头，他在衡阳城里买米返回营区时，见到鲁志清开枪打死了一个人，听身边的百姓说，被打的人是旅店看门人。伙夫就将他听到的只言片语向连长沈定仁报告。沈定仁借机想将威胁他位置的鲁志清、赵二宝弄走，于是夸大其词向孙团长告状。孙剑长一听说枪杀无辜百姓马上火了，过去的传统一向是纪律严明秋毫无犯，从来没有出现过枪杀无辜百姓的事情，对于害群之马绝对不能心慈手软，必须严惩不贷，否则无颜面对湖南民众，于是命令沈定仁将鲁志清、赵二宝抓起来。后经他审理和部下调查，情况不像沈定仁所说的那样，被枪杀的人并不是无辜百姓，而是春楼的打手头，已经有多条人命死在那个打手的棍棒之下，鲁志清实际上是为民除去一害。差一点就草菅人命，孙团长也吓出一身冷汗，赶紧释放了他俩。同时把作伪证的伙夫刘老头痛打了一顿，老头干瘦的屁股被打肿，皮下大片瘀血，如不及时排挤出来，不仅会增加泌尿系统负担，还会分解出叫铁卟啉素的毒素，使肾功能异常，向急性肾功能衰竭发展，医学上称之为"挤压综合征"。民间土方处理是在挨打的部位喷些白酒，或者抹上"锅烟子"消毒，再用草纸吸污血，用手挤瘀血。这让刘老头痛不欲生，以后再也不敢胡言乱语。孙团长又把沈定仁狠狠痛骂一番。鉴于大战之前正要用人，以及沈定仁过去作战有功，暂且不惩罚他，将他由七连调到八连，让他"戴罪"立功下去征兵。

久别重逢

　　春，是个温暖多情的季节，也是个诗意浪漫的季节。春去春又回，雁去雁又归，春风带着浓浓暖意从东海边轻悠悠地飘溢过来，让上海静安寺附近的百株桃花提前绽放，红色、白色、红白相间、粉红，朵朵娇艳绝伦，枝枝令人倾慕。花瓣荡漾在早春的园中，也荡漾在人的心里，身醉其中，花香四逸，一缕缕幽香化为一句句情思，使人遐想连篇。王宁到达上海后，按照余梅给的地址经过这里歇脚，见一个少女在桃花下拍照，触景生情，他联想起在广慈医院后花园给秋露拍照的情景，与眼前这位羞涩腼腆的少女一样，也是羞羞答答烟视媚行。看着那个美丽的少女，王宁忽然间有点迷离恍惚心旌摇曳，朦胧中似乎美丽的秋露像仙女含着微笑，从花丛迎面姗姗而来，她的身边还有两只燕子飞来飞去……稍息等待，走近的却是一位丑女人，大为失望的他不由自主想起陆游的《钗头凤》："桃花落，闲池阁。山盟虽在，锦书难托。莫，莫，莫。"向天长叹：早春的桃花，你为谁飘香？又为何凋零？王宁走在花瓣凋谢的路上，孤单的心情与重逢的期盼夹杂在一起，忍不住加快步伐，翘首凝眸走出这撒满了花瓣的小路，去寻找日思夜念的人。他一手拿着旅行包，一手握着特意为秋露买的一束花，来到余梅给他的地址：迪化南路甲十号。

　　这里是个平民大杂院，根本没有什么别墅。王宁询问门口一位老大妈，大妈听不懂王宁的外地话，王宁也听不懂大妈的本地话，双方只好摇摇头作罢。沿着迪化南路寻找，王宁找遍了一千二百米南路，也没有找到秋露的住处，继续徘徊，在熙熙攘攘的人流里穿梭追寻，寻找了一天还是一无所获，手上的鲜花变色发蔫，最后他失望来到火车站。看着留言栏上贴满了行人的留言："二虎，大哥在兴发旅店等你，速来！""姐，我是阿香，我们广州见。""我带儿子先走了，看到这个留言尽快回杭州。""货已备齐，我们即日前往海南。"……栏板上密密麻麻全是各色各样的留言，王宁明知秋露看留言的可能性极小，但还是怀着一丝侥幸心理，在最醒目的地方也贴了一张寻找秋露的纸条，希望出现奇迹。

　　旁边不远处有个算命先生，摊位上围着一大群人，有个信麻衣相术的少妇正在算命。先生是振振有词："你看啊，这个'坤'字，左边是'土'右边是

'申'，'土'从稳，而'申'是上下都出头的'田'，田是生活的保障，但出头露尾的'田'就留不住财，所以说你家庭虽然平稳，但你先生留不住钱。"正说着，过来一个地痞，他一把抓住少妇的手腕说："借我一块银圆不还，算命哪来的钱？"一块银圆大约相当于四百万元金圆券，可买四十千克大米。可怜的少妇吓得直哆嗦，答应过几天就还。地痞哪肯答应，他拉着少妇就要走。少妇则哭丧着脸跪地求饶。算命先生看不下去，就说："这位小兄弟，对待妇人，不要动手动脚，不然你会夫妻不和，说不定还会家产被盗。你不信老夫的话？那好，前年，令堂大寿，是不是由于大笑过度而合不拢嘴，是中医老先生给治好的？去年，令内出门打麻将，回家时是不是摔断了腿，在家静养了三个月才好的？今年，令千金才八岁就来红了，是每天一根人参的缘故，后来不吃人参才恢复正常对不对？"

地痞一愣，说："你……你怎么知道的？"

算命先生回答："你脸上写着字呢！"

其实，哪是脸上写什么字，这个地痞在附近臭名远扬，他家只要有一点丑事马上就传了出来，算命先生对地痞早有防备，打听到他不少秘密。比如他强奸漂亮的小寡妇周二妹，敲诈勒索商人袁发财，打伤鱼贩子林如庚，偷长发商行的丝绸和缎面，等等。算命先生以为揭露地痞一两件丑事就能摆脱麻烦，对地痞又说："你们家的女人不停地出事，就是因为你在外不尊重妇女的缘故，只要你从此改邪归正……"

地痞不等算命先生说完："去你娘的！"将桌子掀翻，一把揪住算命先生的领口要打，"你再胡说八道老子就……"

王宁贴完纸条经过这里，见这个与自己年龄差不多，但身材矮一些的地痞要打老人，拍拍他的肩说："我说这位，请别动手！老人怎么经得起你的拳头？"

地痞放下老先生转向王宁，说："这个老家伙胡说八道，那个女人欠我的钱，你少吃咸鱼少口干，不要多管闲事！"

王宁从一个口袋里掏出一张金圆券递给地痞，说："这够吗？"

地痞接过钱一看，是一张五百万元的大面额金圆券，见钱眼开的他拿过钱，笑眯眯地走开了。

见王宁也要走，算命先生立即说："小伙子，想必你在找人？出个字吧，我帮你测测凶吉。”

王宁犹豫一下，说：“好，那我就出个找人的‘找’字。”

算命先生不假思索张口就来：“‘找’字左边是个‘手’，右边是个‘戈’，‘戈’是兵器，过去找人往往要手里拿着武器，而你什么武器也没有，你找人不会一帆风顺，在这块土地上你要多多提防，尤其是那些带枪带棍的人！好，再让我来算算你要找的人，定是个女人！她年龄与你相差不大，不是你的未婚妻，就是你的红颜知己！我想你能够找到她，因为她也在等着你，但会有一番周折。”

王宁感到先生的话在理，问：“测一个字多少钱？”

算命先生淡淡一笑，说：“我不收你的钱，你诚实善良，慷慨助人，我怎么能收你的钱呢？有些话……不知当讲不当讲？”

王宁立即说：“洗耳恭听。”

算命先生接着说：“你的命里注定还要经受风风雨雨，请你一定要记住老朽的话：儿女情长要有度，轻轻拍是安抚，重重拍就是惩处；轻轻爱是甜蜜，重重爱会痛苦。与人与事要尽量克制和退让，否则你不仅发不了财，而且会惹火烧身。”

王宁点点头说：“记住了。”

离开算命先生，天已经黑了下来，王宁又回到老静安寺路一带继续寻找秋露，没准她饭后散步或逛商店能碰到，于是在人流较大的路口碰碰运气。老静安寺路在抗战胜利后，国民政府接收租界更名为南京西路，这附近以高级舞厅、电影院、咖啡馆和时装店闻名全上海，有被誉为“远东最高乐府”的百乐门舞厅、上海滩生意最旺的娱乐场所号称“独霸远东”的仙乐斯舞厅和大都会舞厅、新仙林舞厅、维也纳舞厅、夜总会舞厅；有大华大戏院、平安电影院；有远东第一高楼国际饭店、华安大楼、同孚大楼、西侨青年会、跑马总会、犹太总会。此外，还有很多著名的公寓楼，如东莱大楼、德义大楼、麦特赫斯脱大楼、大华公寓、中央公寓、重华公寓、花园公寓、安登别墅、爱林登公寓等，虽处战乱时期，这里依然是车水马龙、履舄交错。门庭若市的商店高墙上，霓虹闪烁，亦真亦幻，数不清的汽车、人力车来去匆匆，不时地发出刺耳的声音，大呼小叫恣意放纵的生意人、川流不息的顾客、漫步于夜晚拉客的妓女们，各自忙着各自的事。街上的戏院里唱着深受上海人喜欢的沪剧泰斗筱文滨的《男落庵》，商店里的留声机放着"好花不常开，好景不常在……今宵离别后，何日君再来？"的流行歌曲。沉溺于纸醉金迷的闲逛人们，满面春风一路欢声笑语。忽强忽弱的灯光，把王宁的身影一会儿拉得很宽，一会儿又拉得很长。抱着一线希望，王宁在街边关注着每一个从身边经过的人，尤其是年轻的女子。

一天没有吃东西，被美味一勾，肚子才感觉饿。王宁走到一个卖生煎的小摊前，买了几个生煎包边吃边想：秋露，你在哪里？我怎么才能找到你啊！余梅给我的地址不对，我已经找了你一天，仍不见你的身影，在车站给你的留言也不知道你能不能看见，怎么能联系上你啊？王宁黯然销魂沮丧极了，他是"拿到梯子架错了墙，行对方向走错了路！"其实，秋露离他不远。王宁从旅行包里拿出一瓶白酒，咕噜咕噜就是小半瓶下肚，很快全身燥热心烦意乱。烈酒烧得他脸红脖子粗，心怦怦直跳，烈酒让他晕晕乎乎直犯困，他走到一栋楼旁侧后挨墙坐下，昏昏沉沉刚闭上眼睛。

从巷子里窜出一瘦一胖两个浓妆艳抹、花枝招展的年轻妖艳女人，来到他的身旁。

上海是个现代与传统、摩登与古板、富裕与贫穷、热情与冷漠于一体的国际化大都市，是有钱人的乐园，冒险家的天堂。每当夜幕降临，数以万计的娼妓就会全副武装进入阵地，在灯红酒绿下，或学着姜太公钓鱼坐等客人上门，或像丢了魂的野鬼四处游荡，或展开游击战，打一枪换一个地方，逮到一个算一个，不管生客熟客来者不拒。民国时期上海的娼妓不但多，且有档次和等级之分：高档属于公娼，有"书寓""长三""幺二"；中档属于暗娼，有"台基""花烟间"；低档属于私娼，有"野鸡""钉棚""咸水妹"，等等，此外还"洋鸡"。

"书寓"多为苏州、常熟、扬州等地的女子，她们琴棋书画无所不会，且能歌善舞，原先是只卖艺不卖身，只陪酒不陪睡，服务比较正规。到了民国时期，"书寓"不仅可以被包养，也卖艺卖身，不过她们对顾客的要求比较高，也禁止留客过夜。"长三"的等级仅次于"书寓"，她们服饰华丽，也标榜卖艺不卖身，卖淫后往往以添置衣装、饰品、开销等借口向客人索取钱财，据说"长三"得名于：陪聊三块钱，陪酒三块钱，陪床三块钱（常常是三，谐音长三）。也有人认为"长三"本指两排三点的骨牌。"长三"与"书寓"最大的区别是嫖客可以留宿。"幺二"属于高档里的低档，身份虽不如"长三"，但人数远远超过"长三"。她们通行的做法是走亲民道路，既坐局亦出局，既陪酒亦陪睡，有说"幺二"称呼也来自骨牌名，她们上有"书寓""长三"的压制，下有"野鸡""台基"等的冲击，生活十分艰辛。"台基"一般不挂牌，不公开营业，比较隐秘，接客通常由熟人介绍服务，幽会的场所也不固定，属于自由派。她们当中多为生活所迫，但也有一些不守妇人之道的寂寞二姨太。"花烟间"由大烟馆为烟客服务，到引诱客人做皮肉生意发展而来。她们是中档次里的低档，接客的对象几乎都是体力劳动者，如码头扛夫、搬运工人、工匠、人力车夫、工厂的工人，等等。由于客人复杂，她们大多有性病。"野鸡"名声不好，她们到处乱飞，没有固定的"栖息地"，也没有政府颁发的许可证，每当夜晚来临就上街拉客，不论是春夏秋冬，也不管风霜雨雪都要去接客，有时则通宵达旦。她们的特点是三个一群五个一伙，当然也有跑单帮的。"钉棚"的地位比"野鸡"还要低，都是极其贫困、相貌不好、衣衫不整的棚户区中年妇女，她们收费低微，只要给钱就行，速度快得像铁匠打一根钉，接客的地点通常是草棚。"咸水妹"也称"广东堂子"，都是不缠足的大脚女人。"咸水妹"是英语 Handsome 的译音，意为漂亮女人。她们能说几句半生不熟的外语，接客对象以外国人为主，如水手、水兵、大兵等，收费比"野鸡"高得多，但一分钱拿不到也有，被打被害是常事。此外，上海还有一些"宁波堂子"（半公开妓女）、"相公堂子"（男妓）和外国娼妓（也称"洋鸡"），如白俄女、西班牙女、日妓，等等，所有娼妓最终目的就一个字——钱！她们既相互竞争，又携手合作，相得益彰，相映生辉，构成了一道独特的风景线。

从巷子里窜出的这两个妖艳女人，充其量不过是"台基"级别，或许就是两只"野鸡"。她们见身穿长条深色西服郁郁寡欢的王宁，以为是个公子哥，便上来搭讪。

瘦妓女娇声嗲气地说："先生，要陪一陪吗？"一只柔软的小手搭到王宁的肩上。

王宁半睁开眼睛问："你是谁，干什么？"

瘦妓女说："是谁不重要，我想陪陪先生。"说着就要解自己的衣服。

常言道，人要脸，树要皮。这个妓女是脸也不要，皮也不要。

王宁见她轻浮，气愤地说："我不要你陪，走开。"

瘦妓女并不生气，而是说："公子哥，借酒消愁愁更愁，还是让我来陪一陪吧，要不了多少钱的。"她见王宁身边的一束花，花瓣全都掉光，只剩下了支杆，"哟，这哪是鲜花，这是枯枝干叶！"

王宁眼睛红红的，大声喝道："放下，不许碰！"

瘦妓女立即将枯枝放在原处："好，好，放下。"

王宁看着这个瘦女人说："看你血红大口，乌黑眼圈，站在昏暗的地方像个鬼似的，黑暗不可怕，可怕的是利用黑暗做着黑暗的事！妓女吧？"

胖妓女忍不住插话了："别说得这么难听，叫我们小姐好啦，嘻嘻……"露出轻浮一笑。

王宁站起来吼道："妓女就是妓女！你们也配称小姐？简直玷污小姐这样的称呼，真是不知羞耻！"

胖妓女一惊："哟，干什么发这么大的火啊？公子哥，是谁惹怒了您？哦，是这束鲜花没有人要吧？啊？哈哈哈……"

两个妓女在一旁笑弯了腰。

王宁气得半死："滚！你们给我滚开！"将手中的酒瓶狠狠地砸在地上，玻璃酒瓶瞬间变成碎片，把两个妓女吓了一跳。

胖妓女见王宁没有过激行为，壮着胆子耍起无赖："我们陪您这么长时间，你还没有给钱呢，您耽误老娘做生意，给钱！"边说，边用指头在背后指着地上的包。

瘦妓女一下明白过来，拿起王宁的旅行包偷偷地溜走了。当醉醺醺的王宁发现旅行包被拎走，想去追已经来不及，他上去一把揪住胖妓女的胸口衣服，说："把我的包要回来！"

胖妓女似乎还理直气壮："我又没有拿，干吗跟我要？"

王宁发火道："她是你的同伙！"

胖妓女不甘示弱，这里是她的地盘，便唾沫横飞："哼，看你长得人模狗样的，原来也不是好东西，你的手顶着老娘的奶子，偷吃老娘的豆腐。你这个没教养的流氓，老娘不把你弄进警察局关起来，你就不晓得老娘的厉害。你以为老娘好欺负是吧，居然揩起老娘的油来，警察局我可是熟得很！"

刚才还用"您"，现在改用"你"，胖妓女气得直哆嗦。王宁被她破口大骂后，立刻松开了手，倒不是怕被警察局关起来，而是自己的手抓的位置正是她高耸、突出的地方。王宁心里暗叹：瞧你那个身板，也不拿个镜子照一下自己，就你这个蠢猪模样，真让人恶心，看一眼都后悔，晦气，真是晦气！居然碰到妓女。

胖妓女以为王宁害怕了，一下来了劲："来人啊，救命啊，有人非礼啦！快来人啊！"

恰巧附近有个巡警小队长，他听见有人喊救命，立刻吹起警哨将几个警察召唤过来，一起跑向这昏暗地方。王宁发现奔来一群手持警棍的警察，好汉不吃眼前亏，赶紧跑，若以非礼罪名抓到，那就太难堪了。警察们在后面穷追不舍，酒后的王宁感觉就像腾云驾雾，脚下软绵绵的，跑不动，跑不快，没过多久还是被警察们逮到。警察头见王宁酒气熏天，以为他是个酒鬼，挥起警棍劈头盖脸就打。这一打反而把王宁打清醒许多，他立即奋起反抗，将警察头打倒在地。旁边几个警察乘头头抱住王宁大腿的机会，一拥而上将王宁按倒，铐上手铐带到分局。

到了分局，警察小队长立即实施报复，他让手下摁住王宁，用皮鞭一阵猛抽，把王宁打得不省人事才罢手。王宁没有听进算命先生的话："与人与事要尽量克制和退让，否则你不仅发不了财，而且会惹火烧身"，他被算命先生言中了，"还会经受风风雨雨"。是的，心上人没有找到，累得够呛，盘缠用得精光，旅行包被偷走，连件换洗的衣服都没有，还被污蔑为"非礼"人家，被警察关入了拘留所。直到第二天醒过来，他才想起母亲在车站送他时"在外一切以安全为重"的话，是后悔莫及。躺在阴暗潮湿的地上一动就痛，他被打伤了。借着微弱的光线，他看见一个角落里有张简易木板床，床上坐着一个瘦小的老实巴交农村模样的小青年。小青年见王宁醒了立马将他轻轻地扶到床上，让王宁离开又凉又潮的地面，并问他犯什么法。犯法？王宁摇摇头苦笑一声，现在哪里还有法啊，有钱有势就是法，他反问小青年："你犯法了？"

小青年从床边找到一件旧衣服，撕下一块布给王宁头上的伤口缠住，又擦去王宁脸上、嘴边的血迹，自我介绍叫梁晓亮，广西东兴人，十七岁，去年家乡连续暴雨把粮田都淹了，好容易熬过秋冬，开春不久家里还是断了粮，没有办法千里迢迢来投奔大伯。大伯在上海军队里做事，本想请大伯帮介绍个差事，结果大伯没找到钱也花光了，没有去处，没有饭吃，拿了人家一个烧饼，被抓住关到这里……

第二天，王宁被抓的事登上申报。此时的秋露并不知道王宁来上海找她，更想不到他被抓，她在给小乐乐讲着童话故事：在大森林里，有一棵果树上生了不少的虫子。果树很着急，就找来医生给自己看病。医生是谁呢？是啄木鸟！啄木鸟妈妈带着小啄木鸟来到果树上，"咄咄咄"几下就啄出一个小洞，将里面的虫子一个个夹出来，喂给小啄木鸟吃。小啄木鸟也学着妈妈的样子为树治病，可他还小，力气不够大，妈妈就鼓励小啄木鸟刻苦学习不要放弃。小啄木鸟听了妈妈的话，坚持锻炼终于成为一个名副其实的森林卫士。果树的害虫没了，也就重新恢复生机，到了秋天又结出又大又甜的果子……

女佣进来送上今天的报纸，秋露展开报纸扫看了一遍，在第四版上有一个醒目标题"醉汉调戏妇女打伤警察！"，文中插有王宁受伤的照片，他西服领子上还有血迹。秋露大吃一惊，眼睛一黑，当即晕厥在椅子靠背上。吓得女佣不知所措，女佣哆哆嗦嗦半天才讲出一句话，让小乐赶快去叫爷爷，等李老爷子赶来时，秋露也醒了，她哭着说："他被捕啦！"

"他？他是谁？孩子别哭，告诉我，究竟发生了什么事？"李老爷子急切地问道。

"他叫王宁，是我的未婚夫，上中学时我们就认识，他比我高两个年级，品学兼优德才兼备，琴棋书画他无一不会。那时我还不知道他是我的亲人，因为他一生下来就被我外公送人收养。去年，一次偶然邂逅，我们相爱了，就在准备结婚时，我母亲发现他竟然是我同母异父的哥哥。"

女佣拉过来一张椅子，让李老爷子坐下。

"这对我来说如同晴天霹雳！受不了这样的打击，于是我来到上海。"秋露说着递上报纸，"想必他来上海是找我。"

"可照片上的他，与你似乎不像兄妹，你是漂亮的鸭蛋脸，他是英俊的长方脸，你俩的鼻子、眼睛、额宽都有较大的差别，不过这小伙子长得倒很精神，像个军人。"李老爷子看着报纸上的照片说道。

女佣又递上来一杯茶，李老爷子接过茶杯，揭开杯盖，用盖子的边缘将浮在茶杯上层的茶叶往一边拨了拨，喝了一口热茶，盖上茶杯放到一侧的台子上。

"他确实是军人，在国军独立师特务连。"秋露说道。

"哦！我的眼光不赖吧？不过……我不明白，既然他是来找你，那么为什么又要酗酒调戏妇女？"李老爷子感到很不解。

"一定是弄错了，王宁哥哥是个品行端正的正人君子，他很少喝酒，更不可能去调戏妇女！"秋露解释道。

"可他还打伤警察，你看都登报了。"李老爷子指着报纸说道。

"他不会惹是生非，但也不甘当受气包！他很正直，敢做敢当！一定是警察先动手。"秋露坚定地说道。

"嗯，是像个有血性的人！播下一个行动，收获一种习惯；播下一种习惯，收获一种性格；播下一种性格，收获一种命运。看来这小伙子从小受过良好教育。"李老爷子点点头说道。

"他母亲是教师。"秋露说，"可能他得罪了警察，干爹，请您救救他吧。"

"女儿，你别难过，我想办法一定让他出来。"李老爷子安慰秋露说道。

具有"江南糖王"之称的李老爷子名叫李阿婺，他出生在上海，祖籍浙江金华。金华古代称之为婺州，因此他的名字为"阿婺"。他交际很广，活动能力非凡，担保一个"调戏妇女""殴打警察"的人出来，对他来说是小事一桩。为了让干女儿放心，他要亲自出马去找警察局的常副局长。常副局长是他多年的老朋友，以前没少找过他，当然也给了他相当多的银两。这回李阿婺不想给钱，而是选了一件金佛像去拜访。

上海警察局位于福州路一百八十五号，坐南朝北，那是一栋八层钢筋混凝土结构建筑，始建于一九三三年，原为法租界麦兰捕房。一九四三年，汪精卫政权接管大楼，改为上海特别市第一警察局中央分局，汪伪垮台后改为上海市警察局。警察局大楼外表与普通的公寓大楼差不多，大门也不大，门两边各站着一个警察。当李阿婺乘坐他的黑色轿车来到这里，门卫像是早有准备似的，立即敬礼请李阿婺进去。

宽敞的大厅庄严肃穆，气氛凝重，四壁和地面是清一色的蓝色，冷色调的墙壁、冷色调的地砖、冷色调的立柱，就连窗帘、壁画、宣传用语全都是冷色调，整个大厅没有一个人，非常寂静，让人一进入大厅就有一种冰冷的感觉。李阿婺提着箱子进入大厅。"咚！咚！"皮鞋踏着地砖的声音，在大厅里回响。他大摇大摆穿过大厅，来到早已等候的常副局长办公室。

"啊！稀客，稀客，哪一阵风把您吹到我这里来了？好久不见，李老还是这么精神！"常副局长起身迎接。

"老啦！"李阿婺笑嘻嘻地说道。

"不老，不老！您看上去比我还年轻呢！请坐。"常副局长说道。

李阿婆将便携箱放在常副局长的办公桌上，慢慢地打开箱盖，从箱里取出一个不大，但很精美的盒子，揭开盒盖从盒里面捧出一尊佛像，轻轻地放在桌子中央。

"哟！……阿婆兄，您太客气啦！"常副局长见到金光闪闪的金佛，眼睛都直了，两个眼珠瞪得滚圆，愣了好一会儿才伸手从桌子上捧起金佛像。

"北魏释迦牟尼像。"李阿婆说，"出自河南洛阳，后被北京戒台寺僧人收藏，民国二十六年因卢沟桥事变流落到民间。北魏的佛像多以铜和鎏金为主，这尊是纯金的！无论是面相和体形、手印与身姿、标示与附件，还是做工与修饰、材料与质地、铭文与题记，样样俱佳啊！这尊金佛像，距今已有一千五百年，没有一丝锈迹。"

"太贵重了，难得的古董！国宝啊！李老，让我怎么谢您？"常副局长眉开眼笑说道。

"有个人叫王宁……"李阿婆从身上掏出一张报纸，指着报纸上的照片开门见山说道。

"噢，误会，误会！"局长终于知道李阿婆来此真正目的，至于做什么，不言而喻，"明天就放人，明天就放人！我还要追查，哪个不长眼的，竟然胆敢在太岁头上动土！我查出来一定严惩不贷！"常副局长假装生气地说道。

"哈哈哈，常副局长，严惩就免了吧。哈哈，只要我的人能够出来，就不胜感激了。"李阿婆笑道。

"好，听您的！您放心，马上就放人。"常副局长拿起桌子上的手摇电话机，摇了两圈，看着报纸说，"给我接静安分局……喂，张局长吗？赶紧把你们抓的王宁给放了……现在……对……就现在！"

就这样，王宁莫名其妙被放出看守所，而且被送进医院治疗。他不知道是谁救他出来，心想应该是秋露，因为在上海除她没有一个熟悉的人。就在他日思夜念的等待中，秋露果然来到了他的身边。第一面是那么的渴望，那么的高兴，也是那么的惊讶。王宁见秋露的打扮不禁一愣，她头上漂亮的红蝴蝶结，身上崭新的花缎旗袍，腿上乳色的丝袜，脚上黑色牛皮鞋，尤其是闪光的耳坠、奢华的项链和那呛人的香水，都让王宁很不习惯。看到秋露像个大小姐、阔太太，喜悦兴奋闪过之后，是疑惑、诧异，再过后是失望、沮丧。而秋露则兴冲冲地走过来，从别后，忆相逢，几回魂梦与君同。她紧紧地抓住王宁的手久久不肯放下，像一松手他就要飞走似的。谈吐中王宁得知是秋露的干爹救他出来，又把他送到了医院治疗。以前可没有听她说过有干爹，来上海后认的干爹？王宁并没有直接问她。

"跟我说说你是怎么来的，好吗？"秋露说道。

王宁在病床上刚毅木讷，心里酸酸的，两眼呆呆望着窗外，并没有说话。

爱，有时候又像一束带刺的玫瑰，远观非常美丽，当花送到你手上，你却不敢握，握得越紧，刺得越痛。

"好不好？"秋露摇了摇王宁的胳膊，几乎在哀求。

"我们打败了！"王宁仍然目不转睛地看着窗外说，"战争的天平倾向一侧，上天把筹码给了共军，在徐蚌战场上，我们被他们打得丢盔弃甲一败涂地，死里逃生好不容易回到南京，你却已离我而去，那感觉是多么的失落……我的情绪一下子跌落到谷底，一遍又一遍地问自己，难道秋露不再爱我了？难道那刻骨铭心的爱情就此画上句号？人失去了追求，便失去方向，会颓废、沉默、堕落，会走向灰白人生，我尽力把控自己不让自己走偏，告诫自己不能回心转意，认准的路一定要坚定不移地走下去，为此，我不停地追寻着你。来到陌生的上海，开局就不顺，余梅给我的地址'迪化南路甲十号'不对，我找遍整个迪化南路、中路和南京西路也没有找到你。随身的行李包也被两个妖艳女人拿走，还反诬陷我非礼她们，警察抓我，我奋力反抗，结果就落得这个下场。"

一番话说得秋露怆然涕下，她抹泪哭着说道："你别说了……我也不想离开南京，更不想离开你，可是……可是别无选择，我曾试图一百次忘记你，却又一百零一次想起你。爱一个人有时不难，但要放弃爱过的人却难上加难！藕虽断，丝仍连，情丝纠缠在一起，难解难分。刚来到这里时很不习惯，以逃避来摆脱现实的残酷与折磨人的痛苦，白天还可以忘记烦恼，但夜里你的身影又出现在我的脑海中，我是长夜难明、度日如年，这是缘分还是梦魇，我辨别不清。"她抽泣一阵，又尽力控制自己的情绪，"我给余梅的地址是：迪化北路甲十号，不是'南路'，也不是'中路'，是'北路'！可能是余梅的笔误，也可能是我没有说清楚！"

王宁转移话题问道："在这过得好吗？"

秋露点点头说："嗯！干爹和他家人对我都很好，我在这薪水比在老家多不少，前几天刚给母亲和妹妹寄去工资。你看，这是干爹给我买的耳坠，好看吗？"

王宁瞄了她一眼，不热不冷地说："嗯，不错。"

秋露继续说："还有这项链、这衣服……你……好像……不高兴？"

王宁勉强笑了笑，说："嗯，没有，没有！"

不辞而别

王宁只是皮肉之伤，并没有伤到筋骨，在医院待了一天就急不可耐出院，住到一家小旅社里。他感觉秋露变了，变得拜金，变得虚荣，变得难以接受。他认为她不再是以前那个穷苦人家为生计而忙碌的单纯小姑娘，现在她有优厚的待遇和优越的生活，而自己连一个起码的工作也没有，更无求生的技能，除了出卖肌肉还能做什么呢？原打算找到秋露就把她娶回家，然后带着她去找美国表舅。看到自己与秋露巨大的差距，他想起母亲的话："以后啊你还要娶媳妇，你和你的媳妇也好比一双行路的鞋，少了一只不行，一大一小不行，颜色、式样不配也不行……"王宁退缩了，打消了原先的想法，不能由于自己目前这样的窘境而耽误她的前程，再说男人的自尊心也不允许他委曲求全。他可以任劳任怨像一头牛，他可以承受更多的苦而无怨无悔，但绝不接受一个比自己强的女人做伴侣，他认为自尊比生命还重要。接下去该怎么办？原来，那传说中的香格里拉并不存在。王宁就像一只落单的鸟，不知飞向何方，不知飘落到何处。放眼远望，极目茫茫，灰蒙蒙的天无边无际，没有一个目标，孤独、寂寞、失落、无助、彷徨一齐袭来，是生活欺骗了我，还是世界遗弃了我？眼下是要挣一点钱，旅馆费和零用钱还是她的，王宁不想再让她花钱。

秋露也感到很沮丧，满腔热忱将他营救出来，没有得到一个"谢"字。面对生冷的话语，她只能是用微笑来掩饰自己内心的悲伤，用华丽的外表来表述在这里过得很好，却不被理解，现在再多的委屈也要咽下，再大的压力也必须自己扛，她想陪他转转，被他婉言拒绝。而王宁更愿意一个人单独走走。他沿着南京西路走到麦特赫斯脱大楼，见不少人围着看墙壁上贴的一张布告。布告最上方中央标有国民党青天白日党徽，由于风吹日晒，布告一角已经卷曲，但内容依稀可辨。

国民革命军第五十一军布告

　　鉴于局势之缘故，本军紧急征召士兵五千名，连级以上军官若干名，望广大青年、退役和失散军人踊跃报名。招募军人要求：一、年满十八岁，身高、学历不限；二、新兵入营后，原籍的乡镇就地筹给优待，其办法即将公布；三、新兵不得逃避，如敢故违，按民国兵役法的逃避兵役罪从重判刑，刑满后仍须应征入营服役；四、欢迎有实战经验的官兵和战场下来的军人加入，本军将予以提拔重用；五、此次招募，系国家建设之大事，欢迎有志青年踊跃参报。

　　第五十一军军长王秉钺，民国三十八年二月

　　这张一个多月前的征兵布告，深深地吸引王宁的注意力，尤其是征召"连级以上军官若干名"让他倍感兴趣。他觉得这是一个离开上海的理由和机会。人生最遗憾的事不是过错，而是错过。他想：既然选择过军队这条路，就应该继续走下去，在接下来的难以预测人生道路上，再苦再累也要坚持。纵使道路坎坷，甚至荆棘丛生、坑坑洼洼，只要有美好的未来，就要勇敢地走下去，至于能不能到达彼岸，则另当别论，那是老天的事，努力了也就问心无愧。

　　当天下午，秋露的干爹李阿婆请王宁喝茶，试探性地提出聘请他担任自己的司机，被王宁一口谢绝，因为他想去五十一军看看，结果被李阿婆泼了一盆"冷水"。李阿婆告诉王宁：第五十一军原为东北军的第一军，抗战期间调至淮阴、青岛、蚌埠、徐州等地段抗日，在台儿庄战役曾立下过汗马功劳。但在国共内战中，于一九四七年初被解放军重挫，后被重建整编，隶属第一绥靖区。次年五月，再次被解放军重挫整编。王秉钺接任五十一军军长才三个多月，该军不足六千人，仅有两千条枪，且多为日军投降时留下的旧武器，缺乏辎重、武器、弹药，现驻防在上海近郊。中将军长王秉钺和少将参谋长向建白，李阿婆都见过，上个月还给五十一军送去一批红糖。李阿婆劝说王宁别加入这个军，想重返军队还不如去湖南的第五编练司令部，那里正招兵买马，是急需用人的地方。王宁并不知道李阿婆心术不正，心想去第五编练司令部也行，一〇二军属于第五编练司令部，鲁志清、赵二宝、程启升他们都在那儿，成师长也已经到了湖南。对，就去一〇二军！

　　李阿婆见王宁下定决心去湖南，立即从皮包里取出一本支票簿，用钢笔写了一张支票，又在上面盖上自己的大印，撕下让王宁收下。无功不受禄，王宁怎么可能要他的钱，只想请他带一个口信给秋露，说完便匆匆离开了茶社。这正是李阿婆想要的结果，实际上老奸巨猾的李老头，并不希望王宁留在上海，留在秋露的身边，之所以担保王宁出看守所，完全是为了干女儿秋露。他表面上对王宁客客气气，实际上却心怀鬼胎另有其目的，等王宁一离开茶社，他就将那张刚写好的早已经作废的假支票，撕得粉碎扔到垃圾篓里。

滚滚红尘中的上海滩，是个令人既爱又恨的地方。在这座中国最繁华的大都会里，一边是富人花天酒地，一边是乞丐举步维艰，见钱眼开、尔虞我诈、警匪勾结、世俗偏见、灾祸、饿殍、混乱以及寻梦的脚印、原乡的心结，共同组成了一幕难唱而又要唱下去的大戏。王宁不习惯也不喜欢这样的环境，现在终于下定决心离开。说走就走，他找到一心要跟着他的因一个烧饼被关进看守所的梁晓亮，准备带着他乘夜车一起去湖南。在火车站又与余梅一家人巧遇。余梅的父亲已将资产转移到台湾，来上海是催收客户的欠款，余梅告诉王宁即将随父母亲去台北，并问王宁要去哪里？秋露还好吗？这下把王宁给问住，在余梅的一再追问下，王宁只好告诉她自己准备去湖南投奔成斌，至于秋露的情况，他含糊其词有意回避。为什么刚到上海就要走？为什么问到秋露的情况王宁总是支支吾吾？敏感的余梅感到他俩不是吵架，就是各有苦衷，盘问王宁又不肯说，余梅只好让父母亲先去酒店，随即打车直奔迪化北路秋露的住地，将秋露约到附近的小花园里。

"稀客稀客，小梅，你怎么来上海啦？"秋露穿着时髦，一路小跑过来。

"我是路过这里，长话短说，我刚下火车就遇到王宁，他说晚上去湖南，投奔成斌老长官，车票的钱还是我帮他垫付的，他怎么会连买票的钱都没有？"余梅说道。

"是吗，怎么不说一声就走呢？"秋露一下收住笑脸。

"不辞而别？"余梅吃惊地问道，"你不知道他走吗？"

"不知道，明天就是他的生日，我还为他准备了礼物。"秋露眼泪汪汪，满腔热忱换得的是失望，"难道说这是天意？哥呀，你怎么不说一声就走呢？"

"还'哥呀'、'哥呀'，就是你的'哥'把人家撵走的！你以为他真是你同母异父的哥哥，对吧？你怎么这么糊涂！"余梅如同发了酵的面团——气鼓鼓的。她从包里拿出一张血型检验报告，又说，"告诉你，王宁从一开始就不相信他是你同母异父的哥哥，为此，他去了中华医学会，去找朱章赓教授，去马林医院检验自己的血型。这是王宁的血型检验报告，他在南京给我看时忘记在桌子上，现在给你！"

"王宁，血型，AB 型……"秋露接过血型化验报告读道。

"而你母亲是 O 型血，O 型是隐性，父母亲当中只要有一方是 O 型血，另一方不管是什么血型，其子女绝对不可能是 AB 型血！你不懂吗？王宁正是 AB 型血，他怎么可能是你母亲所生？还同母异父的哥哥？你错啦，大错特错！"余梅打断秋露的话，责怪道。

秋露身体不由得一震，手提包和检查报告统统都掉到地上，她尽力控制住着自己的情绪。

"秋露姐，你怎么啦？"余梅从地上捡起包和检查报告，见秋露痛苦极了。

"都是我不好，我伤了他的心。"秋露再也坚持不住，双手捂着脸，伤心地大哭起来。

"而且伤了人家的自尊！他喜欢的是原来那个朴素、纯真的秋露！你看看你自己：烫头、化妆、翡翠耳坠、珍珠项链、玉手镯，又画眉，又涂口红，还有这身衣着，这个手提包，这极诱人的洋货香水，比我还时髦。你突然变成这个样子，他一个穷小子怎么接受得了？怎么能不惊慌失措？你伤害了他的心，而你却不知！"余梅一针见血地说道。

余梅的话点到秋露的麻筋，深深地刺痛了她，批评也好，挖苦也罢，是尖锐了一些，秋露并不生气，全当成苦口良药逆耳忠言，她恨自己昏了头，生气将两个耳坠、项链统统地拿下摔到地上。

"不要怪耳坠、项链，爱美之心人人皆有，我比你还臭美呢，但要看对谁，王哥他喜欢的是传统的女性！"余梅又从地上捡起耳坠和珍珠项链放到秋露的手提包里。

"到了上海，放松对自己的管束，再加上干爹他慷慨大方……"秋露道。

"什么什么？干爹？你还认了干爹？"余梅打断秋露的话问道，"这就难怪王哥他了，你知道他会怎么想？秋露，我一直都很羡慕你的聪明才智，梦玥姐、你和我，学什么你最快、最好，大家一致认为我们三姐妹中你最聪明能干，可在这个问题上你却显得那么的不明智，都说恋爱中的女人最傻，今天我算是领教到了，但愿我不要像你这样。"

"余梅，帮帮我吧，你说现在该怎么办？我去车站找他？"秋露问道。

"我想，他一时半会难以接受，有缘，走了还会回来；无缘，遇见也不再

239

认。聚有聚的道理，走有走的理由。等过一段时间平静后，他定会与你联系，听着：你现在去找他等于火上浇油，会让他做出同样不理智的事！"余梅认真地说道。

"那只能等了。"秋露难过地抽泣着。

悲痛会传染！看着秋露声泪俱下痛苦不堪的样子，余梅也跟着流泪。她安慰道："秋露，我建议你别当这个家庭教师了，换个工作吧？要不，跟我去台北？"

"这话像是最后的通牒，我要等王宁，等他，等他！呜……"秋露说着伤心哭了起来……

此时，火车站月台上，扩音机喇叭里播放着女声独唱《虞美人》："春花秋月何时了？往事知多少。小楼昨夜又东风，故国不堪回首月明中。雕栏玉砌应犹在，只是朱颜改。问君能有几多愁？恰似一江春水向东流。"正在等车的王宁，听着这千年悲歌，也是无比的感慨，尤其是最后一句，"春水"带点花瓣，有形、有声、有色向东流去，李煜将一腔愁绪化为流水、苦水、泪水的意境，深深地感染他。生活就是如此，有悲有欢，有离有合，悲欢离合总关情。他再一次回头望了望秋露住的方向，含着泪水与小广西梁晓亮一起跨进了列车。

不少人常有这样的情况：在最想要人挽留的时候，却咬着牙狠心地离开；在最想流泪的时候，却硬撑着不会跌落一滴眼泪，脸上还佯装出一副满不在乎的样子，心里却巴不得对方投降退让，以为逞强坚持下去就能减轻伤痛，就能维护所谓的自尊，过后才体会到，放弃一个所爱的人并不难，难的是无法割舍心中那份爱。而时间又总是那样的捉弄人，以为离开会有一个好的结果，其实，未必！现实又总是那样的残酷，再次相遇，也许她（他）身边会换了个人！离别又总是那样的痛苦不堪，直到经受多了，阅历深了，才知道有些事情无论怎么做，都改变不了结果。

看着繁华的大都市渐渐在视线中模糊、消失，想着心中最爱最牵挂的人，王宁刻意疏远的隐痛仍在心头延续，挥之不去，难以忘怀。其实，他并非不在乎，而是很在乎！爱，就是那样的千回百转，让人死去活来难舍难分；爱，像一棵洋葱头，一层一层地剥下去，总有一层会让你流泪；爱，是个变幻莫测、难以捉摸的家伙，需要大风大浪来证明，需要千锤百"恋"。初恋的人大多都不懂得这些，到分开时才感到那份情是如此的珍贵，到失去才后悔莫及。原来，不是不爱，而是太爱，已经爱到心坎里，爱到血液中！

第十章 备战湘西

乡村抓丁

三大会战失败后，国民党失去长江以北大半个中国，但就其经济、人口、外援来说，江南地区仍有优势，他们还有很大的回旋空间。一旦划江而治成功，只要有三到五个月的喘息机会，国民党又能扩增百万大军。对国民党仍然抱有幻想的原独立师师长成斌，倾耳戴目心怀期待。他从淮海战场回到南京的最初，曾梦想重建一支万人队伍，因为他有过成功重建部队的经验，当时的国防部官员也表示支持。在国民党军队内，裙带关系非常严重，且盘根错节。成斌有个同乡好友在国防部的装备部任要职，少年在盐城读书时，他俩不仅是同窗，而且是同桌，一九三〇年在成斌考取黄埔军校第八期的同时，好友也通过亲戚韩德勤在军中谋得一职。经过多年南征北战，好友已进入国防部，在重要部门任职。他答应从美军援助第二批武器中，拨一小部分给成斌申请的重建部队。

美援第二批武器是上一年美国政府根据《援华法案》，以"废铁物资"的名义和优惠的价格，售给国民党价值一亿多美元共计五万吨武器弹药的一部分，美国曾答应向国民党提供四点三六亿美元的援助，其中一点二五亿美元用于购买美国军火。在此之前，第一批美援共武装了十四个全美械军、十个一半美械军，全美械军有：新一军、新六军、第二军、第五军、第八军、第十三军、第十八军、第五十三军、第五十四军、第七十一军、第七十三军、第七十四军、第九十四军、第一〇〇军。在国共内战中只有第五十四军去了台湾，其他各军大部或全部被解放军歼灭或改变。之后再次重建的部队，例如第十八军实力大不如从前。半美械军有：第四十六军、第五十二军、第六十军、第六十

241

二军、第二十军、第二十六军、第二十八军、第六十四军、第九十二军、第九十三军。这十个军只有第五十二军去了台湾，其他各军大部或全部被解放军歼灭或改变。除此之外，还有部分美械的杂牌军。一九四九年后，随着国共三大战役以国民党惨败而收场，美国对国民党政府失去信心，援助也推三阻四，采取"拖延启运"政策，像挤牙膏似的有限度地向国民党提供军火。

即将到达中国的第二批美援武器足可以装备十个全美械师，这批武器由国防部统一分配，部分配给了在江南、华南重建的国民党部队，例如第二〇三师、第十一师等；部分配给了白崇禧的部队，例如第八十七师、第八十八师等。

落实好武器后，成斌立即启程来到三湘四水。远房堂兄成刚军长本想委任成斌为副军长，但由于程潜等湘系的排挤和阻挠，只得任命成斌为新成立的暂编一师师长。这让成斌大失所望，翘首企足来到长沙不但没有升官，反而沦为暂编序列，实际上就是预备部队。鉴于堂兄的一再挽劝，成斌只好硬着头皮勉强留下。

忍是一种胸怀，也是一种智慧和计谋！人在屋檐下，不能不低头。只有忍人之不能忍，才能成人之不能成，留得青山在，还愁没柴烧吗？成斌是个有度量的人，黄埔军校毕业后就来到湘军，他深知湖南的山山水水和风土人情，只好暂且留在湖南，等实力壮大再说，他计划：师设参谋、军需、副官、政训、总务、秘书、后勤等处；直属机构设突击营、警卫营和特务连、通讯连、野战医院、运输大队、剧团等；团、营、连、排、班均为"三三制"，这样的编制是原独立师编制的复制，只是增加一个剧团。经过两三个月的准备，营级以上的军官大都到位，但士兵缺员严重，因此征集新兵成了当务之急。可通告颁布已有些日子，应征的民众寥寥无几，还不到百人。成斌着急叫来孙团长，给孙团长的任务是征兵，缺额士兵从当地征集，去农村找十五至五十岁的男人，说白了就是下乡抓壮丁。湖南人爱吃辣椒，性格火辣，爱与憎、喜与怒、哀与乐，都十分鲜明。历史上的湘军，是一支屡败屡战绝不服输的队伍。当年曾国藩率领湘军出征，攻陷九江，夺取安庆，大败太平军，攻破天京，名震海内外。抗战时期，湘军的表现依然突出，在中国抗战史上留下辉煌的一页。成斌认为这次在湖南征集壮士，借助于这块他熟悉的风水宝地，部队未来一定能重新焕发斗志，再造辉煌。不过，孙团长的信心似乎没有那么足，他认为湖南一直是"共产"的温床，自清代以来，农村就有"共产"倾向，当地的大户人家都有祠堂，祠堂里设有"公学""公田"以供贫寒农民子弟上学和活口。湖南还是毛泽东的老家，他一"煽动"就有那么多人起来响应。孙团长怎么也想不通："穷山恶水出刁民"，可富饶的湖南竟然成了共产革命的源头之一？成斌告诉他湘人爱"闹"，这对我们征兵是有好处的。就在成斌与孙剑长谈话时，王宁和梁晓亮来到这里。

"报告！在下王宁向老长官报到！"王宁站在门口向成斌和孙剑长敬礼说道。

"哦，小王啊，你果真来啦，'我一沐三捉发，一饭三吐哺，起以待士，犹恐失天下之贤人。'"成斌来到门口，高兴地说道。

王宁知道师长引用司马迁《史记·鲁周公世家》里的话，渴求贤才，谦恭下士。

"走，陪我去喝一杯？"成斌不等王宁说话又说道。

"师座，下次吧，我刚到这里，身上脏兮兮的，先来报个到，不知怎样安排我？"王宁迫不及待地问道。

"你呀是求职心切！好，有两个职位：一是当我的警卫连连长；二是到孙团长的步兵团当少校连长。前者责任重大，后者任务繁杂，由你来定！"成斌爽快地说道。

"哎，王宁，"孙团长立即插话说，"还是到我这里来吧？"

"那就……下连队吧？"王宁思考片刻，对成斌说道。

"小王啊，"成斌没有想到王宁要下连队，还想挽留，"警卫连长的位置是专门为你留的，一般人我看不上，你是我的忠实部下，舍生忘死救过我和我夫人，经过徐蚌会战血与火的考验，我是更加信任你，而且这个位置风险小、好处多，再考虑考虑？"

"感谢老长官的厚爱和栽培，可我缺乏保卫经验，我想还是下连队带兵更为合适。"王宁再一次希望下连队。

"你的话不是没有道理，那好吧，下连队去。"成斌转向孙团长："剑长，小王归你了，以后好好带一带。"

"师座你就放心吧，他们这批学生兵是我训练出来的，我熟悉。"孙团长说完又转向王宁，"我的三营七连连长沈定仁调到了八连，你就接任七连的连长这个位置。"

"是！"王宁立正说道，"团长，我还带来一个朋友，他也想参加我们的队伍，就是他……"说完手指门口等候的梁晓亮。

"敬礼！"梁晓亮上前一步，心慕手追学着王宁刚才敬礼的样子，立正，向着大胡子孙团长敬礼，他那个军礼不像军礼，民礼不像民礼的笨拙动作，显得十分滑稽。

"你这个菜鸟，"孙剑长团长笑笑将梁晓亮对着他的掌心，旋转九十度向下，"好啦，把手放下吧，你为什么当兵？"

"报告长官，一是家里穷，没饭吃；二是舅舅没找到，没法回去；三是敬佩国军的威名。"梁晓亮说道。

"曝，还挺会说话，以后你就跟着王连长。"孙团长笑了笑。

"是！"梁晓亮又敬他掌心向前的军礼，一想不对头立刻将掌心向下，引得在场的人都哈哈大笑。

王宁和梁晓亮离开后，成斌又说："培养人也像选股票，要选绩优股！"

"要选绩优股？哈哈，你还没有忘记在上海买股票。"孙团长笑道。

"民国三十五年，上海证券交易所再次开业，我第一次买股票就亏了一半，后来选了绩优股，不仅把赔的钱挣回来，而且又翻了一番。"成斌感慨道。

"哈哈，你还请我吃了顿饭。好了，我先回团部，还有点事要处理。"孙团长说道。

"去吧。"成斌挥手表示同意。

十七岁的梁晓亮就此正式入伍。他当上王宁的勤务兵兼通信员，得到一套崭新的军服，美得他夜里睡觉都笑醒。长这么大，从来没有穿过一件新衣裳，小时候总是拾亲戚用过的旧衣服，后来拾哥哥嫌小的，再后来是穿父亲不穿的，他的衣服总是补丁摞着补丁，比乞丐好不了多少。如今得到一套崭新的衣服，而且是上下一身新，虽是粗布，帽子和鞋子也是半新，但可以了，他认为自己从此便是"战士"，问连长打仗是不是很好玩。"好玩？"被王宁熊了一通。王宁告诉他，在上次会战差一点就为党国殉职，第一仗是怕得要命。炮声之大简直要将耳膜震破，子弹嗖嗖地飞，血四处溅，胆小的人当场就尿裤子。一发炮弹落在你附近，那是地动山摇站也站不稳，纵使你没有被炮弹片、气浪击倒，紧接飞来的尘土、弥漫的硝烟也能把你覆盖掉，呛得你连气都接不上来。看到前面的弟兄一排排倒下，更不敢向前进，但长官用枪逼着向前冲，不冲锋就是死，冲锋或许还能活，没有办法大家只能向前，用土丘、弹坑、砖墙等做掩护，穿插向前冲。什么时候才能不怕呢？等耳朵被枪炮声震疲倦，震麻木时，等见到血不是红的，嗅到腥臭不恶心时，那才不怕！尤其是见到朝夕相处的好友中弹倒下，一急眼睛就红，像拼死搏斗的公牛一样，什么都不在乎……一番话说得梁晓亮立即竖起大拇指，在他心中，连长不仅是大哥，简直就是英雄！尤其见到王宁身上藏着的勋章，更是佩服得五体投地，暗暗地下决心也要得一枚勋章，他哪里晓得当英雄拿勋章是很难的，有些人成了死鬼也没有见过那东西！

人与人的相遇很有趣。有些人像直线在某个交点相遇一次，离开之后越走越远再不会相遇，而有些人像螺旋线离开之后转着转着又转到一起。这或许是种缘，有缘的朋友不在多，贵在风雨同行，重在生死相依。事实上，一个人的朋友是有限的，即使是热衷于社交的人，好友也局限于某些圈子内，因为社交场合归根到底不是友谊，而是互利。所谓"朋友遍天下"只不过是夸张，或者是期盼，因为世上本无友人，互相关切多了便成了友人；世上本无友谊，彼此猜疑少了便有了友谊。既然友人和友谊都是有限的，要交友就要交好友，什么是好友？好友是在你需要时，鼎力相助；在你成功时，为你高兴；在你失意时，拍拍你的肩膀给予安慰和鼓励。不是吗？交友不求多，求义，求真，求诚，共欢笑，同伤悲。王宁又与鲁志清、赵二宝、程启升不期而遇相聚在湘中，他们没有义结金兰，却志同道合，因为他们有一个共同的梦，他们五个一起当兵的学生在上次会战大难不死，现在就差小李子一个。王宁当上了连长，鲁志清、赵二宝成了一排的正副排长，程启升是三排排长，虽然那个"连"，那个"排"，还不能完全称其为"连"和"排"，因为实际人数还不到编制人数的一半，还有待补充。他们这次在湖南重逢并非老天的特意安排，鲁志清是由于父亲是大地主，他在红色鲁南无法立足；赵二宝是因为父母早已不在世，姐姐也已经嫁人，不愿意回到那空荡荡的家里；程启升是一时没有更好的去处；而王宁之所以下决心来湖南，一是他不愿意增加母亲的负担，二是上海之行大失所望，只好回到老部队。当四个义气男人再次相聚时，自然又沉浸在酒的情谊之中。

接下来的任务，是在当地招募新兵。民国时期的兵役制有两种：一种是"募兵制"，军队征兵用金钱吸引百姓当兵，即"买人卖命"，因出的钱很吸引人，所以有不少人愿意当兵，所谓"重赏之下必有勇夫"。例如民国初年，二等兵每月的收入是七块银圆，上等兵八元，上士十五元。按当时的物价每月三至四元就可以养活一家四口人。一个士兵的薪水养活一家人绰绰有余，有些当兵的人竟然能发家致富。另一种是"征兵制"。"征兵制"来源于一九三三年六月十七日的《中华民国兵役法》，该法规定："男子有服兵役之义务，年满十八岁至四十五岁……战时以国民政府之命令征集之。"也就是说国家一旦有战事，只要政府需要，十八至四十五岁的男人就得上战场。"征兵制"为强征提供了法律依据，强征的结果就是"抓"，即抓壮丁。抗战爆发后由于兵力消耗巨大，蒋军正式实施"义务兵制"。国共内战爆发时期，为了保证所需的兵源，南京政府于一九四八年二月，又颁布了"国军收复地区兵员征集暂行办法"，并授予前线高级长官征兵的处置权，当应征的兵额难以实现时，规定的征兵年限就被大大地放宽，小的十六七岁，老的五十多岁，都有可能被强征入伍。

　　而国统区的老百姓自内战爆发后，不愿意再参军，除非是走投无路或者为生活所迫，大多数参军的人是由于抽丁（通常"三丁抽一""五丁抽二"，即一家有三个儿子抽取一人当兵，一家有五个儿子抽取两人当兵）和抓丁（即强征）进入部队的。好铁不打钉，好男不当兵。在农村，男儿不仅仅是家族延续的保障，而且是未来的顶梁柱和主要劳动力，少一个男儿就少一份生产力，加上仗越打越大，人越死越多，因而老百姓很少有人愿意去当兵。结果造成国民党征兵难，只能采取过激的办法来扩大兵源。王宁他们在这样的背景下去执行募兵，显然是强征。开始，对于抓来的人还做筛选，身体不好的、年龄过大的、有残疾的都不要。后来，由于缺额大，时间紧，任务重，老的、小的、能走路的、能打枪的、能烧饭的，统统都要。有人还理直气壮：羊角风就一阵子，独眼龙打枪瞄得准，斗鸡眼打飞机正"合适"，聋子当伙夫没问题……

　　一九四九年三月的最后一天，当王宁他们奉命由邵东转到隆回一带抓壮丁时，这天正是上海的第一场春雨。秋露独自静坐在窗台边的书桌前，抬头痴痴地看着远方，低头呆呆地苦思冥想，轻饮一酌相思泪，难断心中昔日情，颇感清冷。她捧起镶嵌王宁照片的相框，纷乱的思绪一下掀起了心中的波澜，这波澜比外面的风雨还猛烈。她对王宁爱得越深，思念就越浓烈，毕竟他是闯进她心里的第一个男人。"此刻，你在哪里，一切可好？"她反复地想着同一个问题，两粒含蓄已久的思念泪珠，仿佛在她红润的脸庞跳着悲伤的华尔兹。"难道说一切都结束了吗？之前，我对你来说还是那么的重要，而现在我只成个过去的形象，这就是伟大爱情？上苍，请告诉我一句实话，就一句，他还是爱我的，他没有忘记我，他一定会来找我，对吗？"秋露再也控制不住自己的情绪，双手捂住脸轻轻地哭起来："呜……呜……都是我不好……我错了，我不该疏忽大意，不该那样虚荣，不该让你失望。尽管我心里多少怀揣一些怨念无处排遣，但只要想起你，我就如同见到了阳光，尽管你不辞而别，走得悄无声息，可我不会责怪你，因为你是因我而走。其实，这次见面已有预感，有惊呼没拥抱，有期盼不热烈，君不知，我是多么的期望你和原来一样啊！只要一想到你胸膛的温暖，你肩膀的坚实，你唇边的微笑，我就情不自禁地忘掉一切。我伤你很深，爱你也很深。长夜悠悠，风雨交加，梦中情人，踪影难寻，思念的种子已满树繁花，思念的列车已穿越千山万水追你而去，永不停息，直到地老天荒……愿鸿雁带去我的眷恋，愿春风带来我的问候，愿暖流带上我的关爱！亲爱的，只要你还在远处望着我，就不可能有别人走进我的心房，我的心永远为你而跳动！"想到这里，秋露又拿出王宁送她的生日礼物——云锦方巾，亲了又亲，然后拿起笔开始写信。她的文笔很好，妙笔生花，信手拈来，虽没有上过大学，却有人文的情怀，从小受教国文父亲的影响，便与笔墨书本结下难舍情缘，常常借文抒怀，陶醉于字里行间。在一盏台灯下，在寂静的夜晚，在素颜纸笺里，她把红尘深处的美，化作笔下一抹绚丽的风景，尽情地抒发。

王宁并不知道此时的秋露凄然嘘唏。他随部队下乡抓壮丁来到村镇，从大街小巷到村舍农院，道路、田埂、农田、草垛、谷仓、猪圈、茅房、山洞等地，但凡有人的场所，但凡能够藏人的地方，王宁的部下都要一处一处地搜查。疯狂的抓壮丁就像捉野兔，追山猪，逮猴子，士兵们四处乱窜乱跑，只要发现年龄在十四岁以上的男人，不管身体好坏一律先逮起来，用绳子捆好再说，弄得当地的男人们闻风丧胆害怕极了，无论是在镇上，还是在农田里、家中、病床上，所有的青壮年男人一有风吹草动，听到有人喊"国军抓壮丁来啦"，就会不顾一切往农田的高竿植物里钻，往深山里跑！当然，抓壮丁的国军士兵们也会在后面穷追不舍。要是士兵多，还会前面堵截左右夹攻，他们将抓到的壮丁押上接应的卡车，送往衡阳郊区的兵营。

一天，王宁带着梁晓亮等人来到一户简陋的农户家。这是一户五口之家，老头、老太已经接近七十岁，他们正在喂孙子玉米糊，破旧的小饭桌边还坐着一个年约十岁的小姑娘，旁边的床上躺着一个约三十岁用手捂着胸口的男人，这男人是孩子的父亲、老人的儿子。两个老人看见王宁等军人进来吓得直哆嗦，他们双双跪到地上又是磕头又是作揖，请求"军爷"行行好，别带走他受伤的儿子，否则他们老两口和两个未成年的伢子，就都没法活下去了。老人中年得子就这一个独苗，儿子昨天上山砍柴，不幸摔断胸骨，没钱医治只能躺在家里静养，不料遇到抓兵。老人请长官无论如何开恩，给全家留条生路！王宁看着两个老泪纵横的老人跪在自己面前十分愧疚，一向孝敬长辈的他，头一次受此大礼感到很不自在，他立即俯身扶起老人，答应不抓他们的儿子去当兵，并告诉老人若再有人来抓壮丁，就声称儿子有痨病，一家老小全是肺痨，士兵们就不敢来抓了！临走，王宁用粉笔在这户大门上，一边写了个"痨"字，在另一边写了个"病"字，最后在"痨""病"两个字上，又各画了个大圆圈以表示警示。结果这一招还真管用，是凡来这里抓丁的士兵，一见门上有两个大字"痨病"，拍拍屁股就溜。

一周下来，鲁志清的一排、周有贵的二排、程启升的三排所抓到的壮丁加起来还不到一百五十人，离两百五十名壮丁指标还有不小距离。而距离他们七连不远的八连，在沈定仁的指挥下已经超额完成了指标。为了让孙团长看看他们八连的能耐，沈定仁仍然在卖力地抓丁。他改白天小抓，夜晚大抓，命令白天一个排出动，夜晚两个排上阵，把整个村子围起来，挨家挨户搜，翻箱倒柜乱找，但凡睡觉早的男人在床上被摁住一逮一个准。

有一个戴眼镜的青年学生回乡探亲，走到家门口才发现抓丁，吓得他掉头就跑，因为"秀才遇到兵，有理讲不清"，三十六计走为上。他穿过两个巷子、一条村街，跑到村口又遇到七连的士兵，眼镜青年刚被擒，八连的士兵又冲过来说这个戴眼镜的学生是他们发现的，七连士兵说归你们没门，双方互不相让推推搡搡就要动手。趁着他们争得面红耳赤，眼镜青年逃之夭夭。或许该他倒霉，或许他运气不好，在村外的田埂上再次被抓，抓他的两个士兵不分青红皂白，用一条大麻袋从头到脚将他罩上，口封得严严实实，就像是去集市卖猪，用一根杠子抬着就走。眼镜青年在麻袋里语无伦次，又蹬又叫，又喊救命，又求大爷，说自己是国立湖南大学的学生，还没有毕业，求大爷放他一条生路，并愿意把身上的钱都拿出来。士兵们并不傻，知道一个学生身上没有多少钱，前面一个士兵说："我们不是土匪，是国军，因缺兵少员，今天就对不住你啦！"后面的一个士兵则对着麻袋狠狠踢了一脚，让他不要乱叫唤。

在乡公所的大门口，墙壁上贴着长沙绥靖公署的征兵通告，通告的末端有一朱红大印，通告旁的帖子上白纸黑字写着全乡各村各户应该当兵的名单。一个头戴黑瓜皮帽，身穿蓝士林长袍，脚穿圆口黑布鞋的甲长，一手拿着铜锣，一手拿着铁皮筒土喇叭，沿街巷叫喊着："国无防不立，民无兵不安！国家兴亡，匹夫有责。依法服兵役，乃民众之职责，好男儿，要前去保家卫国！"他每喊几句就将土喇叭挂在胸前，随后拿起木槌，在铜锣上猛敲两下，且走且吆喝。在乡公所旁边的一棵大树下，沈定仁正拷打一个双手反捆吊在树上的老人。沈定仁问老人儿子哪去了？按照"五丁抽二"的规定，老人五个儿子已被抽走两个，余下一个有病，一个残疾，最小的儿子还未成年，不应该再抓丁。老人说有钱人家不肯出丁，出钱就能买名额顶替，没有钱就得上前线，这太不合理，大骂沈定仁是人贩子，卖壮丁大发横财，结果被沈定仁打掉一颗牙。

兵灾祸民，抓壮丁的恶果首当其冲是黎民百姓。仅一九三九年实行新兵役法起，到一九四九年五月止，湖南省征出的壮丁就达一百五十万人之多，是仅次于四川、河南的第三个征兵大省，结果造成相当多壮丁家破人亡、妻离子散。被八连抓获壮丁最多的"柳树村"，全村三百多户，有一百多个男人被带走，年幼的只有十四岁，年长的达五十五岁，其中一半人已经结婚。全村除少数几个青壮年男人得以逃脱和外出未归得以幸免外，唯一一个没有被抓的青年男子，是刚刚被他父亲将右手指头砍掉不能拿枪而被留下的。一夜间，这个村成了"寡妇村""老少村"，全村骤然笼罩在悲伤气愤之下。三日不见炊烟，孩子饿坏肚子，女人哭坏身子，老人哭瞎眼睛，就连平时汪汪叫的狗也发呆不叫唤了，真是令人发指。

其次，被抓的壮丁百分之九十以上不识字，他们多以贫苦农民为主，身体营养不良，有的还有各种疾病，加上抓丁过程中受到惊吓和虐待，身心更臻脆弱。这严重影响了部队的兵员素质和战斗力。就连军政部的代表也不得不承认：由于"受训敷衍，临时拉夫，雇兵充数"等兵役弊端，造成其部队"兵众不强，士多不练"。

如果说抓壮丁在抗战期间，对于抗日救亡曾有过积极作用，但到了内战期间，抓壮丁却受到全体民众的抵制，抓壮丁是国民党政权失去人心的重要原因之一，也为其最终垮台埋下了伏笔。

"车辚辚，马萧萧，行人弓箭各在腰。耶娘妻子走相送，尘埃不见咸阳桥。

牵衣顿足拦道哭，哭声直上干云霄……"杜甫在他的《兵车行》诗中，描写的唐玄宗穷兵黩武，连年征战，给百姓造成巨大灾难的场景，如今再次在衡阳这片土地上重演，人哭马嘶、浓烟滚滚、耶娘牵衣顿足……王宁看到这样悲惨的场面，心情十分沉重，从心里抵触强征民夫。然而，这又是他无法抗拒的，除了消极怠工，别无他法。望着成群结队的被抓壮丁，他们两只手被绳子捆着，一个接着一个拴串在一根长长的绳索上，被拉到广场上剃成光头。王宁想起自己当兵也是被强制送到熊山，剃成光头，所不同的是这群壮丁的脑后留一撮头发作为标记。令人啼笑皆非的是那个拿着铜锣，用铁皮土喇叭沿街叫喊宣传征兵的甲长，他因没有完成任务，也被充数抓进了壮丁队伍。甲长还振振有词："你们抓了我，下回就没有人给你们服务了呀！"他哪里晓得，根本就没有下回，别说你一个小小的甲长，就是保长、乡长，只要完不成任务，也照样抓！

集训新兵

送壮丁是件看起来轻松但实际并不轻松，且责任较大的差事。第一，必须按时按点将壮丁送到指定地点；第二，要时时刻刻防止他们逃跑，跑掉一个要罚再抓两个；第三，路上要解决壮丁们的吃、喝、拉、撒、睡的问题；第四，送到集合地隆回虽然只有十来里地，可壮丁们是捆着串着，行动不便，因而行走速度很慢，押送的官兵必须跟着他们一步一步往前挪。有一回，七连押着一批壮丁去隆回，途中吃午饭发给壮丁一人一个饭团、半个辣萝卜咸菜。有个中年人不知得了什么急病，坐下就再也没能站起来，很快就一命呜呼躺倒在地断了气，手上的饭团掉落到地上，沿着斜坡滚到另一个名叫田金山的年龄更大的壮丁面前，田金山不想浪费粮食，捡起饭团就要吃，却被赵二宝一脚像踢足球将饭团踢出老远。赵二宝告诉田金山这个饭团不能再吃，衡阳军营有的是大米，到了军营保证每一个人都能吃饱。赵二宝找来一把铁锹与戴眼镜的壮丁将倒地中年人就地掩埋掉。

比起送壮丁，训练壮丁更费力、费时、费心。从湘西抓到的壮丁送到衡阳的军营，被分配到各排，由排长统一训练。第一天，给他们换上军服、军帽、军鞋，大家面貌一新似乎像个兵了。然而一测试，他们就洋相百出。大部分新兵立正、稍息、向左向右转都不会。因此，训练从最基础开始，第一堂课是教他们如何敬军礼。

国民党的军礼有举手礼、持枪礼和注目礼。行举手礼的规定是：礼前，两腿并拢，抬头挺胸，正视受礼者，呈立正姿势，举右手，小臂向上弯曲，五指并拢伸直，中指微微接近帽檐右侧，掌心稍向外翻，上臂与肩同高，此为最佳姿势。礼毕时右手迅速放下，仍然呈立正姿势。持枪礼正规做法不太统一：地方军与正规军也不一样，正规军又分美式、日式和德式，湖南的军队多采用早期德式的持枪礼，即以左手四指弯曲握住长枪枪身的中部，右手四指并拢伸直放在扳机以下部位，枪身贴近身体与地面垂直。行注目礼则比较简单：立正，正视前方即可。

敬礼比较容易学，在教官的示范下新兵们很快就掌握要领，学会了三种敬礼的方法。接下来是广场操练，让教官们费了不少力气，又骂又熊，喊破嗓子用了一周，新兵们才学会军人规范的操练动作。别看这群农村兵老实巴交，可能是平常独往独来自由散漫惯了，彼此之间互不服气和配合，集合有点小小的冲撞，这个不乐意将那个一推，那个立即回击一踩脚；列队靠紧了一点，这个用跨往左一拱，那个立即用肘往右一捅；这个将那个帽舌拉到眼睛下，那个干脆将这个帽舌水平旋转一百八十度；队伍前后拥挤了点，前边的人用屁股往后猛一撅，后边的人下身被撞，立马给用手对前面人的屁股使劲一揪……小动作连续不断，直到值日官发现，狠狠地骂了一顿才老实。

第二周首先学习射击，开始是在操场上用步枪、木枪练习卧姿瞄准和蹲姿瞄准。有一天，身穿女军服的韩念珍，手拿医疗用品从一排训练场通过，她曼妙身姿吸引了一大片男人的眼光，随着韩念珍的移动，练习场里的很多新兵们贪婪的眼球也跟着她而移动。"紫房日照胭脂拆，素艳风吹腻粉开。怪得独饶脂粉态，木兰曾作女郎来。"新兵石磊手握步枪卧在地上，心里却想着白居易的《戏题木兰花》，他的枪管也跟着韩念珍的移动而慢慢地移动着，嘴里还不停地说："美！美！真美！"

"他娘的，你往哪里看？往哪里瞄？"鲁志清上去对着趴在地上的石磊屁股就是一脚，忍不住也抬起头，看着他喜欢的女人。

"哎哟！踩我干什么，你不也在看她吗？"石磊摸着屁股，不服气地说道。

"她是俺老乡，是俺救出来的，俺看她手里拿的啥，你这个臭小子！不服是不是？兵不打不成兵……"鲁志清一激动家乡话又全冒出来，抬起脚又要踩踏。

"别，别踏！服，服气！我向靶心瞄准还不行吗？"石磊边求饶边将枪管转向靶心。

在石磊旁边的新兵黄秋诞名字很雅，但与"浑球蛋"的读音相近，大家都不叫他黄秋诞，而叫他的绰号"浑球蛋"。他眼睛也不好，有点对眼，靶心怎么瞄也瞄不准。鲁志清发现这个家伙是个斗鸡眼，叫他练习打枪真是为难他，只好让他下伙食房给伙夫头老刘当帮手。这正合"浑球蛋"意，到部队还是感觉吃不饱，像养狗似的，喂得太饱就不咬人（影响战力），而当火头军能吃饱饭，粮食再紧张，火头军舔舔锅碗盆也能填饱肚子，打仗时火头军在后面，别人冲锋陷阵，火头军却在生火做饭，火头军风险小，油水多，是很多人想去的岗位。

队伍里有个新兵叫"悟能"，年龄还不到十六岁。他原是一座寺庙里的小和尚，前不久头顶上刚被烫了一个"清心"戒疤，也被抓了壮丁，因为不愿杀生，所以他拒绝用枪。被鲁志清狠狠地整了一顿，硬是用一个肉包子塞到他嘴里，又灌了半碗烧酒，不吃荤的小和尚被这一折腾，由此开了荤，也开了杀戒。练习场队伍末尾有一个新兵姓周，身高只有一米四，看背影像个孩子，原来是个矮子。他不仅矮，而且腿螺旋，又内八字脚，是七连一排唯一自愿来当兵的人。因为身材矮小常受人欺负，三十大几没有一个女人愿意嫁给他，孤单的老周只好跑到了军队里。这样的身材打仗不行，但伺候大黑马没有问题。

壮丁中也并非全是草包，凤毛麟角的能人也还有。石磊便是其中之一，他不仅英文好，文笔也不错，写报道和广播稿随手就来，尤其擅长吟诗作对。刚到军营第二天早晨起床，新兵徐宏图发现裤子湿了一大片，惊叫自己尿床了！睡在他旁边的石磊，看见徐宏图的"杰作"，讽刺他将来定是个"画家"，脱口而出就是一首打油诗，乐得大家哈哈大笑。

家丑不可外扬，他却突然尿床。

一阵秋风吹过，骚臭气味满堂。

原本谁也不知，他却自报自扬。

床上画张地图，天南海北一方。

要问失禁缘故，抓丁惊吓受伤。

而今英名不保，没脸去见老娘。

王宁见石磊依然穿着学生装裤子，问他为什么不穿军裤。

"报告长官，事务长说军裤发完了，给我一条死人的裤子，在下不愿意穿！"

"死人裤子？"

"是，裤子上还有弹孔和血，我不用死人的东西！"

"我的裤子你穿不穿？如果我也被打死了，裤子上也有弹孔和血。"

"嗯……穿！"

"为什么我若死了，我的裤子你就穿，别人死了，他的裤子你就不穿？我们今天活在这里，明天就可能死在战场，不要把阵亡的战士看成死人，他们是我们昨天的弟兄！"

"这……长官，懂了，我明天将那条裤子洗一洗再穿就是。"

"好，你叫什么名字？"

"四个石头！"

"四个石头……叫'石磊'吧？"

"长官，你怎么反应这样快，立刻就能说出我的姓和名？"

"这有什么？四个石，叫'石磊'；四个金，叫'金鑫'；四个牛，叫'牛犇'；四个贝，叫'贝赑'；四个田，叫'田畾'……喜欢用三叠字做名字的人大有人在，要知道当兵前我也是个学生，不过我没有你文化高。"

"长官您太客气，我今天算是长了知识，受了教育。"

正在王宁与石磊谈话时，通信兵送来几封信，老兵们都围过去看看有没有家信。通信兵读着收信人的名字一一发信，他把一个叫单强的单（shàn）读成了单（dān），叫了半天没有人去领信。石磊立即纠正他读错了姓，通信兵纠正后还是没有人领信。原来，单强已经死了，是在一个月前执行任务时掉到河里淹死了。还有一个人的名字叫邢淦沛，这回通信兵倒是没有读错字，但他那浓烈的地方口音把邢淦沛，读成"心肝肺"又闹了个大笑话。大部分人没有信，王连长得到两封信，一封是李铁锁的来信，说把家里房子修好就到，信是一个月前写的，他应该已经动身在上路。另一封是秋露的信，一看到秋露那工整的字迹，王宁的心一下揪起来，忽然间有种不祥预感。自从上海不辞而别来到湖南，已经两个多月，没有给她写过一个字，她反倒给自己写信，她是怎么知道我的地址的？是杨大姐给的？这是分手信，还是最后的通牒？王宁看着沉甸甸的信，心慌意乱不敢拆开看。别看他在战场上不惧危险，此刻，却是哆哆嗦嗦，心扑通扑通跳得厉害，那神态就像猴屁股扎蒺藜——坐也不是站也不是，直到晚上一个人躲在宿舍里，才敢慢慢拆开看，可信的内容完全出乎他的意料。

宁哥：

　　几次提笔又几次放下了笔，因为不知道该怎么做，才能够挽回由于我的疏忽而造成对你的伤害。今夜又做了一个梦，我梦见你含笑大度地说："没关系，生活里总会有无奈，总会有无法预料、无法控制的事情，怎么能由于一次失误而悲伤和放弃呢？我王宁不是那样的人！"我被你这样的话语感动得热泪盈眶。夜半三更，我哭着醒来，再次拿起笔给你写信。不管这梦是不是真的，可我了解你有这个胸怀！你具备这样宽宏大量的人格。

　　有人说，越是害怕失去就越会失去，越想牢牢抓住就越消失得快。爱就像手里的流沙，握紧了反而会流失。可能是我太爱你的缘故，时时刻刻牵挂着你，一遇到波折就慌了神，以至本来一些很简单的事都分辨不清。

　　亲爱的，由于我的失误，错把你误当成了同母异父的哥哥，我深感惭愧和内疚，在此表示深深的歉意，请原谅我的无知，这样愚蠢的事以后决不会再发生！

　　顺便问一句，能不能还像以前一样牵着我的手？

秋露，于凌晨。

　　秋露信上字里行间，透露着深沉的忧伤、难堪的懊悔、难排的压力和无限的希望。"当然！而且会攥得更紧，更紧！人总有失误的时候，马还会失前蹄呢，何况你一个初入爱河的小姑娘，哪里经得起波折？其实，要道歉的是我！此刻，真想跨越千里给你一个热烈的拥抱。"王宁一口气读完秋露的信，激动地自言自语。随即从脖子上解开秋露送他的项链，无意中发现"鸡心"挂件能够打开，"心"里面是一张她的头像小照片，是王宁在广慈医院后花园给她拍的。王宁对着秋露的相片亲吻了一下，随后拿起日记本开始写日记：

　　时间的沙漏沉淀着，无法逃离的过往又拾起一些明媚的忧伤。孤寂的夜，总有繁星点点。蓦然回首，你我很远又很近。不过，距离只是一段空间，心有多近，距离就有多近。还记得那个雨中，雨，一滴，两滴，三滴，滴滴述说着我们的爱；还记得那次首遇，情，一天，两天，三天，我们的情也与日俱增。秋露，一别累月，萦思日转。离情别怀，今犹耿耿。我爱你不仅是因为你的美丽，而且因你有一颗淳朴、善良、宽厚的心。真希望变成一只大雁，飞到你的身旁……

　　写到这里他又搁下钢笔，陷入在广慈医院住院与秋露相识的回忆之中。

"咚咚咚"，梁晓亮敲门报告说师部来电话，成师长点名要王连长马上去一趟，矮子老周也牵来了高头大黑马。王宁不知道有什么急事，收起笔记本从老周手里接过缰绳，一跃上了马背。

特别任务

来到师部，王宁得知是第二批美援武器于四月一日到达上海。此时，李宗仁派出的南京代表团已经抵达北平，一旦和谈破裂，中共百万大军就有可能跨过长江占领南京、上海，向江南进军。鉴于并不乐观的形势，成斌与国防部老同学沟通后，派王宁去上海督察拨给衡阳的武器，完成任务后顺便去十六铺码头接杨梦玥来湘，便让王宁开着他的道奇战场指挥车去上海。

开车对于王宁来说不是什么新鲜事，在熊山集训学过开车，在淮海战役的战场上也多次使用过汽车。对美国军车他不陌生，吉姆西、斯蒂贝克、吉普，他全玩过，突围时他就开过大卡车狂奔，现在开小车更容易。从衡阳到上海约一千五百千米，王宁开道奇 WC-56 车，一路狂飙，仅用一天的时间便抵达上海市，按照师座的吩咐，他下榻在百老汇大厦（后更名为上海大厦）。

百老汇大厦因在百老汇路顶端而得名，位于苏州河和黄浦江以及北外滩的交汇处，原址是英商上海电车有限公司的停车场。大厦由英商投资五百万银两（约合当时的三百四十万美元），于一九三零年动工，一九三四年建成竣工，为上海的地标建筑之一，是一座十九层的高档酒店公寓，内设豪华、舒适，设备齐全。一九三七年淞沪会战时曾被日寇占用，一九四五年被国民政府接管，改为励志社第七招待所。一九四八年成立的美国驻华联合军事顾问团上海办事处曾驻在这里。

按说王宁是没有资格住这样高级的大厦，但成斌为了让夫人在上海住舒适些，完全舍得花费这笔开销。王宁一住下来就急不可待约秋露晚上来大厦见面。他太想见她，从去湖南的第一天起就想她。白天由于忙于军务，暂且能够忘却，可晚上静下来，尤其是夜梦里总是想着她，有酸、有甜、有苦、也有辣，吃醋好酸，幸福好甜，离别好苦，热恋好辣。或许爱就是这样，注定不会一帆风顺，磕磕碰碰、矛盾、误会总是一个接着一个，但过后会更爱！

冷不丁的约见让秋露有些措手不及，她是既兴奋又紧张，既高兴又担忧，可说是百感交集悲喜交加。喜的是她与王宁没有一点血缘关系，又可以重归于好相亲相爱；忧的是她误伤了王宁的心，他能理解和原谅自己吗？她不知道如何面对王宁，给他的信刚刚发出不久，还没有接到他的回信，怎么这么快他就来到上海？回想起与他相处的日子，有过欢愉和快乐，有过泪水和忧伤，有过感动和惊叹，也有过苦涩和绝望。而今，时间的月老让他们再次重逢，又会开出什么样的花？结出什么样的果呢？心绪不宁的秋露带着忐忑不安的心情，素装来到百老汇大厦，乘电梯来到王宁的客房门口，轻轻地敲了两下门。

一听敲门声就能断定是女性，王宁立即放下洗脸的毛巾打开门。"啊！来了，我就知道你会来！"王宁不管三七二十一，上去把秋露抱到房里，用脚关上了房门，在她毫无准备的脸蛋上狠狠地亲了一口，"想死我啦！"

爱，就是那么的神奇！一个热烈的拥抱，一个甜蜜的热吻，就能融化去所有的疑虑、误会、隔阂与不快！

"对不起……"秋露有点不好意思。

"不！"不等她道歉下去，王宁立即打断她的话，"请求原谅的应该是我，是我不该不辞而别，是我不应对爱美的你那样不通情理和反感，伤你的人是我！"

"谢谢你的理解，我们都有错，"秋露感谢王宁通情达理，轻轻地勾住他的脖子，红着脸说，"我想以后再也不会犯同样的错误。"

"过去的就让它过去！风雨无情人有情，爱会熔解所有的误会，爱能容纳我们的失误。"王宁吻着秋露说道。

"嗯，只要我们的心在一起，爱就继续发光！"秋露点点头说道，心里的阴霾一扫而空。

"说得对！秋露，看不见你的日子，我是多么空寂。"王宁望着她说道。

"我也一样，没有你的天，不高；没有你的世界，没有色彩！"秋露同样是感慨万千，对王宁的情感渐渐地涌动起来。

"爱，让我们如痴如醉不能自拔；爱，让我们无以自控激动不已！爱得越深，情就越深，意也越浓。记得有一种动物，它一生只会有一个伴侣，一旦伴侣死去，剩下的那个绝对不会苟且偷生另觅新欢，只会孤独走完一生。每当月圆的夜晚，它就会对月悲号，抒发思念，直至终老离开这个世界。这，便是胡狼，它将忠贞看得比生命还重！"王宁感慨地说道。

"真是凄美感人！你就是那只狼？"秋露有意燃起他的热情。

"哈哈，你呢？"王宁问道。

"我是知更鸟啊，同样对爱情忠贞不渝！王宁，说真的，在没有遇到你以前，我从不知道深爱一个人的滋味。"秋露含情脉脉地看着她心爱的人。

"遇到我以后呢？"王宁又问道。

"感到世界变了一个样子，任何东西都没有爱那样甜美。"秋露坦言道。

都说"AB"型血的人，对于爱情的表现是急性子，易冲动，见风就是雨，而"O"型血的人，对于爱情的表现是敏感，直截了当，不达目的不罢休。或许是他们的血型决定了他们的性格，而性格又决定了举动。没有彩排，没有预演，一切全都那么的自然：他看着她柔情似水的眼神，轻轻地在她的小口上亲吻一下；她热烈地回应闭上眼睛，踮起脚尖挨近他。霎时，"情"升华了！

爱的激情像烈火，一旦燃烧起来，再也藏匿不住，遏止不了，将不顾一切，哪怕把自己烧成灰烬也在所不惜，穿越时空和生死，烧掉迷茫和痛苦，融化忧伤和思念，燃出一首撼天动地的歌，燃出一条勇往直前的路！

他们不能改变昨天，也不能将明天提前，因此，他们只能让今天更加充实快乐。王宁与秋露手心对着手心，十指扣在一起难解难分，掌心紧贴着相互摩擦着，肢体语言传递着他们心灵深处的渴望。随着火焰的飙升，他们的亲吻也越来越强烈，越来越疯狂……

楼下的花园中，两只相思鸟在嬉戏追逐。

楼上的房间里，秋露慢慢地解开上衣，露出了白皙丰腴的胸部，美丽而动人的少女身体，在淡淡的光线下展现在面前，一股女人的体香飘来，就像玫瑰蓓蕾刚刚绽放释出的芳香。王宁再也驾驭不住自己，俯身而下，犹如一颗旋转的流星坠落彩云间，不停地扑腾，翻滚，雷霆万钧，激起朵朵云花，掀起阵阵波澜。随着两股激情交汇、撞击、融合，最终形成一股无比炽热的火焰冲向云端。

愉悦让秋露不停地呻吟，兴奋让他们进入一种幻觉之中，热血沸腾过后，两人均达到了精神上的默契和情感上的升华，第一次体验到从未有过的美好。她成了他的，他把少女变成真正的女人；他成了她的，她让小伙子变为成熟的男人。

欢乐的时光总是过得那么快，相聚的时光总是持续那么短。乘王宁熟睡之际，秋露轻手轻脚起来，穿好衣服走到床头前，在王宁额头献上一个轻吻离开了。等王宁醒来发现秋露已不知去向，他一骨碌爬起来看到桌子上放着一张纸。留言的上面还有一张照片，王宁看着美丽的秋露相片，想起那次在广慈医院后花园为她拍的情景，他将相片放到一侧，阅读留言。

亲爱的宁：

　　相见时难，别亦难，我怕等你醒来我们又缠绵在一起难舍难分，所以就先走一步了。其实，我是多么不舍得离开你！但你公务在身，我不想因为我的缠绵、留恋而影响你公务，你先忙你的事吧。

　　再见！

　　露匆笔。

　　王宁匆匆离开大厦，直奔位于高昌庙的海军基地。美援第二批武器弹药有一部分就储存在这里。码头仓库是戒备森严，每隔一段距离就有一个荷枪实弹的卫兵把守着。王宁在军械仓库主任廖中校的陪同下，来到库房清点所有发给湖南的装备，重武器有坦克、榴弹炮、迫击炮和无坐力火炮、战防炮、重机枪、"巴祖卡"便携式反坦克火箭筒，其中数量有限的战防炮，是美军缴获德军从欧洲运来的武器。轻武器主要是单兵携行枪支，如勃朗宁手枪、M1加兰德步枪、M1 A1卡宾枪、汤姆森冲锋枪、勃朗宁轻机枪，等等。王宁拿起一把勃朗宁轻机枪，三下两下就将枪械拆得七零八落，很快又利索地组装起来。看着王宁玩枪老练娴熟的动作，廖主任是暗暗佩服。他带领王宁看完所有发往衡阳的武器、弹药、装备后，随即拿出厚厚一叠武器清单，要王宁签字。王宁不同意马上就签字，而是说等武器装车，自然会给他完整的手续。

　　晚上，廖主任请王宁去老城隍庙的乐圃廊酒家吃饭。其实，廖主任只是作陪，真正做东请客的人是一个身材不高的六十来岁小老头，他叫纪得彪。纪老头虽然干瘦，但一点儿也不虚弱，相反他的身板十分硬朗，耳不聋，眼不花，背不驼，皮肤呈铜色，目光炯炯有神，声音洪亮，谈笑风生，只是沧桑的脸上有一道道皱纹。他既有军人般的威势，又有江湖人的好客，从哪个角度看都显得十分精神。

　　"我先向大家介绍一下，这位是成将军派来的武器督察官——王宁少校。"廖主任先向餐桌上的人介绍王宁，而后介绍纪老头和身边的人，"这位是纪老板，厦门大名鼎鼎的纪得彪老先生，他可是个家财万贯、富埒陶白的大老板啊！旁边这些是他的朋友和部下。"

王宁站起来向大家行了一个他们并不常见的美式军礼，大家立即拍手欢迎。

"哈哈，我哪里有家财万贯，小本生意而已！"纪老头说着掏出香烟盒递向王宁。

"纪老板不要客气，您做什么生意？"王宁从香烟盒里取出一支烟问道，然后掏出美国产汽油打火机给纪老板、廖主任点火。

"什么生意挣钱就做什么。"纪老头大吸一口烟，爽快地说道。

"哦，时局这么乱，什么挣钱呢？"王宁不解地问道。

"挣钱的生意多着呢，就看你喜欢不喜欢了，鄙人只做来得快的买卖！"纪老头像顽皮的年轻人吐着烟圈说道。

"什么来得快呢？现在除了抢，哪还有来得快的买卖啊？"王宁开玩笑地说道。

"哈哈哈，王老弟真行啊！哈哈……"纪老头举起酒盅，"老朽生来喜欢交朋友，来！我们大家先敬王少校一杯！"

"慢！纪老先生，您是长辈，按理说应该我敬您老才对，可我实在是不胜酒量。"王宁谦让说道。

"王少校，少喝一点吧，助助兴！"廖主任立即劝道。

"我有十二指肠球部溃疡，不能喝白酒！今儿盛情难却，我来一杯红酒如何？"王宁还是不肯喝烈酒。

"嗳……不好，不好！红的不够劲，要来就来白的！王老弟，老朽也有肠胃病，我都不怕，你怕什么？这样吧，为了表示我的诚意，你喝一杯白酒，我就来一碗！"纪老头将酒盅换成瓷碗。

"我喝一杯你就喝一碗？这可是你说的？"王宁不知道纪老头是真话还是玩话，便问道。

"那当然，君子一言，驷马难追，绝不反悔！"纪老头说着将瓷碗里加满白酒。

看着这个匪气十足的小老头，王宁决定作弄他一下，于是，站起来将三个斟满白酒的酒盅拿到面前："今儿我是舍命陪君子了！"一口气将三酒盅白酒一一喝下肚里，最后将酒盅都给纪老头看看杯子全空了。

"痛快！痛快！哈哈，该我的了……"纪老头也站起来，端起一碗白酒"咕噜，咕噜"毫不费劲就下了肚，第二碗白酒喝到最后已经有些力不从心，身子猝然摇晃了一下。

"太爷，你不能再喝了！"一个五大三粗的保镖，马上过来劝说纪老头。

"去！一边去！"纪老头说着推开那个保镖，又端起第三碗白酒，艰难地喝完。

"海量啊！海量！今天我真是见到了高手！"王宁说着竖起大拇指。

"我像你这么大时，能一口气够喝上五大碗，现在老了……呃！"纪老头有些晕头转向，打了一个响嗝。

"我再敬诸位一杯，大家一起来。"王宁又举起酒盅。

大家都端起酒盅一饮而尽后，然后拿起筷子吃菜。

"王少校是真人不露相，高深莫测。"纪老头脸色已经发白。

"不瞒纪先生您说，我也喜欢交朋友，"王宁看着纪老头，发现附近一个人鬼鬼祟祟，将一些白色粉末状东西倒入酒瓶里，说，"上至师长和达官贵人，下至普通士兵和黎民百姓，都有我的朋友。"

"好！就冲着你这句话老朽也敬你一杯，拿我的百年老窖来！"纪老头接过含有白色粉末的酒瓶给王宁到了一盅酒，"来，尝尝百年老窖，干杯！"

王宁明知道酒里有鬼，右手端酒盅碰杯后一饮而尽后，左手从裤兜里掏出手帕，趁擦嘴之际将白酒都吐在手帕上，并在桌子下将含酒的手帕挤干。

"王少校，咱俩也干一杯！"廖主任用纪老头手上的酒瓶给王宁和自己的酒盅斟满酒，与王宁一起干杯。

王宁故伎重演，又将酒都吐在手帕上，而后与大家一起吃菜。

"王老弟，老朽这次来上海是想求你帮个忙。"纪老头露出了他的真正目的。

"哦，我一个小连长能帮您什么忙？"王宁不知道纪老头葫芦里卖的什么药。

"我想买些'四口罩犬'，你能帮上忙的。"纪老头用土匪黑话说道。

王宁不知道"四口罩犬"是什么，望着老头。

"'四口罩犬'是他们的行话，"廖主任立刻解释说，"周围四个'口'字，中间一个'犬'字，这是武器的'器'字，他的意思要买些武器。"

"原来是这么回事啊，纪老板你是商人，商人要武器干啥用？倒卖军火那可是犯法的啊！"王宁判断纪老头在动美援武器的脑筋。

"不是倒卖军火，现在局势很不稳，共军一旦突破长江天堑，就会大踏步向南方进发，我想买些武器用于防身自保。"纪老头干脆直说。

"哈哈，你堂堂的厦门大亨，弄些长枪短炮恐怕不难吧？"王宁在婉言推脱。

"我想要几架美制迫击炮，请王老弟帮帮忙！"纪老头皮笑肉不笑说道。

"美制 M2–60 迫击炮倒是不值多少钱，但我们的火炮都已经登记在册，一架也不能动！"王宁坚定地说道。

"这是给你的。"纪老头拿出一块小巧玲珑的女式金表放到王宁桌前，"如果你能给我武器，我还会给你金条。"

"哈哈，纪老板倒是很慷慨呀，但我不能要啊。"王宁又将金表推回给纪老头。

"王老弟，可不要敬酒不吃，吃罚酒哟！"纪老头冷笑说道。

老头的保镖立刻围过来，用匕首的刀刃放到王宁的下巴下面。

"王老弟，在大众面前我是个生意人，我还有一个称谓，用你们国军的话说是'海盗'！去年，我策划一次抢劫，让我的侄子纪染抢劫'中兴轮'，造成你们国军福建保安第一团三大队长汪明远等十余人伤亡，二百多名旅客因船翻白白失去性命！你们说我心狠手辣也好，说我杀人如麻也罢，我不在乎！今天我就是要几架迫击炮，你要是不给，我就……"纪老头咬牙切齿说道。

"难道纪老板要杀了我不成？"王宁打断纪老头说道，他表情泰然自若，一点儿也不显害怕的样子。他知道老头不会动刀，因为杀了他就更得不到武器，继续说，"第一，我王宁根本就不怕你这个小老头，徐蚌会战我脑袋几次搬家又几次捡了回来，我还怕你这一回吗？第二，我们火炮那里有重兵把守，任何人想动一个螺丝都不可能；第三，只要我失踪，首先要追查的人是我旁边这位基地廖主任，廖中校，我们的押运队能放过你们吗？"

"别别别，别伤了和气！有话慢慢商量，各位，各位，都坐下吧。"廖主任立即站起来打圆场，说着他感到头重脚轻，"啊！我……我的脑袋有些晕……"

纪老头使了个眼色，保镖立即将匕首收了起来。一计不成，纪老头又来另一招："王老弟，你和廖主任喝的百年老窖里有我的蒙汗药，廖主任已经发作，你也快了，今天你怕是难走出这个酒家，你要解药，就必须给我迫击炮！"

一个部下端来一碗白水，在水里放了一些解药让廖主任喝下，廖主任立刻就清醒过来。

"哈哈，你的伎俩我有所提防，"王宁说着从裤兜里掏出湿手帕在纪老头面前挤出一些酒，"喝完酒，我用它擦嘴，酒都吐在上面，你可能不知道吧？啊？哈哈……"

纪老头一把抢过手帕，用鼻子嗅了嗅，湿手拍上果真是就酒。他黔驴技穷拿王宁毫无办法。这时，廖主任说："纪老板，迫击炮是大炮系列中的小弟弟，几架迫击炮好解决，你们就别为难王少校了，这事包在我身上，一个月内我保证给你们弄到，有钱这不难办！"他又转向王宁，"王老弟，这次给你们的美械武器弹药中，迫击炮炮弹数量比清单上多出几箱，能不能给纪老板？"

"给他？不行！既然是多了几箱，你要留下我管不着，只要我们的数量不少，我不会过问。"王宁婉转地说道。

"噢……懂了，懂了！"廖主任笑了起来。

"哈哈哈……"纪老头也笑了起来，将金表放到廖主任手上，对王宁说，"喝酒，吃菜！"

廖主任立即将金表悄悄地塞进王宁衣兜里。

王宁知道廖主任的小动作，对他说了一句英文："You are an donkey.（你这头蠢驴。）"

廖主任不懂英文，他先是一愣，而后豁然大悟，自作聪明跟着王宁的发音，说："'友爱通天'？对对对，友爱通天！大家一起友爱通天！吃菜，吃菜！"这家伙就像是厨房里的抹布——油透了！

顺利完成了武器督察任务，杨梦玥也乘江轮来到上海，王宁按时去十六铺码头接她。十六铺码头是远东最大的码头之一，在清朝的咸丰同治年间，上海县为防太平军进攻，建立了联保联防的"铺"，第十六铺是其中最大的一个铺，这个铺东端的黄浦江边码头，因此而得名。这里地处外滩，是上海水上门户，港口繁忙，客运、货运集中，是公认的上海航运中心，渐渐由商贸市集地发展成为商贸中心，周边有豫园、衡山路、多伦路、小东门、陆家嘴等。上海一霸杜月笙早年曾在此地当学徒，蒋介石从这里来到上海滩，徐志摩从这里奔赴美国游学，无数对中国历史有影响的大人物，从这里出入上海。

杨梦玥一身深色西式礼服，烫着时尚的发型，戴着墨镜，站在江轮上的人群里非常醒目。王宁一眼就认出了她，等客轮一靠岸刚架好舷梯，立马冲上客轮。轮船上的水手不知道发生什么事，看这个军人迅速登船，以为是来抓人没敢阻拦。王宁来到杨梦玥面前敬了一个军礼，喊了一声"大姐"，说是成师长派他来接的，随后拿起杨梦玥死沉死沉的箱子下船。箱子为何这么重？因为箱子里装了不少金货，杨梦玥已经将南京的家产和所有值钱的带不走的东西，除古董、字画、珠宝外，都兑换成硬通货——美元和金条，因而箱子死沉就不为怪了。这个箱子就是她和成斌的全部财产，安全起见她选择走水路来上海。

王宁随即用道奇 WC-56 车，将杨梦玥送到预订的百老汇大厦房间。

"谢谢！"

"嗨，杨大姐见外了，你是秋露的好朋友，也是我的好朋友，谢什么呀？"

"王宁，你知道什么是'好朋友'？"

"好朋友就是相互帮助、相互照顾的朋友呗！"

"恐怕没那么简单。"

"那你说什么是好朋友？"

"好朋友有'知音''知己''知心'之别：声讯相求者是'知音'；恩德相报者是'知己'；心灵相照者是'知心'。三者总的来说称作相知，相知的人才能称作为好朋友。而今，能与你推心置腹、畅所欲言的朋友又有几多？人生难得一知己，千古知音最难觅。我和秋露可说是无话不谈，是肺腑之交的好朋友，但和你却有一段距离。"

"那是。"

"'知音''知己''知心'难遇难求，能有其中之一，此生已足矣！你和秋露是情人，也是好朋友，除了情爱还需要知音、知心，还需要谅解包容，一个女人最终想要寻觅的是什么？只不过是一个宽容的怀抱！"

"是，我懂，大姐我先告辞了，还有公事要去处理，等办完这最后一件公事，我就开车送你想去的地方，师座让你在上海住几天，好好地玩一玩。"

"好的，你先忙，再见！"

险遭强暴

秋露从百老汇大厦返回到怡园别墅时，李元智的夫人章静莲刚从台北来到上海看望孩子，她俩一碰面彼此都感到不快。章静莲傲慢骄横两眼敌视地看着秋露，盛气凌人质问她是干什么的。秋露一时不知道答什么是好，只能称自己是孩子的家庭教师。这时，李阿婆走过来告诉儿媳妇，说秋露是自己新认的干女儿。"干女儿？干女儿不就等于是丈夫的干妹子？"长相丑陋的章静莲心里想着，像醋罐子被打翻似的，一股浓烈酸气直冲脑门子。女人天生爱吃醋，吃醋多为嫉妒心，而嫉妒心又具有很强的排他性。看着秋露美丽的脸蛋、柔美的身段、洁白如玉的肌肤，章静莲是蛾眉倒蹙，好似一头被冷落的母驴，然而在公公面前她又不敢发作，只能在心里狠狠咒骂，表面上还假惺惺的称秋露为小妹。

翌日，章静莲在出门化妆时，发现自己的蓝钻项链不见了，这下她终于找到发泄的借口，硬说是秋露拿了她的蓝钻项链："呸！张小姐，你的小脸蛋怎么红了呢？不做亏心事不怕鬼敲门，你心虚了吧？我章某是宽宏大量的人，我知道你也喜欢这条蓝钻项链，倘若你跟我说一声，姐姐可以送给你，但你不吭不声就这样拿去，岂不成了小偷？家贼难防狗不咬，咱们李家、章家可是有身份的体面人家，绝不会视小偷而不见的……"尖酸刻薄的章静莲一番话，说得秋露绞心劂肚，她开始后悔来上海。以前是"不到黄河心不死"，现在是"跳到黄河洗不清"，早知今日何必当初，曾经的"对"成了现在的"错"！秋露委屈极了，此刻就是有十八张嘴也说不清道不明，她伤心扭头轻轻地哭了起来。

哭声引来李阿婆，李阿婆立刻跑回他的卧室，拿来他在别墅过道里捡到的蓝钻项链，交给儿媳妇章静莲，狠狠地批评她胡乱猜疑别人拿她的东西。章静莲是个精明有心计的人，立即向秋露赔礼道歉，说是与秋露开玩笑的，而后灰溜溜地走了。李阿婆随即走到秋露面前，继续用他那三寸不烂之舌安慰秋露，要秋露不要计较那个小人。在走动过程中，他突然喊自己闪了腰，要秋露扶他去卧室。秋露感激干爹给她一个清白，理所当然送他去卧室休息，她认为干爹年纪大了，身体机能有些退化，便给他做一个热敷。

"闪腰"在医学上称为急性腰扭伤，是由于姿势不正，用力过猛或者超限活动等而导致的腰部软组织受损，是较为常见的一种外伤。扭伤在民间可以通过按摩快速解决腰部肌肉痉挛而减轻疼痛。秋露读的是护校，一点儿不懂按摩技术，可李阿婆一个劲地要求她帮按摩按摩。为了安抚干爹急躁情绪，她只好伸出手在干爹的背后轻轻地捏着揉着。这让李阿婆感到很舒心，不停地夸赞干女儿好。揉完腰背，李阿婆得寸进尺坐到床边，又要求秋露再给揉揉僵硬的脖子，秋露不好拒绝只能继续给他揉。由于两人距离很近，李阿婆骤然"性"趣盎然，他淫欲的眼光在秋露身上霍霍直打圈，看着秋露高耸迷人的双乳，嗅着她诱人的体香，李阿婆犹如烈酒被火点燃，他的烂红眼就像肠炎后的鸡屁眼又红又肿。自从夫人去世后他没再娶，可对于女人他没少玩，他不赌博，却喜欢嫖。此刻，他再也无法抑制自己的情欲，伸出胳膊和双手猛地抱住秋露的腰肢，一张臭嘴贪婪地贴到秋露的胸前，似公猪拱食不停地拱着，"嫁给我吧，露，我的小露露！我的钱都归你，我的家产都由你来管理！嫁给我吧？"李阿婆又伸出猪手到他渴望的地方游去。吓得秋露顿时大喊大叫，想挣脱就是挣脱不开。李阿婆如同一头发了疯的野兽，乍然站起来，将抱着的秋露反压到床上，像揉面团似的，搓搓着她的胸脯，然后不顾一切地要脱她的衣服。

"放开我！你放开我！"秋露使劲挣扎着，两个腿脚不停地乱蹬乱踢，把床边的木板踢得咚咚地响，一只高跟鞋也被甩出老远。变态的李阿婆更加兴奋，把她抱得更紧，恨不得一口把她"吞"下去。不管秋露怎样反抗，疯狂的老色鬼就是不松手，直到娇嫩的秋露体力不支，即将精疲力竭的时候，"咣当"一声巨响，才把老东西吓住手。原来墙角青花瓷鱼缸翻倒到地上砸了个稀巴烂，水花飞溅，一条龙鱼在地上不停地翻滚着，白色波斯猫从放鱼缸的架子跃到地上叼起龙鱼就跑。紧接着卧室的门开了，室内的大灯也亮了，李元智出现在卧室的门口。李阿婆见小儿子怒目而视，只好放开秋露，垂头丧气坐到床边低下了头。秋露立即从床上爬起来，穿着一只高跟鞋奔跑出卧室，她从李元智身边擦过，没走多远就摔倒在地，额头磕碰到楼梯的扶手栏杆上。李元智慌忙过来要扶，却被秋露拒绝。她站起来将一只高跟鞋脱下，狠狠地砸向他，而后光着脚奔到自己的卧室，趴在床上大哭。

第一次被人凌辱，差一点就被强暴，秋露感到无地自容。惊心动魄过后，剩下的只是疲惫的身体和无限的悔恨。秋露越想越难过，渐渐地失去理智。她找到一根线绳，搬来一张椅子，将线绳一头甩过房梁，然后站到椅子上，在绳子的另一头打了一个套头的结，套到自己的脖子上……

在门外，李元智听着秋露哭声猝然中断，俯耳贴近门板再无声音和动静，直觉不妙，于是轻轻地拧开房门，见秋露站在椅子上正准备上吊，他不顾一切冲上去，将秋露抱下放到地上。这回他是真的救她，第一回是在扬子江边，他误以为她要投江；第二回是他导演英雄救美；这一回是他应急反应。

"小妹，你怎么能走这条路！"李元智似乎要哭。

"人面兽心！"秋露哭着说道。

"是他不对，我也没有料到会出现如此令人丢脸的事，即便如此，你也不能自尽啊！"李元智哭丧着脸望着秋露说道。

"看上去像个慈祥的老人，是有知识有涵养的人，实际上却是个满脑子男

265

盗女娼的伪君子，女人难道注定要承受悲哀，承受伤害，承受所谓文明下最下流的羞辱吗？！"秋露高声责问道。

"我不是这个意思，我是说没有什么比生命更重要！怎么能这样轻易放弃呢？你要是有个三长两短，生你养你的老母亲，还有你的未婚夫，他们怎么办？"李元智的话深深地触动秋露，让她哑口无言。

秋露愣了片刻，立即穿上鞋子，将书桌上王宁相框和一些自己认为重要东西，包括她最喜欢的那件浅粉色的婚纱，放到她的皮箱里，急匆匆地走出卧室。

"小妹，你这是要去哪里？"李元智想挡住她的路。

"让我走！不用你管！"秋露狠狠地将李元智推开。

"那我送送你？"李元智焦急地等着她的回答。

"不需要！"秋露给他三个字，提着皮箱下了楼。

李元智也跟着秋露来到楼下，这时门口的电话响了起来，李元智犹豫了一下还是先去接电话。是杨梦玥找秋露，李元智与她简单讲了两句就匆匆挂断电话奔出别墅，在大门口遇到夫人章静莲。章静莲见丈夫去追秋露，醋气又起，使劲地抱着丈夫的胳膊要他不要去追，被李元智推开，落得个四脚朝天。李元智顾不了章静莲，气喘吁吁奔到路边，告诉刚上出租车的秋露，杨梦玥女士住在百老汇大厦。

出租车飞快离开别墅驶向大街，司机不知道去哪里，见顾客坐在后排一个劲地哭，问也不答，只能沿着大路前进。当汽车路过百老汇大厦时，秋露忽然想李元智的话，立即下车来到杨梦玥的房间，一进门便扑到杨梦玥怀里大哭。杨梦玥是丈二和尚摸不着头脑，见秋露面色很不好，额头上还有些血迹，问怎么了？是不是被王宁欺负？"告诉大姐，大姐一定给你出气，绝不会轻易放过他！简直反了，他竟然敢动手打人。"秋露说不是王宁，但她又不好意思说刚才被辱的事，在杨梦玥的一再劝说和追问下，秋露只得将被李阿婆侮辱的经过，以及来上海的简况告诉了大姐，说着说着有人敲门。

来人正是王宁，他在乐圃廊酒家与纪老头、廖主任斗智斗勇大获全胜，还得到一块女式金表，计划将这块金表送给秋露，办完所有的公务后，买了一些水果高高兴兴回到百老汇大厦，来到杨大姐的房间。

"杨大姐，我是王宁，该吃饭啦。"王宁在门外敲了两下门说道。

"哦，知道了。"杨梦玥说着转向秋露，轻轻地说："快快，把脸上的血擦一擦呀！"

"不！不……我现在不能见他！"秋露慌了，"我得躲起来！"

"嗨！别往床下钻，到卫生间去！"杨梦玥着急说道。

"大姐，不能让他进来，千万！"秋露要哭。

"好吧。"杨梦玥立即把头发弄散，装着准备洗头，走到门口把门开了一半说："王宁啊，你先到大厦一层等我，我马上就到。"

"哎，好的。"王宁递上水果下楼去了。

杨梦玥接过王宁的水果随手关好房门说："他走了，出来吧！"

"大姐，怎么办？他要知道我被欺负，一定不会放过那个老色鬼！弄不好，还会出人命。"秋露从卫生间里出来说，"不行，我必须走！我必须离开上海。"

"等等，怎么说走就走呢，你去哪儿？"杨梦玥问道。

"我去香港，上个月余梅路过上海，建议我换一个工作，我就与香港一家服装公司联系，他们说需要人，我想去看看。"秋露说道。

"不行！那里鱼龙混杂、牛骥同皂，你一个姑娘家去那人地生疏的地方，人家把你卖了，你给他们数钱都不知道！香港有一些黑社会组织，打着介绍做事的旗号，专门找年轻的女子，买到南洋做妓女。"杨梦玥严肃地说道。

"啊，这也太可怕了！"秋露惊愕地说道，又想到自己刚到上海遇到两个阿飞抢劫的情景。

"秋露，你文笔很好，为什么不去试试编辑、记者这类职业？你非要离开上海就去小梅那儿吧，她能帮助你，至少安全有保障，而且住的地方也不用你愁。"杨梦玥建议道。

"去台北？好，就去台北过渡一下也行！"秋露拿起皮箱就要走。

"等会儿……"杨梦玥打开自己的行李箱，拿了一些金圆券纸币和一个小金块放到秋露的手中，"大陆的纸币到那里不能流通，你用它买机票，金子到哪里都能兑换成现金。"

"大姐我不能要你的钱，不，不！"秋露与杨梦玥紧紧地拥抱在一起。

"拿着！听话，大姐和你一起下楼。"杨梦玥推开秋露，将自己的头发用卡子固定好，然后与秋露一起离开房间。

她俩乘电梯下楼后，经过大厅向门口走去。坐在大厅沙发上看报等候的王宁并没有注意到她们，直到她俩在门口拦住一辆的士，秋露即将上车时，王宁才发现她们，立即奔了过来，边跑边喊秋露。这下急坏了秋露，她让杨大姐挡住他，迫不及待钻进车里关上车门，等王宁赶到的士已启动。

"哎，秋露，秋露！你等一下，等一下……"王宁要追车子。

"王宁你回来！秋露她生病去看医生，她不愿意你看到她疲惫的病容，"杨梦玥故意装作羡慕他的样子，"她真会体贴人，对吧？"

"她得了什么病？要紧吗？我要去医院看她！"王宁说着还是要走。

"你别去，女孩子的病你不要问得太多，好不好！放心吧，不是什么大病，两三天就会好的。"杨梦玥含糊其词，拽回王宁说，"走，上楼去给我拿行李。"

"拿行李干什么？要结账？师座让你在上海玩几天再去湖南。"王宁不解地问道。

"不想玩了，我现在就去你们的部队，过几天秋露她也要来，我要提前给她准备一下。"杨梦玥说道。

"哦，原来是这样，太好了！"蒙在鼓里的王宁一阵惊喜，信以为真地说道，笑嘻嘻的与杨大姐上楼去取行李。

很快，杨梦玥结完大厦的账款，与王宁开的道奇 WC-56 汽车离开上海。车到杭州，在后排上的杨梦玥骤然想起手表忘记在大厦客房的床枕下，路程已经下来近两百千米，再回客房恐怕早已有人入住，手表也不一定能找回，而且耽误时间，只能放弃那只成斌送给她的瑞士欧米茄女表。为弥补杨梦玥的遗憾，王宁从衣兜里掏出准备送给秋露的金表，杨梦玥不好意思要，但没有手表实在是不方便，也就收下了那块金表。

就在王宁和杨梦玥刚刚离开上海的时候，秋露也到达西郊虹桥机场，刚下出租车又被李元智截住。李元智从秋露离开李家后，不顾家人反对先是去长途车站寻找，后又到虹桥机场广播找人，还是没有发现秋露，灰心丧气正准备打道回府时，发现秋露打车过来，李元智高兴万分，上去问她要去哪里。秋露恨的是他的父亲李阿婆，并不恨他，但也不想告诉他要去台北。当她来到售票处见到"三日内所有机票全部售完"的牌子，如同身子掉进冰窖里——凉了半截，一时束手无策。

李元智劝她还是回别墅去，他不愿意看到一个孤苦伶仃的姑娘在这豺狼遍地的地方再遭伤害，保证不会再有第二次那样的事情发生，并答应让父亲向她道歉。而秋露是铁了心绝不再回那里，可没有机票怎么能去台北？秋露无可奈何，只好请李元智帮忙弄一张去台北的机票。李元智不是推脱，这个时候他也弄不到去台北的机票，因为上海市政府部分机关正在向台湾迁移，就连很多公务人员也很难买到去台的机票，除非从香港转机，可秋露又不敢一个人去那里。这世道兵荒马乱，土匪、强盗当道，流氓、小偷横行，她一个弱女子，看惯了春华秋实桃红柳绿，却难辨过眼云烟，孤身在外很难。李元智问她愿不愿意乘船去台湾，他的运兵船明天装完货物，后天去台湾的高雄港，如果跟他的船到高雄，就可以乘火车到台北。不过，台湾的治安也不太好，要想清楚！秋露没有别的法子，对她来说，当务之急是尽快离开上海，因而同意跟他的运兵船先去高雄。此时，人民解放军已经越过长江天堑，正大踏步向上海方向进发。

第十一章　风云突变

仓促去台

两天后，张秋露乘坐"永辉号"运兵船离开上海。当她带上行囊踏上船甲板时，并没有准备在那个陌生的地方做长久的停留，即便那里有多么美好的风光，温暖的气候，迷人的海水、阳光、沙滩，那儿只能作为暂时的停靠驿站，等一切稳定之后，她还是要回老家。她怀着对王宁恋恋不舍的心情和浓浓的爱意，还有一份深深的眷恋，前往那个四面环海的孤岛——台湾。

那年头，只要是轮船拉响汽笛，火车关上车门，汽车轮子开始转动，飞机腾空而起，人的心便会揪起来。虽说是海军专用运兵船，可船舱里、甲板上，仍然有不少市民，他们绝大多数是军政要人的眷属，普通百姓是上不了"永辉号"的，除非你贿赂某个船员或水手长，私下塞上一根金条，或者递上一大堆银圆，他们才会将你藏在船底某个角落，否则你只能留在上海排队等待招商局的客船，何时能买到船票只有天知道，因为去台湾的海上航线和空中航线尤为繁忙，很多人是靠亲友的门路匆匆抵台的。官方到台湾的船票，每张一百五十万元金圆券，黑市倒卖到五千万元。在上海宵禁期间，赴台的船票平均暴涨了三十倍，机票要用金条、金块来换，即便如此还是一票难求，就连国府五院、十二部的机关人员，能去台湾的也只有原人数的十分之一，家眷就更加少。国民党元老于右任去台时，急急忙忙没有通知发妻就上了不归路；大孝子、总统府资政张群，甚至来不及告诉四川老家的母亲就离开大陆；后来出任李登辉副手的李元簇，是提着一个皮箱匆匆到台湾的。

在船上，年纪小的孩子还不懂得这场中国近代历史上罕见大逃亡的艰辛以及未来对他们幼小心灵的影响，还没有真真切切地体会到大迁徙风潮中离别的痛苦。秋露望着浑浊的黄浦江江水，胸中颇有一种凄凉的感觉。她与众多颠沛流离的成年人一样，心情无比沉重，带着"遥望兄弟登高处，遍插茱萸少一人"的离情、"十年生死两茫茫，不思量自难忘。千里孤坟，无处话凄凉"的无穷忧伤、"念去去，千里烟波，暮霭沉沉楚天阔"的不尽思念，带着"风一更，水一更，聒碎乡心梦不成，故园无此声"的无奈与惆怅，带着永不能忘的祖先牌位，踏上前途未卜的航程。他们当中谁也没有料到，这次跨越波涛汹涌的海峡抵达彼岸，从此以后，一苇可航、朝发夕至的台湾海峡，便成为阻隔炎黄子孙来往的一道难以跨越的屏障，成了天之涯，海之角，骨肉分离难以再相见的"鸿沟"。多少高堂双亲一夜悲白发，多少贤淑妻子长年守空帏，多少儿女不知父母的生与死，多少异乡他客夜夜梦神州……未来的三十八年里，台湾海峡溢满了离别的苦水和思念的眼泪，"分离"二字，就深深地烙在他们下半生记忆里。

秋露是船上不幸的难民中比较幸运的一个，她在船上能够自由地走动，不受限制地进出李元智的指挥舱。"各就各位""起锚""收缆""左舵二十""进一""回舵十""双车前进二""全速前进"……秋露看着李元智娴熟地发出一个个口令，指挥"永辉号"运兵船向大海驶去。船出吴淞口不久，领航员猛然跑进指挥舱报告，正前方海面上发现一不明漂流物，无法判断是不是水雷。一听到"水雷"二字，大伙儿马上紧张起来。船上除了三十多名军人，还有一百多名国府高官眷属和大量国府重要档案、秘密资料以及印刷设备、上海地方官员的大量私人财物。

五个月前，即一九四八年十二月三日晚六时许，担负沪甬线航行任务的"江亚号"客轮爆炸，就罹难于吴淞口外海面，遇难者达三千多人，死亡人数远远超过泰坦尼克号海难，可能的原因就是船碰到"漂雷"。当时的"江亚号"轮船总吨位、马力、航速均与"永辉号"运兵船相近。

李元智因前车之鉴十分谨慎，他用望远镜瞭望，依然不能断定漂浮物是何物。为了避免重蹈"江亚号"之覆辙，李元智下令："紧急避让，右满舵！"舵手立即飞快向右旋转舵轮将其打死，回答："满舵右！"当船绕开不明物体后，李元智又命令："左舵四十五，退二，减速慢行！"舵手又旋转舵轮回答："四十五左舵，二退！"将车钟手柄来回推拉了一下，发出两声铃声，让指针退了两格，轮机兵立即降低马达动力，减速慢行以免船浪激发这个不明物体。二十米，五十米，一百米，大家看着那个既像水雷又像汽油桶黑乎乎的东西，从运兵船的左舷渐渐远离后才松了一口气。

从上海到高雄约四百一十海里，满载机器、设备、档案资料、器材等货物的"永辉号"，连续不停行驶也需要两天时间。秋露在船舱里休息了一会，穿上风衣来到船的甲板上。清凉的海风使她压抑的情绪略有一些缓解。她看着船在大海中乘风破浪，绕过暗礁浅滩，不畏艰险，不怕迷航，向着既定目标勇敢地前进，联想到自己也在生命的长河中奋勇向前，感慨人生漫漫，路途遥遥。是啊，人生不可能一帆风顺，难免会遇到凄风楚雨，一切都要坦然面对，无论是喜是忧，哪怕是遍体鳞伤，只要能站起来就要义无反顾继续前进。

忽然，海里上有条两米多长、一百多斤重的大鱼跃出水面，银鳞映日闪闪发光，鱼在三四米高的空中翻了一个滚，跌落回到海里，激起一个向四周辐散的大水花。秋露第一次看到这么大的鱼跃出海面，非常兴奋，庆幸来到甲板上看到这难得一见的现象，心情一下好了许多。她顺着栏杆来到船的尾部，发现平台上堆满许多大大小小的木箱，小的有一尺高，大的比一人站立还要高，一个三十出头、身穿西服很像学者的男子，半躺在木箱搭建的"躺椅"上，他用一本打开的书盖在脸上，正享受着徐徐海风和明媚阳光，这位先生就是《中报》的主笔殷海光。

殷海光，一九一九年十二月五日出生在湖北省黄冈县回龙山镇殷家楼村，原名殷福生。他的爷爷是一个私塾教师，父亲是基督教圣公会黄冈县上巴河镇福音堂牧师。十九岁那年，殷海光考入西南联大哲学系，四年之后，又考入清华大学哲学研究所，专攻西方哲学。二十五岁投身抗战加入青年军，退伍后到重庆独立出版社任编辑，被同乡陶希圣拉入国民党阵营，先后在国民党中央宣传部、《中报》任职。一九四九年随报社去台湾，任该报的主笔，同时兼任《民族报》总主笔。同年五月，因在报上发表社论，又一次触怒了蒋介石，受到国民党的围攻被迫离开《中报》，应台湾大学傅斯年校长的邀请到哲学系教书。从此，脱离国民党阵营转变成自由主义者。他以笔为武器，对国民党的专制、独裁，进行了尖锐、毫不留情的批评，成为台湾一位重要思想家、政论家，是与胡适齐名的"自由主义"大师和民主斗士。殷海光有严重的胃病，在运送报社印刷设备去台湾的船上胃病再次复发，腹痛难忍痛苦不堪。他坐起来用双手使劲儿捂住自己的胃部，嘴里轻轻地发出痛苦的声音，紧接着一阵恶心又像是要呕吐，站起来几次要吐仍没有吐出来。

"先生，怎么啦？您脸色这么难看！"秋露跑过去扶着殷海光问道。

"哦……"殷海光眉头紧锁，目光呆滞，大声喘着粗气，宽大上门牙紧紧地咬着没有血色的下嘴唇。

"请告诉我您哪儿不舒服，我在医院工作过，或许能够帮助您。"秋露劝说道。

"哦，谢谢，刚才一阵胃好痛，现在好多了。"殷海光慢慢地抬起头，说着带湖北腔的普通话。

"是不是上腹部歇斯底里的激痛？"秋露又问道。

"是，剧烈地痛。"脸色惨白的殷海光答道。

"看您症状很像是胃痉挛，如果有胃病史，或者因食物刺激、受寒、细菌感染、精神原因都能引起胃痉挛。我在广慈医院工作时见过这样的病人。"秋露说道。

"广慈医院？我知道那家医院！是的，我确实有胃病，伊始于五年前我当兵，要说生气我也确实有气，国府无能丢了大陆败退到台湾，害得我们也要跟着走。"殷海光说着坐回到木箱子上。

"您当过兵？"秋露问道。

"时间不长，那是民国三十三年我当兵参加远征军，一年后日本鬼子投降，我退伍在国民党宣传部从事出版宣传工作。"殷海光说着反问道："请问小姐尊姓大名？"

"不客气，我叫张秋露。"秋露答道。

"张秋露，张秋露……"殷海光感觉这个名字挺熟，"有一篇名叫'南京的秋天'的文章，是不是你写的？"

"那是我刚到南京时写的一篇散文，心血来潮一气呵成！您看过？"秋露解释道。

"岂止是看过！当时你这篇文稿投稿到我们报社，还引起不小的争论呢！你可能不知，报社一半人说你这篇文章写得好，别有风味；另一半人则认为文章中多次提及的南京的行道树，大家都叫'法国梧桐'，你却称'悬铃木'，因而不同意发表。最后稿件送到我这里，我也是向园林局咨询才知道你是对的！你一个小姑娘，怎么知道那么多？"殷海光说道。

"呵呵，我父亲与国立东南大学常宗惠教授很熟，'悬铃木'的事是听我父亲说的，而父亲又是听引进这种树的常宗惠教授说的。"秋露解释道。

"噢，是这样！张小姐不仅知识面广，而且中文功底相当好，字也写得工整、美观，很有个性，我还以为是位男士、学者，没料到文章出于一个漂亮的小姑娘，哈哈……"殷海光说着笑了起来，"你这也是逃难去台湾？"

"逃难？"秋露心中一惊，再一想自己确实是逃离上海，"噢，也算是，没去过台北，不知道那里好不好找工作？"

"啊呀，台湾一下拥入数十万大陆民众，我想……找工作一定很难，张小姐若愿意在报界发展，我倒可以帮忙。"殷海光爽快地说道。

"真的？那太感谢您了。"秋露高兴地要跳起来。

"有两个可去的地方：第一，你到我的好友余纪忠那里去，他年长我十岁，你们是老乡，他是武进县人氏，原是国民党中央党部训练委员会主任秘书，现正在台北筹办《征信新闻》报，需要人手；第二，你也可到我们《中报》来工作，鄙人介绍应该没有问题。"殷海光说道。

"嗯……我愿意到贵报社工作，请老师帮忙给推荐一下，即便当不了编辑、记者，我端茶送水、打扫卫生也可以。"秋露说道。

"嗳……哪能让你干女佣的活，你下月初去台北中正西路八十一号报社找我，上班时间我都在。"殷海光说着掏出一张名片，很有礼貌用双手捧着。

"好，到时候我一定去。"秋露双手接过名片，读道："《中报》总主笔、《民族报》总主笔，殷海光。啊！久仰殷老师大名，我是有眼不识泰山，我那篇文章的稿费还是您寄给我的，往后还请殷老师多多关照！好了，我不影响您休息，咱们台北见。噢！别忘了，到台北您要做一次全面体检，防患于未然！殷老师再见。"

"再见！"殷海光向秋露招招手，躺下继续休息。

秋露告别殷海光向船舱走去，前面的船头有个军人放起了鞭炮，为什么现在放鞭炮？既非喜庆节日，也非忌日，为什么要在船头放鞭炮？秋露好奇，便问身旁一位对船进行保养的水兵。水兵告诉她：每当"永辉号"路过大青岛都要放鞭炮，这已经成了惯例，一是附近有暗礁，经过这里需向海龙王报告；二是向旁边海岛上庙里的海神致敬；三是提醒附近岛屿的驻军不要胡乱开炮。秋露第一次看到军人也讲迷信，水兵还告诉她这很普遍，船舰的上官兵们多沿用渔民习俗：吃鱼不翻鱼身，翻鱼身即翻船；不在船头拉屎撒尿，船头即龙头，在船头拉屎撒尿会倒霉；行船时不说不吉利的话；姓陈、姓范的水兵在出海时都被撵上岸，他们若在，船不沉也翻，诸如此类的荒谬言行都为了讨个吉利。离开水兵姗姗回到船舱，秋露感到朔风更臻凛冽，波涛渐趋汹涌，虽然船颠簸幅度不及上一次坐飞机碰到气流那样剧烈，但长时间不停地摇晃或上或下，对于从没有坐过海船的她可是遭了大罪。那滋味真是痛苦不堪，先是头重脚轻晕晕乎乎，接着胃里翻江倒海、恶心，再后来就是吐，吐得一塌糊涂，黄疸水都吐出来。晕船在医学上称之为晕动症，是由于摇摆、颠簸、旋转等运动，导致人体内耳前庭平衡过度刺激而引起的疾病，能造成头晕、恶心、呕吐、面色苍白、出冷汗等症状，严重的人还会出现心律不齐、虚脱，甚至休克。

同舱的大副太太很有经验，她从伙房里弄来几片生姜和几个橘子，将生姜片贴在秋露的肚脐周围，用鲜橘皮挤压出的橘香雾气让秋露吸着嗅着。经过反复更换橘皮，半小时后偏方起了效，秋露的晕船症有所减轻。在中医里，上脐部又称为神阙穴与脾胃紧密联系，敷脐疗法应用于妇女呕吐、眩晕症有特效，大副太太的做法实际上是刺激神阙穴，这是民间减轻晕船的一种常用方法。

原计划两天多的航程，因人多、货物超载严重，使运兵船吃水过深，阻力加大，再加上强烈的东南逆风影响，"永辉号"到达台湾高雄已经是第三天下午。晕晕沉沉两三天，秋露不想等船卸完货再去台北，而是选择上岸乘火车去台北。可刚下码头就感到头昏目眩，她不知道身体出了什么问题。而码头上又纷乱、嘈杂，几乎全都是背井离乡、流离失所的逃难的大陆人，推车子的、挑担子的、哄孩子的、面无表情发呆的、抱着皮箱跪在地上号啕大哭的……压抑的气氛充斥着整个码头。那些衣冠不整，家徒四壁的升斗小民们，风餐露宿在广场上真是很可怜。就当时台湾的经济状况，是无力解决这么多难民，即便是政府的公务员，也无法给予良好的照顾。譬如，故宫博物院、中研院的工作人员，只能借住在台大宿舍里；"立法委员"到台湾后配的也只是简陋的平房。无数的大陆军、政、民仓皇迁台，给台湾当局增加了很大的压力。陈诚从一九四九年三月起，不得不对私人赴台加以限制，只允许军队、中央各机关人员、各院部会及各省市政府迁台者、工商人士、教师等七类人员和他们的眷属，凭有效证明批准后方允许入台。在这样的措施下，一九五〇年以后，由大陆赴台的民众急剧减少。秋露踉踉跄跄穿过拥挤不堪的人群和壅塞的人流，在离高雄码头不远的七贤路上找到一家小旅馆住下。

　　高雄位于台湾岛的西南岸，原名打狗港、西港，是仅次于台北的台湾第二大城市，在明清期间仅为一个小渔港，一八六四年开放通商，日本占领后改名为高雄，一九四五年光复设为市。在台湾五大城市中，高雄的自然景物最具亚热带特色，气候暖热，降水丰沛，是台湾的主要植蔗区和香蕉、凤梨产地。

　　一九四九年初，高雄的常住人口只有 14.3 万人。比台南 16.5 万人还要少些，仅比新竹、嘉义、屏东的人口略多一点。当时全国常住人口最多的城市是上海 430 万人，其次是天津 171 万人，再向后分别是：重庆 148 万人、北平 140 万人、南京 101 万人、沈阳 100 万人、广州 96 万人、青岛 76 万人、大连 72 万人、汉口 64 万人、哈尔滨 63 万人、成都 62 万人、杭州 61 万人、济南 59 万人、西安 50 万人、长沙 42 万人、福州 30 万人、昆明 26 万人、贵阳 26 万人、南昌 20 万人。三年前，大陆迁台的人数只有 3.8 万人，到一九四八年，这个数字增长了四倍，达到 15 万人，一九五〇年初，迁台的人数达到 120 万人之多，其中一半来自福建（14 万）、浙江（11 万）、广东（9 万）、江苏（9 万）、山东（9 万）这五个省。这些赴台的"外省人"中，包括大量的大陆精英人才，他们来到台湾促进和丰富了当地的多元文化，将台湾重新拉到中华文化之内，为台湾后来的经济快速发展，做出了巨大的贡献。

　　秋露到达高雄后又休息一天，体力有所恢复便乘火车抵达台北。这时已经是离开上海的第五天。由于离沪仓促，通信录没有带上，余梅的地址也记不清，秋露只好暂时下榻于一家旅社。这个时候的台北常住人口只有二十七万人，市区面积还不到七十平方千米，而台湾的总人口已经达到七百多万。

　　春末夏初的台北，正是花香果香四溢的季节，走在繁华大街上，最能感受台北的文化。首先进入眼帘的是令人眼花缭乱的各种广告语：请到我们这里来吧，否则你我都得挨饿——餐厅广告；这里"臭"名远扬，却又"香"飘万里——臭豆腐店广告；无"胃"不"治"——胃药广告；滴一滴药水，转几下眼睛，便药遍全球——眼药水广告；你留着钱也就留着你的痔疮——痔疮药广告；老鼠不死，我就死——耗子药广告……更让秋露印象深刻的是广告牌旁的台北建筑，大陆韵味、本土风格、日荷式样在这里渐染交融：史前建筑、南岛建筑（有浮脚楼、土台屋、海岸浮脚楼、船形）、荷西建筑（荷兰风格）、汉式建筑、日式建筑、现代建筑等，构筑了台北的瑰丽。

　　秋露下榻旅馆后洗了个澡，换去呕吐污染的衣服，感到囊空腹饥便去买吃的。台北的小吃历史悠久，很有特色，汇聚大江南北小吃，应有尽有，真让人垂涎欲滴。由于价格便宜而且量大，几个小吃便让人撑肠拄腹。秋露更钟情当地的水果，莲雾、杧果、百香果、情人果、无花果、波罗蜜、荔枝、龙眼、樱桃、枇杷、美浓瓜、木瓜、杨桃、柑柚、桃李、杨梅、椰子、凤梨，等等，是琳琅满目，很多她连名字也叫不上来，看得她是目不暇接，随口便问一个摊主："此地怎么会有这么多的水果？"摊主用大陆人听得懂的带有浓重方言的普通话说："这里土地肥啊！不用说是水果，就是将人插到土里也会长！"说得秋露哈哈大笑。她本想买点香蕉，一个银圆能买八斤还要找一些台币，因拿不动只得放弃，随后在一个小吃店买了一个便当，即填饱了肚子。她对台北的自然风光和人文景观很感兴趣，漫步在台北街头，仿佛有一种依然在大陆的错觉，因为这里的许多街道，都以大陆的城市、名人和重大事件等来命名，比如南京路、重庆路、大同路、昆明路、康定路、中山路、中正路、辛亥路、光复路、长安街、济南街、徐州街、福州街、广州街、衡阳街等，都与大陆许多城市的路名相同。在台北，路宽超过二十五米称为大道，二十五至十五米称为路，十五至八米称为街，八米以下称为巷，巷的分支称为弄。台北大街上那些爬满了青藤的楼房，也很像大陆南方城市建筑，店铺所出售的商品也多为大陆的产品。顺着大街西行来到淡水河边，却又是另一种景象。

世界上许多大城市都有一条著名的河流与之相随相伴，巴黎、伦敦、纽约、莫斯科、上海等都市，均坐落在大河边。河流与城市有着千丝万缕、不可割舍的关系，河流是城市诞生的摇篮，它以其丰富的乳汁孕育了人类的文明。台湾北部的淡水河，可谓台北市的母亲河。它源于大坝尖山，流过台北盆地，经新店溪、基隆河等支流，转向西北入海，全长约一百五十千米，流域土地肥沃，年降水量丰沛。途经台北的淡水河，岸边高高的椰子树，绿绿的槟榔树，有气根的榕树，常绿的相思树，密生瘤刺的木棉树，树形美观、花姿美丽、树汁有毒的鱼木树，还有附着在仙人掌上的蟹爪莲、怒放的红樱花、台湾木芙蓉和万寿菊、大丽花、洁白淡雅久负盛名的海芋花，以及一些传统风格、南洋风格、日据时代遗留的建筑，江河里的各种大小木船，等等，很多秋露是闻所未闻，从未见过。淡水河孕育的台北城市风情，让秋露大开眼界。

最初的台北印象是美好的，一切也比较顺利。到台北的第二天，秋露即去《中报》报社找殷主笔。她拿着殷海光的名片来到中正西路八十一号，问传达室老大爷："殷海光在哪儿办公？"老大爷耳闭又不识字，他看不懂名片要秋露去汉口街找。秋露很纳闷：明明殷老师的名片上是中正西路八十一号，为什么老大爷要她去汉口街去找呢？汉口街大得很，怎么找？正在秋露犯难时，一个年近花甲的老知识分子路过这里告诉秋露，报社有两块办公地，社长室、主笔室、编辑室设在汉口街那边，中正西路八十一号这边是经理部、广告部和印刷厂。殷主笔有三个办公地方：汉口街的主笔室、中正西路八十一号的小二楼和他自己的住处。老知识分子姓焦，是报社的老编辑，他为了稿件的事来找殷海光，于是带着秋露来到院里上了小二楼，让秋露在殷海光的办公室门口等一等，送交了报社的稿件让殷海光签完字才让秋露进去。

　　殷海光的办公室有二十多平方米，里外两间，外间堆放了一些书稿和家具、杂物，里间是办公的地方。秋露轻轻地敲了两下敞开的门，叫了声殷老师。殷海光才抬头，发现她后立即起身迎接。他拉来一张椅子，又给她沏了一杯台湾绿茶，告诉她工作的事已经办妥，报社需要一个《妇女儿童》栏目的专职编辑兼记者，他就推荐了她，社长已经决定录用，问秋露肯不肯接这个专栏。秋露当然愿意，但她没干过编辑和记者，担心自己力不胜任。殷海光看出她的忧虑，告诉她多与妇联沟通，常跑跑救济所和慈善会以及福利院，主要是报道妇女的心声、困难和儿童的处境，呼吁当局和社会关心妇女儿童事业，遇事多请教老编辑、老记者，相信她能够管理好这个栏目。至于薪水，董事长陶希圣会与她协商，办公的地方在汉口街的编辑室，离八十一号有十多千米，坐公交要倒一次车再走一百多米。最后，殷海光又递上一张早已经准备好的介绍信，让秋露尽快去报社报到上班。殷海光因两天后就要去台湾大学任教，他决定把这间办公室留给秋露当宿舍，柜子、办公桌、椅子都给她用，外间有长条凳和木板，一搭便是一张床。殷老师的帮助解决了秋露的大问题，让她感激不尽。

　　很快，秋露就将简陋的办公室，收拾成一间温馨的闺房。墙壁重新粉刷一新，又添加了一些小物品、小饰品，如门窗上的松竹梅剪纸贴花、用线串起挂在床边的千纸鹤、挂在窗前的陶瓷片小风铃、两个面对面弯腰亲吻的老两口泥塑像、满屋飘香的盆栽桂花和品格高贵的君子兰，等等，秋露的巧手使房里任何一件小物品，都充满生命力和想象力，体现她积极进取、旷达乐观、热爱生活的情怀。然而，困惑和干扰也紧接而至。来到新环境，女人正常的生理现象紊乱了，一向很准的生理周期怎么还不来？且胸部也有异样的变化，清晨猝然有恶心感和呕吐现象，并伴有畏寒、头晕、乏力、食欲不振。秋露用体温表量了一会儿体温，发现有 0.5 度的提高，种种迹象表明她已有了身孕。

采访出事

不会弄错吧？秋露扒着手指头数着与王宁相会的日期，结合怀孕早期的各种反应都感觉到自己确实有了。她还没想要，小家伙却来了，亦惊亦喜。秋露按捺不住心潮澎湃，这是情的升华，爱的结晶，这是两个相互吸引的人在情感交融和碰撞中孕育的一个新生命。尤其是第一次胎动好像肚皮被人弹了一下，惊喜之中又有点不确定，接着肚子里又动了一下，原来传说中的第一次胎动竟然是有些麻痒，感觉到小生命的存在。一股暖流涌上心头，将为人母的喜悦，最初怀胎的感受，创造生命的振奋，都令她无比的幸福。虽然还没有稳定的生活环境和必要的经济保障，但"既来之，则安之！"她要让腹中的小生命，有一个温暖、舒适的港湾，健健康康成长，因为那是她的血，她的肉，她与王宁的生命延续。她默默地对最爱的人说着："王宁你在哪里？还好吗？咱们相爱的结晶就要来到这个世界上，我好兴奋，好高兴啊！如果是个女儿，我希望她善良美丽，知书达理，困难中不退缩，欢乐中不轻浮，平凡中不平庸，做一个自食其力者。如果是男孩我希望他像你一样，聪明乐观，富于激情，能够理解别人，宽容别人，爱护别人，不为功名利禄，做一个对社会有贡献的人。王宁，让我们一起迎接新生命的到来吧。"

秋露又揉揉自己的肚腹，对孩子轻轻地说："孩子啊，不要担心妈妈，妈妈马上就有工作了，你爸爸也会回来看咱俩的，你要听话，要乖哦，再过几个月，你就会在妈妈的肚子里伸伸胳膊动动腿，就会变得'拳打脚踢'了，没关系，妈妈希望你多活动，你的一举一动，都是妈妈的幸福，要知道爸爸妈妈是多么爱你，一定要努力哟，将来做一个正直、勇敢、善良、坚强、充满光明的孩子！妈妈希望你这一生快乐！"

兴奋之后，接下来是冷静的思考，为了孩子首先必须有一个稳定的经济来源，对！赶紧去报社报到，她要努力工作，用辛勤和汗水浇灌理想之花，抒写人生新的篇章。秋露基本生活安顿后，立即求见《中报》的董事长陶希圣。

陶希圣，湖北黄冈人，一九二二年，二十三岁的陶希圣从北京大学法科毕业，两年后为上海商务印书馆的一名编辑，同时在上海大学、上海法政大学、东吴大学等高校讲授法学和政治学。一九二七年参加北伐，曾任过汪伪中央常务委员会委员兼中央宣传部部长。一九四一年去重庆，任蒋介石侍从秘书，后任《中报》总主笔、国民党中央宣传部副部长、国民党中常委委员等职，是国民党权威理论家。他为人和蔼，而且平易近人，没有一点儿官架子。

"董事长，您好！我是张秋露。"露来到陶希圣的办公室，恭恭敬敬一鞠躬后，将一封信放到陶希圣的办公桌上。

"这是你的介绍信？"陶希圣看着这个典雅、端庄的姑娘，微笑问道。

"是的，请您过目。"秋露点头说道，她对陶希圣的第一印象：他是个温和、慈善、谦虚、有涵养的长辈。

"《中报》社：兹介绍张秋露女士前来贵社工作，该女士文笔流畅，才华横溢，请安排编辑或记者为好，具体工作和待遇你们面谈。此致，中国国民党中央宣传部。"陶希圣不看介绍信就将其内容全都说出来，"哈哈……你知道这张介绍信谁写的吗？哈哈……那是鄙人！或许你会不解，自己介绍给自己岂不滑稽，对吗？不滑稽！介绍你到《中报》社工作，我是国民党中央宣传部副部长；接受你来报社工作，我是《中报》社的董事长。我一人身兼多职，公事公办，路归路桥归桥，一码归一码，你能理解吗，张小姐？"

"原来是这样，我能理解。"秋露笑道。

"请坐，你来到党和政府的喉舌部门工作，入社的手续还是要走一下程序的！其实，殷主笔一说起你，我就有一个念头，能不能请你来我们报社工作呢？结果我和殷主笔是一拍即合，他说你怎么好怎么好，我问我这个小老乡是不是看上张小姐了，他说没有的事，哈哈……"陶希圣介绍情况后，又试探性地说道。

殷海光有女朋友陶董事长是知道的，她叫夏君璐，也是湖北黄冈人，出身名门，天生丽质，比殷海光小九岁，四年前与殷海光在重庆她家中一见钟情。她的父亲夏声将军尽管很欣赏殷海光的才气，也愿意帮他介绍工作，可不想让爱女嫁给他，因为她父亲认为殷海光性情孤僻不易相处，且过于忧国忧民，脾气刚正不阿，易走极端。但夏君璐对殷海光一往情深，意志坚定，她与他一直保持着联系。殷海光随《中报》来到台湾后，夏君璐能不能来台湾还是个问题，陶希圣担心夜长梦多不是没有道理，因为此时台湾海峡已经封行。

"我已经有主了，我的未婚夫在军队里。董事长不用为殷老师担心，殷老师说他的女友两个月后坐飞机来台湾，去台湾大学读书。"秋露也笑了起来。

"哦，是吗？"陶希圣高兴地说，"那就好！"

"我要谢谢董事长的信任，我一定努力工作，不辜负您和殷老师的期望，还请前辈们多多帮助和指导。"秋露谦逊地说道。

"小张啊，我们社刚迁到台北，条件还很有限，关于你的薪水，我只能给你每个月两千五百万台币，尽管不多，但够你一个人花销没有问题，过几个月我再给你加薪，你看如何？"陶希圣有些为难地说道。

"没问题，住处有了，撇开吃饭和零用，我没有过多的开销。"秋露爽快地答道。

一九四九年，台北一个普通工人平均月薪约一千五百万至两千万台币，大概可以买四千斤白米。一个月后也就是六月十五日，台湾将停止旧台币的流通，以四万元旧台币兑换一元新台币，五元新台币兑换一美元。当时台湾的黄金价格是一点四美元可买一克黄金，杨梦玥给秋露的那个小金块可以兑换几百美元，能买不少商品，但买房子远远不够。台湾的房价在一九四九年大迁徙之前并不高，一套带院子的四间套房，三四根金条就能拿下。但国民党退守台湾带来庞大的移民潮，加上"二战"后的婴儿潮以及建筑材料的飙涨，台湾的房价也迅速上升。以台北中山区为例，到一九五三年国民党退台的三年后，一套二十席（大约使用面积六十平方米）的房子已经涨到四万元新台币，一套三十席（大约使用面积九十平方米）的房子涨到六万元新台币，三年翻了一番多。到一九五五年，由于游资的炒作，一栋位于繁华街道上的五万元门面房，又被炒到二十五万元。尽管台湾当局建了众多的眷村，包括推出八小时内可以建成的"活动房屋"，房价仍然是越涨越高。

秋露没有别的要求，只需要一本记者证，这样她去妇联、福利、政法等政府部门和企业、厂矿采访就比较方便。民国法律赋予记者自由采访权，五年前政府就正式确定九月一日为国家法定的记者节，民国记者把大人物弄得狼狈不堪的大有人在：从业仅有三年抨击袁世凯的独立记者黄远生、不要张作霖三十万元封口费的邵飘萍、把奉系军阀张宗昌骂得狗血喷头的挂名记者林白水、令蒋介石勃然大怒的战地记者张高峰、民国屈指可数的"女剑客"彭子冈、双枪镇住国军名将张发奎和薛岳的龚德柏等一大批牛记者，因此而名扬于海内外。

尽管他们当中有些人被害，但为老百姓大大地出了一口气，对于监督那些有影响的人的言行，起了一定的震慑作用。几天后，秋露如愿以偿得到她想要的记者证，《中报》的记者证不同于一般报社的记者证，《中报》的记者那可是脚脖子上挂铜铃——走到哪响到哪！不但能去"立法院"等行政机关，还能去军方采访，只要不是绝对保密的地方都可以去采访。

编辑室的同事除了她见过的老焦，还有一个中年人和一个年轻人。陶希圣领着秋露向大家介绍："大家停一下，我给你们介绍一个人，这位漂亮的小姐叫张秋露，她来我们社工作，负责《妇女儿童》栏目。"

秋露立即向三个男编辑鞠躬致意："请大家多关照！"

陶希圣指着年龄最大的那位老先生："这位是老焦，我们的笔杆子！"

老焦向秋露微微点点头。

秋露说："我们见过面，前天还是他带我去殷老师的办公室。"

陶希圣指着中年人说："这位是钟云天，我们报社的枪手！"

钟云天立即向秋露解释："我可不是军界的枪手，在下笔头子快了一点，他们就给我起了这个绰号。"

陶希圣笑着说："嗳，这可不是绰号，是雅号！"

秋露说："钟老师好！"

陶希圣又指着年轻人说："这位是我们的后起之秀晁超。"他把卷舌音"cháo chāo"说成了不卷舌音"cáo cāo"。

晁超立即纠正董事长的发音："鄙人姓晁名超，'晁盖'的'晁'，'超过'的'超'，不是三国里的那个'曹操'。陶总编的才华，我们三个臭皮匠加起来也抵不上他一个诸葛亮，但他普通话不标准。"

陶希圣戏谑道："哈哈，我这个南方人，湖北口音重。好，从今往后张秋露就是这个编辑室的一员，你们取长补短相互照应。"指着小晁旁边一个办公桌对秋露说："你就坐在这个位子吧。"

秋露点头答应："好的。"

陶希圣又说："明天你就可以来这里上班。走，咱们再去印刷厂那边看看，以后在排版上格式上你会与他们打交道，我介绍你们认识一下。"

秋露答道："哎。"

到了印刷厂，秋露在一张小报上看到"丰昌糖厂男女同工不同酬"的消息。

她联想到再过几天就是五月八日的母亲节，便问陶希圣能不能去做个调研，若说是男女同工不同酬的现象普遍，可否写一篇呼吁有关部门加强保护妇女儿童的文章，当即得到陶董事长的赞成。这个时期从大陆赴台的人很多，台湾的社会秩序又不好，一些规章制度和法律条文一时间还跟不上，写篇社论呼吁一下十分必要，陶董事长给文章定名为"保护妇女儿童权益刻不容缓！"他认为这不仅符合《中报》的定位，而且对人权保障、法制建设、行政执法、机构救助等方面均有好处，让秋露执笔出初稿，他要亲自修改，最后由主编室定稿，争取在母亲节当日以社论方式发表。

说干就干，秋露随即着手去丰昌糖厂探个究竟的准备。次日上午，她带好笔记本、钢笔、莱卡相机和记者证。一到丰昌糖厂的门口，就听见女人哭喊声和男人打骂声。秋露上去见一个男人正殴打年轻女工阿兰，有几个中老年人围观不敢制止，立即从挎包里掏出照相机连续拍了几张照片。

"骂，骂我，看你还骂不骂我了？"工头还在打人。

"骂！我就骂你这个看家狗！骂你这个卑鄙无耻的流氓，骂你这个无恶不作的衣冠禽兽！"女工头上流着血并没有屈服。

"为什么打人？你这是侵犯人权知道不知道？"秋露走进大院拦住打人的工头说道。

"你是什么人？关你个屁事！"工头停止殴打女工，回过头看看秋露。

"我是什么人不重要，重要的是你在犯法！"秋露斩钉截铁地答道。

"嚯，哪来的法官？少跟我扯。"工头用大陆北方话说道，"告诉你，我不吃这一套！这个娘们上班不好好干活，在混洋工，磨时间，你知道吗？"

"不是的，你别听他胡说。我的孩子才五个多月，我给孩子喂奶耽误几分钟工作，他就说我磨洋工，将我孩子放在冰凉的地上，对我肆意凌辱！"女工边哭边向秋露诉苦。

"是啊！"人群中走出一个中年女工，对秋露轻轻说，"这个打人的男人是我们清洗车间工头，他经常欺负我们妇女，只要谁不听他的话，他就拳打脚踢。这个狗东西不光是打人，他还是个坑害我们女人的恶魔！我看你是有文化、懂大法的人，你要为我们妇女说说话！"

"啪！"工头当着秋露的面，对着告状的中年妇女就是一巴掌。

"啊，你们看，他又打人啦！"中年妇女被打，立即躲到秋露身后。

"你要敢再敢胡作非为，我就报警！"秋露严肃对工头说。

"呵呵，行啊！你去报警吧，老子不怕，你要是再多管闲事，我连你一起打，信不信？你再说一句我看看？"工头冷笑一声，举起拳头。

"姑娘，你别跟他一般见识，你走吧。"又有几个年龄较大的女工过来，拉开秋露。

"等着瞧，会跟你算账的！"秋露边走边对工头说，"我没有必要与一个疯子争辩，否则别人搞不清楚到底谁疯了。"

秋露回到报社首先向陶希圣做了汇报，并告诉陶总：丰昌糖厂的问题并不仅仅是男女同工不同酬，还有工作时间超长，雇用童工，暴力处罚工人，调戏猥亵妇女，侵犯女职工产期、哺乳期的权利等严重问题。希望将这个管理混乱的工厂作为典型，以此为突破口呼语有关部门关心妇女、儿童权益。陶总很高兴，感到秋露是个很有主见的人，表示举双手赞成，并希望再拍些照片，再采访些工人，尽可能地多一些证据。

遵照陶总的指示，秋露再次来到丰昌糖厂拍照搜集证据。当她忙完一天工作正准备离开时，一个中年男人堵住她的去路。来者不善，善者不来。秋露见他有点儿面熟，细看又不认识，只是长相与李元智有点相像而已。此人叫李元强，正是李元智的大哥，丰昌公司台北糖厂的厂长。他责问秋露要干什么？秋露虽然不怕他，因为她有中宣部发的记者证，但为了不惹麻烦就谎称自己是摄影爱好者，来此只是拍几张照片。李元强又问她为什么那么多的花草树木不拍，偏要拍厂里的不好的镜头？李厂长嘴一撇，头一歪，一群手下一拥而上将秋露团团围住，这个上前将她一推，秋露一个跟跄差一点摔倒，被推到了一侧；那个又上前将她推到另一侧。秋露就这样被推来推去，乐得打手们喜眉笑眼，有人还吹起口哨。清洗车间的工头夺过秋露的挎包，打开发现有国民党中宣部的记者证，他慌忙赶紧禀报厂长。李元强知道后不想事态扩大，随即向秋露赔不是，说误会了，自己有眼不识泰山，望多多海涵，以后一定严加管教部下，说完就将怒火全发在工头身上，上去给工头就是两个耳光，一脚将工头踢得四脚朝天躺在地上，对着工头的裤裆猛一脚踩去，骂道："你这条公狗，专找年轻女工下手，警告过你多次你就是不听，这一回把娄子捅大了！"

回到报社，秋露很快拿出初稿。都说女子文章锦绣，谁知秋露的稿子新词旧赋，字字句句皆犀利，得到大家一致好评，在老焦、钟云天的建议和帮助下，又做了两遍修改基本成文，随即递交给陶总审阅。下班后，秋露乘车来到市郊的棚户区去看望阿兰。台北的人口密度为台湾城市之最，市区条件较好的地段都被政要、有钱人和老台北人占着，一些贫穷的人和刚到台北的人，多住在市区与周边丘陵接壤的区域。秋露乘车抵达台北西南郊的贫民区，在一间简陋的草房里找到丰昌糖厂女工阿兰。阿兰是来自兰屿的达悟人。台湾岛不大，少数族人却不少。

在日据时代，达悟人被称为雅美人，就语言、文化类型、生活习性而言，与菲律宾巴丹岛的居民相近，分布于兰屿岛滨海地带。兰屿岛因盛产驰名世界的名贵花卉——蝴蝶兰而得名。它是海底火山喷发隆起而形成的位于西太平洋上的小岛，也是台湾最大的附属岛。岛上风景优美，满目葱茏，有世外桃源之称。岛四周海岸有许多海蚀地形，怪石林立，形状各异。全岛面积约四十五平方千米，为丘陵地形，生物有哺乳动物、爬虫动物、两栖类动物、鸟类、昆虫类，五百多种。气候温热，降水充沛，岛上大半为热带雨林。行政上兰屿隶属台东县，距离台东四十九海里，距北侧的绿岛四十五海里。岛上的达悟人善于航海，以捕鱼为主，他们制造的拼板舟是重要的海上交通工具。每年三至六月，随黑潮洄游到兰屿海域的飞鱼是他们最重要的渔捞物。农业主要种植番薯、水芋、地瓜、小米、稻谷等，也采集山野菜、海滨菜。达悟人为父系社会，基本上没有阶级区分，也没有首领制度，是一个比较温和、平等的社会。他们的房屋多为长方形半穴居屋，既防台风又凉爽，建筑用材以木、石、竹为主，凉台可休息、会客，又可晾晒衣服和鱼干。传统的服装形式简单，平常男人常仅穿丁字裤，妇女上身穿着胸兜或背心，下半身系着方布，重要场合皆穿白底蓝纹典礼服。男子若能单独驾小船出海捕鱼即可结婚，女子则要等到能种芋、织布方可。达悟人能歌善舞，无论男女老少个个会跳会唱，极富歌舞天赋。达悟人还有试婚的风俗，试婚的目的是试探女子是否勤劳、懂事，少数缺乏生活能力的女子往往在试婚期间遭遇退婚。

阿兰的家在当地算是殷实家庭。母亲是接生婆，父亲和两个哥哥每年都能打很多海鱼，全家根本吃不完，鱼头鱼尾喂猪，鱼身晒干卖钱，但阿兰还是遭遇退婚，退婚的原因不是她不行，而是她有文化，各方面都比男方强，男方不敢娶她，阿兰一气之下离开兰屿来到台北打工。到糖厂不久就发现已经怀孕，孩子生下后她一个人抚养，日子过得很艰辛。出租房里没有一件像样的家具，被褥、用具等全都是旧的，孩子的衣服、摇篮也都是别人用剩下的。秋露来到这里时，她正准备给孩子喂奶，撩起衣襟忘情地凝视着怀中嗷嗷待哺的孩子，见秋露进来立即递上一个小圆凳，说："那天，我只顾应付那家伙，没有来得及谢你……"阿兰有点不好意思，向秋露表示谢意，"谢谢你！这两天孩子老是哭闹不止，几天前还好好的，孩子自从被工头放在地上，晚上就咳嗽不止，夜里开始发热，现在成了这个样子。"她与秋露没谈几句话，孩子又哭闹起来。

秋露起身摸了一下孩子的头不禁一怔，小额头滚烫，显然在发高烧，自己也是怀孕在身不久就要当母亲的人，一种同情、怜悯之心油然而生。阿兰的孩子一定是病了，必须去医院看医生，要是得了肺炎就糟了。

去医院？阿兰苦笑着，她哪里有钱给孩子看病，每个月一点薪水，她们娘儿俩的生活都紧紧巴巴。秋露看出阿兰是为钱而发愁，掏出钱包看了一下说："我这有一点钱，不知道够不够？先去医院再说。"

她们先到就近的张氏诊所，老先生检查后连连摇头，让她们赶紧去大医院。阿兰又犹豫了，秋露知道她还是为钱，救孩子要紧，不管阿兰同意不同意，拉着她和孩子直奔台北医院。台湾省立台北医院，是全台湾最好的医院之一。一个中年女医生讯问病史和起因后，立即给孩子检查。她从孩子的肛门里拔出体温表看了一下数值，随后用听诊器听一会儿孩子的上腹部、肺部，拿下听诊器挂在自己的脖子上，又用专用木片条压住孩子的舌根观看小咽喉，告诉阿兰和秋露，初步确定孩子为急性肺炎，而且病情很严重。红红的小脸蛋已经变成青紫色，这是肺功能下降引起的缺氧症状，再拖延下去会并发心血系统、神经系统方面的疾病，譬如肺心衰竭、呼吸中枢受抑制，等等，孩子不能再耽搁，必须住院治疗，能不能治好不敢打保票，不过医院会尽力抢救的。至于费用，需要做四千万元台币的准备，也许还不够，但医院会尽量压缩费用。四千万元台币相当于阿兰两个月的薪水，差不多是两百美元，这下吓得阿兰直打哆嗦。可秋露动员阿兰：救孩子要紧，这儿条件好，钱的问题再想办法。秋露说这笔医疗费应该由糖厂或者工头来付，是他们把孩子放在冰凉的地上才引起肺炎，决定帮助阿兰向工厂讨要这笔费用。她身上只有一百美元，恳请医生让孩子先入院治疗，余款两天一定送来。就这样，阿兰的孩子终于住进医院。

第二天，秋露再次来到丰昌糖厂与厂长李元强交涉。秋露提出的不是四千万元，而是六千万元，因为还有阿兰的误工费、孩子的营养费和交通等其他补贴费。

"这关我什么事？她孩子生病还要我们负责吗？"李元强拍着桌子吼道。

"你们当然要负责，不是你们厂的那个工头将孩子放在冰凉的地上，孩子怎么会得肺炎？《儿童及少年福利法》第五条有：儿童及少年之权益受到不法侵害时，政府应予适当之协助及保护。"秋露针锋相对。

"你来是敲诈还是讹诈？滚！给我滚出去！别用什么《儿童及少年福利法》吓唬我！"李厂长提高嗓门继续吼道。

"根据民国三十七年一月一日颁布施行的宪法，你们已经构成犯法！"秋露并不惧怕他。

"我们已经构成犯法？我们一不哄抬糖价，二加班加点满足民众需要，三吸纳劳工解决他们就业。这些犯法？"李厂长扳着手指头冷笑道。

"这些是你们应尽的义务。"秋露严肃地说道。

"那我们犯了什么法，啊？"李厂长带有挑衅性地问道。

"你听着：法律明文规定'妇女与男子平等地享有获取劳动报酬和福利待遇权利'，你们歧视女工，同工不同酬，这是一；法律明文规定'工作时间为八小时'，你们厂工作时间已经超过十个小时，还经常加班加点，不付给加班报酬，这是二；法律明文规定'女工在哺乳期内每班给予两次半小时的哺乳时间'，你们只给一次十分钟，超过时间就扣工资，就打骂，女工阿兰就是例子，这是三；法律明文规定'女工人身权利不得侵犯'，你们厂清洗车间的工头经常调戏猥亵女工，我有妇女们反映的事实和证据，这是四；法律明文规定'不得雇用童工'，你们厂有多名十六周岁以下的童工，最小的才十二岁，这是五……"秋露一口气说了好几条。

"行啦行啦，你说的这些我都承认，但不是我们一家这样，你去走访一下全台北，像我们这样的企业有上百家，他们能这样我们就不能这样？"李厂长语气有所缓和，仍然狡辩。

"所有这些违反法律的现象都将会得到纠正，所有这些违反法律的企业都将会得到惩处，我今天来首先要解决阿兰孩子的看病问题，你们必须承担全部医疗费和阿兰的误工费！"秋露坚定地说道。

"我要是不给呢？"李厂长奸诈地笑道。

"我想你不会！你是一个精明、会算账的人。如果我作为阿兰的委托人提起上诉，你们不但身败名裂，从此臭名远扬，而且查封后的工厂，关门一天其损失恐怕不用我来算吧？"秋露拿出了撒手锏。

"你敢！只要你胆敢与我们作对，我就让你求生不得，求死不能，不信你就试试！"李厂长威胁道。

"那么，走着瞧！宪法规定：妇女儿童和弱势群体享受特别保护权。是你的嘴硬，还是宪法硬？"秋露说完准备离开。

"站住！哈哈，记者小姐，跟你开个玩笑就当真了？这样吧，我让财务部先给你一半，余下三千万元，明天你再来取，如何？"李厂长表面上在进行让步，暗地里盘算着他卑鄙无耻的伎俩。

"嗯，也可以，希望你说话算数，信守承诺！"秋露并不知道他要下毒手。

"我的信誉糖界皆知！"李厂长随即写了一张纸条给秋露，"你去财务部去拿钱吧，这边请。"

秋露拿着纸条刚从侧门走出办公室后，李元强就向打手耳语。打手听后随即追上秋露，带领她去财务部"领钱"。打手走在前面，秋露跟在后面，当他们通过一个出糖车间，走入一间没人的大房间时，打手突然关上门，还没有等秋露反应过来，上去不分青红皂白对秋露就是一阵狂风暴雨般拳打脚踢，打得秋露眼冒金星，口鼻血流，最后他又对着她的腹部重重踢了一脚。秋露顿时疼痛难忍，惨叫一声就感到视力模糊，人在旋，地在转，天也在翻滚，很快什么都不知道了……

断肠之痛

灾患丛生，一波未平，一波又起。就在秋露被打得不省人事的时候，她南京的老母亲也由于去寺庙烧香祈求菩萨保佑女儿，在返程的路上因车祸而亡。祸乎？灾乎？命乎？还是真的有"祸不单行"的魔咒？孤苦伶仃的秋露妹妹张春蕾，无依无靠在家哭了两天，后被好心的王宁母亲华净文收留。都说血浓于水，然而比血更浓的却是患难与共的情，它是一种融入彼此心灵里的温暖。从此，华净文与张春蕾两人相依为命，直到一九八五年华净文溘然长逝前，她们始终生活在一起。后来，在南京东郊陵园华净文的墓碑上，落款女儿的名字里春蕾也名列其中。

一九四九年五月初，人民解放军第三野战军主力胜利渡过长江，正向国民党军重兵据守的上海市进发。解放军一路由西向东沿着沪宁铁路线直逼上海，另一路南下越过太湖，由湖州、嘉兴直插上海浦东地区，采取钳形攻势，东、西两翼夹击上海，以消灭汤恩伯主力、解放大上海为目的，被陈毅幽默地比喻为"瓷器店里打老鼠"的上海战役由此拉开了序幕的情报传到台湾。在台北《中报》编辑室里，老焦、钟云天和晁超获悉这一消息，一致认为汤恩伯的部队是凶多吉少。尽管老蒋下了血本在上海投入八个军、二十五个师，计二十三万作战部队，配坦克、装甲车一百五十余辆，各种火炮一千五百余门，汽车一千三百余辆，海军第一军区舰船三十余艘，驻上海空军四个飞行大队一百余架飞机，以及三千余座钢筋混凝土碉堡、一千个坚固工事、一万个半永久性的掩体，扬言要把含有三道防线能够坚守半年至一年的"东方巴黎"，变成"东方的斯大林格勒"。在战争阴影下，上海陷入一片混乱：北站逃难者挤满了南下的列车，甚至是火车头上、车厢顶上全都是人；逃难的汽车拥挤在十字路口，互不相让；宵禁使百老汇大楼前门可罗雀；酒吧生意清淡，白俄舞女和中国女招待靠打牌打发时间；商家加固橱窗，以防暴乱和抢劫；国民党枪杀上海的共产党、经济犯、政治犯；外国人纷纷撤离上海；苏州河挤满撤离的木船；国民党士兵禁止农民进城卖菜；市里家具、用品贱卖没有人要；谣言四处蔓延，上海滩人心惶惶……大批上海政要和一些有特殊背景的人仓促离沪去台，这其中也包括丰昌公司董事长一家人，老爷子李阿婆、小孙子李乐和管家、女佣，他们登上李元智的运兵船一起前往台湾。

看着上海混乱不堪即将"沦陷"的各种报道，老焦忽然间想起从上海来的张秋露两天没来上班，稿件已经确定，照片也拍了不少，为何这两天不来编辑室看看经陶总修改后的稿子？病乎？忙乎？有什么比稿子马上就要见报还要重要？老焦问钟云天是不是去基层采访，小晁随即否定，他曾听张秋露说去糖厂给女工阿兰孩子要医药费，以后就没有她的消息。说到糖厂，老焦又想起了李元强，知道他是一个阴险狡诈、心狠手辣的家伙，李元强管理的台北和高雄两个糖厂多次出事，对上他阳奉阴违笑里藏刀，表面上服从政府管理机关，暗地里偷税漏税、抬价压价、欺压同行、隐瞒事故等什么都干；对下属他专横跋扈胆大妄为，只要有工人不听他的话，就横眉怒目大打出手，他作恶多端凶残成性，无所不用其极，早就臭名远扬。老焦很为秋露担忧，随即向董事长陶希圣汇报这一情况。这事引起陶希圣的高度重视，联想到即将发表的社论，点名的就是昌丰糖厂，该厂问题非常突出，而本社记者张秋露已两天失去联系，她刚来报社不久，出了事对不起她本人，也对不起她家人。于是，陶董事长给他的老友内政部警政署王署长去了一个求援电话。恰巧，警政署已接到多起控告丰昌糖厂，早想对这个厂动手，听到报社要拿昌丰糖厂做典型，表示一定配合，于是决定先将李元强控制起来，立即派了一个中队前往糖厂。

在昌丰糖厂阴暗潮湿的地下室里，秋露躺在一张床板上，她因出血过多昏迷了两天两夜。第三天醒来，虚弱的身子一动，就头晕目眩。她头上的血迹已经由鲜红变成了紫黑，裤裆和裤腿上的一大片血迹，已经结块。此刻，她想叫喊，却喊不出声，只能微微地呻吟，求生的本能促使她用力向门口爬去，在离门口两米的地方再次昏了过去。

此时，三辆警察局的汽车拉着警笛来到昌丰糖厂，从车上跳下一大批手持盾牌和警棍的警察，其中一个警察头用手掌作喇叭筒，对着车间的工人们和办公室的管理人员，喊道："糖厂全体员工注意了，工厂已经被查封，所有人员停止一切工作到大门口登记！再重复一遍：工厂已经被查封，所有人员停止一切工作到大门口登记！不听从劝告者，一律严惩查办！"工人们不知出了什么事，慌慌张张从车间里走出来，看着全副武装的警察不知如何是好。他们望着李元强哭丧着脸被警察带走，便到指定的厂大门口登记，才知道工厂真被查封，所有车间、仓库、办公室、财务部等都被强制关闭，就连厕所、换衣间都贴上了封条。随警察一起来的报社晁超和钟云天，他们边采访拍照，边寻找同事张秋露。他俩跑遍了整个糖厂也没有发现秋露的身影，还是一个中年女工提醒他们去地下室看看。果然在一间阴暗、潮湿的地下室门口，发现奄奄一息的张秋露，随即将她抬上汽车送到台北医院抢救。

再说昌丰公司董事长李阿婆一家从上海撤到台北，回到位于丰昌糖厂旁边的家时，李阿婆发现糖厂冷冷静静，平常浓烟滚滚的锅炉房烟囱一丝烟迹也没有，车间、管理部门也没有一个人，工厂大门的铁链上挂着一个大铁锁，去问门口的看门老头，才知道糖厂在前天已被警方查封，缘由是侵犯人权。厂长李元强也被警方抓走，看门老头还说李元强让手下把《中报》一个姓张的女记者打流产……

李元智听到大哥手下把人家打流产不禁一怔，猜想女记者是张秋露，他不等看门老头说完话，拔腿就去医院了解情况。在台北医院总服务台，李元智查到病房的病人中确有张秋露，匆匆来到她的房间，看见房间里有不少人，李元智只好在门口等人少些再进去。

病榻上的秋露面无血色，黄得像一张陈年旧纸，她依然昏睡不醒，陶总、老焦、钟云天、晁超和糖厂女工阿兰围在她的身旁。在梦幻中，秋露梦到：她与王宁在郊外做了一个小小的坟墓，王宁在坟前哭着说："孩子，爸爸对不起你，请你原谅爸爸没有保护好你和你妈妈，都是爸爸的错！"内疚的话语感人肺腑，悲切的哀乐撼人心弦。秋露也在一旁哭着，将一套小婴儿服点着火烧给孩子，并说道："孩子，去吧！那里有彩虹霞光，那里有鸟语花香，那里是人间的天堂，你踏着祥云而去，请记住妈妈的爱，来世还做妈妈的好孩子，你等着妈妈，妈妈也会去你那里的！"一个小天使随着缕缕青烟，飞着、飘着升上了天堂……

"孩子啊，你慢一点走！"秋露在病床上大叫着从梦里醒来。

"小张，你醒了。"陶希圣一下握住秋露冰凉的小手。

"孩子没有了，我的孩子没了！"秋露望着长辈陶希圣，难过得痛哭起来。此刻，她成了这个世界上最伤心的人。

安抚一个哭泣的女人，最佳的方法不是说"你不要哭了"，也不是夸夸其谈的说教，而要说"想哭那就放声地哭吧"，陶希圣轻轻地拍拍秋露的手心，用肢体语言去理解她的痛苦，用真诚来陪伴来抚安。

一曲离殇，诉不尽的惆怅，人生的路，阡陌交错五味杂陈，总有一些美好的东西无法挽回，总有一些始料不及的事情无法躲避。在困境中苟活，在暗夜中探求的秋露，经历了断肠之痛、舌根之苦、别离之悲，渐渐懂得了生活的艰辛和生命的厚重，渐渐地认识到生活就是一边受伤，一边学会坚强。

"你还年轻，要振作起来！生活像照镜子，你哭它就哭，你笑它就笑，纵然有再多的苦，也要咬着牙坚持！"陶希圣的泪水也情不自禁滴落下来。

"小张，有些经历是不能预知和无法躲避的，时间是治疗心灵伤痛的良药，痛苦需要慢慢去化解。"老焦也安慰道。

"张秋露，大家与你一样的难过，我们会帮你的。"钟云天在一旁说道。

"张姐，丰昌糖厂已经被查封，那个狗厂长李元强已经被拘捕，打你的那个人估计要判三年徒刑！"晁超也说道。

"他们咎由自取，罪有应得。"秋露轻轻地说道。

"妹子，为了我的孩子，丢了你的孩子，真对不住！"阿兰含泪说道。

秋露听了这些话，忍不住又要哭。

"妹子，我的孩子就是你的孩子，你要不嫌弃我就让孩子叫你干妈？"阿兰继续安慰她。

"以后你怎么办，工厂被查封你和孩子生活都成了问题，还有你孩子的看病费用。"秋露仍然想着阿兰。

"看病的钱，'中华妇女总会'已经帮我垫付了，噢……"阿兰说着掏出一百美元，"你垫付的钱还给你！至于我，不用担心，我会重新找一个事做，我身体好，能干活。"

"你一个月薪水多少？"陶希圣问阿兰。

"不到两千万台币。"阿兰答道。

"到我们报社做清洁工行吗？我每个月发你两千万台币，如果物价上涨我再相应增加，如何？"陶希圣很想要阿兰来工作。

"好呀！那我就去你们那里做清洁工，医生说再过几天孩子就可以出院，我下一周去行不行？"阿兰高兴地说道。

"行啊，欢迎你来。"陶希圣答应道。

"小妹，小妹，"李元智再也等不了，进入病房说道，"小妹你受苦了，真对不起，我不该让你到台湾来。"

"这位是……"陶希圣见进来一位海军军官，他手里还提水果、罐头、营养品。

"我是她未婚夫……"李元智自我介绍。

秋露一下瞪大了眼睛，在场的其他人也为之愕然。

"……的表哥！"李元智随即接着说："也算是她的表哥吧，在上海我跟她说过，台湾的治安也不太好，要考虑清楚，她坚持要来台北，不曾料到一来就……请问，你们是……"

"我……来介绍吧。"秋露费力将身子往上坐了坐，指着陶希圣，"这位是中央宣传部的陶副部长，他也是我们报社的董事长。"

"哦！久仰陶先生大名，感谢长官亲自来看望小妹！"李元智放下礼品，立即向陶希圣敬军礼。

"这几位是我的同事、朋友。"秋露介绍老焦、晁超和阿兰。

"你们俩谈，我们先走了，"老焦对李元智、秋露说着，又转向陶希圣，"董事长，咱们是不是改日再来？"

"好，我们走！"陶希圣拍了一下李元智的肩膀，"小张在台湾多了一位表哥，这下我们的压力减轻了不少，好好照顾她！"

"哎，会的，慢走！"李元智等他们都走后，对秋露说，"小妹，我一定会帮你，帮你去要伤害的补偿！"

"一条生命几个钱能补偿回来吗？你走吧，我不需要你照顾。"秋露生气地说道。

"你受如此之苦，我有责任，若不带你来台也不会这样，就让我弥补一下过失好不好？"李元智似乎在央求。

"是我自己要来台北的，我承担后果，与你无关！"秋露回道。

"怎么会与我无关？这不但与我有关，而且与我们家有关！你不觉台湾这个丰昌糖厂与上海那个丰昌糖厂有关联吗？告诉你，这些糖厂皆是我父亲的，大哥管理台湾两个厂，三哥管理大陆两个厂，打你的幕后指使者是台北厂的李元强——我的大哥！上一次，我父亲对你的侵犯已经让我追悔莫及，后悔当初不该请你到我们家当老师。这回，大哥对你的伤害更是在我疼痛的心窝里捅了一刀，我内疚，我恨他们，我一定要为你讨回公道！"李元智发誓说道。

李元智只是说说而已，还是真的要给秋露讨个说法？

第十二章　动魄惊心

锯齿防线

　　一九四九年五月，人民解放军胜利完成战略决战，转入战略追击阶段。这时，中共的整体作战方针是：大迂回，纵深包围，直插华南国民党军的后方，切断国民党军海上退路，然后再往回打，先歼灭两湖地区的白崇禧集团。

　　五月十四日，解放军第四野战军先遣兵团从汉口以东的团风、武穴地区强渡长江成功。林彪统率数十万大军由平津地区兵分东、西、中三路南下，其中，中路军里第四十九军推进速度最快，把友军拉下一两天的行程。四野主力以雄狮噬羊的攻势迅猛南进，让盘踞在武汉三元里官邸的小诸葛白崇禧就像猴子吃辣椒——抓耳挠腮。三年前，林彪在四平之战曾吃过他的亏，今非昔比，尽管白崇禧仍掌管二十余万大军，但比起拥军百万的林彪，他显然是势弱力薄。被毛泽东称为"中国境内第一个狡猾阴险的军阀"白崇禧，这一次隐隐感觉林彪定要报四平之仇，于是决定保存实力放弃武汉，破坏道路和桥梁，抢运物资南撤到湖南的衡阳。

　　五月十七日，汉口、武昌、汉阳被解放军占领。随后两个月，四野主力六个军及两广纵队数十万大军全部过了长江。面对"东北虎"咄咄逼人锐不可当的攻势，位于衡阳五桂岭华中"剿总"司令白崇禧在做最后的努力，他不是努力取得胜利，而是努力败得体面些。他再次对所指挥的部队做了一次微调，将西线的力量有所加强，为的是一旦湖南失守，向西南方向撤退有路可走。

　　六月中旬，成斌的部队也由衡阳调到西部的宝庆（今邵阳）西北郊驻防。此时，经过两个月的紧张训练，抓来的壮丁两千多人全都转入各个连队里，全师已经达到五千多人。尽管是再次重建的部队，但团各级编制与国民党部队标准编制差不多。以步兵排为例：一个排有排长一人（有的排配有副排长），三个班士兵三十六人（包括班长），两个火力组四人，一个通讯组三人，合计四十四人。武器配有三挺捷克轻机枪，三把精射步枪，二十五把标准步枪，五把手枪，两具榴弹发射器和大量的子弹、手榴弹等。然而，王宁的七连由于所抓的壮丁人数不如八连、九连多，全连只有一百三十八人（包括一名连长，一名文宣军士，两名救护兵，四名通信兵，军械、测绘、爆破军士各一名），比起建制规定的一百六十人差了不少，但主要武器并没有少：两门六十毫米迫击炮、一挺马克沁重机枪、九挺轻机枪、九十六把各种步枪、十八把手枪、六具四十毫米榴弹发射器、四具火箭筒以及大量弹药，几乎做到每一个人都有武器，相比其他连队，王宁的七连火力一点儿也不弱。这要感谢李铁锁。李铁锁返回老部队后，被孙剑长留下当了团警卫班长（全班也就两个警卫兵），在发放武器时，李铁锁发现清单有机可乘，让王宁的文书将武器清单上的"一""二"各加了几笔，改为"六""四"，因而七连的武器比八连、九连多。

与此同时，牛医官的医疗队也由于韩念珍等人的加入和设备的增加，而更名为医疗所。在医疗所，郑小雨是护士班里资格最老的护士，她担任护士班长已有一年多时间，别看她年龄比韩念珍小，但脾气一点儿也不小。她长相很难看：三角眼、大嘴巴、翻嘴唇、翘鼻孔、塌鼻梁，小鼻子上还有一些雀斑，女人最丑的面容她都具备，唯一还说得过去的是线条身材。相貌丑归丑，脾气大归大，可她对工作认真负责。韩念珍清洗的被单有血迹，她会毫不客气让韩念珍重洗；男护士小吴手脚重了一点会挨她棍子；她对伤病员是尽心尽职。杨梦玥一来到湖南就患水土不服症，第一天吃了宝庆特产——黄花菜，是上吐下泻，来到医疗所输液。郑小雨关心备至体贴入微，并不仅仅因为杨梦玥是师长夫人，而是杨梦玥传授她不少技术和经验。

湖南属于大陆性中亚热带季风湿润气候，初夏的湘西已经很炎热。这天又是个风和日丽、艳阳高照的大晴天，碧空万里，没有一丝云彩，太阳火辣辣的直射地面，气温很快就飙升到三十五度。当地的山里有一种皮呈深绿色的西瓜，既甘甜可口，又汁水饱满，是清热解渴的很受人们欢迎的一种时令瓜果。王宁受杨梦玥委托去山里买了两麻袋当地人称之为乌瓜的西瓜，推车送到师部成师长与杨梦玥的住处时，杨梦玥正在用湘西苗家中草药茶麸水洗头。

"杨大姐，西瓜来啦。"王宁从中挑选两个又大又圆的西瓜放到桌上。

"哟，我还没有见过这么大的西瓜，老成，王宁来了！"杨梦玥说着用毛巾搓着湿发。

"哦，就来。"成师长应声走出卧室，他穿着单薄的绸缎内衣和木屐，将手上的扇子递上，"啊，小王，坐！快把帽子和上衣脱了，这么热的天，还穿这么严实"。

"谢师座，不用！"王宁谢绝成斌的扇子坐到一张椅上，解开上衣口子。

"小邹，你拿把刀来！"杨梦玥洗完头将大毛巾包在头上，向丈夫说，"我已经迫不及待啦。"

"哈哈，打开便是！"成师长用扇子指着西瓜对杨梦玥说，"这两个西瓜一个好，一个孬，信不信？"

"我不信，王宁买的瓜还能有差？"杨梦玥坐到王宁的身边的凳子上，递上一条毛巾。

"我不会挑，只知道选大的，也不知道熟不熟！"王宁将帽子拿下，用毛巾擦去额头上的汗。

勤务兵小邹将两麻袋西瓜扛到室内后，又将王宁挑选的两个大西瓜放在茶几上，用湿毛巾擦了擦，随后切开其中一个："呀！不熟，是'瓟子'（不熟的瓜）！"

"开那一个，肯定好！"成师长手指另一个瓜。

小邹又将另一个西瓜切开："啊！红瓤黑子！"将首瓣西瓜递给杨梦玥，随后又递一瓣给成师长，切完瓜走了。

"呀！真甜，王宁你也吃。"杨梦玥拿上一瓣西瓜给王宁，问丈夫，"你怎么知道这两个西瓜一个好一个孬的呢？"

"嗯，真不错。"成师长吃着西瓜，答非所问。

"问你话呢！"杨梦玥看着丈夫。

"噢，我老家门口有条大河，小时候我爷爷每年都在河堤斜坡上种上一大片西瓜，爷爷教我如何判断成熟的西瓜，他说一看颜色，二看纹，三看肚脐，四看斑。此外，还要拍打听听有没有发闷的声音。若是西瓜颜色发青，纹理模糊，脐蒂不是凹而是凸，瓜的底部避阳处不是黄色而是白色，用手轻轻地敲击西瓜声不发闷，这样的瓜百分之百不熟！成熟的西瓜恰恰相反。"

"还真是，实践出真知。"王宁吃着西瓜，看着瓟子瓜的条文和白斑说道。

"对！实践出真知，打仗也一样，要学会判断，就像这两个西瓜，熟透的西瓜一拳就能砸开。送你一本书，好好读读！"成师长说着将吃剩下的瓜皮放在桌子上，掏出手帕擦了一下手和嘴，从一侧的书架上拿来一本书递给王宁。

"克劳塞维茨的《战争论》，这本书还真没有读过。"王宁接过书翻看着。

"书上有好多有用的军事知识可以借鉴。"成师长说道。

"老成，说说当下的形势和你们开会的情况吧。"杨梦玥很想听。

"嚯！你也关心起政治了，好！我给你说说。王宁，你也听听。"成师长坐到大桌边，掏出紫檀烟斗和烟丝盒放到桌子上，从烟丝盒里取了一些烟丝装到烟斗里，点火抽了一口烟，"现在，共军刘伯承的三个兵团，正从江西方向我们这里进发，林彪的主力也从北面抵达湖南境内。而我们在湖南能打仗的部队只有三兵团的第七、第四十八两个军，十兵团的四十六军，十一兵团的五十八军，我们二十余万国军难敌三五倍的共军。当前的形势对我们来说很不好啊！蒋总裁要我们撤退到广西，李宗仁则要我们退往海南岛。前天，白崇禧召集高级军官开一个会议，大家吵吵闹闹，有人建议退往到广东去，说广东富足靠海，与台湾联络方便；有人建议撤回广西，说广西人地两宜，可以继续征兵；有人建议往云南撤，说到云南可退可守；还有人建议退到安南（越南），说到国外最安全。而白崇禧非要在湖南与共军干一仗，战略部署是：三兵团张淦部控制衡阳以东；十七兵团刘嘉树部则在湘西；十兵团徐启明部控制衡阳以北；十一兵团鲁道源部控制衡阳附近地区，为总预备队。总体部署是在湘南衡宝公路两侧和粤汉铁路衡山至郴州段，呈现一条弧形的联合防线，东起粤北与余汉谋集团相联系，西到湘西与宋希濂集团相呼应。白长官的部署可赞，只是我们的兵力不够。"

杨梦玥坐到丈夫的身边，她虽然不懂军事，可她听到进攻的解放军兵力是守军的三到五倍，不免还是愁云满腹。

"知道为什么将我们师从衡阳调防到这里吗？名义上是作为后备力量，实际上是为撤退做准备，因为西线最便于退往广西、云南。"成师长说着又转向王宁，"以上情况你知道就行了，对外不许声张。"

"是！遵命！"王宁立即答道。

"小王，你们聊，我到前面去看看。"成师长说着大步流星离开客厅，他的烟丝盒也忘记在桌子上。

"王宁，秋露她本来说好要来湖南，可是她后来又说去余梅那儿。"杨梦玥在上海对王宁说秋露要来湖南是搪塞，现在只好找个借口应付一下。

"秋露去台湾了？也好！要打仗，她若来湖南也不见得妥当。"王宁点头说道。

"是啊，在南京怕打仗我跑到湖南来，完全出乎意料，安稳还没两个月，这里也要打仗，咳！这个世界没有一个太平的地方。王宁，有句话……不知道你听说过没有？'处难处之事愈宜宽，处难处之人愈宜厚，处至急之事愈宜缓！'"杨梦玥说道。

"这是早年担任南京师范的教师，后来的弘一法师的名言，母亲给我讲过这句话，大姐，我懂你的意思：对秋露应理解、谅解。"王宁说道。

"对！体贴她，体谅她，因为你是个虚怀若谷、胸襟豁达的男子汉！"杨梦玥用鼓励的方式让王宁去理解秋露。

"哈哈，烟丝盒忘记带上。"成斌从外面进来将烟丝盒装进口袋。

"大姐，师座，我先走了。"王宁站起来戴上军帽，拿上书就要走。

"小王，过几天我要到你们团视察，你要用你的实际行动告诉我看这本书的体会！"成斌笑嘻嘻地说道。

"一定！"王宁向成斌敬了个军礼离开了师部。

三天后，成斌师长如期来到孙剑长的一团视察防务，他先在团部听了孙剑长的汇报，而后乘车来到三营。此刻，七连全体官兵正在挥汗如雨，一个个像挖土机一样，在修建防御工事。王宁明白只要固守这宝庆西侧，向西撤离的交通要道就畅通无阻，淮海战役期间他曾听老兵说解放军打仗不按常理出牌，没少吃解放军的亏。不过，这一次是在湘西山区，林彪部队虽然兵多将勇，不一定能摆开阵势，且他们多为北方人，不习南国水土，不懂当地方言，也不熟悉周边的地形。湘桂边境岗峦起伏，山高水深，地形险要，山路崎岖，这里易守不易攻，只要抓住战机出奇制胜，仍有可能打个翻身仗。他们七连的工事与八连、九连有所不同，不是采用一条线排布的老旧防御模式，而弯来拐去远看像狗啃似的。这是王宁根据德军的"积极防御"理论，有意安排的。《战争论》上讲：防御绝不是单纯的守卫，而是防守中有进攻，要做到这所谓的积极防御，首先是要能够有效生存，其次还要出其不意地进攻。以往的防御工事，解放军只要连续几个波次炮火轰击，防御体系很快土崩瓦解。这一次，王宁将四百米防线设成八个"锯齿"段，各相距五十米左右，每一个"锯齿"峰端都设有一个强火力点。经过伪装的要塞既能抵御解放军正面进攻，分化解放军的攻势，便于运输、医疗、通讯人员自由进出，而又不受外界干扰，还能侧翼相互火力支持，以保证阵地的完整性，一旦有进攻机会，这"锯齿"形防线就能以最快的速度和最短的距离，给对方以最迅速最有力的打击，为反攻创造条件。

孙团长很反感如此怪异的阵形，这个曾在教导大队教人的教头第一次被部下所教，觉得很丢面子。不过，成师长却一个劲儿地叫好，他喜欢有个性，有棱有角的官兵，因而孙团长不便反对。成师长认为防御工事没有问题，火力配置也合理，明堡坚固，暗壕隐蔽，尤其是火力点能够相互支援，这大大地增强了生存能力，当场表扬七连群策群力，大家开动脑筋做防御，淮海战役吃一堑，这里长一智！

突发事件

一九四九年六月二十五日，国军第一〇二军番号被撤销，所属官兵被并入第十四军。云里来雾里去，出生入死历尽艰辛的成刚，被任命为第十四军军长，该军隶属第十四编练司令部，下辖：第十师、第六十二师、第六十三师三个正规师和一个暂编师。成斌的暂编一师只有两个团，对外号称五千余人，实际是个虚数。浮报兵额在国民党军队内部非常普遍，因为浮报对各级军官都有好处，他们可以利用多发的被服、粮饷换东西。部队并入十四军后，核实人数得知暂编一师只有四千多人。成刚很不高兴，因而暂编师仍旧是暂编，并没有纳入正规序列，气得成斌要脱离湖南前往广东。此处不留人，自有留人处。这时，人民解放军长驱直入，已经来到湘北，切断了驻衡阳的白崇禧部与驻湖北沙市的宋希濂部联系，打开南进湘西的大门。形势越来越严峻，刘伯承的部队也从东线压了过来，解放军的先头部队以日行百里的速度抢占了浏阳、萍乡、莲花一线，正大踏步地向长沙逼近。在这个时候去广东将冒着被歼灭在路上的风险，是走还是留？成斌犹豫不决。不久，又一件大事震动了全军。

湖南的夏天非常热，日最高气温大于35℃的高温日数比地处更南边的海南岛还要多，一年多达三十余个高温日。每当盛夏来临，总是赤日炎炎、烈日灼灼。太阳火辣辣的像个大火球，把大地烤得滚烫，热得使人喘不过气来。树上的知了烦躁地"死了，死了！"叫喊着，小狗吐着舌头不停地喘着粗气，鸟儿不敢在阳光下停留，草木晒得发蔫，叶子都卷成了条状。唯独小河里光着屁股的孩子们不怕酷晒，在水中嬉闹，一会儿打水仗，一会儿扎猛子，摸河蚌，钓鱼，捉蟹，玩得十分开心。

一天中午，王宁正在营房里午休，远方隐约响起爆炸声，紧接着一连串又是几声爆炸。王宁定神细听，爆炸声中似乎还伴有机枪声。随即来到室外，见已有很多官兵拿着武器跑到广场上，大家不约而同望着东方。怎么回事？会不会是解放军打到宝庆？再一想，不可能！解放军还在两百千米外，中间隔着长沙、湘潭、双峰、邵东等地，是不可能飞到宝庆来的，因为他们没有空军，奇怪的是为什么宝庆城里出现连续不断的爆炸声呢？没有任何征兆骤然风起云涌。正在大家百思不得其解，你一言我一语地议论时，从东方飞来三架飞机。当飞机接近军营上空时猛然俯冲扫射，子弹打在荒地里，每一架飞机各扔了一颗炸弹飞走了。前两颗在小溪旁、营房外爆炸，没有人受伤。第三颗炸弹则向广场飞来，照往常王宁应该毫不犹豫地卧倒，可他发现二十米外的地方，戴眼镜的石磊仍然傻乎乎站着。王宁不顾一切，一阵猛跑，一个鱼跃将石磊紧紧地压在身下。"轰隆"又是一声巨响，飞溅起来的泥土落在他俩的身上。王宁回头一看，惊出一身冷汗：刚才自己所在那个位置，已被炸开一个大坑。

空袭没有伤到人，却引起一个草垛和三间民房起火，让很多士兵惊慌失措。有个机枪手端起轻机枪，对着离去的飞机屁股就是一梭子。

飞机转了一圈又冲过来扫射，这下军队里彻底炸营。骂空军的那个轻机枪手跑得比兔子还快，一眨眼跑得无影无踪。解放军还没有打过来，自己内部先乱了套。三十六计走为上，大家不谋而合往后山上跑去。很快，营房就全跑空，谁也不知道发生什么事，只顾到后山里躲避，直至两个小时后不再有飞机来袭击，才陆陆续续往回走。他们快到营房时，前方又开来五辆大卡车，卡车上全是宝庆保安司令部的士兵。当卡车离王宁他们不到一百米时一个急刹车，所有的保安兵全从卡车上跳下，架起机枪对着王宁他们。说时迟，那时快，王宁发现情况不妙，大喝一声："隐蔽！大家快隐蔽！"话音刚落，对方的枪就响了，子弹嗖嗖的飞来。

因听到王连长的喊声，大部分人已躲到路边两侧沟里和树林中，只有少数几个反应慢的新兵蛋子，在路中央被机枪子弹击倒。这突如其来的偷袭把大家打得不知所措。为什么宝庆兵要攻击我们？会不会那是化装的共产党的游击队？王宁命令赵二宝摇旗示意是"国军"队伍，可对方根本不予理睬，而是继续攻击，并且步步逼近。情况越来越糟糕，再不还击就会全连覆没。王宁不管对面是什么人，遭受攻击有权自卫，他一声令下，手下三个排立即组织反击。可怜的保安兵不是他们的对手，很快火力就被压了下去。保安兵见偷袭不成，后面两辆卡车掉头就跑，前面三辆由于拥挤在一起没法调头还在顽强抵抗。王宁命令鲁志清给他们点厉害看看。鲁志清立即扛起美制 M1 "巴祖卡"火箭筒跑到一个小高地上，左腿跪右腿蹲，将火箭筒扛到右肩上瞄准一辆卡车。新兵石磊在鲁志清身后、火箭筒的尾部，装填上一发火箭弹，拍了一下鲁志清的钢盔后躲到一侧。鲁志清一扣扳机，火箭弹呼啸而出，击中在对方一辆卡车，瞬间一团很大的火球翻滚升空，附近的人也随着爆炸的火球飞上了天。这种美军在"二战"中使用的单兵肩扛式坦克杀手武器，因其管状外形类似于一种名叫"巴祖卡"的喇叭状乐器而得名。它口径 60 毫米，长 1.37 米，重 5.9 千克，有效射程 137 米，能穿透 100 毫米的装甲。此刻，王宁用它近距离攻卡车，效果很快就显现出来。接着，鲁志清又将火箭筒对准第二辆卡车，石磊再次装填一枚火箭弹，又拍了一下鲁志清的钢盔，第二发火箭弹同样让另一辆卡车成了一堆废铁。连续三枚火箭弹，打掉三辆卡车，余下的保安兵顾不得烂车慌忙撤退，最后留下不少尸体逃之夭夭。

鲁志清冲到前面，从一个被炸死的保安兵上衣口袋里面掏出一本国民党党证，证明他是国民党军。很快，孙团长乘车来到这里，他递给王宁一张传单："投共叛变"的程潜、陈明仁部官兵弟兄们：

你们不要受骗上当于共产党的赤色宣传和鼓动，而跟随"叛贼"程潜、陈明仁他们投靠共军，凡自愿回到国军队伍的官兵既往不咎，归来一人赏光洋十五块；凡带一连官兵到衡阳报到者，连长升营长，赏光洋一千五百元；凡带一营官兵到衡阳报到者，营长升团长，赏光洋五千元；凡带一团官兵到衡阳报到者，团长升师长，赏光洋一万五千元；凡能把陈明仁挟持或处死者，可官晋三级，赏银洋一万元……

王宁看到这里仍然是丈二和尚——摸不着头脑，孙团长告诉他，传单是白崇禧派飞机刚刚撒下的，华中的国民党部队内部出现"叛乱"，刚才偷袭的宝庆保安兵就是"叛军"部队，但怎么个"叛"法？"叛"向谁？由谁领导？他孙剑长也说不清楚，二十四小时后，大家才知道发生了"哗变"。

"哗变"，即军队突然造反、"叛变"。这次哗变，南方的报纸称之为"长沙事件"，是一九四九年八月四日，陈明仁与程潜发动的有重大影响的和平起义。起义第二天晚，解放军即从小吴门进入长沙市。《大公报》报道这一事件的标题是："接受国内和平协定，宣布脱离反动集团，程潜、陈明仁率部起义"。由于陈明仁在通电起义前，并未与部下通气，以致接下来在华中国民党军队内部掀起了一场起义与反起义的激烈斗争。

长沙的失守使白崇禧的湘赣防线不攻自破，大本营衡阳直接暴露在人民解放军面前。这让白崇禧十分恼火，为挽回损失他果断采取了三条措施：一是于五、六两日连续派飞机轰炸长沙、株洲、湘潭、宝庆等地，并撒传单策反；二是任命黄杰为第一兵团司令官，收容该兵团拒绝起义的官兵，重建第一兵团；三是命令第三兵团副司令王景宋指挥第二三六师和第一七六师，由衡阳向宝庆及东北方向接应拒绝起义的官兵。这三项措施起到一定的作用，一兵团四位副司令刘进、彭璧生、熊新民、张际鹏，第十四军军长成刚、第七十一军军长彭锷以及第一百军军长杜鼎，都拒绝随陈明仁投共，有五个师约三万六千余人回到国民党队伍中，其他七万多人则随陈明仁参加中国人民解放军。

突发情况一下子让宝庆成了焦点，驻宝庆的国民党部队，瞬间分成拥护起义和反对起义两个尖锐对立的阵营：成刚的十四军第十师、第六十二师和成斌的暂编一师，驻防在宝庆的外围，是反对起义的阵营；控制宝庆的十四军汤季楠的第六十三师、湖南保安司令部魏镇下属的三个保安师是起义阵营。由于熊新民带领第七十一军两个师从北面压了过来，第四十八军从南面也开过来，以及原驻宝庆外围部队的靠近，形成对宝庆三路围攻的态势，起义部队不得不放弃宝庆，向湘潭至宝庆公路北侧地区集结，往湘乡方向撤退。为了夹击"叛军"，十四军军长成刚命令成斌的部队与第六十二师越过夫夷水（河），向宝庆城的北侧迂回，以切断"叛军"向涟源、娄底的退路，而成斌深知自己的四千多人马，根本不是汤季楠的第六十三师和保安司令部三个保安师对手，别说他们有四个师，即使只有一个师，成斌的两个团也难以招架，因为兵力相差悬殊。成斌并不傻，他表面上坚决执行任务，实际上却是行迈靡靡、平波缓进，于六日凌晨才出发。

徒步行军对于道路的要求并不高，受天气影响也小，但行进速度比较慢，且体力消耗大。担任前卫的是王宁的七连，他们位于长达两千米长龙队伍的最前端，前卫队后面是本队，本队依次顺序是：指挥和通讯及警卫机关、第一步兵梯队和装甲梯队、第二第三步兵梯队，本队后面是医务、宣传和联勤辎重部队，最后是殿后卫队。整个队伍恰似一条快冻僵的长虫，在慢腾腾地向宝庆蠕动。

路边一处坡地吹来一阵臭味，不是一般的臭，比臭鱼烂虾还要难闻，简直恶心透了。许多人捏着鼻子捂着嘴，有的人则用毛巾蒙住口鼻。原来，路旁不远处有几具尸体暴露在野外，由于无人收殓而发出恶臭，场面悲惨极了。军人动动枪，百姓遭了殃。行军十里，不见人烟，也听不到鸡鸣犬吠，但屡见白骨，惊心动魄。在战争年代，死亡成了一种常态，无论他们是饿死、病死，还是被打死，对于百姓而言就是噩梦。

由于没有规定前进的速度和到达时间，一些邋遢散漫的油子兵走走停停，停停走走，他们根据自己的喜好随意在大小路上慢步行军。步兵们扛着步枪，端着冲锋枪大摇大摆。马克沁机枪组，一人扛着粗大的枪身，一人提着弹夹盒，一人扛着三角枪架，他们三人一组轮换前进。炊事班伙夫们背着大铁锅，扛着炊具，挑着粮食并肩向前。五米宽的大路对于数千人的队伍显得拥挤不堪，一部分人不得不行走在田埂上、小道上、田野里。行军一个白天，部队只前进十多千米地。其原因一是途中下了一阵小雨，使得道路泥泞不堪；二是没有人催促，也就慢慢腾腾，摇摇晃晃。

行军苦，行军累，行军也有一些趣事、乐事。苦和累主要是负重步行、风餐露宿和不定时吃饭休息。男人还好些，可女兵就惨了。她们人数不多，条件允许时还能坐车随行，遇到路窄、泥泞或者跋山涉水，她们也必须步行，若是碰到难言之隐"来事儿了"——每月的生理期，就很无奈。粗糙低劣的草纸让她们苦不堪言，不得不垫上一层棉花以减轻与皮肤的摩擦。上厕所也是问题，女兵们在野外上厕所，只好用床单，或者她们组成人墙，或者围成一个圈，以挡住一些男兵们的好奇、臆测和贪婪的眼光。

男兵们行军有时也会闹出笑话。这不，赵二宝就闹了个让他哭笑不得，让大家不亦乐乎的大笑话：天色渐晚，传令兵送来"停止前进，就地宿营"的命令。为了让前导兵停下来，赵二宝从田埂去叫前面的士兵停止行军，一不小心脚被茎藤所绊，摔了个倒栽葱，半个脸陷在一摊牛粪里，更可气的是那粪便还是新鲜的，味道就像青草发酵的腐烂气味，臭气刺鼻，浓郁难忍，且苦涩酸骚相与。这让鲁志清在一旁哈哈大笑，讽刺赵二宝说："嗨！你又不是鲜花，非要往牛粪里插，干啥？"气得赵二宝抓起一坨牛粪向取笑他的鲁志清砸去，吓得鲁志清撒腿就跑。倒霉归倒霉，赵二宝倒也乐观，擦干净脸上的臭牛粪后，他给身旁弟兄们讲了一个有关牛粪的故事：过去，有个县令下乡视察，农民用红烧肉招待他，县令觉得非常好吃，问是什么烧的？农民以为问是用什么作柴火烧的，于是指着晒干的牛粪饼，说就是用它烧的。五谷不分的县令大人记住了农民的话，回去偷偷带了一块牛粪饼，放到自家锅里也做红烧肉，还说好吃，就是牙碜！

黄昏时，部队在离宝庆十千米的地方安营扎寨。炊烟做饭的伙夫们在地上挖了一个土灶，埋好铁锅，找来干柴火生火做饭。烙饼时，一个年轻的伙夫不小心将一些面粉洒到草席上。伙夫头老刘虽然不识字，但他懂得"谁知盘中餐，粒粒皆辛苦"。他用小簸箕将草席上的面粉扫起来，骂那个年轻的伙夫糟蹋粮食："这是在部队，在家哪能保证顿顿有米面？青黄不接时，日子难熬啊，还是部队好，有饭吃有衣穿。"

"秀才"石磊路过这里，听见老刘夸部队好，并不赞同，又是一首打油诗：

远看是座营房，近看还有食堂；
进去就像牢房，住下心里发慌；
吃的糙米粗粮，睡的草席凉炕；
干活牛马那样，疏忽就挨棍棒；
新兵训练繁忙，摸爬滚打饱尝；
打仗士兵遭殃，枪响四处躲藏；
死亡不如宰羊，尸首随地乱放；
人生苦短一场，不要全为老蒋。

说完拍拍屁股跑走了。正在这时，朦朦胧胧的山间有两个身影渐渐接近。前面是个老人，面色古板，表情木然，头上戴着一顶青布帽，身穿青色长袍，腰间系黑色腰带，身后背着一个箩筐，脚上穿着一双有布垫的草鞋，左手提着一个半明半暗、闪烁不定的灯笼，右手拿着小铜锣。后面一人仿佛是个梦游者，戴着高筒毡帽，苍白的面色在暮色下呈现出铁青的颜色，眼睛深陷在眼窝里，四张黄纸垂在帽子一周，他身穿出殡的白衣丧服，膀臂上披挂纸钱和黄表，走起路来四肢僵硬很不自然，像个会动的僵尸，又像个孤魂野鬼晃晃悠悠。这两人一前一后，如有节奏的阴森森的幽灵般走在山间小道上，这是民间所说的"赶尸"。

赶尸是"湘西三邪"之一的苗区巫文化，是赶尸人用"秘术"将客死他乡的尸体，带回家乡使其入土为安。在湘西民间，尤其是交通不便的西部山区，老早就有赶尸这一行业，但究竟起源于何时众说纷纭，一般认为在清中期赶尸技术出现，到了清末民初日渐盛行。赶尸一般都在傍晚、夜里和黎明前，天亮前就到预定的地方藏起来，等天黑再继续行走。当两个赶尸队碰到一起，有的客让，有的斗法。客让的两方，礼节性打一个招呼，道一声平安，相安无事，各走各的；斗法的两队，一方用道具扰乱对方阵形，另一方也会用工具反击，目的是冲撞、捣毁对方尸体让其不能上路。不过，赶尸队真正大打出手的很少，有一方只要感到处于下风，便会找台阶回避激烈搏斗而耽误自己的赶尸。赶尸匠还有"三赶""三不赶"的说法。"三赶"是凡被砍杀的、绞刑的、站着死的这三种可以赶。"三不赶"是病死的、投河或者上吊死的、肢体不全的这三种不能赶。至于尸体为什么会走？有人说死尸的魂被赶尸匠牵着，因此尸体必须跟着走；有人说尸体被赶尸匠用机械的方法控制走的，但怎么个控制法？没人说得上来；有人说赶尸是骗局，是将尸体藏起来，用活人乔装死人行走，等到达目的地后再将真尸体展现出来。众说纷纭，谁也搞不清楚里面的玄机，因此赶尸的奥妙，一直吸引人。到了抗战以后，湘西赶尸已经极少出现，但只要一提到赶尸，人们还是津津乐道，怀有浓厚的兴趣。

"哎！你们看，前面有两个鬼头鬼脑的人，不是共军密探就是鬼！"梁晓亮并不知道赶尸，只觉得这两个人很诡异。

"鬼？狗娘养的你别吓唬我。"石磊用指头顶托一下眼镜框下侧，向前望去。

"你才是狗娘养的！"梁晓亮反唇相讥。

"吵什么，吵什么？"赵二宝来到这里问道。

"排副，你看……"梁晓亮指着那两个人。

"连长，有两个鬼鬼祟祟的人！"赵二宝来到王宁面前报告。

"哪里？"王宁警惕问道。

"哝！"赵二宝手指前面两个人。

大家注视着这两个人纷纷议论开来："行色古怪""像人又像鬼""很不正常"……就在众说纷纭时，"叮"的一声，更让大家不解，只见渐近的老人边走边用手中的小木槌在小铜锣上轻轻一击，发出清脆的响声，然后从背后的竹篓筐里拿出一沓黄纸钱撒到地上，嘴里还念念有词："各位凡夫俗子，切勿靠近我们，阴人借道返乡，阳人尽量避让，不回避，阁下自理！"

赵二宝一下拔出手枪："他说什么？什么阴人阳人的？"举枪对准越来越近的两个人。

大家也很奇怪，都望着王宁。

"二宝，别莽动，再看看！"王宁的右手也放到腰间的手枪皮套上，准备随时拔枪。

一个四十多岁刚被抓来的新兵田金山——大家叫他老新兵，走到王宁面前说："长官，不要紧张，我知道这是湘西的赶尸匠带着他的'客人'回乡！"边说边掏出一根干辣椒嚼起来，就像孩子吃糖果是津津有味。湖南人不怕辣，四川人辣不怕，贵州人怕不辣，湘川黔这一带人爱吃辣椒真是名不虚传。

"什么是赶尸匠，怎么回事？"王宁不解地问道。

"我年轻的时候，学过这个行当，是这样的：在我们湘西这一带，尤其是在交通不便的山区，一直有个风俗，家里的亲人客死他乡后，要请赶尸匠带回去。你看，前面那个老头就是赶尸匠，后面那个死人是赶尸匠的'客人'。"老新兵说道。

"后面是个死人！死人怎么会走呢？"梁晓亮迫不及待地问老新兵。

"别打岔，让他说下去。"王宁批评梁晓亮快嘴。

"是！"梁晓亮知趣后退到一边。

"赶尸匠右手上拿着的小铜锣叫'小阴锣'，是为死人开道和警示常人不要靠近用的，他左手上的灯笼叫'指路灯'，背筐里装着香蜡和纸钱，因为死人回家要留下买路钱，到了家乡要点香烛。你们大家看，前面的赶尸匠走路正常，但后面那个'客人'走路古怪是不是？这是因为，赶尸匠已经将后面的死人的头颅割下来，用朱砂塞入七孔中和脑、心、肺、手心、脚心等处，而后再将尸首缝合好，戴上高筒毡帽，穿上丧服。最后，赶尸匠大喝一声'起！'死人就会应声站起来，跟着他走了。"老新兵接着说道。

"真的假的？"善讲鬼故事的鲁志清是半信半疑。

"信不信由你。"老新兵又对王宁说，"长官，骗人我就不是人！"

"不用发誓。"王宁拍拍田金山的肩膀。

"我学徒虽然仅有半年，但亲身体验过赶尸！开始学哑狗功，接着学站立功，再后是行走功、转弯功、上下坡功、蹚水功，等等，有三十六种功法。我只学了哑狗功和站立功，后来家里需要劳动力我就不学了。"田金山说着自己的经历。

小路上的赶尸老人又敲了一下他的小阴锣，再次发出"叮"的清脆声，又重复着他的那句老话："各位凡夫俗子，切勿靠近我们，阴人借道返乡，阳人尽量避让，不回避，阁下自理！"

大家看着这两个人渐渐远去，又回到原来的地方。这时，东边的宝庆上空有爆炸闪光，如同云中闪电过后还有红白余光，不时还传来轻轻的爆炸声音。一排长鲁志清、二排长周有贵、三排长程启升不知道宝庆发生了什么事情，都来到王宁身边。王宁也无法回答他们的问题，让他们原地待命，亲自去上面问问情况。了解的结果是：宝庆"叛军"在城里待不下去，准备向湘潭方向转移，白崇禧总司令派飞机正在轰炸他们，东边的火光和爆炸是空袭。

你逃我跟

由于长沙起义的蒋军部队中有三万多军人不愿意跟着程潜、陈明仁走，而跑向白崇禧一方，应程、陈的请求，林彪决定先掩护起义部队东撤休整，以第四十九、四十六、四十军和二野第十八军，乘机追歼这三万多"叛军"。此时，长沙、湘潭、宁乡等地已被人民解放军占领，正值酷暑盛夏，湖南炎热多雷雨，暴晒、雷雨、闷热、泥泞，这些对于来自东北的部队来说，一时很难适应。尤其是不习惯南方水土和气候的士兵，被蚊子和毒虫干扰，病菌入侵，加之自平津战役后一直没有得到很好的休整，疲惫南下来到湖南，很快就病倒一大批。病轻的人皮肤红肿、瘙痒、溃烂、脚腿扭伤，病重的人骨折、中暑、得疟疾和痢疾，非战斗减员直线上升。

不光是人，从东北来的辎重大骡马也受不了炎热潮湿的南方气候，而出现大量的死亡。没有骡马拉炮车，炮兵们不得不把大炮拆分开，人挑肩扛运输沉重的部件。行走在羊肠小道和水田的田埂上，困难和艰苦完全超出北方兵的想象。此外，又是夏荒，新稻、玉米均未登场，老百姓余粮有限，有的农户已经断粮，四野先头部队粮草一时接济不上，严重地影响前进的速度和战斗力，同时还暴露出部队准备不足的弱点。

第四十九军是四野一支能征善战的劲旅，下辖四个师，共计五万余人。该军主要由东北子弟兵组成。军长钟伟是有名的猛将，遵照林彪"要敢于奔袭作战"的指示，自湖北天门一带出发南下以来，一路猛打猛冲已经相当疲惫。由于麻痹轻敌，孤军深入，轻兵冒进，让白崇禧眼前一亮看到了机会。他立即命令交锋部队做撤退的假象，在青树坪、界岭一带布下口袋阵，把第四十九军引进埋伏圈，然后集中主力从两翼迂回，乘着夜色北上，等四十九军进入埋伏圈开始交火。青树坪战斗空前激烈，林彪的第四十九军在不熟悉地形、与后续部队脱节、处于四面受敌的被动情况下，与桂系第七军、第四十八军浴血奋战，在付出重大伤亡代价后，不得不撤出战场，虽不构成致命打击，但这是四野在南下江南的第一次区域性败退。

桂军取得了暂时的局部性胜利，国民党中央社随即宣称为"青树坪大捷"，从而打破林彪不可战胜的论调。民国代总统李宗仁也说："这是自徐蚌会战以来，国军取得的最伟大的胜利！"尝到甜头的桂军官兵乐昏了头，不仅设宴庆贺，还举行了一场篮球比赛。飘飘然的白崇禧更是错误判断他的部下是能打的，逆转了战役的形势。为了向美国要更多的援助，他凭借有利地形决心孤注一掷，与四野一决高低，下令集结所辖的五个兵团十一个军三十一个师二十余万人，于衡阳、宝庆之间和粤汉铁路衡山至乐昌段一线：以原作为总预备队的鲁道源十一兵团改为正面防守，配置于衡阳北面；原衡阳北的徐启明十兵团改为右翼防守，配置衡阳以东；以一〇〇军、暂一军第五师配置于衡阳以西，担任左翼防守；原衡阳东的张淦三兵团配置在衡阳周围作为机动。另外，将第四十八军驻防耒阳，第九十七军驻防郴县，第四十六军驻防湖南宜章与广东乐昌之间作补充，防止刘伯承的十八军侧翼进攻，从而构成一条东西相呼应的半弧形湘粤联合防线。

白崇禧打错了算盘。桂军怎么可能抵挡得住数倍于他，而且武器装备更胜一筹、士气更加旺盛的人民解放军的进攻？白崇禧就像克里斯托尔定律说的那样："获得成功时，真正的祸患就开始了。"他是赚了芝麻赔了西瓜，其主力位置一下全暴露在四野的面前。林彪抓住战机急令所属的西路军和东路军，分别从两翼突破湘粤联合防线，切断桂军逃往云贵的退路，同时命令中路五个军靠拢，准备打一场大战。

历史就是那样的捉弄人，螳臂挡车、自不量力的桂军很快就尝到苦果！青坪树的战斗只是前奏，很快一场更大规模的决战——衡宝战役，开始了。

九月十三日，衡宝战役打响。四野西路军先头部队，在沅陵以西击破桂军的暂编第一军，占领沅陵、溆浦、辰溪，白崇禧的湘粤联合防线的左翼即置于解放军攻击矛头之前。十月五日，宝庆西北郊主阵地的前方，也传来隆隆的爆炸声，鲁志清他们在路边知道前方已经交火了，尽管还没有接到作战的命令，但大家都非常关心前方的战况，都紧张地打听处境。不久，一支百十人的步兵队伍拖着沉重的步伐，搀扶着筋疲力尽的伤员回撤经过这里。

"喂，前面怎么样？兄弟！"鲁志清拽住一个排长嚷道。

"共军的人太多，太强，肉盾挡不住他们，我们只能转进。"撤退排长摇摇头说道。

"转进？明明是撤逃，非要说成是转身前进，你也真会往自己脸上贴金，作为失败的样板，你们实在太成功了！"赵二宝在一侧说着风凉话。

"哈哈……"一排士兵们拊掌大笑。

一个从赵二宝身边经过的撤退队伍里的连长，微笑着用巴掌在赵二宝脸蛋一侧轻轻地拍了两下，赵二宝以为他开玩笑并没在意，没料到那家伙离开前又用力扇了赵二宝一记耳光，把赵二宝吓了一大跳，犹如武松在景阳冈遇到老虎一惊，酒都作了冷汗。等赵二宝反应过来，那个上尉连长已经走开了，也就没有与他计较。

"唉！你裤裆怎么啦？"鲁志清见撤退队伍中，一个伤兵裤裆缠着绷带一瘸一拐渐渐走近。

"共军差一点把我的蛋全打掉！"撤退伤兵尴尬地说道。

"这不公平，你应该将他们的蛋也打掉，这叫一弹（蛋）还一弹（蛋）。"鲁志清故意逗他。

"哈哈……"一排的士兵们又哈哈大笑起来。

"医官说了，我没事儿，打掉一个，还有一个呢！"撤退伤兵也开着玩笑，"不过你们别得意太早，就你们这个邋遢样早已经跌破了发行价，马上就轮到你们了！"

"我们才不会像你们这样呢！哈哈……"鲁志清回了他一句，笑了起来。

"大鲁，据说从东北来的共军更难对付，我们不能不防，否则就真的和他们一样了！"赵二宝感到情况不妙。

"洒家不怕他们！"鲁志清看了一下天，"天色变暗，要下雨就麻烦了，通知全排都把油布展开来，雨天打仗要防止枪管炸膛。"

"好吧，我去告诉弟兄们。"赵二宝说着走向阵地督促士兵们把油布、篷布展开，以防雨水影响武器效率。

很快，云底呈悬球状的乌云压了过来，顷刻间狂风大作飞沙走石，一道道刺眼的闪光撕裂长空，"轰隆隆"的闷雷变成了炸雷，似乎雷公骤然发怒，用震耳欲聋的吼声警告好战分子。赵二宝条件反射地缩起脖子刚钻到碉堡里，豆大的雨点就像密集的子弹射在地上，打得地面泛起一层白雾，弥漫整个阵地。雷越打越响，雨越下越大，哗哗啦啦的瓢泼大雨从天空倾泻而下，仿佛要把这里吞没似的。由于事先有所准备，武器被篷布盖着，阵地上的所有弹药并没有因大雨而受潮，人躲在防雨棚和碉堡里也未被雨淋。闷热的天气，被这突如其来的大雨一扫而光，一下凉爽许多。夏天的雷阵雨通常短暂，当赵二宝他们清除碉堡和战壕里的积水时，解放军从北、东、西三个方向包围过来。没有人下令，双方立即交上了火。步枪、冲锋枪、卡宾枪、轻重机枪、各种火炮等一齐吼叫。一开战，阵地争夺就异常激烈，轰隆隆的爆炸声像落地滚雷沸天震地，爆炸后的气浪扫荡四周，被炸断的树段，被抛弃的泥土和石块从天而降，砸在人的身上。贴近地面的机枪火舌四射，子弹尖叫着从身边擦过，倒在血泊中的人们还没有叫一声就被无情地抹杀了。

最初的一刹那，新兵都吓傻了，愣了好一会儿才缓过神来，扔掉手上清除积水的舀子、木桶等工具，抢着去拿武器，奔跑着，叫喊着，在战壕里跑来跑去，失魂落魄地乱窜。有一个新兵似乎胆大，他从战壕里探出脑袋望望究竟是怎么回事，恰巧一颗子弹飞来正中他的眉头，在两只眼睛当中的上方留下一个洞，仿佛又开了一只眼睛，可他不是二郎神，转迅就一命呜呼。老兵们则从容得多，尤其是从淮海战场上下来的老兵们，他们敢于正视枪林弹雨，敢于直面危机四伏的战场，找回跑开的新兵组织反击。在连长王宁的带领和指挥下，解放军连续发起两次冲锋都被顶了回去。尽管解放军人多势众，武器更胜一筹，但由于炸药、枪弹被大雨淋湿，爆破七连碉堡的炸药包大都失效，加上枪管炸膛现象频发，山洪来袭，解放军组织进攻受阻，最后不得不停止攻击。王宁他们利用锯齿形阵地凭借交叉火力，不但守住阵地，还做了一次有限度的出击。

当然，那是象征性的，根本撼动不了解放军一根汗毛。

　　在离王宁他们七连不远的山后医疗所里，第一副担架抬上来的是一个被炸伤的九连新兵。他一条腿被炸飞，腿骨从大腿根血肉模糊的肉里露出了来，由于失血过多，早已经不再动弹。韩念珍从来没有见过这种的场面和这样的惨相，顿时作呕要吐，她用手捂住自己的鼻子和嘴巴，尽力克制着就要失控的情绪。她见牛医官神色自若，用手电筒检查了一下这个新兵的瞳孔，然后手一挥，这副担架即被抬走，新兵被"判"了"死刑"，台子上留下一摊污血。韩念珍赶紧用干布将污血擦去。又一副担架抬上台子，牛医官检查后仍然表示无救，担架被抬走后台子上又留下一大摊血迹，韩念珍还是忍着难闻的血腥味，将台子上的血迹擦净。第三副担架抬上来的伤员，他的右小臂、大臂都已经炸得血肉模糊，只有右手还是好好的。牛医官让韩念珍稳住伤员的手腕，拿起钢锯"咕吱！咕吱……"像锯木头一样几下就将昏迷伤员的残肢连同右手一起锯了下来。韩念珍不敢再看这"残忍"的截肢手术，侧着脸握住伤员的右手腕，全身瑟瑟发抖。她拿着截肢下来的右手臂，简直快要崩溃，匆匆跑到门口扔到废墟里，然后伏在一侧不停地呕吐。几只肥大的老鼠"叽！叽！"叫着一拥而上，争先恐后啃食那只刚锯下来的残肢，三下两下就将残肢啃食只剩下骨头。

　　一夜没有战事，王宁他们睡了一个安稳的觉。第二天早上，七连正在阵地上吃早饭时，急促的电话铃响了起来。梁晓亮拿起听筒听了一句又请连长王宁去接。电话那边是孟营长，他了解七连的战况后，传达上司的命令："放弃阵地，向西南方向撤退"。原来是成斌接到成刚的通告：中共已经在北平成立了新的政府，毛泽东命令全军"坚决、彻底、干净、全部地歼灭中国境内一切敢于抵抗的国民党反动派"。由于林彪西路军进逼宝庆，东路军威胁韶关，白崇禧感到形势十分不利，下令所属部队向广西方向撤退。

　　一听到要撤退，大家乱了套，有喜有忧：喜的是不再战，也就不会有伤亡；忧的是刚一开战又要撤，蒋军像纸糊似的一捅即破，一击即垮，使得军心动摇，士气更低落。《三国志》上说："彼军无粮，利在急战；我军有粮，宜且缓守。"我们粮草充足，能攻善守，为什么要撤退？迷惑的人依然是迷惑，但上面的命令还是要执行。

　　十四军有序的撤退演变成慌乱的逃跑，哪个师也不愿意殿后。军长成刚又让成斌的暂编一师掩护大部队撤退，这让成斌更加恼火。好事轮不到自己，危险的任务一个接一个地来。早就有"君子不立危墙之下"的想法，这回让他下定了走的决心，但现在脱离十四军就等于叛逃，弄不好还会被送上军事法庭，必须等！等到有充分借口再行动不迟。两天后，借口终于来了。按照军长的命令，成斌完成掩护任务后，应该由宝庆向西先到武冈，然后南下追赶大部队。成斌则决定暂编一师不去武冈，而是由宝庆直接南下去全州，沿着桂全公路去桂林。如果遇到成刚，借口就是时间紧迫直接南下，如果遇不到他就借口遭遇解放军追击，只能向东南的广州蒋军靠拢，成斌认为从广东更容易去台湾。

桂林北侧的灵川县，地处湘桂走廊南端，为历代楚粤往来之要冲，离桂林仅有二十多公里，东、西、南三面环抱桂林市，素以"地灵人杰山川秀，物华天宝五谷丰"而著称。古属百越，战国属于楚，汉唐初属于桂州始安县，一九一三年裁府设道，一九四四年五月起属广西第八行政区。灵川物产丰富，历史文化积淀深厚，地理上属于中亚热带季风气候，四季分明，雨量充沛。地形则比较复杂，境内河流众多，有漓江、甘棠江、桃花江、花江、潮田河、海洋河等水系二十多条，有"八山半水分半田"之说。

成斌的暂编师不分昼夜向南开，王宁他们到达灵川已经是十月八日，而第十四军早已先到达武冈。武冈城里的第六十三师第一八九团（另外两个团已经随陈明仁起义加入人民解放军）等两千余人，正与林彪西线先头部队第一五二师、一一七师激战。两天后，第十四军第六十二师和独立第二师四千余人被解放军歼灭，第六十二师师长夏日长被俘，军长成刚带领第十师得以逃离。

幸亏没有去武冈，成斌庆幸暂编师没有按照成刚的指示行军，否则就有可能像第六十二师一样被解放军全歼。可他高兴早了。一个半月后，他的部队也遭遇解放军，不过不是四野林彪的部队，而是二野陈赓的四兵团。

成斌到达桂林后不想向西，但向东到广州如果乘火车，需要向北退回到衡阳才可以，而衡阳已经被解放军占领，因此乘车火车根本行不通。乘汽车理论上倒是可行，桂林离广州只有四百多公里，汽车大半天即可到达，但数千人的队伍哪来那么多的车辆？即使官兵一个挨一个像笔筒里的笔杆紧紧挨在一起，也需要一百多辆大卡车，故坐汽车去广州的想法也难以实现。可是又不能在此等死，唯一的出路是乘火车继续南下。

在南下的途中，成斌从收音机里听到广州已被人民解放军攻占，余汉谋正带领残余部队向海南岛方向撤退。成斌再一次庆幸没有妄动去广州，否则同样面临被解放军歼灭的危险，于是决定直奔雷州半岛，然后从海南岛去台湾，这也是白崇禧原先设想的路线。就这样成斌的暂编一师跟着张淦的三兵团和鲁道源的第十一兵团，一路南下来到两广交界的南部——郁林（玉林）附近。

十一月下旬，激烈的粤桂边境战开始。谁也没法预料会不会再来一次"大捷"，战争瞬息万变，成斌无法把控部下的生死命运，很快全师在博白县被二野陈赓的十三军打散，大部分被歼灭。成斌第三次重建的部队在此画上句号。流寇也好，残匪也罢，成斌顾不了那么多，慌慌张张带领师直属机关和医疗所以及冲出来的军官，紧跟孙剑长的第一团残余部队继续南逃。途中又遭伏击，只有王宁的七连护卫师直属机关突围出来，跟上余汉谋从广州撤出来的部队，趁着桂系三兵团和十一兵团在与二野第十三、第十四、第十五军和四野的第四十三军作战之际，跳出战场逃往海南岛。暂编一师来到海南岛的北岸时，只剩下了两百多人。然而，王宁的七连自衡宝撤退后，还有一半兵力。他们护驾成斌、杨梦玥、孙剑长等，安全抵达雷州半岛的最南端——徐闻县海安镇，准备过琼州海峡前往南海明珠——椰岛。在海安镇等了一天，次日下午终于迎来接应的巨轮。

当音乐响起最后一个休止符，当踏上人生旅途最后一个驿站，并不预示着结束，而是代表着另一个段落的开始。就要登船了，就要离开大陆，一种"西出阳关无故人"般的背井离乡、孤独苦闷、存亡未卜的感伤之情，一种"春风不度玉门关"般的苍凉、失落、沮丧的内心感触，在王宁心底里油然而生。这种离殇之情比首次离开家乡去淮海战场，比爱情遭受挫折离开上海去湖南，还要难受和痛苦，似乎一旦跨过这个小小的海峡，就再也无法返回似的。不仅仅是王宁感到辛酸、苦涩，同船的人大都同样黯然失色。那种复杂的心情难以形容，就连蒋介石离开大陆时也挥毫写下了"艰难革命成孤愤，挥剑长空泪纵横"。恐怕那时候所有离开大陆的人，在离别时的一句心声是：再见故乡，再见母亲，可能再也不见！

可开船不久就遇上强风，造成巨轮重心不稳。船到海峡水道时摇晃到三十度，使得船上部分车辆、木箱等货物都滑落到大海里。琼州海峡是"无风三尺浪，有风浪滔天"。巨浪一个接着一个扑来，船舱进水，电源中断，船体倾斜，铁船吃水严重，更糟糕的是船的动力也停止，眼看一场海难就要发生……

第十三章　琼崖整编

诡异山路

位于雷州半岛与海南岛之间的琼州海峡，是世界上流速最快的海峡之一。它东起海南岛的木栏头和雷州半岛的生狗吼沙岛，西迄海南岛的临高角和雷州半岛的窑尾角，东西约长八十千米，南北约宽三十千米，水道最大深度超过一百米。海峡常有大风、恶浪等不利于航行的天气。这里水深、流急、潮大、海洋灾害频发，是海南岛和大陆之间的海上"走廊"，是北部湾与南海之间的海运通道。每年十一月至次年三月，多东北风，平均风力四级。

行船最怕顶头风。可渡轮马力大，不怕顶头风，怕的是强侧风。王宁他们过琼州海峡时正遇冬季少有的热带风暴袭击，惊涛骇浪高达六米，"白马千群浪涌，银山万叠天高"。由于侧风，轮船的轮机舱进水，使电力、动力中断，三千多吨的铁船任由风浪推打，吓得杨梦玥等一批旱鸭子们犹如惊弓之鸟，争抢救生衣、救生圈，没有救生设备的人就抱着木板、木箱子等能漂浮的物体，准备随时下海。还好，虚惊一场，轮机手很快恢复了动力，大船调转航向，安全抵达海口秀英码头。

"海南"古称"崖州""琼州""琼崖"，在诗文和题词中，也称"海外""南极""天涯""海角""南天"等。"海南"一词溯源悠久，至少已有一千五百多年之历史。四年前的一九四五年九月，桂系第四十六军军长韩练成所部，从这里登陆进驻海南，接收日军"海南警备府司令部"投降，没收日军的军械、器材、车辆及一切军需品。当时日军在琼驻军和警力有正规军一万余人，警察部队五千余人，特务人员一千余人，加上部队从属人员、军眷、在琼的台湾民众、朝鲜人，日企职工、劳工，等等，总数有四万余人。其中海口的日军约五千人，占到海口总人口的十分之一，三亚的日军和侨民与三亚的总人口相当，为三千人。一九四九年，国民党军在海南成立警备总司令部，陈济棠任总司令，黄国栋任副总司令，陈绵君任参谋长。同年底海南警备总司令部改称海南防卫总司令部，薛岳为总司令，容有略等为副总司令，李警扬为参谋长，统一指挥集结在海南岛的国民党陆、海、空军十万余人，有各种军舰、船只五十余艘，战斗机、轰炸机和运输机四十二架。下属部队有：海军第三舰队和海军陆战队一个团，空军海南基地第一、第三、第五、第二十大队，陆军第三十二军、第五十军、第六十二军、六十三军、第六十四军、第一〇九军、警保师、教导师以及保安、宪兵、地方武装，等等。全岛划分为四个守备区：东区由三十二军军长李玉堂负责，守卫琼山、文昌、琼东、乐会（琼东县、乐会县一九五八年合并为琼海县）、万宁、陵水等县；北区由原六十二军军长李铁军负责，守卫琼山、定安、澄迈等县；西区由六十四军军长容有略负责指挥第六十四军、刚建立的第四军，守卫临高、儋县、昌江、感恩（一九五九年并入东方县）等县；南区由六十三军军长陈骥负责，守卫榆林、三亚、崖城一带。其中，东区是防守重点。这条军事防线长达一百一十公里，构成的环岛立体防御体系，是以薛岳的字号命名，称作"伯陵防线"。陈济棠的部队在蒋介石指派薛岳来到海南后，立刻遭到整编。因为蒋介石始终对李宗仁、白崇禧和两广部队不是很信任。据美国胡佛档案馆的资料：当时陈济棠曾经向中共在广东军政领导人提出，如果能保证他在广州的财产以及答应让他在海南岛主政下去的话，陈济棠愿意无条件将海南岛交给中共治理，后来陈济棠的要求被中共拒绝而作罢。

海口是中国最南端的通商大港，海运发达，港口繁荣，也是近代华工去南洋最近的中国口岸。自光绪二十三年至光绪三十三年这十年间，从这里出洋的华工总数共达二十万七千人，平均每年在两万人以上，这还不包括其他途径出国者在内。海口又是一个依靠侨资发展起来的沿海城市，老城的形成凝聚着琼侨的智慧和财力支持。海口设市于一九二六年十二月，先后有美国、日本、英国、德国、法国、奥匈、葡萄牙、意大利、比利时、挪威十个国家在这里设领事馆、领事。在二十世纪四十年代，海口市已有近百个行业，近千家商铺以及众多的商业会馆。市区的建筑很像厦门，虽然没有厦门好，没有厦门大，但与福建的泉州、广东的惠州不相上下。老街的骑楼极富南洋特色，是海口的一道独特风景。骑楼骑跨在街道上，底下可以通行，既遮阳又挡雨。据说，骑楼源于古希腊，直到近代才流行于欧洲，并经西亚、南亚传到东南亚，又通过出海闯荡的华侨传到我国南方。海口南洋风格的骑楼多建于十九世纪末，从四牌楼街第一栋骑楼建成，永乐街、大街、新街、得胜沙路、沿河路等繁华地段渐渐形成。可以说正是一栋栋骑楼的出现，影响了海口城区的建筑风格。除了古旧的骑楼外，还有檐口下带孔洞和有浮雕的女儿墙、具有欧亚混合文化特征的立柱、充满神秘感爬满藤蔓的老宅、封建帝国与资本主义碰撞的产物——钟楼以及众多的老茶馆、火山石房，这些都富于热带海滨老城的特色。

一九四九年的海口市居民增加到十六万，在蒋军进驻这座城市之前，民国广东省政府主席薛岳，已于七月从广东的江门、曲江、惠阳、汕头、高要、茂名、北海等十三个大县市，将抢购来的大量粮食和部分战略物资转运这里，待广州战役失守、大批蒋军来到琼崖后，小小的海岛骤然热闹了起来。新来的人除军人，还有不少眷属以及从广东、广西撤退来的商民。他们带来许许多多财产和各种各样的商品，使得海口的市场出现前所未有的繁荣，让当地人大开眼界，从未见过这么多的商品和如此多的外地人。

成斌的残部与同期从两广地区逃到琼崖的一些不成体系的零零星星小部队，在海口遇到第三兵团参谋长龙炎武等突围出来的一部分人。他们休息了两天，被防卫总司令部派往南区与第六十三军一起整编。第六十三军原属第七军团，一九四八年十一月，在淮海战役中被人民解放军歼灭于江苏邳县窑湾镇。不久，六十三军在广东再次重建，隶属第四编练司令部。一九四九年十一月，在广西战役中又被人民解放军全歼。在海南岛是二次重建。该军的任务是担任琼南自乌石港起至岭头湾西南地段的防务，军部设在三亚大东海东侧的榆林。

第一次来到这个流放苏东坡的荒岛，王宁的心里不免有些凄凉，但当他看到的是一个非常美丽海岛，又异常的兴奋。这里的树与内地的树完全不一样。许多树如椰子、槟榔、棕榈、剑麻，等等，叶子都为长条状，有的垂下变成木帘，有的似绿色彩带随风飘舞，有的像利剑在劲风中不折不弯，或许这样长的缘故更能抵抗强风。这里以盛产珍稀林木而闻名。《琼州府志》记载，明万历海南岛有名树种七十多种。木质坚韧耐腐，纹理清晰美丽，木料芬芳馥郁百年不灭，如桄榔、坡垒、花梨、沉香、荔枝、雅加松、鸡翅木、相思木、楠木、水椰，等等。这些稀奇古怪、仙姿佚貌、风姿绰约的大树，对于内地来的人是闻所未闻，见所未见。行家能够叫得出名的其他植物还有铁棱、青皮、柄木、红榜、香椿、龙眼、赤楠、柯木、枯木、蝴蝶树、硬壳栲、白茶例、厚克拄、细于龙、大沙叶、陆均松、海南合欢，和灰木、马钱、罗伞树、算盘子、紫金牛、黑面神、白茶树、刺轴棡、小叶柿、灰叶蒲桃以及各种木质藤本植物、林下草本植物、附生植物。

在祖国的北方已是冰天雪地、寒风萧索时，椰岛却是温暖如春。

王宁他们到达海南岛正是大陆最冷的冬季，而此地却是春暖花开，一片欣欣向荣的景象。海风带着淡淡的咸味和湿润，轻轻地、柔柔地拂面而过，把人心吹得酥酥的、痒痒的，把行军的疲劳一扫而光。首次看到浩瀚无际的大海，大家都被那气势所震撼，所感染。蓝蓝的天空，蓝蓝的海面，蓝蓝的梦想，极目望去看不到头，看不到尾，天地间全是蓝色，一切又都是那么的自然，顷刻间，烦恼、郁闷、忧愁、杂念荡然无存。大家的心情豁然开朗，如同被海水冲刷一遍变得清澈，明亮，而又奔放，迫不及待地跑向松软的沙滩，冲向涛声阵阵、浪花朵朵的海边……

海南的民俗风情和风土文化，让他们大开眼界：西瓜、菠萝、波罗蜜等蘸盐吃，荔枝用酱油泡，椰子肉用盐炒，很多水果都要蘸盐；烧菜也很奇特，什么木瓜烧肉、香蕉炒鸡蛋、菠萝烧鸭；饭米用竹筒或瓜果烧，真是五花八门。此外，庄稼刀耕火种，跳舞打竹竿，火鸡见人懒得跑，一个小小的海南岛居然有汉、黎、苗、回、彝等二三十个民族之多。有人总结出海南的十大怪："树根包在树干外，两只老鼠一麻袋，三只蚊子一盘菜，东边下雨西边晒，老头上树比猴快，姑娘抱儿谈恋爱，黑牙老太像妖怪，养个孩子吊起来，瓜果越臭越喜爱，头戴斗笠当锅盖。"这里说的，老鼠是海狸鼠，它能长到十五千克，头尾长达一米，比猫大得多；蚊子是指海蚊子，海蚊子不是蚊子，是一种外形很像蚊子的海洋生物，能长到二十多厘米；黑牙，是由于长期吃槟榔造成牙齿变黑。

在海南问路是个难题。当地的方言根本听不懂，尤其是山区，十里不同风，百里不同俗，山里的人，大陆话他听不懂，他的话大陆人也听不懂。海南最早的民族是古百越，后来黎、汉、苗、回等民族相继移居海南，逐步形成一个多方言地区。明清时期，以琼山音为正语。《琼州府志》记载："一曰东语，似闽音；一曰西江黎语，即广西梧、浔等处音；一曰土军语；一曰地黎语，乃本土音也。大率音语以琼山郡城为正……"到了民国后期，由于学校的增加，外地老师来琼教书以及与岛外交流的增多，例如与广东人的经济来往，与国府军政人员的交流，在政治、经济、文化的冲击下，海岛上的大陆白话也渐渐流行开来。不过，大陆人与当地人交流和沟通仍有困难，甚至会因语言而生误解。有这样一个故事：有一天，第六十三军一名团长下部队视察，来到一个新兵集训的伙房。伙夫是刚被抓壮丁入伍的海南小伙子，名叫邢义雄。他有些文化，会说汉话，以为团长是北方人，就用带有浓重方言的国语说道："报告环长（团长），瓦（我）瞎（杀）猪烧赛（菜）欢迎汝（你），猪喉（猪头）汝（你）要毋（不）要食（吃）？加糜（午餐）没有米判（米饭），只有馒喉（馒头）和杭（汤），兴（剩）下的咸赛（咸菜）系（是）老不干（萝卜干），汝欲无（你要吗）？"哪知团长也是海南人，团长也用浓重的海南国语说道："买雅喉（买一头）猪何多（多少）钱？公爹瓦喜欢食鸡母判（大男人我喜欢吃母鸡饭），有乜（么）？食笨判（吃鹅饭）也可以，瓦桶（我肚子）大，能食一只笨（鹅），汝（你）走吧，瓦（我）宽宽食（慢慢吃）。"旁边的大陆人竖起耳朵，一句也没有听懂，看着他俩嘴里都嚼着槟榔，满嘴通红，只觉得他们都在"血口喷人"。

也许一些人认为海南是个大粮仓，是个非常富足的地方，其实不然！自古海南就缺粮，一直是个蛮荒、流放犯人的地方。在二十世纪三十年代，广东全省九个区中，海南岛是最为落后的地区之一。粮食很大程度依赖于外部供给，即便是殷实的商人、比较富裕的华侨家中，每一天的主食中也有一顿番薯粥或者芋头粥。据海南老海关资料：从民国初年至一九三九年间，平均每年输入的南洋米达十七万担，从广东省内调入的米两万担、面粉三万多担、杂粮类三万多担。另据抗战期间伪农林局资料：海南稻谷的年产量不足九百万担，消费量为一千多万担，每年缺额近两百万担。海南岛有一年种三熟的气候条件，但由于肥、水和人力都不够，大部分地区仍以一熟为主，少数地方有两熟，一年三熟的地方少之又少。这其中关键的原因：一是台风、暴雨、干旱等自然灾害频发，又缺少水利设施，导致肥料、种子、水土流失，地表贫瘠；二是沿用落后的原始农耕方式，所用肥料仅有少量的牛粪及花生壳，缺少化学肥料，产量当然跟不上去。海南粮食不能自给自足，直到国民党撤离海南岛也没有多大改观。不过，这里很适合种植热带瓜果、胡椒、咖啡、橡胶和高档优质木材，倒是不争的事实。

从海口去榆林坐船比较慢,大家也不愿意坐船。成斌他们去三亚还有两条道可走:一是走西线先坐汽车到儋州、石碌,然后坐火车去三亚;二是乘汽车走东线,沿着海边公路经琼海、万宁、陵水到三亚。

民国时期海南陆上的交通工具有马车、牛车、骡驴车、人力车、轿子、两根竹竿中央加上一个座椅的兜、汽车和火车。马车比较少,因为马匹多来自北方,到一九五〇年初,马车已经非常少了。牛车在整个民国时期使用最为广泛,从城市到乡寨到处有牛车,两轮牛车、三轮牛车、四轮牛车、单头牛车、双头牛车、多头牛车等随处可见。这些牛车虽然慢,但比马车稳得多,装载量也大;骡驴车、人力车主要在城市内作为短途运输工具。轿子、兜多在乡村和山区里使用。汽车是岛上的主要交通工具。民国期间汽车和公路的发展比较迅速,自一九一九,海南第一条两公里长的公路建成后,海南便进入了汽车运输时代,也由此拉开海南岛大规模兴建公路的序幕。到一九二八年,全岛不包括未通车的约六百公里,已经有五百多辆汽车和四百多公里的线路,一九三二年又增加二百多公里道路。一九四五年,环岛公路建成,共计有七百一十八公里的公路。西线由海口向白莲、澄迈、博厚、临高、土城、儋县、白马井、昌江、北黎、九所、感恩、板桥到崖县;东线从海口经琼山、文昌、琼东、加积、中元、万宁、兴隆、陵水、藤桥到崖县。当时的汽车有美国的福特、通用,日本的丰田、NISSAN、三棱,德国大众,英国的劳斯莱斯,等等,主要用于人货物运输、军用和出租业。行驶在城乡之间的大小汽车,多为从香港进口的二手车,有的地方还有三手车。三手车是改装去掉铁壳的二手车,因为海南地处热带,封闭的汽车通风不好,于是有人干脆将旧汽车的外壳铁皮扒掉成了框架车,这种三手车通风、透气,车费便宜,普通百姓都乘坐得起。

西线从"石碌"开往"八所"的石八铁路线,是海南岛的第一条干线铁路,全长约五十公里,是日本鬼子为掠夺海南岛资源,于一九三九年试勘测,一九四二年建造的。日本投降后,由于沿线人口稀少,矿山停产,来客和运输冷淡,再加上机煤短缺,火车通常四五天才开行一趟,到一九四八年时,西环铁路完全瘫痪。故成斌放弃从西线去榆林,只能乘汽车从东线前往。成斌、杨梦玥等由王宁带领一个排护送,他们乘了三辆卡车先行,余下的部队两天后由防卫总司令部派车送达。

海南既缺煤炭又缺汽油，送王宁他们的车是一辆以酒精点燃木炭为动力的老掉牙汽车，两个司机一个控制方向，一个控制火候。从海口到三亚全长接近三百公里，当汽车行驶到陵水县时，由于前方因暴风雨冲坏路基，不得不绕道向西去保亭，然后再从保亭沿着小路南下到三亚。去保亭的路是上山，木炭汽车喘着粗气艰难地往上爬，遇到陡坡大家必须下车，司机把木炭烧旺了车才能上去。过了保亭是下山的路，木炭车的动力不用担心，但道路湿滑更不好开，而且山路千回百转，崎岖蜿蜒。

说是山，其实海拔并不太高，也谈不上雄浑，气势倒是非凡，且壮丽秀美，既有溪水潺潺，又有鸟语花香，别有特色。不过，山路有好几处急弯和湿滑地段，如果司机稍不留神就有翻滚下山沟的可能，那是必死无疑。俗话说"上山容易下山难"，车一过保亭，下山的道路更臻狭窄。王宁他们到达保亭与三亚交界地时，有一段超过三十度下坡险路，因天色渐晚，前面已有一辆卡车刹不住而滑落山沟。两个司机说什么也不肯再开，大家只好步行二十多公里去三亚，包括成斌和他的夫人杨梦玥也得徒步。还好，山里的气温比海边明显低，行走在山里并不感觉到热。这里是丘陵山区，为五指山东南麓的延伸部分，地势是西北高，东南低，海拔为八十至六百米不等。沿途色彩斑斓，风景万千，远处峻岭起伏，碧波万顷，近处微风迎面，沁人心脾。山之青，水之秀，林之幽，气之爽，让人有种飘飘如仙的感觉，大家且走且观赏热带山地的风光。

走着走着，不知不觉夕阳西下。遥望天边暮色渐淡，云霞沉沉坠下，即将落山的残阳如血，如同俏丽的少女涨红的脸，变得那么的羞涩、腼腆，而又妩媚娇柔……

王宁无意浏览身边的美景，不禁又想起他的秋露，猝不及防地跌进记忆的沼泽之中，深深陷入思念的深渊难以自拔。他对她是情真意切、一往情深，他对她的情感细腻而又缠绵悱恻，不管战火燃烧到何处，不管世界如何更变，他的心始终向着她，有时候抽着烟想着她，火柴棒或者烟屁股烧到手指头感到疼痛，才知道自己在发愣。"秋露，你还好吗？我随暂编师残部一路南下到了琼崖，为的是坐船去台湾找你！"王宁默默地向心上人倾诉着，回头望了下东北方向，望着秋露所在的方向，更加强烈地感受到李商隐"夕阳无限好，只是近黄昏"的诗意，也更加体会到马致远"夕阳西下，断肠人在天涯"的孤旅哀思！把情印在弯弯山道上，把爱轻扬在葱茏花木中的王宁，与数十名官兵，还有成斌、杨梦玥等同在夕阳余晖下，蹂躏着吱吱作响的落叶，步履在琼崖山里去三亚的路上。在冗长的背影中，心境尤为凄凉、哀婉、郁闷，我们怎么会这样？夕阳西下那本该是鸟儿归巢的时候，而我们俨然像一群无家可归、无林可栖的倦鸟，这也验证了那句话——希望与忧虑是分不开的。峥嵘岁月，倥偬人生，有人兀自欢喜，有人黯然忧伤，有人幸庆大难不死，有人感叹苟延残喘。为了尽快赶到目的地，前导建议走近道穿过雨林去三亚，得到成斌的批准，于是大家跟着前导走进茂密雨林。

林中充满诡异气息，大家陆续发现有一些穿着破烂蒋军军服的白骨，有的军服标志上、钢盔里、枪托上，还能看清"陆军第四十六军第一八八师五六二团二营三连，少尉排长XXX、上士班长XX、下士XXX"等字样，看样子这些官兵死在这里已有些年头。王宁在海口听说在一九四五年十月，徐启明第十兵团的四十六军来琼接受日军投降，但王宁不明白为什么这支国军部队会死在树林里？而且都面朝着一个方向。从现场的情况分析也不像是战斗而亡，因为手榴弹还挂在胸前，地上也没有一粒空弹壳，姿态没有一点战斗的迹象，难道说迷路走不出去被困在这里？想到这里王宁心头一震："弟兄们停止前进，身边这些白骨，都是昔日的同胞兄弟，按照惯例，咱们有责任将他们埋葬好，大家在分拣每一个同胞遗骨时，要倍加小心"。王宁动员部下后，沈定仁也接着说道："聚集同胞遗骨不要毛手毛脚的，否则得罪了鬼魂，你们就引鬼缠身了。"

于是大家停止前进，先将一具具遗骨归拢，逐一埋葬，并在一个个简单的小坟墓前，插上一根树桩作墓碑，将他们的烂军帽、锈钢盔放在树桩顶上，在没有军帽、钢盔的树桩上系上一根红布带。

周有贵小心翼翼捧着一堆凌乱的骨头，向一个他挖开的沙坑走去。可能是太紧张的缘故，脚一滑把遗骨的头颅掉在了地上，他吓得赶紧重新拾起，立即道歉："先人，别生气，我不是有意的，大人不记小人过，请别怪罪我，等埋葬好你，我请你喝酒赔不是……"这家伙不知从哪里弄得一瓶酒，在海口喝得醉醺醺的，留下三分之一还装在身上。他将遗骨有条理地放在坑里，覆盖上沙土，捡起一根粗树枝插在坟前作墓碑，又系上一根红丝带，然后将自己的小半瓶酒，慢慢地洒在坟墓的四周，并说："哥们，你多喝点，纯粮好酒，我在海口买的，又香又醇……"

沙土地挖墓穴容易，三下五除二，几工兵锹就将尸骨埋葬好了，但用树干做墓碑就不那么容易了。原始雨林里全都是又高又大的树，找一个粗树枝得上树去砍。就在鲁志清爬上一棵大树准备用工兵锹砍树枝时，梁晓亮陡然大叫不能砍，赶快下来，那是"见血封喉"，树汁溅到眼睛里就会瞎，溅到嘴里、伤口里就会中毒而亡。他认识这种树，广西老家就有。小时候他去山里采蘑菇碰到一只狗熊，小小年纪的他是跑不过狗熊的，情急之下蹿到大树上。可是狗熊也会爬树，它用坚硬的钢爪抓着树干往上爬。就在狗熊快接近梁晓亮的千钧一发之际，梁晓亮从树上折断一根树枝，向狗熊的嘴巴捅进去。不曾想，奇迹出现了，狗熊的嘴被树枝只捅了几下，就从树上掉下来死了，原来是树汁滴入它的口腔里中毒而亡，那树就是"见血封喉"。

"见血封喉"是中国人的俗称，意思是毒汁进入血液很快能让人麻痹，就像封住喉咙一样使其窒息而亡。见血封喉树也称为"箭毒木"，为常绿乔木剧毒植物，树皮破后流出的白色乳汁中含有强心苷和黄酮等化学成分，有急速麻痹心脏的作用，猎人用这种毒液蘸在箭头上，能大大地提高猎杀效果。在古代，见血封喉与断肠草、鸩鸪、乌头、砒霜、金刚石、鹤顶红、夹竹桃和番木鳖，并称为九大剧毒。

鲁志清被梁晓亮这么一说，吓得连滑带跳，三步两下从大树上蹿下来。他只好找别的树枝作墓碑。就这样大家走一路埋一路，埋葬了不少士兵的遗骨，也插上不少的树桩。

原始雨林气温要比外围低，越往里走越阴森，瘴气也越重，四周全是参天大树，树叶、枝丫非常密集，根本看不到外面的世界，只有微弱的散射光能从枝叶缝隙斜射进来。王宁与大家踏着腐枝落叶，经过长满苔藓的树干，穿过密集的荆棘不停向前进。林中有各种各样的动物，坡鹿、山猪、穿山甲、猴子、山龟、蛇，等等，一个接一个地出现在眼前。走着走着，又出现一些怪异的现象：先是路边陆续有一些不明不白死亡的小动物尸体；继而有些植物莫名其妙地倒地、折断，而离这些植物几米之外，却一切正常；再向前又听到一种有节奏、忽大忽小的怪声从不该有的地方传过来，伴随着像母猫叫春一样的凄声，渐渐地靠近，让大家顿时汗毛直竖，仔细寻找又找不到是何物发出的。一股阴风拂过，带来一阵难闻的臭味，不是茅房的味道，但奇臭无比，臭得恶心，让人想哭，谁也没闻过这种臭味，既像死亡动物腐烂的恶臭，又还有一点花的淡淡清香。继续前行，终于发现臭味来自一棵很大的植物。它根茎粗壮，株高达三米多，株型美丽，十分壮观，叶柄上部为绿色，下部为紫色，肥大的叶片呈卵状戟形，光亮、丰满、圆润，给人以舒展大气和生机盎然的感觉。绽放的雄花位于上部，雌花位于下部，花呈绿白色。原来这种植物就是有名的海芋，在海南被称为野山芋，喜温暖、潮湿和半阴环境。海芋，属于单子叶植物纲，天南星目，天南星科的多年生草本常绿植物，根茎含有淀粉，有毒不能食用，但可作药用，有清热解毒，消肿散结，祛腐生肌之功效，能治风湿病、气管炎、肺痨、伤寒等病，外用可治疗疮肿毒、蛇虫咬伤、皮炎等，鲜草汁会造成皮肤瘙痒，误入眼内能引起失明，误食可造成腹痛、恶心、惊厥，严重的可窒息和心脏停搏而死亡。由于太臭，谁也不愿意走近它，也避免了误食中毒的后果。

继续前进，周有贵还想着那个手里捧着的骷髅掉在地上的事。有时候就是怕什么，来什么。担心鬼缠身的他一路上又遇见阴森、瘴气、诡异、恶臭、怪声等，以为真被鬼缠住一样，溘然哀号道："你别过来，别过来，求你了，不管你是哪路鬼怪，我请你喝酒还不行吗？说话算数，等到了榆林我再买酒请你，求你放过我吧，我有病，我不能死在这里啊！"说完立即掏出空酒瓶子递上。

同行的士兵们见他吓得面如土色，"扑通"一声双膝跪地上，手里举着空酒瓶子，停下了问他："老周，哪儿有鬼？一惊一乍的！别吓唬我们。"

周有贵此时已大汗淋漓，仍然喘着粗气，神神道道愣在那里……

"嗨！咋的了？瞧你这哭丧的脸，中邪了？"沈定仁走过来问道。

"副营长，被你说中了，我被鬼缠上身，赶紧找大仙给我驱驱，不然大家都要跟着倒霉！"周有贵像是在哀求。

"哈哈哈，什么大仙小仙的，赶紧给我上路！"沈定仁说着将周有贵拎起来。

"真的，副营长，埋葬白骨时，我把遗骨的头颅掉在地上，他就缠住我不放！"周有贵边走边嘀咕着。

"我说你小子，有完没完？你还真信鬼缠身啊？行了，别再胡思乱想了！"沈定仁不高兴说道。

经副营长这么一劝，周有贵惴惴不安的情绪有所缓解，重新跟上部队继续前进。可他没走多远又大叫起来："啊！我看到他了，你们看，他站在那个山头上，他是饿死鬼！快让他走，别祸害我们。"

大家见他手指的山头除了树木，什么也没有，骂他鬼迷心窍。这事有人汇报给王宁，王宁见周有贵走火入魔似的，只能"顺着"他，便让眼镜石磊装着大仙来"解围"。

石磊戴着用报纸折的大仙帽，装腔作势，一边说着一些含糊不清的所谓咒语，边挥舞着手里的树枝宝剑，经过一番折腾，转向周有贵："好了，老周，饿死鬼被我驱走了，你放心，有我在你身边，他就不敢再来，走吧。"

周有贵听石磊这么一说，不再害怕了，才跟着大家重新上路。

行走很长时间，大家发现又回到了原地。因看不见太阳，前导员只能借助于指南针率领大家摸索向"南"，可他万万没有想到山里有丰富的铁矿，等王宁发现行走的路线不对劲时，才知道指南针在这里也失灵了。王宁忽然想起刚埋葬的士兵们，很可能是迷路活活地饿死、病死在这原始森林里，眼下自己的部下以及师座、团座等人都面临与昔日六十四军士兵同样的命运，走不出这原始森林，大家必定会困死在这里。怎么办？怎么才能走出这原始森林呢？想到这里，王宁吓出一身冷汗。这时，发牢骚不愿意埋葬白骨的赵二宝想起坟墓，只要找到刚才建的坟墓或墓前的树桩，就能走回去。于是，大家分头三五个人一组，在附近寻找树桩和刚建的坟墓，十几分钟后，有人果然找到系有红布带的树桩和坟墓，大家顺着之前插的一个个墓前树桩，找到了来的道路，成功走出原始雨林。王宁他们在林中帮助昔日的同胞，也拯救了自己。

返回到入林前的地方天已经全黑，附近没有人烟，前面是个山坳，借助于月光能看到有座破庙。海南的佛教寺庙不多，最早的寺庙是建于宋代的琼山府城北门外的"天宁寺"，明代因地震受损，后重建成为海南规模最大、僧人最多的佛教寺院。到抗战期间，海南全岛的寺庙包括一些遗址也不超过三四十处，如：琼山府城镇北街的一粟庵、琼山府城镇草芽巷的泰华庵、府城镇内巷的善慧庵、府城镇大水井巷的秀水庵、府城镇的万缘堂、海口红坎坡的广济庵、市区东南的明昌塔、海口海甸六庙的仁心堂、万州东山岭的潮音寺、琼海县的聚奎塔、陵水县的水口庙、屯昌县的福庆寺、万宁县的潮音寺、澄迈县的永庆寺、定安县的普济寺等。寺、庙、庵、塔中有一些由于战乱，无力维修而被荒废。王宁他们三十多人无处过宿，只好来到山庙将就一夜。庙宇多年不用，七孔八洞、破烂不堪，三间大瓦房都有鼠洞和鸟巢。房顶一角的洞口有脸盆大，能看到天上的星星，正堂、侧房都没有房门，幸亏没有刮风下雨。

大半天的步行，上坡下坡，林中林外，大家早已经筋疲力尽，躺倒就睡。

漆黑的破庙像个监狱，把这一群人牢牢地禁锢起来。子夜时，杨梦玥似乎被什么唤醒，她坐起来见身边的丈夫和附近的官兵们，一个个像死猪一样直挺挺的一动不动。可能是想去方便，她起身刚走到门口，就听见一种有节奏的诡异声音，忽大忽小，忽高忽低，忽紧张刺耳，忽舒缓渐弱，且颤颤巍巍、断断续续，一会儿像风声，但树头不见晃动；一会儿像乐器弹片猛地响了一下，然后有节奏地渐渐减弱；一会儿又像其他从未听过的阴森恐怖的声音。紧接着，天空出现几团绿色的火光，闪烁了几下消失在星星点点的夜色中。

"啊！有鬼呀！来人啊！救命啊！"杨梦玥感觉眼前一片漆黑，大声叫喊起来。

这时，一道亮光划过天空，然后是死一般的寂静。杨梦玥有些不敢相信，她揉了揉自己的眼睛，再看那亮光，空空的，什么也没有。

"夫人，你太累了，出现幻觉了吧？"成斌听到杨梦玥的叫喊，来到她身边嘀咕道。

"明明我看到一个奇怪的东西，怎么……"杨梦玥感到奇怪。

"回屋里休息吧？我知道你很累，我也累。"成斌安慰杨梦玥说道。

"我没有说谎，我发誓！"杨梦玥还想说下去。

"不用发誓，走吧，回屋休息吧。"成斌牵着杨梦玥的手回到庙里。

海南岛没有冬季，最冷天照样有蚊子。山林里的蚊子比起海边蚊子要小，但嘴尖肚子大的花蚊子咬人更凶，更猛，也更疼，一旦叮上你，宁可被打死也不跑。当兵的人睡觉都用军帽罩住脸，至于耳朵、腮帮子、脖子就随它去咬，太困也顾不得那么多。有些人被毒蚊子咬出一个个大包，又痒又痛，苦不堪言，只好用衣服蒙住头睡。杨梦玥是学医的，她知道一旦被蚊子传染上疟疾，在这人迹罕至的地方后果不堪设想，于是就用纱巾、绸缎将身体全裹起来，迷迷糊糊地度过了难熬的一夜。

第二天，大家吃点干粮后继续上路。路上又遇到一条巨大的黑褐色眼镜王蛇。它比眼镜蛇体型更大，更凶猛，毒量更多，毒性也更强。它外形与眼镜蛇相似，但颈背部没有眼镜状斑纹，有四米多长，腹部比六〇迫击炮的炮筒还要粗，竖起前三分之一身子，颈部肋骨扩张呈扁平状，昂着头，吐着分叉的蛇信子，咆哮着，发出巨大的嘶嘶声，随时要发动攻击，人一旦被它咬到就难逃厄运。此地有很多毒蛇，眼镜王蛇、眼镜蛇、金环蛇、银环蛇、蝰蛇、蝮蛇、尖吻蝮、烙铁头，等等，这些都是剧毒蛇。蛇是冷血动物，低于摄氏二十度会减少活动，低于十五度进入冬眠，但在中国北回归线以南地区，蛇不一定冬眠，有的只是半休眠。尽管在冬季，海南岛的蛇除五指山上和几个高海拔山岭，一般的蛇是不冬眠的，顶多早晚因温度低些活动量减少而已。怕蛇的人见到这条巨大的眼镜王蛇是惊慌失措，直往后退，胆大贪玩的人则上去用步枪上的刺刀挑逗，可一听小广西梁晓亮说眼镜王蛇会喷毒，也吓得躲得远远的。为避免后面的人被蛇咬，程启升拔出匕首对准蛇的上腹部，"嗖"的一声，匕首飞出穿过毒蛇的肚子，将眼镜王蛇固定在地上，一阵乱棍打死。这下行军的队伍热闹了，一边走，一边聊蛇解闷。这个说它叫"过山峰""扁颈蛇"，那个说它叫"过山乌""麻骨乌"，还有的说它叫"山万蛇""大吹风""大膨颈""黑乌梢"，等等，其实这些全是眼镜王蛇的俗称，叫法不同罢了。有些人还找来棒子，边走边拍打草丛驱赶，生怕窜出一条毒蛇咬到自己。

山庙过去五里地就进入了黎境。黎族是最早开发海南的民族之一。黎族的由来有这样一个传说：在海南岛的中部有一座高山，山上只有各种动植物。有一年三月初三，雷公一声惊雷，让山上一枚蛇卵裂开，从中走出一个美丽的姑娘，取名为"黎"。一天，有个英俊勇敢的小伙子，跨海来寻找珍贵的香料——沉香，在山中遇到阿黎姑娘，被她的纯真和美丽吸引，两人相互爱慕结为夫妻，从此，过着幸福美好的生活。他们生了很多孩子，并繁衍出很多的子子孙孙。他们死后，子孙们称阿黎为"黎母"，把他们生活的这座山叫"黎母山"，自称是"黎人"后裔。

继续往前走便是黎人所称的黄金谷。这是一个两侧森林茂密、中间是一条连绵一里多地的小山谷。黄金谷里没有黄金，却有大片的槟榔树，槟榔林中有一个黎寨。寨子入口处的寨门上方挂着一个牛头骨，这是黎人崇拜的图腾。寨边溪流潺潺，水车悠悠，寨内椰风摇曳，炊烟袅袅，船形屋（形状似倒扣的船，黎人称之为"布隆亭竿"，意为"竹架棚房子"）。这是黎人漂洋过海来海南建造的独特建筑，每一栋船形屋旁都有一座"夜不闭户"的谷仓和"隆闺"。

"隆闺"是黎语"不设灶的房子"。在每个口耳相传的黎族爱情话题里，都有"晚上串隆闺"的故事。"隆闺"通常用树和茅草建在父母住屋附近或寨边，外形有的与父母亲的屋子没有多大差别，只是小一些而已，有的像个小金字塔，仅设一个矮小的门，要弯腰而入。"隆闺"有男女、大小之分，男孩子住的叫"兄弟隆闺"，女孩子住的称"姐妹隆闺"，大的可住三五人，小的仅住一人，这是黎族青年男女由相识到定情，或者说是他们走向独立的房子。因为黎族男女到了十三四岁还跟父母同吃同住会被别人笑话，因而男女成年后，通常要住在"隆闺"里，婚前可以自由谈情说爱。每当夕阳西下，男孩子们便会穿戴整齐到女孩子的"隆闺"去。进门要以歌叩门，女方同意回应一首歌他方可进去，若不同意就唱不开门的歌，男孩子只好去下一个"隆闺"。即便是进入"隆闺"还不能随便坐，要唱请坐歌。坐下要直接表明来意，是来找情侣还是来求婚。女孩子如果说已经有心上人，男孩子还得走，如果女孩子与他情投意合，会与他对唱情歌，鼻箫声、对歌声、欢笑声就会从这个"隆闺"里传出来，一直缠绵到天明时分。有人风趣地称"探隆闺"是黎家小伙子的"夜游"，一旦男女双方确定关系，别的男子就不能再去这个姑娘的"隆闺"，双方家庭会商量放槟榔订婚的日子。槟榔在黎族社会有特殊的地位，类似于汉族的香烟，是社交的必备品和男女接触的信物。黎族严格实行同姓不能通婚的制度，盛行婚后居住在娘家的风俗，少则一二年，多则七八年，然后才定居夫家。非婚所生的子女不受歧视，离婚和寡妇再嫁也比较自由。

黎寨里有几个身穿树皮衣的老翁在制陶，一些文面文身阿婆在用古老的纺织工具——"踞腰织机"纺织黎锦，一些妇女在舂米、蜡染，一些阿哥、阿妹在跳竹竿舞，还有一些年轻人在隆闺门口对歌：

男孩子唱道：阿妹不爱哪个爱，越过高山送槟榔。再累再苦也是甜，我跟阿妹一百年。

女孩子唱道：哥妹就像藤和树，藤拥树来树挽藤。古藤老树直到死，恩爱相依和痴缠。

伴奏的乐器是由牛角、圆木、竹筒、椰壳、树叶制作而成，悠扬的古乐伴着阿妹、阿哥美妙动听的歌声和欢快的曲调，令人忍不住心旌摇曳，情不自禁穿越千年，让每一个从这里路过的人感受到黎人的开朗与乐观，原来黎寨里有新人成亲。

很快，黎人发现扛枪的蒋军队伍靠近，瞬间，牛角号、海螺号、铜锣、木鼓响遍整个寨子，所有活动随即停止，老人、孩子和妇女们都躲到了阁楼上、草垛里，男人们则拿起猎枪、弓箭、长矛、砍柴刀等武器，集合成队埋伏在寨口附近，准备随时抗击入侵者。海南的黎人对于汉人有较强的戒备心，这很大程度源于他们生活的艰辛与社会氛围。海南岛最早的黎民定居在海滨平原，他们从事农、牧、渔业。后来由于内地封建统治阶级的残酷压迫，黎人生活条件日益恶劣，仅元朝统治者对黎的征伐就达十次以上。在乐东县尖峰岭"大元军马下营"的摩崖石刻，至今仍保留着一次血腥镇压的见证。大批黎民因汉人烧杀掠夺，被迫躲进深山老林，游居在深山腹地，在恶劣的自然环境下，依靠落后的生产工具顽强地生存着，促使黎人造就出一种原始警戒心理。成斌也发现黎寨的异常情况，鉴于赶路要紧，命令避免冲突，绕过黎寨向三亚前进，于次日中午抵到榆林。

榆林整编

著名的"榆林要塞"位于三亚大东海的东侧，港湾水深浪静，为中国最南端的天然优良海港，早年孙中山称为海防要地和海军的根据地，也是王宁他们到达榆林四个月后，八万名蒋军及其家属重要的撤离港口。它西起鹿回头角，东止锦母角，面积近四十平方公里。港口以东有虎头岭、野猪岛、琼南岭、蜈蚑洲、赤岭、陵水湾等，港口以西有鹿回头、三亚湾、马岭、南山岭等，与东、西瑁州岛构成海上屏障。孙中山曾说："琼州孤悬海外，当民国之最南……有一榆林港，极合军港之用。"

榆林整编，与抗战结束后蒋军整编完全不同。一九四六年的蒋军大整编，是以精兵简政为目的的全军编制大调整，按《民国三十五年度国军部队整编实施方案》，将原军级三师九团（三三制）的三万余人，整编为师级三旅六团（三二制）的二万一千人；将原军级二师六团（二三制）的二万余人，整编为师级二旅四团（二四制）的一万三千人；将原独立师一律整编为独立旅二团制。军整编为师，裁员三分之一，军长变成了整编师长；师保留两个团整编为旅，师长变成了整编旅长。一些部队的番号被撤销，大批老弱病残官兵复员离开部队，将四百二十万人的军队，整编为一百八十万人（这不包括一百多万还在军校学习的学生、教职人员和蒋军的军事机构人员，整编后蒋军战斗力有所提升。内战爆发后，蒋军又恢复了三三制和军师编制，总兵力迅速恢复到整编前的水平），一些因身无长技的官兵，失业后去中山陵谒陵时哭泣，史称"哭陵事件"，引起社会各界强烈反响。而王宁他们这次在榆林参加的所谓整编，没有纲领，没有指导细则，没有优化措施，没有强有力的组织机构，只有一个松散的领导班子，说到底整编是将各路杂牌军人与所招募的新兵，按照"三三制"的规定重新组合，是老带新的重新安排和磨合。

王宁他们来到榆林的第三天，留在海口的一百余人也如期到达榆林军营。原本是团聚的日子，却出了一件大事。当晚会餐，吃的是鱿鱼粥、煮木薯、鸡屎藤饼，咸菜是腌制的未成熟的杧果片和木瓜条、盐水小螃蟹，还有油炸小杂鱼，水果有香蕉、椰子和槟榔。椰子油炸的小鱼又脆又香别有风味，鱿鱼粥鲜香可口，大家也爱喝。但光喝稀粥不行，一些人就将煮熟的木薯当番薯吃，殊不知，木薯与番薯有很大差别。番薯是"旋花科"一年生草本植物的块根，而木薯是"大戟科"多年生灌木的块根，两者一个是草本，一个是木本，在植物学上门、纲、目、科、属都不一样。木薯又称南洋薯，有毒，尤其是表皮层的氰化物含量为肉质部分的数十倍，食用前必须削皮、浸泡、沸煮等去毒处理，若去毒不彻底，轻者倒无大碍，微量氰化物还能驱虫，有的人愿意受那种苦味；重者则可能导致神经麻痹，甚至引起永久性瘫痪或者死亡。可能是由于炊事员对木薯的浸泡时间或换水次数不够，导致不少第一次吃木薯的人，有明显的轻度中毒反应。

鸡屎藤饼倒是没有毒，但刚来海南的北方人则不敢吃。一听到"鸡屎"两个字便汗毛直竖，连筷子也不敢碰。他们觉得海南这个地方也太怪，连"鸡屎"也敢吃，是拌着吃，还是蘸着吃呢？有人避之不及，有人却趋之若鹜，看着海南兵一口一个鸡屎藤饼，吃得津津有味更是纳闷不解。这回他们又错了！原来鸡屎藤与鸡屎是风马牛不相及。鸡屎藤是一种多年生蔓性藤本植物，生长在气候温热、潮湿地区，如河溪边、灌木丛、林中、荒郊、低海拔山野等地区，中医认为有清热解毒、除湿消肿、祛风活血、消食导滞等作用，对于风湿、腹泻、气虚、头昏、肝脾肿大、无名肿毒、跌打损伤均有一定的疗效。鸡屎藤的化学成分含鸡屎藤甙、鸡屎藤次甙、车叶草甙等化合物和挥发油。在黎区农历三月初三或春季，有食鸡屎藤的习俗，另在广西北海、广东的江门等地，也有清明节或农历四月初八吃鸡屎藤的习惯。传说农历四月初八是牛王诞生日，人们把鸡屎藤挂在牛角上，给辛苦一年的牛驱赶牛虻、蚊虫，家家户户做鸡屎藤饼、糕、粑仔。那么，这种植物为什么与"鸡屎"挂上钩？是因为在做鸡屎藤饼的时候，要将洗净的藤叶用手揉烂，揉时发出的味道初闻有一股鸡屎臭，闻久了又是沁人肺腑的清香。《纲目拾遗》上说："搓其叶嗅之，有臭气，未知其正名何物，人因其臭，故名臭藤。"后因"鸡屎藤"这个名字不雅，改写为"鸡矢藤"。"鸡屎藤"也好，"鸡矢藤"也罢，它与鸡屎是两码事，也正因为这怪怪的名字，才更具有几分地方特色。

椰子对于新手来说，如果没有砍刀等工具，要打开它并不容易。青椰子水甜，老椰子肉香，它的营养价值很高，含有丰富的蛋白质、脂肪、膳食纤维、维生素、氨基酸和复合多糖等物质。椰子汁清澈如水，甘甜爽口，是很好的解渴饮料。第二次世界大战期间，有人根据椰汁容易被人体吸收，曾经用椰子汁作为血浆的代用品，给失血过多的士兵应急"输血"。椰子肉色白如玉，芳香滑脆，老少皆宜，有滋补、清暑解渴之功效，主治暑热类渴，津液不足之口渴。椰子油有补充机体营养、防治体癣、脚癣、杨梅疮的作用。椰壳坚硬，遇冷遇热不变形，可制成碗、乐器、工艺品。椰子纤维是制造扫帚、毛刷、海上缆绳等很好的材料。不过，椰子有禁忌人群，哮喘、血压高、糖尿病、胰腺炎、肝炎、腹泻等患者和正处在生理周期的妇女，都不适宜食用椰子。打开椰子的方法：砍去椰子外层纤维，看到上面有三个小眼呈"品"字形，其中有两个是假眼，只有一个是真眼，用硬的东西将真眼戳穿，再用空心秆吸取，或者将顶部撬开一个小窟窿，便可喝到椰子汁。要吃椰肉则必须将椰壳破开，用钢勺或者用刀将椰子肉剥离下来。而王宁他们哪里懂这些知识，用手扒不开，拳头打不坏，用嘴咬不动，用椰子砸椰子还是行不通，一个个捧着椰子就像捧着个又大又圆的土地雷，那椰尾像导火线一拉就炸似的，是放也不是，扔也不是。最后有人用匕首弄开椰皮，用牙咬去椰须，结果弄得嘴里、牙缝里全是椰子纤维，还有些人可能患有哮喘、拉肚子等疾病，吃了椰肉立刻感到不适和难受。

青香蕉也让一部分人饱尝苦头。香蕉是美味水果，但没有熟的青香蕉是不能吃或不宜多吃的，因为不熟的青香蕉中含有鞣酸，对人的消化道有收敛作用，能引起胃肠功能紊乱，故青香蕉不但不能通便，反会诱发更严重的便秘，即便是熟透的香蕉也不宜多食。另外，香蕉不宜与芋头、薯类、土豆、酸奶、阿司匹林药同时服用，急性肾炎患者也不能食用香蕉。王宁他们第一次逮到免费香蕉，不加克制地猛吃，结果很多人都喊肚子痛。

第一次尝槟榔的人同样很惨，不一会儿就感觉喉咙哽噎，仿佛嗓子喷了麻醉剂似的，麻麻的，紧接着是头痛，浑身发热，心怦怦地乱跳，气接不上来，身体发软、颤抖，虚汗淋淋，大口大口地喘着粗气，一句话也说不出，当地人称"醉了"。此刻，甭管你是团长、营长，还是士兵，无论你是男人还是女人，只要你是头一回吃槟榔果，立马给你颜色看。譬如团长孙剑长，他的脸涨得通红，比猴子屁股还难看，耷拉着脑袋半死不活的。

很快，地上撂倒一大批人，皆是木薯、青香蕉和槟榔惹的祸，幸亏没死人，只是暂时性休克、不严重的中毒和食物不适应，一个个怪模怪样丑态百出：有的人是青香蕉吃多了，抱着肚子倚在墙边；有的人是嚼槟榔后，小脸蛋不是发白就是通红，嘴里的红水如同血液真吓人；有的人吃了木薯后，晕晕乎乎坐在地上，像个口水呆子，还有的人又吐又泄……这边几个人颤抖着，那边一堆人叠撂着，桌子上、板凳上、地上、吊床上，东倒西歪的人犹如一群醉鬼，出尽了洋相。

第二天追查，吃青香蕉不适是缺乏常识所致，吃槟榔"醉"也属正常，而吃木薯引起很多人轻度中毒则是炊事员对木薯浸泡时间不够，换水次数少而引起的，那个煮木薯的伙夫正是前不久招待视察团长说"瓦（我）瞎（杀）猪烧赛（菜）欢迎汝（你）"的黎族小伙邢义雄。小伙子被怀疑是共产党的谍报人员，还有人怀疑他是假装的黎族人。王宁脱掉他的鞋子，见到他的小脚指甲是平滑的，不像北方汉族人小脚指甲分成两瓣，认为他不是汉族人（现代科学认为，单凭脚的尾趾甲来辨认民族是不准确的。过去曾认为汉族人脚的尾趾甲都分成两瓣的，其中靠外侧那一瓣更小些，而苗、黎等少数民族地区的人没有这个特征。有人调查证实汉族人脚的尾趾甲并非都呈两瓣，在一些少数民族地区也有复趾甲现象，甚至越南、老挝、韩国、日本、琉球等地也频频出现）。查了半天什么也没有查出来，最后不了了之。

很快就是春节，军营冷冷清清没有一点过节的气氛，倒是附近民众零零星星的鞭炮声，提醒榆林的军人除夕日到了。身在南疆边陲的大陆官兵们和跟随的眷属们，做梦也不曾想到一九五〇年二月十七日的春节，居然在天涯海角度过。杨梦玥自从随丈夫去徐蚌落下病根就没有彻底好，断断续续，时好时坏，一旦条件恶劣就旧病复发。她知道丈夫成斌很想要个孩子，但自己的妇科病是怀不了孕的，来到高热高湿的榆林，卫生条件更差，加上旅途劳累，刚到榆林又病倒。因小腹疼痛吃不下饭，本身就不胖的她，很快又瘦去一圈，圆润的脸庞没了光泽，如同放了一冬的苹果，表皮松弛发皱，急得成斌团团转。牛医官对于热带地区的疾病有思想准备，但他不擅长妇科病，使用抗生素只能暂时缓解杨梦玥的病情，只要停药病症立刻复发。束手无策的牛医官突然想到了黎医。他听说海南岛上的黎医治病有奇效，亲自去三亚黎医诊所拜访，却吃个闭门羹，诊所害怕打仗早已经是"铁将军把门——人去楼空"。牛医官只好派韩念珍去通什（读 tōng zá，黎语意思"山谷里连片的田地"，后改为五指山市）寻找黎医。榆林离通什大约七八十公里，因五指山是冯白驹的琼崖纵队活动范围，成斌便让王宁带两个人化装成老百姓护送韩念珍进山，不准他们深入以防不测，并带上加工后的精细好米、白面、盐、火柴、煤油、香烟等山里紧缺品。

过了初五，王宁带着梁晓亮、韩念珍去寻找黎医，为接洽方便又请上黎族小伙邢义雄一起进山。恰巧邢义雄家乡就有一位很有名的黎医，于是王宁他们就跟着新兵邢义雄去他的家乡——什村。什村地处三亚北侧二十多公里的山里，步行要半天。出发前，他们每人都将鞋和裤腿用盐水浸泡过，为的是进入山区防止山蚂蟥和蜈蚣。山里的蚂蟥、毒虫无孔不入，专叮咬胆小的人，韩念珍最怕蚂蟥偏偏就她被蚂蟥叮上，又喊又叫，又蹦又跳，连拍带打才将那软软的滑滑的小东西弄下来。山里的蚊子也让她大伤脑筋。邢义雄揪了一把她不知名的药草，拧出汁水涂抹在她脸上、身上，她才避免了蚊子叮咬。

山路弯弯，邢义雄挑着百十斤的担子轻松自如，边走边向王宁介绍黎族的风土人情和风俗习惯，说黎族也过春节，但不叫春节而叫年节，黎语称为"将"。黎历把一年中的十一月份称作为"底月"，把十二月份称作为"中间月"，把一月份称作为"年月"，"年月"岁首便是黎族传统佳节——年节的开始。年节前，家家户户清扫房舍，清洗农具和衣服，在房舍、谷仓、牛栏、猪圈、鸡舍、果树、大型用具、牛角、羊头等处，贴上吉祥的红纸符或挂粽子，有的家庭还贴上汉字春联，并舂米、包粽子、做糯米糕、杀鸡，有钱人家会杀宰猪羊。到了三十晚上，要给土地公庙的祖先牌位献香、放爆竹祭拜家祖。初一大早，男女老幼穿上压箱底的黎族盛装，喜气洋洋互相拜年，互贺丰收幸福，小孩欢跳讨要粽子、糕点、压岁钱，大人们饮酒对歌，通宵达旦直至初四。初五早上村民会举行送神爷出村，抬着神爷的草人和轿子到村外焚毁。在初一至初五期间还有一项传统活动，青壮年男人集体上山围猎，妇女们结队去溪溏捕捞鱼虾，所获所得全村人皆可共享。

正午时分，天上飘起雨点，为避免米面和礼品受湿，王宁让大家到一处悬崖下避雨。也就十来分钟又云过雨停。正当他们准备重新上路时，远处传来一声枪响，王宁以为是冯白驹的队伍下山，心里十分紧张，他立即蹲到一棵千年枯树后观察，见一个黎族猎人拿着猎枪追猎物去，心里的那块石头才落地。站起来刚迈步，踩到一个盘子一样的东西，轰然一跤四脚朝天。因"祸"得福，王宁发现一个罕见的足有三四公斤重的野生赤灵芝。

赤灵芝，外形颇似一朵扁平的彩色大蘑菇，菌盖呈肾形、半圆形、近圆形，是一种药用真菌。古人说它是一种长生不老药，能起死回生。《神农本草经》中载："赤芝，味苦平。主胸中结，益心气，补中，增慧智，不忘。久食，轻身不老，延年神仙。"有抗衰老、解毒、抗菌、提高人体免疫力、防治妇女不调、抗肿瘤等作用，对心脑血管病、肝肺病、支气管炎、哮喘、肾病、高血压、胃肠病、风湿病、神经衰弱、失眠、白细胞减少症、甲亢等，有明显疗效，灵芝泡茶、泡酒、炖肉、烧汤均可。

王宁并不知道灵芝能防治妇女月经不调、盆腔炎等各种难以启齿的妇科疾病，但他知道这种红褐色的灵芝是一种很名贵的高档药材，尤其这硕大的野灵芝，从上面一圈又一圈的密集环状带看，少说也有数十年。带上灵芝继续上路。日跌西山时，他们见前面山脚下有一条小溪，小溪旁是一个黎民聚集区，黎语称之为"抱"或"番"，即"村"的意思。山村掩映在高大的阔叶林里，林中有椰子、槟榔、荔枝、波罗蜜、杧果等植物，呈现出山里林、林中村、村边渠、渠含水、水绕山的居住格局。村子里有上百户人家，几乎都姓"德拉海"，黎姓"德拉海"的人，在汉区的姓为"邢""董""杨""郭"等。黎族有同姓不婚习俗，因而，无论是姓"德拉海"的人，还是姓"邢""董""杨""郭"等的黎族人，均世代不通婚，以防止近亲结婚。黎人的汉姓以王、黄、符为多，此外，还有赵、李、周、吴等等。

伙夫邢义雄的黎姓正是"德拉海"。他挑着担子带领王宁、梁晓亮、韩念珍向村子走去，邢义雄的家就在这个村里。村口设有寨门，过了寨门就是土地公庙，黎语称之为"鬼屋"。简易的土地公庙由五块石板堆砌而成约一立方的小石屋，里面放着神案，神案上面是木偶像和祖先的牌位，神案前面还有香炉、酒杯等。土地公庙主要是保佑全村人畜兴旺、庄稼丰收、多获猎物，是黎人的精神寄托。庙的后面是一个很大的晒谷场，场边的木架子上悬挂着传统铜锣，锣旁边放置着一个牛皮大鼓，伙夫邢义雄介绍说这是全村人开会和庆祝活动的地方。

全村最好的一栋大房子位于小溪旁，是"干栏"式高脚船形屋，它以坚固耐用的木料、竹子和茅草、葵叶、山藤、山麻、泥土等建成，以木梯上下。上层住人，下层拴养牲畜，堆放生活用具，住宅的屋盖与檐墙合二为一呈船篷形长方状，两头开门，门上房檐外伸，其下能防雨。墙由竹片编织成网状，用稻草、椰叶、泥巴糊成厚六至十厘米的山墙，既挡风又挡雨。楼板由硬木铺设。屋内有宾主卧室，客厅与厨房连在一起，设一火塘供炊煮做饭。房子附近还有隆闺、谷仓、小竹楼、小晒谷场、猪舍等。房屋的主人就是王宁他们要找的人，名扬十里八乡的黎医老阿婆——德拉海拜香，熟悉黎语的人一听这个名字，便知道老阿婆姓"德拉海"，名"香"，她的母亲依然健在（如果她名字"香"前面加"闻拜"，就表示她母亲不在了）。由于老阿婆常与汉人打交道，她更愿意别人叫她"杨阿香"或者杨奶奶、杨阿婆，王宁兼顾汉黎礼貌称她为杨阿婆。

海南的黎族妇女都善于精纺、染布、刺绣等，她们织出黎锦、黎单、黎幕、黎幔等精巧的棉织品为大陆人所喜爱。六十多岁的杨阿婆，身穿黎族传统服饰，头上缠着黑色绣花黎锦头巾，上衣是开胸、长袖、无领、无纽、前下摆长、后下摆短的深蓝色平常服，下穿筒裙，裙长不及膝部，图案华丽。她戴着头簪、手镯、耳环、月形项圈，项圈上挂着很多铃铛和小动物的银箔片。杨阿婆的脸上、手上、腿上，还遗留着传统的文身图案。她的母亲和外婆都是当地有名的黎医，到她这一辈已经是第四代黎医。老人耳不聋，眼不花，腿脚十分利索，还常去大山里采药。黎族没有文字，黎医的传承主要是口传心授，以师徒方式传教，多在宗族中挑选聪慧好学的男女青年作为继承人，一代一代往下传。黎医融医、药、护为一体，治疗方法多种多样，内治以服用草药汤为主，外治更注重熏蒸、药浴、外佩疗法。熏蒸疗法是用配好的药用茎、藤、叶、根、沉香等小火慢烧，利用产生的烟气，或者黎药熬煮的水汽熏蒸患处，同时用毯子围住患者身体和熏蒸容器，仅让脑袋留在外面，以达到治病的一种热疗方法。药浴就是用药水清洗、浸泡。外佩疗法是用特制的药囊挂在病患处，或者用药涂抹在患处的内衣内裤上，或者将药放在枕头里，通过药物的气味刺激来调节人体机能。

黎人是世上最长寿的群体之一，这与黎药有着某种关联。海南岛素有"天然药库"的美称，蕴藏着丰富的动植物药材。在黎区到处皆是药，房前屋后、田边地头、林下沟边都长着各种草药。神奇的海南黎医、黎药，是中国医药大观园里的一朵奇葩，对于毒蛇咬伤、跌打损伤、妇科病、风湿、疟疾、瘴气等症，有独特的疗效。黎族的妇女生完孩子，从不坐月子，黎医用益母草、仙茅、五月艾、艾叶、黄姜、捞叶根等十多种草药，帮助产妇祛湿、活血、收宫、恢复体力，防止她们患风湿、偏头痛、手脚麻痹等产后后遗症。产妇生下孩子一天，即可下床活动，十天就能下田干活。

杨阿婆是个好客的人。她见王宁他们带着很多山里紧缺的礼品非常感动，表示一定拿出最好的黎方和黎药。她根据韩念珍描述的杨梦玥病情，设了一个三管齐下的治疗方案，给杨梦玥准备了一大麻袋黎药和一罐她泡制的槟榔酒。配好的药包共分三类：一是煎煮口服药，二是熏蒸药，三是清洗药。阿婆嘱咐韩念珍，内服药每日早、中、晚各一剂，熏蒸每日上午、下午各半个小时，清洗药每晚睡前用，槟榔酒每餐一小盅，两周为一个疗程，坚持两个疗程病情必有明显改观，三到四个疗程即可治愈。

临走前，杨阿婆请王宁他们吃了一顿地地道道的黎家饭。山栏酒、椰肉汁、红焖山鼠肉、雷公根炖羊腿、烧菠萝鸭、蛋炒鼠耳菜、鱼茶、"南煞"酸菜、山菇汤、黄姜饭、糯米粽、鹧鸪茶，等等，让他们大饱口福。这也让王宁了解到黎族丰富多彩的餐饮文化。

黎族宾主一般不在同一席用餐，为的是好让客人放开吃个痛快，但会过来给客人敬酒，敬酒前必须先夹一块肉送到客人口里，不把客人灌醉不罢休！山栏酒度数不高，但后劲大，结果把王宁给灌醉了，因而他们不得不在阿婆家过了一夜，邢义雄也借此机会回家看看。

翌日，王宁他们准备返回三亚时发现邢义雄不见了，显然他是夜里逃跑掉了。偌大的山区藏一个人很容易，找他等于是大海捞针。回到榆林，王宁如实向成斌禀报，成斌忙于给杨梦玥治病，并没有惩罚他。谁知，过了两天邢义雄自己主动返回部队。原来是他母亲让他逃跑，他躲到深山里仔细想想，觉得在黎区的生活还不如在军队里好，况且他还年轻，懂汉语，由于王宁他们没有声张，故没有人追究邢义雄逃跑的事。

严格按照老阿婆医嘱，杨梦玥服药、熏蒸、清洗认认真真，一丝不苟，仅用一周时间，病情奇迹般转变，半月后竟然痊愈，为巩固疗效她又坚持了两个疗程。很快，脸色由白转红，又呈现出亮丽的光泽，冷俏之中更带有几分英气。她的食欲也明显增加，焕发出少妇的活力。为感谢大病治愈，杨梦玥特意去海口的庙里烧了一炷高香，并向功德箱捐了一枚戒指。回到三亚，非要成斌陪她去天涯海角等地好好玩玩。

为什么西药久治不愈的病，黎医这么快就能治愈，而且是那么彻底？这让牛医官百思不得其解。他只好硬着头皮去请教中医，得知杨阿香的黎药里含有大量的杀菌、去毒、健补、强身类等药材，而且黎医方法上既强调辨证论治，又讲究从身心合一的角度全盘考量，集医、治、调、养、固等多种方法于一体，扶正固本、内外结合，针对病症进行细致调治，得到事半功倍的效果。通过杨梦玥这一病例，牛医官渐渐对中医有了兴趣，并开始学习和尝试疑难病例用中西医相结合的方法去治疗。后来他调到台北"荣民总院"后，用中西医结合的方法给不少大人物治过病。

春节过后不久，台湾对海南岛的援助骤然慷慨起来。之前，蒋介石曾经下令将从青岛撤出的刘安祺部队从海南岛调往台湾，不久蒋介石又接到美国政府承认他为"中国元首"并表示给予物资援助的电报。蒋介石重拾信心，决定坚守海南岛。苦苦等待军费的海南岛防卫总司令薛岳，于三月初得到两批从菲律宾运来的物资，共计三百五十箱。薛岳深感外受雷州半岛上的解放军威胁、内为冯白驹部队的困扰，决定采取"攘外必先安内"的军事行动，命令全岛开始"剿共"。海军和空军封锁海面，陆军除驻守沿海的一线部队外，其他军人皆参加"剿共"，从所驻县境起肃清，用分路推进的办法向山区前进，并令各县征集乡民斩木开山，好让空军投扔燃烧弹和散发传单劝降。同时组成两个轻装师深入山区，训练、协助地方民团封锁产米区及要隘，企图困死琼崖的人民武装。

离琼去台

天气很快就热了起来。三月中旬，三亚就像盛夏一样，最高气温达到摄氏三十三度，有两天甚至达到三十四度。三亚地处五指山南部，不受大陆冷空气的影响，气温全岛回升最快，至此海南岛自南向北气温急升，月平均升幅在三度以上。而海南岛北对岸的雷州半岛，气温却没有这么高，不过下海已经不那么冷了。这个时候，解放军渡海兵团官兵经过三个月的周密准备，正在做强渡琼州海峡的最后准备，从广东全省征集的四千余船工、二千余艘木帆船也全部到位。当时解放军并非没有军舰和机动船只。从一九四九年二月十二日至十二月七日，山东、上海、江苏、广东、湖南、四川等地，有九十七艘各种蒋军舰艇主动投向中共。它们的舰船名分别是黄安、扫201、接29、重庆、昆仑、惠安、吉安、安东、永绥、太原、江犀、楚同、美盛、联光、威海、兴安、永绩、永兴、英豪、长治、美颂、舞凤、联荣、光国、永安、郝穴、民权、永平、英德、英山、常德、同心和各种系列机动艇队、炮艇等，加上解放军新成立的海军的机动船只，已经有三百多艘舰艇和机动铁壳船。这些船主要集中在东海、北海沿岸港口。解放海南岛的渡海兵团二千余艘木帆船，一次可运载数万登陆部队，因此，无须从千里迢迢以外，去调来守卫在东海、北海重要港口的船只。

更令薛岳不安的是他们发现少量解放军部队，已经在海岛的儋县白马井海岸、文昌县赤水港附近、澄迈县玉包港一带、临高角的美夏和昌拱等地，偷偷地登陆。他吹嘘得固若金汤的"伯陵防线"现出不少漏洞。他连忙调遣兵力加强防守，以乘偷渡的部队立足未稳而先下手为强。

当时海南地方政府这样记述：

共军陈赓部，自雷向沿海各港，用少数兵力，试图登陆，应冯白驹之乞援也，兹略述其袭击及战况如下：

一、琼山守军击伤共军帆船四艘，捕获一艘。

二、儋县超头港，共军船数十艘，人约千余，强行登陆。经陆海空军合击，登陆者全数歼灭，获帆船十八艘，沉没海中者，不知其数。

三、文昌田头村、鹿马港间，共军帆船十余艘企图登陆，为守军击沉三艘，俘敌三十余人，余船逃去。

四、琼东海面，发现共军帆船一艘，为海军击沉。

五、海口之东文君村海面，发现共军帆船三艘，海空军合击之，俱没。

六、共军一一八师，向澄迈之玉包、临高角等港，分三处登陆，经陆海空军联合围歼，其沉没海中者不计，仅陆上遗尸有千余具，此陆海空军之先后捷报也。

接下去在白沙门之战（国民党称之为"白沙口之捷"）和灯塔、铺前的战斗，又报道：

四月一日，共军陈赓部大举渡海，分向灯塔、白沙口、铺前三处登陆，其主力在白沙口，守军为步校教导警备营，营长计文光，立率全营迎战，反复冲杀，竭力阻遏使其滩头阵地不能建立，而陆海空军增援大集，将共军包围，激战自晨至午，时称为白沙口大捷。

白沙口之战，共党仅用木船百余艘，兵不及万，陆军已非优势，又无海军之协助登陆，万无成功之理。共军轻忽守军，期以劲兵直捣统帅部，使其措手不及，犹日寇天尾厂登陆之故智也。不料为守方发觉，彼未及知，所以有白沙口之捷。而铺前登陆，成功自可弥补白沙口之失败，是此种战术未尝不可用也。

不久，台湾发来命令：从四月二十日起，长官公署等机关人员由榆林，防卫总部所属官兵由昌江、海口，其他第一、第二、第三、第四路各军将士，分别向万宁新村港、昌江八所港登船前往台湾。

为什么在广东的部队刚到海南岛时，薛岳赴台要求放弃驻守被痛斥，并严加制止。而今，蒋介石又为什么下令全部撤离海南呢？守岛部队并不知道，蒋介石是不得已而为之。第一，海南岛离大陆较近，在冬春季的偏北大风下，木帆船越过琼州海峡并不难；第二，供给有困难，从台湾运输物资到海南岛既费时又费力，琼台并守接济不易，如放弃海南共守台湾，台湾会更加巩固，且免运输之劳；第三，部分解放军已经登岛与冯白驹琼崖纵队会合，形成内外呼应之势；第四，守军高层已经"失去信心"，如同惊弓之鸟一击就垮；第五，华东解放军有攻台湾迹象。为了确保台湾安全，蒋介石也承认其力量既然不足以久保海南，则不如早日集中兵力，以增强台湾防卫的力量，否则弊多力分，不仅不能保卫海南，而台湾亦恐难确保，与其台湾海南两个主岛同时并失，乃不如集中全力确保台湾，而为得计。最后决定即实行所谓的"丢卒保车"方案。

国民党主力全部撤离海南岛，用了十天时间，当时的国民党部队是这样描述的：

共军以陈赓指挥，渡海不得逞，乃由林彪亲自指挥，向澄迈玉包、临高、美夏等港登陆。玉包港之敌军向福山前进，防卫总部急遣第十三师陈济南部，与第三十二军之第二五二，师康某三部增援。陈济南师抵福山，入据碉堡待敌。敌将至福山，济南先逃，所部在碉堡中，为敌炮击毁，师没。第二五二师仅一团抵美亭，寻退，为敌军所迫，师亦溃。美夏港之敌，向临高城前进，第六四军张其中率郑彬、倪鼎垣、张志岳由儋南下迎击，郑师、团长符志云阵亡，退守临高城师、团长一阵亡一逃，张志岳逃入李铁军之军，张其中率倪师返儋，郑彬师乘敌大部

338

越临高前进，撤出向新盈港，适港中有大型帆船，乃乘船至八所。

福山方面，陈济南部第十三师既覆，第六十二军亦溃，军长李宏达及师长罗懋勋，乘隙渡海走高雷，为敌所获，杀之。敌军至美亭白莲间，第一二两路军，向万宁引退，敌军跟踪进击。第一路三师，人数称为足额，被敌追击，官兵走散。司令李铁军，沿途收容，仅得一团有余，余下无主乘船经香港海面时，与副司令兼海口警备司令黄保德，改小艇入香港。第二路第三十二军赵琳，既挤去刘安祺，亦不服李玉堂指挥，自行扩充部伍，委海南籍团长若干，使招募成团，兵仍不足额，引退时，自文昌至万宁，沿途拉夫顶替，所过骚然。第三路第六十四军张其中，率部除师长张志岳随第一路司令李铁军外，倪师退儋县，归路司令部，转向昌江八所登船，沿途有乡导，乡民学生，随者甚众，由小径抄出昌江，安然无阻。第四军薛仲述，部原驻儋县昌江间，保护广东省政府省库之船只，向八所集中时，船乏饮水，使前感恩县长何仲民协同一连指导员，督民夫担水，敌至，未及登船，被执杀之。第二路第六十三军，大部分原驻崖境，集结榆林三亚间，掩护长官公署。二十七日，榆林海口间，电讯中断，海南与华中两公署撤退。三十一日，第六十三军及琼南要塞司令部撤退，保安第一二三师师长吴道南、郑兰鹤、叶剑雄，各随一三四路军同退……

榆林撤退总体上是平稳的、有序的，"机关人员，军人眷属，搬运行李，来去匆匆尔，民见状，鹄立街巷，默默相看，不知所云"。七万六千人从这里顺利等船，只是到最后一刻发生了内讧：一批守卫榆林的地方部队由于见舰船离开码头上不了船，愤怒地向舰船开炮，舰船附近出现一个个大水柱。有些军舰以为是解放军打来，舰炮随即向岸上发射炮弹，陆军、海军相互残杀二十多分钟，当即死伤数百人。在万宁、八所等其他港口，也出现短暂登船混乱现象。港口大船靠不了岸，人员上船需用小木船摆渡，然后通过十多米高的软绳网爬上大铁船。身体不好的人爬到一半掉到海里淹死，妇女将孩子死死地绑在背上，上面的人用绳子拉，底下的人用手推才上了舰船。其他一些不守纪律的人抢着登船，失足掉海有之，悬在软梯上不去下不来有之，推挤对打有之，在那场生死乱局中，唯一能宽慰那些上不了船的人的辞令："一年后，国军就会回来！"

最后成功从海南岛撤到台湾的部队，他们是第三十二军，约二万五千人；第四军，两千余人；第六十二军，只有不到八百人；第六十三军，二万五千人；第六十四军，二千余人；第五十军和其他暂未编入序列的军人，包括成斌、孙剑长、王宁等在内的各路残兵数千余人。以上，从海口、榆林、万宁新村港、昌江八所港等撤退的军人和部分民众，合计七万多名军人，另加一万三千余民众，其中海南老百姓有一万人，他们在海上漂泊了五天，在美国第七舰队军舰的护送下，终于抵达台湾。王宁期盼来到台湾的愿望终于实现，他能找到他的秋露吗？

王宁等这批学生兵，聪明但不狂妄，圆滑但不卑鄙，庸俗但不下流。在那场主义争夺的战争中，他们与许许多多的小人物一样，都成了历史尘埃，漂浮在浩瀚的时空里。然而，大浪淘尽世事，总还有一些沙石沉淀下来。

第十四章　相逢台湾

擦肩而过

一九五〇年五月五日上午九时许，王宁他们顺利抵达台湾的高雄港，又经过半个小时登岸集合才离开码头。欢迎他们的有当地军政负责人和民众，还有来自台北的所谓"代表自由中国所有妇女"的组织，她们高呼"慰问劳苦功高的勇士"等口号。王宁他们随着此起彼伏的口号，一个个踏着有节奏的步伐，由港口走向市区。

队伍浩浩荡荡来到市中心，由于拥挤不堪，前进的速度越来越慢。走走停停，停停走走。站在王宁身边看热闹的人群中，有一个小男孩站在一米多高的台子上，看着那张可爱的小脸蛋，王宁掏出一颗海南椰子糖递给他。小男孩只有一岁多，他接过糖果用牙齿将一端糖纸咬掉，将糖块挤到嘴里。看着小男孩既笨拙又聪明的吃糖方法，王宁心想：我与秋露要是有一个这样可爱的儿子该多好啊！他还盘算着到台湾找到秋露尽快结婚，也生个胖小子，享受天伦之乐，却不知道他与秋露曾经有过一个孩子，只可惜秋露被糖厂打手殴打流产了，孩子要是活着正好是这个年龄。

"欢迎海南官兵将士！你们主动放弃海南岛来保卫大台湾，我们感谢你们！"人群中一个拿着土喇叭的中年男人的呼喊声打断了王宁的思绪，紧接着老百姓也举手跟着喊了起来。由于太突然，吃糖的小男孩被吓得哇哇大哭，王宁刚要去哄他，他母亲过来一把抱起孩子走开了。队伍又缓慢向前，有个人用浓厚的闽南口音叫了起来："您北的，谁踩我的脚？""您北的"是闽南方言，骂人的话。大家并没有理睬他，而是随着队伍继续前进，王宁且走且"咀嚼"那些口号。天哪，我们哪里是主动放弃？弟兄们是为了保命才来到这里的！不过，我本人倒是很想来，因为这里有我日夜思念的恋人。从码头到临时营地十余里路，王宁他们走了四个多小时终于到达凤山。一九二四年高雄市成立时，凤山为其外围卫星属地，一九四六年高雄县政府由高雄市迁至凤山镇，凤山成为高雄县的首府。因日据时期日本人在这里修建了很多军事设施，一九四八年孙立人选定凤山为新军练兵基地，直接接管和利用日军留下的军事设施。王宁他们来到台湾的第一站是凤山，由此，便开始了他的大半辈子的台湾生活。

海南撤兵是国民党为巩固台湾不得已而为之的一项应急举措，可八万人一下涌入人口只有十多万（还不包括驻军）的高雄，造成当地供应出现危机，迫使一些中小学校停课，让出教室予以安置。台湾当局也不得不从各地紧急调运粮食、燃料、敞篷等物资支援。处于农业时代的台湾，经济本身就很脆弱，先期到达的百万军民已经给当局供给增加了很大的困难，现在又涌入这么多的人，可说是雪上又加霜，最突出的问题还是粮食供应。为挽回日渐低落的士气，安慰退台的海南官兵们，蒋介石命令"国防部"的"政治部预算局"，会同"联勤总司令部"，给予这些退台官兵每人增发五元新台币慰劳金。

接下来就是参加台湾军队的整合。这个时候在台陆军部队共有六大块，分别是：一、孙立人的台湾防卫总司令部，下属第六军（含第二〇七师、第三三九师、第三六三师）、第五十军（含第三十六师、第九十一师、第一四七师、一〇七干部师）、第五十四军（含第八师、第二九一师、第一九八师）、第八十军（含第二〇一师、第二〇六师、第三四〇师）、第二十三军（含第九十六师、第二一一师、第一三九师）；二、李振清的澎湖防卫司令部和马公要塞司令部，下属第九十六军（含第三十九师、第八十七师、第二一二师）和马公部队；三、胡琏的金门防卫司令部，下属第五军（含第十四师、第二〇〇师、第十三师）、第十八军（含第十一师、第四十三师、第一一八师）；四、位于马祖的李毓南第九十二师；五、石觉的舟山防卫司令部，下属第十九军（含第十八师、第四十五师、第一九六师）、第五十二军（含第二师、第二十五师、第四十师）、第六十七军（含第五十六师、第六十七师、第七十五师）、第七十五军（含第六师、第十六师、第九十五师）、第八十七军（含第二二一师、第二二二师、第七十一师）；六、薛岳的海南防卫总司令部，下属第四军（含第五十九师、第九十师、第二八六师，这三个师加起来只有二千余人）、第三十二军（含第二五二师、第二五五师、第二五六师、第二六六师）、第六十二军（含第一五一师、第一五三师、第一六三师，全是空架子），第六十三军（含第一五二师、第一八六师、第三二一师），第六十四军（含第一三一师、第一五六师、第一五九师，基本上也是一个空架子）。整编的目的是解决国民党军退到台湾后，番号众多，实力不均，配置混乱的局面，其指导思想主要围绕"反攻大陆"、着重"进攻能力"进行整编。从组织改革的观点看，整顿机构，减少老弱病残提高战斗力非常必要，但又要安定军心，保留有历史和情感的番号，因此，整编只能分步骤进行。

到六月中旬，台湾军队第一阶段整编结束，第二十三军撤销，原辖两个师分拨第七十五军、第八十七军，另一个师撤销；第四军撤销，原辖三个师残部缩编为独立第四师；第三十二军到台湾后先被安排在新竹，后撤销番号，原辖师分拨第六十七军、第九十六军；第六十二、六十三军撤销，原辖各师和残部先缩编为独立六十三师，再划拨给五十军建制；第六十四军撤销，原辖残部先缩编为独立六十四师，后划拨给七十五军建制。整编后的台军总人数缩定为六十万人，其中陆军为十二个军，三十九个师和一个装甲旅，共计四十二万人，海、空军十八万人。

整编后，石磊因懂外语，被调到美军联络处，他自己也想去那儿，可鲁志清就是不肯放。石磊找到王宁，请他说情。王宁也不想放他，但考虑到他的前程还是让鲁志清放他高飞。牛医官、韩念珍被分配到台北的"三军总医院"，后调入新成立的"荣民总医院"。成斌被安排到台湾省保安司令部，即原台湾省警备总司令部，任台北巡防处处长。台湾省警备总司令部在一九四九年秋裁撤后，成立"东南军政长官公署"和"台湾省保安司令部"，任命彭孟缉为保安司令，统辖管理。后来由于戒严任务转至新成立之警备总部，将"台湾防卫总司令部""台湾省保安司令部""台湾省民防司令部"及"台北卫戍总司令部"，合并成"台湾警备总司令部"，简称"警总"，由原台北卫戍总司令黄镇球担任总司令。

孙剑长、王宁、沈定仁、鲁志清、赵二宝、程启升、李铁锁、梁晓亮、周有贵等，被补充到十九军十八师五十三团，该团在去年的浯祖岛大战中有所减员，孙剑长任临时代理团长，王宁任一营营长，沈定仁任营副，鲁志清、赵二宝为下属一连正、副连长，程启升、李铁锁为下属二连正、副连长，周有贵为三连连长。王宁因整编期间不许请假无法与秋露联系，再说他也不知道秋露在台湾什么地方，在干什么，身体好不好，现状如何，等等，近况一概不知。整编一结束，他便被送到了浯祖岛任职，就更无时间去找到她。

而此时的秋露，依然在台北惦念着他。自上海一别已经一年多，只知道他先在湖南衡阳，后退到广西，去年十月接到他从桂林发出的最后一封信，之后再无他的消息。成斌、杨梦玥也不知道去了哪里，他们是死是活一概不知。若是少将师长成斌死了，倒会有点风声，然而，一点消息也没有！从报纸上获悉湖南的蒋军部队有一部分官兵由广西去了海南岛，她估计王宁只有两种可能：一去了海南岛；二被俘或者已经"殉国"。身在《中报》报社消息比较灵通的她，挖空心思四处打听王宁、成斌他们的下落，依旧两手空空，难道真的……秋露不敢再往下想，她的心情就像《一剪梅·红藕香残玉簟秋》里描述的那样："花自飘零水自流，一种相思，两处闲愁。此情无计可消除，才下眉头，却上心头。"这流传千古的词寄托了李清照对丈夫深深的思念。在这个世界上，恐怕没有什么比情人间的爱更能惊天地泣鬼神了！

她精心种下的王宁在徐州给她的那粒"当归子"，在台湾破土而出，倏然探头露出嫩芽，在阳光雨露的滋养下茁壮生长，已深深地在宝岛扎下了根！看着那些盘根错节，恩爱交错，在微风下亲吻的花朵，丁点笑颜的花蕊倾泻着如水般的深情，似仙子，令人醉，她总是不经意地想起王宁。亲爱的，你可知道，我在高兴时想你，伤心时想你，幸福、沮丧时想你！日日想，天天盼，尽管生命的日历在变薄，可是圣洁的爱情在增厚，千山万水挡不了我的眷恋，茫茫夜空隔不断我的挂念，任时岁流逝我依旧守望你的到来，期待那相逢的一刻！今夜，你又闯入我的梦乡，梦中的你，守候在我的身旁，我们相依相偎，静听花叶私语，轻嗅夜露芬芳，仰望星月缠绵，心心相印，心领神会。刹那间，你却消失得无影无踪，我呼唤，寻找。哦！原来又是一幕梦境。夜长，情深，意重，相思亦长，梦里无比甜蜜，梦外说不尽愁肠。无奈之下，只能用自己的右手握住自己的左手，就像你牵着我的手一样，去回味那久违的感觉，怀念那段纯真热恋的岁月，思念那片满天繁星的夜空，想念那些与你欢笑的日子。往事如烟，泪落无声，爱难自拔，唯有等待，即便孤寂、疼痛，亦依然。因为期待带给我希望，陪我度过艰难！订购的那件最喜欢的浅粉色婚纱，从南京到上海又到台北，一直陪在我身边。它在，我的信心就在，我期待你给我披上婚纱的那一天！

秋露看着绣有"百年好合"字样但没有缝上去的婚纱标签，想起在四月二十九日的报纸上有蒋军放弃海南岛转台的消息。正在发愣时，收音机里传来蒋介石讲话：

我们撤退了海南的军队，今天定海的军队也主动地向台湾及其卫星岛上集中了，这就是我复职以后第一步的计划完全实现了……我知道我们华南和东南的同胞，为了此次海南和定海国军的撤退，是很失望的……希望同胞们忍耐一下，并且在这一年中间总要劝大家百般忍耐，极端忍耐，而且时时要沉着，刻刻要警觉，特别要小心，要严密，尤其是对你们自己同乡邻舍之间的同胞，更要联络团结，互助合作，大家共同一致为做接应国军反攻的准备工作，而忍耐，而饮痛……现在我再将政府反攻大陆的计划总括四句话对同胞们重说一遍，就是：一年准备，二年反攻，三年扫荡，五年成功。

蒋介石把逃离说成主动的撤退，以此来掩饰溃败，这是他一贯的作风，秋露对此并不感到惊讶。她随即去高雄寻找成斌和王宁，可惜没有找到。其实王宁离她并不远，只是这里的驻军太多，凤山有新军练兵基地和刚来台湾的军队，冈山有空军地基，寿山有海军基地和联勤基地，高雄附近驻军数不胜数，加上王宁已经编入了十八师五十三团，因此，秋露按照王宁原来的部队番号在数万人的整编队伍里寻找，当然是大海捞针。但秋露打听到成斌师长已经到了台湾，绷紧的心弦稍许有了一些宽慰，下一步就是要找到成斌或杨梦玥，找到他们必然知道王宁的情况。

意外相会

就在王宁他们在台湾整编的时候，人民解放军也在积极准备攻台，已经占领除了金门、马祖、澎湖、台湾外围外的大榭岛、平潭岛、大小练岛、南日岛、湄州岛、金塘岛、厦门岛、海南岛、舟山群岛、东山岛等主要岛屿，正准备发起渡海攻台战役。中共七届三中全会明确提出"解放台湾、西藏，跟帝国主义斗争到底"的任务，委任华东野战军代司令员粟裕全权负责解放台湾岛的指挥。粟裕吸取百万大军过长江的经验和解放金门岛失利的教训，计划分两个梯队攻台，投入三野第九兵团、第十兵团、第七兵团，二野两个军、四野两个军，共计十二到十六个军，参战兵力五十万人，作战飞机一百多架，作战舰船百艘，同时还从英国订购了巡洋舰、驱逐舰、扫雷舰，征集民船一千多条，其攻台作战指导原则是三军协同，大兵团渡海，进行全方位立体进攻。眼看决定台湾国民党生死存亡的台海大战就在面前，然而一个意外事件的发生让解放军攻台计划搁了浅，使得严峻的台湾危局迅速转危为安，也让蒋家王朝得以继续统治台湾。

　　一九五〇年六月二十五日，即王宁到浯祖岛任职仅仅一周，震惊世界的朝鲜战争爆发。不同的国家对朝鲜战争有着不同的叫法，朝鲜称之为"祖国解放战争"，美国、韩国等地区称之为"韩战"或者"6·25"战争，日本称之为"朝鲜动乱"。朝鲜战争是以金日成为首的人民军，在苏联斯大林的支持下，为反对美国侵略、争取祖国统一和独立，以迅雷不及掩耳之势，跨过三八线向南进攻而引发的民族内战，后扩大为中国、苏联、美国、英国、加拿大、法国、澳大利亚、菲律宾、土耳其、荷兰、新西兰、泰国、埃塞俄比亚、希腊、哥伦比亚、比利时、南非、卢森堡等十多个国家卷入的一场世界性局部战争。由于朝鲜战争爆发突然，已经放弃台湾的美国总统杜鲁门，考虑到扶起台湾可以牵制中国大陆，于是，派第七舰队的六艘驱逐舰、两艘巡洋舰和一艘运输舰进入台湾海峡，以武力阻止人民解放军解放台湾岛，并抛出所谓的"台湾地位未定论"。

　　蒋介石尽管反对"台湾地位未定论"，但欢迎美军"协防"台湾，欢迎美国军事、经济援助，并开始谋划参与朝鲜战争。他在朝鲜战争爆发的第二天凌晨，即致电李承晚："据报所谓北韩人民政府，已大举进攻贵方，此举自系俄阴谋之另一表现。贵我两国之反共产、反侵略之立场相同，闻讯深表关切。贵国军民当深明此义，在阁下贤明领导下，必能获致最后胜利。除已电令本国驻联合国代表促成安全理事会紧急会议之召开，俾其受理此案，并与其他国家洽商具体适当措置外，谨先电讯。"蒋介石预计第三次世界大战不可避免，为配合美国军事行动，他命令军队加紧训练，为了突袭大陆东南沿海岛屿，派遣小股部队潜入大陆设立游击基地，为全面"反攻大陆"做准备。蒋介石认为：台军一旦"反攻大陆"，便可得到大陆上国民党一百五十万游击队人员响应，在共产党控制下的许多部队也将"投倒"过来。

　　在这样的形势下，全台湾都行动了起来。七月下旬，美军驻台军事联络组的几个军事顾问来到浯祖岛视察，并带来一批由菲律宾运来的美援物资，这是美国向台湾再次大规模援助的前奏。除了美军军服是新的，其他诸如武器、雷达设备、医疗设备等，全是"二战"用剩下的，这些物资一半分配给作为台湾最前哨之一的第十九军。

　　现代历史上国民党共有六个十九军：一是浙军于一九二六年底在绍兴大校场建立的第十九军，军长陈仪，下属第一、第二师；二是陕军于一九二七年在武汉扩编成的第十九军，军长高桂滋，下属第一、第二、第三师；三是桂军于一九二七年在南京将第十五军和第七军部分师团合并而成的第十九军，军长胡宗铎，下属第一、第二、第三师；四是粤军于一九三〇年将第六十、第六十一师合并而成的第十九军，军长蔡廷锴，下属第六十、第六十一、第七十八师；五是晋军于一九三四年改编成的第十九军，军长李生达，下属第七十二师。以上五个十九军生存时间都不太长，不是被撤销，就是被歼灭。一九四九年十月，国民党在晋十九军残余部队的基础上重建第十九军，这便是第六个第十九军，军长刘云翰，下属第十八师、第四十五师、第一九六师。一九四九年十月金门战役后，该军调防浙江岱山的高亭，前不久刚从舟山撤退到浯祖岛。

　　王宁他们又都换上美军夏季军服。尉官以上的军官都是卡其布制装，士兵为斜纹呢战斗服，大家很是精神。然而，新军服还没有穿热就来了战事。当晚，浯祖岛对岸的解放军炮兵，一齐向位于浯祖岛西南十二公里的大岛、二岛连续炮击，时间长达五十分钟。大岛落弹数百发，因守岛蒋军第七十五师的两个半连全躲进掩体内并无伤亡，仅通信线路部分路段中断。晚八时，解放军第二十九军第八十六师二五八团一个加强营的四个步兵连、一个机炮连，共计六百余人，趁天黑风大、浪高潮涌，乘坐二十多艘机帆船进攻大岛、二岛，很快在大岛东西两侧海滩和二岛北岸先后登陆。攻守两军立即交火，攻方来势凶猛，一上岸就不顾一切向前冲杀，但登陆地点全在守方的密集火力控制之下，渗透困难，进展不快；守方的海滩地雷因海水侵蚀大都失效，人数虽比攻方少，但有碉堡、掩体和铁丝网作屏障掩护，拼死抵抗顶住了攻方的多次冲锋。至子夜时，攻方一度占领了北山高地和南山高地一部分，切断守军的通信线路，由于缺乏渡海作战经验和弹尽粮绝，后续部队受到潮汐限制无法增援，于次日中午十二时左右结束战斗。

　　大岛、二岛之战只是国共海岛争夺战中一次小范围战斗，这是解放军的调虎离山计，还是真的来报九个月前偷袭浯祖岛的一箭之仇呢？王宁他们守军谁也不知道，一夜没敢合眼，全都进入阵地以防解放军来袭，结果并没有等到解放军打过来。

　　接下去就是一段相当长的无战事、平静的日子。起初王宁他们一点儿也不敢松懈，依然是严防死守，但日子久了，又无事可做，不少人就干起了老本行：教书匠当起了部队里的文化教员；小木匠干起了木工活；铁匠们利用废炮弹壳做得菜刀、农具；农夫们开荒种地；一些来自酒乡会酿酒的人，利用地下工事做发酵池，酿起了美酒，包括附近岛屿都有人酿酒。四川人酿的是浓香型风味，贵州人酿的是酱香型风味，山西人酿的清香型风味，安徽人、河南人酿的又是他们家乡的风味。由于酿酒的主粮是陈年大米，无论是哪种风味的酒都带有一点甜酸，掺杂一些小麦后，酒味有所改变，可比起家乡的味道仍然是"怪怪的"。后来发现岛上有高粱、玉米，就用大米与老百姓交换，用换得的高粱掺入窖中再次酿造，还是不理想，只好将一坛坛白酒埋到坑道里。过了一段时间，有人口馋又想起了那埋藏的自酿酒，再次打开酒坛一下轰动了全岛，那口味是醇馥幽郁、绵甜柔润，简直就是瑶池玉液。据说，号称台湾的第一白酒——有名的坑道酒，就发源于此，并由此派生出很多品种。

　　八月十五号是抗战纪念日，这天全岛部队欢聚，晚上就喝他们自己酿造的白酒，开怀畅饮，自助用餐。王宁没有喝醉，却吃坏了肚子，次日去师部医院看病时，见到一个非常熟悉的面孔，可一下又想不起来他的姓和名。那个文质彬彬的军人似乎也感到突然，他的目光是那么的不安，甚至不敢与王宁对视，立马低下了头，非常紧张快速地从王宁身边扫过，他想一走了之。

　　"站住！你是……"王宁转过身问道。

　　那人立刻停住脚步，站在原地一动不动，也不说话，冷汗一下就下来了。

　　"你叫什么？"王宁走到他面前问道。

　　"我叫樊昭阳。"那人无奈，只好回答，仍然低着头，用帽舌挡住自己的眼睛。

　　"不，你叫端木昭阳！江苏省兴化县人氏，我说的没错吧？"王宁忽然想起他曾是自己的部下。

　　"是，我过去叫端木昭阳，现在叫樊昭阳。"樊昭阳终于抬起头，立正向王宁敬了一个军礼，带着一些扬州腔调说："老班长，对不住！"

　　"从你忧郁的眼神里，我能看出你的担忧，怕什么？难道连我也信不过？走！咱们到前面树下聊。"王宁与樊昭阳来到没有人的大榕树下，"说吧，怎么回事？"

"老班长，我……我在徐蚌会战时，因饥饿难忍私自逃跑投向共军，我罪该万死！当时，内心十分恐惧，根本容不得思考，本能地往有饭吃的地方跑去，为的只是活命。"樊昭阳说着要哭。

"别害怕，慢慢地说。"王宁说着掏出烟盒抽出一支烟递给他，又将一根烟放到自己的嘴上，随后两人点火吸烟。

"后来，我加入老共的二十八军八十四师二五一团，改复姓'端木'为单姓'樊'，我用了母亲的姓，叫'樊昭阳'，我随解放军攻下上海后又继续南下。去年十月，攻打海岛时，我腿部中弹不幸负伤，按理说我应该成了国军的俘虏，可我没有！原因是我参加共军近一年时间，依然穿着原来国军的军服，只是摘取帽徽而已，海岛上的国军以为我也是国军，因此他们没有抓我，而且把我送到国军医院。在医院住两个月，我与一位老乡混熟了，老乡是医院办公室主任，让我跟着他干，从此我就成了他的文书，就这样我由国军在徐蚌战场投诚共军，又在海岛战场回到国军，后来我考上台大法律系。老班长，不！长官……"樊昭阳吸着烟，看到王宁现在的军衔，改口说："我的过去没人知道，请你千万不要讲，否则，我就完蛋了……"

"哈哈哈，放心吧，我不会说的。其实，徐蚌会战你从阵地上逃跑，去投诚共军我是知道的！因为当时你逃跑的过程全在我的望远镜里，后来我向上谎称你冻死在前沿阵地被埋掉了。"王宁慢慢地说道。

"啊？那当时你为什么不击毙我？我在你的射程范围以内。"樊昭阳不解地问道。

"我开枪了呀，不过，那是为你送行向天上打了两枪，我怎么忍心将我的部下这样年轻的生命毁在我的手上！而且我更不愿意看到你被送上军事法庭。战争本来就很残酷，我怎能亲手把自己的弟兄送上战后的刑场呢？况且战争是政治，而政治与你无关。后来，有个政工调查你，对此我始终保持沉默，直到现在也没有人知道你的事，或许我要默守一辈子，因为军人天职背后，还有人性！还有良知！"王宁很平静地说道。

"谢谢，谢谢你，长官！没料到我们乱世相逢在这里。"樊昭阳非常激动地说："我现在是浯祖岛地方军事法庭的辩护。"

"好啊，将来我要有官司就找你了。"王宁高兴地说道。

"没问题，我一定全力以赴！"樊昭阳也笑了。

王宁随后将淮海战役后期的情况、再次回到蒋军和从海南岛来到台湾，以及鲁志清、赵二宝、程启升、李铁锁等一起在熊山训练的同窗都到了浯祖岛的简况告诉了樊昭阳。樊昭阳非常感激王宁的厚爱，问及嫂子有没有来过浯祖岛。王宁一怔，不停地摇头叹气，说还不知道她在台湾什么地方。樊昭阳立即告诉王宁，上个月去台北，曾在《中报》社门口见过她，他认识张秋露，但他不能确定她就在报社工作。

这个消息让王宁喜出望外，总算有了秋露下落，她在台北，或许就住在那个报社附近。于是让樊昭阳请医院办公室主任开个转院复查，去台北"看病"的公文，就这样，王宁顺利踏上去台北的路。

真是踏破铁鞋无觅处，得来全不费功夫。王宁意外获得秋露的消息，久久不能平静。一年多来，走过千山万水，那份爱的行囊一直如影随形，但秋露心里会不会已经有人？或者已经结婚？在这个乱世纷争中，在这个强权横行、弱肉强食的社会里，到处是战火，处处有危险，打砸抢烧奸的坏人遍地都是，她一个年轻、没有多少阅历的女孩子，颠沛流离沦落到这个岛上，人地生疏，举目无亲，靠自己有限的能力何其艰难，难免会有这样或那样的问题。一想到这里，王宁的心一下子揪了起来。一股从未有过的担忧油然而生，乱了方寸的心如同十五个吊桶打水——七上八下的。不会！秋露不是那样的人！她说过"会为我永远保留那个位子"，"只要我还在远处望着她，就不可能有别人走进她的心里"！王宁想到秋露曾经说过的话，又坚定了信心。但再仔细分析，"保留那个位子"与"没人走进她的心里"不等于她不可以结婚，她爱我与她不结婚那是两回事。王宁刚刚平息的情绪，因这个不确定再起波澜。他由心花怒放、归心似箭，到心潮起伏、忧心忡忡，又由喜上眉梢、有所宽慰，到心急如焚、举止失措，不停地转换着，波动着。担心归担心，王宁还是做好的准备，他精心为秋露准备了不少小礼品，全都是从湖南、广西、海南搜集的和自制的小玩物。

浯祖岛到台北的定期军用船每周两班，单程航行二十多个小时。等待令人烦躁，王宁的内心仿佛被一个无形的石头压着。他紧锁眉头不停地抽烟，时而躺下呆滞地望着房顶，时而站起来在屋里走来走去，时而用手托着腮静思，时而依在窗前久久望着远方，有时候还会深叹一口气无奈地摇摇头，嘴巴好像要说些什么，却始终未发出声来。他的言行举止有些失常，这种状况对他来说很少出现。他老是不停地看表，盯着那慢慢移动的秒针，让他真真切切感觉到度日如年的滋味。这两天是如此漫长，难熬，昼想夜盼，终于在"莒光日"这天迎来那又小又热的铁壳船。

"莒光日"是国民党引用战国齐将田单，以莒城与即墨作基地复国的历史故事，借以引申台湾为"复兴"基地。部队里的"莒光日"，为每周的周四，通常这天都有半天政治教育。王宁因去台北"看病"，逃掉了"雷打不动"的教育。来到码头才发现，班船是一艘客货两用船，一半是装货，一半是载人。从浯祖岛运去维修的坏设备不少，去台北的军人却不多。王宁找了个靠窗户的地方坐下。海风徐徐，把日间船舱暴晒后的热气慢慢驱散开。他望着渐渐远去的海岛灯塔，望着一望无际的大海，有一种即将回家的感觉。他见同船的几个士兵都躺到长条椅子上，伸了个懒腰也躺下休息。

夜幕降临，繁星像炸豆子似的一波又一波地蹦跶出来，镶嵌在黛色的夜幕上，仿佛在说着悄悄话。一轮明月高高地挂在天空，散发着清亮而又温柔的光芒，使漆黑一片的海面泛起淡淡银光。除了船上的马达声，四周静静的，偶然间一声鱼跃打破寂静，接下去又陷入无边的静谧。夏日的夜空很美，恬静而安详。王宁凝视着星空，在融融的月色中，思绪也跟着风儿飘向远方。每当他想到秋露时，总是情不自禁地抬头仰望天空，这成了他的习惯，因为无论多么遥远，他俩仍然在同一片天空之下。"人有悲欢离合，月有阴晴圆缺。"王宁脑海里与秋露在一起的点点滴滴，像放电影般一幕幕而过。秋露，我真的好想你，期待相逢那激动的一刻。

"夜上海，夜上海，你是个不夜城。华灯起，车声响，歌舞升平。只见她，笑脸迎，谁知她内心苦闷……"驾驶舱里留声机喇叭响起周旋的《夜上海》，那优美的歌喉打断了王宁的思绪。音乐是那么的奇妙，立即使王宁浮躁的心渐渐地平静下来。躺在不足一人宽的长条椅上，尽情地聆听这甜，这美，这令人入迷的歌声，王宁渐渐地、渐渐地进入了梦乡。

船到台北市已经是第二天的傍晚。王宁拎着旅行包登上一辆带篷子的人力三轮车，直奔汉口街《中报》报社。因周日休息，没有找到秋露，却打听到秋露住在中正西路的地址。王宁随即去花店买了一束鲜花，来到秋露的住处。

房子有些年头，这是一座有点儿像江南城中沿街的民宅，围墙不太高，爬满了藤蔓，墙基上长满了青苔。两扇大门有一扇没有关，也许是没有拴好被风刮开的。王宁走进小院，见角落长着一棵不太高的相思树，树上开着金黄色的小花，地上撒落一片。地面由于风雨侵蚀，青砖有高有低。迎面有两间正房，右侧还有一间厨房，正房左间是卧室，右间是堂屋。卧室有两扇大窗户，透过敞开的窗户，能见到一个系在吊灯下随风摆动、发出"叮叮咚咚"响声的风铃。卧室的门设在堂屋里，进出须经过堂屋。堂屋宽敞，收拾得整洁、干净，一个墙角的三脚花架上摆着一盆吊兰，修长翠嫩的茎叶直垂地面。挨墙的书橱里放满了各种颜色的图书，显然，主人是个爱读书的人。另一个拐角处，一边放着一个单人沙发，一边放着一个三人沙发，当中是一个三角茶几，茶几旁有个大落地罩灯，黄黄的翘边大灯罩内柔和的灯还亮着，可能主人刚看过书。附近还有一张书桌，书桌上有一盆常青云竹。堂屋正中央顶上有一个老式四叶吊扇，吊扇的下方是一张方桌，方桌子上蒙着用棉线钩织的白桌布。桌布上有一块透明厚玻璃。总之，这套旧式的小屋经主人精心布置后，显得既淡雅，又温馨，室内充满了女人的气息。这里像是一个家，家具、生活用品一应俱全；但又不太像，悄无声息，寂静得很，只有女主人一个人在方桌边洗碗。她万万想不到王宁已经出现在她的身后。而王宁并不急于上前，他站在门口仔细打量着她的背影。还是那么美丽的身材，还是那样一个窈窕淑女，他不想打搅她，只是轻轻地将旅行包放到地上，继续看着她……

秋露似乎感到身后略有动静，转过身见一个身姿潇洒的影子不约而至，你，是你吗？瞪大眼睛再看，"王宁！"秋露惊愕一声，像小燕子一样飞了过来。她顾不上抹布还拿在手上，洗碗的双手还是湿的，围裙也未解下来。此刻，就是洗碗盆翻了，油壶子倒了，乃至天塌下来，她也不会管。她跑上前去一把抱住王宁的脖子，把头紧紧地贴在他的胸前，就像是在大海里孤独地漂泊了很长时间，偶然上了救命船，久久不肯离开。对她而言，世界如此的虚幻，到处充满着不确定性，唯独在他的怀里能让她安心一点。此时那份陶醉，那份甜蜜，那份温馨，再富贵荣华、金门绣户，也抵不上她的情郎。

爱的雾，情的网，弥漫笼罩在整个房间里，氤氤氲氲，严严实实。他们再次见面，先是笑，接着就是哭，再下去又是笑。他们把哭留给最疼的人，把笑送给最爱的人，哭中带着笑，笑中又带着泪。

哭也好，笑也罢，从情感上讲都是情绪的宣泄。其实，哭与笑都是心灵的咏叹调。哭，将抑制不住的情感化为纯泪；笑，让欢快幸福的心声如花绽放。眼泪和笑声都是上天赐给人类最好的礼物，泪之所以是咸的，是因它来自血；

笑声之所以是有节奏的，是因为它的动力来自心。眼泪与笑声相辅相成，奏出绝美的人生。

王宁感觉秋露像只见到主人后迷路的小猫，她的身体在微微颤抖，在无声地抽泣，便用手轻轻地抚摸着她那长长的秀发，在她耳畔呢喃说道："哭吧，想哭就哭出声来，你已经憋了一年多了。"

"是一年四个月零十天！呜，呜……我以为再也见不到你了……"秋露柔声哭了，"你知道吗？想你的时候我的心是多么的痛，想化作一只小鸟飞到你的身边。白天忙于工作还好，可一到晚上、夜里，总是梦见你和我。昨晚，一夜的雨，一夜的你，早上醒来，好像丢了什么东西，找遍整个屋子也没有找到，后来发现那东西是找不到的，在我的脑海里，它叫'思念'！明天就是七夕节，是牛郎和织女相会的日子，是中国人的情人节，多么希望鹊桥化成一道绚丽彩虹，把爱恋的天空装扮得多姿多彩，让恪守不渝的天下有情人来去自如，无牵无挂地相会。我还在想：要是你来到台北多好啊！没料到这个世界很小，一转身便见到了你。"倾诉完，秋露粲然一笑，笑脸像王宁手上绽放的玫瑰花那样灿烂。

"这个世界也很大，分开总是难以相见，所以，更懂得珍惜和感恩。命运成就我们，让我们又走到一起。听说两个相爱的人再次相遇的机会，比中大奖的概率还要小。"王宁将她再次紧紧地搂在怀里，"此刻又让我想起了母亲那句话。"

"什么话？"秋露在王宁的怀里静静地听着。

"母亲说，两口子好比一双合脚的鞋，少了一只不行，一大一小不行，颜色、式样不配也不行，一只鞋迈出去，另一只鞋就要赶紧跟上，一同磨合，一同经历风雨，一同分享快乐！我去徐州，你立马就坐飞机过来；你去上海，我很快就跟上；你到了台湾，我又想方设法来到这里。我们一同经历风雨，一同分享快乐！"

"你母亲的比喻非常贴切，我俩还真像一双鞋！我很敬重她，等回南京我一定向她老人家表示感谢。"

"感谢？向她感谢什么？"王宁双手贴在秋露的面庞，问道。

"感谢她让你又一次来到我的身旁。"秋露喃喃地说道，眸子里闪现出兴奋和喜悦，"明天是我的生日，你来，是给我的最大礼物！"

相爱总是很温暖，两个深爱的人即使是在炎热的夏季也愿意紧紧地拥抱在一起。秋露用了将近五百天的守候等到了王宁，尽管那是一份迟到的爱，一份过后的慰藉。当她抬起头仰望王宁时，已是满脸泪水，眼睛红红的，微笑中带着委屈，她没有抱怨，没有责怪，没有一点点苛刻的要求，所有付出都心甘情愿，无悔无怨，一心一意的守候终得回报，哪怕只是一个热烈的拥抱，也足以让她回味一辈子。

人们常说拌着热泪的爱最动人，秋露见王宁流着热泪深情地望着自己，立即给他擦去泪水，用热烈地亲吻来安抚他。

"你还没有吃饭吧？我去给你弄饭！"秋露说着要去做饭。

"等等！先看看我给你带来了什么？"王宁一把拉住秋露的手，从旅行包上面拿起刚买的那束玫瑰花。

秋露细心地接过花束，发现花束里有一张纸条，上面写着："I love you！"她数了一下花，一共十九枝。为什么送十九枝玫瑰花？不等秋露提出，王宁便说："你二十岁生日，我送十九枝玫瑰，还有一枝最美丽的花，那就是你！"

这个匠心独运的举动对秋露来说又是一个惊喜，她喜欢王宁的幽默。记得在徐州问他多重，他却用抱着她两个人在一起的体重来回答。现在秋露再次感受到他的细微之处。她将花束插入花瓶里，对王宁说："让我猜猜你带来了什么，有吃的？"

"有！"王宁笑眯眯地答道，从旅行包里拿出美国产巧克力、鱼子酱、香槟酒，还有海南的椰肉干、椰子糖。

秋露打开其中一个纸包，里面全是椰子糖，随手拿一颗糖放到嘴里，又拿了一颗送到王宁嘴里，发现纸包里有一张广告，上面是一首打油诗："海南椰树叶子长，不怕风雨还遮阳。一年四季都结果，红绿椰子美名扬。椰汁清澈又清凉，椰肉香脆有营养。谢谢你们来琼崖，请你品尝椰子糖。"秋露看得咯咯笑："你去海南岛啦？"

"是，不然没法来台湾！"王宁将手又伸进包里说道："你猜还给你带来了什么。"

"还有用的？"秋露不敢确定，望着他说道。

"有！"王宁笑着答道，然后从包里拿出一个金属小鹿笔筒、一个木相框、一把丝绸扇，说："笔筒是我用废炮弹壳做的，相框是用海南黄花梨做的，笨手笨脚留个纪念，扇子是在湖南买的。"

秋露接过笔筒、相框、扇子，发现笔筒里又有一张纸条，上面写着："纤云弄巧，飞星传恨，银汉迢迢暗度。金风玉露一相逢，便胜却，人间无数。"相框的左右两边框和上横框上分别刻着："柔情似水""佳期如梦""忍顾鹊桥归路"。湘绣扇子上绣着："两情若是久长时，又岂在朝朝暮暮。"笔筒纸条上的句、相框刻的字、扇子上绣的话，加起来正好是秦少游的《鹊桥仙》，这是一首咏七夕的节序词，借牛郎、织女的故事，来讴歌坚贞诚挚的爱情。秋露早就读过这首自由流畅、豪爽狂放，而又婉约蕴藉的宋词名篇，她知道王宁借《鹊桥仙》来表达相会。

"继续猜，我还来带了什么。"王宁打断秋露的思绪说道。

"还有……还有……猜不上了。"秋露好奇地看着王宁，长长的睫毛忽闪忽闪。

"这是我给你的无法寄出的信，每月一封。"王宁从包里拿出一沓用牛皮筋捆扎的信封。

秋露接过信，从中抽出一封展开读道："亲爱的，给你写信的地点是我们从桂林撤往郁林的路上，现在是中午休息时间，给你写信……"

"好了，有时间慢慢地看。"王宁从包里又拿出一张十元纸币和一枚一元硬币，"这是一枚海南地方政府发行的货币，不值钱，留着做个纪念。"说着将硬币正面朝上，让叫秋露看一下后，将硬币在桌面上旋转起来，"现在请在'0'到'9'之间，想一个数字记在心里。"

"嗯……想好了。"秋露看着旋转的硬币，默默选好一个数字说道。

王宁猛然用右手掌心压住旋转的硬币，用左手食指指着右掌心下面的硬币，说："你选的数字是它！"

秋露迫不及待扒开王宁压住硬币的手掌，硬币的背面朝上，上面果真有个数字，感到十分神奇，说："啊！我想的确实是'一'，你是怎么知道的？"

"因为你希望再一次见到我，不是吗？"王宁笑嘻嘻地说道，故意将"再一次"的"一"说得很重。

"是！是！你快成了我肚子里的'蛔虫'了，呵呵。"秋露上去亲了王宁一口，"蛔虫大哥，还有什么好东西？"

"哈哈，有！"王宁说着从提包里取出一个玩具——用椰子壳做的玩偶女娃娃。

秋露接过椰壳娃娃，见上面有四句话："我看世间花开花落，爱终还是素颜美娇，秋风吹散指尖浮色，露珠滋颜相思豆蔻。"这四句话的头一个字连起来是"我爱秋露"。这下惹了大麻烦，秋露将椰壳玩偶女娃娃紧紧地搂在怀里，眼睛"刷"的一下红了，泪珠子就像赶趟似的直往下落。

"怎么了？怎么了？为何看到玩偶就哭呢？"王宁有点慌张，立马来安慰秋露。

"你还不知，去年你从湖南来上海看我，后来我就怀孕了……"秋露用手擦去眼泪继续说道："我到台北后，孩子已有三个月，在一次采访糖厂时，被糖厂厂长手下打流产，孩子没有了……"说着又哭了起来。

王宁的情绪也是一落千丈，由兴高采烈转为绞心劘肚。他恨自己没有保护好她，恨这个黑社会，恨那个夺去他骨肉的糖厂厂长。他将伤心的秋露拥入怀中，安抚她说："我会找那个厂长算账的！"

"他已被抓起来，判入大狱一年，打手判了三年徒刑。"秋露在王宁怀里说道。

"这太便宜他们了！秋露，你我还年轻，还有机会。这次来到台湾很不容易，我从湖南到广西又到海南，为的就是来台与你在一起，现在我们总算团聚了，我想把你娶过来，你愿意吗？"王宁慢慢地说道。

秋露没有马上答应他，而是用沉默来回答。

"难道……"王宁不知道秋露为何不答复，他的心"咯噔"一下，来前所担忧"她心里会不会已有人"的想法再次出现在脑海里，心顿时忐忑不安。

"没有'难道'！你我一年多没有见面，你一来就要我和你结婚，总得容我有个心理准备吧？"秋露喃喃地说道。

"那是那是，我太唐突，太冒失了，对不起！"王宁马上道歉。

"不用道歉！"秋露离开王宁去泡了一杯热茶递上，"王宁，我爱你，你是知道的，过去是，现在是，将来永远是！结婚的事能不能等两个月？"

"能，能，能！"王宁一连说了三个能字，"别说两个月，两年我也等！"

"呵……"秋露听了这话乐了，"我了解你，你是安抚我，要说'对不起'的是我，你来找我，让我动容，由于太突然，我需要调节一下身心。好啦，你来，我们应该庆祝一下才是，走，咱们去吃海鲜？"

"走！"王宁也乐了。

从秋露的住处去淡水河边的海鲜大排档不远，王宁、秋露走十多分钟即到。他们在饮食一条街找了一家露天的海鲜排档，点了几个菜：清蒸海鳗，煮盐水虾，蒜蓉空心菜和一个海贝汤。秋露刚吃过晚饭根本吃不下，看到王宁的好胃口，也陪着他吃了一点。久违了，他俩又像回到了从前，回到了热恋，他们边吃边聊，聊过去，聊现在，聊未来。

随后，他们来到淡水河边。附近的游人不多，秋露也从未一个人在这里逗留，她双手提着裙子，踏着浪花在潜水沙滩上奔跑，王宁则在后面紧紧地跟随。两人一会儿跑，一会儿慢下来嬉闹，如鹤起舞，如蝶翻跹，沉浸在欢乐中，陶醉在幸福里。此地，成了快乐的天堂，所有的悲伤一扫而光；此地，成了战乱中的桃花源，变为二人的欢乐世界。这让王宁又想起了那首《思恋》：

相思苦，失落苦，相思后的失落会更苦。春来秋去，不尽回忆，今生不悔的痴情，走不到桃花源地，只为那与你邂逅。生命日历在一天天变薄，我带着绵绵深情还要向前走。

相恋甜，情爱甜，相恋后的情爱比蜜甜。一半快乐，一半幸福，梦里重复的故事，忘不掉花前月下，只可惜有聚有散。情爱日记在一日日增厚，有一份无言约定铭记在心中。

相见难，分别难，相见后的分别难上难。悲欢离合，几多寒秋，人生最美的相遇，放不下牵挂惦念，只厌恨难以厮守。团聚追忆在一点点沉淀，让我们手牵手直至地老天荒。

喜欢唱歌的秋露，哼唱起这首她常唱的歌，只可惜王宁的小提琴没有带来，如果有小提琴的伴奏，或者再听他拉一遍《归家》，那就更好了，那是她念念不忘的曲子。

清歌随风拂过小草，穿过棕榈树梢，一声一句地流传到了附近的观音像前。

台湾宗教信仰中，观音菩萨、妈祖等，深受台湾人的崇拜。其中观世音菩萨香火最旺，有的人称观音佛祖、观音大士，有的人称普度公、大士爷，还有的人称观音娘娘。台湾民间崇拜观音极盛，因此观音像也非常多，庙里、家里、海边、公园随处可见。

王宁和秋露来到一座观音像前，看着珠冠锦袍，璎珞飘披，左持净瓶，右手执柳，端庄慈祥的高大观音立像，王宁灵机一动，想出一个主意逗秋露开心。他在附近摘了一些鲜花，聚成花束让秋露拿着，然后与秋露并排站在观音像前。

"尊敬的各位来宾、各位亲朋好友，今天是新郎王宁和新娘张秋露的大喜日子，有道是'有情人终成眷属'，我们衷心地祝福新郎、新娘幸福美满，天长地久！"王宁乐呵呵地开起玩笑，并使劲儿鼓掌。

"呵呵……"秋露在他身旁捧腹笑弯了腰。

"不要笑，我们在这神圣、庄严的地方举行结婚呢！"王宁憋着笑，说："首先，是新郎、新娘拜天地……哎，你要中式婚礼还是西式婚礼？"

"呵呵，都行。"秋露笑道。

"嗳……只能选一种。"王宁依然一本正经地说道。

"我虽信佛，但我更喜欢西式婚礼。"秋露说。

"这是观音像，不是圣母像哎，"王宁说道，"西式婚礼要上教堂的。"

"西式婚礼庄严！神圣！"秋露坚持道。

"好，西式就西式，这儿就代表教堂了。"王宁将秋露的手臂勾在自己的胳膊上，原地踏步走，并唱起了瓦格纳的《婚礼进行曲》："当，当当，当……"

秋露乐得咯咯笑，也想象穿上了那件浅粉色婚纱与王宁并肩走向神圣教堂的情景。

"你还笑，认真点！二位新人步入神圣的婚礼殿堂，下面是新郎向新娘鞠躬。"王宁转向秋露一鞠躬，自己也偷偷地笑了。

秋露看着王宁在乐，用手捂住自己的嘴。

"接下来，是新娘向新郎鞠躬。"王宁让秋露给自己鞠躬。

秋露只好向王宁回了一鞠躬。

"好，新郎、新娘宣誓。新郎王宁，你愿意娶新娘张秋露为妻吗？"王宁装完主持人后，又转身以自己的口吻说："我愿意！"

"爱她、忠诚于她，无论她贫穷还是富有，患病或者残疾，永远和她在一起？"王宁装完主持人后，又转身以自己的口吻说："是的，我愿意！"

"新娘张秋露，你愿意嫁给新郎王宁吗？爱他、忠诚于他，无论他贫穷还是富有，患病或者残疾，永远和他在一起？"王宁装着主持人提问秋露。

"我愿意！"秋露笑嘻嘻地答道。

"好！你们俩都已经发誓永远在一起了。"王宁继续装着主持人说道。

"什么呀，我还没有想好结婚的日子呢！"秋露害羞地说道。

"下面我宣布新郎、新娘成为合法夫妻，新郎可以吻新娘了。"王宁不管她，继续装着主持人说道。

秋露立即捂住嘴，笑得不行。

"把手拉开，都已经庄严发誓了！"王宁把秋露捂着嘴的手拉下，上去吻了一下秋露的小嘴，"接下来是切蛋糕。"

"哪有蛋糕啊？"秋露问道。

"那就免了……程序继续往下，新郎、新娘向客人行礼！"王宁转身背向观音像，面向客人，而秋露则面向观音像，背向客人。王宁立即将她旋转过来面向客人，向来宾一鞠躬，但秋露并没有鞠躬仍在笑，王宁硬是用手将秋露的头压下，行礼鞠了一躬。

"下面'抛鲜花''喝交杯酒'，哦，鲜花舍不得抛，这里也没有酒，程序都免了，走！"王宁说完，拉着秋露就走。

"我们去哪里？"秋露不解地问道。

"去度蜜月去啊！"王宁笑道。

"哈哈……程序真像！"秋露上去抱住王宁的脖子，"这些，你在哪儿学的？"

"我看书，书上不都这么浪漫吗？这样的婚礼行吗？"王宁认认真真问道。

"我喜欢！"秋露无比地开心，感受到爱的美好。

生日风波

淡水河边的婚礼预演，让秋露深受触动。历经了那么多的坎坷与风雨，感受了那么多的困顿与挫折，一路走来很不容易，终在台北与王宁团聚。男大当婚，女大当嫁，是该考虑终身大事了，她不求有多少财产，不求大操大办，只求未来有一个教堂婚礼。秋露既非天主教徒，又不信仰基督教，她从小在母亲的影响下信奉传统佛教，为什么期望有一个西式的婚礼？她是喜欢那种神圣的氛围，崇尚教堂里的庄严环境。在旧中国的大城市中，举行西式婚礼是一件时髦、浪漫，被认为很高尚的事，尤其受到知识女性的青睐。然而这个时候，秋露却又出现前所未有的婚前恐惧，担忧一旦迈进婚姻就不再有激情，担忧爱情从此渐渐地淡去，担忧无尽的琐碎事和烦恼会接二连三地来到……可能不少女性在婚前的最后一个阶段都有这样紧张焦虑的情绪，或许这就是心理学家所说的"婚前焦虑症"，走进"围城"前夕的恐慌。

此外，她还有个酝酿已久的想法，即回南京结婚，她希望自己的母亲亲自送她出嫁，让她也高兴高兴，了却老人家一件心事。毕竟，台湾只是个暂时落脚的地方。此刻，她还不知道，母亲因车祸已经永远地离开了她。

第二天，王宁请台北的好友和秋露的朋友在台北大酒店吃饭，庆贺秋露的生日。出席宴会的有成斌、杨梦玥、余梅，有秋露单位的陶董事长、报社同事和其他好友十人。说是宴会，实际上就是聚在一起吃个饭，荤菜仅有一个红烧肉，两个小炒，两个海鲜，另加三个素菜和一个汤。五十年代初期的台湾通货膨胀，外汇短缺，物价飞涨，人口已经达到七百九十八万，当时各种物资都很匮乏，王宁订购的这八菜一汤已经算是相当高档了，几乎花光了他的积蓄。在宴会即将结束时，酒店送来一个免费的生日蛋糕，吃完蛋糕，报社的钟云天和小晃起哄，非要王宁和秋露拥抱亲吻一下，大家也鼓掌赞同。无可奈何，王宁、秋露只好站起拘谨地相拥，受到大家一阵热烈的掌声。此刻，这阵掌声却让一个人痛苦不堪。为何痛苦？因为嫉妒！他的条件不比王宁差，撇开年龄不占优势，很多地方远远优于王宁，然而他得不到秋露的爱，这让他非常嫉妒。这个人不是别人，他就是帮助秋露来台湾的李元智。他因公务出海来晚了一步，赶到酒店见王宁正与秋露拥抱在一起。显然他的嫉妒不属于良性，他不服气自己惨遭"淘汰"，嫉妒心一方面把他搞得既伤神又伤身，另一方又面让他寻机报复，以求一逞而后快。

"不许抱！"李元智穿着便服急急忙忙从远处跑到王宁的面前，不怀好意地说："你就是王宁？那素未谋面的情敌！"

"噢，我来介绍一下……"笑容满面的秋露以为李元智开玩笑，立即向王宁介绍道。

"你是谁？"不等秋露介绍，王宁立马反问来人。他打量了一下这个比自己矮半头的家伙，见他面红耳赤、怒气冲天，为缓解尴尬的场面，随即拍了一下李元智的左肩。

"干什么？你少跟我套近乎。"李元智倒退几步，他不愿意与王宁靠得这样近。

"哦，我知道你是谁，小偷先生，你的手可真快，请把我的东西拿出来吧？别以为我没有发觉。"王宁用开玩笑的口吻说道。

"谁是小偷？谁拿你的东西了？你有证据吗？"李元智的注意力，一下被转移到"小偷"这个字眼上。

"嚯，他还否认！"王宁笑着对秋露说："他的上衣兜里明明有我的东西，他却不承认。"

"真是莫名其妙。"李元智心想我的衣服里怎么可能有你的东西，为了证实自己的清白，他还是伸手摸了摸左胸衣兜的外侧，感到里面确实有东西，就用两个指头从中夹出一条带鸡心挂件的细项链。这项链是淮海战役期间秋露在徐州与王宁分别时，送给王宁的纪念品。李元智并不知道金项链原属秋露，而是将其扔给了王宁，"喂！这怎么回事？怎么会到我的衣兜里？"

"呵呵，我正要问你呢？"王宁一只手从空中接住他抛来的项链，故意逗着李元智。

原来，刚才王宁拍李元智的左肩时，以最快的速度将手掌里的项链，放到李元智西服左胸兜里。由于拍肩力量不轻，李元智只感到肩膀一震，并没有注意到有东西掉到胸前开口的衣兜里。这下子李元智更没什么面子，他不知道怎么就变成了"小偷"，而且被人家羞辱为"小偷先生"。

"各位，这只是个小误会，问题已经解决了，希望没有打扰这位朋友，如果已经打搅，我表示歉意。"

"歉意？无耻的家伙！"李元智知道是王宁搞的鬼，看来他气得不轻。

"嗨，嗨，说话别伤人，你嘴是吃粮食的，不是喷脏东西的。"王宁依然微笑着，"哦……我想起你是谁了，怎么这身装束？你不是军人吗……还没有想起我是谁？……两年前你和你的孩子在南京城南……我们见过面，我们怎么会素未谋面呢？"

"原来是你！但在这件事上，我恨你！"李元智气愤地说道，"你夺走了我心爱的人，我比你先认识她！干什么事总有个先来后到吧？"

"错！爱，没有先来后到，也没有特定的法则，只有爱与不爱，光有缘是不够的！"王宁将李元智的话顶了回去。

大家都被这始料未及的舌战愣住了。

"小妹，我因公务迟来一步，你就与他……难道你真的一点都不喜欢我吗？我比他有钱，我留过西洋，我军衔比他高，我哪一点不如他？"李元智不是一般的自恋，他说不过王宁又转向秋露。

"是的，你在他之前先认识我，你比他有钱，你留过西洋，你军衔比他高，但仅凭这些竞争，不符合'帕累托原则'。我不否认喜欢你……"秋露说道。

"唔……"旁边有人窃窃私语，不少人瞪大了眼。

"但是，我的喜欢，只是像妹妹对待哥哥那样，而不是你所追求的那种情和爱。我很感谢你的关心和照顾，从上海到台湾，你曾给予我不少帮助，非常感激你，不过，爱情不是单相思！"秋露故意挽住王宁的胳膊，继续说："我爱的是他，从第一眼见到就爱上了。"

"放开他！放开他！我让你放开他……"李元智看到秋露的举动急了，他开始歇斯底里。

"这个人是不是疯了？"王宁为防不测，立即将秋露挽着自己胳膊的小手拿下。

"你才是疯子呢！"李元智转向王宁咆哮着，"今天是有你没我，有我没你！"

"李大哥，你冷静些，别做出不理智的事情来！"秋露着急地大声说道。

"今天是庆祝秋露的生日，我不想与你动粗。"王宁规劝李元智。

李元智已经失控了，他像一只狂怒的公牛发疯似的冲撞过来。这突如其来的狂躁让王宁一惊，他不想破坏今天这欢乐的氛围，但看到李元智又扑向秋露，怕伤害到她，王宁眼疾手快猛然摆好徒手格斗的架势。这一架势并未把李元智吓住，他挥舞着拳头还是冲了过来，却被王宁一把抓住手腕扭着，王宁用双手牢牢地控制李元智的手腕，让他动弹不得。李元智忍住疼痛，两眼狠狠地瞪着王宁。

"放开我！放开我！"李元智拼命挣脱开被拧住的手腕，他挥起一脚朝王宁的肚皮踢去，想用皮鞋脚尖踢倒对方，然后就挥拳乱舞，看来他不会打架，更不知道什么是格斗。

王宁不管他怎么撒野就是不还手，只是将他往餐厅外驱赶。李元智且退且骂，一不小心被绊，仰面朝天摔倒在地上。他痛苦地缩成一团，活像怕攻击的穿山甲，遇险蜷缩成一个球一样。过了一会，他用手摸了一下后脑勺，发现头上起了一个大的包，他咬牙切齿似乎想起了什么，用手向衣袋里摸去。接着，他站起来走到王宁面前，猛然掏出手枪对着王宁的脑门，"咔嚓"一声，将子弹推上膛，说："没错，我是个军人，别以为你是我孩子的救命恩人，我就不敢向你开枪。"

这意外一幕，让在场的人都慌了神，尤其是女士们都瞠目结舌吓傻了。这也让王宁感到了事态的严重，只要这个"疯子"再加码一点点，他随时有可能开枪，即使自己设法躲过去，他还会伤害到秋露和在场的人。当务之急不能再激怒他，要稳定住他的情绪，然后再找机会夺枪。

秋露也惊呆了，但很快又恢复神智，她来到李元智的面前，用自己的身体挡住王宁，说："李大哥，你冷静些！"

"你滚开！"李元智哭丧着脸，说："不然，我也结束你的性命！"

"开枪吧，如果你真想开枪，那么就先将我打死。"秋露气得脸色红了白，白了红。敢于为所爱的人献出生命，这一点不但男人能做到，女人同样能做到，"我相信你不会开枪的，因为你要的不是这样的结局，你搅乱了我的生日宴会，你满意了吧？但愿你以后不要后悔。"

"这皆是你们逼出来的，我很想后悔来着，不过，即将后悔的是你们俩。"李元智又将枪口对准秋露脑门。

"喂，你身后……你家人来了！"王宁对李元智喊道。

瞒着家人赶来参加秋露生日宴会的李元智，一听"家人"这两个字，慌忙调头看身后。王宁趁李元智转头之机，一个箭步上去以迅雷不及掩耳之势，用左手猛地将李元智握枪的手举起，防止他走火伤人，右手挥起一拳打在李元智的嘴上，夺得手枪反对着李元智。上当的李元智嘴角流出血来，他面对黑洞洞的枪口只好认输，像个泄了气的气球。王宁高喊道："滚！胆敢再捣蛋，就别怪我不客气！"李元智拔腿就跑，那惊恐的样子岂止是落荒而逃，简直就像死里逃生迅速跑出了餐厅。

"太可怕了，这让我更恐惧结婚，我不嫁了！"秋露长长的睫毛下滚落出伤心的泪珠，原本妩媚灵动的眼睛黯然失色，她用双手捂住脸哭了。

顿时，全场哗然，一场生日宴餐在最后时刻被搅得十分难堪，也让王宁不知所措。杨梦玥见这尴尬的场面难以收拾，立刻让大家散场，并挽住秋露将她拉进一辆福特轿车里开走了。

秋露说的虽是气话，但她并非没有想过。初入爱河不久得知王宁是"同母异父的哥哥"时，就曾有过不嫁的念头，后来发现是自己误判。可在上海与王宁见面后，等了王宁一年也没有消息，第二次有不想嫁人的想法。在那个战火纷飞的年代，忙于奔波，疲于求生，不嫁不娶的年轻人比比皆是。对于李元智她并无恶感，相反，很感激这位大哥哥。刚到上海碰到两个"流氓"，幸亏他

"舍命相救";买不到去台湾的机票,他让她搭乘军船;被糖厂暴徒殴打,他大义灭亲,鼎力相助,终赢得一笔赔偿巨款,不然怎么买得起那座中正西路的住宅;在王宁失踪的期间,是他一直关心照顾自己……她同情李元智有婚姻没有爱情的窘境,理解他的追求,敬佩他的才华和真诚,所以一直把他当成可信赖的大哥哥,看到李元智今天的狼狈相,秋露于心不忍。早上给他打过电话,他却迟迟不到,等他到了餐厅却失去理智闹成这样,这是秋露没有料到的,也是不能接受的。接下来该怎么办?一个是爱得发疯的恋人,一个是对己有恩的大哥,而他们俩又是势不两立,秋露是左右为难,她该怎么处理这样一个三角关系呢?

第十五章　爱恨情缘

化敌为友

常言道："爱情，既要随，又要追。"随，不是被动等待，更不是听天由命，而是根据自身条件、客观机缘以及对方的意愿，分析有没有可能，不能该追不追；追，不是紧跟不放，更不是与他人争夺，而是通过奋发、努力、感动去接近，不能该止不止。王宁得到了秋露的爱，而李元智只能以失败者默默忍受痛苦。但李元智并不服输，他认为爱情与战争一样，为了达到目的，都可以不择手段！在这个弱肉强食的社会里，若要夺得属于自己的那份，就得狠！对手如果狠三分，你就得狠四分、五分，若是为了心爱的人，对手狠三分，你更要狠十分，竞技场上凶狠比娴熟更有力，野性比人性更通用。在嫉恨心理的驱使下，李元智决心夺回他认为属于他的爱。

相比之下，王宁的心态却明显不同，他不在乎别人的嫉妒，若被嫉妒打趴下，那么他本身就不值得嫉妒，他用宽容来溶解冲突。母亲早就告诫他："在这个世上，若做不到宽容，将处处碰壁。"对于李元智的嫉妒，他只是用洒脱的一笑来回答。当然，宽容是有限度的，如果那种胸怀打动不了对手，或对手反把他作为软弱而变本加厉来欺负，王宁便会毫不犹豫地加以反击。在秋露的生日宴会上，李元智的捣乱让王宁措手不及，就在王宁准备反击时，老长官成斌给他说了一个故事：从前，有一个养兔人养了不少兔子。他隔壁邻居家有一只黑狗，讨厌的黑狗常过来咬死兔子，养兔人无法制止，就告到县令那里。县令对他说"我可以判决处死那只黑狗，但这样一来，你的邻居就跟你结下了仇，你愿意与一个有仇恨的邻居生活后半辈子吗？我想你的回答是'不'，那么你知道该怎么做。"养兔人是一点就通，第二天，送了几只非常可爱的小白兔给

365

邻居家的孩子。由于黑狗又要咬小白兔，邻居就将黑狗送人了。联想到黑狗之前咬死人家的兔子，邻居真诚向养兔人道歉，从此两家人和睦相处，并且成了相互照应的好邻居。听了这个巧妙解决矛盾的故事，王宁明白了老长官的意思。他反复掂量，决定换一种方法来解决与李元智的恩怨。

而秋露夹在王宁与李元智当中很是为难，她就像一块夹心饼干当中的"糖"，哪一边都能"化"了她。她不希望王宁和李元智他们任何一方受到伤害，也不愿意处在其中受气，她该如何处理这样一个棘手的三角关系呢？

人都渴望爱与被爱，都希望有一个称心如意、完美无缺的伴侣，实际上这是很难的。因为人的情感非常复杂，男女之间除去情感，还有道德、责任、良知、友谊、关爱、互助、同情心等基本属性。受教育的程度越高，情感以外的东西也越多，而命运又是那样捉弄人，往往会将特定的事，特定的人，放在特定的时空里，让他们去较量、角逐、博弈，最终得到的只是惨痛的教训。

经过一夜思考，秋露终于想明白，她爱的是王宁，应该爱自己所爱，想自己所想，做自己该做的事。李元智只是一个朋友，一个曾经帮助过自己的好朋友，如果继续陷在这样的三角关系里一定不会有幸福，有的只是痛苦和挣扎！自己必须与李元智谈谈。早上起来，秋露发现王宁已经从街上买回早餐来：茶鸡蛋、豆腐脑、油条，还有她爱吃的麻团，这些江南很普通的早点，台北街头也有售。秋露感受到了王宁的爱意，想主动沟通，可话到了嘴边还是没说出口。吃完早饭，王宁轻轻地吻了她一下，说要见一个朋友就出门去了。望着他那熟悉的背影，秋露的眼睛湿了。

这一夜王宁也没有睡好，老是想着自己与秋露、李元智的事，绞尽脑汁、冥思苦想，最后觉得只有与李元智来个彻底了断，方能摆脱这个喋喋不休的情敌。

秋露不知道王宁早上去见谁，是高雄整编时刚结识的新朋友？还是原先就熟悉的来台老友？在收拾碗筷时，遽然有种不祥的预感，她立即上街打传呼电话给李元智，但没有找到他。秋露一下就紧张起来，她怕王宁去找李元智"算账"，再闹出更大的事来。于是，慌慌张张出门去找他们俩，一个上午一无所获。临近晌午，秋露走到了西门町。这里是重要的消费商圈，人口密集，交通发达，电影戏院街、刺青街、老字号商业大楼、红楼等均在这一带，各式各样的小商品店、美食店星罗棋布，服饰、书籍、唱片，用的、吃的、玩的东西应有尽有。当然，一些来自大陆的没钱人搭建的临时简易竹造棚屋以及一些不三不四、游手好闲的人，也随处可见。

在西门町一家茶社大厅里，卖唱的人演唱着三十至五十年代上海的流行歌曲——《秋水伊人》。靠街的窗前，一张小四仙桌边坐着两个军人，一个是穿陆军中校军服的王宁，另一个是穿海军上校军服的李元智，他们经过一阵充满火药味的唇枪舌剑之后，都慢慢地平静下来。战火燃尽，退避三舍，开始交换意见。

"你明明知道自己不可能给她带来幸福，却依然和她在一起，你考虑过她的未来没有？你口口声声为她好，要给她快乐，事实是这样吗？恰恰相反，你一走了之，她从南京追你到徐州，又一路躲避战火沦落到这里，这一两年她吃了多少苦？受了多少罪？被流氓欺负，被打手打流产，身无分文，四处颠簸，身心受到极大的打击和摧残，这些你都知道吗？"李元智眼眸中掩饰不住泪水，却又带着挑衅的眼光说，"你若是一个深爱她的人，就应该远离她，让她过平静的生活！"

"远离她？你干吗不远离她？你是个有家室的人，干吗与她这样近？！你居心叵测，存心不良！"王宁虽然感到李元智说的都是事实，但还是用严词来回击他。

"好了，我们不要吵！"李元智做了个休战的手势，"我想请你认认真真地回答我一个问题：若是秋露跟你一起，你能对她好一辈子吗？"

"我是一个军人，军人无法预知未来，只要我与秋露在一起一天，我就会照顾好她二十四小时！"王宁斩钉截铁地说，"她已经是我的人了，将来还会有我的孩子。退一步，即便秋露来到你的身边，你能给那个未来的孩子一个光明正大的身份，让孩子不被人用歧视的眼光看待吗？"

"我当然可以……"李元智不假思索地说道。

"就算你能做到，我也不会让孩子由你抚养！"王宁没想到他居然说"当然可以"，又说，"我的孩子不需要外人来照顾，尤其是你！不过，我不得不敬佩你有养育情敌孩子的胸怀！"

"我不管你这是讽刺，还是真心，我按照我的人生哲学为人处世，而不会计较你的这些话。昨天我喝多了，一时失控搅乱了给秋露的生日宴会，在此我深表歉意！"李元智停顿了一下，语气有所婉转，"回到家里仔细想想，应该感谢你，是你给了她一个二十岁生日的庆宴！因此，才接受你的邀请——来这儿谈谈。"

"说句实话，我不想与你动粗，毕竟你是真心为秋露好，你为她做了许多令我感动、我无法做到的事，我从心里也感谢你。可你要知道，我的处境不如你，从徐蚌到湖南，从广西到海南，又到台湾，真的很不容易，能活下来已经是很幸运的了。而你们海军几乎没有作战的风险，你的家境优越，你又受过良好的教育，这些我都不如你。我想了一夜，为了秋露的幸福，我决定退出！尽管这有可能伤害到她，我也恋恋不舍，但这些都是暂时的，我不是推开她，而是为了她的幸福和未来，从长远考虑才做出这样的决定，因此，请你接受她！"王宁真诚说道。

"不不不！你这么一说，反倒让我惭愧！"李元智勃然色变，脸一下红了。

"物归其主！"王宁递上李元智的手枪，"昨天多有得罪，还望海涵。"

"谢谢！"李元智接过手枪，插到自己的枪套里，说："秋露她深爱的是你！我和她的年龄相差大。"

"这正是她要的，她需要的不仅仅是夫爱，而且需要父爱！她父亲过世早，很小她就承担起家里的重担，因此，更渴望有一个年龄大一些的人照顾和关爱她。"

"是，这我有所体会，王老弟……"李元智对王宁的称呼第一次如此亲近，"将心比心，你比我更能让她快乐，我不否认我和你都爱她，可我们俩的爱有所不同，她对你和我的爱也有区别。你年轻、英俊、潇洒、有理想、有志气，是她同龄人中之英杰，是她理想的生活伴侣，不然她怎么会为你放弃那么多？譬如说安逸舒适的工作、稳定的生活环境，甚至置生命于不顾，天涯海角来找你，不计较时间，坚持等待！这些，她对我是绝对做不到的。再说，我需要的是一个家，一个完整的家，我和妻子已经离婚，我需要……"

"什么！你离婚了？"王宁心头一震，打断李元智的话问道。

"是的，刚离婚，这……请你不要告诉秋露，我不想让她为我难受。"李元智用恳求的眼光看着王宁，"我与前妻没有一点感情，是父母包办的婚姻，虽然她家有钱有势，她父亲又是立法委员，但她是个母老虎，因此……"

"明白了！"王宁同情道。

从窗口到大厅一角，一直在偷听王宁与李元智谈话的秋露，再也忍不住，上去拿起桌子上一杯茶，气愤地将茶水猛泼到王宁的脸上，说："我是什么？我是你们两个人想踢给谁就踢给谁的球？我是你们'高风亮节'的牺牲品？你们考虑过我的想法和我的情感吗？！"

尽管只有半杯温茶，王宁面对这突如其来的一击还是一惊，脸上、脖子上全是茶水和茶叶，他尴尬地望着秋露，一时语塞不知道说什么才好。

这杯茶也"浇"醒了旁边的李元智，为什么秋露不将茶水泼向自己，而是泼向王宁？李元智从这泼茶的举动，得知秋露是绝对不会和自己走到一起的。

"既然我在你眼中无足轻重，是一个可以随意送人的物品，那我从此不再出现！"秋露朝王宁发完火，转身就走。

"等一下！"王宁一把抓住秋露纤纤的手指，将她拉到左侧座位上。

秋露很委屈，她无奈地坐下用双手捂着脸哭了，可能是夜里受风嗓子发炎，她突然不停地咳嗽，咳得那样急，咳得那么强烈，脸红脖子粗。王宁连忙给她拍背，并给她倒了一杯热茶，安抚她。

"对不起小妹，我们不是有意让你难过，更不是把你当作一个球踢来踢去！我们都想让你幸福、快乐，刚才王老弟说他要退出，不！该退出的应该是我，这次谈话让我深深地感到你们俩在一起更合适。感谢你把我当成大哥哥，以后有事找我依然全力以赴！"李元智对秋露说完，又转向王宁，"从今往后，我们就做好朋友，希望你一定要照顾好她，好好珍惜！我先告辞了，你俩慢慢地聊，等正式结婚那天，可别忘了一定要请我这个'大舅子'坐上座哦！哈哈……"

看到李元智友好地离去，看到王宁和李元智放弃暴力，握手言和，化干戈为玉帛，化嫉恨为友爱，秋露略感欣慰，但她对王宁随意就把她让给别人的做法犹有恨意。在王宁的再三解释和道歉下，她才原谅了他。一场因她而引起的"争夺战"，终因两个男人的大度，而画上了一个圆满的句号。从他们身上秋露感到了包容的力量，他们抛弃敌视，用"海纳百川"的气度，去换取彼此的真诚与和睦，让自己快乐，也让别人开心。或许，生命的真谛就在于此，宽容是一种崇高的美德！

关于爱情

在情感问题上，男人和女人的处理方式和心理状况存在着明显的差别。男人是感性在先理性在后，女人则是理性在先感性在后；男人会把很复杂的事情想得很简单，女人会把很简单的事情想得很复杂；男人获悉自己不可能得到，会果断出局，女人明明知道开不了花，结不了果，就是下不了决心，仍在矛盾中徘徊；男人多见异思迁，女人多死心塌地……总之，男人和女人在情感上有许多不同和落差，也正是由于这些不同和落差，才有了不少美好的姻缘而失之交臂，留下一个个令人难以忘怀或有趣的故事。比如李元智，当他清醒过来，知道秋露不可能与他结合时，果断放弃了自己的追求。再比如余梅，她的爱情观有些激进，第一次与男朋友接触就发生了一件有趣的事。

一天，杨梦玥正在家里自裁自缝做衣服，秋露和余梅来看望她。原本冷冷清清的客厅一下热闹起来。三个女人在一起，话匣子一开就收不住，一个急性子，一个慢性子，还有一个不急不慢。她们从杨梦玥手上的漂亮衣服说起，到吃的、用的，天南地北地聊，聊着聊着就说到男女情。

"问世间情为何物？直教人生死相许。"恐怕这个世界上，最让人流连痴迷和难以割舍的，就是男女情了。男欢女笑，爱恨情仇，从古到今，无论哪一个朝代，哪一个社会，这都是生活的主题。然而，男女情却又是乐少苦多，还要一往无前地去追，去求，不是爱得要死，就是恨得要命。不然，怎会有那么多曲折离奇的传说和凄凉悲惨的后果？怎么会赢得那么多同情的眼泪？怎么会有那么多的男女不合、不幸、怨恨？原因就是故事里与现实里的他（她），有着相同或相似的经历，触动到他（她）心灵深处！

"人总是自私的，有付出，必须有回报，爱情也一样，也是自私的！"当聊到了爱情时，余梅激动起来，她毫不掩饰自己的观点。

"爱情也是自私的？"秋露微微一震，有些吃惊地望着余梅。

"怎么？你不同意我的观点？"余梅见秋露直摇头，说："你爱王宁，默默无闻为他付出，为什么？你喜欢他呀，因为爱他，你就会快乐，这是间接地为自己，是自私行为。"

"天哪，奉献得到快乐被说成自私？"秋露一点儿也不认同余梅的爱情观。

"呵呵……"冷面丽人杨梦玥也乐了。

"哎！秋露姐，你别不承认，什么是爱情？爱情是男女之间的强烈的依恋、亲近和向往的情感，是一种很明显的私心表现。"余梅仍然在说服她俩。

"关于爱情的定义，不同的人、不同的角度，有着不同的理解，我以为狭义地说爱情是指男女之间相爱的感情，它是神圣的，文明的，它包括关心、信任、付出、真诚、自由、相濡以沫、携手到老，因此，爱情是无私的。"秋露也坚持着自己的观点。

"爱情怎么是无私呢？爱情具有占有欲、排他性，爱情不是慈善事业，不可能慷慨施舍，秋露姐，你爱王宁的目的是什么？无非就是想和他永远在一起，这是一种合法的占有，合理的自私！杨大姐，你同意吗？"余梅说着又问杨梦玥。

"嗯……似乎有一些道理，我想秋露不一定认同。"杨梦玥想了一下答道。

"把爱情的专一，狭隘地界定为自私，我当然不能认同！人的天性自私不代表爱情必然自私，看来我们不光对于爱情的理解不同，对于'无私'的理解也不一样，什么是无私？余梅你说。"秋露让余梅回答。

"这还不简单，'自私'是只顾自己利益，不顾他人利益！反之就是'无私'。"余梅脱口而出。

"这不，差别就在这里：不能说你完全错，但我们彼此理解有差别！我以为'无私'不代表没有好处或者利益，无私的要义在于出发点是为对方，结果对己有没有利益不可作为'自私'或'无私'的评判标准。"秋露耐心地解释着。

看着她俩振振有词、有理有据，杨梦玥的内心很是吃惊，不得不由衷地敬佩眼前这两个小妹妹。

"无私的爱和情不叫爱情，那是博爱滥情，你说你的爱情是无私的，那么好，你敢把你的爱情分一半给我吗？"余梅继续争辩着。

"呵呵……"杨梦玥忍不住笑了起来，可她笑得是如此短促，很快收住笑容，问余梅："分一半给你，你敢要吗？"

"敢！只要她给。"余梅说着仰天大笑，"哈哈，哈哈……"

"越说越不像话，即便我愿意分享，王宁他肯接受你吗？"秋露不怒反笑道。

"嗯……难！他是个年轻的老夫子！"余梅想了一下，回答道。

"还是的！爱情要自己去争取。"秋露转问杨梦玥，"杨大姐，你的观点呢？"

"这……"杨梦玥犹豫了一下，慢慢地说："我觉得爱情有无私的一面，也有自私的成分，它既虚无又真实，争论爱情是'自私的'或是'无私的'没有意义，正像你们刚才所说'不同的人有着不同理解'，没有必要刻意地去统一。"

"事实上也统一不了，大姐，你结婚有两年，你的爱情感受是什么？"余梅问杨梦玥。

"你这个黄毛丫头……把我扯进来干什么，好吧，让你们知道过来人的感受也好。"杨梦玥见余梅苦苦哀求，露出一丝苦笑，放下手中的针线，道出压抑多年的体会："男女之间，引起感官上的骚动那是本能，引起心灵上的振荡方为爱情，爱情和婚姻是两码事，在这个乱世社会里，有婚姻不一定有爱情，譬如说我与老成；有爱情也不一定非要有婚姻，譬如秋露与王宁。不管有没有爱情，女人一旦结了婚，状况就会改变：女人结婚后，离开父母去照顾他人，男人不用；女人结婚后，挺个大肚子经历十月怀胎，男人不用；女人结婚后，上要照顾公公婆婆，下要哺育孩子，男人不用。婚姻让女人失去很多，男人得到很多，现实就是这样。我说这些感受，别吓坏你们。"

"是有点令人畏惧。"余梅有点震惊。

"说实话，老成人很不错，我们俩尽管没有轰轰烈烈的爱情，但还有友谊、感激、忠诚和义务，老成给我家还清了所有的债务，给我父亲看病买药，承担我小弟的读书费用，对我也非常好，我很感激他。"杨梦玥坦诚地说道。

"因此，你就牺牲自己，在没有爱情的婚姻下生活着？"秋露也没想到杨大姐是这样一种状况。

"咳，中国人的婚姻有多少像你这样自由恋爱、爱情至上的？不一代一代地过来了？生活总是那么不如意，但是总能渡过难关！"杨梦玥一语道出中国妇女千年的理念。

"生活总是那么不如意，但是总能渡过难关。"秋露重复着杨梦玥的话，说："大姐，你这句话太经典了，我要永远记住，余梅，你也应该……"

"我才不会像大姐那样呢，没有爱情我宁可当一辈子老姑娘！"余梅反对说道。

"那你双亲还不急疯啦？"杨梦玥问道。

"他们才不会呢，他们知道我不可能走独生道路。"余梅把握十足地说道。

"这么说，你有门了？"秋露试探道。

"给二位姐姐透露一点，本小姐看中了一个人！"余梅趾高气扬，歪着脑袋打了个响指，说着掏出一张海军军官的半身军照，"前几天，王宁给我介绍了一个朋友，我与他见了几次面，就喜欢上他了。"

"但愿这是你心中的白马王子。"秋露接过照片一怔，"啊！李元智？他可是比你大很多啊？"

"没关系，我不在乎年龄差别，只要有爱情就行。"余梅有点不好意思。

"哈哈……萝卜青菜，各有所爱！"杨梦玥也乐了。

"什么叫'萝卜青菜，各有所爱'啊？讨厌！"余梅用小拳头捶了一下杨梦玥。

"好好，不是'萝卜青菜'，后来呢？"杨梦玥问道。

余梅就把他们相识经过，一五一十告诉杨梦玥和秋露。原来，王宁那天与李元智在茶社深谈之后，忽然间想到余梅，想将余梅与李元智拉一根红线，就以学油画为名将余梅介绍给李元智，结果一个愿学一个愿教，你来我往，学着教着都有了好感。余梅还向她俩讲述了第一次去军港与李元智见面还发生了一件趣事。

"那是我第一次去军港，由于不知道他们运兵船在什么地方，我就向几个水兵打听，哪知道被水兵们戏弄。那天，水兵们抬着一块平板大'玻璃'，小心翼翼地迎面而来'挡住'我的去路。我只能从旁边绕开，引得当兵的一阵哄笑。看着一个军官从中间穿过去，我才知道上当，根本就没有玻璃，他们在戏弄我。我问一个军官'永辉号'停在哪一个泊位，就在那个军官向我指路的时候，另一个长相丑陋如瘦猴的水兵，将一只'死老鼠'放进我的挎包里，吓得我大声尖叫，而他们却弯腰捧腹，原来只是一只仿真度很高的玩具鼠。那个瘦猴水兵还嬉皮笑脸的要与我交朋友，我说：'大哥，猛一瞧你不咋的，但仔细一瞧，咳！还不如猛一瞧呢！不是你长得丑，只是你美得太不明显！'瘦猴说：'这么说是我癞蛤蟆想吃天鹅肉？'我说：'我可不是这个意思，如此长相并不是你的错，但你站在本姑娘面前吓唬人，这就不对了，我不想打击你，倘若你去种猪场找个事做，那真是太适合你不过。大哥，还想麻烦你一件事，请教你一个问题：有个傻子，别人问他什么，他都答不知道，比如你问他是先有鸡还是先有蛋？他说不知道，但是你知道！'结果瘦猴也答'不知道'，让旁边的阿兵哥们乐得哈哈大笑，等瘦猴明白过来，我已经走到了他们的营房门口。我见有一个'节约用水'的纸牌子，旁边还有一支毛笔，就把牌子翻过来，写上'晚饭后停电，请尽早就寝！'后来，听说那帮阿兵哥，吃过晚饭一个个老早就钻进了被窝里……哈哈……他们做恶作剧戏弄我，我也戏弄他们！"余梅绘声绘色说着。

"你这丫头像带刺的玫瑰，一碰就扎手。"杨梦玥笑道。

"谢谢！"余梅说道。

"谢谢？谢什么？"杨梦玥不明白反问道。

"谢你没说我是刺猬啊！玫瑰不比刺猬好吗？"余梅解释过后又咯咯笑了。

秋露、杨梦玥也跟着她大笑起来，她们笑成一团……

"说到玫瑰，我要说说李大哥，第一个印象很好。他彬彬有礼，还为我作了一首情歌《玫瑰》。"余梅说着唱起李元智写的《玫瑰》：

园中一花蕾，神秘又高贵。不怕风儿吹，不怕雨点坠。用心去栽培，它就放光辉。花开一方为了谁，无怨也无悔。

花红香扑鼻，令人心陶醉。不怕遭妒忌，不怕说艳丽。为爱在憔悴，为情在流泪。有刺也要摘一枚，爱情要传递。

啊，玫瑰！我为你痴迷。辗辗转转寻寻觅觅来找你，潇潇洒洒大大咧咧敞心扉，开开心心甜甜蜜蜜相依偎，日日夜夜年年岁岁梦相随，你我笑微微。

"我说'我是一朵有刺的玫瑰'，李大哥则说'要是没有刺就不叫玫瑰了'，他不怕刺，说着伸出胳膊捞起袖子，闭上眼睛让我刺，我是毫不客气拔出钢丝发卡就刺，我试探他有何种反应，他大叫一声说'出血了'我才感到冒失，立即扒开他的手掌看，他的胳膊并没有出血，他也逗我玩！"余梅高兴地说着："我们的第一印象是好的，不知道有没有缘分了。"

"缘分是上苍给的，就怕给了缘分不懂得珍惜，有的人到分手时还赖没有缘分，不赖自己清高、傲慢，如果有缘分，你一定要牢牢地抓住！"秋露对余梅说道。

"嗯，一定！"余梅答道。

余梅叙述着她与李元智的第一次相会，让秋露也感到欣慰。他俩撇开年龄的差异，其他都很般配，她衷心祝愿他们能成为伉俪。不过，秋露让初次踏入爱河的余梅注意：爱情可无价，但不可廉价；底线可放宽，但不能践踏；为了爱可以放弃一切，唯独不能放弃自尊。

紧急归队

狼要是争食，会不惜一切互相残杀，不需要任何理由。人类的战争则不同，战前通常需要有个堂而皇之的理由或者借口，所以发动战争的统治阶层总是不厌其烦地，向人民大众灌输所谓的正义性和必要性。朝鲜战争爆发仅仅两个月，即一九五〇年八月下旬，朝鲜人民军成功地将美韩军队驱赶至釜山港附近的一片很小的区域内，金日成统一祖国的进程眼看即将大功告成。就在这时，以美国为首的"联合国军"亮出了撒手锏——一支七万五千人的部队乘坐三百多艘舰船悄悄驶向朝鲜半岛。与此同时，台湾的蒋介石集团也蠢蠢欲动，台、澎、金、马各岛全面进入紧急备战状态，并实行全面宵禁，停止陆、海、空三军官兵的休假，加强台湾海峡巡逻，加强各岛防空，加强台湾的宣传、交通、经济等各个领域管制。一时间，台湾所有的报纸、广播电台等宣传媒体，日夜不停地大肆叫嚣"打回老家去""戡平共匪""光复大陆的时机到了"。

"病"假还未结束的王宁，立即被召回部队，代理团长孙剑长给他的任务是在为期半个月的登陆偷袭演训中，从他们全营筛选出两个突击队，作为未来海滩登陆的急先锋。训练由美军教官的监督、指导，依照美军海军陆战队的训练大纲进行高强度的美式训练。美国人身高马大，体力通常高于亚洲人，按照美军的标准完成训练项目其难度可想而知，尤其是一些素质差和受过伤的老兵以及一些刚参军不久的新兵蛋子。

海滩登陆作战，会游泳会憋气是最最基本的技能。还好，王宁的部下多数是南方人，会游泳的人很多，不会游泳的鲁志清、李铁锁等一批北方旱鸭子们在海南岛也学会了游泳，但他们当中会潜水、能长时间憋气的人却不多。因此，延长水下耐力的憋气训练，成了人人必须过关的训练项目。梁晓亮会游泳会憋气，伙夫邢义雄也会游泳，但他不会憋气，梁晓亮就负责教他憋气。方法很简单，就是将邢义雄摁到水里，过一会儿让他上来吸一口气，接着再摁到水里，一次比一次时间长而已。半天的练习效果不错，邢义雄从不会憋气，到捏住鼻子潜到水能憋气一分多钟。美军教官的要求是两分三十秒以上，第二天当邢义雄憋气到两分钟时，已经有些恍惚，梁晓亮还让他坚持，等邢义雄不动弹才将他拉出水面。邢义雄由于缺氧，嘴唇和脸都憋得发紫，他口里不停地吐着海水，眼睛闭着，嘴里却叽里咕噜，谁也听不懂他究竟说了些什么。

坐在小船上指挥的王宁轻轻地拍拍邢义雄的嘴巴，问他"嗨！嗨！一加二等于几？"邢义雄大口大口喘着气，结结巴巴地回答"等于二"，王宁说"不对！"邢义雄又重算"一加二等于……等于三"。王宁又问他"四乘以五呢？"邢义雄不假思索回答"四五得二十"。王宁见邢义雄两个算题都答对了，认为他头脑清醒于是手一挥，梁晓亮又将邢义雄摁到水里，直到两分三十秒过关为止，才将半死不活的邢义雄拉出水面。

就这样，大家在非常粗野的方式下，完成了潜水的憋气关。接下来就是沙滩集体抱圆木仰卧、障碍跨越、岩壁攀登、武装泅渡、海上射击、障碍清除物等训练，有人风趣地总结为："训练一边倒，海边到处跑，咸水呛不少，天黑才算了。"

训练到第七天，有些士兵出现体力透支，而这天的项目又是负重长跑，除美军教官监督，还有一个大鼻子蓝眼睛摄影师拍摄他们训练，王宁见部下从野外奔跑到训练场，松松垮垮，发起火来。

"全体立正！"王宁发出口令："向右看……齐！向前……看！稍息，立正！"

大家见营长脸色难看，赶紧站好等待训话。

"会不会立正？"王宁走到一个士兵面前问道。

"会！长官！"士兵双腿一并，双手中指放到裤子中缝线上，但他仍然撅着屁股弯着腰。

"收臀、挺胸、抬头，不懂啊！"王宁仍然不满意。

"懂！"士兵马上将撅着屁股收起，抬头挺胸看着远方。

"懂？还萎靡不振？俯卧撑二十个！"王宁气愤地罚他。

士兵无奈，趴到地上做起俯卧撑来。

"邋邋遢遢，帽子呢？"王宁又走到一个老兵面前问道。

"报告长官，钢盔太大，跑步戴不住。"老兵回答完从背后拿出钢盔戴到头上。

王宁不走，仍然看着这个老兵。老兵偷看王宁一眼知道逃脱不掉，自觉趴到地上也做起俯卧撑来。

"把扣子都给我系好！"王宁又走到一个小兵面前说道。

小兵立将解开的上衣扣子统统都扣好，乖乖地趴到地上做起俯卧撑来。

王宁一排队伍走下来，居然有六个人都趴到地上做俯卧撑。其他人则毕恭毕敬直挺挺地站着不敢动弹听训话。

"看看你们现在的体能有多差，养肥了，养懒了，路都跑不动了是不是？负重五千米长跑规定三十分钟内完成，你们跑了三十七分钟，最慢的人是四十三分钟，连女兵都不如；单、双杠每人必须连续一百个，你们一半人不达标；俯卧撑一次八十个，你们三分之一的人做不到；手推三十千克杠铃一分钟五十下，仍然有很多人不及格；尤其是四百米障碍，不准超过两分钟，你们呢？"王宁说着走到鲁志清面前，"他！年龄比你们大，但他各项训练在先！他能做到，你们为什么就做不到？我很少骂人，可这一次我要毫不客气地说，我们营有一些饭桶！狗熊！有人说'好话说尽不如三拳两腿！'我不主张打人，但把我弄急了，我会给你几道'黄埔菜'，给你一杯泡烟茶！"

"黄埔菜"是黄埔军校早期训练学生时，处罚调皮捣蛋或达不到训练指标学生的俏皮话，后延伸至国民党军的大部分部队里，有名的"黄埔十道菜"又称"黄埔十酷刑"，有"水泡黄瓜"即练习到汗水把全身浇湿为止、"闻香尝新"即光着身子在公厕里喂蚊子、灌唱片、巴西咖啡、大风吹，等等。"泡烟茶"是蒋军中有名的惩罚项目，就是将香烟或香烟头泡到热水里，让被惩罚者喝下去，那味道又苦又辣，还有一股烟味，喝下去胃里是翻江倒海地难受，恶心，想吐，一个月闻到烟味都害怕。

国民党正规部队的训练通常比较严格，体罚也很普遍，士兵打靶不及格要罚，投弹不及格要罚，集体训练达不到要求要罚，内务不整齐要罚，吃饭讲话要罚。罚的方式有立正，单脚跪，不准休息，不准吃饭，关禁闭，做苦工，烈日下光着身子曝晒，在刺刀上挂个重物强令端平两小时，穿着短裤头在碎石地上爬，在滚烫的水泥地上俯卧撑，等等，残忍的体罚制度骇人听闻，绝大多数士兵都程度不同地受到过这类刑罚。

王宁一口气的"褒奖""刺激""引领""恐吓"全用上了，结果还真起了作用，大家立即打起精神投入紧张的训练之中。直到演练的最后一天，代理团长孙剑长才宣布演练的真正目的——进攻大陆的菱形岛。

菱形岛是位于闽东南沿海的一个小岛，该岛与大陆有一条仅隔五百米宽的海峡，是闽、粤海上交通要道的咽喉，战略地位非常重要。岛上驻防的解放军人数不足两个步兵营，加上一个迫击炮连，只有一千余人。

为了配合美国领导的所谓"联合国军"在朝鲜仁川登陆，为了建立"反攻大陆"的桥头阵地，台湾当局决定立即夺取菱形岛，以此拉开反攻大陆的序幕。在这之前，台湾曾多次派飞机和舰船到该岛附近海空域进行侦察，并抓捕附近的渔民盘问，基本掌握了岛上守备兵力部署、工事构筑、炮位、仓库、交通及滩岸状况等情报。

登陆作战由台军第十九军军长陆静澄率领第四十五师，另加五十三团、两个海上突击大队（游击第四十二支队、闽南地区直属第一队及第二大队）、一个海军陆战大队、一个数百人的伞兵支队，共计一万余人、十三艘战船（军舰两艘、登陆艇六艘、炮艇五艘）、数十架飞机，采用"以大吃小，速战速决"的办法，企图一举"全歼"菱形岛的守岛解放军部队，占据该岛建立"反攻大陆"的第一个据点。登岛前，台湾当局为转移解放军的视线，让大部分军舰、飞机活动方向均转向浙江沿海，造成向北"运动"的假象，以掩盖南袭的阴谋。登岛于黎明前开始，陆军由岛东岸换乘小艇分三路抢滩登岛。伞兵则在岛的西北角分两波次降落。信心十足的伞兵身穿夏季斜纹卡其布军服，头戴绿色防震头盔，脚穿短腰皮鞋，手上戴着航空表，身上的背包里有军毯、薄尼龙雨衣、伞兵刀、小手电、指北针、折叠小铁锹、水壶、救急包、食品等，武器有手枪、美式步枪、四五汤姆森冲锋枪、美式手提轻机枪、手雷、40火箭筒、60迫击炮，以及步话机、扫雷器、炸药包，等等，肩章是陆军特种兵，领章是小飞机标志，臂章是降落伞标志，胸章是跳伞证章。伞兵们在夜里三时由台湾新竹机场登机，乘坐C-46型运输机，飞行四百五十公里，于四时四十七分抵达菱形岛上空，在二三百米的空中跳下，散布在三千公里的范围内。他们刚落到地面，便受到守岛解放军守卫部队猛烈射击，伞兵队伍混乱不堪。因抵抗无力，到中午时分只有八十余人逃到舰船上，其余伞兵全都被解放军歼灭，这是国共内战以来，蒋军损失伞兵最多的一次军事行动。

上了菱形岛的陆军和海军陆战队与守岛部队的战斗更加激烈，蒋军在坦克和飞机掩护下，向西北方向谨慎搜索向前，当前进到解放军控制的制高点附近时，受到早有准备的解放军官兵猛力阻击，机枪、步枪、冲锋枪等打得偷袭的蒋军官兵抬不起头。霎时间，岛上狼烟四起，枪声大作，喊声震天，一场夺岛与反夺岛的攻防战迅速展开，激烈的战斗一开始就非常残酷，千军万马，短兵相接，殊死搏斗，不一会儿就横尸遍野，血流成河。

孙剑长的五十三团原为攻岛预备部队，因登陆先头部队船只机械故障进展不利，陆军长命令五十三团派一个营顶上，于是王宁的一营被临时拉上前去掩护和引导后续部队登陆。他们营于五时整在岛的东侧抢滩登陆成功，等主力部队登陆后，又试探性向纵深拓展，直至上午十时许一直没有遇到强有力的抵抗，但一个小时后，激烈的战斗打响了。中午十二时，王宁发现解放军的增援部队上岛对他们发起猛攻，因受左右两翼火力压制，一营再也无法前进，且伤亡人数迅速上升，王宁只好命令部队向海边回撤。

鲁志清由于掩护部下撤退不幸被炮弹炸伤，一股钻心的痛从他腹部和臂膀传来，只觉得眼前一黑他就什么也不知道了。这是他第三次负伤，第一次是淮海战役的徐东战场上，第二次是湖南撤退的路上，前两次都不重，可这一次弹片钻入了腹腔，流血不止，臂膀伤得也很重。

附近的赵二宝发现鲁志清受伤后，不顾一切跑过去，用两手抱起他的一条大腿，用右肩扛起他的腹部跑向海滩。鲁志清趴在赵二宝的右肩上，一个炸断骨头的胳膊滴着血，另一个胳膊下垂着摆来摆去，他已经昏死过去。不久他又醒过来，由于颠簸和剧痛，他痛苦地呻吟着让他躺一躺。赵二宝不得不把他平放下，砍来两棵茶缸粗的长杆子。他和另一个士兵脱下上衣，将两件上衣的扣子都系好，平展朝下用，让衣袖缩回到衣服内，用两根杆子从上衣内和衣袖口穿过，这样一副简易担架便做好了，然后将鲁志清抬上简易担架。

回到海边，王宁马上清点全营即人数，正在这时孙剑长来到王宁的面前。

"谁让你撤兵的？"想夺战功的孙剑长不分青红皂白问道，对于回撤他很不满意。

"避其锋芒，减少伤亡，古今惯例！"王宁答道。

"战场上擅自撤兵，你知道什么后果？"孙剑长火了。

"杀无赦！不过，我并没有越权，你命令我们营的任务是抢滩登陆掩护主力上岸，并没有让我们去攻占据点！"王宁没有畏惧。

"可我没有让你们回来，更没有让你撤兵！"孙剑长大声地嚷道。

"我们完成了任务，为什么不能撤？"王宁问道。

"你还强词夺理，还跟我炝蹶子是吧？"孙剑长气急败坏地说道。

"团长，我不想冒犯你，但我也不想让弟兄们在那里作无谓的牺牲，五死十二伤，我们还要挨更多的炮弹吗？倘若减少不必要的伤亡也是错，那么，让我们待在那里遭受更多的损失，就是更大的错！"王宁也火了，他因鲁志清受伤情绪一时失控。

"你你你……你嘴挺硬是吧，好！你这个六亲不认的刺儿头，你等着瞧吧，我会把你的刺儿全拔光。"孙剑长气得脸红脖子粗，大白眼球就像剥去壳的熟鸡蛋上多了一个小窟窿，说完拂袖而去。

"有什么了不得的，无非就这个中校营长的官衔，我早就不想当了，还说我是刺儿头，纵然是，刺儿头也比你癞痢头要好。"王宁见孙剑长走开了气愤地说着。完全出乎他的意料，这次顶嘴惹怒了孙剑长，让心胸狭隘、本性凶残的孙剑长颜面扫地，王宁一场杀身之祸也由此渐近。

入夜，进攻的蒋军重新调整了部署，让所有部队都投入战斗，企图在拂晓前夺得控制权。然而经过大半夜的拉锯争夺，三个制高点仍旧在守岛解放军的手中。此时，台北的广播电台还在吹嘘："我军官兵，在舰炮、坦克、和飞机的配合下，以压倒性的兵力，进攻大陆菱形岛获得成功，现国军正在清扫岛上残敌，预计很快就能结束战斗。"美国之音也广播说："这是国民党退出大陆以来的最大一次进攻，台湾军方称这是反攻大陆的前奏，是建立反共的桥头阵地。"

第二天天亮之后，随着人民解放军增援部队源源不断地进岛，将原先的两军兵力比：一比十，迅速扭转为：十一比十。一看解放军人数反超蒋军，知道大势已去的蒋军总指挥不得不下令撤退。"反攻大陆，光复神州，解救大陆同胞"的登陆行动，以偷袭彻底失败而收场。蒋军不仅没能建立所谓的桥头阵地，反而损失了数千名官兵，有两辆坦克被击毁，三艘登陆艇被击沉，两架飞机被击落，大批武器弹药及军用物资丢失。

菱形岛的争夺战，是台湾当局在美军高参的帮助和援助下精心策划的一次陆海空三军联合作战。一万多蒋军在飞机、坦克、舰炮的配合之下，突袭一个起初只有一千名守军的巴掌大的小岛，竟然久攻不下，最后反被击溃。更令人费解的是，数百名"强大"的蒋军伞兵突袭一个地方预备连，三个小时而不取，自身伤亡率创纪录地达到了百分之九十，让台湾当局大失所望。这次战斗，是一九四九年秋到一九五三年七月，七十一次中小规模的袭击大陆沿海岛屿中，出动兵力最大的一次。这次战役之后，蒋军成建制"反攻大陆"的军事行动至此终告结束，以后只是一些小规模的登陆骚扰而已。

杀心顿起

返回到浯祖岛已经是晚上九点多，王宁与赵二宝等人立刻将鲁志清和一批重伤员，送至团部医疗所抢救。鲁志清因腹部、右臂炸伤流血过多已奄奄一息，需要紧急输血挽救，而医疗所又没有血库，只能要求士兵们临时献血。一听说要抽血，不少士兵吓坏了，即使是一些年轻力壮的人也不愿意献血，况且有的人本身就晕血。经护士长反复解释，在场的人还是不肯伸出胳膊。王宁也缺乏这方面的知识，但为了生死弟兄，为了曾经救过自己性命的鲁志清，献点血算什么。恰巧鲁志清的血型也是 AB 型，王宁毫不犹豫撸起袖子献血。护士长郑小雨娴熟地找到王宁胳膊上的大血管一针扎下去，鲜红的血液通过透明软管迅速进入血袋，见营长献了三百多毫升血并无大碍，有些同血型的人也壮着胆子褪去袖子为受伤的弟兄们献血，但看着那么粗的针头扎向手臂还是害怕。那个时候还没有献血是"爱的奉献"这个词，朴素的官兵们只知道血能够救人性命！

鲁志清得到宝贵的血液后立即被推进手术室做了截肢，而腹部的弹片可能落在肝脏区，只能送台北的陆军医院进一步处理。此时，韩念珍还不知道鲁志清受了重伤，右臂已经被截去，等她听说后还是似信非信。她认为像鲁志清那样的好人是不会受伤的，为了证实自己的判断是"对的"，她来到团部。团部就孙剑长一个人，已经晚上十点多钟，他却没一点睡意。这时，韩念珍敲门来到他的办公室。

"孙团长，请问是不是鲁志清连长受了伤？"韩念珍战战兢兢地问道。

"哦，是韩护士。"孙剑长笑嘻嘻迎上前去，一双滴溜溜的色眼，在韩念珍身上直转，"坐，请坐，韩护士是稀客，难得来我这里，来一杯红茶？"

"不用，谢谢，现在再喝茶我就甭睡觉了。"韩念珍仍然站着。

"睡不了觉，那就和我……"孙剑长话没说完被打断。

"请别开玩笑，我想知道一营的鲁连长有没有受伤？"韩念珍不想和他胡扯。

"别着急，有事慢慢说。"孙剑长说着，一只手搂住她的腰。

"请你放庄重点！"韩念珍想躲开他的手，却被他一下拥到怀里，慌张地说："放开我，放开我。"

"放开？恐怕不能。"孙剑长像一只饥饿的老狼逮到了猎物，说着就将他的臭嘴伸过来，在韩念珍的脸上舔了一口，随手就向她高耸的胸脯摸去。

"你无耻！"韩念珍使劲去推孙剑长，可那小手就像推一堵墙，越推"墙"就离她越近，她使出全身的力气，甚至连每一个细胞都调动起来，那堵"墙"就是推不开。

"我不是无耻，是无奈，很久没有碰女人了，让我享受一下。"孙剑长耸了耸肩，看着她是垂涎欲滴，哈喇子都流出来了："好不容易有这样的机会，怎么能放开呢，倘若你依了我，完事我就放你走，怎么样？"

"衣冠禽兽！"韩念珍咬牙切齿地骂道。

"我这个人脸皮厚，不怕骂，你越骂我越高兴。"孙剑长开始解韩念珍的上衣扣子，韩念珍越是挣扎他越兴奋，"这是你自找的，送上门来我岂能不要？"

"孙团长，请你不要这样。"韩念珍沙哑地说着，话显得有气无力，不知道什么时候她的眼泪已经掉落了下来，她非常害怕，"你不能这么做，孙团长。"

"没有用！鄙人是软硬不吃，再说一遍，完事就会让你走。"孙剑长露出可恶的淫笑，继续乱摸。

"孙剑长，我恨你！"韩念珍的手被他蛮横地固定住不能动弹，除了气愤瞪着这个男人，别无办法。

"恨吧，恨我的人多呢，前团长吴哲仁、一营长王宁，还有你的心上人鲁志清等一群学生兵！"孙剑长冷冷地说完，将韩念珍推到一张桌前，狠狠地摁住她的头，让她趴在桌上。

"啊！痛……好痛……"韩念珍的头被磕得眼冒金星尖叫起来。

"痛？这就痛啦？痛的还在后头呢！"孙剑长语毕，粗鲁地将她两腿分开，就要施暴。

"你这个色魔！"韩念珍哭骂道："你这与奸尸有何区别？"

"只要是你，奸尸也无妨，在海南榆林你已经被我奸过一回了，再奸一回又何方！"孙剑长奸笑说道。

"变态！原来你让我吃槟榔，就是为了让我醉，以便达到你奸'尸'的目的？你这个畜生！你不是人！你不得好死！"韩念珍猛然想起半年前的事。那是她随部队退到海南三亚的第一天晚上，孙剑长吃坏了肚子来找她要药，并给她带来两个槟榔果，趁她醉槟榔之际将其奸污，等她醒过来他已扬长而去。韩念珍发现自己的裤带是松的，且下身火辣辣地痛，但鉴于孙剑长的威势，羞于脸面和未亲眼所见，一直不敢声张。现在果真确认那一次的强暴就是孙剑长所为。

"不得好死？"孙剑长像触电似的心头一震。他并不怕死，但"不得好死"是他生平最忌讳的一句话。因为他作恶多端，害怕像汪精卫那样死后被人鞭尸，最后被火烧掉。他还迷信，希望来世投胎到一个好人家，做一回上等人，很怕死后打入十八层地狱不得翻身，下油锅炸。韩念珍这句话把他彻底给激怒了。他一把揪住韩念珍的头发，像个疯子高叫着："我不得好死，好，我让你先不得好死！求我，向我求饶，说！"

韩念珍的头发被他揪下一撮，下巴也被他来回不停磕出血来。不过，她任由他怎么打，任他怎么磕，咬着牙坚持着就不求饶，即使是死，也不求饶！趁孙剑长解裤带的机会，韩念珍转过身，挥起怒火的拳头，对着孙剑长的脑门打去。"砰"的一声，打中了！但那脑壳太硬，像是石头做的，打上去只有拳头疼痛，而脑袋却安然无恙，再举起拳头，孙剑长已经扑上来了……

在医疗所安排好鲁志清等重伤员后，王宁与部下回到营区已经很晚了，路过团部孙剑长的办公室时，看见他的房间灯还亮着，孙剑长的咆哮声透过窗户一阵阵传到他们的耳朵里。王宁不知道里面的情况，也不想去管那些闲事，可好奇的梁晓亮偷看后，来报告说孙团长要强暴韩念珍。大家都知道韩念珍是鲁志清的同乡女友，顿时义愤填膺，王宁随即带着赵二宝、梁晓亮等人，闯入孙剑长的办公室里。

"滚出去！"孙剑长提起裤子对进来的王宁等人怒气冲冲吼叫道，他的一场美事由于王宁等人的涌入没有得逞。

韩念珍趁机挣脱魔掌，从王宁身边擦过，哭着跑出了房间。

"又是你，好啊，你坏了老子的好事，老子绝不会放过你，等着瞧吧！"孙剑长血脉偾张，恨之入骨，愤怒到至极。

从头至尾没说一句话的王宁，见韩念珍已经逃出魔窟，向孙剑长投出讥讽鄙视一笑，手一挥，大步流星带领大伙儿离开这里。

房间里又剩下孙剑长孤零零一个人。他老羞成怒，越想越生气。在韩念珍到来之前，就在想王宁在菱形岛与他顶嘴的事，现在又是王宁坏了自己的美事，让他的威信扫地，声名狼藉，不扫除这个麻烦制造者，以后还不知道会带来什么灾祸。于是，一个歹毒谋害计划，由此在孙剑长头脑里酝酿。他的人生哲学是：你让我在众人面前丢人，我就让你在历史里面丢人！如果不能流芳百世，宁可遗臭万年！

预谋杀害一个人，最好的方法是找到他的破绽，趁其不备出其不意。然而，孙剑长怎么也找不出王宁的破绽。他知道王宁有一个女友在台北，想干掉她让王宁痛苦终生，一打听得知张秋露在《中报》当记者，他又不敢，因为《中报》是国民党的喉舌单位之一，弄不好自己会吃不了兜着走。暗杀王宁可行吗？刚才说过"老子绝不会放过你"，且王宁的部下都知道自己的逆行逆迹，若王宁一死必定会怀疑到我孙剑长，将我送上军事法庭。一想到"军事法庭"，孙剑长眼睛一亮，有了！对，就以上级命令他不服从，在菱形岛抗命为借口，将他送上军事法庭。孙剑长狡诈地盘算着，酝酿着他的歹毒计划，他能成功吗？

第十六章　风尺浪丈

法庭交锋

一九五〇年十月，"联合国军"二十多万大军在麦克阿瑟的率领下，一路凯歌。他们越过三八线，占领咸兴、平壤，继续向中朝边境的鸭绿江进发。麦克阿瑟声称要在感恩节前占领全朝鲜，他命令地面部队以最快速度向北推进，堵住朝鲜人民军退路。然而，狂妄自大的麦克阿瑟没有料到，中国人民志愿军跨过鸭绿江正式参战，第一个回合便打得"联合国军"措手不及，节节后退。在台湾，因大陆的武力重心转移，威胁压力减缓，蒋介石随即让"驻美大使"顾维钧和"驻联合国大使"蒋廷共向美国提出参加朝鲜战争。要求遭拒绝后，又乘着美国驻台湾"代办"兰金通报一批五千吨、价值一千万美元的援台军需品即将到台湾的机会，再一次提出可以派一万五千名志愿人员赴韩国作战。虽然直接参战仍未得到美国批准，但台湾还是向联军提供了迫切需要的数百名中文翻译、记者、汉语辅导老师等文职人员。这些名为文职人员，实为国民党的特工，在为"联合国军"服务的同时，也向台湾提供了大量战场情报。

这个时候的台湾，政治上高度专制，军事上高度专横，在戒严体制下的军队"情治"人员，更是横行霸道，陷害报复肆意妄为，草菅人命现象屡见不鲜，相当多不满台当局的军人遭受陷害查办，这让翘首以待的孙剑长也等到了机会，他要乘军队内部"整肃"之机，将王宁送上军事法庭。

台湾的军事法院隶属于防务主管机构，上下三级："最高军事法院"、高等军事法院、地方军事法院。在军队内：中下级军官和士兵犯法，由地方军事法院初审，高等军事法院终审（判决无期徒刑、死刑）；校官、将官犯法，则由高等军事法院初审，"最高军事法院"终审（判决无期徒刑、死刑）。

　　孙剑长通过关系买通地方军事法庭的庭长，立上了案。为防止王宁的部下阻挠和反抗，逮捕王宁是秘密进行的，以来团部开会为由将王宁骗到一个房间悄无声息地抓走。王宁身为校级军官，按规定他的案子应由高等军事法院初审，"最高军事法院"终审，但在地方军事法院的要求下，王宁的初审就设在浯祖岛。很快，王宁被军事法庭拘捕的消息在浯祖岛传开，军队内部顿时炸开了锅，一营全体官兵除三连连长周有贵外，无不义愤填膺，有人越级向师部反映情况，有人去军部要求调查，还有人直接向"国防部最高军事法院"写信揭发陷害事实。

　　逮捕王宁是秘密的，审判却是公开的。十一月八日，是审判王宁的日子，这天亦是中国二十四节气的立冬。立冬表示冬季伊始，北方地区进入封冻期，江南温度也下降，人人穿上了厚绒衣或棉衣。比较温暖的浯祖岛地处中国的东南沿海，这天，下着毛毛细雨，有些凉。在军事审判庭门口聚集的官兵们心更凉，他们大多数是王宁的部下。人群中不时有人喊着："我们要进去！我们要看到一个公正的判决！"门卫见人群骚动，立刻吹起哨子，随即一队警卫跑步来到现场，用枪挡住这些要求旁听的官兵。而在审判庭内，法庭墙壁上"公平公正、仁爱信义"八个大字颇为醒目，旁听位子上有一些军人和少数民众。按规定军事审判不允许民众参加和旁听，不过，这几个民众不是来旁听的，而是作为证人参加审判会的。孙剑长团长坐在前排中央，他的右侧一头坐着杨梦玥、韩念珍，后排还有王宁的部下赵二宝、李铁锁、梁晓亮等人。

　　当王宁作为被告被带到被告位子上，旁听席上一下躁动起来。大家看着憔悴不堪、似乎老了许多的王宁，很是难过。而王宁的目光依旧炯炯，他向认识的人微微点头致意。军法警随即打开他的手铐。接着，军方公诉人、辩护人分别走到自己的座位。他们刚坐下，年近六旬的审判庭审判长和两名审判官也来到主审席。

　　一个法官高叫道："全体起立！"

　　法庭所有的人都站立起来，等审判长坐下，其他人才跟着坐下。台下的书记官、记录员立即打开记录簿开始记录。审判长看了一下左右和台下，用法槌在桌子上的方木底座上敲了一下，说："军事审判庭现在开庭，首先由军法检察署公诉人就五十三团一营营长王宁中校，在菱形岛作战中指挥部队集体逃跑一案，提起公诉！"

公诉人首先宣读公诉书:"被告王宁,男,现年二十一岁,民族汉,被捕前系陆军第十九军第十八师第五十三团一营中校营长。本人受军法检察署所指派,以公诉人的身份出庭,并依据'国民革命军刑事条例''国民革命军连坐法''中华民国宪法',就被告在菱形岛指挥一营登陆作战,不经上司允许就撤兵一案提起公诉。审判长、审判官,两个月前,即一九五〇年九月上旬,我陆军将士在海空军的配合下,进攻福建沿海菱形岛,此岛是我军大反攻的第一个目标,拿下该岛对于我们反攻大陆的意义重大。由于被告王宁在作战中贪生怕死,擅自逃跑,造成我陆军攻打'四一零'高地受挫,损失惨重,被告负有不可推卸的责任,犯了'战场逃跑罪'。这是有关揭发材料和证据、证言以及攻打'四一零'高地陆军、伞兵们的伤亡统计情况。"公诉人走到主审台前,向审判长递上厚厚的材料。

审判长接过材料,草草翻看几页递给左右。

公诉人继续说:"此外,被告还犯有'攻击政府罪',譬如说'政府无能,丢了大陆败退到台湾';犯有'藐视上司罪',譬如,在公众场合讽刺、讥笑孙剑长团长是个草包,等等,数罪并罚,理应重判!"

审判长说:"公诉人的公诉,有没有证人?"

公诉人说:"有!请证人到庭。"

三连连长周有贵立即被军法警带到庭上。

公诉人走到周有贵面前,说:"你向审判庭宣誓,你的证言全是真话。"

周有贵战战兢兢转向军事审判官,举起右手说:"我宣誓,我所说的全是真话。"

公诉人问周有贵:"菱形岛战斗你在不在场?"

周有贵贼眉鼠眼,立刻答道:"在。"

公诉人又问:"你们营登陆以后,向纵深进展有没有遇到抵抗?你们营因何原因逃跑?是谁的命令?"

周有贵小心谨慎地说:"黎明前,我们在营长指挥下,抢滩菱形岛获得成功,随即抢占有利地形,掩护陆军先头部队登陆。上午八时许,陆军登陆后,营长又命令我们全体向纵深推进,当我们接近'四一零'高地时,遇到守岛共军顽强抵抗,我们有一些伤亡,但伤亡不大,一死两轻伤。坚持到中午,我们却遭受共军增援部队袭击和从大陆沿海阵地上发射来的上百枚炮弹,炮弹密集程度犹如下冰雹，这时我们伤亡人数一下上去了，营长随即命令我们向海滩转移。"

公诉人手一伸，打断周有贵："你所说的营长是谁？"

周有贵有些慌张："营长……他，他……"欲吐又吞，看着前排的孙剑长团长。

孙剑长在台下微微点头。

周有贵立即鼓起勇气对公诉人说："他在被告席上，就是王宁！"

而王宁从容不迫，临危不乱。

公诉人对周有贵说："好，证人可以下去了。"

周有贵临走看了一眼前排的孙剑长，见孙团长露出微笑才放心地离开。

公诉人继续说："被告犯罪事实清楚，证据确实充分，证人证言可靠。审判长、审判官，根据'国民革命军连坐法''退后偷生者……一营同退，只杀营长……'之规定，根据'国民革命军刑事条例''擅权罪第十一条：擅自进退，执行枪毙'和'逃亡罪第三十三条：临阵逃脱，执行枪毙'之条款，公诉人认为应该判处被告……死刑！立即执行！"

庭下一片哗然，杨梦玥、韩念珍、赵二宝、李铁锁等都吓了一跳。军事记者的镁光灯不停地闪烁，相机咔嚓咔嚓响个不停，生怕错过这个关键的镜头。

辩护人再也听不下去："抗议！公诉人已经越权！"

大家的目光立刻转移到年轻的辩护人身上，王宁也看了一下辩护人。啊，樊昭阳！他原来的部下——端木昭阳，赵二宝、李铁锁也认出了老战友。王宁没有想到樊昭阳是自己的辩护人，没有想到樊昭阳在辩护前已经做了大量工作，将杨梦玥、韩念珍等证人邀请到这里，更没有料到樊昭阳在接下来的辩护中，口齿之伶俐，口才之优秀，很快打动了在场的人。

审判长敲打一下法槌，说："肃静！肃静！抗议无效，公诉人有建议权。辩护人，现在你可以辩护。"

樊昭阳站起来，拿起辩护书就滔滔不绝："尊敬的审判庭审判长：我受监察处之特邀，担任这场涉嫌'战场逃跑罪'被告的辩护人。我在依法享有豁免权的同时，将忠实履行'军法'规定的辩护人之职责，在维护正义和尊重事实的基础上，提出如下辩护意见：刚才，公诉人指控被告人有罪，辩护人认为，所有指控完全不能成立！理由有如下几点：第一，公诉人的指控缺乏犯罪构成要件，因为犯罪构成是一系列主客观要素组合体，公诉人所说的只言片语，不能构成有机统一，更达不到互相联系、互相协调，而形成一个整体，因此，公诉人的指控在法理上行不通。第二，公诉人所说的'被告攻击政府'也不能作为定罪的依据。'立法院立法委员'章士钊早就说过'以言论反对，或攻击政府，无论何国，均不为罪！'。第三，公诉人所说的'被告藐视上司'也是一派胡言！倘若由于一两次对上司或对政府的牢骚话，就将其定为有罪，那么，全台一半以上的人都要有罪，这显然十分荒唐可笑。况且，无论是民法、军法都没有'攻击政府罪'和'藐视上司罪'，法无明文不为罪！公诉人肆意扩大解释和歪曲事实，显然是别有用心。第四，'连坐连保'是中国封建专制统治'一人犯法多人受害'的产物，有诸多弊端，'国民革命军连坐法'和'国民革命军刑事条例'都是二十多年前的军中法规，有一些条款已经不适应当今的军队，公诉人不遗余力地挖出一些对己有利的老旧条款说服不了人。如果本辩护人也搬出同时期颁布的'国民革命军审判条例'，那么，条例中第二条中明确有'军事法庭不准旁听'的条文，那么请问神圣的法庭，今天在座的这么多人旁听做何解释？难道这庄严的军事法庭有意违背'国民革命军审判条例'吗？"

审判长、审判官们听了辩护人连珠炮似的辩词都心里一震。

樊昭阳巧舌如簧，继续说："显然不是！第五，公诉人所说的'擅自逃跑'也令人质疑，何为'擅自'？'擅'专也，'自'已也，'擅自'在汉字里是超越职权范围的自作主张。请问公诉人，王营长越职越权了吗？如果你拿不出王宁越职越权的证据，对他使用'擅自'这个词就错了！"

场下有一些议论，赵二宝、李铁锁为昭阳的有力辩护暗暗叫好。

樊昭阳看到旁听席上的赵二宝、李铁锁为自己举起拳头表示支持而欣慰，依然是严词频出："何为'逃跑'？在战场上，逃跑和撤退有着本质的区别。'逃跑'是被动的、慌乱的、无组织无纪律的，还没有完成任务就惊慌失措地逃命。'撤退'是主动的、有计划的、有组织的，在完成任务后的撤离，是合法、无可非议的。在菱形岛作战中，王宁他们一营任务是：抢滩登陆，掩护陆军先头部队上岸！"走到孙剑长面前，"这是您给王宁他们的任务，没错吧？"

孙剑长点点头说："没错。"

樊昭阳又说："王宁他们做到了没有？做到了！"

孙剑长立即打断樊昭阳的话，语气变得强烈："但是！他没有经过我的同意就擅自往回走，在战场上多坚持一分钟，后续部队就会有更多的人登陆，而他……"

樊昭阳见缝插针打断孙剑长的话:"审判长,刚才孙团长说'在战场上多坚持一分钟,后续部队就会有更多的人登陆'。如果说还有后续部队的话,他的逻辑是成立的,但早在上午十时,所有的部队就已经全部登陆,包括医疗队、指挥所全都上了岸,根本就不存在后续部队登陆问题,因此孙团长的逻辑不成立!而王宁他们在共军炮火的压制下,为保存有生力量,向海滩转移,这是明智的选择!公诉人说王宁'逃跑',他又错了!"

场下的人纷纷点头,赵二宝说:"就是嘛,怎么连'撤退'与'逃跑'都分不清楚……"李铁锁接着赵二宝的话又说:"这样的人怎么能当公诉人?!"

樊昭阳摆摆手让大家安静,说:"因此,公诉人的'擅自逃跑'不能成立!基于以上的理由和公诉人在法理、逻辑、概念等方面的模糊和混乱,请审判长恪守军法之精神,避免无辜之讼累,径行解除强制,宣布无罪释放,实为公德两全。"说完回到辩护人座位上。

公诉人急了:"反对!请审判长不要听信辩护人的强辩之词。"他走到辩护席前,"你真不愧为军法界的后起之秀,你喙长三尺,你的三寸不烂之舌真厉害,死的也被你说成了活的,你年龄不大但手法老到、刁钻干练,令人佩服。"

樊昭阳付之一笑:"哈哈,过奖了。"

公诉人又说:"你先是采用'正面抗议咄咄逼人法',抗议我的正当要求,企图吓唬住我;接着你采用'法理至上法',空谈什么'犯罪构成要件',以达到糊弄大家的目的;再后来你采用'挑刺法',在鸡蛋里挑骨头,咬文嚼字抠字眼,质疑公诉罪名;最后你采用'旁敲侧击、迂回辩护法',企图转移大家的视线。但这全没有用!你的所有伎俩,你的能言善辩,否定不了被告的罪行!他是犯了什么罪,你心里是知道的。"

樊昭阳依然笑着:"我当然明白!"转向主审台,举起右手,"审判长,辩护人要求向被告提个问题。"

审判长答:"允许!被告有义务回答。"

樊昭阳于是又走到王宁面前:"请问,你为什么要撤兵?"

审判长立即插话:"被告,必须回答!"

王宁望了望审判长,说:"军人打仗,在无法超越的情况下,硬闯是有勇无谋的鲁莽,是鸡蛋碰石头的愚蠢,这样的人只配脑残的称号!明智的做法是

'舍去'眼前的得失，撤退便是'舍去'的谋略。公诉人是文职军人，他没有真刀真枪地与共军血拼过，他不知道作为一个勇敢作战的指挥官，选择撤退比选择前进更需要勇气！"

审判长打断说："被告，不要侃侃而谈，须用事实说话。"

王宁随即说："当然有事实！"他的语速由慢转快，并且越来越快，"《道德经》说'将欲夺之必固予之'，三十六计中有'走为上策'。春秋五霸的晋文公，退避三舍战胜楚国；越王勾践卧薪尝胆，励精图治，打败吴国；汉高祖刘邦烧栈道，退汉中，才有了后来的十面埋伏；韩信忍受胯下之辱成了一名大将，在帮助刘邦争夺天下的过程中，起了决定性的作用；官渡之战之后的相持期间，曹操下令撤退造成袁军判断错误，结果以少胜多全歼袁军……"他的语速放慢了下来，而后又慢慢地转快："在历史的长河中，以退为进最终制胜的策略，熠熠生辉、璀璨夺目。撤退，在中外战场从古至今都被全面接受。敦刻尔克大撤退避免了英法联军主要力量全军覆没的危险，胜利之后丘吉尔在下院发表演说'胜利不是靠撤退来获得的，但敦刻尔克大撤退孕育着胜利！'再说我们国军，如果没有三十八年放弃大陆的大撤退，能有在座的军事法官和公诉人在这里审问我吗？"

审判长和公诉人见王宁也是伶牙俐齿，都有点儿哭笑不得。

王宁亦语惊四座："审判长，我绝没有半点藐视审判庭的意思，在'是要尊严还是要士兵'的问题上，我毫不犹豫地选择了后者。无数次的战斗告诉我，战场上的撤退过程是非常危险的，如果士兵的士气不高，一旦撤退命令下达往往引起骚乱，甚至是雪崩式的溃逃。古代的指挥官们总是亲自殿后，稳住军心，早告诉我们这个道理！在一营，我第一个登上菱形岛，我最后一个离开菱形岛，如果还说我贪生怕死擅自逃跑，这说得通吗？"

樊昭阳又接过话来："我的当事人不想与他同生共死的弟兄们挨更多的炮弹。"他拿出一张照片："这是事后空军拍摄的菱形岛战场照片，共军的炮弹密集如雨，弹坑相隔间距平均为五米，最大的间距也不超过十米，对于杀伤半径在数十米的炮弹，待在这样的地方是不是等于送死？"他向大家展示后把照片与手上的材料都递给审判长。

审判长接过材料随即宣布暂时休庭，站起来与其他审判官一起离场。半个小时后，审判继续，审判长让公诉人发言。

公诉人似乎增加了一点自信，说："下面让我们看看王宁是个什么样的人物。"他走到王宁面前，说："在熊山集训时，你是唯一被提拔的班长？"

王宁鄙视他答道："是。"

公诉人问："你曾经宣誓要为国家戡乱全力以赴，甚至不惜生命？"

王宁停顿了一下，回答："是。"

公诉人一下提高嗓门："而你一到徐蚌会战的战场上，就哆嗦不敢向前！"

王宁没有想到他从哪里弄到那些陈年旧事，气愤也提高嗓门："那是我们的第一仗，所有新兵都害怕大炮、机枪！"

公诉人说："但你在训练时多次爆破，多次射击，为什么不怕？！"

王宁答："真枪实弹与训练是有区别的！在战场上我们很快就适应了，在接下去的战斗里我们一样的冲锋向前。"

公诉人走到旁听众人前，说："再让我们看看王宁的个性和为人。"

辩护人樊昭阳向审判长举手："反对！辩方反对！"

公诉人也向主审台说："审判长，这对于法庭鉴定本案有帮助。"

审判长一听有帮助，立即回答："允许。"

公诉人继续说："民国三十七年，在徐蚌会战后，他曾经被共军所俘过，后来是逃脱的，还是共军让他打入我们内部的探子？还须深查；三十八年，在离开大陆的前夕，他竟然要枪毙掩护军队和眷属撤退的部下沈定仁；第二年八月，在海边训练时，他又对部下使用鞭刑，差一点造成士兵溺亡。审判长，公诉人要求第二个证人到场作证。"

审判长点头同意："允许。"

公诉人说："请沈定仁到庭作证。"

沈定仁被带到主审台前，主动向审判长举起右手："我发誓，我所说的话都是真实的！"而后转向大家说："没错，民国三十八年我们离开大陆前，王营长曾举枪要枪毙我，因为我违背了他的命令，战场上他有这个权力，但他用的是没有子弹的枪，他只是吓唬我，要我吸取教训而已。"

公诉人惊讶道："哎！沈定仁，你……"

沈定仁又说："请等我把话说完，第二年八月我们在海边训练，使用鞭刑的是我，与王营长无关，'差一点造成士兵溺亡'纯属无稽之谈！那是我们在进行潜水憋气训练，审判长、审判官、在座的各位，我作为公诉人的第二证人来作证，我不是要证明王宁有罪，恰恰相反，我要证明王营长他无罪！我的证言完了。"

台下又是一片喧哗，大家七嘴八舌议论纷纷。

樊昭阳发言说："审判长，王宁是我军中年轻人之俊杰，是一位有责任心、有正义感、有同情心的好军人，他做过很多好事，辩护人请求辩护证人到场。"

审判长答："允许。"

两个军人从旁听座位来到前面，并肩站在一起。

赵二宝说："我们俩与王宁一同参军，从熊山集训营到徐蚌战场，从江北平原到湘西山区，从大陆到海南岛又到台湾，我们一直在一起。我们非常了解王宁，他最关心部下，他事事带头，吃苦在先，享乐在后，遇到危险他永远第一个站出来，他是深受我们大家尊敬的好兄弟！"

李铁锁也说："他多次冒死救过我们，民国三十七年底，我和程启升、赵二宝以及我们当时的班长王宁，也就是公诉人所说的被告，在徐蚌战场撤退时，是他将我和程启升从督战队的枪口下救下来，不但我可作证，庭外面的弟兄们也可以作证。"

赵二宝又说："王哥，感谢这么多年来您对我们的关爱，请接受我们崇高的敬意！立正，敬礼！"与李铁锁一齐向王宁行了个标准的军礼。

王宁热泪一下涌向眼帘，他没有想到生死弟兄竟然用这种方式来表示支持，令他动容，泪水哗哗直落。

杨梦玥从旁听座位上站起来说："不光是他们俩被救，审判长，我和我丈夫的性命也是王宁救下的！我可以作证，我的丈夫也可以作证。"

审判长立即打断杨梦玥的话，说："请你自报家门，简单叙述。"

杨梦玥继续说："我是独立师成斌师长的妻子杨梦玥，徐蚌会战的末期，全师突围时，一颗炸弹呼啸而来，当时我和我丈夫并不知道，是王宁高呼卧倒，并奋不顾身扑在我和成斌师长的身上，炸弹爆炸后我们身边的警卫和副官全都炸死了，唯有我们仨活了下来，我和成斌感谢王宁的救命之恩！"

韩念珍也站起来说："我也可以作证，王宁是个好人！"

公诉人站起来打断韩念珍的话，说："审判长，这简直就像一场闹剧，是有组织、有计划的阴谋！"

辩护人樊昭阳也站起来："公诉人不要信口雌黄！审判长，辩护人的提问还没有结束，还有一位关键环节需要提问。"

审判长答："可以，时间只允许五分钟。"

辩护人："用不了五分钟！"他走到旁听座位的前排孙剑长面前，说："你为什么要对王宁下毒手？"

公诉人急了："抗议！辩护人在设诱导式陷阱，是作与本案无关的发问。"

樊昭阳转身立即大声回应："有关！接下来你就知道了。"他又转向孙剑长，"打仗像下棋，你作为将帅登楼眺望，楚河两界烽火熊熊，你令旗一挥只要胜利，部下就像车马，车轮滚滚奔跑向前。为什么对王宁下毒手？是因为王宁顶撞了你，在众人面前顶撞了你孙剑长，你是为了维护你所谓的绝对权威！菱形岛一仗是你晋升的机会，美梦落空你就把憎恨全发泄到王宁身上，这是原因之一。原因二：你要强暴护士韩念珍，韩念珍就在现场，她可以作证，是王宁救了那可怜的姑娘，于是你就将所有的恨都记到王宁身上，'你坏了老子的好事，老子绝不会放过你，等着瞧吧！'这是你的原话。"

孙剑长慌了，说了声"岂有此理！"站起来气急败坏地走了。台下又议论纷纷交头接耳。

审判长见场面乱了，说："安静，陪审团将对本案做最后审议。"他与旁边的人议论了片刻，用法槌敲了几下桌子，拿起一张宣判书说："现在宣布判决，经合议庭合议，被告'擅自逃跑罪'成立，为警醒其他军人不再发生类似事件，军事法庭判决被告死刑，报军高院核准后执行！被告和辩护人如果不服判决，可以在五天内提起抗告。"说完用法槌在方木底座上猛敲了一下。

王宁听到这样的判决是目瞪口呆，简直不敢相信自己的耳朵，好似晴天霹雳当头一击，又好像被人从头到脚浇了一盆凉水，全身麻木。台下立刻炸开了锅，赵二宝叫道："抗议判决不公，不能判他死刑！"李铁锁跟着高呼："反对判决！这里面有阴谋！要求重新审查！"其他人也愤愤不平，议论纷纷。

审判长高叫道："肃静！肃静！法警，将两个闹事者赶出本庭！"

四个法警上来将赵二宝、李铁锁强制推出审判庭，赵二宝、李铁锁两人边走边高呼："士兵们不服！我们也不服！不服！不服……"

审判长等大家安静下来："被告，你还有一次陈述的机会，你有没有话要讲？"

王宁眼睛里闪着寒光说："有！对于你们的判决我当然有话要说，维护司法尊严，避免司法专横，慎用死刑，避免滥杀，是每一个法官都必须做到的，而你们一开始就犯了定性错误、量刑错误。尽管我的话无法改变你们预先做出的决定，无法改变你们绞尽脑汁设计的方案，但是，这是我最后一次在公众面前发言，我还是要声明：所有对我的指控皆是不实之词，是对我的中伤和诬陷，是对正义和良知的亵渎！我绝不接受这样的判决！作为法官，你们的职责是公正，然而，在不能充分证明被告有罪，你们就匆匆判决他死刑，那么，别人就要问：墙壁上'公平公正、仁爱信义'，至高无上的审判庭，自诩的公平公正在哪里？自吹自擂的仁爱信义又在哪里？审判长，我本不想按照我们都不愿意的方式讲话，但你们实在是太无耻了，别以为我是在为自己辩护，不！我在为你们辩护！倘若将你们身上的遮羞布拿去，丑恶的嘴脸就会原形毕露。"

台上的审判长显得十分尴尬，他不得不遵守诺言，让被告讲完。

王宁拉起袖子露出胳膊上的道道带血伤痕，说："诸位请看，这就他们宣讲的自由、民主、公平？我身上更多的伤痕，便是对他们言行极大的嘲讽，他们想通过毒打让我屈服，那是做梦！审判长，'将在外，君命有所不受'这名言你不会不知，我作为一个最前沿的指挥军官，在瞬息万变、战火纷飞的战场上，有没有权力根据战情的变化随时调整作战计划和控制部队的节奏？你们把战斗力量的转移说成擅自逃跑，错！我不是贪生怕死的逃兵！我是一位为了义务不惜生命去战斗的军人！不为当官，也不为名利，只是为了履行一个军人应尽的义务！判决这样一个忠诚军人死刑，你们这些法官同样是刽子手！杀人犯！给你们借口的军法本身就会有问题！必将引起人人自危！我的血不会白流，我的名字将被人们记住！人生自古谁无死，留取丹心照汗青！哈哈，哈哈……"

能言善辩的王宁亦是妙语连珠，博得媒体一片赞扬，军事记者们立即拿起相机，咔嚓咔嚓不停拍着。

审判长见王宁说完话，说："将被告押下去！闭庭！"用法槌在方木底座上又敲了一下。

在军事审判庭门口，赵二宝、李铁锁、沈定仁等众多王宁的部下，高举拳头大叫着："反对不公！""坚决要求揪出幕后黑手！""打倒贪官污吏！""王宁无罪！还我兄弟！"大家的呼喊声一浪高过一浪。

随后王宁被押上一辆囚车，瞬间消失得无影无踪。赵二宝、李铁锁像疯了一样，大哭着奔向囚车，呼喊着……

最终判决还有半个月，倘若"最高军事法院"认定有罪，则王宁必死无疑。这急坏了辩护人樊昭阳，也急坏了赵二宝、李铁锁等王宁的部下。此时，王宁的未婚妻张秋露还蒙在鼓里，她不仅不知道王宁被捕，更不知王宁被判有罪。

火烧孙宅

监禁是人类独有的行为。中国的监禁历史早在原始社会末期就有了雏形，随着阶级矛盾的扩大和奴隶制社会的出现，监狱伴随统治手段的增加应运而生，经历了四千多年的持续发展过程。到了民国时期，监狱在种类上和数量上都达到极值。在台湾，二十世纪五十年代，还没有专设的军事监狱（直到一九六二年台湾"国防部"台南军事监狱也称台南军监、六甲军监才成立，这是台湾第一所，也是唯一的一所军事监狱），军人犯罪临时关押通常是就地找个房间，如地下室、坚固的储藏室、空置不用的房间，等等。一旦确定有罪需要长期关押，多被押送到台湾的附属岛——绿岛，这个原来是日本人关押反日人士，后由国民党台湾保安司令部管辖，关押政治犯的地方。

初审结束后，王宁被关押进岛上看守所里。看守所与监狱不同，尽管两者都是关押犯人的地方，看守所是对被羁押的犯人在判决服刑前，对其实行武装警戒看守的地方，而监狱是对判了有期徒刑的人实施关押的地方。加上上一次在上海被关进看守所，王宁这一回是真的"二进宫"。他被关在一间约有五六平方米的单间，室内除去一张离地面一尺左右的矮床，一个固定的台子，什么也没有。房门包着铁皮，门上有个供看守监视用的小口，地是水泥地，冰凉而又潮湿。一侧墙壁上用繁体写着"从实交代，悔过自新"八个大字，另一侧墙上离地一人多高的地方，有一扇小窗户，窗户上有一根根粗钢条。在房顶上，有一盏十五瓦的电灯，发出暗淡的红光。

第三天上午，樊昭阳来看王宁。他首先对未能将案子推翻表示歉意。王宁是他辩护的第四个案例。第一次担任辩护人，他是为浯祖岛的一个逃兵辩护。逃兵原是福建的渔民，一九四九年被抓壮丁，驻防在浯祖岛，为了回去看看老母亲偷渡被抓回判有罪。樊昭阳内疚没能救回一个要探母士兵的生命，执行枪决前他对逃兵说，如果不逃跑就不会死，逃兵则说不死就回不了家，死了灵魂才能回家。这件事对他触动很大，从此以后他发奋努力钻研辩护，在为第三个老兵辩护时挽回一条性命。樊昭阳对王宁的案子准备得非常充分，审判长的判决大大出乎他意外。就在他准备抗告、反诉时，军事法庭突然改判王宁为有期徒刑八年，这个重大的消息让王宁异常兴奋。

"不判死刑啦？"

"是的。"

"太好了，不死我就会有机会上诉控告，谢谢老弟，你用你的智慧又救了一个老兵。"

"王兄，突然改判很诡异，而且幅度之大不知是何故，不过，我只要在这个岗位，就会继续为老兵辩护下去。我常问自己，国军为什么会败？以前是百思不得其解，现在终于得到答案，千条万条归根到底只有一条：得道多助，失道寡助。得人心者得天下，失人心者失天下！在国民党党内、行政机关中、军队的高层，失人心者有之，有法不依、知法犯法者有之，滥用职权、欺诈、凌辱、迫害等现象更是层出不穷！军中腐化令人发指：公车私用接'千斤'小姐，军车成了私家轿车；信号弹成了军长公子的礼花弹；将官生活腐化妻妾成群；'国防部次长'养狼狗的花费，比一个警卫班士兵伙食费还多；装甲旅旅长强奸女文书；士兵被虐遭体罚和凌辱司空见惯；军队中自杀死亡率排名世界前列；逃兵现象增多，比例不断上升……"

"是，上梁不正下梁歪。"

"军事法庭也并非是明镜照心、一尘不染，这回，他们改判你是好事，但也是坏事。"

"坏事？"

"他们改判，你就不会死，看上去是好事，但倘若他们不改判，你的案子就会送到军高院，我就可提起抗告，就有彻底推翻指控的机会，现在这个机会没有了。"

"明白了。"

"其实，你指挥撤退有什么罪啊？在与共军作战的这几年中，上至'逃跑将军'第五绥靖区司令官孙元良，下至普通国军士兵，撤退、逃跑、投降的人不计其数，有多少被追究的？你是得罪人啦！"

"是，害我的人是孙剑长……"

陷害王宁的人的确是孙剑长，不过这厮的好日子也不多了。赵二宝、李铁锁、程启升三人正在谋划如何干掉孙剑长。经过反复比较，他们最终采取放火烧的方案，计划在夜里将孙剑长烧死在他的卧室，这样做既稳准又难发觉。说干就干，他们趁中午吃饭没有人之际悄悄溜到修理房，由程启升望风，赵二宝、李铁锁进去偷了一桶汽油，又找来七八个酒瓶，制成莫洛托夫燃烧瓶，使用时只要将瓶口的布条点燃即可。他们决定趁孙剑长熟睡之后，烧死这个恶棍，为王宁报仇。

为了效果更好，他们又制作了一枚面粉炸药。面粉不是火药怎么会爆炸？在火场，面粉确实能爆炸，因为面粉的主要成分是碳类物质，化学活动性强，具有较大的表面积，很容易吸附氧分子，当空中的面粉粉尘达到一定的浓度，例如每立方米空气中面粉尘超过十克时，遇到火星、火花、电弧，只要有一粒粉尘被点燃，就会发生连锁反应，形成猛烈的爆炸，其威力不亚于常规炸弹。其实，不仅仅是面粉的粉尘，糖末、木屑、染料、奶粉、茶叶末、烟草末、煤尘以及加工过程的铝、锌、塑料粉末，等等，遇到明火或者温度达到临界点时，都能引起爆炸。

这天晚上，孙剑长喝得半醉，昏昏沉沉早早躺下。他的警卫员累了一天也准备休息。就在警卫员关大门的一刹那间，早已潜伏在门旁近的李铁锁迅速上去，将一张硬纸片塞入门缝里挡住斯普林锁的舌头。看上去大门是锁上了，关好了，实际用手一推就能将门推开，因为斯普林锁是自动锁，正常情况只要扣上门，大门便锁好，不像一般的挂锁要按下锁钩，卡子到位才能锁上，斯普林锁非常方便，但用硬纸片挡住其锁舌就是假锁，这是警卫员万万没有想到的。

等到下半夜，赵二宝、李铁锁、程启升见巡逻队最后一遍巡逻离开，附近都安静下来后，他们背起帆布包，蹑手蹑脚走进孙剑长的院子。仅靠大门的一间是警卫房里，警卫员打着呼噜睡得正香。赵二宝、李铁锁、程启升三人猫着腰向正房摸去。客厅的大门敞开着，程启升在门口担任警戒，赵二宝和李铁锁悄然进入房内。推开东厢房的门，李铁锁借助于月光可见房间一半地方堆放着日用品、粮食等杂物，另一半是厨房的橱柜、桌子和一个瓦斯气灶。西厢房是孙剑长的卧室，赵二宝轻轻地推了一下，卧室的木门没推开，显然门里面拴着。正在大家悄悄讨论怎么弄开西厢房的门时，忽然，卧室内响了一声，紧接着是一个人的咳嗽声。二人发现有人起床的动作，立即背着帆布包跑出客厅，与程启升一起躲到院子角落，一个大扁子的后面。

咳嗽声是孙剑长发出的，他因晚上喝酒太多，口渴起来喝水，喝完水又到院子墙边撒了尿，尿完回屋继续睡觉。当赵二宝、李铁锁、程启升他们想再次进入客厅时，已进不去了，客厅的大门也被孙剑长扣上。怎么办？再过一两个小时天就要亮，到那时再行动就可能暴露，三人等孙剑长再次打起呼噜决定立刻动手。他们将所有的土燃烧弹瓶点燃，从客厅旁边的窗户口一个个地扔进去，然后溜出孙宅，钻进附近的玉米地里观察。

一转眼工夫，客厅里的家具全烧着了：木隔板着了，木门窗着了，柱子和木梁也着了，伴随着"噼啪"的爆裂声，房间内能烧的东西全都着了火。房间四壁被火"装饰"得像教堂里的圣壁一般，疯狂的火浪到处乱窜，仿佛是张着大口的火神，要把整个房间的东西全吞下去，火随风势，不断蔓延，不断扩大……

"失火啦！失火啦！救命呀！救火呀！"警卫员从警卫房冲到院子里高喊着，面对熊熊的大火，他能做的只是呼救，不敢进前进一步。

在灼热的西厢房里，火焰很快便从门缝里蹿了进来，有一个人被呛得摇摇晃晃，他就是孙剑长。火已经封住了卧室的门，根本出不去，火苗透过木隔板蹿进卧室。孙剑长不想死在这里，他怕"不得好死"的诅咒成真，于是拼命地猛砸窗户，随着窗户不停地摇晃，玻璃一片片破裂，然而窗框就是不开，原来窗户外已经被铁丝缠住，孙剑长使出吃奶的力气用脚猛踹，好容易才将窗框踹开，翻窗逃出卧室脱离火海。紧接着，客厅房顶的木梁被烧断，一根根着火的木椽子落了下来，一块块的瓦片哗啦啦地砸到地上。突然"轰隆"一声巨响，东厢房的瓦斯罐爆炸，将整栋房炸垮塌，孙宅瞬间成了一个由砖瓦砾堆起来的大坟墓。熊熊大火并没有因房屋倒塌被扑灭，而是通过大小空隙，曲卷着旋风似的往上冒，继续向四周弥漫。火焰红花，在漆黑一片的夜空里盛开着，将天上的黑云照成了红云。

赵二宝他们都以为孙剑长这个狗东西已变成烤乳猪，或者已化为灰烬，即使不被大火烧死，他也会被墙壁砖头、房顶瓦片砸死，被瓦斯罐爆炸炸死。就在他们庆幸除掉军中一害，为王兄报仇雪恨时，却发现在远处有一个人影在晃动，孙剑长并没有命丧黄泉。难道说面粉炸弹没有起作用？确实如此，面粉炸弹需要第一次爆炸迅速膨胀成雾状后，遇到明火产生二次爆燃才能发挥作用。

而赵二宝他们制作的面粉炸弹，在火场里还没有膨胀开就燃烧，因此没有达到他们预想的效果，也让孙剑长得以逃脱。

附近陆续有士兵赶来救火，怕火殃及其他的营房，他们用木桶、脸盆、灭火器等将火扑灭天已经大亮。一个救火士兵在烧焦的地板下瓦砾废墟中，发现一根烧弯变形的金条。紧接着其他人也捡到金银器。

两天后，台湾的报纸刊登一则报道："前天，浯祖岛一幢三间套房屋着火，大火烧出一个天大的秘密，有人从废墟里找到五条大'黄鱼'、十多条小'黄鱼'以及数目不详的金元宝、金项链、银手镯、玉器，价值不菲……"

报纸上说的"大黄鱼"和"小黄鱼"，是指 500 克重的大金条和 250 克重的小金条。

抗战前，上海的人均月工资位于全国前列。二十世纪三十年代初的上海物价：跳舞一元 / 三票，咖啡馆一元 / 二杯，看电影一元 / 一票，中餐三元 / 两菜一汤，裤子七元 / 一条，西装四十元 / 一套，礼帽八元 / 一顶，鞋六元 / 一双，普通米一角 / 一斤，精猪肉三角 / 一斤，白糖二角五分 / 一斤，食盐三分 / 一斤，菜油二角 / 一斤。一个工人家庭，一家三口月生活费包括吃、住、穿、用，三十元足矣。而一般工人的月工资一般为二十元，邮电工在二十五元以上，电气工能达到四十元，即使最低收入的工人，每月工资也不少于十二元。中产阶级以上的家庭，每月都有大量的结余。鲁迅在担任中山大学文学系主任兼教务主任时，月薪国币是五百元，加上教学收入、院校特约撰述收入和写作、翻译、编辑等收入，每年能赚不少钱。黄金是硬通货，其货币价值比较稳定，而当时的黄金并不贵，一九二七年一两黄金才三十七元，在民间黄金并不稀罕。不知是哪个斯文痞子的调侃，还是哪位谨慎雅人不愿张扬，最先称一斤重的大金条为"大黄鱼"，半斤或二三两重的小金条为"小黄鱼"。这一叫就叫开了，民国的老上海人说到钱时，提起"大黄鱼""小黄鱼"，不知道是在说金条的人恐怕不多。

孙剑长怎么会有那么多的金银财宝呢？他一个出生于山东武术之乡的农村娃，由于妻子的一句话："你要敢休我，娶那个妖精，我就嫁给妖精她爹，从此你得称俺为'娘'，孩子就喊你'姐夫'！"他吓得屁滚尿流跑到上海滩，跟着一个走江湖的人耍枪弄棍专卖跌打损伤药，后被成斌师长带到军队里当武术教官，培养成为一名蒋军团长。一路走来，单靠他那点薪水，无论如何不可能积累到如此丰富的财产。那么，他的财产究竟是怎么得到的？原来是在到台湾之前，他结识了一个广州大珠宝商的太太，珠宝商在来台湾途中因心脏病复发去世，孙剑长便与这个珠宝商的太太勾搭成奸。有一次他们吵架，一气之下他把她给掐死了。在这个战火不止混乱不堪的社会里，死一个人就像死一条狗，并没有人来查。从此，这个太太的两大箱从大陆带来的珍宝就变成他孙剑长的了，这家伙突然变成了暴发户。这一次被大火烧出来的金条等只是其中极小部分，更值钱的字画、瓷器、宝石、古董、金器，被孙剑长藏在台北银行的保险柜里。孙剑长并不叹惜那些金条，他没有被烧死已经是大幸，除了被一根烧着的木椽子砸到胳膊受了点外伤，其他部位并无大碍。他查了几天，也没有得出究竟是人为纵火，还是由于瓦斯漏气引起火灾的结论。

冒险营救

孙剑长联想到卧室窗户被人封死，认为一定有人要置他于死地。他没有放弃对部下的严查，尤其是一营的官兵，查得那天夜里一营有六人离开营房：赵二宝、李铁锁、程启升以及三名战士。盘查得知他们六人都救火去了。尽管这事不了了之，但孙剑长还是怀疑大火与王宁有关，一想起这事他就心有余悸。唯一能让他安心的是王宁已被法庭宣判为死刑，但不知道死刑何时执行。他打电话给军事法庭的庭长才知道王宁已由死刑改为有期徒刑，即将送到绿岛。孙剑长大失所望，觉得太便宜王宁。他告诉庭长："王宁部下报复，差一点就把我烧死在家中，幸亏得以从窗户逃离。"他要求随押车去绿岛，要亲眼看到王宁进大狱，并以一只清宫御盘再次贿赂庭长，得到陪押的要求。

按照惯例，押送绿岛的过程是先用船将犯人由浯祖岛送到台北，随后用专车送到台东，最后再用渡船送抵绿岛。在押送王宁去绿岛的前夕，监察处樊昭阳已将确切日期、行车路线通知赵二宝，让他们化装成黑道的，在他所画的路线图上一个"L"形的山口进行武装劫持。为什么要化妆成黑道的？这是出于安全的考虑，将来查起来不容易发现。台湾的黑社会由来已久，一直是严重危害整个社会的"毒瘤"，他们已经成功渗透到台湾地方政治、经济和社会各个领域。黑社会组织有两类，一是以区域为界，在地盘内活动，如抢夺、坐收保护费、黑市经营等独霸一方；二是"帮派"不以区域为界的进攻性组织，这类对社会的危害更大。两者主要来源有四：一是日据时代的帮派组织死灰复燃，例如"芳明馆""牛埔仔"等；二是随国民党败退台湾原大陆帮派的延续，例如"青帮""红帮"等；三是一些当地游手好闲，不好好读书的青年及富家子弟，为保护自身权益纷纷建立帮派组织，例如"四海帮""十三太保"等；四是从大陆来的一百多万人中含杂的流氓、无业游民等不三不四的人以及台湾当地的一些地痞、土匪。无论他们来自何方，也不管是城市、农村，天一黑，各种犯罪活动就会迅速增加，尤其在山区天高皇帝远、军警顾及不到的地方更是如此。因而，赵二宝他们以黑道劫持的逻辑来掩盖行动是行得通的。

十一月十二日是星期日，也是"孙中山诞辰纪念日"，赵二宝、李铁锁、程启升以去台北看望鲁志清为借口，提前由浯祖岛出发，先乘船后乘车潜伏在"L"形路口，换上土匪便装，戴上斗笠，等待押送王宁的车辆。他们将路边的一棵杉树砍的摇摇欲坠，又在附近设了三个小掩体。只要杉树倒下挡住押运车辆的去路，枪一响，押运的人第一反应，就会从车上下来隐蔽，本能往掩体里躲，如果在每一个掩体里布下诡雷，慌忙躲避的人便会自动引爆诡雷。什么是诡雷？诡雷是利用爆炸性武器，如手雷、手榴弹、地雷、炸药包、炮弹，或者重石，等等，布设在意料不到的、有诱惑的地方，通过巧妙伪装和诡计欺骗，让对方引发而造成伤亡的装置。诡雷的引爆方式很像老鼠拍，有线绊发、搬动发、触发、压发、松发、电发等多种，有的诡雷甚至有多重引爆装置。由于布设形式多出人意料，使人难以防备，因此诡雷能有效地造成杀伤，即使没被炸死，也会产生强烈的恐惧心理，起到扰乱、迟滞行动的目的。

当年赵二宝他们在熊山训练时，就学过诡雷的布置，这回他们真的用上了。在三个掩体内所布置的诡雷全是用手榴弹挂上绊脚线设置在隐蔽处，一绊，一踏，一坐，都能触发引线引起爆炸。诡雷设置完毕，他们就在"L"形拐角处设的一个伏击壕等待。

傍晚，日落前，李铁锁在树上发现一辆头部像卡车，车身像面包车的囚车从北面开过来，立即下树通知赵二宝和程启升，三人很快用绳子拽倒摇摇欲坠的杉树，使其横躺在公路上，躲到壕沟里掏出枪，拿出手榴弹，并用事先准备好的黑纱布蒙住眼睛以下的脸上，准备袭击车辆。

这辆车确实是押送王宁去绿岛的囚车。车上，王宁坐在车厢后部，他的左手被铐着，手铐的另一半锁在车里的钢管上，两个荷枪实弹的押送兵一左一右，坐在他的旁边。驾驶室里孙剑长坐在副驾驶位置上，他得意扬扬抽着台湾烟酒公卖局生产的"四一"牌香烟，驾驶兵则吹着口哨哼着小曲开着车，沿着山路一路向前，当车过急弯时发现一棵树横挡住路，司机发觉后一个急刹车，跳下车去搬树，就在这时路边的枪响了。赵二宝对着驾驶兵开了一枪，驾驶兵连叫喊一声也没有，就一命呜呼倒地身亡。孙剑长发觉被蒙面人偷袭，以为是山匪，立即掏出手枪跳下驾驶室，不停地开枪还击，车厢里的两个押送兵也下车一起开火。由于赵二宝、李铁锁、程启升投过来的手榴弹威胁很大，孙剑长和两个押送兵只得往旁边的掩体里躲避，很快"轰隆，轰隆，轰隆"三声巨响，孙剑长和两个押送兵都不动。李铁锁以为他们都被诡雷炸死了，刚走到一个掩体旁，就被装死的孙剑长开了一枪，幸亏有所防备躲避及时，子弹从耳旁穿过后。李铁锁慢慢将斗笠、蒙脸黑布统统都拿下，说："知道我是谁吗？"

"铁锁？天呐，怎么会是你呢？"孙剑长一愣，不解地说道，他的一条腿已经被诡雷炸断，瘫坐在地上不得动弹。

"没想到吧？我们是来救王宁的！"李铁锁冷笑说道。

"铁锁，我待你不薄，你当我警卫班长时我对你可是照顾有加，你为什么忘恩负义、恩将仇报！"孙剑长脸色惨白，有气无力地说道。

"放狗屁！你这个淫贼！你吃肉我们警卫班汤都喝不着，你去逛窑子凌辱良家妇女，让我们背黑锅，你丧尽天良坑害了少人？从熊山训练营到徐蚌战场，从湖南到广西，从海南岛到台湾，你坏事做尽恶贯满盈，你心胸狭隘手段残忍，就因为丢面子一事，你就要至王宁于死地！今天，咱们是老账、新账一起算，你的死期到了，我们要替天行道铲除你这个军中恶棍！"李铁锁气愤地举起枪，"知道你的腿是谁炸的？那是我！是在熊山你教我的方法，设置的诡雷炸的。"

"我的学生居然变成了我的敌人！"孙剑长喘着粗气，胸中满怀悲伤，却又充满了对李铁锁的敬佩。

两个曾经的师生，今天的敌人，面对着面，枪对着枪。

"你们想要我死？可没那么容易，就你们几个毛贼也敢跟我斗，还嫩了点，老子在你们吃奶的时候，已经在上海滩单挑独斗了，你们还差得远呢！"孙剑长破口大骂后，对着李铁锁又是一枪。只见"咔嚓"一声，枪管并没有喷出火来。他的美制勃朗宁M1906袖珍手枪，只有六发子弹，已经全打光，他又连开几枪仍然是空激发。

"放下武器！孙剑长，我命令你放下武器！"李铁锁见孙剑长不予理睬，对着他的腹部开了一枪。

"啊，都是这场该死的战争！"孙剑长的勃朗宁 M1906 掉到了地上，一只手捂住腹部，血从他的指头缝里渗透出来，"我知道……迟早……会有这一天的。"

孙剑长还没有死，李铁锁的手枪子弹也打光了，上一次没有烧死孙剑长，这次李铁锁决不能再放过他，搬起石头就要砸。这时，赵二宝也赶到。

"你这个该死的狗东西，你这个杀千刀的，即使将你碎尸万段也难解我心头之恨！"赵二宝举起冲锋枪对着孙剑长发泄着仇恨，把孙剑长的腹部打成了马蜂窝。

多行不义必自毙，行恶到头终有报。孙剑长一头栽倒到地上，真验证他自己的话：在台湾要块奖章很难，要块墓地却很容易。

李铁锁还不解气，找来一根树枝使劲鞭尸，抽打了十鞭，停下来跑开了。他去干吗？他要让孙剑长化为灰烬。

程启升蹲下来从孙剑长的上衣口袋里，掏出国民党党证、香烟、打火机、女人相片等，都扔在地上，又从胸口里层衣服口袋里掏出一把钥匙，钥匙上系着一个小金属牌子，牌子上有凹凸不平的字：台北银行 1516，程启升没有多想，将钥匙放到自己衣兜里。这时，李铁锁提来一桶汽油，打开盖子倒到孙剑长的尸体上，然后点上火。在接近千度的高温下，瞬间，孙剑长被熊熊大火烧得只剩下一摊灰。这个恶棍最终没有逃脱"不得好死"的下场，与汪精卫一样被鞭尸扬灰。

螳螂捕蝉，黄雀在后。就在程启升在车上解救王宁时，又一辆军法警卡车开来，这是押送的卫队，因中途抛锚与囚车相隔了一段距离。王宁知道赵二宝、程启升和李铁锁难敌卫队的反击，而且自己还铐在车上，倘若弄开手铐与他们一起跑，那危险会更大，于是命令程启升与上车的赵二宝、李铁锁他们赶紧撤，撤退到旁边的树林里，只要他自己不跑，卫队就不会追他们亻，因为卫队的任务是送王宁到绿岛。

第十七章　白色恐怖

改判真相

　　为什么王宁被军事法庭判为死刑又突然改为有期徒刑八年？一个棘手的案子在没有复审上报的程序下峰回路转，而且其转变的速度之快，改判幅度之大，在地方军事法庭亦极为罕见，其原因与秋露的奔走相告和不懈努力密不可分。

　　自杨梦玥作为证人参加王宁的公审由浯祖岛回到台北后，她与丈夫商量要不要告诉秋露这一不幸的消息，丈夫成斌意见很直白：必须告诉她，但要婉转慢慢地说，不要一步到位以至于她一下接受不了。于是乎，杨梦玥当天晚上就拉上余梅买了一些补品，以看望秋露怀孕为借口来到中正西路秋露的住处。她们经过一阵关于孩子的闲聊之后，杨梦玥慢慢地把话题转移到秋露和王宁这小两口上。秋露告诉杨梦玥从菱形岛返回到浯祖岛，王宁曾给她一封报平安的信，之后再无他的消息。她很为他担心，不知是病了还是有其他什么事？杨梦玥不敢将王宁被捕受审的事直接挑明，只能委婉隐晦言词，而秋露却始终未理解杨大姐话里的含意，偏偏不往那最不好的方面去想，故杨梦玥只好采取第二套方案——让余梅"请仙"。

　　请何仙？请"碟仙"！这在台湾社会相当流行，无论在城市农村，不管是男女老少，甚至一些中小学校的学生，都颇热衷于这种占卜的方法，"信仙有仙在，不信也自在"。余梅是这方面的行家，她曾多次与人请"碟仙"，甚至还与她的妈妈一起"请"。杨梦玥就配合余梅要秋露也参加，三人一起测算一下王宁的凶与吉。秋露当然愿意，她在上海曾听说过早在一九三四年，上海滩开始流行过请"笔仙"，估计请"碟仙""笔仙"都差不多，于是便与她俩玩起了请"碟仙"的游戏。

　　已经很晚了，天气又有点凉，四周寂静无声。余梅关掉电灯，在四方桌每个角落点燃一支蜡烛，她让秋露拿来一张稍大的白纸平放在桌面上，用一个白色大碟子倒扣在白纸中央，用黑炭笔沿着碟子的边缘画了一个同心圆，掀开碟子在圆圈内的东西两侧，各写了个"凶"字和"吉"字，用两张对角有糨糊的小方纸片，贴盖住这两个字，然后将碟子再反扣在纸上的圆圈盖住这两个字。秋露与杨梦玥对坐，余梅坐在她俩的中间，三人围坐在方桌旁，同时闭上眼睛，用食指尖轻轻地点在碟子背面中心区域。余梅缓慢地低声重复道："碟仙，碟仙，快出来！"特别紧张的秋露也默默地祷告着，用意念请碟仙出来。大约过了两三分钟，她们三人都感觉手指头下的碟子开始轻轻地浮起，游动。秋露似乎感觉"碟仙"真的来了，不敢睁开眼睛，生怕碟仙飞走，也不敢说话，心里默默地盼着"碟仙"快快显灵。常言道心诚则灵，不能有杂念，否则可能请到的不是神仙，而是鬼魂。碟子游动出白纸的圆圈继续转悠，由缓慢到渐快，最后在一个小方纸片上停下来。余梅让大家睁开眼睛，慢慢地翻开碟子，用自己的发卡尖挑开小方纸片，"凶"字立即显露出来。一看是个"凶"字，秋露差一点晕倒。她一只手扶住桌子边缘，再次看一眼这个她不想得到的字。就在这时，余梅说道："'凶'只是兆头，不吉祥的事情出现还有一个过程，再测！究竟是什么事情？"她又在白纸的圆圈内南北两侧，各写了个"病""伤"，在圆圈的中央写了个"事"，而后又用对角有糨糊的小方纸片再次贴住所有的字，扣上碟子盖住所有的字。三人又闭上眼睛重复请仙，结果碟子停在圆圈的中央，"事"字上不动了。

　　其实，余梅的这套戏法中国一千多年前就有，古代称之为扶乩。扶乩源于对紫姑仙的崇拜。据说紫姑原为一个小妾，正室大妇强迫她每天打扫厕所，紫姑不愿被侮辱，在正月十五自尽。以后每年正月十五夜里，人们就会将木偶紫姑放到厕所里，并摆好供品，念念有词劝说紫姑："你的大妇不在，可以出来啦。"倘若感觉木偶紫姑变得沉重些，说明紫姑应约到来，于是大家就与紫姑一起欢乐。木偶紫姑最奇特的是知晓人们所不知道的事，譬如预测未来，因此每当人们碰到难事总是要向她求教。久而久之，便由最初的"请仙姑"活动，渐渐演变成紫姑仙的崇拜。由于紫姑木偶最初是放在厕所里，所以求紫姑道具就用清除垃圾的器具——箕，因而扶乩又称为扶箕。占卜时，将细沙或者灰、面粉等洒在箕上，乩笔或者筷子等插在箕上，乩人拿着乩笔不停地在箕上默默地写字，口中呼唤仙来，通过乩笔写沙字预测吉凶，传达"仙"的旨意与信徒沟通。在宋、元、明、清时期，占卜扶乩之风很盛行。《梦溪笔谈》中把紫姑称为"厕神"，《红楼梦》第九十四回有"我在南边闻妙玉能扶乩，何不烦他问一问"。在西方，与扶乩类似的活动曾经很流行，譬如美国总统伍德罗·威尔逊生前就笃信扶乩，甚至英国著名生物学家达尔文也坚信扶乩，著名科学家赫胥黎对扶乩虽然持怀疑态度，却经常参加扶乩活动。

"碟仙""笔仙"也好，"银仙""筷仙"也罢，这些古老神秘活动，实为巫术扶乩的变种，不同表现形式的简化版而已，具有很大的欺骗性。鲁迅在《花边文学·偶感》中说："五四时代，陈大齐先生曾作论揭发过扶乩的骗人。"在请"碟仙"或请"笔仙"时，虔诚信徒在扶人的暗示信号影响下，进入一个非常专注的氛围，默默期盼大仙的降临，他（她）们的敏感神经信号不断被放大，不断被强化，直至手腕不受控制地转动碟子或笔，于是碟子或笔就"自动地"反映出"仙"的旨意来。

从物理角度很容易解释这种"自动"现象：因为信徒的肘或腕没有支撑点，需保持悬空，故几个信徒都会互相用力，在某种心理暗示下，在高度紧张和长时间抗衡过程中，总会有一方首先失去平衡，因此，做失衡运动是必然的，所以说请"碟仙"显灵荒诞不经。事实上，识破这种骗术轻而易举，只要看看下面几个问题，稍微思考一下便会明白：为什么请"碟仙"要在夜晚间？为什么要非常寂静？为什么不能开灯，必须在光线暗淡的环境进行？为什么要请"仙"才出来？为什么不能问"仙"不知道的问题……对于有科学素养的人，这些是很容易回答和解释的，而迷信的三个女人受社会风气影响，并不知晓请"碟仙"里的奥秘，深信不疑也就不奇怪了。

当她们三人再次睁开眼睛，看着余梅慢慢翻开碟子，用发卡再次挑破方纸片，便是大眼瞪小眼。

"我的妈呀！是个'事'字，就是说王哥出事了！究竟会出什么事呢？"余梅先是一怔，随后慢慢地问道。

秋露先被凶兆的"凶"字一惊，后又被出事的"事"字一吓，抗打击的能力有所提升，杨梦玥觉得到该告诉她的时候了。

"'碟仙'测出王宁出事，究竟是何事呢？我知道王宁出了什么事。上周我应浯祖岛地方军事法庭监察处樊昭阳辩护特邀，去参加军事法庭对王宁的公审……"杨梦玥话还没说完被打断。

"什么？什么？公审王宁？他犯了什么法，要公审他？"秋露迫不及待问道，看着杨梦玥悲痛的表情，"杨大姐你说，你快说啊！"

"秋露，你别着急，听我慢慢讲。"杨梦玥坐到秋露的身边轻轻地拍拍她的肩，说："菱形岛登陆战是台湾反攻大陆的第一仗，结果没能夺取该岛，战斗结束王宁回到浯祖岛不久，也就是他刚给你发了那封报平安信后，他就被地方军事法庭逮捕，罪名是在菱形岛战斗中抗命，带领部下逃跑。十一月八日是审判王宁的日子，我去证明王宁在徐蚌会战中救过我和成斌的命，他是一个好人，可军事法庭没有采纳我们的建议，还是判了王宁死刑……"

"死刑？！"秋露瞪大眼睛，惊讶地站起来，愣在一旁。

余梅见秋露重心不稳，立即扶着她的胳膊，让她坐下。

"不过，还要报军高院核准后才能执行，我们还有抗告的权利和时间。"杨梦玥说道。

防止秋露一时想不通，杨梦玥与余梅当晚都没有回去。她们一方面开通秋露，一方面想办法出主意。经过一夜密商，决定三管齐下：一、杨梦玥让成斌向孙剑长施压，迫使他回心转意，向军事法院撤诉；二、余梅让她的父亲去疏通人脉，找人说情；三、秋露写文章揭露军中黑暗，去找曾经担任国民党中央宣传部副部长、中常委的陶希圣社长帮忙，去请民主斗士殷海光教授向有关部门呼吁。然而，这些措施都有一个过程，不能立竿见影，也不一定都能起效，而军事法庭的判决关系到王宁的生死存亡。为尽快救出王宁，秋露马不停蹄四处奔走无果后，她又想到了李元智。

李元智虽已与余梅接触，但在内心深处，张秋露依然是他最爱的女性，对于秋露这个事关她一生幸福的请求，一件性命攸关的大事，李元智当然会全力以赴。他的前岳父在大陆是"立委"，到了台湾仍然是，在法律界有相当的知名度和影响力。李元智只好厚着脸皮、硬着头皮去求前妻章静莲。前妻立刻拒绝，而且讽刺他"贱"，挖苦他"残"，嘲笑他"悲"，被哄出门的李元智了解她是出了名的母夜叉，还是不厌其烦地去找她。最后章静莲苛刻提出五个条件，只要答应这些条件，她便让父亲帮忙。她的条件是：一，答应南京原她和李元智住的山西路房产归她；二，承认离婚是李家的错；三，每两天给她写一封信，确因公务也不能超过一周；四，不再限制她与孩子见面；五，承诺不再与张秋露来往。为了救出秋露的未婚夫，前几个条件李元智都能接受，唯独最后一条"承诺不再与张秋露来往"他不能接受。章静莲是坚决不让，她说不同意全部条件，就不会去找她父亲谈，而李元智也坚持不能接受她的最后一条。这个决定王宁能否得救的机会，在章静莲与李元智僵持下于两天后突然改变。章静莲骤然取消了第五条要求，原因是她打听到李元智要救的人是张秋露的未婚夫。如果将王宁救出来，王、张就会结婚，李元智就没有可能再去追求张秋露，这比李元智的承诺更有效。此刻，她还不知道李元智已经与余梅接触，并且发展顺利。

很快章静莲的父亲以"立法院"新任"院长"刘建群即将就职，需了解"宪法"执行情况为由来到浯祖岛，发现地方军事法庭有量刑不当嫌疑，随即展开调查了解。这下把浯祖岛军事法庭的庭长吓坏了，立即找出种种理由将重判王宁死刑改为八年有期徒刑，这才有了前面的军事法庭突然改判王宁的直接原因，其缘由辩护人樊昭阳和当事人王宁当然不知，就连章静莲的父亲，心知肚明也没有声张和追究。

发配绿岛

事态的发展，就是那么令人匪夷所思。王宁万万没有想到自己由一个即将跨入大学读书的学生，阴差阳错地变成了军人，又以莫须有的罪名变成了犯人。犯人是违法犯罪的人，既没有违法又没有犯罪，凭什么将自己发配到这个西太平洋的小岛上？军事法庭竟然在光天化日之下亵渎法律，公理何在？所谓的人权何在？倘若凭借优势就能迫使他人服从强权的话，那么历史上为什么会有那么多人起来反抗？"一时强弱在于力，千秋胜负在于理。"军中的一些权势人物所作所为，与法西斯的倒行逆施没有什么区别，我沉冤难申，有口难辩，有脚走不出这个岛屿，真乃人生一大悲哀。"不过，有一件事倒是让王宁颓废的情绪得到一些疏解，那就是陷害他的恶棍孙剑长被他的部下干掉，得到了应有的惩罚。

"适者生存，不适者淘汰。"此刻，只有生存下去他才有希望洗去冤屈，才有机会讨回公道。逆境是一种磨炼，也是一种考验，逆境的态度决定在逆境中的成败。人生得失寻常事，需要一颗平常心，眼下要做的是改变自我，尽快适应新的环境，最不可取的是悲观失望和丧失信心，逆境更需要"识时务者为俊杰"的精神。王宁想到这里，下定决心坦然面对现状，努力渡过难关。不然又能如何呢，自杀吗？倘若那样岂不是害了秋露。这是一场猎豹和羚羊的追逐竞赛，大自然的法则是：物竞天择，适者生存。况且，世界本身就是一个竞技场，充满许许多多的不公平，但苍天在关上一扇门的同时，也会留下一扇可以开启的窗户，就看你会不会利用这扇窗户了。当初在广慈医院被抓当兵也曾绝望过，后来不是挺过来了吗？人是活在精神世界里的，倘若精神垮了，没有人能救得了你，包括老天。王宁经过一番思考，决定要以百折不挠的意志和化解痛苦的智慧来面对绿岛生活。

绿岛，一个非常美丽的名字，对于绝大多数处于戒严期间在台的人来说，是个令人不寒而栗和含有特殊意义的地方，既有禁忌与畏惧的阴影，又有罪罚与惩治的色彩。此岛原名火烧岛，因春季岛上草木受到海风激起的海浪盐分侵袭而枯黄，像是被火烧过一样而得名。该岛孤悬于台东县外海约三十三公里的海中，东西宽约三公里，南北长约四公里，面积不到十五平方公里。在地理上与兰屿、菲律宾北部岛屿属于同一系。该岛为丘陵地形，最高点的火山口海拔二百八十米。有这样一个传说：在岛的山脚下住着阿里一家三口，儿子叫阿沟，阿里夫人溺爱儿子，要什么给什么，不给他就在地上打滚，阿里夫人只好千方百计满足儿子的要求。有一次儿子要月亮，阿里夫人就让阿里上山摘，结果阿里失手从山崖上摔死，阿沟哭的不是父亲死亡，而是没有摘到月亮。阿沟成年后由偷牛、偷粮发展到勾结镇子的坏人，肆意绑架、抢劫、杀人、放火。老百姓恨透了他，都来责备阿里夫人，阿里夫人被儿子打伤才醒悟过来。大家求妈祖除掉这个恶棍，果然天上飞下来火鸡对阿里夫人说："妈祖派我下来喷火烧死那帮坏人，你同意吗？"阿里夫人说："烧吧，烧死那群坏蛋！"火鸡于是喷火烧焦岛上的石头，烧死所有的坏蛋，这其中也包括阿里夫人的儿子。后来，人们就把这个岛称为火烧岛，镇子称作南寮镇。

在日据时期，日本人将这里变为囚禁反日台湾人的地方，成为与美国阿尔卡特拉斯岛监狱、英国的怀特岛监狱、墨西哥圣母岛监狱、南非罗本岛监狱齐名的孤岛监狱。一九四九年国民党退台后绿化该岛，台东县县长将火烧岛更名为绿岛。尽管岛的名字变了，但是岛的作用和性质没有变，仍作为关押犯人的地方。起初是关押各级顽劣和最难管教的犯人，后来则是以关押政治犯为主。

当局企图用高度隔绝的地理环境予以集中矫治，促使其改过自新和重新做人。一九五〇年，岛上几乎没有像样的砖瓦房，政治犯上岛后需自己动手建茅草屋。大多数男政治犯和女政治犯被铁丝网遥遥隔开，他们彼此相望不能接触。后来一位原来是音乐教师的犯人，隔着铁丝网凝望着同为犯人的女学生，写下一首娓娓动听、膏唇拭舌的歌曲，很快这首歌曲红遍全台湾，后又传遍祖国的大江南北，那就是《绿岛小夜曲》：

这绿岛像一只船，在月夜里摇呀摇，情郎哟你也在我的心坎里飘呀飘。让我的歌声随那微风，吹开了你的窗帘。让我的衷情随那流水，不断地向你倾诉。椰子树的长影，掩不住我的情意，明媚的月光更照亮了我的心。这绿岛的夜已经这样沉静，情郎哟你为什么还是默默无语。

二十世纪五十年代初期的绿岛，只有稀疏可数的几个小村落，常住居民很少。犯人来到岛上主要集中在岛的西北侧。在集中营他们必须通过种地来获取食物，除了体力劳动，还要接受"思想教育"，定期提交书面汇报。监管会在不通知的情况下突击检查，查看每个人床上的纸条、笔记本，一旦发现有"反动"或不满言论、标语、违禁书籍，轻则施以酷刑，重则以"抗拒改造"为名处死。"犯人"在绿岛的大部分时间是强迫劳动，主要种粮食和瓜果蔬菜，后来为建监狱，又增加上山砍伐运送木料、到海边或山沟搬运石头，如果不"合作"难免遭受毒打。身体较好的人还能勉强承受苦役，但那些老、弱、病、妇，"合作"是难以长期维持的。王宁被送到绿岛时"绿岛监狱"还没有建，整个岛屿就是一个天然大监狱，没有船谁也没法离开这里。三十多公里宽的海面，人根本游不过去，尤其是春夏秋交汇转换的季节，海流复杂多变，漂流、潮流、暗流、顺岸流，等等，随着季节变换也跟着变化，表层海流的流速有时高达每秒三米，人在海里若遭遇强海流，十有九难活。

绿岛上有一千多名犯人，绝大多数是政治犯，其中不少是知识分子，甚至还有大学教授级人物。他们或因对国民党不满，或因派系势力倾轧暗斗，或以各种所谓的罪名，被送到绿岛。像王宁这样被陷害的军官并不多。集中营犯人的平均年龄不到二十六岁，他们组成一个大队、四个中队、八个男人分队和一个女人分队，女犯有学生、教师、护士、邮局职员、公务员、工会职员、药剂师、工人、公司职员等，她们的罪名有间谍、搜集情报、颠覆政府、参加叛乱组织、知情不报、为"匪"宣传，等等。随着时间的推移，岛上的犯人不断增加，最多时达到八个大队。

犯人们的粮食供应基本上能自足自给。粮食品种有稻米、玉米、番薯、土豆、芋头，蔬菜和瓜果的种植面积也不小，大家吃饱饭不成问题，不像王宁来之前被关在看守所里每日只能一稀一干两餐。不过，绿岛上很少有荤菜吃。听先前的人说，撇开逢年过节，肉食是一个月吃一次。王宁到达绿岛的第二天，正好是每月一次的杀猪日，分队的监管让王宁不要出工，到伙食房去杀猪。天呐，他哪会杀猪，学生出身的他根本不知道从何下手。如果是杀鸡鸭他倒见过，将气管、动脉割断即可，但杀猪没那么简单，需要准确找到大动脉，刀法要求严格，熟练的人一刀下去，猪血就会喷涌而出，稍有误差，就会酿成杀猪不成反被猪咬的惨剧。王宁没有见过杀猪场面，就请求监管换一个人去杀。后来有人推举一个四十多岁名叫肖川生的人，他当兵前在老家是个杀猪匠，于是监管命令老肖与王宁一起去杀猪。

台湾本地的猪抗病力强、繁殖力高、肉嫩味美，但生长速度比较慢，受亚热带的气候影响，猪头短而大，耳朵像小扇子似的向前，背脊下凹，腹部下垂，四肢粗壮，皮厚毛稀。下午，一切准备就绪，王宁刚将分队养大的大黑猪赶到伙房前一块空地上，立即上来四个年轻力壮的男人，一个扯着猪耳朵，一个拽着猪尾巴，一个抓着猪脊毛，一个扳着猪小腿，他们经过一番激烈的搏斗，才把两百多斤重的大肥猪摁倒在一块事先准备的案板上。身材不高的老肖拿着一根绳子走过来，麻利地将猪的四只脚捆绑在一起。猪"吱吱"地号叫着，那声音又尖又刺耳，好像在说"止！止！"要人们停止似的。老肖似乎什么也没有听见，端来一个木盆放在猪的脖子下，将一把杀猪刀在沙石上来回磨蹭几下，锈刀顿时雪亮，寒光闪闪。这时，不停挣扎的肥猪已经没有力气，刺耳的嚎叫变成了低沉的哀鸣。正当老肖举起刀对着猪的脖子要下刀时，猪又徒然拼命挣扎起来，仿佛知道到了生命的最后一刻，使出全力要逃跑。它嘴和鼻孔喘着粗气，肛门的稀屎直往后冒，弄得抓猪尾巴的年轻人一手的猪粪，年轻人于是松开了手，使猪挣扎得更凶。

"你龟儿浪格（怎么）松开手？锤子（骂人的话）！"老肖用四川方言发着牢骚。

"格老子的（口头禅），猪大粪直往我手里淌，我哈板儿（傻子）啊？"反击的年轻人也是四川人。

"你就是个哈板儿，瓜兮兮的，你手抬高点，离沟子（屁股）远点，不就没啥子事啦？方脑壳（傻）嘛！"老肖又骂了他一句。

"你狗日的气做啥子？老子说一句话，你就跟我毛起，挨球（不好）！"年轻人不甘示弱回道。

"你龟儿找死嗦，你算老几？敢跟老子顶嘴，不要给你一点阳光你就灿烂哈！年纪小，脾气倒不小，要不待（要不得）！"老肖一下亮出杀猪刀，"你龟儿有种再骂？浪格不开腔喃（呢）？还发飙，你凶啥子凶！"

"好，你有种，我背时（倒霉），你叫我浪格，我就浪格，听你指挥行了吧。"年轻人看着亮闪闪的杀猪刀认输了。

王宁似懂非懂他们的话，因不知道谁是谁非，也不好去劝。

很快，老肖摁住猪脑袋，猛地将杀猪刀向猪脖子刺去，随着肥猪一声长长的惨叫，鲜红色的猪血像水龙头出水一样从刀口处喷涌而出，冲向准备好的木盆里，不一会儿就积了一大盆血。肥猪不再挣扎，渐渐地停止呼吸。接下来就是用一个小铁管伸到猪蹄开口处的皮里使劲吹气，让整条猪膨胀得滚圆，放入大桶里烫泡，然后是刮猪毛，开膛破肚，分开内脏，翻大肠，通小肠，理板油等，最后是将猪肉化整为零切成一条条大约两三斤重的条块肉，分送给岛上各个分队。

"小雪宰羊，大雪杀猪。"在中国北方农村，这是多年来的乡俗。在中国南方，年底时有钱人家也都要杀一头大肥猪。杀猪匠出身的老肖已经记不清究竟杀过多少头猪。有一回在老家杀猪时，他遇见一个老和尚，老和尚说他杀生太多，死后灵魂到了阴间冥府会被审判官判罪孽深重，转世为猪。以前杀猪，死后要转世为猪，老肖害怕了。猪多可怜啊，夏天怕热，在最肮脏的泥浆里打滚，让泥土贴在身上以免蚊蝇叮咬；冬天怕冷，稀疏的粗毛又硬又少，不挡寒只能往草里钻。长大了，又笨又重行走不便，最后难逃一刀，放入滚烫的开水里滚来滚去，直到一丝不挂，被人们四分五裂变成锅里的美味。听了老和尚的话，老肖心里毛毛的，从此，在每杀一头猪前，他都要点一支香，是祈求阴间的阎王还是判官，他自己也说不清，为的是死后投胎不做猪。老肖后来干脆放下屠刀，改种地，可锄头还没有摸热，蒋军抓壮丁又让他拿起杀人的枪。来到台湾，就因为不愿意枪杀一个五花大绑的中共地下党员，老肖被送到绿岛劳改。此时此地，没有他想要的香烛，看着那只被杀的猪，想着杀猪的人将来会受到同样被宰杀的命运，老肖不由自主地坐在地上痛哭起来。

刚才还生龙活虎的屠夫，怎么杀完猪一下子瘫坐在地上？王宁不知道出了什么事，看着老肖哭得像死了亲人一样，上去问他为何如此伤心，却让老肖咆哮怒吼拿起了杀猪刀。王宁不知道他是要杀人还是要自杀，连连后退……

正在事态有可能失控时，一个大约六十岁左右的慈祥老人来到老肖身旁。老人叫曲雪时，原上海法政大学教授，与《中报》董事长陶希圣是挚友，一九四九年随国民党至台，任台湾大学法学院教授，因对蒋介石的独裁统治不满提出批评，被捕送到了绿岛改造。他是第八分队年龄最大、学问最高、大伙儿最为尊重的人。今天，他被队监管叫到伙食房帮厨当火头军。

"老弟，别这样？我知道你是因为杀生而难过，把刀放下吧，不然你又杀生了，对你对别人都是不公！"老教授短短的几句话，让老肖放下了屠刀。

"曲教授，我不想杀猪，更不想死后变成猪，与其变成被人宰杀的猪，我还不如现在就将自己杀啦！"老肖哭着说道。

"知道，知道，来，坐到我这边来，听我跟你说，"老教授和蔼可亲地说着将老肖拉到身旁，"你不必责备自己，杀猪不是你的错，杀猪是一种正当的职业，就像伙夫、马夫、挑夫一样，全是光明正大的劳动，把杀猪的人比作屠夫是狭隘的，带有宗教色彩的，很不恰当的。不过，你想结束自己的生命那就更不好了。人的生命只有一次，没有来世，更不会像你所说的杀猪的人死后就会变成猪！……"

曲教授一连串掏心窝子的话，让老肖和王宁都深受感动和备受启发，老肖答谢曲教授的礼物是猪头肉。

农村杀猪匠的赏赐，除去少量的手工费外，还能得到一套猪下水。在绿岛杀猪既没有工钱，也没有猪下水。老肖不愿意白干，他私自留下半个猪头，清除猪毛放入铁锅中加盐、花椒和岛上的一种香料——香茅草，在大火炖煮了半个多小时，起锅将其切成大薄片，加入自酿造的鲜酱油拌匀，请曲教授和王宁来品尝。

男人大多好吃肉，吃肉的快感总是念念不忘，既有舌齿的享受，又有胃肠的满足，还有心情的愉悦，生理上、心理上都是很大的享受。苏东坡说："无肉使人瘦"，他发明的"东坡肉"可说是家喻户晓，人人皆知。左宗棠说"无肉不叫宴"，庆功宴总是少不了大肉。传说纪晓岚一餐可吃三斤肉，廉颇一次能吃十斤肉，鲁智深爱吃狗肉，戚继光痴迷猪头肉。历史上，爱吃肉的名人很多，肉的做法也各有千秋，红烧肉、回锅肉、咕咾肉、腐乳肉、粉蒸肉，等等，煞是过瘾，百吃不厌。好久没有吃肉的王宁肚子里很缺油，总觉得空空荡荡要被抽干似的，一闻到肉香，胃里的馋虫立刻往上爬。他是垂涎欲滴，如同饿急了的黄鼠狼见了鸡，恨不得把一脸盆猪头肉全吞下去。他毫不客气抓起一块大肥肉塞进嘴里，那个吃相就像是馋猫吃耗子——生吞活剥一样，嘴里吃着，手里拿着，眼里还看着。一向斯文的曲教授，比王宁也好不了多少，也是狼吞虎咽，吃得满嘴都是油。俗话说，吃得邋遢好做菩萨。脏点怕啥？"天予不取，反受其咎；时至不迎，反受其殃。"既然有这么好的机会，何不饱尝一顿，他俩是甩开腮帮子使劲吃肉。可曲教授没吃几块就被肉噎住，憋得他满脸通红，幸亏老肖端来一碗水让他润下去。吃到这个时候，曲教授才体会到猪头肉烧得不错；皮薄肉嫩，肥中有瘦，瘦中带肥；猪耳朵皮韧骨脆，嚼劲十足；猪口条是瘦肉，越嚼越有味道；猪眼睛有一种特殊的清香；猪槽头肉嫩滑多油，到嘴就到肚。猪头肉各个部位都有特色，让他回味叫绝。

三人边吃猪肉，边谈猪。曲教授说："汉字的'家'字，由'宀'和'豕'组成，'宀'为屋；'豕'为猪，有'宀'有'豕'就是'家'，可见中国古代在造'家'这个字时，养猪已经非常普遍。"他还一口气说出数十个与猪有关的俗语、成语："人怕出名猪怕壮、猪卑狗险、猪突豨勇、泥猪癞狗、指猪骂狗、狗猪不食其余、肥猪拱门、冷水烫猪、猪狗不如、寄豭之猪……"王宁也说："有一次部队走进雷场进退不得，后来有人赶来一群猪在前面走，结果有一些猪踏雷被炸死，我们跟着一群猪才走出雷场，是猪救了我们！"老肖说："最好吃的莫过于猪拱子（鼻子），因为猪在寻食时，要用鼻子拱来拱去，长此以往，鼻子十分灵活，弹性十足，看上去柔软，实际柔中有刚，因此猪鼻子最好吃。"不过他不吃猪鼻子，包括猪耳朵、口条、眼睛他都不吃，顶多吃一点嫩肉，因为他的牙齿全都松动，不能咀嚼韧性食物。有人说他满嘴跑脏话，骂走了嘴，骂到了政府头上，所以牙痛。医生以为他是牙病，给他的牙床涂了些药膏，结果不起任何作用，渐渐地全口牙齿摇摇欲坠，仅仅三个月，体重就由一百三十斤下降到一百一十斤。

王宁发现老肖的症状很像以前书里读过的关于"维生素"缺乏症论述。书中说：缺乏者可导致牙龈、皮下、肌肉、关节、黏膜等处出血，易患牙周炎、消化不良、贫血、坏血病、骨骼变化等疾病。而人类自身不能合成和贮存维生素 C，人体每天所需的 45 毫克以上的维生素 C 需要从食物补充，植物中刺梨、酸枣、柑橘、西红柿中含有丰富维生素 C。于是，王宁与老肖去医务所，找另一位医生说明来意和想法。这位有同情心的医生，觉得王宁的推想很有点道理，让老肖增加营养，多吃一些含维生素 C 高的水果。绿岛秋冬季的柑橘刚刚成熟，犯人是吃不到的，但菜圃里一年四季都有迷你西红柿，果形如葡萄，果色鲜艳明亮，它既是蔬菜又是水果，维生素含量比大西红柿还要高出两倍。医生开了一张病条给老肖，并让分队每天给他增加一两小西红柿，王宁和曲教授也从地里偷偷私藏一些给老肖。大家都没想到，两个星期后奇迹出现了。老肖的病情明显好转，身体逐渐康复起来！从此，他们仨成了忘年之交，老肖比王宁大整整二十岁，曲教授又比老肖大整整二十岁。

为谁打仗

绿岛的生活为准军事化管理，早晨五点半起床，限三十分钟内完成穿衣、叠被、洗脸刷牙、上厕所、整理内务。六时出操，六点半开早饭，七点整集队学习汇报，七点十五分出工干农活。中午有一个半小时吃午饭和休息，下午干到五点半，然后是晚饭，晚上十点以前必须上床睡觉。大多数新来的人很不习惯，而军人王宁并没有感到多大的不适，除每天早上十到十五分钟的学习汇报和每周半天的政治教育，唠唠叨叨讲来讲去就是那点东西，就是重复那几条纲领，什么"三民主义""反攻大陆""遵从领袖""消灭共匪，解救大陆同胞"等令他讨厌外，倒是劳动让他感到自在。那时候的农活主要是以满足在岛人员吃饭为主要目的，农作物的种植与管理工作量都有限。农闲时别人聊天休息，王宁总是喜欢跑到曲教授那里。

在错误的时间遇到正确的人，还算是一种幸运，就怕在正确的时间遇到错误的人。曲教授不仅知识渊博，而且心地善良、为人正直，王宁有幸与他在一起，受益匪浅、感触良多。他的一段话让王宁一直没有忘记："一个小人物影响有限，就像一根草绳很不起眼，似乎没有什么价值，草绳扔在路上是垃圾，但它与菜捆在一起，则与菜同价，如用它系猪肉又有了肉的价。人也是这样，在不同的环境会有不同的价值！我在这个小岛上是垃圾，但出了这个岛我就有了菜价，一旦让我站在讲坛上，我就有了肉价，哈哈……活着，就该笑着，走着，就该抬起头。"有一次，在难友骂分队监管是法西斯时，曲教授问王宁为何当兵打仗？为谁扛枪卖命？这个问题竟然把王宁给问住，是啊，究竟为何？原先是被抓兵，无奈扛枪上战场，后来为了那个梦，站在青天白日旗下誓言为正义和勇气、民族与国家誓死奋斗，不惜于青春乃至生命。可那个梦没法实现，为何还要再回到军队里？这里有法西斯的训练、愚昧的奴化教育、不平等的等级制度，待遇微薄，生活清苦，中下级军官和底层士兵饱受欺负，就连基本人权也得不到保障，自己被污蔑为"抗命擅自逃跑"送到这个鬼地方，就是一个很明显的例子。王宁反省自问却又答不到根上。曲教授说："民国法律规定，男人十八岁才能结婚，可是十六岁就有可能被抓兵，这说明：在民国杀人比做丈夫容易。"曲教授给他讲了一个启发他的故事：

军师华歆出主意让曹丕杀掉他的弟弟曹植，以防后患，他说："众臣都知道曹植出口成章，召他来试一试，如果不是就杀掉，如果是就贬走，以堵住天下文人的嘴。"曹丕听从了华歆的建议，对弟弟曹植说："我和你虽为兄弟，但我是君，你是臣，你竟然敢以你的才华而蔑视传统礼节。过去父亲在世时，你常常以文章来显示自己，我很怀疑那些文章是由他人代笔，今天限定你走七步作一首诗，如果能，则免你一死，如果不能，就别怪我了。"弟弟曹植说请出题，曹丕就以殿上悬挂的一幅两牛相斗的水墨画为题，说："你的诗中不许有二牛斗墙下，一牛坠井死字样。"曹植行走七步，一首诗已想好，诗曰："两肉齐道行，头上带凹骨。相遇块山下，郯起相唐突。二敌不俱刚，一肉卧土窟。非是力不如，盛气不泄毕。"曹植以那头坠井的牛，不是力气不行而是不露，含沙射影令曹丕和群臣吃惊。曹丕无奈，又说："我认为七步成章还不算快，你能应声而作诗一首吗？"曹植请他出题。曹丕说："以我们兄弟为题，但诗中不许有'兄弟'字样。"曹植脱口而出："煮豆燃豆萁，豆在釜中泣，本是同根生，相煎何太急！"曹丕听后，潸然泪下，母亲卞氏也从殿后出来说："哥哥为何逼弟弟那么甚？"曹丕慌忙离座，只好贬弟弟为安乡侯。曹植用自己的智慧免于一死。这个故事最最精彩的是诗中"煮豆燃豆萁"，即用豆茎做燃料来煮豆子，比喻兄弟手足相残。

王宁很小就知道这个故事，但从未与现实和自身相联系过，经曲教授这一提示，终于明白他的意思：国共之战是一场中华民族内部兄弟操戈的战争。不过，王宁也有自己的观点：扛枪打仗是为了国家，尽管当时国家由国民党控制，由蒋介石领导，但他和他的同学们并非为一个政党、一个领导人而上战场，他们参加的是一场主义之争，理想之战！因此，所有战死疆场的人，无论是蒋军还是解放军的官兵们，都应该是为各自的理想捐躯的！在中国历史上，兄弟自相残杀司空见惯，可"吴越同舟"在华夏五千年历史长河中不胜枚举。《孙子·九地》里说：吴越两国人为世代仇敌，但他们同坐一条船遭遇风浪时，互相帮助，如同左右手那样齐心协力，经历患难共渡难关，这便是"风雨同舟"的典故。人与人之间，团体与团体之间，民族与民族之间，军队与军队之间，乃至于国家与国家之间，原来是"兄弟"后来却翻脸成仇的例子很多；原来是"敌人"后来反转成友的故事也不胜枚举。其实，是"操戈"还是"同舟"，都与当时的处境有着密切的关系。

　　不仅仅是王宁这样的小人物思考参军以来所亲历的战事和沦落到如此地步的缘由，就连一些国民党高层人物也深思所谓的"戡乱"，反省这场伤亡千万人的内战。国民党"大佬"陈立夫在总结失败原因说："一是军事上的错误，二是财政金融没有搞好。"张学良的观点则独树一帜，他说国民党"打不过共产党的原因，是没有中心思想。""国民政府内部只有四个字：争权夺利。这岂有不败之理！"国民党中央执委会委员、山东省主席王耀武对于蒋军失败速度之快，大惑不解，他说："五万多国军，一天就完蛋了，我就是放五万条猪也够共军抓一个礼拜的。"其实，国民党失败丢掉大陆的原因，除去军事和财政，还有领导人的错误、军政腐败、用人不当、军民关系形同陌路，尤其是蒋介石的方针政策与民心相背，这些都是国民党最终失败的根源。检讨丢失大陆的原因后，蒋介石为确保台湾这块最后的"反共基地"，采取了一系列的强硬手段和暴力措施，这就是台湾史上那场不堪回首的白色恐怖的缘由。

白色恐怖

　　白色是冷色，是谁都可以拥有，谁又都无法拥有的颜色。白色渗透着层层叠叠的忧伤，白色的天，白色的云，白色的光，白色的窗帘，白色的床单，白色的大褂，全是冷色。衣服旧了颜色会发白，日子久了记忆会泛白，葬礼上穿白色服饰，系白色腰带，扎白色头巾，戴白色的花，白色氛围把人笼罩在一种阴郁的气氛里。

成斌因原独立师中有人是中共在台地下党员，受牵连被软禁在家中，他曾一度被怀疑是台湾潜伏最深的、深藏于台湾最要害部门的中共地下党之一。《中报》报社的晁超因写了一篇批评国民党的文章，被秘密逮捕不知了去向，后来得知被处决于马场町，报社董事长陶希圣因挚友曲雪时和部下晁超的影响被冷落；浯祖岛五十三团因代理团长孙剑长神秘"失踪"后，全团官兵受到集体审查，尽管没有找到有价值的证据，但在查办过程中，发现有士兵企图偷渡大陆，全团有六人被就地正法，二十多人被逮捕入狱，送到景美看守所。

景美看守所位于台北县景美镇的一个小山沟里，这是"军法处"所属一个专门关押台湾进步人士的场所，关押着一千多名"政治犯"。在看守所周围筑有双层钢筋混凝土围墙，外墙高达十米，有一道向里倾斜的电网，与四个角楼碉堡相连接。看守所内有牢房一百多间，每间牢房关押"犯人"十多人。有三百多名狱警日夜看守巡视。"犯人"大部分为知识分子和青年学生，他们的罪名有"头戴红五星"，有撕毁学校"国旗"，有烧毁"总统"画像，有信中"诬蔑"国民党，有唱了几句《国际歌》，有阅读毛泽东文章，有传播大陆消息，其中真正的中共人员很少。除了未判刑或已判死刑的人外，"犯人"每天都要被强迫从事繁重的苦役：为台北的"三军总医院"等单位清洗缝补病号服、床单、被罩、纱布，等等；为军工厂加工零件；为水泥厂生产包装袋，每天要劳动十二个小时以上，对于不服改造的"调皮捣蛋鬼"，如以怠工、破坏工具、弄坏衣服、画讽刺漫画等方式抗拒的，一旦查到都会严惩，"顽固分子"一律送到绿岛集中营。

白色恐怖袭来，秋露所熟悉的人中，有一些走向了不归路，她自己也因一份同情弱势群体的文章被批评，更糟糕的是获悉王宁被捕送到了绿岛。这消息犹如晴天霹雳，给盼望和苦苦等待的秋露当头一棒。此时她已经怀孕八个月，这是她与王宁的第二个骨肉。第一个孩子没有保住，这回无论如何要安全地生下来，让其平安、健康地长大成人。

是夜，死一样的寂静！月无言，星无语，除偶尔从淡水河传来一两声巨轮沉闷的鸣笛声，这个世界似乎沉寂了。独饮孤单久久不能入眠，秋露蜷缩在被褥里，蓦然发现真正感到寒的还是那颗心。几经离别，几经追忆，原以为找到了王宁就可以相挽相扶走向幸福，却不知又回到了牛郎与织女的分离——等与忍的交替。想哭，却不愿意让肚子里的孩子听见，想给王宁写信，却没有一点力气。作为一个战乱中的女性，毋庸置疑，秋露在肉体与精神上都受到了严重的伤害，但她没有倒下，历经磨难的她愿意一个人扛起所有的苦与痛，努力去直面人生中的不幸。伤心过后重新梳理情绪，痛苦、绝望、不能自拔，绝不是王宁所期望的，懦弱只会裹足不前，失去更多，为了腹中的孩子，她下定决心做一个坚强的女人，做一朵战乱中压不扁的玫瑰花！

　　而囚禁在绿岛的王宁在长时间的关押下，身心渐渐地疲惫，意志慢慢被磨灭。那么，王宁会不会就此沉溺下去呢？秋露能够如愿顺利生下他们的孩子吗？

第十八章　世事难料

初为人母

　　秋露挺着大肚子还在为王宁被陷害的事奔走，她爱他超过爱自己，再难也没有改变过她对他的情，再苦也没有动摇过她对他的爱。刚获悉王宁被送到绿岛那会儿，秋露真是天昏地暗，眼前一片漆黑，痛苦绝望极了，甚至一度想到死。但肚子里的孩子不久就会来到这个世界，再大的冤，再多的苦，也无权利剥夺孩子的生命，必须平平安安把孩子生下来。她通过樊昭阳、赵二宝等人收集到的军中一些黑暗、腐败实例，写的调查报告在《中报》不能发表，因为《中报》的出版内容已被严格限制，只能通过一些小报披露，其社会影响非常有限。倒是殷海光将王宁被押送到绿岛这事，在台湾大学讲演引起不小的反响，因此，她和殷海光都受到台湾军方警方的严重警告。

　　为了腹中的孩子，秋露只好暂停奔波，事实上她也需要休养生息。因为她的身体状况越来越糟糕，营养不良、贫血、面黄肌瘦、体重并没有随着胎儿的长大而增加、时常头晕、肝功能也不太好，而这个时期的市场供应很差，除海产品和当地的水果外，大多数食品都比较贵。她的薪水虽有所增加，可比起市面的高物价，依旧是杯水车薪，生活上几乎没有多大改善，而她和胎儿正是需要营养的时期，厌食、呕吐、反胃、烦躁不安等孕期反应，又让她苦不堪言，其艰辛只可意会无法言传。无奈，她只能忍着，看得老社长和他的夫人都心疼不已。然而，个性倔强的秋露并没有向命运低头。尽管她也哭过，忧过，但当梦想成为使命，当爱心成为责任，现实又不得不接受这样的生活时，她选择勇敢地面对，决不能让自己和孩子生活在阴影之中！

　　在孕育小生命的这段日子里，秋露并未感到孤寂，因为有腹中的小宝宝在

420

不动声色地一直陪伴着她。走在上班的路上，看到幼教班一个个活泼可爱的小脸，她会想到腹中稚嫩的生命，将来一定像他们那样天真无邪；在编辑室的办公桌座位上，她会不时抚摸一下小腹，安抚孩子不要淘气；在晚间休息的床上，小家伙有时会毫不留情把她踢醒。每当想起这些，她都会情不自禁、笑容满面，有时候还会和腹中的孩子谈上几句，因为那是她的希望、她的寄托和生命延续，她不能冷落那个小天使。秋露不知道自己怀的是男孩还是女孩。这个时节周边的妈妈们生女孩特别多，一波一波的。对她来说生男生女都一样，若考虑到王宁他家仅有一个儿子，秋露当然希望生个男孩好延续王家香火。

民间流传：酸儿辣女，即怀孕期间孕妇嗜好吃酸多为生儿子，嗜好吃辣多为生女儿；怀男孩会让妈妈变丑，怀女孩会让妈妈变美；怀男，胎动是一条线，怀女，胎动是一个点；怀男，胎心快，怀女，胎心慢；肚子尖是男孩，肚子圆是女孩。撇开传说，社会上还有所谓的清宫测生男生女的算法……其实，生男生女是大自然的奇妙安排，不由人们的意愿所改变，民间传言也好，个人经验也好，多不靠谱，有些是娱乐，有些是骗术，大都不可信！

进入孕期的第二十五周后，秋露感到胎动越来越明显，越来越有力度，站着有感觉，坐着有感觉，甚至半夜里仍然有感觉。偶尔胎儿还是会发出有力的一击，估计将来是个小调皮！男孩？那倒不一定！上一次怀孕感觉胎动并不大，却是个男孩，怀女孩有时候也会感觉有较大胎动。随着胎儿一天天长大，肚子也一天天变大，秋露身体上的妊娠纹有所增多，渐渐感到力不从心、身不由己，走路明显放缓，弯腰吃力，爬楼气喘吁吁，不敢在人多的地方久留，但她仍然挺着肚子坚持上班。庆幸的是编辑室里的同事们都照顾她，分配给她的工作最少，有时候老焦还将她的工作抢过去做，董事长陶希圣也常让夫人给秋露些好吃的有营养的东西。

在孕期进入第三十五周后，秋露对于临盆的过程恐慌起来，因为身边没有一个亲人，又是第一次生产，因而顾虑重重。这事被糖厂女工阿兰知道后，主动搬到秋露的住处来照顾她，大大缓解了秋露的担忧。阿兰的孩子生肺炎曾被秋露救活，可半年后还是夭折。阿兰一个人在台北没有亲友，也想与秋露做伴。她从老家兰屿岛弄来块糖、鸡、山猪肉、飞鱼干、椰子油、兰屿燕窝，等等，其中块糖是将收割下来的甘蔗榨汁后，在小火熬煮去除水分获得的红褐色块状粗糖，也称为红糖砖，这种糖砖含有一点焦糖的特殊风味，保留了甘蔗的大部分营养，是台湾少数民族必备的产妇食品。加之她搜集准备的经过沸水消毒处理的旧婴儿包被、衣服、尿布、奶瓶、奶锅等用品，让秋露坐月子有了基本物质保障。

孕期到第三十六周，一天晚上，秋露突然感到肚子痛，以为要生，到了医院肚子又奇怪不那么疼了。常规检查之后医生说还没有到时候，离预产期还有二十多天，早着呢，她们只好回家。可能是走急了点，夜里肚子再次疼痛，有规律的痉挛。秋露掀开被子发现床单和褥子湿了一大片，显然是羊水破裂。接着就是有规律的阵痛，秋露知道分娩过程，忍了一阵子，想等到天亮再说，却感觉阵痛愈来愈强烈，只好叫醒阿兰准备再去医院。细心的阿兰起来见秋露额头上冒着汗珠，大口喘着气在痛苦地呻吟，检查发现秋露临盆，已经看到胎儿的头发，来不及去医院，她立即铺好产垫，准备好洁净的毛巾、脸盆、在火上烧过的剪刀、温开水等接生用具和必备的用品做接生准备。别看她年龄不大，对于接生她有一些经验。从小在兰屿跟着接生的母亲做帮手，也记不清已经给多少达悟妇女接生过，每一次接生，都能得到一堆木薯或者一只鸡鸭，都会得到产妇家人的感谢，有时候还能得到一个红包。可这一次迥然不同，什么也没有，当然她什么也不要。她一边安抚秋露不要紧张，一边协助胎头俯屈和胎肩娩出，"放松！用力！好！再用力！"。此刻的秋露疼痛难忍，腰就像要断了一样，想放声大叫又不敢。随着"呼啦"一声，她感到身体内一大块肉团涌出，肚子也轻松了许多，她知道孩子终于出生。

十月怀胎一朝分娩，一个小生命就这样诞生了，秋露也从一位年轻的准妈妈，荣升为真正的妈妈。是个"千斤"，她冲破了重重困难、道道难关，挣扎着来到这个世界，然而她并没有哭。阿兰熟练地托住胎儿，挤出胎儿口鼻内的黏液和羊水，立即用一只手抓起她的两条小腿，将其倒挂着，另一只手轻轻地拍打了两下孩子的臀部，四五秒钟后传来女婴的啼哭。小家伙一哭就哇哇大哭，那洪亮的哭声好像要告诉人们，她有很强的生命力。

孩子哭了，妈妈笑了。孩子给妈妈的第一声问候，竟然如此悦耳动听。这一刻，秋露也醉了，她忘却自己刚刚经历数小时的阵痛折磨，忘却先前的恐惧，闯过鬼门关又回到人间，忘却身体还十分虚弱，甚至连抬头的力气都没有，侧过头看到阿兰递过来的粉妆玉琢的小家伙，汗水、泪水、疲乏的笑容一齐出现在她那显得有些苍白的脸上。她的心头充溢着万般爱怜。小家伙全身白里透红，稚嫩的脸蛋红嘟嘟的，像半熟桃子。两串弯弯的新月眉，一个精巧的小鼻子，一张肉乎乎的小嘴巴和一对轮廓分明的耳朵，是那么的可爱。两个蜷曲着的小腿，两个紧紧攥着的小拳头，还有皱着的眉头，又显得弱小无助。

接下来，就是清理婴儿身上的血水和胎便。除了清理血水和胎便，还要清除胎儿口腔内的黏液、羊水，结扎胎儿脐带，止血防感染，包裹新生儿，给孕妇消毒、清洁，处理胎盘等。所有这一切阿兰都做得忙而不乱、有条不紊。阿兰将孩子包裹好后，用家里的杆秤和篮筐称了一下，婴儿体重五斤半，身长四十八厘米，早产二十多天的婴儿如此重量和身长算是健康，这让秋露和阿兰悬着的心，终于放了下来。

看着包在暖暖的小被子里的孩子，小脑袋上浓密乌黑的头发，很像那个不在身边的人，孩子的肤色也都像他，只是可爱的小脸蛋有些细长白色绒毛，额头上还有几条皱纹，仿佛是一个小老头。秋露知道这是孩子偏瘦还没有长开的缘故，要不了多久她就会变得白白净净。孩子闭着双眼似乎在酣睡，秋露侧身在小脸蛋上轻轻吻了一下，小家伙立即有了反应。她左右摇晃了一下脑袋，睁开一只迷茫的眼睛，第一次看这个陌生的世界，而另一只眼睛却迟迟不愿意睁开。她的小嘴微微动了一下，居然露出甜甜的微笑，这笑容是那么的无邪、纯净、令人陶醉，好像在说："还是妈妈的肚子里最温暖，该如何去面对那艰难的人生之路和动荡不定的未来呢？我还得思考一下，因此才不愿意这么快睁开双眼看人间。"她长长的睫毛扇了一下，将睁开的那只眼睛也闭上。秋露再也控制不住，蛰伏于心底很久的原始母性喷薄而出，泪水立即从眼眶滑落下来，肆无忌惮地流个不停。她紧紧把娇小的女儿搂在怀里，幸福的暖流涌遍了全身，喃喃自语："宝贝，是你给了妈妈力量，是你让妈妈变得坚强，妈妈会全力以赴地保护你！"

孩子顺利降生，秋露本以为一件心事就此了结。殊不知，这只是刚刚开了个头！遇到的第一个问题是休息不好，尤其是刚生孩子最初几夜里，她有些不适应，一直记挂着孩子，得不到充分的睡眠。乖巧的孩子如同植深于土壤中的小苗，需要阳光、雨露沐浴，需要有充足的营养，方能够渐渐枝繁叶茂。孩子是那么依恋和需要她，这种被依恋的感觉让她情愿做出任何牺牲。第二个问题是台北的物质供应匮乏，产妇所需的鸡、鸭、肉、蛋、红枣、银耳、香菇、党参、当归等贵得惊人，很多东西秋露是吃不起的。还好，阿兰母亲从老家带来许多高蛋白食品,如海鱼、鸡蛋等,解决了秋露的燃眉之急。第三个问题是母乳不足。宝宝吃完奶睡一会儿,时间不过一个小时又要吃,且宝宝精神状况不好,大便一天仅有两次,量不大,较稀,有绿色泡沫。可能是近来秋露压力过大,担忧王宁,担忧生活,担忧孩子的未来,情绪郁闷,焦躁,波动,导致大脑皮层影响垂体活动,抑制催乳素的分泌。不过,这个问题很快也就解决了。杨梦玥送来从"中美交流协会"搞来的进口洋奶粉,余梅送来一台留声机,还有几张好听的胶木唱片。阿兰用木瓜、鲜鱼、兰屿燕窝和猪油、姜、盐,文火熬煮的煲汤,秋露最爱喝。这种汤是达悟人传统的催乳补品,专治妇女产后缺乏乳汁,这就大大缓解了秋露的压力。孩子还没取名字,看着她两只亮晶晶的眼睛,粉嫩嫩的脸蛋,秋露就给她取了个"小毛头"的乳名。三个女人一台戏,她们五个女人在一起还了得。只要小毛头不睡觉,屋里就乐翻了天。老社长与夫人也来探望,报社同事又来庆贺,还有邻居的道喜,都使秋露情绪明显好转,乳汁量很快就上去。由于孩子一次能吃饱喝足,很少再哭闹,秋露的休息时间也就增加了许多。

坐月子同样很辛苦,首当其冲是夜里很难睡个完整觉,孩子哭了,起来喂奶、拍嗝;刚喂完奶躺下又哭,于是再次爬起来,去掉湿尿布换上干爽的新尿布;换完躺下不久又哭了,这次真不知道是何故,只能第三次起床,抱起来哄着,拍着,晃着,亲亲她的小脸,拉拉她的小手,唱着摇篮曲才安静下来。有时候孩子仍旧不肯睡觉,睁着大眼睛没有一点睡意,把夜里当白天,秋露只能在旁边守着,陪着,一刻也不敢马虎,一夜的时间就这样起起落落、反反复复。不过,只要小宝贝健康快乐,再累,付出再多也愿意。孩子不经意的一颦一笑,一个滑稽的小举动,都会写在母亲脸上,甜到母亲心里,让母亲感到欣喜不已。

小毛头的小身子很结实,皮肤虽然滑嫩,肌肉却很有弹性,渐渐胖了,高了,机警有活力,像花儿一样。秋露心里别提有高兴,她感谢老天爷赐给她一个美丽的小天使,感谢王宁,感谢阿兰,感谢所有帮助自己的人们!当然,也要感谢她的小宝贝,带给她最美好的感觉和新的人生体验。

秋露沉浸在初为人母的喜悦之中,从此少了一份羞涩,多了一份牵挂,大部分时间、大部分精力都放到了小宝贝的身上。不养儿,不知父母恩。也就在这一刻起,她体会到做母亲的不易,普天下母亲是多么的伟大。由此她想到自己的母亲。感恩母亲含辛茹苦的养育和教诲，她老人家要是知道已经当上了外婆那该多好啊！她从心底里祝愿老人家健康长寿，安享晚年。

悲喜交加

孩子是上天赐予秋露最大最好的"礼物"。孩子满月这天，秋露的朋友、同事、长辈们又来祝贺，有人递来礼物，有人送来红包，有人寄来对联。尽管这些礼物和现金数量很有限，但一条条贺词却让秋露的心暖暖的："贺掌珠之喜；祝小公主茁壮成长；愿小宝宝给你带来无穷的快乐；恭喜小家新添金凤凰；你喜得宝贝，我们小字辈也晋升一级；祝愿小毛头健康、聪明、美丽；千金是个宝，贴心小棉袄，温暖又温馨，父母少不了；真为你高兴，小天使将会给我们大家带来更多的欢乐；育女任重道远，还需努力加油；喜邀嫦娥满月来弄瓦，兴拜麻姑瑞年庆千金……"还有她采访过的人、帮助过的人寄来的一封封美好祝愿信，都使秋露十分感动。鉴于精力的原因，她无法逐一感谢和回复，不过她还是想做件有意义的事情，给孩子留下一个长久的纪念。她要做什么有意义的事呢？

她想为女儿种一棵香樟树，陪孩子一起长大，秋露对香樟树情有独钟。秋露喜爱香樟树，喜爱它的性格，无论生长在哪里，常年郁郁葱葱，它蓄坚贞于内，扬正气于外，不屈不挠的性格，与她倒十分相似。在乡村的小路上，住户的庭院里，城市的街道边，都可见到它的身姿，在南国很多地方均种植香樟树。记得南京家里有一个大木箱，每每打开时，就可以嗅到一种与生俱来的特殊香味，既提神醒脑，又滋润心田。母亲说，那是樟木箱。母亲的母亲，也就是她的外婆，住在素有吴中第一镇之称的木渎。外婆一出生，外婆的父亲就在家门前种了一棵香樟树。外婆长大出嫁前，外婆的父亲就将成材的香樟树砍倒，做成大、中、小三个木箱作陪嫁，既防虫又经久耐用。小箱子存放苏州产的珍珠项链和首饰，中箱子放陪嫁的衣服和苏绣绸缎，大箱子放陪嫁的蚕丝被褥。后来，外婆将最大的一个樟木箱传给了母亲，母亲嫁到苏州城的嫁妆就包括这个樟木箱。母亲随父亲到金陵，樟木箱又带到南京。秋露每当想起祖传的樟木箱总会感慨一番，而今她也当上了母亲，也想给女儿种一棵香樟树。台湾的香樟也很多，本樟、芳樟、油樟、黄樟等到处都有。秋露刚坐满月子便迫不及待地去买了一棵香樟树苗，种在自家的院子里。遗憾的是她没有亲眼见到二十多年后她的女儿也到了婚嫁年龄时，小院的房子和原有的相思树已经不复存在，而那棵香樟树依然苍翠，已长成了一棵参天大树的情景。

面对孩子一天天长大，秋露有些慌张，等女儿懂事后问爸爸为什么不与她们在一起，她该怎样回答？女儿是那么的年幼，脆弱，娇柔，根本经不起大风大浪。倘若编织一个美丽的谎言，只能对付一时，有朝一日谎言被揭穿，幼小的心灵能承受那样的打击吗？会不会因此而崩溃？如果告诉她事情的真相，会不会激起女儿对当局的仇恨而走向极端，那岂不是给孩子也带来更大的灾难？要是不告诉她，将来小伙伴们问她爸爸哪里去了，她该怎样面对和回答呢？单亲家庭生活是不幸的，不管采取怎样的努力，伤害仍然不可避免，问题是如何将伤害减轻到最小，以致孩子一生都不会被打垮？秋露苦思冥想，决定先编一个谎言，就说爸爸早就病故，告诉她没有爸爸我俩也能活，让她学会坚强，激励她长大后学医，去医治更多与她爸爸得同样病的人，让她懂得坚强的意志和坚忍不拔的毅力是战胜困难、克服软弱、取得成功的保证。等她成年后，有足够的承受能力，再告诉她王宁被陷害的实情。

想让王宁见见小毛头成了秋露最大的心病。纵然他们还未举行婚礼，可在她的心里，她早已经是他的人了。王宁是她的希望、依靠，是她的天。婚礼只不过是一个形式，在这个战乱纷争的年代，在动荡不定的社会里，没有举办过婚礼的家庭不计其数，等他出来再举行婚礼也不迟。当下，是要让他知道已经当上了爸爸。怎么才能去绿岛呢？白色恐怖笼罩下的台湾岛，没有官方允许根本去不了那个地方。这让秋露伤透脑筋，有好长一段时间跳不出那个折磨她的痛苦的漩涡。还好，她的精神支柱没有倒下，要把女儿培养成人的决心丝毫没有因情绪波动而动摇。

临近春节，阿兰准备回兰屿岛与家人团圆，欢迎秋露与孩子一同去。秋露很感兴趣，也很想了解达悟人的风土人情和生活现状，尤其是当地妇女和儿童的需求。这与她负责的报纸栏目内容有关，加上她在台湾除王宁以外没有一个亲人，春节又是背井离乡、客居异地的游子团聚的时候，去阿兰家过春节可行，免得与孩子孤孤单单颇感寂寞。阿兰的家在当地是个殷实、好客的大家庭，爷爷、奶奶、阿爸、阿妈、大哥、二哥、阿姐、阿妹，连同阿兰一家九口，算上已经出嫁阿姐生的一儿一女和姐夫，一共是十二口人。春节期间，阿兰大哥要娶媳妇结婚，全家欢聚一堂，十分热闹。秋露与孩子于阴历腊月二十九到达兰屿，受到阿兰全家人的热烈欢迎，尤其是可爱的小毛头，每一个人都想抱一抱，亲一亲。那乖巧的小毛头一点儿也不认生，总是目不转睛，好奇地看着抱她的人。有时候还给个笑脸和手舞足蹈的动作，或者"咿咿，呀呀"说两句谁也听不懂的儿语。秋露也就利用这个难得的机会，力求多了解当地人的风俗习惯、文化信仰、生活需求。在与阿兰哥哥新婚妻子攀谈时，得知她娘家在绿岛南寮渔村，两岛相隔只有三十五海里，机动船三个小时即可到达，秋露立即想到乘船去绿岛见王宁。大年初二是阿兰嫂子回娘家的日子，秋露请求他们带她一起去。新娘子十分犹豫，因为绿岛有看守部队，非绿岛的人一律不准登岸，也不准带岛上的囚犯离开，违者一律射杀。秋露向他们哭诉自己的不幸遭遇，与阿兰一道好说歹说终于打动新婚的阿兰大哥。大哥给乡长送了两条海鱼，开得一张证明才同意带秋露去绿岛。

大年初二，随着清晨的第一缕阳光升起，秋露抱着刚好百日的孩子与阿兰一起登上一条去绿岛的拼板船。达悟人通常将小的称为舟，大的称为船。拼板舟一般三到八米长，一到两米宽，由二十一块木板拼成。舟上有一到三对桨，没有风帆。而拼板船一般有十到二十米长，两到三米宽，通常配风帆。拼板船船底的龙骨选用质地更坚硬、耐腐耐磨、不易变形的木材，如兰屿赤楠、福木、台东龙眼等，船舷侧板的材料主要是面包树，每一片船板的削制、衔接及各个步骤，都考虑到木材的特性精心制作。拼板舟主要用于围捕飞鱼和作为运送少量人员的工。拼板船有两到三个隔舱，除捕鱼外，还兼有储藏捕到的海鱼，放置渔网、标枪、抄子等工具，运输物资和人员等功效。达悟人捕鱼很有趣。他们捕旗鱼时用标枪射，晚间捕鱼用火把或乙炔气照明，成千上万的小鱼见到火光，就会集体跳出水面，达悟人用抄子捞，一捞一大堆，根本不用网。每年捕飞鱼时节，都要举行仪式，佩戴传统饰品，盛装聚集在海边杀鸡献祭，用手指蘸鸡血点在礁石上，以祈求获捕鱼丰收。送新娘的船有十多米长，在兰屿属于中型船，等新娘、阿兰、秋露和小毛头都坐入船舱后，大哥扬帆，二哥操舵，借着东南风向北侧的绿岛驶去。虽然风浪不大，但海上航行仍有一些风险，秋露既然选择了爱，既然选择了那个人，就意味着要承担起爱的代价。

天空阴沉沉的，下着毛毛细雨。在秋露眼里这哪里是雨，分明就是老天忧伤的眼泪！海风发出呜呜的响声，似呜咽，像哀泣，她在雨伞下紧锁着眉头看着北方，额前的刘海被风吹来吹去，也不知道这样的天气去绿岛是不是合适，却没料到行程非常顺利。拼板船乘着灰蒙蒙的天气，经四个小时的海上航行，一帆风顺抵达绿岛近海。由于是艘两端上翘的达悟人拼板船，又值过春节期间，岛上的哨兵并没有发出不准靠近的警告。拼板船由绿岛最南端的"帆船鼻"一直向北，沿着岛东侧到达牛头山拐弯向西，绕了半个岛到达绿岛的北侧凹湾停靠，让秋露和孩子、阿兰她们上了岸。

雨绵绵，无绝期；路漫漫，无尽头；情切切，无休止；意茫茫，无人应！秋露带着悲喜交加的心情，抱着女儿与阿兰一起向岛上走去。行走在满是荒凉和碎石不绝的海边小路上，心头有一抹难言的忧伤若隐若现，期盼中夹杂着些淡淡的苦涩。临近一棵饱经风霜、瘢痕累累的百年大树，忽然间又有种异样的心境。在雾霭重重的背景和灰白浮云的衬托下，身躯笔直的大树直指云天，给她以惊鸿一瞥的感触，仿佛一名坚贞不屈的英雄站立在坡旁。秋露不由心头一震，以为是棵百年樟树，再一想，不对！樟树有叶子，这棵大树全身上下披挂一层错落有致的芒刺，没有一片叶子，却开满了火红色的花朵，那花红不是脱俗的红，而是象征着生命的红，鲜艳，美丽，灿烂，不媚俗，不妖娆，不血腥。都说红花还需绿叶配，可它却不屑于此，毫无装扮掩饰，没有矫揉造作，一朵朵盛开的红花，像一簇簇燃烧的火焰，远远望去映红了一片天空，煞是好看。大树独领风骚，伫立于广袤大地，生存于万物之间，让秋露幡然醒悟，这就是人们所称的"英雄树"，那花便是台湾家喻户晓的木棉花。都说花象征着女性，可台湾人用盛开木棉花的树堪比男人，一点儿也不过分。它英俊，挺拔，刚毅，热诚，满腔似火，有坚忍不拔的精神，令人赞叹，令人惊呼，令人敬仰！这一点倒很像她深爱的人。

木棉花开，是温暖、美好的象征，预示春天就要来临，此时会有相思鸟飞来。一个好兆头大大缓解了秋露的忧伤，就要见到自己朝思暮想的人，她的心情也越来越激动："王宁，你万万不会想到我会来绿岛看你，还有你的亲骨肉——咱们的小毛头，已整整一百天，第一回远行便来到这关押囚犯的地方，她还不懂事，也不记事，否则会给她幼小的心灵带来极大的伤害和不小的心理阴影。"少顷，一阵逆风袭来，吹落一地的残花，也飘来缕缕花香。"细雨湿衣看不见，闲花落地听无声。"看着花儿一朵朵飘落，嗅着那带有些忧伤的味道，秋露心里又泛起莫名的惆怅。曾经听人说花儿最美不是盛开的时候，而花瓣凋零在空中纷纷扬扬下落的情景：花把美丽的形象留下，把芬芳的气息留下，把凄美和希望也留下，所有的热情最终化作春泥。此情此景，美丽与哀叹缠绵在一起，期盼与忧愁纠绕在一道，让秋露凌乱的思绪随风飘散开来，她的心情也在细雨中跌宕起伏，唯有那份相见的渴望，没有因为心底的波动而改变。

一阵风后，乌云散去，雨停了。树下出现一位老者，他弯着腰在拾捡着刚刚坠落下来的木棉花。为什么要捡拾残花？阿兰告诉秋露木棉花能吃，清炒、拌炒都可以，色美，滑爽，清甜，有清热解毒、驱寒祛湿、化痛解淤、降血糖等功效。正说着，树下的老者直起腰，用大陆人听得懂的话问道："你们是来探视的吧？告诉我，你们去哪里？或许能给你们指一条便捷的路！"秋露不知道王宁在哪一个中队，说他的名字，老者依然摇摇头表示不认识，但说到他曾是个军人，老者马上说沿着环岛路向西走一里地，那里有个集中营，有数排房子，住着一些军人和"国事犯"，老者所说的房子实际上是一个个大草棚。

此时，王宁正躺在床上看书，因阴雨天没法出工。在绿岛，看书成了他最快乐的事。自被陷害送到绿岛，他的思想愈来愈消沉，理想、抱负、信念全然淡化，书成为他最亲密的朋友。虽然有曲教授的开通，有难友们的帮助，他的身心还是受到很大摧残。一场"胃出血"差一点要了他的命，1000毫升的出血量属于大出血，两度休克让他本来就些偏瘦的身体直到现在也没有完全恢复。那是来岛后的第三个月，由于长时间的愤怒、压抑和思念，有一天下地劳动，胃部猝然翻江倒海地剧痛，稍有缓解又是一阵恶心，接着就大口大口地吐血，很快眼睛发黑，倒地不省人事。幸亏被一名难友发现，将他从草丛里背送到医务室才免于一死。

"王宁，有人看你来了！"躺在床上看书的王宁，被分队的监管叫起。

"怎么会呢？"王宁并不相信，以为是开玩笑，见监管非常认真的样子，只好起来跟着他走出茅草屋。

茅草屋离会见室很近，前后相隔也就十来米。秋露已经站在会见室的门口，阿兰抱着小毛头站在她的旁边。见王宁慢慢走过来，秋露简直不敢相信自己的眼睛：妈呀，这哪里是英俊潇洒的爱人？分明就是一个"囚犯"！她的眼眶一下溢满泪水，嘴角却泛起微笑，她的表情是何等的无奈，泪很烫，情很深，心却很痛。她尽力控制自己不要晕倒，但终究抵不过被忧伤所淹没，看着王宁长长的头发足有两个月没有理过，胡子已经很久没有刮了，白净的皮肤已被海风、烈日吹晒得黝黑，还有他消瘦的面容，粗糙的皮肤，补丁的军服，一双露出大脚趾的满是泥巴的橡胶底鞋，都令秋露心痛极了，唯独他那双明亮的眼睛，依然明澈有神，闪烁着温暖的光芒。秋露扔下手上的包，一路小跑，一路啜泣："我终于找到你了！我终于见到你了！"哭着冲向王宁怀抱。

"秋露，你怎么会到这里？"王宁刚想冲上去，忽然又感到自己这个处境会耽误她的前程，等秋露跑过来，却摇了摇头，推开她说："你走吧，以后也不要再来，这里不是你该来的地方，我现在是一个犯人！不值得你爱了，去找一个值得你爱的人吧？"声音又冷又无奈，说着扭过头去。

"别让我走！别让我走好吗？"秋露真是哑巴吃黄连有苦说不出，心里像针扎一样难受，眼泪汪汪压根也没有想到。王宁说出这样的话，她知道他是不忍心连累自己，哭着说："你受了这么大的打击，让我来与你一起分担痛苦吧。"

"你看我现在这个悲惨的模样，而你是那么的美丽，那么的年轻，那么的优秀，我不能误了你啊！"看到秋露十分委屈，王宁回过头来说道。

"你说过'爱要一生一世'！无论是富贵还是贫贱，辉煌还是落魄。你爱我，我也爱你，有什么比我们之间的爱，更重要？"秋露流着泪说道。

没有多余的话，没有多余的辩解，王宁把秋露拥入怀里紧紧地与她抱在一起，一边替她擦拭着眼泪，一边说道："不哭，不哭。"

"去会见室谈吧，限定三十分钟，兄弟，别为难我啊！"分队的监管在一旁对王宁说着，捡起秋露丢在地上的包递上。

"走！咱们到屋里去！"王宁一只手接过包，另一手搂着秋露向会见室走去。

会见室是个简陋草棚子，直到数年以后这里才建起砖瓦房。一九八八年十二月份绿岛监狱撤销，这一片地区改为"人权纪念公园"，碑文由作家柏杨所题。会见室的中间有一排长条桌，桌子两边各有一排长条凳，将会见区一隔为二，分成两个区域，探望者与囚犯各坐在长条桌的一边。这一次，监管得到中队的命令放宽管理，允许他们在室内自由活动，因为中队的头头看到秋露的《中报》记者证，破例给予"照顾"。

"不断肠，也断肠，见断肠，肠更断，难忘辛酸事，触景更凄凉。"一进屋，秋露再也克制不住干脆放声大哭，她是那么委屈，那么伤心，让王宁也泪流满面。

王宁轻轻摇着她的肩膀，说："秋露，抬起头来，让我好好看看，太想你了，半年来无时无刻不在想！"

秋露从王宁的怀抱里慢慢地抬起头，望着好像一下老了五年、十年的爱人，是涕泗横流。

王宁一怔："啊？你怎么这个样子，脸上一点血色也没有，生病啦？"给秋露擦着眼泪问道。

秋露已是泣下沾襟。她摇了摇头，渐渐地平静下来，强颜欢笑道："你说过，到春暖花开的时候我们就能相逢；你母亲也说，两口子是一双合脚的鞋，一只鞋迈出去，另一只鞋就要赶紧跟上！我们上一次相逢是两个人，这一次又多了一个……你当爸爸啦！"

王宁瞪大眼睛十分惊讶："啊？我？"

秋露点点头，说："是个女儿。"

王宁一下露出了笑容："我……我欠还你一个婚礼，欠你一张婚纱照。"

秋露听了他这话，难过又要哭，但她强忍住悲痛向站在门口的阿兰招招手，等阿兰抱着小毛头来到身边，接过襁褓中的孩子送给王宁。

王宁第一次抱小孩就把姐姐的孩子弄哭了，看着自己的骨肉还是忍不住，想抱却又不敢抱。他将两个手掌在身上擦干净，轻轻地抱起小毛头，心想这就是我可爱的女儿？这就是不该来非要来的孩子？这就是不怕风吹雨打，要与恶逆做斗争的小生命？秋露将包裹前部的云锦方巾掀开，让王宁仔细看看。小毛头睁开眼睛眨了两眼，立马又闭上，算是认同眼前这个老爸了。王宁按捺不住激动，在高兴的同时，感到肩上又增加了一份沉甸甸的责任与担当，他说道："秋露，辛苦你了，你又多了一份操劳！"

秋露道："也多了一份甜蜜和责任！"说着介绍起阿兰，"她叫阿兰，老家在兰屿，我就是乘她哥哥的拼板船来到这里的，她是我台湾的好朋友，这几个月来多亏她照顾我，不然我还不知道怎么渡过难关。"

王宁向阿兰点头表示谢意："阿兰小姐，真不知道怎么感谢你。"

阿兰立即回道："不用客气，这是应该的。"

王宁见女儿再次睁开眼睛，高兴极了："女儿，我有女儿啰，哈哈哈……我有女儿了啰！"想亲又不敢亲。

秋露笑道："亲吧，没关系，让她体验一下爸爸的味道。"

王宁终于鼓起勇气，将嘴在女儿幼嫩的小脸蛋上像蜻蜓点水一般轻轻地亲了一下，那毛茸茸的胡子还是将小毛头扎得转头躲避，接着就哇哇大哭起来。这样的第一个见面礼，吓得王宁不知所措，拍也不是，抖也不是，摇也不是，他不会哄孩子，立即将女儿递给秋露。

从门口经过这里的曲教授等十来个难友，听到有人高呼"我有女儿了啰！"感到好奇，都伸长脖子向会见室内望去，见王宁和秋露正在哄孩子，立即拥进室内，争先恐后来看孩子。这个说漂亮，那个说可爱，而孩子还是不停地大哭，秋露只好撩起上衣给孩子喂奶，这才止住孩子的哭。见女人喂奶，长辈曲教授立即将男难友们统统都撵出会见室，只留下两个女难友。

曲教授对秋露说："闺女，我想你就是秋露姑娘吧，王宁经常提起你，他对你可是一往情深、魂牵梦萦啊！我和他同在一个分队，我们无话不谈。"

王宁立即将秋露介绍："这是曲教授，台大法律系教授，我们是忘年交，曲教授给了我很多教诲。"

秋露立即向曲教授点头致意："谢谢您，曲老师！"

曲教授哑然失笑说道："哈哈哈，不客气，今天是你俩难得的相会，我们就不打搅了，有机会再聊，走……"将两个女难友也一起拉走了。

秋露对王宁说："给孩子起个名儿吧？乳名我暂且叫她小毛头。"

王宁笑笑："小毛头？挺好！至于大名……"停顿想了想，"你是秋天的露，'秋露'的孩子便是'冬雪'啦。"

秋露迟疑了片刻，说："嗯，名字倒挺文雅，但台湾的冬天难得有雪，况且这孩子是雨天生的。"

王宁随即又说："叫'雨昕'怎么样？下雨的'雨'，'昕'是左边一个'日'字，右边一个'斤'字，刘禹锡的诗里有'喔喔天鸡鸣，扶桑色昕昕。'如何？"

秋露："风雨即将过去，太阳就要出来！嗯，这个名字好，那就叫'王雨昕'。"将吃完奶的小毛头递给阿兰，从包里拿出一堆东西，"这是给你买的内衣，这是你喜欢看的书，还有一些零零碎碎的东西……家里你尽管放心，阿兰为了照顾我们母女，这段时间和我们住在一起。"

王宁点点头对阿兰说："有劳你了！"

阿兰笑了笑，并没有说什么。

王宁拿起一个小圆铁盒，说："这是什么？哦，炼乳，留给小毛头吃吧？"

秋露说："炼乳是给你买的，留着补补身子。"

王宁又将炼乳推给秋露："你留着吧，你看你的脸色，更需要补一补。"

秋露坚定不要："啊呀，别争了！你在这一定吃了不少的苦，你留下！为了生存，为了逃避战火，为了追逐情感，我们历尽千辛万苦，所要的只不过一个普普通通的安定，一个安稳过日子的地方。没有想到我们一家三口，首次团聚竟然是在这里，回去以后我要向有关部门投诉，让他们知道你是冤枉的，被陷害的！"

王宁摇摇头说："没有用的，别白忙活，在这个充满丑恶的社会里，维持统治的手法是以丑恶治丑恶，我们就是耗尽一生也无法逆转。"

秋露："怎么？就这么认啦？"

王宁低着头没有回答，将秋露带来的东西统统都收下。

秋露又说："你在这个地方才待几个月，怎么就变了？"

王宁无力抬起头，轻叹一声："过去的时光无法捞回来，纵然能捞回来，也成了记忆，无法弥补那么多的损失和痛苦。人生如戏，故事后面还有故事，路的后面还有路，黑夜绵绵无尽头，这个世界不但黑暗，而且肮脏，可恶！我心已凉，志已衰，累了，倦了，碎了，美好的期待成为泡影，前途茫茫两手空空。"

秋露说："你怎么会前途茫茫两手空空呢？你还年轻！你还有我，还有咱们的女儿！"她眼睛一红急了，一下抓住王宁的衣服："你是被这里的精神枷锁束缚住了，切不能信宿命，不要悲伤，不要消沉，不要失去斗志和信心，要坚强！我和杨大姐，还有你的辩护人樊昭阳，都在积极想办法救你出去，记住：你要挺住！知道吗？"

王宁俯目点点头。

秋露又说："在这，你有没有向上写过控诉材料？"

王宁回答："我写过申诉书，偷偷藏在牛棚里，哎！你能不能给我递上去？"

秋露激动地说："能啊！赶紧去拿！"

王宁高兴地笑了："我这就去拿，"刚走两步又转过身回来，将炼乳罐头拿走，到了门口对监管说："我去一下就回来。"

监管看了一下手表，说："不行！你的会见时间快到了。"

王宁赔着笑脸说："我马上就来，来得及。"将秋露给他的炼乳罐头放到监管手上。

监管接过罐头笑眯眯地说:"哟!使不得,使不得。"见王宁已经走了,说:"快去快回啊。"

王宁边走边说:"马上就回来。"迅速奔跑到旁边的牛棚里,在一个角落棚顶找到材料,藏到腋下衣服里,跑回到会见室,悄悄递给秋露两份材料:"这是我写的申诉书,这是曲教授写的《绿岛政治犯的迫害情况》。"

这时,分队监管走进室里,秋露怕他发现,迅速将两份材料放小毛头的包裹内夹层袋里。

监管并没有发现那两份材料,说:"时间到了,再给你们延长三分钟,只能三分钟!"说完走出会见室。

王宁慌忙拉紧秋露的手,一时不知说什么是好:"你一定要保重,带好咱们的女儿。"

秋露也点点头说:"放心吧,我会等你的!"从身上掏出一把系着一个小金属牌的钥匙:"这是你的同事赵二宝、程启升、李铁锁,从孙剑长身上搜到的钥匙,他们让我转送给你。"

王宁有些纳闷,接过钥匙看着牌子上的"台北银行1516……"才明白,"啊!定是保险柜的钥匙,你留着吧,有空去看看,如果有现金可以用,这是孙剑长的不义之财!算是对我陷害的补偿。"又将带牌子的钥匙还给秋露。

秋露刚把钥匙也放到小毛头的包裹内夹层袋里,这时,监管再次进来催促。

时间飞快,相聚只是匆匆一会儿,随即便成了难忘的记忆。离别,是说不尽的柔肠结,道不完的离恨痛,人世间撕心裂肺的悲离不知刺痛了多少有情人脆弱的心尖,也正因为有了这样的柔情缱绻,情感才更加深厚,更加浓郁。秋露与王宁已不是第一次离别,既然无法制止,为何不让离别变得淡然、轻松一些?早有思想准备的她,与王宁一起离开会见室,但真正分别时,还是万般的难受。爱到深处是无言,情到深处是无悔,要说的话还有很多很多,千言万语化作一句"亲爱的,毋忘我。"她紧紧地抱着他,他也使劲地搂住她,他们尽量把心贴近一些,用自己的体温去温暖对方的心房。

王宁从脖子上拿下当年在淮海前线秋露送他的项链给女儿戴上,秋露留下一张小毛头满月的照片,道一声珍重,抱起女儿与阿兰一起拖着沉重的脚步,迎着嗖嗖的海风,踏上返程的路。她强忍着,可是眼泪还是不争气地流了出来。是啊,相识不易,相爱难亦,相别更痛,或许一转身就是半辈子,一辈子。

　　她走了，回眸一笑，给王宁留下最后一个影像，这个影像从此就定格在王宁的脑海之中。望着秋露、女儿和阿兰三人渐渐远去的身影，王宁依然举着手不停地挥舞着……

　　人间冷暖，世态炎凉，倘若人生中只有一件感动的东西，那定是情；倘若人生中只有一件烦人的东西，那也是情；倘若人生中只有一件让人死去活来的东西，那还是情！上帝创造了情，让情成了生活的主题，问人间情为何物？难舍又难分！

祸不单行

　　"大难不死，必有后福"是说人在濒临死亡而幸免于难，不再那么惧怕了，至于"后福"，是对于大难后的一种祝愿或者是期待。事实有多少大难不死的人有"后福"的？因为偶然不等于必然！尽管有一定的关联性，但现实中更多的是"屋漏偏逢连夜雨，船破又遇顶头风"。王宁被陷害差一点送命，已经给这个三口小家带来重大不幸，然而接下来一场更大的危及两个人生命的灾难，又悄悄地降临。

　　秋露她们在绿岛南寮阿兰嫂子家吃过午饭，休息一会儿，二哥便带领她们划船返回兰屿岛。嫂子曾劝他们明天早晨再走，可二哥说要赶回去换在晒场看守海鲜的爷爷，只得匆匆忙忙上路，待三日后再来接大哥和嫂子。

　　来绿岛是顺风，回去可是逆风，日落时他们的拼板船行程还不到一半。天黑不久，受北方冷空气南下影响，海上突转风向，偏北风越刮越大。阿兰二哥见转为顺风，立马扬起风帆，拼板船乘风破浪越行越快，兰屿岛零星的灯光越来越近，当船行驶到距离兰屿岛岸边大约一百米时，由于风高浪急，加上天黑没有月光和二哥的航海经验不足，拼板船躲避不及，冲撞到暗礁上，造成船的前舱底出现一个大的窟窿，阿兰的头也被磕到桅杆上，当场昏厥失落到海里。桅杆上的马灯摔落到船板上，煤油溢出引起火灾，火借风势迅速蔓延，先是篷布，接着是桅杆、船板、渔网等都烧了起来。二哥顾不得救火，见妹妹掉到海里，二话没说，一个猛子扎入海里去救她……

　　在后舱抱着孩子的秋露也被撞倒，幸亏她和孩子都没有受伤。秋露只是擦破点皮，她抱起惊哭的孩子，看到前舱的火势已经很大，拿起一件衣服抽打火焰，衣服即刻燃烧引来更大的火。船底部的龙骨已经断裂，几根肋骨散了架，海水直往舱里涌，秋露又用软物去堵，窟窿口就像抽水机的喷口根本堵不住。紧接着"嘎嘣"一声巨响，木船开始解体，秋露立即退回到后舱抱起孩子。海水很快漫了半船。前舱沉，后舱翘，秋露和孩子都陷入万分危急的境界。来不及痛哭，来不及呼救，来不及思考，大海竟然成了归宿，为了来看王宁把自己和孩子也交给海龙王。就在这千钧一发之际，秋露看到后仓里有一个直径约一米的大木盆——这是船上平时放鱼用的木盆。她迅速拿过来将包裹着的小毛头放入里面，当她盖上一层油布用绳子捆扎好时，船舱里的海水也漫到腹部、胸部、颈部。出生在江南水乡的秋露多少会点水，能游一条小河，二三十米的距离而已。对于波涛汹涌的大海和寒冷的海水，她根本招架不住，一入海就呛了一口苦咸水，在风浪的拍打下，在一次又一次的波涛冲击下，秋露渐渐失去抵抗能力。这时阿兰的二哥游到她的身旁，他没有找到阿兰，回来发现拼板船已经没了，只见秋露一人和一个遮盖着油布的大圆木盆，在海面上随着波浪忽上忽下。他拉着秋露游了十多米，抓住一块漂浮的大木板，又牵住圆木盆的绳子，漂游到岸边。秋露和小毛头得救了，可怜的阿兰却不见了踪影。

第二天早晨，兰屿达悟人集体出动寻找阿兰。最后，在海边的岩缝里找到被海浪冲到岸边的阿兰。阿兰走了，阿兰的家人伤心极了。

达悟人有遗体当日下葬的习惯，他们的丧葬比较特别。过去有崖葬习俗，死者被三条绳索捆绑在一块长木板上，弃于崖顶上。达悟人实行崖葬多为家境贫寒，亲戚比较少的人家，因省事和不惊动别人而行崖葬。随着人口的增加和生活条件的改善，这一特殊葬俗渐渐演化为林中土葬。阿兰的家庭在当地算有名望的人家，当然不会选择崖葬。阿兰的遗体横卧在家里正屋的中央，头朝东脚朝西，身上用她生前使用过的被子盖着。家属们不断用砍刀拍打地面，向她哀诉。为避免死灵作祟，她的父亲和二哥头戴藤帽，身穿甲胄，手持短剑、长矛大声喊叫，并在遗体周围刺向四方，以驱走恶灵。家属们则站在屋前平地上向死灵告别，来宾们都蹲在平地上聆听。出殡时阿兰的遗体由二哥背着，她的父亲带着斧头和木板、绳子，沿着通往墓园的丧路不停地高呼着，以驱赶恶灵。阿兰的母亲、姐姐，不得去墓地，她们走在送葬行列的后面，到达村口只能止步目送队伍。送葬队伍到达墓地后，阿兰的二哥将她放到坑里埋葬。送葬的人站在椭圆形坟丘前，用树叶扫墓后，将绳索、棍棒、斧头木柄等丢弃在墓地附近的林中，沿着丧路走到河边，洗净全身方可回村。阿兰的母亲、姐姐在家里迎接送葬的人，向他们分发感谢金、鱼、蟹等财物，并请人杀猪，连夜在门前的广场上宴请所有来宾。达悟人的禁忌比较多，他们忌呼死者名字，忌谈丧事，忌走近丧宅，忌去墓园。出殡这一刻不仅是"天人永隔"，而且还是"阴阳两界"，丧事一旦结束，就不再提及。因此，他们从不扫墓祭祖，也不立墓碑。不过，这不代表他们不怀念逝者，不代表他们无追思的观念，每年的十一月，他们会在祭神的时候，将最好的祭品献给故人，以寄托哀思。

阿兰的家人并没有责怪秋露，依然无微不至地照顾因落水受凉而引起高烧的秋露，以及襁褓中的小毛头，这让秋露十分感动和不安。在兰屿住了两天，第三天烧热一退，秋露便带着女儿离开了兰屿。到达台东已身无分文，别说是回台北的路费，就连吃饭的钱她也没有，因为钱包和随身用品，都在落水时早掉到了海里。

出门难，求人难，在陌生地方求陌生人更加难。在那个动荡的物质匮乏的年代，生活穷困、人人自危是常态，没有多少人肯帮助她，顶多给予一个同情的眼神。秋露抱着孩子离开码头，经过一个市场，乞求一个烧饼。小店老板见她不像穷人乞丐，爽快地给了她一个烧饼。攀谈中得知她连回台北的路费也没有，小店老板给她出了个主意，让她在旁边的一张桌子旁，给不识字的人代笔写信，一封信收费十元钱，代寄信收费二十元，这样，回去的路费就有了。秋露眼睛一亮，这倒是个合适的临时挣钱的办法。

第一个写信的人是在烧饼店帮忙的老板妹妹。她坐在秋露的旁边，一边削着槟榔果给她六岁的儿子，一边看守着小毛头，说道："龚函，你的儿子天天闹着要见你，过几天我想送他来你这里，顺便陪你住些日子。"

秋露立即用蘸水笔在信纸上飞快地写着，并说着："……住些日子？住哪儿呢？"

老板妹妹说："就住在工棚里，下个月就去，还可以见见我的哥哥和嫂子。"看了秋露一眼，问道："您贵姓？"

秋露立即答道："免贵姓张。"

老板妹妹显得有点不好意思："张女士，实际上我也想念他，但我想让那家伙来找我，可他……张女士，你比我会说，你帮帮我吧？"

秋露理解她的意思，头也不抬微笑着，边写边说道："好吧，我给你加几句：龚函，我们好久没有见面了，我很爱你，每当想起我们恩恩爱爱在一起的时候，我就陶醉在幸福之中，心里甜甜的，美美的，但愿我们的感情海枯石烂永不变，但愿我们能够白头偕老……这样写行吗？"

老板妹妹虽然有些害羞，但非常高兴："对对对，写得真好，真好！继续写：龚函，我准备下个月带孩子去你那儿，你准备一间房子即可。就这些！"说着从上衣斜襟里掏出一张照片，"将这张我和孩子的照片也放在信里。"然后给秋露二十元钱。

秋露说什么也不肯收钱，吃人家的烧饼，用人家的桌子、信纸和笔，怎么能要写信的钱。烧饼店老板说这是我们支持你回去的路费，略表点心意，必须收。秋露只好收下一半十元钱。老板妹妹不但照看小毛头，还帮秋露吆喝招揽过路的人来写信。二十世纪五十年代的中国，不识字的人非常普遍，请人代笔写信成了远距离交流的主要方式之一。从烧饼店经过的人一听到有人帮助写信，都纷纷走来排起了队。

第二个写信的人，是挑着担子在烧饼店旁边卖完鸭子的小贩。他坐到桌前口述道："阿红：自基隆一别已有三个月，至今心情不能平静。感情这东西真是……应该怎么说？"

秋露立即答道："欲语难言。"

小贩接着说："对，有口难言！今天是正月初六，五天大年刚过我就给你发信，想问问你何时方能让我去你那里。行了，祝她好，信寄基隆港中新商行，林阿红收。"掏出十元钱放到桌子上，接过信和信封走了。

第三个写信的人是个老年妇女。她对秋露说："我有个侄子在高雄做服装生意，可他最近染上赌博，我想写封信劝劝，你帮我写信。"

秋露拿起钢笔边写边说："侄儿：因近来较忙没有来得及给你写信，听说你在高雄的服装生意还不错，我很高兴，勤劳致富，此为正道，但你染上赌博，令我极为不安。你还年轻，切不能挥霍无度，更不能靠运气发财，望你洗心革面，好自为之，不然，挣再多的钱也会输光，怎谈得上孝敬父母。勤俭乃治家之道，赌博是万恶之源，远离陋习，拥抱阳光。上述唯望仔细考虑。祝好！婶字，一九五一年二月二十二日。行吗？"

老年妇女高兴地连连说："行，行！你给我寄高雄三多路五百一十号。"丢下二十元钱就走。

　　第四个写信的人是个不识字的年轻士兵，他在秋露面前说了几句，秋露便写道："吾兄：听同乡说嫂子已经不幸辞世，惊悉这一意外消息，哀震不已。你们夫妻素来和睦，家事、外事也都顺利，受到这样的打击，吾兄定会痛心入骨，恕我路远不能前往吊唁，仅能附信慰问，聊表哀意而已！还望长兄节哀，保重！弟王顺安谨上。信寄哪里？"

　　士兵说："寄厦门集美王家庄王永贵家。"

　　秋露一愣，说："现在台湾海峡已经封锁，寄大陆的信是寄不出的！"

　　士兵不高兴地说："寄不到不关你的事，你给我把信封写好。"

　　秋露白了他一眼立即写好寄福建的地址，士兵丢下十元钱，拿着信刚走两步，又回过头轻轻地说："我请人带到香港，然后再转寄出。"

　　接下来是一位耄耋老人，温文尔雅很有风度，看他的装束和精神面貌不像是不识字的人。正当秋露显得不解时，老人将操在袖子里受伤的右手伸出来，说："没法写信，我口说，你执笔！"掏出四十元钱递给旁边收钱的烧饼店老板妹妹，见秋露无动于衷又加上十元，然后用文言文说道："朱洪亮先生谨启，多谢节前惠赐海鲜干贝一包，佳茗良品已达，试烹之，大喜之，深得家人赞扬。汝吾相识多年，情谊甚重，互助有加，人生有汝为友，不枉于世，故时常感怀，今睹物又思人，心中如水中涟漪，至深激动，甚念！汝若有空，望来寒舍叙旧畅谈。书不尽意，余言后表。谨上。信寄台北中山路二十五号甲。"

　　老人说完秋露也写好，笔头之快令他敬佩。老人刚起身，排队的人里走来一位渔民，他跟秋露简单叙述了几句。秋露又拿起笔写道："林宏志老板，欠你的借款已经到期，但由于今年台风多，收成不好，加上人人手头都不宽裕，捕捞的海货还没有全售出，我一时也无其他地方可借款还你，抱歉得很！恳请高抬贵手，再容我两个月时间，到时候我一定结算。祝财星高照！冯昌盛谨致。"

　　紧接着，一个青年男人从排队写信的队伍过来，说道："母亲大人膝下，我从上海经宁波，一路过来台湾很不容易，我现在台东正请人代笔给你写信……"

　　一个中年妇女说道："我的女儿，得知你要回来，把我高兴坏了！我们已等待了一个多月，天天想着你……"

　　一个青年女子说道："素珍二姐尊鉴，信和照片都收到了，勿念！看到照片上的老父亲，我是怆然涕下，很想回老家承德去看看他，只可惜海峡已经封锁回不去，他也来不了，深感痛心……"

一个中年庄稼汉笑道："亲爱的桂芬，我要告诉你，我是世界上最幸福的人，哈哈，哈哈……"

一个中老年妇人说道："我夫林海琼，你们那里怎样？我从三亚来到台湾已有半年多时间，很想你和孩子。我和刘大姐被骗上了船就没法下来，到了高雄我又与大姐走散，我真是后悔莫及，我想回去，回去与你们团聚……"

以上，秋露都一一帮助他们完成写信的心愿，也获得一百五十元台币的写信费，她从中取出五十元给帮助收费和吆喝的烧饼店老板的妹妹，一百元作为回台北的车费、中途餐费绰绰有余。

当日中午便乘运输公司的长途班车回台北。那是一辆破旧的老掉牙的汽车，窗户玻璃不全，一个无玻璃的窗户用薄木板挡着，另一个干脆空着。三十多个座位居然全是铁架木板椅，车开起来除了喇叭不怎么响，其他哪儿都响。返程的路途也不顺利，车子就像一条年迈的老牛慢悠悠地移动。行驶一半路程车子出了故障，走走停停又开了十多公里抛了锚，停靠在前不着村、后不着店的海边公路上。一边是海风呼啸的大海，一边是陡峭笔直的山崖，无处躲避，没法求援，旅客们只能待在车里。有人用油布伞伸出窗外，撑起来挡住没有玻璃的窗户，以减少海风刮进车里。大家都很无奈，除了等待还是等待。小毛头开始哭闹，不是尿布潮湿，而是饿了。秋露本来奶水就不足，落海受凉发烧没有敢给孩子喂奶。她一时无法满足孩子的肠胃需求，车上又没有代用品，只能请求前排一位带着未断奶孩子的母亲帮忙。

天色渐晚，有人叹气，有人埋怨，有人骂娘。司机忙着捣鼓了好一阵子还是不行。他是个慢性子，并不计较旅客们的骂骂咧咧，此时你别说是骂爷爷，骂奶奶，你骂祖宗十八代，他也装着听不见，仍在低头修理车子。费了很大力气就是弄不好，拦住两个卡车司机还是未解决问题，后来运输公司一辆车从这里经过，在老司机的帮助下总算修好了车。

回到台北家里已经是晚上十点多。放下已经睡着的小毛头，秋露猛然想起王宁写的申诉书和曲教授写的《绿岛政治犯的迫害情况》，怎么不见了呢？

第十九章　长夜漫漫

夜无止境

申诉书和《绿岛政治犯的迫害情况》是王宁和曲教授呕心沥血冒着生命危险写成的，字字句句皆是血泪，段段篇篇皆是铁证，怎么会找不到呢？秋露一下子慌了神，忐忑不安的心越跳越快，双腿像是灌了铅一样的沉重，肾上腺素导致血压迅速飙升，手心里也渗透出冷汗。其实，材料并没有丢失，即便是拼板船触礁损毁她落到海里，材料依然随小毛头在木盆里安全地抵达兰屿。回到台北的家里，秋露放下沉睡的小毛头，整理孩子衣服和包裹时，发现包裹内夹层袋里有东西。她突然想在绿岛与王宁分别时，怕监管发觉将材料放在里边，还有台北银行保险柜的钥匙。她急忙翻开夹层，从袋里取出银行保险柜的钥匙及两份完好无损的材料，连夜仔仔细细地阅读了一遍。

绿岛的情况令她震惊。监管凶恶狠毒，狱警残暴，丧尽天良，不把"犯人"当人看，审讯逼供，严刑拷打。使用的酷刑包括：剥夺睡眠、长时间站立、用头撞墙、鼻腔灌辣椒水、坐老虎凳、鞭刑、棒打、针刺、挤压、烫烙、烙烤、撕扯、悬吊、水刑、电击、十字刑、仙人指路（绑吊双脚和一臂）、打阴部和女性的乳房、威胁惩罚家眷，等等，其折磨手段惨无人道，无所不用其极。想必，这只是冰山一角，类似的情况在台湾其他地方也有。身为一个有良知的记者，决不能熟视无睹、置若罔闻，自己有责任有义务揭露那些肮脏、丑恶、反人类的真相，鞭挞隐藏在幕后的黑手、同谋和帮凶。随后几天，秋露反复阅读王宁和曲教授的材料，决定先递上去，如果有关部门推诿稽延，就通过媒体捅出去，仍然无动于衷再向地区领导人写控告书。

在传统的中国社会里，当权力失去监督，私欲肆意膨胀泛滥，腐败现象严重，老百姓遭遇"冤抑"时，会以怎样的法律意识来申冤呢？通常是期盼清官为他们伸张正义。如果清官缺席，百姓只能依靠自身力量来维护社会正义和主持公道。然而，这种"侠客"式的力量毕竟是有限的，弄不好反落得个叛乱的罪名。这一点，阅历不深、倔强的秋露却认识不足，她一心要为王宁申冤，讨回一个公道。

回到台北以后，收集有关材料和证据成了她的头等大事。白天她将小毛头放在邻居大妈家寄养，出去跑有关单位；晚上将孩子接回来，等孩子睡觉后，再将采访的记录进行整理。很快，樊昭阳送来一大堆军中黑暗的资讯和材料，陶董事长和殷老师向她透露高官腐败的详情，她利用记者身份调查得到很多行政部门、军队和社会上丑恶现象的直接证据。包括大量的现场照片，通过报纸以警示的口吻有限度地向外披露，并逐渐加大力度进而影射到人。看似风平浪静，没有多大的反响，实际上文章涉及的部门内部已经炸开了锅。这事立即引起台湾保安司令部的高度重视，很快就将她列为共谍嫌犯，在她的住处附近设了一个观察点，二十四小时监视她的一举一动。对此，秋露还一无所知。

两个月过去了，递上去的申诉书和《绿岛政治犯的迫害情况》没有任何回应。秋露曾经给有关部门写信，并登门询问调查处理情况。然而，所有的反馈全都是一个字——等。等？等到何时没人知道。秋露等不了，因为她深爱的人在绿岛又出现胃出血，再等下去不知道会发生什么，她决定越级控告。

"自古善为治者，必禁越诉。"古人对于越级上告者，统统要打板子，越一级打十大板才受理，越两级就打二十大板，越级越多打得越厉害。如果是告御状，还要滚钉板，不死的话皇帝才会接告状。

秋露顾不了那么多，她直接向国民党中央委员会呐喊，控告信的内容包括：当局滥用职权，不分青红皂白，不论情节轻重，肆意拘捕、抓扣、处决不同政见者；监狱和劳改地限制政治犯人身自由，严刑逼供，肆意毒打；军队腐败，武器管理混乱，逃兵现象增加，虐待士兵；警察与黑道勾结，社会治安问题突出等等。具体含以下几个方面：

一、视年龄较大、身体不好的老兵为包袱。当年在大陆，蒋介石宣称老兵是"同生死共患难的子弟兵"，蒋经国也把老兵称为"时代的圣人"，但是当老弱病残的老兵到了台湾，就翻脸无情视他们为包袱！没有愚忠的老兵在枪林弹雨中出生入死，浴血奋战，保护国民党来台，哪有现在的台湾当局？怎能忘恩负义，过河拆桥，把那些在战场上积劳成疾、身负伤残的老兵们随便抛弃？他们当中相当多的人，因长期伙食不好而营养不良和身体虚弱，不少人还有慢性病，都成了悲惨的一群。

二、军中武器大量外流，成了为非作歹、胡作非为的工具。原因之一，是武器生产、保管单位监管不严。军务运作和管理仍然延续老旧模式，武器出库手续太简单，有时候长官一张白条即可出库，没有经过严格的审核，没有监督、复查、追责机制。士兵们士气低下，纪律松弛，武器弹药清点登记马虎，一般军品管理、收缴、发放草率应付。有的军械仓库一人多职，既是保管员，又是武器发放员，结果造成不是多发就是少发。高雄一个军械仓库丢失一大箱手榴弹，十天没有人知道，还是一个眷属发现后报告才引起重视；台中一个军用品仓库，一次自盗 M1 半自动步枪十二支，十个月后才发现账面上少了，但只是六支。武器外流的原因之二，是军方的武器弹药库变成了黑道的军火库。制式武器和弹药一批批地卖给黑道分子司空见惯，黑道人员悄悄地向军方购买，军方也乐于出售。例如在桃园龙潭一带，一次就出售了一卡车武器，除去枪械还有弹药，甚至火箭筒也在其中。有位"立委"指出："仅台北一地的陆军仓库，遗失的武器弹药就可以武装一个连！"可想而知全台湾武器外流有多么严重。

三、逃兵现象有增无减，在社会上偷窃、诈骗者有之，抢夺财物者有之，携械行凶者有之，劫持车船者亦有之。过去是"铁打的兵营，流水的兵"。现在是"铁打的兵营，流水的逃兵"。逃兵们有的携械逃跑，有的空手离开军营再不返回，更有甚者携械拉帮结派与黑道勾结串通，参与抢劫和帮派火并，严重地败坏军队的纪律和威胁着社会的治安。仅一九五〇年一年就发生十多起逃跑事件。例如：二月二十日，新竹第二〇六师有一名军人叫康徽北，趁春节公休期间携带一支 M3 汤姆森冲锋枪，子弹九十发，乘长途车逃往台北，途中强制驾驶员停车，不知去向，后来军方查了很长时间，也不知道他的下落。五月十四日，是星期天，台南第一战斗机大队基地地勤旅旅长的司机，十九岁的林肇强偷窃一支 M1911A1 型手枪和数十发子弹，企图挟持情人，并开枪打伤女方家人，当夜开车逃离到城郊时，遭遇宪兵巡逻车，开枪拒捕，后被及时赶来的数十名警察捉拿归案。林肇强为什么不顾军令携械逃亡，图谋杀人？是因为他与女友已经有个一岁女儿，但女友的父母亲一直不同意他们结婚，令他怀恨在心终酿成惨剧。八月十五日，抗战纪念日这天，台南宪兵训练中心，一名叫江涛的士官携械逃跑。他是宪兵训练中心教员，逃跑前，上级决定将他派往马祖岛服役，江涛不满上司决定，携带一支65式步枪、子弹数十发和军用刺刀一把，从宪兵营逃跑加入匪盗团伙，参加银行抢劫，盗走大量黄金、现金，被警方列为"重大危险分子，一经查获格杀勿论。"江涛后在一次黑吃黑火并中被打死。十月十日，双十节，左营军港两名海军陆战队逃兵李忠国、陈为贤，从军港骑一辆三轮摩托车逃跑，车行至高雄被军警联合纠察队拦下。二犯以为行踪暴露，夺路而逃，后被追赶的宪兵击中摩托车的右后轮，车子失控冲向山壁，李忠国当场身亡，陈为贤被抓住，右臂骨折、头部及身体多处受伤。十二月，桃园一个叫赵荣坤的上士逃离兵营后，为了生计四处行骗。他跑到台北典当行，冒称是庄老板儿子所在部队的班长，受士兵庄某某之托，要带一千元新台币给庄某某作零用，得到钱后逃之夭夭。

四、军队里各级官位明码标价，要升迁需要给当官的送钱送礼。最辛苦、最危险、最底层的工作，永远是没有背景没有钱财的人去干。

五、个人私怨，公报私仇。利用机会"教训"一下的体罚，在部队里非常普遍。当官的拳打脚踢是常事，刑具花样百出。一个团每年死十个、八个人不足为奇，也根本看不出来，死亡报告上是清一色的病故。

六、官兵军心不稳，思想混乱。自杀死亡率居高不下，诱奸、强奸女兵哪一个部队都有。长官们总以提拔为诱饵，让女兵成为他们发泄的工具，名义上是秘书、医生、记者、保管员、勤务员、报务员、文工团员，私底下却让她们一人多"职"。

七、每个工程、每个基建项目，都有不同程度的贪腐。联勤部偷卖军服、鞋帽等物资，采购人员报虚账，勤务官用一报二，司务长倒卖克扣下来的粮油，长官吃空饷，公车私用，腐败已快烂到骨头。

八、警察本应是社会治安的维护者，可有些警察竟然与黑道勾结。敲诈勒索，吃拿卡要等丑恶现象层出不穷，老百姓身受其害。如：台湾兑换新台币期间，基隆一家银行闯进两名歹徒，他们头戴斗笠，脸上蒙着一块仅留两个眼睛的黑围巾，一人手持短枪，另一人手持砍刀，冲进银行后向天花板开了一枪，吓坏了所有的工作人员。持刀者趁机跳进柜台内，抢去一麻袋台币，尽管全是刚刚兑换下来的旧台币，但这些还没有来得及打上"作废"字样的旧台币仍可流通，仍能再次兑换成新台币。这个案子直到一年后才宣布侦破，原来两名歹徒并不是黑道分子，恰恰是"维护社会治安"的警察。类似案件并不止这一桩。紧接着，高雄警察分局派出所管区警员涂正青，因赌博负债而铤而走险，也化妆成黑道分子持枪抢劫银行，而且每隔一段时间就抢劫一次。当他第三次作案时，终于被抓获。警方由于"家丑不可外扬"，迟迟不肯公布他的身份，直至"立委"上报"立法院"，才由当局公开曝光。老百姓惊呼："人民的公仆，专门抢劫人民的财产。""警察充当强盗，公然抢劫银行，品德败坏，危害极大。""上梁不正下梁歪。"

此外，台湾社会风气败坏，犯罪案件猛增，高官腐败，底层老百姓很难申冤，等等，这些都纳入秋露的控告信里。在信的结尾，秋露用了这样一句话：也许，一个畸形的社会开满罪恶之花并不奇怪，倘若畸形社会没有罪恶倒反奇怪。

中国素以文明古国著称于世，有着光辉灿烂的文化，但在历史的长河里，也有些阴暗的方面，许多政治冤案就是其中之一。一些处于大动乱时代、历史转折关头，为国家，辅君主，整朝纲，削群雄，平叛乱，不畏艰难险阻，赤胆忠心锐意改革，推动着历史车轮沿着正确的轨道前进的仁人志士，由于昏君临朝，奸臣挡道，他们非但没能实现理想，反受诬蔑陷害，被扣上种种罪名，受尽折磨，最后落得被害的悲惨下场：进忠言遭杀身的伍子胥之冤、变法遭横祸的商鞅之冤、辅助秦二世的李斯之冤、行新政的范仲淹之冤、"莫须有"罪名的岳飞之冤、明朝的刘基之冤、遭阉党忌恨的于谦之冤……一件件，一桩桩的历史冤案触目惊心。而今，历史再一次重演，一场久违了的台湾二十世纪五十年代的文字狱，最先落到张秋露的头上。

文字狱是中国社会里一种特殊的现象，是统治者为加强思想、文化专制而采取的强硬控制措施之一。纵观中国历史，几乎各个朝代都有文字狱。当权者为维护其统治，打击、铲除异己分子，镇压异端思想和言论，把制造文字狱作为巩固其统治的一种手段，结果造成当事者家破人亡、妻离子散，遭受灭顶之灾。文字狱对思想、文化造成严重破坏，阻碍了社会的发展与进步。尽管中国自古提倡"文死谏，武死战"，但死谏的臣民又有几多？毕竟，被夷九族，剐皮割肉的代价实在太大，并非他们不想进谏，而是没有良好言论氛围让他们敢于讲真话！到头来，当权者能听到的只是假话、空话、大话、废话、屁话！最终造成公开的"言路"窄，暗底下"骂路"宽。

秋露上递的材料和控告信，将"天"捅了一个大窟窿，犹如一只蝴蝶扇动翅膀引起一场风暴，由此至少有二十多人受到牵连：陶董事长被约谈，从此不敢再向秋露透露高层的情况；殷海光被警方威胁，行动受到监视；樊昭阳因"泄露"军机被捕关入台北县景美看守所，三年后才出狱；其他被她采访的"立法院"、"司法部调查局"、"检察院"资料科、警务处二处、警察局基隆分局、台南空军基地联勤大队等单位，有一名"立委"除名，两名官员被免职，五名要员、一名军人被拘捕，相当多的人被调查、处分。

四月四日，是台湾的儿童节。这天，杨梦玥和余梅又来看望小毛头，带来吃的、用的、玩的，还给五个月大的小毛头买了一件漂亮的小连衣裙。可爱的小天使虽然还不会讲话，可她与杨梦玥和余梅是格外亲近，每次见到她们都很兴奋，两眼立即闪烁出光芒，樱红小嘴两端一翘，立即露出甜蜜的笑容，尤其是当杨梦玥将她抱入怀里，两个小腿又蹬又跳，两个小胳膊又挥又舞。杨梦玥和成斌，结婚两年一直生活在一起，从南到北，从大陆到台湾，杨梦玥一直跟着成斌，就是没有怀上孩子。看到同龄人都当了母亲，杨梦玥更是羡慕不已。成斌则开玩笑说："人家是先搭架子后种葡萄，小张、小王他们倒好，反过来了。"可成斌他种了两年的"葡萄"，连"一棵苗"也没有看到，原因何在？不是籽不芽孢，就是盐碱地不适合种，否则早就生根发芽了。杨梦玥、成斌都知道是身体出了问题，他们没有捅破那层窗户纸，都悄悄地去医院检查。结果杨梦玥除了体质弱一点，身体基本正常，她的妇科病已经痊愈，不影响生育，而成斌的"葡萄种子"不合格，因此，杨梦玥一直未能怀上孩子。

看着秋露日渐消瘦的面庞，想到秋露俭朴、忙碌的生活，杨梦玥很是心疼。秋露体弱需要营养，需要有人照顾。她一个人带着孩子相当累，产后三个月就去上班，日子过得非常艰辛。但她无怨无悔，愿意为所爱的人付出一切，让小毛头健健康康、快快乐乐。想当初，杨梦玥在广慈医院第一次见到她时还有点儿不顺眼："垆边人似月，皓腕凝霜雪"的江南女子，聪明伶俐，娇巧玲珑，身姿曼妙，心不想与天齐，命不愿如纸薄，温顺中带着倔强，柔弱中带着坚强，而且她业务精湛，技术娴熟，人见人夸，比起北方女子大眼睛、高鼻梁、身材高挑、热情奔放、个性爽朗的自己，她让人既羡慕又嫉妒。休息时，她手持一把琵琶，软语一曲吴歌，嗲声嗲气，真令人陶醉和动心，难怪人们常说："江南美，江南女子更美！"谁知道，后来她竟然成了自己的闺中密友，彼此间的关系是那么的密切，掏心掏肺，可说是休戚与同。自从她认识王宁后，并全身心地投入其中，心里是他，梦里是他，生活里全是他，爱到忘我的地步。是可恨的战乱，无休无止的战争，让他们饱受分离之苦。杨梦玥心痛秋露，也喜欢孩子，希望能为她做点什么，三天两头来帮忙。可她不太会带孩子，有时候宝宝哭她也哭。宝宝出了月子，秋露的乳汁不够，她会做点奶糊、米汤，加一点蛋黄、豆粉、菜叶等送来。渐渐地她也体会到当母亲的艰辛，就连她这个当干妈的也感到带好孩子很不容易。最让她担忧的是秋露为王宁的冤案四处奔走相告，在报刊上揭露社会的弊端和当局的倒行逆施，一旦得罪某些大人物，会让她吃不了兜着走，杨梦玥想到这里是忧心忡忡。

"秋露，听我说，现在是戒严时期，到处在抓共产党、抓匪谍，'匪谍就在你身边''检举匪谍人人有责''时时保密处处防谍'等标语铺天盖地，冤案、假案、错案太多，这些你比我明白，鸡蛋千万不能往石头上撞啊！"杨梦玥担忧地说道。

"白色恐怖让台湾成了一个沉默的社会，民众都不敢讲话，我身为一个媒介宣传人，揭露黑暗总没有错吧？"秋露感谢大姐的关怀和厚爱，但对于残酷形势估计不足。

"可当局不认为你在揭露腐败和黑暗，他们会说你在给当局和军队抹黑。秋露，听大姐一句话吧，停止在报刊上发表对他们不利的文章，大姐不能看着你再出事，大姐要尽力确保你们母女平安……"杨梦玥劝说道。

"是啊，秋露姐，都说现在是白色恐怖。两年前，台北还有八路公交车，是从衡阳路到三张犁，这路车多为学生搭乘，由于班车很少，每次车来了，拥挤不堪的学生都会不约而同地叫：'八路来了！八路来了！'。而现在，'八路'被看成了'八路军'，八路公交车也消失了。'八路'是小事，人可是大事，我赞同杨大姐的观点，还是小心谨慎点为好。"余梅也说道。

他们正说着，门外突然响起了警笛声，随即从一辆警车上下来三名保安司令部的警察，冲向秋露的住处。急促的敲门声让秋露、杨梦玥、余梅不知出了什么事，但已感到情况不妙。他们没有来得及躲避，就听见"咚"的一声巨响，大门被撞开。接着，一个军官带领两个剽悍警员冲了进来，荷枪实弹，气势汹汹。

"不许动！都站起来！"警官大声地斥道。

一个警员立即跑到房间里看看，见没有其他人，立即回到了客厅里。

秋露神色一凛，立即将孩子紧紧地搂在怀里，静静地看着这帮如狼似虎的人，问道："你们要干什么？"

"干什么？戒严令明文规定，不许三人聚集，你们不会不知道吧，还不都给我站起来！"警官严厉说着，在桌子上狠狠地一拍。

"哇……哇……"小毛头被这些陌生人吓得哇哇大哭。秋露、杨梦玥、余梅只好缓缓站起来，面对三支手枪的枪口，秋露和余梅都不知所措紧靠在一起，唯独杨梦玥镇定自若护着她们。

"谁是张秋露？"警官说着走到面不改色心不跳的杨梦玥面前，"是你？"

"我……"杨梦玥迟疑了两秒钟，想否认但又怕这帮人将秋露抓走。

"带走！"警官命令道。

两个警员一拥而上，就要拘捕杨梦玥。

"慢着！你们凭什么要抓人？"杨梦玥依然沉着面对。

"哼，你心知肚明！"警官奸笑着。

"我不明白，有拘捕证吗？请出示，你们没有拘捕证，今天就别怪我不配合。"杨梦玥嘴上强硬心里慌张，可她只能装着满不在乎的样子，因为她是处长夫人，是有地位的人！

"我们是奉命行事，你别自找麻烦，铐上！"警官说着，命令部下上手铐。

"不是她！"秋露见一个警员拿出闪闪发亮的手铐，立即将大哭的孩子递给余梅，说："我是《中报》记者张秋露，揭露当局的黑暗和高官的腐败报道是我写的！控告信也是我写的！与她俩人无关，她们来这里只是看看孩子，是可怜我们孤儿寡母。"说着亮出记者证，并伸出了双手。

杨梦玥见孩子哭闹不止，立即从余梅手里抱过孩子，孩子像立竿见影不再哭了，小毛头与杨梦玥似乎有着特殊的亲近感。

"我会跟你们走的！"张秋露被戴上手铐后对警官说完，转向杨梦玥："大姐，你是孩子的干妈，如果我回不来，从今往后你就是孩子的亲妈，请你一定要带好这孩子，她是我和王宁的希望。"

杨梦玥听了她这番话，鼻子一酸，眼泪立马就下来："放心吧，我们会全力以赴救你出来，就像我们去救王宁一样！"

就这样，张秋露被警察带走了，一个五大三粗的警员提起她，就像拿起一件连衣裙似的，很轻松地就将她扔上警车。在那个年代，那个地方，就是这样，保安司令部的警察们把"不配合"当局的人统统抓起来再说，不管是否犯法，有无确凿证据，是否符合某条法律，这些都不管，有一条"戒严法"就够了，管你是男是女是老是少。"宁可错抓三千，不可放走一个"的命令，成了他们的圣旨。一名堂堂的《中报》记者，一位国民党喉舌机关的工作人员，一个为丈夫和受迫害的人们申冤控告的弱女子，万万也料想不到，主张正义，揭露腐败和黑暗，竟招来横祸——以涉嫌"诽谤政府罪""攻击政府官员罪""泄密警情罪"等法律框架还未出现的罪名将她逮捕，这就是所谓的民主自由社会。

警察们刚走，杨梦玥蓦地想起什么，她急忙让余梅去给李元智打电话，告诉他秋露被抓的消息，要李元智赶紧想办法。

后来，杨梦玥得到消息，那天李元智接到余梅的电话后，随即开车拦截，并与保安司令部的警察交火，结果张秋露和李元智双双失踪。有人说张秋露在那次解救过程中逃走了，有人说李元智、张秋露被当场打死，还有人说李元智被抓，后被秘密处决，张秋露半个月后被枪杀于台北的马场町，这些说法是真是假谁也不能确定。

人人自危

《史记·李斯列传》里有这样一个故事：秦始皇在巡游天下，途中得了重病。临终前，他命令中东府令赵高写诏书，要领兵驻扎在边境的大儿子扶苏速回咸阳奔丧。赵高却扣下遗诏，与秦始皇小儿子胡亥进行密谋，伪造了一道遗诏，说秦始皇立胡亥为太子，让胡亥继位。胡亥因此当了皇帝，史称秦二世。赵高也当上了郎中令，把持朝中政事。他们制订严酷刑法，除掉老臣，将威胁皇位的十二个兄弟和十个姐妹全部处死，受牵连而被杀害的人，更是不计其数，弄得朝廷上下一片恐怖。这便是成语"人人自危"的来历。

二十世纪五十年代初期，白色恐怖笼罩的台湾军队里，也是人心惶惶人人自危。整顿、审查、清洗、被捕、枪毙，等等，不断升级，愈演愈烈。从蒋介石清理门户、肃整军队震慑军心开始，到"国防部总政治部主任"蒋经国亲自抓情治系统，将台湾最大的情报单位"省警备总司令部"保安处、原中统和军统的残余、大陆时期各军的专司情报人员、台湾的宪兵单位和"保密局"，合并为台湾最大的特务组织，仿照美国中央情报局的模式，统管岛内外治安，使得一大批国民党元老级人物靠边和被软禁，不同政见者惨遭杀害，不听话的人被送入监狱。密布台湾全岛的谍报网形成后，蒋经国又在军队里安插和布置大量政工人员，调查基层官兵的行为，监察他们的思想，检举动摇分子，凡有"通共嫌疑"者，一律严惩不贷。

在浯祖岛，五十三团代理团长孙剑长失踪，轰动岛上全军，一营官兵当属重点"嫌犯"。营长王宁已经被送到绿岛，其下属大都是效忠他的官兵，因此严查从一营开始，下属三个连人人被约谈，个个被政工人员审查，弄得大家都很紧张。

营里有一台老旧的短波电台不知去向。这个多波段移动电台能收到大陆的广播，有人揭发移动电台被一连拿去，查来查去从连长到炊事班士兵，没有一个人承认。其实，这个旧电台遗落在一连的防空洞里，副连长赵二宝不仅自己偷偷收听大陆广播，有时候还将程启升、李铁锁叫过来一起听大陆前线广播节目。

在台湾新闻封锁期间，偷听大陆"共匪"广播是有罪的，轻则降级开除军籍，重则判刑投入大狱。可五十年代台湾的报纸、杂志、广播电台等宣传媒体，根本就看不到、听不到大陆一点消息，而每一个关心家乡的大陆人，无不如饥似渴地想知道家乡的情况。为防止被查到，赵二宝他们总是先在防空洞口做好各种机关，诸如报警的铃铛、绊绳、障碍物，等等，在洞内准备好扑克牌，万一被人发现，就装着在防空洞里打牌赌钱。

其实，不管当局怎样封锁新闻，大陆的种种消息还是能通过各种渠道，源源不断地在台湾军队里和社会上流传。因为台湾广播事业比较发达，抗战结束时，已发展到每八户台湾家庭便有一台收音机，广播成了台湾人的资讯来源与娱乐的重要工具。此外，还有一种小巧玲珑的用耳机收听的矿石收音机，体积比肥皂盒还要小，有的像火柴盒，它携带极为方便，但音量很小，只能借助于耳机收听，且要使用一根三米以上的长天线和一根接地线，才能收听得到。军队里这种收音机不多，但在民间却很多，因为这种收音机的结构实在是太简单。一个小学生只要有一副耳机、一个矿石、一个线圈、一个可变电容器、一个固定电容，将几个结点连接起来，即可成为一台矿石收音机。后来晶体管收音机问世，无论是军人还是老百姓，都千方百计设法进口。到了一九六二年，台湾岛上官方有记录的收音机已超过一百万台。在五六十年代的民用无线广播，还没有抗干扰能力强的调频传输，统统是传输距离远，但抗干扰弱的调幅传输，来复式或者超外差式收音机，需要用短波段才能收听到大陆广播和美国之音广播。为了控制舆论，军中的政工人员只好经常进行定期检查和不定期密查，这才使赵二宝他们的行为有所收敛。

营区有很多政治标语，在三连营房上的标语中，"中华民国万岁！""三民主义万岁！"都被人改了一个字，将"岁"改成"税"，变成了"中华民国万税！""三民主义万税！"三连因此惹下大祸，连长周有贵被政工人员"请"去，限他十天内必须查出是谁干的，查不出拿他是问，并威胁他要判三年徒刑，吓得他像疯狗一样，到处乱窜乱咬。

一天，赵二宝感觉自己被人盯上。他去军人俱乐部的百货店买东西，在回宿舍的路上听到身后有脚步声，回头望望并没有发现人跟踪，但走着走着又听到身后有动静，再回头寻找还是没有找见接近他的人。起初他以为是自己的错觉，可接下去的几天，依旧有种被人盯梢的感觉：在食堂，身边会有一些从没见过的人；开会，也有不认识的人在身旁；路上，好像总有个鬼影尾随左右；就连晚上睡觉，甚至上茅房拉屎，似乎仍然有一双眼睛盯着自己。为了确认究竟有没有跟踪的人，赵二宝故意将香烟的烟丝掺入辣椒面丢在路上，让跟踪的人捡。第一次辣椒面放入量不够，跟踪的人抽了几口觉得不好抽扔掉了。第二次，赵二宝将纸烟中段全换成干辣椒，并且换了香烟的牌子，结果跟踪的又捡去，呛得他直打喷嚏。两次同一个人被捉弄，赵二宝确认有人跟踪！但他并没有看清这个跟踪人的面貌。他想：这个身后的人是政工分子，还是另有其人？跟踪我一举一动的目的是要陷害，还是其他什么目的？

赵二宝开始留意身边每一个人，但任凭他怎样细心，对方总能在关键时刻从他的眼皮底下逃遁得无影无踪。这个挥之不去的阴影让赵二宝不寒而栗，他是困心衡虑，茶饭不香，睡觉也不能睡安稳，拉屎也拉不痛快！赵二宝决心抓住这厮。有一回去台北看望鲁志清，在街上那个鬼影又出现在身后。他非常狡猾，帽舌总是垂下遮住自己的眼睛和半张脸，有时候还用手捂着另半张脸，显然是防止赵二宝看清他的面目。他紧跟赵二宝，不快不慢，始终保持一定的距离，远远躲在后面。赵二宝穿过两条街道，那人也穷追不舍跟着穿过两条街道。要想在人流量很大的大街上抓住他确实很难，只有慢慢地将他引到一个狭窄的地方，然后杀个回马枪，这样才有可能逮到他。赵二宝边走边盘算着，将他引到一个小巷子里。就在赵二宝急转身子冲上去给对方来个措手不及时，由于太专注那个鬼影没看清地面，不小心踩到瓜皮滑了一跤，惊动那个警惕性很高的人，也给了他一点逃跑的时间。等赵二宝爬起来准备再去追，那个鬼影已经拐到另一条巷子，拍拍屁股溜之大吉。这让赵二宝懊丧不已，眼看就要捉住他又让他逃脱，气得赵二宝真是要吐血，发誓一定要将他揪出来！

有了上一次的遭遇，那个跟踪的人一定会倍加小心，怎样才能捉住他呢？如鲠在喉的赵二宝心烦意乱，冥思苦想两天，想出一个反跟踪的办法。他故意去一些比较敏感的地方，譬如说参谋部、团部和师部附近，雷达站旁边，面向大陆一侧的海滩上，他让通信兵远远地跟在身后人的后面。连续两天，果然锁定了那个跟踪的人也是个军人。赵二宝拐弯，那人也拐弯；赵二宝加快速度，那人也加快速度；赵二宝停下，那人也停下。当然，最后面的通信兵也会相应地做出拐弯、加速和停下。有一天晚上，赵二宝故意经过栈桥走到桥亭，见那尾随的人渐渐靠近，立刻转身往回走。那个跟踪的人，马上停住脚步，思考要不要逃跑？正在他犹豫时，赵二宝加速跑向他，眼看在栈桥上就要被擒，跟踪者扭头刚要跑，却被反跟踪的通信兵截住。他在栈桥上被前后夹攻，只好束手就擒。

"总算逮到你啦！"赵二宝拔出手枪对着他说道。

"抱歉。"用帽舌遮住眼睛的人依然低着头，举手投降说道。

"说！为什么要跟踪我？"赵二宝感到对方的声音很熟悉，上去掀开他的帽子，"啊？周有贵！"

是的，跟踪的人是周有贵。原来，周有贵在他的连里没有查出涂改标语的人，却听说营里丢失的移动电台在赵二宝那里。这个老旧的美国产电台原是团长用的，因年久失修经常出故障给了一营。王宁没有用几回，在一次去鲁志清的连队视察时，电台坏了就扔在那里。周有贵为了将功赎罪，想到政工人员前一段时间追查的电台，认为电台被赵二宝藏起来了，只要发现赵二宝偷听大陆广播，他就能立功，没准还能提拔重用，故一有空他就想方设法跟踪赵二宝。一个有力的证据是"共军跨国鸭绿江入韩参战"和"联合国军节节后退"的消息，都来自赵二宝的口中，周有贵深信不疑赵二宝有偷听"敌台"行为。此刻，周有贵知道赵二宝不会开枪，因为跟踪行为不足以激起赵二宝要自己的性命。他放下投降的双手，对赵二宝说："出其不意吧，为什么要跟踪你？你的心里最清楚，你们偷听大陆广播，并且造谣惑众。"

"哦，哈哈哈……"赵二宝将周有贵的帽子仍给他，说："你是奔着电台来的对吧！"

"是，又怎么样？"周有贵从空中接过帽子说道。

"早说呀！电台在程启升那里，你应该跟踪他呀！干吗跟踪我？"

"我才不信你的鬼话呢，王营长视察你们一连时，电台坏在你们连里，你怎么胡扯到二连。程启升可是你熊山训练营的同窗，他是个老实人，不会偷听共匪广播。"周有贵两个老鼠眼不停地眨着。

"不信算了，那就继续跟踪我？我想你屁也得不到一个！"赵二宝说完准备离开。

"哎，哎，赵老弟……"周有贵立即拦住赵二宝，"我也是无奈，政工部那帮家伙非要我查出篡改标语的人，我查了几天一无所获，他们要拿我是问，我是没有办法啊，老弟帮帮忙吧？"

"我说话你又不信。"赵二宝看着厚脸皮的周有贵凑上来讨好自己回答道。

"嗨，别逗了，电台不可能在程启升那里，你别和我开那个玩笑，是不是在沈副营长那里？"周有贵又试探性提出沈定仁。

赵二宝并没有回答他，而是微笑走了。

周有贵真以为在沈定仁那里，立即跑到政工处去禀告。经政工反复调查了解，沈定仁和程启升都没有私藏电台，他们俩也都不具备那些条件，反问周有贵消息从何而来，周有贵只好供出赵二宝，而赵二宝死也不承认，反说他诬告。就这样周有贵被折腾来，折腾去，几个回合下来，他精神崩溃了。成天疯疯癫癫大吵大闹，一会儿说这个是"匪谍"，一会儿又说那个是密探。大家知道他不正常，也不跟他计较，他反以为大家都怕他而沾沾自喜（疯子都有一种他自己不觉得而别人也意想不到的幸福），直到他被送到陆军医院精神病科关起来，营区才安定下来。

老兵周有贵被逼疯，也给赵二宝上了深深的一课。政工的独断专行和不择手段，引起他的高度重视，随即在一个风雨交加的夜里，他将那台老旧的电台埋于山中一个神不知鬼不觉的地方。紧接着，他又获悉跟踪他的人不仅仅有周有贵，另有一个人也在跟踪他。赵二宝做梦也想不到，他是生死弟兄——李铁锁。

正因为李铁锁与他最好，才被政工处指定为盯梢赵二宝的最佳人选。开始李铁锁不愿意，心里很恐慌，让他监视赵的原因是怀疑他杀了孙剑长，自己也是那场行动的参与者，揭发他岂不是将自己也卖出去，纵然自己没有参加那次行动，也不能出卖同生死共患难的兄弟。但李铁锁又不敢拒绝上面的命令，思来想去只好先接受下任务。当天晚上李铁锁怎么也睡不着觉，在床上翻来覆去，不知道该怎么办。他想到从熊山到淮海战场，赵二宝对他照顾有加，在海南岛是赵二宝教他学会游泳，生病又是赵二宝第一个将他背到医务室，现在到了台湾虽不在一个连，但彼此相隔也就一栋宿舍，大家都是为生存，都离乡背井远隔亲人，跟踪揭发赵二宝对于李铁锁来说真是于心不忍。越想李铁锁越觉得难受，在白色恐怖的阴影下，李铁锁告诫自己：做人要有良心，决不能像周有贵那样为了自己不顾别人，即使另有人暗中再监视我李铁锁，我也决不会揭发赵二宝！后来，政工人员数次找李铁锁索取揭发赵二宝的材料，都被他含糊其词，说无有价值的事情可以提供而婉言拒绝。几次之后，政工人员也就不再找他。很快，出乎他意料的事情发生了，他被莫名其妙地取消国民党党籍，半个月后他才知道取消党籍的理由是他入党时并没有提出申请。王宁、鲁志清、赵二宝、程启升等全班人入党都没有提出申请，是淮海战役三班立功被集体批准加入国民党的。说实话是不是党员身份，他并不介意，因为这个党票从来就没有带给他任何好处，还要交"党费"，开令人厌烦的党小组会。再说现在的"党"已经不是从前的"党"，还不如直接将国民党更名为"国民党股份有限公司"更确切，但就他一个人被取消党籍，心里不能接受，显然这是因为他"不配合"揭发赵二宝的缘故。

推向社会

赵二宝之所以被盯上，是政工处怀疑孙团长的死与他有关，因为孙剑长失踪的当天，赵二宝并不在浯祖岛。可是程启升、李铁锁等好多人，那一天都不在浯祖岛，为什么他们没有被怀疑，偏偏怀疑赵二宝呢？这是由于有人曾在孙剑长住宅被烧毁的那个废墟里，发现一个烧坏的军用帆布包，包的背带上"赵记"两个字仍清晰可辨。赵二宝那天参加了"救火"，可带个帆布包去"救火"不符常理。不过，政工处又找不出赵二宝谋害孙剑长的其他证据，而且，一营有五个姓赵的，其他四人的军用帆布包，是丢的丢，坏的坏早已不知去向，单凭一个模棱两可的包带，难定赵二宝的罪。因此，自从进驻五十三团以后，政工处就把赵二宝列为监视的重点对象，查来查去，没有发现他有任何通共证据，也就未对他下毒手。

那么，那个烧坏的军用帆布包的包带是不是赵二宝的呢？确实是赵二宝的，是他与程启升、李铁锁火烧孙宅时装土制燃烧瓶用的包，因仓促撤离没有来得及带走，遗失在那里，被大火烧焦，但包带没有全烧掉。幸亏赵二宝发现被人跟踪，做好了应对的准备，在以后的日子里，他小心谨慎终赢得一段平稳过渡时间。

一九五一年七月，台军开始实施"精兵政策"。所谓"精兵"是美军顾问评估台军实力后提出来的，即台军数量超越过防卫所需，美方军援只需装备十五个师即可，要求台军裁军减员。当首次在台湾本土征集的一万四千名青年补充到台军队伍以后，十月，第一批退（除）役官兵得到批准，台湾当局将这些退（除）役官兵推向社会"自谋生活"。为稳定官兵情绪，规定他们仍拥有军人身份和退役待遇，即所谓的假退役（后改为真退役）。十月二十日，蒋介石命令：依"陆海空军军官在台期间假退（除）役在台期间假退（除）役实施办法"之规定，核定一九五二年度假退（除）役军官将级人员名单公布。

一九五二年初，五十三团一营退伍名单公布，伤残的鲁志清名列榜首，军方允许他在台北医院继续养伤；"悟能"小和尚退伍后再次回到寺院，入了台北的龙山寺；伙夫田金山和矮子老周被推向社会自谋出路，他们一个偶影独游去了高雄，一个投亲靠友到了台中。让官兵们不能理解的是，退伍名单里赵二宝、李铁锁也名列其中，按理说退伍是淘汰老弱病残，保留年轻、有知识、有潜力、身体好的老兵，可是赵二宝和李铁锁都年轻力壮，身体、精力、文化都是军中一流，而且有实战经验，让他俩退伍显然是被清洗出"革命"队伍。

与上万退伍兵一样，赵二宝、李铁锁拿也到一点微弱的一次性"补偿"，另允许带走一张草席、一顶蚊帐、一床棉被和两套旧军服，被赶出部队，走向社会自谋职业。

当时退役制度尚未建立，"退除役官兵辅导委员会"还未成立，在"陆海空军军官及士官服役条例"出台之前，十二万两千退伍官兵，其中大部分是"老弱残疾"士官兵，不论他们在军队服务多少年，只发给三个月的薪饷，即一次性领取退伍津贴。这点钱还不够老兵走向社会一个月的生活费。直到一九六一年六月三十日，取消了一次性发放退伍津贴的规定，改为退伍老兵按月领取，老兵去世后配偶可以领取一半津贴，年满六十周岁的老兵，若是单身或虽有配偶但无子女的可以进入"荣民之家"养老，即实行所谓的老兵终身俸。

塞翁失马，焉知非福。离开吃穿不愁的部队太突然，赵二宝、李铁锁毫无思想准备，还没有来得及与老长官说声再见，就被一脚踢出军营。脱下两尺半军装退伍就等于失业！看是坏事，从某种意义上说也是好事。赵二宝头顶上的那把"达摩克利斯之剑"拿开了，他再也不用成天担忧政特的跟踪和迫害。李铁锁也彻底摆脱了政工人员的纠缠，他下定决心要奋发图强，将来做一个堂堂正正的人。

但是，他俩的生活很快就遇到了困难。离开浯祖岛来到台北市，他们没有住房，没有收入，一点微弱"补偿"不到一个月就花得寥寥无几。他们只好离开小旅店，在万华区淡水河与新店溪交汇处靠河滩的穷人区，租了一间便宜的民房。这里离河码头、火车站都比较近，为了糊口只能去找工作。可跑了好多机关、公司、工厂，都没有找到合适的岗位，因为他俩没有任何技能，有限的工作岗位大多被先前涌入台湾的人抢去，加上没有熟人推荐和担保、兵痞的名声不太好，还有，当地人因"2·28事件"仇视国民党军人，私底下贬称他们"老芋仔"（猪仔），赵二宝和李铁锁是七尺缸里打拳脚——处处碰壁。这让李铁锁非常难过，自当兵以来，不断经受懊恼、焦虑、悲哀、恐惧、痛苦和绝望的打击，心灵之痛比肉体之痛更加难以承受。李铁锁越想越觉得委屈，越想越难过，竟像个孩子哇哇大哭。赵二宝也很沮丧，但他毕竟比李铁锁大点，只好用大道理来安慰他。

赵二宝第一份挣钱的差事，是给人家搬家具。卖力气不丢人，总比卖命好。一个大立柜比他的人还要高，还要宽，背走两条大街再上四层楼，虽然立柜是空空的，但含油量较高的棕榈科板材非常沉。大丈夫能屈能伸，赵二宝为了挣一点生活费，为了给雇主一个好印象，他卷起袖子和裤腿，用军用背包带将立柜绑好，双手拽着背包带两头，试图将立柜背到背上，试了两次不行，终于在第三次将立柜背到了背上，可想而知立柜有多沉。当赵二宝背着立柜穿过大街，到达指定的大厦的楼下，已是大汗淋漓，衣服全湿透了。他满脸通红，气喘吁吁放下立柜，解开上衣的扣子散热，满身散发出汗味，熏得雇主躲得远远的。赵二宝用衣袖擦去脸上和额头上的汗珠，休息两三分钟，又吃力地背着立柜一步一步向楼上攀爬。没有一个人来帮他，因为背立柜是付费的，雇主给了钱你就得干，他才不管你的死活呢。立柜背到了三楼，赵二宝的身体开始打晃。他从来没有干过这样重的活，小时候在家母亲连碗也不让他洗，独立生活后，也从来没有干过这样的体力活，即便在部队里扛弹药、送物资，也会走一段路就歇一歇。此刻，在雇主不停地催促下，赵二宝咬紧牙关，使出全身的力气，终将立柜背到大厦的四楼，得到一笔够他和李铁锁两天的生活费。那是用汗水换得的，那是用全身酸痛好几天作为代价的，那是没有选择的无奈。

像这样生活在台北的人，每个角落都存在，绝大多数是没有文化、没有找到好工作的老兵。他们生活在社会的底层，用自己的生命和体力，做着最廉价、最辛苦的活，以打零工为生，朝不保夕，处于自生自灭状态。

李铁锁第一份挣钱的活是利用他的特长——魔术，骗学生的钱，结果被学生家长打了一顿。他只好学赵二宝去出卖肌肉，到淡水河码头当苦力。他小时候倒是干过体力活，虽个头不高，但很结实。当兵前，每年初夏抢收麦子和秋播秋种的农忙时节，他都要向学校请几天假，帮助父亲干农活。他家有三十多亩地，大忙人手不够时，当保长的父亲和他都得上阵帮忙。在淡水河码头上，与李铁锁一起干活的人多为上了岁数的中年人，他们有的来自大陆，有的来自台湾山区。由于"僧"多"粥"少，码头装卸有时候要等两三天才能轮到一回挣钱的机会，因此，无论是刮风下雨，也不管是烈日暴晒，所有的装卸工一接到活就像打仗一样拼命地扛，快步地走，尽量多扛快运，有时一人一天运货量能达数十吨。

第一周，李铁锁等了五天干了两天。第二周一直等到周末才接到一个扛麻袋的活。麻袋里装的是稻谷，一上午，李铁锁扛了一百多袋，中午买了一个便当，饭后休息一会继续扛。直到日落西山，李铁锁他们才将两条货船上所有的麻袋运到码头仓库里。可就在扛最后一个麻袋时，李铁锁感觉背部有一个硬东西顶着，用手一摸有棱有角，麻袋里是稻谷不应该有硬的物品，扛了三百多袋都没有这种现象，唯独最后一个麻袋不一样？麻袋里究竟是何物？李铁锁心想可能有人将重要的东西藏在稻谷里，这会是什么呢？是值钱的东西，还是……李铁锁弯着腰边走边思绪，他小心翼翼将这个麻袋放在靠墙边一侧，又用另一个麻袋挡在前面，以防旁边的人发现。

收工后在返回住处的路上，李铁锁越想越觉得蹊跷，强烈的好奇心驱使他要返回码头仓库。再一想，码头的仓库大门已经锁上了，于是，他只得回去叫上赵二宝，带上翻墙用的绳索和手电筒，一起探个究竟。

匆匆回到住处，李铁锁见赵二宝一个人在房间里写笔记。他知道赵二宝深感学识浅薄，难以立足于这个竞争激烈的社会，有个强烈的愿望，即趁年轻无牵无挂，多学些知识，争取考上台湾的大学，便问："复习高中课程？"

赵二宝头也不抬，仍在写着他的笔记："嗯，跑了一天，没找到活干，我也刚刚回来。"

李铁锁不管赵二宝愿意不愿意，将他的笔记本合上，说："行啦，明天再写吧，赶紧跟我走，有件事需要你帮忙！"

赵二宝抬起头，依然坐在小板凳上："什么事我能够帮你？钱的事……别找我。"

李铁锁就将在码头扛麻袋发现的异常简单叙之："我今天的活是扛麻袋，扛到最后一袋时，我发现麻袋里的稻谷中有一个硬的东西，像是个木盒子，没准盒子里有金银财宝！"

赵二宝白了他一眼，冷嘲热讽说："财迷心窍！你是做梦娶媳妇——尽想好事。我尽管穷，但我人穷志气不穷，不会去偷，夺资财必遭灾祸！"

李铁锁笑道："呵呵，坦白地说我还真偷过，鄙人长这么大有过两次偷窃：第一次是小时候偷鸟窝的蛋；第二次是在徐州与鲁志清偷伙食房面粉去换字典。除此以外，我连一只筷子也没有拿过，我不去占人家的便宜，相反，我的东西老被别人偷，铅笔、橡皮、帽子、衣服、钱都被人偷过。"

赵二宝立即说："掏鸟蛋不算偷，偷面粉换字典也情有可原，但你去仓库拿那个盒子就算偷，再说也没有那个好事！哪有天上掉馅饼的，想钱想疯了吧？我才不跟你去呢！要去你自己去。"

李铁锁满腔热忱却被泼了一盆冷水，于是怒目瞪视："妈的，我是热脸贴你冷屁股，不去拉倒，老子一个人去！我是好奇，要弄个水落石出！"拿起绳子、手电走到门口又说，"如果这个盒子里是铁块，稻谷碾米时，就会毁掉机器和设备！我是财迷心窍，你呢？你是目光短浅，妇人之见！"

这最后一句话，像是触动了赵二宝的神经，他立刻站起来："嗨！嗨！逮到你就完了，在这儿你是叫天天不应，叫地地不灵……"只好追李铁锁而去。

码头仓库外有一圈三米高的围墙，徒手没法翻过去。李铁锁就带着赵二宝绕到一棵靠围墙的大樟树下，他将身上的绳子拿下理好，在端头系上一个拳头大小的砖块，随后将砖块连同一米长的绳索，不停地作圆弧形旋转，就像牧羊人甩石子那样，将砖头甩到树上。一次，两次，第三次才将砖头甩到树杈卡住。如同飞天大盗，李铁锁拽着绳索蹬着墙壁，慢慢地攀爬到围墙顶，再拉着绳索下到厂库的院子里。进去后李铁锁又将绳索甩出围墙，赵二宝又借助于绳索，攀爬进院子。

　　四周一片漆黑，连月光都没有。借助于微弱手电筒的光亮，看到一座破旧的大仓库，四壁是用土块垒起来的墙壁，与坚硬的砖石围墙相比很不协调。原来，仓库在三年前曾遭遇过一场火灾，没有纵火者，是电线老化后由于风吹相碰而短路引起的，大火烧了整整一天，将仓库里的货物付之一炬。老仓库烧掉后，重盖了这个简易仓库，仓库只有正门一处入口。此时，两扇大门已经被一个铁链子锁着，门缝隙很小。不过，在东北角的土墙上有一个形状似橄榄的半人高洞口，因而这座仓库并不是完全封闭的。平常这个洞由一块大门板挡着，因仓库外的院子有高大的围墙，故这个洞也无关紧要。在这干活的李铁锁知道这个秘密，便带领赵二宝从洞口偷偷地摸进了仓库。仓库很大，一半地方堆放着装稻谷的麻袋。两人迅速找到那个麻袋，打开发现在稻谷里有一个白布口袋，口袋内是个四四方方的东西，李铁锁立即扛起白布袋与赵二宝跑出仓库。

　　夜，黑漆漆的，仿佛是浓墨涂抹到无边的天际，无情地笼罩着整个城市，令人窒息、恐惧、战栗！使得远近的景致显得朦朦胧胧、混混沌沌，若不是灯塔不时闪烁和船上星星灯火射出的微弱光亮，点缀在这黑沉沉的河滩上，还真以为这世界已经成了地狱一般。夜阑人静，除了树叶沙沙作响，耳畔还能听到轻轻的浪声。清风徐徐，又湿又冷的水汽从河边吹来，在室内慢慢地浸润，四周幽静得很，连虫鸣鸟叫声都没有。可能是诡异的事情只会发生在漆黑夜里，或许是不寻常的事件都被黑幕笼罩着。没人知道李铁锁和赵二宝要干什么，他们关好门，拉上窗帘，电灯也没开，而是点上一盏煤油灯。李铁锁小心翼翼地将白布袋子打开，从中取出一个一尺见方的黑色木盒放到桌子上。

　　"为何这么沉？"李铁锁感觉这个盒子比普通木盒沉得多。

　　"不就个木盒？有什么了不得的。"赵二宝不以为然地说道。

　　"难道说里面是金块？"李铁锁说，"你还别不信，来试试这个盒子。"

　　"金块？"赵二宝来到桌子边，捧起沉甸甸的木盒说："看得出来这个盒子制作很精细，黑色表面油光水滑，伸手触摸手感很细腻，用鼻子闻还有一股特殊的味道，莫非……木盒材质是乌木？小时候就听人讲乌木比石头硬，非常重，放到水里会沉下去，敲打乌木板有金属声，你听……"

在台湾黄金是常见的东西，因为台湾的黄金储藏量相当大。一九四五年台湾光复时的黄金就有四十吨之多，一九四七年至一九四九年间，大陆很多有钱人士又携带了大约四十吨的黄金到台湾，其中蒋介石私人储藏的黄金就达两万多两，加上国民党撤退大陆时将上海原国民政府所属的中央银行二百七十七万两黄金运往台湾，小小的台湾岛，黄金一点儿也不稀罕。尽管当局从一九五一年起下达"黄金不得自由买卖"的禁令，但在民间，民众仍然视黄金为保值的最佳藏品。

李铁锁也感到盒子是空的，木质的声音很特殊，随即用指甲划，划不动又用牙齿咬，牙咬痛了盒子上依然没一个牙印。他相信赵二宝的话，怪不得这木盒这么硬，这么重，原来是乌木。

赵二宝所说的乌木，学名为化石木，民间多称为阴沉木，是由于某种动力原因，如洪水、泥石流、风暴等，将植物或木船埋入江湖、海底的泥沙里或河床淤泥中，在缺氧、高压状态下，经过千万年的炭化演变而形成，又称炭化木、乌龙木、沉木、东方神木，等等，色泽有黑、棕、灰、紫、黄，素有"黄金一箱，不如乌木一方"的民谚。这种木的特性是密度大、单位体积重，质地坚硬，纹理致密，板材不变形，侵蚀不朽，不受虫蛀，堪称木中之极品。古人多用它做高档家具、宝盒。

直觉告诉李铁锁，打开这个不寻常的木盒子，定有不寻常事，是开还是不开呢？潜意识当然是打开，可怎么开启？盒子上既没有门，又没有盖，方方正正的盒子像是一个整体，只是在顶部四周各有一条边缝，这样的东西平时是可遇而不可求的。李铁锁像抱着宝贝似的将盒子摇了一摇，感觉里面有东西也在晃动，究竟是什么？他的血压霎时飙升，升得他都不知道东南西北了。难道说用斧子劈开或者用刀撬开不成？理智告诉他在没弄清楚里面究竟是什么之前，不能贸然使用蛮力，以免弄坏里面的"宝贝"。正在冥思苦想怎么才能打开时，偶然发现在盒子顶部一个对角的边缝附近，各有个微微凹陷的直径约两厘米的小圆洞，用指头按压洞里的木橛有弹性，难道这是个机关？一下，两下，三下，不停地按压木橛，就是不起作用。"我就偏不信这个邪，打不开！"李铁锁说着，无意中用两个手同时按压下两个凹洞里的木橛，这下触发到机关，随着"啪"的一声，盒子顶板弹开了。李铁锁不得不感慨设计者的巧妙之作，实在是独具匠心太隐秘，天才能工巧匠的智慧令他赞叹不已。揭开盖板，露出一个惊人的秘密：首先映入眼帘的是一件黄绸布包裹着的东西，慢慢地展开黄绸布，他们看到的是表面光滑，圆圆的，白白的东西……

"看到没有？我说过会有宝贝的。"李铁锁眼睛一亮，按捺不住惊喜和激动说道。

"你是瞎猫碰到死老鼠。"赵二宝回了他一句，心里也不得不承认他运气好。

"下面是见证奇迹的时刻……"李铁锁将双手伸到盒子里，感到东西凉凉的，刚才还是兴趣盎然，猛然又有种不吉利的预感，他屏住了呼吸双手从盒子里捧出一个圆圆的东西，"这是什么？"

赵二宝立即拉开室内的电灯，光线从上直射下来，映射到李铁锁手上的东西，显现出一个人的颅骨。

"骷髅头！"赵二宝惊出一身冷汗，要不是事先已有心理准备，不把他吓尿裤子才怪呢。他往盒子里一瞧，盒子里面还有一些骸骨，零零碎碎的骨架。

"操，晦气！"李铁锁惊慌失措将骷髅头即放到桌上，说："我这是没有心脏病，否则，会被这东西吓死过去，今天算我倒霉，这不是财迷心窍，是脑残！不是运气，是晦气！我们被人坑了！"

"行啦，你干的好事，你自己擦屁股！"赵二宝说着拍拍屁股就要走。

"既然你已经看见，你也不能独善其身！"李铁锁一把拽住赵二宝，"摊上这事你也跑不了，你是同谋。"

刹那间，房间成了一个大坟墓，里面除去一具骨架，还有两个大活人，现场一下子变得阴森恐怖。

"不成，我得去洗个澡，好好洗去这身晦气，否则，我没法睡觉。"赵二宝说道。

"别忘了你岁数比我大，一具白骨就把你吓成这个样子，胆小鬼！"李铁锁采用激将法。

"我是胆小鬼？！"赵二宝反问道，尽管他很后悔，很恶心，很想吐。"我们见过的死人还少吗？你我本身就是从死人堆里爬出来的，在海南岛的原始森林里，咱们埋了多少遗骨，我怕了吗？问题是为什么这具骨架要放在这么高档的盒子里？又藏在稻谷麻袋里，这是要将这骨架送到哪里去？”

听赵二宝这一说，李铁锁也开始思索。突然他又有新发现："你看，这颅骨的后脑勺有个小洞，像被子弹打穿的洞。"

"啊！还真是，从颅骨大小、前额、表面光滑程度看，我估计是个女人，从她的牙齿磨损程度判断，我认为她的年龄跟我们相仿，至于后脑这个孔……是被当局枪决所致？还是……"赵二宝在一边琢磨着。

"共谍？"李铁锁惊讶问道。

"你小声点，夜深人静你叫什么！"赵二宝责怪道。

"哦……"李铁锁声音立即小了很多，"要不，就是潜伏在台湾的共党分子、反对当局的激进人士，或者是被误杀的人？白色恐怖已将台湾染成一片白色！"

"有两点是肯定的：一、年轻；二、有钱！要不然她不可能装在这个盒子里，问题是麻袋最终要送到哪里？"赵二宝又问。

"喂！别老'问题是问题是'好不好？"李铁锁烦他阴阳怪气的说话方式，"麻袋肯定是送到碾米厂去！"

"废话，稻谷当然要送到碾米厂，哪一个碾米厂？台湾碾米厂多得很呢！"赵二宝也顶了他一句。

"行了，我明天就去打听。"李铁锁发现盒子里有一张便笺，随手拿出，"你看！"

赵二宝一把抢过便笺，读着上面的文字："此人生于民国十九年七月，猝于四十年四月……"

"果真和我一样大，她死亡时间不长。"李铁锁打断赵二宝说道。

"别打岔好不好？"赵二宝生气了。

"好，继续，你继续！"李铁锁退让道。

"……南京人氏……"赵二宝读了一句又被打断。

"哟？与王哥是老乡！"李铁锁见赵二宝翻着白眼，立即做了个双手投降的动作，"我不说了，你说。"

"不读了，自己看吧。"赵二宝生气放下便笺。

李铁锁拿起便笺匆匆看了一遍，从有限的短短几行字里，知道写便笺的人是死者的朋友，冒着很大危险收集到这具白骨，但死者是何人？为何而死？盒子要送给谁？都没有交代。这张无厘头的便笺让他难住了。突然，他想起半年前失踪的张秋露，传言她已经被害，她从南京来，年龄与便笺上的年龄也相同，这具骸骨会不会是她？李铁锁和赵二宝立即将盒子里的白骨倒到地上，拼接成一个人的骨架，其长度与张秋露的身高倒是十分接近，但仅凭这些还不足以定论！接下来该怎么办？他俩商量来，商量去，最后决定明天早晨李铁锁上班前，把盒子放回装稻谷的麻袋里，然后由赵二宝悄悄地跟踪这个麻袋，看这个麻袋究竟会去哪里。那么，赵二宝有没有等到那个接盒子的人呢？

第二十章　人在异乡

艰难岁月

赵二宝并没有等到接盒子的人，他在淡水河码头仓库附近监视着李铁锁放回盒子的那个麻袋，一直跟踪到碾米厂，见工人打开麻袋发现盒子然后上交，也没有等来那个寻盒子的人。多年之后赵二宝、李铁锁得知，那是一具被枪杀在台湾的大陆女共产党员遗骨，原计划是将盒子运到台北淡水河码头，趁夜色转运到去香港的邮船上，由于中途怕保安司令部的警察发现，偷偷地将盒子藏在稻谷里，可稻谷麻袋刚到码头的当天晚上，就被李铁锁抢先一步偷走，接盒子的人就不敢再出现。四十年后，才知道盒子里的人不是南京人，她是南通人，最后葬在台北市的六张犁墓区。

那么，张秋露哪里去了？会不会也被保安司令部的警察杀害了？赵二宝和李铁锁找遍了台北的大大小小墓园，却始终没见她的线索。鲁志清出院后也在找，台北周边一些镇子的墓园他都去过，结果同样杳无音信。包括鲁志清的前女友韩念珍，都在关注着张秋露的下落。韩念珍在鲁志清住院期间曾多次去看望，都被鲁志清以种种借口"撵走"，他不愿意由于自己的残疾而拖累她。韩念珍只得嫁给另一个山东老乡——随刘安祺从青岛来台的第三十二军的一个团长。团长有一个堂弟在台北殡葬管理处任主任，他查遍殡葬管理处的资料，又去台北极乐殡仪馆和"国防医学院"（有一部分台湾共产党员被杀害后，遗体在台北极乐殡仪馆火化埋葬。有一部分政治犯的遗体被送到"国防医学院"解剖室，供教学使用）也没有找到张秋露。甚至在三十年后公布的监狱资料中，都没有张秋露的信息。那么，张秋露究竟去哪里了？是死是活没有人知道。

不仅仅是张秋露失踪了，杨梦玥和张秋露的孩子小毛头也失踪了。余梅四处打听，找遍整个台湾岛也没有她们的任何音讯。最重要的线索是杨梦玥的丈夫成斌，他在张秋露出事的第三天溘然长逝。是突发急病还是被秘密杀害，余梅没法确定，等她知道这一不幸的消息去看望，已经是一周以后的事，才知道杨梦玥和小毛头也不知去向。从此，余梅再也没有见到她们。

　　台岛二十世纪五十年代的恐怖主义，不知害死了多少人。在那个艰难岁月里，即便是活着的人，也同样感受到生活的艰辛和不易。

　　赵二宝在一次做苦工时，因圆木从高处滚落下来躲闪不及，被砸断了小腿骨，是李铁锁和一个好心的工友将他抬到医院。赵二宝哪有钱住院治疗，幸亏鲁志清慷慨拿自己出院获得的残疾补偿金，解决了赵二宝的燃眉之急。他住院一周即回去修养，三个月的生活全靠李铁锁干苦力的血汗收入支撑着。在这期间，赵二宝继续补习基础功课，终于在一九五二年三月，考取台湾的黄埔军校——高雄县凤山陆军军官学校的第二期（一九五一年四月招收第一期，即黄埔第二十四期，学期为两年半制。从一九五四年第四期，即黄埔第二十七期起，参考美国西点军校，学期改为四年制，规定毕业后在军中至少服役十年。凤山陆军军校前二十九期共毕业学生一万一千五百人），即黄埔第二十五期第二教导营两年半的陆军指挥班。一九五四年八月，赵二宝毕业后分配到金门前线，任副连长，后调到马祖、澎湖、高雄、台中、新竹、台北等地，在长达四十年的军旅生涯中，他的职务也由副连长，升到连长、副营长、营长、团参谋长、师参谋长、师长、副军长、"国防部"作战顾问等。赵二宝重返部队后一帆风顺并得以重用的原因，并不仅仅是他的学识、勤奋和为人，和他的浙江籍贯以及他摸爬滚打于浙派系中不无关系。他又找了一个浙籍高官的女儿，结婚成家，生儿育女，步步高升直至退休。像赵二宝这样后来亨通的老兵，不是百里挑一，而是千里挑一、万里挑一，绝大多数台湾老兵的命运，却悲惨得很。

　　李铁锁在赵二宝考取军校后，改为拉人力车，干了半年，因不愿意受气不干了。与大批台湾退伍老兵一样，他仍以做苦力打零工为生。由于僧多粥少，老兵们做短工是三天打鱼两天晒网。有的是"游击队"，今天在这里干，明天又到那里干；有的是"伞（散）兵"，哪里需要哪里去，哪里有活哪安家；有的是"骑（欺）兵"，欺骗一个算一个。这种自由散漫混乱的状况，到一九五四年十一月"退除役官兵就业辅导委员会"（简称"退辅会"）的成立才有所改变。"退辅会"是仿效美国退伍军人事务部设立的，主任是台湾省"主席"严家淦，副主任是蒋经国。"主席"只是个虚衔，实际工作由蒋经国负责。小蒋上任后从军队中接管六座农场，又新辟建六处农场，如：台中福寿山农场、宜兰三星农场、花莲寿丰农场、彰化二水农场、嘉义大埔农场、屏东隘寮农场、武陵农场、南投清境农场等，陆续解决了一些老兵的生活，更多老兵则是在随后不久的台湾中部中横公路的开工，一万多名退伍老兵作为筑路工人得以安置，才算是解决了他们一时的生计。可以说，二十世纪五六十年代，台湾东西南北都留下了退役老兵的足迹。

中横公路东起花莲的太鲁阁，西至台中的东势镇，横跨花莲县、南投县、台中县三个行政区，是台湾第一条东西横贯公路。它穿越台湾中央山脉，经过壁立千仞、危险断崖、莫测幽谷、临空飞瀑、曲折弯道等地形，蜿蜒近三百公里，沿途许多地段海拔在两千五百米以上，从海边到中部的山区，最大垂直落差三千米，上下温差达摄氏二十五度。建筑这样一条公路，对退伍老兵们来说其难度可想而知。"蜀道难，难于上青天！"是当年古人站在秦岭脚下抬头仰望，一阵极为强烈的震撼过后，写出的千古名句。而今，老兵们在台湾中央山脉筑路险道这里，有同样的感慨。悬崖、峭壁、崇山、峻岭、峡谷、滑坡、缺氧、高寒、泥石流、侵蚀滚石、风吹雨淋、供给不济、缺少机动，主要靠人力一凿一凿地掘，一搞一搞地挖，一锹一锹地铲，这样的艰苦条件和原始筑路方式让退伍老兵们苦不堪言。

李铁锁最初分在东线的太鲁阁路段。"太鲁阁"取自泰雅人的语言，意思是"伟大的山脉"。在日据时期，这里是所谓的"国家公园"。泰雅人在此抗击日本人的故事，后来被拍成电影《赛德克·巴莱》。不过，泰雅人不反对国民党筑路。数百万年前，菲律宾海洋板块与欧亚大陆板块相撞沉入海底，经过挤压隆起形成台湾岛和台湾山脉，因立雾溪丰沛的河水不停切割冲刷，形成了太鲁阁"U"形峡谷。峡谷长二十公里，两岸是悬崖绝壁，奇峰插天，怪石嵯峨，地质上以片麻岩、大理岩为主，在这险峻的地方建路无疑是自寻死路。然而，老兵们硬是靠人拉肩扛，将钢钎、凿子、锤子、镐头、铁铲、箩筐、绳索等筑路工具和器材运上悬崖，开山路，凿隧道，一点一点地向前推进。由于太鲁阁路段施工进展相对较快，李铁锁他们队一年后，被内调到卡脖子的中线高海拔路段。这里冬季气温多在零度以下，且风大，有积雪；夏季的气压只有海平面七成，遭遇台风时气压还要低，肺功能不好和有心脏病者根本不适应。李铁锁的一个老乡，就是因缺氧诱发心脏病死在山上，一张草席卷起埋在筑路旁。他生前没有看到道路建成，死后要看着道路通行。李铁锁也因缺氧常常感到头晕，一个月后才慢慢地适应高山环境。低温、低氧、大风对于年轻人还好，但对于岁数大的有病的退伍老兵则很难熬。接下来一种不知名的病，让很多老兵的身体都出现了问题，包括牙齿发黄、松动，腰腿麻木，骨关节变形，胳膊伸不开，困倦无力，食欲不振，等等。检查食物并没有问题，蔬菜是从花莲运来的，休息时间也能保障。究竟是何原因引起那么多人身体不适？还是一名曾经参加过滇缅公路修建的老兵，说一定是山上苦咸水惹的祸，类似现象他曾经碰到过，后来停止饮用苦咸水便好转了。于是大家不再饮用山上池塘的水，而是去远处取流动的溪水，整体情况果然有所改变。那个时候还不懂得是饮用了高氟水的缘故，出现集体性氟中毒。

中横公路经上万老兵辛劳三年多，提前半年时间完工，花费约四点三亿新台币，于一九六〇年五月九日通车。其间因公殉职的人有二百一十二人，伤残了七百零二人。差不多每千米就有一人牺牲，位于太鲁阁不远处的长春祠内供奉着他们的灵位。殉职者的年龄大的有五十多岁，小的还不足二十岁。有的是在悬崖峭壁开路时英勇献身的；有的是带病作业不幸倒下的；有的是被风化落石砸死的；有的是积劳成疾病死的……他们用热血、生命和伤残，成功地将台湾东西海岸连通起来，在台湾谱写了一曲令人称颂之歌！因而，中横公路也被称为老兵公路。

公路建成后，"戡乱时期陆海空军军人婚姻条例"年满二十八岁的军官才可以结婚的规定，放宽到年满二十五岁、服役满三年即可结婚。此时，老兵们的平均年龄已经超过了三十二岁，最美好的青春，都被葬送在不人道的禁婚令里。蒋经国便将筑路的部分老兵留在山上，开垦栽种高价值农作物，让一些老兵们与当地少数民族通婚。李铁锁就是在这个时候结了婚，不过，他不是娶少数民族女子为妻，而是娶了一个老兵的妹妹，在台北成了家。

关于台湾老兵们的婚姻，大致可分为三类：一类是带着已婚或未婚眷属到台的军官以及少数在台顺利娶妻的技能性士官，这类人占老兵总数的三分之一，大约有二十万人。另一类是从来没有结过婚的老兵，被抓时孑然一身，年迈时依然孤影相伴。这些老兵达五万人之多，平均每十个台湾老兵就有一个终身未婚。单身的原因多数是由于收入低，娶不起本地人，少数是在大陆有妻儿或爱人，基于对家庭、爱情的责任感，不愿意在台湾再成家。还有一类是在台湾结婚后生活并不幸福的老兵。他们结婚成家娶妻子生子的目的不仅是为了传宗接代，是想有一个温馨的家，然而婚后反而给他们增添了许多压力，因为嫁给这些"外省郎"的女子，以离婚、丧偶、从娼、残障或者极贫穷的人为多，她们也因生活所逼才嫁给他们，凑合在一起过日子自然有很多矛盾。因年龄、语言、生活习惯等差异较大，其中一些老兵选择分道扬镳，而成为背负骂名的羔羊。当然，也有很多老兵，在台湾找到了理想的另一半。海峡两岸通航后，有一些老兵回大陆寻找回当年的妻子，或者娶了大陆新娘，晚年有所依靠和慰藉。造成大多数台湾老兵婚姻坎坷的原因，有部队对老兵婚龄的限制，有贫困、文化低的无奈，有社会的偏见和歧视。老兵们无法融入主流社会，交际通常限于同乡、战友的小圈子内。正是由于对大陆故乡的思念，支撑着他们顽强地活下来。

程启升在李铁锁退伍三年后，因多次要求获得批准，由"退辅会"分配到大埔农场。这个农场位于嘉义大埔乡，离大埔河不远。后来这里建成台湾第一大人工水库——曾文水库。蒋介石在水库旁设有行馆。由于这里风景优美，改造成观光游览区。这里距著名的阿里山、台湾最高峰玉山，也只有五十多公里。程启升这个生长在泸州的大小伙不愿意去那个农场，在台北逗留了一个月没有找到合适的工作，不得不先到大埔农场过渡一下。没想到这一过渡，就度过了数十年。最初让他养猪，身为连级军官怎能干养猪这一行？到农场才知道连长在这里算是小的，师长、团长、营长退役军官有的是。四十岁的"猪司令"老黄原是副团长。猪场还有一个三十岁的老史原是连司务长，加上程启升和另外两个从当地招工的年轻人阿卡、阿妮，五个人负责一百多头猪的喂养。报到那天，他见"猪司令"老黄正在为一头老母猪接生。一窝下了八只小猪崽，个个活蹦乱跳，但没有一个长相像老母猪，身上有土黄色的条纹，吻长，耳朵小，屁股尖，毛硬且长，更好动，更凶猛。不识字的猪司令问程启升怎么回事，程启升高中毕业，在这里算是个"高级"知识分子，可他根本不懂乡间的事。阿卡用土语说了一句，大家没有听懂，被阿妮打了一下。大伙儿恍然大悟方知小猪崽是野公猪与家母猪的后代。一想起野公猪老黄就有气。农场的庄稼常常被它啃食，几次追捕都没有逮到。老黄决定下午带着老史、程启升去山里捉。谈何容易，野公猪神出鬼没很难找，直到太阳西下前才出现。好家伙，身长背宽，四五百斤重的大野猪，锋利獠牙有两寸长。"常言道：一猪二熊三老虎，是说野猪比熊和老虎还厉害。"老黄说着提起他的汉阳造步枪，对着野猪开了一枪。野猪哆嗦一下，号叫着，后腿坐到地上，一侧屁股的枪眼鲜血直往外冒。没有经验好奇的程启升以为野猪被打倒，立刻跑过去。在距离四五米的地方，野猪突然站起，龇牙咧嘴咆哮着，喘着粗气猛扑过来。说时迟，那时快，程启升失魂落魄吓得仓皇逃窜。他怎能跑过野公猪，只能围着树与野猪兜圈子。野猪转了一圈大怒，将树撞断，又将程启升撞倒，用獠牙向他大腿狠狠地刺去，豁了一个又深又大的口子。老史立即冲过来引开野猪，老黄抓住野猪短暂不动的机会，一枪打中猪脑袋才将其击毙。腿上、腰间多处受划伤的程启升被抬回农场。听说那头野公猪身上也有多处疤痕，那是以前留下的旧伤疤，开肠破肚还在猪的肚子里取出三颗子弹。野猪像个英勇顽强永不退缩的战士，伤痕累累，曾经多次逃过劫难。难怪爱新觉罗·塔克世要给儿子起名为"努尔哈赤"，因为"努尔哈赤"的意思是"野猪皮"。

　　来到农场的第一天，即被野猪攻击而受伤，程启升躺在床上无依无靠。老黄便安排十七岁的阿妮照顾他。阿妮和阿卡都是台湾少数民族中的邹人。二十世纪四十年代上海国泰电影公司拍摄的电影《阿里山风云》，主题歌《阿里山的姑娘》所唱的"阿里山的姑娘和少年"指的即是台湾少数民族中的邹人青年男女。阿妮美丽大方，对程启升照顾有加。她除了帮程启升换药、洗衣服，还每天给程启升炖上一罐野猪骨头汤和用野猪肉、鱼、鸭做的菜，让程启升伤口愈合得很好，十天即可下地行走。这让程启升十分感动，渐渐地喜爱上这个姑娘。以前在部队为了"反攻大陆"，上面不许结婚（一九五九年台湾才取消限制青年单身军人结婚的"禁婚令"），现在离开了军队不受管制了，程启升想在台湾成个家。可是阿妮的阿爸却不同意，他怕程启升将女儿带去大陆再也见不到。第一次去阿妮的家，就被她阿爸一棒子打破头。阿妮见程启升不仅没有生气，而且坚持登门求婚，也十分感动。在阿妮的一再坚持下，在农场场长的说服下，在程启升不懈努力和保证下，第二年程启升和阿妮成了亲。虽然他对农场的生活还不太适应，但有阿妮的陪伴，程启升仍感到很幸福。他根据在泸州老家耳濡目染的知识，向场长建议办一个酒坊，成功后又扩大成酒厂，夫人则利用山地养起蜜蜂。后来阿妮的父母也来到农场，与他们住在一起组成了一个大家庭。

　　鲁志清则没有那样好的命运。落在肝脏里的弹片虽然顺利取出，但由于内出血流入胆道，引起胆道和胆囊炎症，病情很不稳定，经医院全力抢救，鲁志清终于摆脱死神捡回一条性命。他在台北的陆军医院住了五个月，做了两次大手术，切去四分之一肝脏，身体一下垮了。重体力活不能干，一个胳膊很多事也干不了。出院后得到退伍费四百五十元新台币、伤残补偿金一千元和一个伤残军人小本子被推向社会。他能干什么呢？在韩念珍的丈夫介绍和担保下，到铸钢厂当上了收发工，每天接送报纸、信件和邮包，微薄的收入只够他吃饭和喝点小酒。后来台北建立起一座座眷村，鲁志清凭伤残证申请到一间十二平方米的免费宿舍，虽然没有产权，可总算有了个家。就这样，他干到五十岁提前退休，靠少量的退休金过着简单的生活。没有妻子，没有儿女，又回不了老家，每天几十个来自祖国各地的老兵们，聚在眷村大棚茶社消磨时光。

　　眷村是指一九四九年起，蒋军退台后为安排他们的十四万随军眷属以及上万公务人员、教师等，所建的集体群舍，包括"荣民"与眷属自行兴建的大小不等的居住地。在台湾桃园、台北、新竹、台中、嘉义、台南、高雄等地区，大约有八百多座，眷户共九万六千余家。由于台湾只是一个"复国基地"，还要"反攻大陆"，故眷村的房舍多为临时性建筑，或使用日军简单库房、日本移民遗留的破旧的房子。眷村的竹篱笆围栏阻隔了外省人与当地人的交往。村内商店、邮局、广播站、小学、托儿所、理发室、小吃摊等，一应俱全。较大的眷村，还有电影院、说书场、卫生所，浙江话、山东话、江苏话、四川话、客家话……各种方言，南腔北调，像个"小中国"。从眷村走出来的第二代、第三代，有不少名人，包括后来的部分台湾地区领导人都曾是眷村人。眷村是一个特殊小社会，对于在那里生活过的人来说，眷村是一个时代的流离与乡愁。

　　生活简朴的鲁志清，在眷村靠铸钢厂退休金足以维持基本生活。后来争取到的终身俸，他就一点一点攒起来，计划将来回大陆留给父母亲，以报答他们的养育之恩，尽做儿子的义务。虽然日子过得清苦，却也悠闲自在。在台湾开放回大陆省亲的前几年，鲁志清的一位邻居老夏溘然病逝。老夏比鲁志清大八岁，是湖南岳阳人，一九四九年，随国民党军来到台湾。原配发妻和三岁的儿子扔在了大陆，孤身一人在眷村过得并不舒心。六十年代中期，老夏遇到有一个年轻的姑娘。姑娘来台北打工，没有地方居住，他俩就搭伙在一起生活。后来生了一儿一女，一家四口的小日子倒是过得有滋有味。天有不测风云，一场大病，老夏离开了他们。老夏死后两年，他女人也病逝了。留下遗孤没有人抚养。十六岁的儿子只能去学徒，但他无法养活妹妹。正像中华谣《同心何必要同胎》里唱的那样："同个村子共条街，屋檐相靠瓦相挨；邻里和睦如兄弟，同心何必要同胎。"鲁志清知道后，就将好友老夏的女儿接过来抚养，供她继续读书。他没有让那可怜的孩子改姓，疼她如亲生一样。老夏十四岁的女儿也很懂事，放学回来总是帮助独臂鲁志清洗衣裳、做饭、忙家务，鲁志清一直供养到她出嫁，也花去了大部分的积蓄。

沈定仁于一九五五年退伍到新竹当清洁工。让他在大街上扫路，起初他很不情愿，后来听说第一二六军的军长都扫过马路，也就硬着头皮干了三年。为了换一份好工作，他将三年的积蓄都给了一个税务局的局长，得到税务分局一个收税员的工作，算有了一份体面的职业。他也由马路"吸尘器"，变成了马路商贩称呼的"吸血鬼"。有一次在街头收税，商贩们跑，他跟着追。有个卖水果的中年女贩子被他追上，无处可逃，便将裤子脱下，用屁股对着他，一是羞辱他，二是想将他"赶走"。然而，沈定仁一点也不在乎，跑上去对着她的屁股"啪！"地一个巴掌。过后，他不但没有罚她税，而且分文不收放了她。结果他被与女贩子同居的男人痛打了一顿。打他的原因不是他打女人的屁股，是他"老病"复发，很快与那个女商贩勾搭上，被其他商贩发现，加油添醋告发到女贩子的同居男人耳朵里而被报复。征税员的任务通常以年或月的总额来确定，有些税征收有一定的弹性，也就是说征收员可以按上限收，也可以按下限收。对于那些讨厌的男商贩，沈定仁总是按上限收，而对于女商贩总是按下限收，使得男商贩们愤愤不满怀恨在心，将他每天经过的石板架空，造成沈定仁跌断三根肋骨，修养了好长时间，调到了别的税务所。一年后，沈定仁还是娶了那个卖水果的女人。

老兵周有贵在陆军医院精神病科治疗的三个月，转到台东精神病院，在精神病院没过多久便死在那里，埋在院后的小山坡上。坟墓成了他最后的归宿，也成了他永远的"家"，从此，不再有人打搅他，当然他也不再"打搅"别人了。

伙夫田金山退伍去高雄不久，借钱开了一个小面馆，几经失败慢慢摸索出经验，终于在那里站稳脚跟。辛苦五年，不仅还清了全部债务，还娶妻生子。

矮子老周投亲靠友到台中不久就被撵了出来。他无依无靠流落街头，靠乞讨为生，直至"荣民之家"建立，他被允许住进那里。所谓的"荣民之家"就是到台没有成家、年龄较大、体弱多病的退伍老兵的养老地，有些称之为"大我退舍"。"荣民之家"由"退除役官兵辅导委员会"直接领导和管理。退伍老兵们在这里基本生活没有问题，每月还得到一点零花钱。

眼镜石磊是王宁部下中到台湾后最顺利的一个。他在高雄整训后，调到美军联络处从事翻译，一年后又被送到美国深造，回台湾后继续在联络处服役。一直到一九六五年台湾经济起飞，他要求退伍，在几个朋友的支持下创办了一个电子公司，从事电子元器件的生产和贸易，渐渐地发展壮大，成为台湾名列前茅的电子元器件大公司。

时光匆匆流年逝，岁月无情芳华歇。曾经年轻的士兵们，慢慢地进入了中年、老年，他们付出了青春、健康、前程……渡过那段艰难、苦涩的年月，渐渐老了。人生即将翻过去一页，但在他们心底里烙下的"共赴国难，救亡图存"印记，永生也抹不掉。这些老兵，正如麦克阿瑟所说："Old soldier never die, they just fade away"老兵不死，他们只是慢慢凋零。

乡愁难忘

乡愁是什么？乡愁是一杯酒，一枚小小的邮票，一生家的情怀，是一种既纠结而又温暖的情感。中国人的乡愁情结历来浓烈，从李白的"举头望明月，低头思故乡"、王维的"独在异乡为异客，每逢佳节倍思亲"、杜甫的"露从今夜白，月是故乡明"，到余光中的"乡愁是一湾浅浅的海峡，我在这头，大陆在那头"，古往今来，身在他乡的游子，对故土、亲人的思念之情，不知打动过多少人心灵，总能激励一代代人的大爱之情。因为，故乡有家，有父母，有儿时的记忆，那是永远割舍不下的地方，已经印在脑海中，刻在骨子里！记住乡愁，便记住了亘古不变的根，便记住了中华文化的传统。

百万背井离乡的游子来到台湾，也酿成了大陆百万个家庭破碎的悲剧。台湾海峡被封锁后，没有人能够越过那条不长的鸿沟。"羁鸟恋旧林，池鱼思故渊。"回不了大陆的老兵们独自守大海一边，无时不在思念着自己的家乡，他们常说的一句话是"这世界最难到的地方就是老家！"这些老兵们年轻时，有的是为了实现抱负理想，怀着干一番事业的浪漫主义，离了桑梓，告别亲友，主动当兵的；有的是为糊口，找一份营生，减少家里的负担，如柳絮随风，像浮萍漂流，被逼迫参军的；更多的则是被抓壮丁来到军队里的。年老时，守在他乡品尝过各种滋味，眷念故土、回家乡看看的期盼日趋强烈，这种文化基因是几千年的历史赋予中国人的。自从来到台湾，数十年的离别故土，与亲人天各一方，有家不能归，无处问生死，日复一日，年复一年。老家的那条清澈的小河，蜿蜒曲折的小路，金黄色的麦田，门前那两棵合欢树，还在吗？涂抹不掉的记忆成了乡愁，挥之不去，望眼欲穿。儿时的高粱、小米、荞麦面，昔日的腊肉、火腿、香辣肠，难以忘怀的正月汤圆、端午肉粽、中秋特色月饼、三十晚上年夜饭，还有父亲上山打的狍子、母亲飞针走线的新衣裳、哥哥在林中挖的猪拱菌、妹妹绣的花鞋垫以及老家层叠的云上梯田、云雾缠绕的青山、水乡古镇石板桥、甲天下的山水美景、各种各样的家乡特产……

每当万家团聚的日子，每逢月圆天涯共此时，独在异乡的异客们触景生情，凄凄戚戚，总有一种难以言说的伤感，总有一缕割不断的乡愁缠绕在心头。能干的白发老父亲，慈祥善良的老母亲，你们可好？不孝儿心里的话无处可说，遭受的苦无处言讲，对着明月向你们道一声：二老保重！

在"不接触""不谈判""不妥协"三不政策下，回不了家的台湾老兵们，跳海自尽的人有之，自残的人有之，自暴自弃的人也有之，更多的人是选择沉默。一些有文化的老兵，则用文字来抒发思念。一个叫"少室山房主人"在他的《游子吟》中写道："落叶无根归，游子心伤悲，身似浮萍漂，任由暴雨摧，命苦蛛丝垂，那堪狂风吹，异域叹漂泊，故乡何日归？"一位叫蔡景福的在《喜重到金门口占》中写道："又到金门拾旧踪，十年人事两朦胧。凌云直向西飞去，大陆家园梦幻中。"欧阳不修在《悲苦的梦》中也写道："一九四九年，才来台湾的头几年，经常做些悲苦凄凉的噩梦，有时梦见白发苍苍的老母，倚门而望！有时梦见憔悴的贤妻，独坐灯前，含悲饮泣！有时梦见三个尚不懂事的小儿女，在灯下牵衣问母，妈，爸爸哪里去了，怎么还不回来嘛？一幅悲苦的骨肉离散图，常常在梦中出现，我会因此常在梦中哭醒。正是，亲情骨肉悲离散，游子天涯哭断肠！"一个陆军上士作了一首怀念故乡的诗："年年中秋孤岛过，弱冠离家何日回，年老无家空自叹，夜夜对月徒伤悲。"另一个老兵也写道："拍岸涛，似利剑，怎割舍游子情怀？乡愁绵绵，同根生，承一脉，难道说落叶还会终日飘荡？月缺总有月盈时，心切切，投母怀抱重回梓桑，遥将此心寄明月，越海峡，乘风归去遂我心愿，待何日两岸共此时，月重圆。"

于是乎，一壶浊酒独酌自饮。那杯里装的全是乡情，酒里藏的全是乡音，思念越多，酒就越浓。酒穿愁肠化作思乡泪，一醉忘百事，忘了尽头，只有醉酒才会错把他乡当故乡。可酒醒过后还是愁。第一杯，是人饮酒；第二杯，是酒饮酒；第三杯，便是酒饮人了。一醉不仅不能"忘百事，解千愁"，也解不开心结，因为喝的尽是思乡泪，饮的全是离别愁。真可谓借酒消愁愁更愁，抽刀断水水更流。一人不该饮酒，喝闷酒伤身又伤心。同是天涯沦落人的老兵们就相聚在"望乡台"，相逢何必曾相识，不管有菜没有菜，大家聚在一起对饮互慰，来度过那些难熬的时光，去感受那种不在身边却一生温暖的亲情。酒过三巡，开始叹息。过去接受的教育是"天下兴亡，匹夫有责"，可"匹夫"为了所谓的"天下"卖命打仗，结果是妻离子散，流离失所。现在终于知道这所谓的"天下"，不是广大民众的天下，而是某些人或某些组织的天下。极目远眺，眼前好像出现滔滔的长江，滚滚的黄河，巍峨的昆仑，雄伟的长城，南海的碧波，北国的瑞雪……"祖国，母亲，您是中华儿女繁衍生息和赖以生存的地方。您曾饱经沧桑，一次次屈辱，一次次抗争，终于站立起来了。我们游子牢记国魂，始终有颗中国心，衷心祝愿亲爱的祖国，繁荣昌盛！"酒后的老兵们吐着肺腑之言，尽管无奈，但希望还在，心就不死。

在第二次台海危机过后，台湾"反攻大陆"渐渐无望，战争的机器开始刹车，台湾的战略重心也往经济建设上转移，并且取得了明显的效果。随着时间的推移，老兵们回家的愿望也越来越强烈。回家是深藏在他们心底的孝，铭记在脑海里的爱；是他们去拜见爹娘的动力，是他们去圆数十年梦的源泉。上有高堂双亲，中有结发妻子和兄弟姊妹，下有未成年儿女，经历了数十载的风风雨雨，他们依然回不了自己的家。中国历朝历代也没有一个政权不允许子民回家，纵使再残忍的暴君，也不曾阻止老百姓返乡。而在台湾，禁止大陆来的人回乡成为一条铁律，一道浅浅的海峡，隔断了他们与大陆的亲情，人性何在？道德何在？尊严何在？

为了那份乡情乡音，不能这样干等下去。有的老兵便通过去外国做生意的台湾商人，或者老华侨、海员，从美国、日本、欧洲等地，偷偷向大陆老家发信，多石沉大海。原因有三：一是从国外发往大陆的信件数量很有限；二是中华人民共和国成立后，大陆不少地方重新进行行政区划和地名更新，老兵们记忆中的地址已经成为历史；三是有些老兵的亲人已经不在，或迁移到了别的地方。因此，国外来信很难传递到老兵亲人的手上，即便能递到，由于国内"三反""五反""反右""文革"等运动，亲人们也不会轻易往国外发信。不过，还是有极个别台湾老兵得到了老家的回音，这强烈刺激了老兵们敏感的神经，鼓起他们与家里联系的信心。越来越多的老兵模仿先前的做法，通过来台的香港商人向老家发信，请他们回香港时将信放到邮筒里。老兵们将一包包给亲人的信件，连同一包包的钞票，以及望眼欲穿的盼望，一同交给下榻在宾馆里的香港商人。他们还仗义地请香港商人吃饭，举杯庆祝即将实现的愿望之后，就是默默地等待。一个月，两个月，半年，一年过去了，老兵们没有收到老家的回信，一封也没有，醒悟为时已晚，连找那些敛足钱财不诚信的香港商人都没法找。老兵们是哑巴吃黄连，有苦说不出，除了悲愤、悔恨、痛哭，捶胸顿足，没有一点办法。老兵未愈合的伤口，又被撒了一把盐，团聚的期望遥遥无期。

既然向大陆发信这条路走不通干脆私渡算了，实际更难！因为台湾戒严期间对于船只的管理非常严，即便是渔民出海也先要申请、登记，限制在规定的区域里活动，一旦越过界线，就会遭到巡逻艇炮击，结果一定是船毁人亡。这倒不是说绝对没有人偷渡，通过商船偷渡成功去东南亚和美国的大有人在，只不过少之又少罢了。从金门、马祖私渡到大陆的老兵也有。有一个军官就抱着篮球游泳到达大陆，但像这样成功的例子很少，抓到一律枪毙。自从出现抱球私渡事件之后，靠近大陆海岛上台军的篮球、排球、轮胎、气球、板材等能漂浮的东西，都编上号码由专人严加管理。有的小岛怕出事，索性将篮球、排球统统都上交，若看到一个球会像看到一颗炸弹一样紧张。因此，老兵私渡去大陆不可能得逞。此外，老兵头上的紧箍咒——"连坐法"，也不允许他们私渡，否则，一人出事，大家遭殃。

在桃园有一个广东籍叫胡笑天的老兵，一九四九年他三十多岁随部队来到台湾，在大陆老家有父母和五个姐姐、妻子、一儿一女。他一个人在台湾孤苦伶仃，天天以泪洗面想亲人，夜夜梦回大陆，渐渐哭瞎了一只眼睛。他给亲人写了五百多封信，每一封都是满怀深情，表达对家乡亲人深深的眷念，因没法寄出，装满了整整一大纸箱。由于对台湾当局"三不"政策不满，他被判刑十年。刑满释放出来已成了皮包骨头的骨架人，不久得了重病。弥留之际喃喃地要求回家，邻长（最基层民众单位的负责人）"谎称"他的回家愿望就要实现，让他坚持住。胡笑天不吃不喝挺着，希望早点满足他的愿望。五天后他睁着眼睛走了，死不瞑目。直到台湾开放大陆探亲，另一个善良的老兵将他的骨灰送回到他的老家，才与他的家人"团聚"。

这样含恨客死在他乡的老兵绝非个别，少说也有万人。胡笑天的骨灰还能回乡，而大多数在台湾去世的老兵，由于种种原因，仍然躺在一些荒凉的地方，有的连个墓碑都没有。一个浙江金华籍老兵叫陈进才，十七岁在上海学徒做机修工。一九四九年他二十二岁，在帮助蒋军修理柴油发动机时被扣下，绑架入了蒋军，逼迫离开新婚三个月的妻子。由于有技术，升为中士。上海战役结束前夕，他也随二十万蒋军部队节节败退，南下到厦门登船到了台湾。他以为只是暂时的，等几年还能回去。可没有料到，这一别与家人就是永别。到台湾后，他想退伍离开军队，可不被批准，因为像他这样会修理柴油机的技术兵很缺乏，兵役期被不断延长，直到五十岁，还是一个兵的他才被允许退役，到一家报社当发行员。五十五岁娶了一位四十三岁有两个孩子的寡妇。身陷孤岛心怀大陆，他对家乡的思念强烈而绵长，多少次，他在梦中与父母相见，与原配妻子团聚；多少次，他从梦中醒来，泪湿枕巾，哭喊着回家。然而，这比登天还难，只得将思乡的苦深埋于心底。他憎恶战争毁掉他的青春，拆散他的大陆的家庭。他天天盼望祖国统一，为了回家，他想尽了一切办法，但由于众所周知的原因，回乡之梦始终无法实现，渐渐地患了忧郁症。医学上治愈不了，唯一能解的药是让他回家！六十岁时他生命走到了尽头，临走前合不上眼，朋友们想了很多办法都无济于事。后来有人说："老哥，安心走吧，台湾当局就要允许老兵回乡了。"听了这话，他便闭上了眼睛，回家是他一生的心愿，他提前从天堂回了家乡。

有一个江西籍老兵司机，在一次车祸中失去一条腿，退伍后住进了"荣民之家"。一九八一年，他偷听到叶剑英发表"九点讲话"，承诺台湾同胞到大陆探亲，保证"来去自由"，这是他听过大陆的《告台湾同胞书》后又一次获悉大陆对台湾的政策。"祖国就要统一了，亲人就要团圆了，"他激动不已，暗地里谋划回大陆的准备。一九八七年，不少老兵回大陆探亲，他也筹钱回家，但一想起自己成了残疾人，又不敢与老家联系，生怕父母亲得知后伤心难过。想了一夜，最后这位老兵精神世界坍塌，吊死在宿舍的房梁上。他留下遗书，要求将他的骨灰葬在大陆的妻子身旁，他欠了她三十八年，最后还给她。

像胡笑天、陈进才、江西籍司机这些在台湾漂泊了很多年，没有挺到回家就去世的老兵，还有千千万万。有的年仅四十上下就离开人间，生不能回乡看看，死不能叶落归根，成了他们人生中最大的憾事，也是人生又一悲剧。

一九九〇年，一个叫焦艳梅的台军女兵，来到厦门福建前线广播电台的广播站，寻找一个叫冉芳的女士。焦艳梅三十年来，一直想找这个曾与她相"斗"的女士，想看看她究竟长什么样。原来，在第二次台海危机后，焦艳梅应征入伍来到金门，担任金门马山广播站普通话播音员。从此，两岸天上飞来飞去的不仅仅是炮弹，还有打口水仗的电波。有一次焦艳梅播音后立即遭到冉芳唇枪舌剑的反驳，福建前线广播电台的工作人员，还从焦艳梅口中"共军研制的原子弹，逃不过国军的千里眼"的话中，分析出台湾有高空侦察机，立即报告中共中央军委，组织设防，终于成功击落多架美国支援台湾的洛克希德·马丁公司的U2飞机。焦艳梅虽没有责任，但也受到批评。因此，她一直想见见大陆福建前线广播电台的冉芳女士。一九八七年台湾开放老兵探亲，焦艳梅作为现役军人不得去大陆。直到一九九〇她退伍，才被允许来福建看到她想要见的"老对手"。见面后，让她意想不到的是冉芳和她都是北京人，而且是同一个学校的学生，又都属马。彼此的声音是那样熟悉，当年那场没有硝烟的"广播大战"成了历史，她俩也成了历史的见证者，亲历了那段海峡两岸由对峙、缓和到接触、往来的变迁。

平反昭雪

再说王宁在绿岛服刑一半期间，台湾当局因"反攻大陆"需要出台新规，即军人犯非政治性刑案，在监狱服刑到一半刑期，就可由保人担保到监外服劳役。此时，没有一个人来担保王宁，因为熟悉王宁的人已经走的走，散的散，就连鲁志清、李铁锁他们和在军队里的赵二宝，也不知道有这样的新规，故王宁被囚禁了八年，到一九五八年才释放。

走出绿岛来到台北，爱人秋露的住处有些模糊。王宁只能先找老长官成斌和他的夫人杨梦玥，得知成斌已经去世，杨大姐、余梅都没有找到。王宁费尽周折找到《中报》报社，突然想起中正西路那座沿靠大街的秋露住宅。匆匆来到曾经短暂住过的地方，见到的却是铁将军把门。大铁锁锈迹斑斑，显然已相当长的时间没有使用过，大门上的封条早已不复存在，但封条留下的"X"形痕迹依稀可辨。是房子多年不用，还是主人已经搬家？王宁不得而知，心一下揪了起来。透过大门的缝隙，看到院子里面一塌糊涂：落叶遍地，杂草丛生，就连青砖路的砖缝里都长着三十到五十厘米高的茅草，摔坏的椅子、凳子、木箱等家具、用具由于长年累月的日晒夜露和风吹雨打，已经糜烂腐朽，堂屋的门敞开着，卧室的窗户一扇脱落，房子里面没有灯光，也没有任何声音。很明显，这是一座人走楼空很久没有人使用的房子。秋露哪里去了？我可爱的小女儿呢？她们搬走了，还是……王宁的心怦怦跳到了嗓子眼。来到附近的邻居家想问问情况，可惜邻居家的大人不在，两个幼童问他们什么都摇头。王宁便借来椅子和杌子，从围墙翻入院子，院子里的相思树不见了，代替的是一棵香樟，张秋露种的当归已经结子。

沿着曾经走过的青砖路，迈入宽敞的堂屋。王宁见地上有一层尘土、鸟毛、鸟粪和先前留下的碎纸屑、烂书本、砸碎的瓷瓶、玻璃杯、花盆。坛坛罐罐残片随处可见，挂衣架、落地灯、放花的三脚架倒在地上已经腐朽，书橱的门敞开着，里面的书不知去向，霉变的沙发发出难闻的霉味，沙发巾没了，沙发里的棕丝成了老鼠窝，茶几由于风化，表面的漆皮都翻卷起来。大方桌和椅子、凳子也不见了，房顶的四叶吊扇和一些用具、生活用品都没了，墙边角到处是蜘蛛网、吊吊灰和从墙壁掉下的白粉。卧室里大同小异，大床、床头柜、梳妆台、写字桌等都没了，唯一一件抬不走的三门大衣橱，玻璃镜被卸走，橱子里的衣服包括秋露最喜欢的浅粉色婚纱不见了，绣有"百年好合"字样婚纱标签失落在地上。看到这里，王宁的心像是被刺了一箭疼痛难忍，脑袋胀痛像要被炸裂一样，耳鸣，头晕，眼冒金星，房子也转了起来，虚弱的王宁猝不及防一下晕倒在地上……也不知道过了多久，王宁醒来时天已全黑，借助于微弱的月光，王宁捡起婚纱的标签放入自己的上衣兜里。此时此刻，无处可去，只能龟缩在破沙发上。

这次强烈的刺激加上长期在绿岛劳役影响，彻底击垮了王宁，让他看破了红尘，厌恶这人吃人的社会，由此患了"失忆症"，严重时不知道自己是哪里人，从哪里来，来台湾干什么，也记不起一个战友、朋友，渐渐失去与人沟通的兴趣。他像个乞丐似的沿着台北向西流落到海边，最后在观音乡一个小村边定居下来，开垦了一块荒地，自建了一个窝棚，远离社会，远离人群，一度就是二十多年。

可能每个人的生命历程中，都会有一段经历时间不长，却牢记一生的那个人或那件事。王宁与张秋露从第一次相遇，到最后一次相会，只有两年多时间，尽管是匆匆结识，匆匆离别，但一辈子也没有忘记这段经历，包括丧失了大部分记忆的阶段，张秋露一直活在他的心里。他的住处离海边不远，每年他都要做一个漂流瓶发给心上人，每逢七夕，就放漂流瓶，他用一生来履行一个约定。

一九八五年七夕，天高云淡，是个令人神清气爽的日子，蓝蓝的天，蓝蓝的海，一望无际，海浪拍击着沙滩，发出哗哗的响声。五十六岁的王宁又独自来到海边，给心爱的人放漂流瓶。他做的漂流瓶很有特色：一个大瓶捆绑着一个小瓶，大瓶里有一封信，小瓶里是十美元的纸币，以奖励捡起漂流瓶的人，请将信送给他思念的人。然而瓶里并没有地址，因此，二十多年来，即便是有人捡到他的漂流瓶也没法送达。老人放完漂流瓶后，站在岸边长满海牡蛎的礁石上，看着茫茫大海的那一边，直到落潮漂流瓶向西漂走才离开。这一切被一名记者看在眼里记在心里。第二天，台北的报纸上出现一篇《失忆老人的漂流瓶》，文中还刊登了老人写给爱人的七律《思念》：

潇潇细雨话沧桑，思念无眠泪两行。

月老廊荫来扯线，娇姝丽质不张扬。

平生颜素风流弃，聪颖天资早过墙。

垂柳宁郊相爱恋，淡水河畔抱花香。

浊时佳偶各一方，怅恨庸间混乱脏。

傲骨红颜遭暗算，啼天哭地问上苍。

欠她一幅婚纱照，后悔昔日断寸肠。

阴阳两分情未断，淡看红尘度时光。

报纸上还附了一张老人放漂流瓶被海水打湿裤脚的照片。记者在结尾这样写道：老人让漂流瓶随波逐流，漂向远方，漂向他心中的那个人，漂向他魂牵梦萦的地方……

这篇文章发表后立即引起台湾更多报纸的转载，文章不长，却感动了很多人，尤其是那些思念亲人的人们。大家纷纷仿照这篇文章，去海边放漂流瓶。漂流瓶本是航海时代的产物，据说，哥伦布在一次考察一个小岛遭遇恶劣天气，怕没法返回便给西班牙皇帝写了一封信，连同他绘制的美洲地图一起放在漂流瓶里，直到三百年后才被发现，虽字迹和地图都已模糊，但还能辨出大致的意思。后来，漂流瓶衍生为许愿的象征，人们通过一个通彻透明的玻璃瓶，倾诉生活的喜怒哀乐和期待，带着梦想漂向远方。

已经是国际电子集团董事长的石磊，也被报纸上那篇文章所感动。他从七言诗句中和报纸的照片上，感觉老人十分面熟，立即展开调查和寻找。黄天不负有心人，经他不懈努力，终于在一个月后找到王宁。而王宁由于长期孤独生活，不记得他是何人，石磊说这说那，王宁都面无表情。石磊以为王宁因绿岛长期苦役变"傻"了，于是将他接到自己的住处，并带他去"荣民总医院"去检查。牛医官的结论是患了"记忆丧失症"，没有特效药可治，恢复他记忆的最好办法是在一个特殊环境去唤醒他的记忆。石磊想了很多办法，如中医的针灸、推拿，西医的电刺激疗法，又从美国弄来治疗精神疾病的药品，都无济于事。

一天，石磊在一本英文书中看到，一个美国失忆大兵看了战争画报的照片恢复了记忆。这下提醒了他，立即请老排长鲁志清召集大家来别墅，陪王宁看小电影。影片是解放战争的实况记录，时隔三十多年，再次看当年的真实战争实况，王宁的思想突然被触动，身体也有所反应。尤其是看到激烈的拼杀、受伤、惨不忍睹的血腥场面，他的反应越来越强烈，越来越激动。当纪录片放到湖南大撤退，解放军数十门大炮一齐开火时，戏剧性的一幕出现了：王宁陡然从座位上跳起来高喊道："七连卧倒！全体卧倒！快！快！"这时，别墅的小电影中断，所有的灯都亮起。鲁志清、赵二宝、李铁锁、程启升、沈定仁、石磊、田金山、老周、韩念珍、牛医生等，除了已经去世的周有贵，所有在台湾的王宁原部下和战友，都换上了老式军服围站在王宁的四周，大家齐声高叫道："向老营长致敬！"并且一齐向王宁敬军礼，见到这亲切难忘的场景，王宁激动万分，在一刹那间，不知不觉恢复了记忆，终于认出在场的大部分人。一场电影，十多个老部下，唤醒了王宁的记忆。在大家的帮助下，王宁迅速康复，很快融入老兵当中。

王宁重返社会后的第一件事，便是向当局申诉他的冤案。在他和老兵们的不懈努力下，终于得到一个公正的判决——无罪。

历史是公正的，最终纠正了那些倒行逆施，还王宁以清白，给予他彻底平反，并将那些陷害他的罪恶，永远地记入历史的耻辱簿里！

一九八七年，台湾成立台湾政治受难者联谊总会；

一九八八年，成立台湾地区政治受难人互助会；

一九九二年，导致四千多人被枪毙、上万人长期监禁的"刑法"第一百条被废止；

一九九七年，成立五十年代白色恐怖案件平反促进会；

一九九八年，设立"财团法人戒严时期不当叛乱暨匪谍审判案件补偿基金会"，并开始对受难者家属发放补偿金；

一九九九年，控制言论、造成文字狱的台湾"出版法"废除；

二〇〇〇年，台北设立马场町纪念公园，悼念被枪杀的所有政治犯；

二〇〇一年，台湾"陆海空军刑法"被修订，原有四十四项"唯一死刑"修订后只留两项；同年，台湾"冤狱赔偿法"被修订，扩大对受害人的赔偿范围；

二〇〇二年，台湾"惩治盗匪条例"被废止，同年六月，绿岛设立了人权纪念碑；

二〇〇三年，六张犁"乱葬岗"更名为戒严时期政治受难者纪念公园，并对外开放。

王宁根据"台湾冤狱赔偿法"，向当局提出冤狱补偿获批，得到一千二百万新台币，约等于四十多万美元的补偿金，他将这笔钱全都捐给了在台贫困的老兵和老兵养老机构。

回家圆梦

中华文化非常强调"家"的意义。家的思想维系着中国几千年来的社会秩序，一切政治、宗教、经济、文化等活动，都是以保护家为目的，通过为国家，为民族，为家族，为家庭而展开的。因为，社会以家庭为基本元素而构成，家文化是所有行为的基础，承载着对生活的向往和归属。内心最深处的根脉和一生不变的亲情，对中国人一生影响巨大。因此，回家自然是每一个中国人的头等大事，这不仅仅基于传统，也蕴藏着深刻的现实意义。回家与亲人团聚，享受天伦之乐，尽家庭义务，好似远航的轮船回到宁静的港湾，休整、补充后才能继续远航。或许正因为这种根深蒂固家的观念，在一定意义上铸就了中国人的民族特性。

中国人最不能容忍的是叛国叛家，叛国是叛徒，叛家是逆子。在台湾的老兵们，又何尝不想回家？回家是他们心中一支永不落幕的歌谣，对故土的眷恋与不舍，自来台就没有中断过。故乡是他们出生、成长的地方，有给予他们生命的父母亲，有陪他们一路走来的兄弟姐妹和朋友，有相濡以沫的爱人和寄予厚望的孩子。那里的山山水水、一草一木都已融入了他们的血肉和骨髓，成为他们生命的组成部分。穿过硝烟，历经风雨，走过沧桑，一路坎坷，无论双脚踏在哪一片土地上，老兵们的心永远朝着家的方向，回家已经成了一种信条。

光阴流年，岁月蹉跎，美好的年华未能怎么感触便转瞬即逝，青春为何这样短暂？时间能改变一个人的容颜，但吞噬不了人的心。翻开那沉重、泛黄的记忆，抖落尘封往事，荡涤俗世尘埃，不经意间竟发现，原来匆匆青春留下了刻骨伤痕。岁月不待人，老兵们感叹生命的无奈，在台湾已经度过了三十八个年头。从一九四九年来台湾到如今，一等再等，六十万老兵已经有三分之一不在人世，剩下的四十万老兵，最年轻的童子军也已经年过半百。"树欲静而风不止，子欲养而亲不待。"漫漫回家路，何日是归期？回家，不是简单地挂在口上的，而是要用行动去实现，用生命去践行，再不回家看看年迈的双亲，服孝膝下，恐怕以后就没有机会了。

渐渐进入垂暮之年的台军老兵们，再也按捺不住焦急的心绪，走上街头示威抗议，并通过议会陈情、对媒体喊话等途径，向台湾当局领导人蒋经国强烈要求准许老兵回大陆探亲。

一九八七年五月五日，包括王宁、鲁志清、李铁锁、程启升等三百多名身上写着"想家"醒目大字的鬓发斑白老兵，他们挺起干瘪胸膛，在刚刚成立的"外省人返乡探亲促进会"的组织下，在街头要求回家。五天后在母亲节这天，他们又在"台北中山纪念馆"发起"遥祭母亲"仪式，正式揭开返乡探亲运动的序幕。

重病缠身的蒋经国在病榻上获悉此事，思忖无法再以任何理由禁止老兵回家，指示有关部门研究开放民众赴大陆探亲的可能性。很快，当局就宣布解除实施了长达三十九年之久的"戒严"，为两岸关系的解冻提供了可能。十月十四日，国民党中常会通过了台湾除军公教以外的居民赴大陆探亲的方案，决定十一月二日起施行。消息发布之后，全台湾的老兵和眷属无不欢欣鼓舞。蒋经国开放赴大陆探亲，但依坚持"三不"政策，尽管如此，由"绝对禁止"转向

"开放"，不能不说是两岸关系上的一个重大突破。

十二月初，王宁等作为第一批探亲老兵，终于踏上了返乡的路程。紧接着，鲁志清在石磊的资助下，也返回山东老家探亲。李铁锁于一九八八年清明节回家，并将老兵周有贵的骨灰送到了他的家乡。程启升、沈定仁、韩念珍、牛医生、樊昭阳等，在李铁锁探亲三个月返回台湾后，也踏上回家乡的路途。伙夫田金山、矮子老周因打工挣路费，石磊因公司忙，他们在两年后才回大陆。而赵二宝因军人身份，直到一九九〇年他退休，才回到浙江与他姐姐相聚。

并非所有的老兵都能够回大陆探亲，其缘由：一是绝大多数老兵的经济状况不好，尽管有俸禄、退休金和授田证兑换的补贴，然而，回老家毕竟不是一件简单的事。好面子的老兵们要给双亲重礼，还要给所有的亲戚准备金戒指、电器，有的囊中羞涩的老兵是举债去大陆。二是有些老兵的老家已经没有亲人，或者因地名更新，迁移等一时联系不上。三是不肯借债的人，再次走上岗位去餐馆洗碗，送外卖，做生意，打工挣钱需要一个积累过程。四是极个别的人，因身体、政治偏见、家庭隔阂、各种担忧等原因，不想回乡。例如有个姓汪的老兵，原是被抓壮丁的国民党士兵，后来被俘成为解放军士兵，在朝鲜战场上又成了美军俘虏来到台湾。他怕回大陆后给家人带来不好的影响，因为他家里有当地政府发的他已经"牺牲"的"烈士"证，因而迟迟不愿意回家乡。

不能回乡的是极少数，绝大多数老兵在晚年圆了回乡的梦，有的还定居在大陆。

有一个江苏老兵，在一九四九年上海战役前夕他仅十六岁，进城里卖鸡时被抓壮丁。当兵一个月，随国民党部队来到了台湾。原以为两三年就能回去，等啊等，一等就是三十八年，直到一九八七年十月台湾开放大陆省亲，才允许老兵去老家。少小离家老大回，乡音无改，鬓毛已白。到了乡下，"雕栏玉砌应犹在，只是朱颜改"。获悉母亲已含恨离去，是伤心欲绝，痛不欲生。他要为母亲上坟，哭着将当年卖鸡蛋的两块墨西哥银圆埋在母亲的坟墓里，洒一杯好酒，烧一叠纸钱，俯身三叩首后，跪在母亲的墓碑前，号啕大哭："母亲，儿终于回来了，一筐鸡蛋，儿卖了三十八年，天天盼望将这两块银圆给你，这可是咱家换煤油，换火柴，换盐的钱，哪知道，耽搁了这么多年，儿也已年过半百，头发都等白了。战争，可恨的战争，给我们娘儿俩带来什么？就一个字——'痛'，无比的痛啊！"他将熬了三十八年的眼泪，滴给黄土下的母亲。

类似一筐鸡蛋卖了三十八年这样的事情，还有很多很多。台湾一九八七年开放大陆探亲的初衷，是为了数十万台湾老兵，但这一步迈出去之后，开放的势头就再也停不下来，就像了开闸的洪水，一泻千里，势不可挡。紧接着，台湾的一般百姓也可以探亲名义去大陆。他们当中一些人在寻根、祭祖、饱览祖国风光美景之后，也在为台湾停滞不前的企业寻找新的出路，由最初的大陆探亲、旅游，发展为投资建厂、生产加工、商贸合作、定居，等等。历史不会忘记促进了两岸融合的功臣——台湾老兵。

老兵的一小步，造就了两岸交流的一大步！

如何看待曾经参加过内战的国民党老兵？政治上历来有着截然不同的看法，有分歧，甚至尖锐对立过。在以阶级斗争为纲的年代，他们被说成是"反动派"，是为蒋家王朝卖命的"帮凶"。但老兵们包括他们的家人，以及同情他们的人士，根本不能接受，这也是老兵们一直耿耿于怀的原因之一。许多老兵先前还是抗战的英雄，怎么一转眼便变成了内战的狗熊？他们认为：无论是参加抗战，还是跟从内战，都是服从命令，是为了有口饭吃，有个职业。既然吃那碗饭就得听从指挥，这是自古以来军人的天职，而战争是政治，来自农工的子弟的他们，只不过是为政治服务的"工具"，不应背负历史责任。

中国革命从二十世纪二十年代，共产党和国民党的第一次代表大会成立至今，已经跨过去近百个年头，中华大地上也发生了翻天覆地的变化，尤其是改革开放以后，经济发展、人的思想、政治环境等，都发生了重大的变化。我们的思维不能停留在过去，历史应该翻开新的一页，让老兵的心回家，首先要让人性回家！老兵们的坎坷命运和人生历程，折射了那段社会的变迁，而今，他们仍在用稀疏的白发、纵横的老泪、渴望认可的眼神和风雨沧桑的容颜，向我们叙说一个规律：国家不统一，人民就要遭殃；国家要强大，人民必须团结；一个繁荣昌盛的社会，需要全民族的共同努力；个人命运与民族命运、国家命运紧密地相联！

请不要忘记这些开启了两岸交流的功臣！记住台湾老兵，也就记住了我们的历史重任！

尾　声

　　张秋露究竟去了哪里？原来，她从绿岛回到台北后，将银行保险柜里的字画、瓷器、古董金器和十分昂贵的祖母绿、红宝石、钻石全取出，藏在了"永辉号"运兵船船长室。张秋露出事那天，李元智接到余梅的电话后，立即开车提前拦截，用宝石与那帮保安司令部的警官换得张秋露。为掩人耳目，故意表演了一场拦路抢人发生枪战的假戏，然后驾车离开台北，向三十公里外的基隆军港驶去。当晚登上运兵船，李元智以紧急绝密任务为由，将船上的二副、三副、轮机长、水手、管事、大厨、机工、报务员、领航员、甲板兵、信号兵等官兵全都赶上岸，只留轮机长一人。当船发动以后，李元智令轮机长设好自动，然后让他上备用的橡皮船也离开，随即驾大船驶出军港。去哪里？台湾海峡已经被封锁了，向西去福建沿海城市最近，仅有一百多海里，天亮前就能够到达，但高速快艇来拦截凶多吉少；向北去上海，四百海里开足马力也要两天时间，遭遇北风要三天才能到达，会遭飞机轰炸；向西南去香港，四百八十海里航程更远，天亮后，澎湖、金门舰船来拦截被抓无疑。怎么办？李元智驾驶着"永辉号"刚出军港不久，就听到有飞机来袭击。因夜晚没有月光，两颗航弹都没有炸到运兵船，但飞机扫射时，一颗子弹从李元智的右肋表皮擦过，留下一道长长的伤口，好悬，子弹差一度就钻入胸腔。张秋露立即用船上的急救用品给李元智包扎处理伤口，血是止住了，感染的可能性依然存在。飞机还在附近盘旋，海上高速炮艇很快就要到来。就在李元智犹豫不决时，他突然闪出一个念头：不向西去福建，也不向北去上海，更不向南去香港，而是向东先到西太平洋，然后沿着台湾岛东侧南下，经巴士海峡去菲律宾吕宋岛，航程四百六十海里比去香港略近。菲律宾是美国盟国，从菲律宾去美国比去大陆更容易。得到张秋露认可后，李元智关掉船上所有灯光，开足马力甩掉跟踪的飞机。天亮不久，海上出现了大雾，浓雾对于"永辉号"躲避追击十分有利，可他的船上没有雷达，在大雾中航行十分危险。就在"永辉号"行驶到北回归线附近时，猝然有一艘小型商船位于左舷不到十米，等李元智发觉转舵避让已经来不及了，就听见"咚"的一声巨响，商船将"永辉号"船舱撞开一个口子。幸亏裂口不太大，海水灌入舱里的流速、流量均不大，很难使这艘数千吨级大船在短时间内沉没。中午大雾散去后，受伤的李元智开着受伤的"永辉号"走公海水道，混在商船航道里继续行驶。

一九五二年，朝鲜战争还没有结束，菲律宾苏比克湾是美军最大的海外军事基地之一，也是在韩美军的重要物资补给和中转基地，港口内除去舰船外，还有一些美国民用补给船。李元智开着"永辉号"运兵船到达吕宋岛的北端后，船舱已积累很多海水再也开不动，搁浅在阿帕里的卡加延河河滩上。此时他的伤口严重感染，并且开始发高烧。由于没带现金，当地医院不肯医治。等张秋露将两幅古画与一个老华侨换得三千美元时，李元智已经奄奄一息，后经医院抢救还是没有能将他救过来。张秋露非常难过，她衷心感谢这位好心的大哥，为了救她不顾个人安危，最终死在异国他乡。张秋露过意不去，为他买了一块好地，建了一个高档的坟墓。她后在马尼拉一个华侨帮助下，登上一艘去美国的商船。一个月后，杨梦玥在丈夫不明不白死亡的悲愤之下，也带着小毛头离开台湾来到美国，但她与张秋露没能联系上。小毛头上小学后，杨梦玥到一家华侨子弟小学当汉语老师。而张秋露到美国辗转了好几个州，最后在佐治亚州亚特兰大的达美航空公司找到工作，当了一名客机空乘服务员，一干就是二十多年，直到一九八五年，在飞机上遇到杨梦玥才和自己的女儿团聚。

这一切王宁一概不知，他以为秋露早已不在人间，数十年独身一人，只为那句话"爱要一生一世"，一个人过着孤单、平淡、凄凉的日子。也许，生命中最美的是没有结果的情感，来不及道别，来不及结合，来不及筑起一个温馨的爱巢，就像绚烂的礼花，耀眼的流星一闪而过，留下的只是慢慢地记忆。日月如梭，时光流逝，一曲红尘恋歌倾尽了多少悲欢离合。如果没有那次救人受伤去医院，如果没有医院走廊那个回眸一笑，如果没有那场波及全中国的大内战，人生就或许又是另一个样子。可是，生活没有如果，只有结果，在时空面前，渺小的人终究不过是过眼云烟罢了，一切交给时间去沉淀吧！

王宁决定放弃台湾福利，回大陆老家定居。他带着张秋露种的当归籽，于一九八八年回到了他的出生地——南京东山。这年春天，在一个桃花盛开、莺歌燕舞的日子，他再次来到长慈医院的后花园长廊。这里曾是他与秋露确定恋爱关系的地方。四十年过去了，环境依旧，只是那时候落叶后的葡萄藤现在都换上了绿装。坐在绿荫下曾与秋露一起交谈的长条石凳上，往事好似昨天，历历在目。"做我的女朋友吧？不准嫁给别人，我先'预订的'哟！"王宁又想起那句让秋露脸红的话，不禁默默露出了笑容，只可惜"人去楼空"无法再回到从前。

　　这时，一个三十多岁的女子挽着一位男子慢慢走来。王宁见女子非常面熟，以为自己眼花，拿下眼镜擦了擦镜片，揉揉眼睛细看，断定没有看错。是她？不可能吧，时间已经过去四十年，怎么会是她呢？但又不甘心，因为太像她，像极了！想上前问问，可又不好太唐突。没想到女子来到他的面前，说："请问，您是王宁？"王宁不知道该答"是"，还是该答"不是"。他没直接回答，而是微微地点了点头。女子激动地抓住他的手，微笑说道："爸爸，我是雨昕，您的女儿……王……雨……昕！"王宁一下愣住了："啊？……"他仔细打量着面前这个长相与秋露一模一样的年轻女子，轻轻地抚摸着她脖子上的项链——那是当年秋露送给他的信物——在徐州送给他的项链，后来在绿岛他又给幼小的她戴在胸前的礼物，喃喃道："这……这不是做梦吧？"王雨昕身边的男子立即说道："不是做梦，爸爸！我是雨昕的丈夫——李乐，就是当年您在夫子庙奋不顾身救得的那个小男孩，您为了我受伤住院，感谢您的救命之恩。"说着跪在王宁的面前。"哎，使不得，使不得！快快请起！"王宁又是一个惊喜，刚将李乐扶起来，王雨昕又说："爸爸，您看谁来了？"王宁抬起头顺着女儿手指的方向看去，天哪！一位年近六旬的夫人，手里提着一个旅行包正匆匆走来。王宁一个踉跄，一阵眩晕，他尽力站稳身子再看，确认这是真实的，于是急速地冲上去与跑过来的夫人紧紧地拥抱在一起："秋露，怎么会是你？这太意外了！我们团聚了，我们全家团聚了呀！"张秋露也哭着、笑着说道："是的，终于团聚了！"然后把头紧紧地靠在他的怀里哭了起来。过了一会儿，张秋露从旅行包取出一件轻纱弥漫的浅粉色婚纱递给王宁。王宁明白她的意思，将珍藏多年的绣有"百年好合"婚纱标签粘上，幸福地给秋露披上那件她想了一辈子的婚纱。女儿立即拿起当年王宁赠给秋露的那台莱卡相机，将西装革履的王宁和身披粉色婚纱的张秋露，定格在经过漫长跨越后的时空中……

王增骅

二〇一八年十月